김사량, 작품과 연구 1

식민주의와 문화 총서 ⑦

김사량, 작품과 연구 1

김재용 · 곽형덕 편역

역락

김사량의 전면적 복원을 위하여

최근에 일제말 문학에 대한 연구가 봇물처럼 터져 나오는 것은 참으로 다행한 일이다. '암흑기의 문학' 정도로 치부되던 이 시기의 문학이 한국근대문학사의 해명에 결정적 중요성을 갖는 것으로 인식된다는 것은 우리 문학 연구의 성숙을 의미한다고 할 수 있다. 이러한 연구 경향이 확대되면서 가장 주목을 받은 작가가 김사량이다.

일본의 학자들에 의해 부분적으로 연구되던 김사량의 문학이 한국근대문학 연구자들의 시야에 들어왔고 나아가 이 시기 문학의 평가에 있어 폭풍의 눈으로 떠오르기 시작하였다. 김사량 문학만이 아니라 한국근대문학사의 온전한 복원이 서서히 이루어지고 있음을 단적으로 말해주는 것이기도 하다. 하지만 김사량 문학의 전면적인 연구를 위해서는 전제되어야 할 일이 적지 않다. 우선 일제말에 창작된 일본어 작품의 번역이다. 잘 알려져 있는 것처럼 일제말 김사량의 문학은 일본어로 많이 쓰였다. 그렇기 때문에 이들 작품의 한국어로의 번역이 연구의 활성화를 위해서는 긴요하다. 다음으로는 해방 후 김사량 문학의 적극적인 발굴과 평가이다. 해방 후 일본에 남아 귀화한 장혁주와 다르게 김사량은 귀국한 이후 줄기차게 문학 창작활동을 벌였고 많은 작품을 남겼다. 하지만 평양에서 작품활동을 하였기 때문에 많은 작품들이 구하기 어려운 실정이다. 이 책은 이러한 요구를 충족시키기 위하여 현재 한국어로 번역되지 않은 일부 작품들을 번역하였고 해방 후 작품들 중에서 남쪽에 활자화되지 않은 작품들을 수록하였다. '토성랑'은 이미 한국어로 번역된 바 있지만 김사량이 관여하였던 동인지 '제방'에 발표된 판본과는 매우 다르기 때문에 이번에 두 작품을 함께 번역하여 실었다. 일제말 김사량 문학을 연구할 때 일제의 검열을 고려하지 않은 연구가 오류를 범할 수밖에 없음을 잘 보여줄 것이다.

이 책은 비단 김사량 작품의 수록에 그치지 않고 김사량 문학에 대한 연구 논문도 같이 실었다. 김사량 문학에 대한 연구는 일본의 연구자와 한국의 연구자가 지적 협력을 통하여 같이 연구할 수 있는 드문 경우 중의 하나이다. 그동안 출판된 김사량의 논문 중에서 향후 김사량 문학 연구에 필요한 것이라고 판단되는 것을 우선적으로 수록하였다. 이 책에 번역되어 수록되는 것을 허락한 시라카와 유타카 선생님과, 이제는 작고하신 오다 마코토 선생님께 감사를 드린다.

이 책의 출판을 계기로 김사량 문학 및 일제말 문학에 대한 올바르고 전면적인 연구가 이루어지기를 바란다. 아직 번역되지 않았거나 알려지지 않은 김사량의 작품과 김사량의 문학에 대한 연구 논문을 묶는 작업은 이후 계속될 것이다. 많은 관심과 비판을 바란다.

편역자 씀

차례

작품

제1부 해방 전

제2부 해방 후

연구

제1부 삶과 전기

제2부 해석과 지평

작품 제1부

해방 전

토성랑(土城廊) 초판본*

1

철도 건널목을 건너자 가로수 왼편으로 논두렁길이 구부러져 있다. 그곳부터 길도 진흙탕으로 변했다. 좌우 일대 웅덩이에서는 개구리가 기세 좋게 합창을 했다. 비는 소리도 없이 황혼이 내린 낮은 습지를 촉촉하게 적시고 있다.

논두렁길은 토성랑(土城廊)[1]과 이어져 있었다. 지게(支械)를 짊어진 사내 둘이 그곳을 매우 피곤한 행색으로 걷고 있다. 한 명은 보기에도 병약해 보이는 사내로 그는 곧잘 멈춰 서서는 케엑케엑 기침을 해댔다. 또 다른 사내는 굴강(屈强)한 체구를 하고 있었으며 오십은 되어 보이는 자였다. 이 몸집 큰 사내는 진흙탕에 바지가 질질 끌리는 것을 연신 난처해 하면서 그곳을 힘겹게 헤쳐 나가고 있었다. 그는 동행이 멈추면 자신도 곧잘 걸음을 쉬었다. 그리고 여차해서 미끄러지기라도 하면 영감은

---

* 본 작품은 『제방(堤防)』 제2호(1936년 10월)에 발표된 초판본을 저본으로 하여 번역하였다. 「토성랑」 초판은 『제방』에 발표되었고, 그후 『문예수도(文藝首都)』(1940년 2월호)에 많은 부분이 개작되어 발표되었다. 참고로 초판본에는 구민작(具珉作)이라는 필명을 사용하고 있다. 김사량의 첫 번째 작품집인 『빛 속으로(光の中に)』(小山書店 1940년)에도 수록된 「토성랑」은 『문예수도』 판을 저본으로 하고 있다.

1) 평양성터, 대동강에 면하고 있었던 당시의 빈민지대.

젖은 축축한 머리칼을 쥐어뜯으면서 겸연쩍은 듯 웃어댔다.

벌써 주위는 어두컴컴했다. 다만 도살장의 조그만 전등이 어렴풋한 빛줄기를 발하고 있을 따름이었다. 가축우리에서는 가끔 돼지가 새된 소리를 내지르고 있었다.

도살장을 빠져나갔을 때 두 사람은 외출하는 두세 명의 사내와 만났다.

"거지구먼."이라고 영감은 혼잣말로 중얼거렸다. 하지만 동행하는 사내는 흰자만을 희번덕희번덕 빛낼 뿐 점점 더 고집스럽게 입을 다물고 있었다. 토성랑은 그로부터 멀지 않은 곳에 구불구불하게 이어져 있었다. 그곳은 옛날 성터로 지금은 B도랑이 범람할 때를 대비한 것이다. 그곳에는 나무토막이나 짚단을 이어 만든 많은 움집[2]이 늘어서 있었다. 그들이 그곳에 도착했을 때는 마침 움집은 어느 것 할 것 없이 빗속에서 죽은 듯이 잠잠하게 가라앉아 있었다. 곳곳에서 밥짓는 연기가 내려오고 있을 뿐, 높게 자라있는 포플러나무는 수박색 하늘을 한들한들 어지럽히고 있었다. 두 개의 그림자는 잠시 토성(土城) 위에 서 있었다. 광야를 달려가는 서풍이 젖은 옷을 훑고 지나가서 전신을 한기에 떨게 했다. 그들은 천천히 어깨에서 지게를 내려놓았다. 그리고 양손으로 그것을 받쳐 들고서 주의 깊게 움막 사이를 헤집고 서쪽 비탈로 사라졌다.

가마니로 막아놓은 입구에서 영감은 커다란 몸을 새우등처럼 구부리고 기어서 들어갔다. 어둠에 지배된 토굴(土窟) 가운데는 배설물이 썩은 듯한 뜨끈 미지근한 악취가 나서 숨이 막힐 것 같았다. 몸을 움직이자 무릎 곁에서 짚이 바스락바스락 소리를 냈다. 그는 겨우 손을 더듬어 성냥을 찾아내 등잔에 불을 붙였다. 방안이 확 밝아졌다.

영감은 커다란 보살 같아 보였다. 목이 엄청나게 짧았다. 솔처럼 익살스러운 턱수염 위에는 긴 입이 헤프게 벌어져 있었다. 흰자가 커다란 눈에는 어딘지 모르게 겁이 깃들어 있었고, 반짝반짝거리는 불빛에 비춰

2) 원문에는 '土幕小屋'이라고 되어있고, '土幕' 위에 토를 달아 '움'이라고 적혀 있다.

진 전신의 움직임은 어딘지 모르게 얼간이 같아 보이는 구석이 있었다.

그는 젖은 상의를 벗고 오래 신어 닳고 닳은 버선을 벗었다. 그는 잠시 동안 쓰고 남은 붉은색 동전을 손바닥 위에 올려놓고 꼼꼼하게 조사를 하고 나서는 입을 크게 벌리고 오래도록 하품을 한 후 한번 야단스럽게 온몸을 떨었다.

첨지(僉知)[3]의 움집에서는 싸움이 시작되었다. 그가 원삼영감과 헤어지고 자신의 움집에 들어갔을 때, 다섯 살 되는 아들 녀석이 울고 있었다. 여자는 날카로운 눈초리로 창백해져서 발끈 화를 냈다. 그는 원삼이 사준 양미(糧米)를 꺼내면서 야단을 쳤다.

"뭔 짓을 했길래 애새끼가 울어 싸."

그러자 마누라는,

"그걸 말이라고 하시오! 사내 구실도 못하는 주제에!"라고 악다구니를 써댔다. 그리고 일부러 보여주기라도 하듯이 아이의 머리를 손바닥으로 두들겨 팼다. 그것을 보고 흥분한 첨지는 갑자기 지게를 여자에게 벗어던졌다. 그는 마누라의 욕설에 신랄할 정도로 자기혐오와 고통을 느꼈다.

"입이 찢어져야 다물 생각이여!"

그는 이를 갈면서 부르짖었다. 여자가 무턱대고 악다구니를 써대는 통에 아이는 공포에 떨며 울어댔다. 첨지의 움집 안이 조용해지기까지는 오랜 시간이 걸렸다.

"간신히 조용해졌구만."이라고 옆 움집에서 원삼이 아이의 작아져 가는 울음소리에 귀를 기울이면서 혼잣말을 했다. 여자는 아직 성에 차지

3) 첨지(僉知)는 원래 '나이 많은 남자를 낮잡아 이르는 말'(『표준국어대사전』)이다. 『문예수도』(1940년 2월호)에 개작될 때에는 '선달(先達)'로 이름이 바뀌었다. 원문에서는 '이첨지(李僉知)', '첨지', '첨지(僉知)', '이(李)' 네 가지 방식으로 이름이 표기되어 있다.

않는 듯 밑도 끝도 없이 악다구니를 써댔다. 첨지는 다만 왜소한 어깨를 떨어가면서 증오의 눈초리를 물끄러미 보내고 있을 것이다.

조금 지나자 첨지 마누라가 밥을 짓기 위해 나왔다. 그러더니 그녀는 다시 첨지의 화를 돋우기 시작했다.

"그렇게 남편 구실을 하고 싶거들랑, 매일같이 남의 쌀이나 축내서 쓰겠소."라고 마누라는 중얼대면서 빈정거렸다. 영감은 가슴이 철렁 내려앉았다. 움집에서는 이첨지의 성내는 소리가 들려왔다. 그때 갑자기 그녀는 맹렬한 기세로 목을 움집 입구 안으로 처넣고 받은 그대로 화를 갚아주었다.

"뭐라고 이 나쁜 놈아. 다시 한번 말해 봐."

원삼은 물끄러미 입구의 빈틈으로부터 밖을 내다보았다. 상반신을 드러낸 마누라가 토굴 옆의 간이로 만든 처마에 가서는 질냄비를 지닌 채 나갔다. 영감은 순간 허리를 조금 들썩였다. 그리고 손을 비비다가 다시 생각을 해보고는 고쳐 앉았다. 빗소리가 야단스러운 도랑 기슭으로 또 내려갈까 말까 망설였던 것이다. 그는 어두운 물가의 표면을 발로 더듬어서 한 척 정도의 깊이까지 물에 들어가서는 좁쌀을 씻고, 물을 길어 오는 것을 매일 매일 해왔었기 때문이다.

그는 입술을 혀로 할짝할짝 핥고 눈에 핏발이 선 눈초리로 마누라의 모습을 바라볼 뿐이었다. 그녀는 녹슨 커다란 못을 연상시키는 몸을 움직이면서 주의 깊게 발 디딜 곳을 확인하고는 한 발 한 발 강을 향해 내려갔다.

그는 끝까지 지켜보고는 헤엠 하고 숨을 내쉬면서 가마니 가장자리를 놓았다.

첨지는 최근에 몸이 쇠약해져가는 정도가 점점 심해져서 성안에 나가도 곳간이나 큰 강가의 파선(破船) 속에 드러눕는 시간이 많아졌다. 그는 매일 양식을 살 수 있는 돈도 벌지 못했다. 눈은 눈구멍 속에 깊이 들어갔고 손목은 보기에도 야위어져 있었다. 그에 맞춰 부인은 매일 그에게 악다구니를 써댔다. 그녀는 첨지가 해질녘 터벅터벅 돌아오기만 하면 성에 찰 때까지 언제까지고 악다구니를 써댔다.

"이게 다 누구 때문이오. 이 사내 구실도 못하는 놈팽이!"

원삼영감은 실질적으로 첨지네집 세 식구의 생활비를 버는 사람이었다. 하지만 이첨지(李僉知)에게 그것은 참기 힘든 모욕이었다. 기력을 잃어감에 따라 동시에 싹터서 커져가는 자존심이 있었다. 그는 그 자존심과 언제나 타협하지 않으면 안 되었다. 오늘도 토성랑으로 돌아오는 길에 첨지는 눈을 끔벅거리면서, "쌀을 사려하는데 돈 좀 꿔주시게."라고 싸전 앞에 와서 소리쳤다. 그러자 우직한 원삼영감은 마치 기합소리를 내기라도 하듯이 잔돈을 주저주저하며 꺼내는 것이었다. 그러나 마누라는 '매일 남들에게 쌀을 꿔오는' 것을 이를 갈아가며 욕하는 것이었다.

본래 원삼은 첨지에게 은혜를 입고 있었다. 즉 영감은 첨지의 도움을 받고서 움말[土幕村][4]에 움집을 남들과 나란히 할 수 있었다. 영감은 지금까지 오십여 년 간을 여기 P도(都)로부터 삼십리 이상 멀리 북쪽으로 동떨어진 어느 산골 토호(土豪)의 종으로 살았다. 그는 태어날 때부터 머리털에서 발끝까지 그 어느 하나도 제 것이 아니었다. 그러던 차에, 주인집이 몰락하고 나서 금년 봄부터 간신히 혹사와 모욕의 철쇄(鐵鎖)로부터 대지 위에 해방된 것이었다.

그는 비운에 빠진 상전(上殿)의 마당 아래에 무릎 꿇고서 이틀 밤낮 계속해서 대성통곡을 해댔다. 그 후 마을 사람들에게 정중하게 작별을 고하고서는, 일생의 대부분을 보낸 산골을 표연히 떠나왔던 것이다. 감격과 흥분에 불타서 달린 것과, 눈이 하얗게 쌓인 골짜기를 헐떡거리며 서둘러 왔던 것을 그는 지금도 잊지 않고 있었다.

그러나 도보로 삼십 리인 P시에 당도하였을 때 당장 그는 어찌할 바

---

4) 원문 그대로.

를 몰랐다. 음력 이월이 끝나갈 무렵 북풍은 아직도 눈과 서리로 인해 매서웠다. 도회(都會)는 처음인지라 그는 가는 곳마다 당혹스러운데다가, 한기(寒氣)는 홑옷을 입은 그를 위축시켰다. 그러다 시가의 북쪽에 있는 시장에 이르렀을 때 그는 이상한 옷차림과 겁이 많아 보이는 언동으로 인해 지게꾼들에게 습격을 당했다. 적화(積貨)할 희망도 없이 다만 그 부근 일대에서 뒹굴고 있던 지게꾼들이 지루함과 울적함을 해소할 방법을 구하기에 여념이 없었던 때였다.

"곰이다."

"너구리랑께."

"아니야 소라니까."

"호랑이다."

"아님세. 커다란 거세된 호랑임세!"

지게가 숲을 이룬 곳에서 왁자그르르 함성이 높이 올랐다. 원삼영감은 몹시 혼란하고 공포에 넘치는 커다란 눈을 어디로 향해야 좋을지, 자신을 어디로 숨겨야 할지에 대해서 오래도록 고민했다. 그러자 점점 더 신이 난 지게꾼들은 간사한 회심의 미소를 지으면서 저마다 욕하고 위협하고 또한 쿡쿡 찔러보거나 하였다.

나중에 그는 어떤 중년 지게꾼 사내의 도움을 받고 한 구석으로 빠져나왔다. 사내는 노인에게 차분하게 어디서 왔냐고 물어보았다. 원삼은 백치처럼 입을 꼭 다물고 의심 깊고 난처한 표정으로 상대방을 유심히 바라봤다. 눈이 날카롭고 목이 얇은 사내였다. 길고 든든해 보이는 다리에는 노란색 해진 버선이 검은 바지 옷자락 위를 덮고 있었다. 그는 두세 번 몸을 떨면서 치아를 와들와들 거리다가 겨우 떨리는 소리를 짜냈다.

"산중에서 왔습죠."

"주막[木貨宿]에 가려오?"

그러자 그는 두려운 듯 양손을 저으면서 말을 더듬었다.

"내, 내는 못갑니다만."

"뭐하러 온 게요."

"내는 이… 일을 할 생각입네다만. 도와주시라요."

사내는 잠시 작은 눈을 끔벅거리며 가볍게 입을 오므리고 있다가, 마침내 노인이 움집을 짓는 것을 도와주었다. 그리하여 원삼과 첨지 가족과의 관계가 시작된 것이다.

토성랑에 살게 된 이후 그는 명실공이 딴 사람이 되었다. 무엇보다도 노인은 독자적으로 생활을 영위하는 것이었다. 그리하여 다른 토막민(土幕民)과 같이 작은 집을 나란히 하였다. 아니 그 정도가 아니라 그는 토성랑 사람들 대다수가 거리에 흩어져서 걸식을 하고 있다는 것을 눈치채자, 자활(自活)하고 있는 자신의 우월성을 은연중에 자랑하지 않을 수 없었다. 그래서 그는 그러한 생활에 강인하게 집착하고 있었다. 그러한 점은 수 천 명의 토막민 중에서는 전혀 볼 수 없는 사실이었다.

원삼영감은 또한 첨지가 생활을 부지(扶持)하고 있는 것에도 남모르는 기쁨을 찾고 있었다. 은혜를 갚는다는 것이 그를 이유도 없이 사로잡고 있었다. 그는 당초부터 매일 지게벌이를 하기 위해 나다니는 것이었다. 그리고 돌아올 때는 언제나 빠짐없이 양미를 사들였다. 그는 그것으로 첨지 부부를 감격시키는 것이 유쾌하고 말할 수 없이 좋았다. 선량한 노인은 마누라가 거듭해서 감사하다고 할 때마다 "뭘 이런 것을 가지고." 라고 말하며 매우 놀란듯이 눈을 커다랗게 뜨고 소리쳤다.

"서로 없는 처지에 뭘."

그리고 잠시 동안 감격에 잠긴 듯한 모습으로 쓸쓸하게 머리를 약간 끄덕이다가 차가운 눈초리로 상대의 반응을 살피면서 걱정하듯이 중얼거렸다.

"내는 전답 말이네만 이 정보 정도만 갖고 있었으면……."

그러한 가운데 첨지 부부 사이에는 싸움이 끊이지 않고 계속되었다. 특히 첨지는 충성스럽고 선량한 원삼을 사갈(蛇渴)[5]과 마찬가지로 취급

5) 뱀과 전갈.

하며 새된 소리로 곧잘 노인의 등에 차가운 물을 끼얹었다. 한편 그와 함께 원삼은 절망적이고 궁핍한 생활 가운데 그의 마음이 점점 마누라에게 끌려가고 있는 것을 갑자기 느꼈다. 이를 자존적인 권리 관념의 발현이라고 하는 것일까. 이 홀아비는 사실상 종놈과도 같은 생활을 지속해가면서도, 이른바 자신이 마치 남편처럼 첨지 마누라의 생활을 책임지고 있다는 일종의 떨림[動悸]을 즐기게 되었던 것이다.

확실히 그에게 이성(異性)은 아예 미지의 세계였다. 그리고 그녀야말로 그를 위해 '모든 존재의 선물을 모아놓은' 판도라에 다름없다고 생각하게 되었다.

'게다가 그녀는 생활을 자신에게 완전히 의존하고 있다!'

"마누라를 맞아들이지 않으면 안 되겠어."라고 그는 곧잘 혼잣말을 중얼거렸다.

"후사를 원하는 것도 무리는 아니지. 그런데 나도 벌써 쉰넷이잖아."

정말 그대로였다. 그 흥분과 몽상이 없다면 그는 다른 토막민과 조금도 다른 점이 없었다.

움집 밖에서 "우우" 하고 마누라가 외치는 소리에 그는 겨우 머릿속을 헤집던 상념으로부터 제정신으로 돌아왔다. 어느새 비는 장대비로 변해있었다. 질냄비를 놓고 취사를 하고 있던 그녀는 갑자기 장대비처럼 쏟아지는 비에 맞고 질겁을 하고 있었던 것이리라. 들바람이 휘휘 흙벽에 부딪치며 울고 있었다. 그 바람은 빗줄기를 산산이 찢어댔다.

그는 주변을 흘겨보았다. 그리고 조용히 입구 근처로 다가갔다. 가만히 어둠 속을 들여다보면서 가랑이 사이에 두 팔을 깊게 팔짱 끼고 등을 둥글게 움츠리고 점점 더 진지한 얼굴 표정을 지었다.

하지만 그는 자세를 고쳐 앉았다. 그러더니 헛기침을 두세 번 하자 죄다 잊어버린 듯이 노인은 옆 움집에 뻔뻔스러운 태도로 말을 걸었다.

"첨지. 젖어 있잖나! 첨지!"

2

좀처럼 보기 힘든 별이 총총한 밤하늘의 토성(土城) 위.

토막민들이 곳곳에 둥글게 모여앉아서 저녁 바람을 쐬고 있었다. 황달이 침범해서 부석부석해진 얼굴과, 창백한 폐환자의 올라간 어깨를 칼자국과 같은 초승달이 엷게 비추며 그 모습을 드러냈다. 누군가가 눈을 치켜뜨기라도 하면 비통한 열기를 띤 우울한 눈빛이 번쩍번쩍 빛났다.

"이보게 쌀쌀하구만."이라고 영감은 중얼거렸다. 하지만 그 가운데 감도는 어떤 험악한 기운을 눈치 챈 그는 잠자코 마누라의 맞은편 자리에 앉았다.

잠시 동안 좌석의 흥이 깨졌다.

거미처럼 토굴 속에 틀어 박혀있던 이른 살의 덕일(德一) 노인이 오늘 밤에는 오랜만에 모습을 드러내고, 한바탕 아우성을 쳐대는 것이었다. 작년 이맘때쯤 그는 집안의 기둥이었던 젊은 아들을 강도죄라는 명목으로 빼앗겼던 것이다. 이 때문에 그의 노처(老妻)는 미쳐버렸다. 그는 그 일을 분개와 절망에 가득차서 떠올렸다.

"아들놈이 감옥에 갔다니."

아우성치는 소리만을 내고 있던 노인은 다시 우… 욱하는 탄식을 내뱉었다.

"썩을 여편네는 미쳐버렸소. 저렇게 얼간일 수 있나."

"마음을 가라앉히셔요. 그리하면 편해질 거랍니다."라고 마누라는 위로와 충고를 하면서 노인의 얼굴을 흘끔 훔쳐보았다. 빠진 차아를 드러낸 일그러진 얼굴은 해골과 흡사하여 그녀를 오싹하게 만들었다.

"화내고 있던 게 아니야……."

은근히 말꼬리를 삼키는 것을 보니, 덕일노인은 역시 화가 나있었다.

주위가 잠잠해졌다.

원삼영감은 곰방대를 꺼냈으나 손이 떨려서 담배가 잘 채워지지 않았다. 가슴의 피가 배로 쑤욱 내려가는 기분이 들었고, 이유도 없이 조금씩 몸이 움츠러들어 갔다. 걸식하는 사내는 원삼의 옆에 와서 동냥을 받을지도 모른다는 흥분으로 목을 꿀꺽거리고 있었다.

첨지는 흥하고 코를 풀었다.

"쓸데없는 걱정하지 마시라요. 죄없는 사람인디 풀어줄깁니다."라고 그는 위로하는 것이었다. 그러나 바로 그때 덕일의 눈은 그을린 등피안 램프의 불꽃처럼 빨간 불을 내뿜었다.

"몹쓸 놈!" 심하게 흥분한 그는 바로 호통을 쳤다.

"글타면 내 아들놈에게 죄가 있다고 지껄이는 것이냐. 헤엠 그렇다는 게냐."라고.

하지만, 걸식하는 사내가 먼저 소리를 쳐댔다. 그는 갑자기 첨지의 말에 격한 불만을 가졌던 것이다.

"허어, 풀어줄깁니다 라고?" 느닷없이 그는 부르짖으면서 되물었다.

"죄가 으… 읍씨면 풀어 준다라고?"

그는 마을에서 이 년 전에 출분(出奔)했었는데 그것은 밀주(密酒)를 제조했다는 명목으로 이십 원(二十圓)[6]의 과태료를 징수 당했기 때문에 소를 넘기고 가재도구를 팔 수밖에 없었기 때문이었다. 그는 또한 언제나 그랬던 것처럼 그 당시 일에 생각이 미쳤던 것이다.

"내는, 내 밥으로 만들었을 뿐이라요. 다른 사람 것은 넘보지도 않았구만. 젠… 장할."

그는 침을 퉤퉤 땅바닥에 내뱉었다.

그때였다. 으스스한 순간을 뚫고서 북쪽에서 얼마쯤 떨어진 곳에서

---

6) 1936년 당시 경성의 생활 필수품 소매 물가는 백미 2등품 1말에 3.50원, 달걀 10개에 0.45원, 소주 25도 2리터에 1.10원이었다. 평양의 물가와는 다소 차이가 있겠지만 당시 20원은 상당히 큰 돈이었음을 알 수 있다(『통계로 다시보는 광복이전의 경제 사회상』, 통계청, 1995년).

뭔가 영문을 알 수 없는 "낄낄"거리는 큰 웃음소리가 멀리서 울리는 천둥처럼 울렸다. 정말 그것은 뜻밖의 일이었다. 컴컴해서 지금까지 그들은 그렇게 가까운 곳에 설마 사람이 있으리라고는 생각하지 못했다. 그래서 모두의 눈은 그쪽으로 쏠렸다. 엎드려 있던 사내는 어떻게 해서든지 바보취급을 하겠다는 모습으로 몸을 비척비척 일으켜 세웠다. 어둠을 통해 보자 그는 근처의 절름발이 거지였다.

"그리허면, 너희도 임생원(任生員)처럼 되지 그러냐! 이 얼빠진 말더듬이 놈!"

그러더니 몸안의 간이 짓밟히기라도 한 듯 낄낄낄 웃어댔다. 그들은 저도 모르게 전율했다. 얼음처럼 차가운 침묵이 좌중(座中) 위에 드리워졌다.

그것은 고통스러운 기억이었다.

원래 임생원은 강인하고 말수가 적은 사내였다. 최근 엄마 없는 어린 딸 하나를 토성 하류 도랑의 급류에 빼앗겨 버리고 나서 더욱 그는 입을 열리지 않게 되었다. 언제나 그는 딸을 빼앗아간 강에 내려가서 나무토막을 휘적휘적 물속에 저어보고는 탄식을 했다.

올 봄에는 마침 그 무렵 각각의 움집에 지대납입서가 배포되었다. 부청(府廳)[7]에서 입찰을 해서 다카기 상회(高木商會)가 그 징수를 담당하게 되었다. 토막민은 다만 어리둥절해 할 뿐이었다. 참으로 그것은 청천벽력과 같은 일이었기 때문이다. 덕일은 "목을 매달아야지"라고 말하며 아우성을 쳤다. 절름발이 거지는 히죽히죽 주름투성이인 입가의 근육을 꾸물꾸물 거리고 있었다.

하지만 임생원은 가만히 경직된 채로 움푹 들어간 눈을 되록되록 굴리고 있었다. 얼굴은 덜덜거리며 경련을 일으키고 있었다. 천천히 몸을 움직이며 그는 철퍼덕 철퍼덕 진흙을 밟으면서 안짱다리로 수금원 쪽으

7) 평양부(平壤府).

로 접근해 갔다. 그리고 스탠딩 칼라를 한 둘의 앞을 막아서고는 커다란 맹수가 먹이를 향해 뛰어들 때처럼 몸을 움츠리고 등을 구부린 채로 깊은 곳에서부터 끌어 오르는 듯한 목소리를 쥐어짜냈다.

"도적놈들아!"

양복은 종잇장처럼 새파랗게 질렸다. 그러나 그 순간에 또한 전혀 예상하지 못한 돌격자와 만났다. 덕일의 늙은 처가 산발을 하고 미친개마냥 뛰어들어 왔던 것이다. 그녀는 거칠게 덤벼들었다. 그녀는 신음하며 아우성쳐 대다가 길바닥에 나뒹굴었다.

"유괴범 놈들, 이 유괴범 놈들아!"

그녀는 강도죄라는 명목으로 잡혀간 후, 지금은 형무소에 있는 아들로 인해 극도의 정신이상 증세를 보이기 시작했다. 노파는 토성 위에서 양복을 입은 사내를 보기만 하면 언제고 달라붙어서 아들의 안부를 캐물었다. 여하튼 그 곳은 왁자그르르한 난장판이 되어 있었다. 그러한 틈을 타서 스탠딩 칼라를 한 사내가 미친 여자를 발로 걷어찼다. 그러나 그것보다 빠르게, 생원의 쇠몽둥이 같은 주먹이 두 사람을 쓰러뜨렸다. 그리고 굵은 진흙이 붙은 짚신을 신은 발이 두세 번 사내들을 짓밟았다.

덕일은 진흙 위에 뿔뿔이 흩어진 지대 납입서를 자세히 보면서 천천히 중얼거렸다.

"이 놈들 뱀이나 되어버려라! 내가 똑똑히 이 눈으로 지켜봐 줄테니."

토성랑에서 생활을 시작한지 얼마 되지 않은 원삼이 해가 질 무렵 성내(城內)에서 돌아왔을 때는 임생원과 덕일의 처는 벌써 체포되어서 마을에 없었다. 다만 그는 움집 안에 던져 넣어 놓은 삼십 전의 납입고지서를 발견했을 뿐이었다. 그는 혀를 내두르면서 안절부절 못하며 혼잣말로 중얼거렸다.

"마가 낀 게야. 정말로 마가 단단히 끼인 것이야."

그리고 노인은 마침내 성내(城內)에 방을 찾아서 거처를 옮기지 않으면 안 되겠다고 결심을 굳혔다. 자신에게는 그럴만한 능력이 충분히 있다고 혼자서 우쭐해하고 있었던 것이다.

덕일 노파는 몇 주 후에 토성으로 돌아왔다. 그러나 임생원은 지금까지 그 어디에도 모습을 보이지 않았다. 그 후 그를 입에 올리는 자는 단 한사람도 없다.

도살장에서 가축이 울부짖는 소리가 바람에 찢겨져서 끊임없이 서글프게 울려왔다. 언덕을 넘어 멀리서 등불이 바다를 이루고 있는 성안에서는 언젠가부터 서치라이트가 도깨비불처럼 파랗게 공중에서 뛰놀기 시작했다. 그것은 층구름을 희롱하면서 어지럽히고 있었다. 그리고 그 불빛이 교차되는 가운데 비행기가 비춰졌는데, 그것은 모기처럼 번쩍거리며 기체음도 일층 격렬하게 울려댔다.

"전쟁이 나려나."

첨지는 서글픈 듯이 중얼거렸다.

"그리 되면 벌이가 될 텐데. 돈덩이라도 안고서 쓰러지기라도 하면 좋으련만."

덕일 노인은 긴 대나무 곰방대를 들어 땅바닥에 두세 번 쳤다. 붉은 불빛이 탁탁하는 소리와 함께 타올랐다.

"이 곳 말이네만 전쟁통에 묘지였다오. 갑오란(甲午亂)말입제."

갑자기 선달의 마누라가 재채기를 했다. 말더듬이 사내는 그 쪽으로는 시선도 주지 않고서 갑자기 불이라도 붙은 듯이 벌떡 일어나서 아우성쳐대는 것이었다.

"내… 내는… 그… 그때 집이 다 타버렸어. 밤중에 도망쳐서 여… 여기에 왔지. 그… 그랬더니 이게 뭔 일이란 말이노……."

"거 괜히 소란 떨건 없잖수……."라고 첨지는 가볍게 응수했다.

하지만 말더듬이는 입에 한가득 거품을 물고 머리를 심하게 흔들면서 소리쳤다.

"아냐. 내… 내는 말이야 좀 말혀야 쓰것어."

그래서 모두 하는 수 없이 쓴 웃음을 지었다. 하지만 말더듬이 사내는 굉장한 홍분에 사로잡혀 있었다. 그는 최근 사리분별을 못하고 마치 미친 사람처럼 모든 것에 시비를 걸고 난폭하게 성을 냈다. 마치 무언가 보이지 않는 무서운 힘이 그를 뒤에서 밀기라도 하고 있다는 듯이. 말더듬이 사내는 이번 일에도 투덜투덜 거리며 부아가 잔뜩 나있었다. 그는 사납게 숨을 쉬며 자리를 박차고 일어섰다. 그리고 두세 걸음 흙둑을 터벅터벅 걸어 내려갔다. 그러더니 바로 멈춰서 돌아보고는 커다란 소리로 투덜댔다.

"내… 내를 바보취급하지 말라요."

첨지의 마누라는 아이를 안은 채로 까치집 같은 머리를 끄덕이면서 졸고 있었다. 그녀는 꾸벅꾸벅 거렸다. 그녀는 두세 번 흐느끼는 듯 숨을 깊이 들이마시다가 내뱉다가 하였다. 유방이 쇠똥처럼 늘어져있고, 때가 타서 거무스름해진 치맛자락에서 두 발이 길게 뻗어져 있었고, 어깨는 매끄러운 활모양을 하고 있었다. 때때로 아이가 울며 칭얼대는 통에 말처럼 긴 얼굴로 도리질을 하면서 흐리멍덩하게 중얼거렸다.

"아이고 어쩔 수 없심요. 잠을 잘수가 없으니."

원삼영감은 첨지 마누라가 잠이 덜 깬 모습을 마치 무언가에 홀리기라도 한 듯이, 타오르는 듯한 눈빛으로 넋을 잃고 바라보았다.

바로 그때 북행(北行) 열차가 토성 앞을 힘차게 달려가고 있는 것이 보였다. 모두 그것을 눈으로 쫓았다. 그 거무스름한 괴물은 두세 번 기적을 울리고는 북쪽 산 터널 속으로 돌진해 갔다. 멀어져 가는 열차 뒷칸에는 푸른색 전등이 달려있어서 아무렇게나 흔들거렸다. 끝까지 열차를 지켜본 모두는 죄다 얼이 빠진 표정을 지었다.

3

토성랑에는 폭풍우가 휘몰아치고 있었다.

원삼의 움집 밖에서는 성을 내는 듯한 노랫소리가 어수선함을 뚫고 희미하게 울려 퍼지고 있었다. 그 소리 뒤로 조금씩 웃음소리가 왁자하게 들려오고는 했다.

산은 울리고
소는 날뛰고
워어리 워어리
이놈의 소

오늘이 중복절인지라 원삼영감은 축주(祝酒)를 대접하고 있었다. 그는 예전부터 여유가 조금이라도 생기면 계속해서 선심을 쓰려고 했다. 그리고 어제는 일원(一圓) 남짓한 돈을 벌자 흰쌀과 소주를 사서 한 상 차린 것이었다. 마침 그날은 꼭두새벽부터 비가 내렸는데, 사홉들이 소주를 팔 홉 물에 섞어서 근처의 움집 주민들을 초대하러 나갔다.

"중복에 왠 비가 이렇게 퍼부어대노."라고 그는 서론을 늘어놓았다. 그러더니 장대비에 맞아 함빡 젖은 산발을 한 머리를 벅벅 긁어댔다.

"우리 집에 술상을 차려놓았네. 자네도 오지 않겠는가. 흠 나는 어쨌든 이런 절기를 꼭 지켜야 성이 풀려서 말이야……."

그러나 말더듬이는 무언가 투덜투덜 거리다가 거절하는 것이었다. 그때 첨지가 흠칫 놀라더니 낯빛이 변했다. 점점 첨지는 자신에게 거리를 두고 있는 원삼을 눈치 채고 있었던 것이다. 어제도 돌아오는 길에 노인네의 주저해 하는 모습. 게다가 원삼은 남몰래 술까지 사두었던 것이다! 남의 마누라를 기쁘게 해주기 위해서! 그의 얼굴은 창백해져갔다. 그렇게 생각하자 홍조가 귓전에서 타오르기 시작했다. 홍조는 뺨과 이마로 옮겨가더니 눈까지 번졌다.

"지금이 술이나 마실 땐가."라고 그는 새된 소리로 외쳐댔다.

"네 놈이야말로 두꺼비마냥 술이나 벌컥벌컥 쳐 마시고 쓰러져 뒈져

버려라."

그때 결국 마누라만이 원삼의 뜻에 동조했다.

밖으로 나가는 마누라를 바라보는 첨지의 몸은 와들와들 떨렸다.

한번은 영감이 술잔을 그의 집으로 가져와서 주뼛주뼛 변명을 늘어놓으려고 하자 첨지는 눈이 뒤집혀서 목침을 찾으려고 집안을 뒤졌다.

쉬이쉬이

그…려

이…이…잇, 그려…

"어렵구먼." 원삼은 이마의 땀을 닦고 숨을 내쉬었다.

"내 마누라가 노래 하나는 끝내 줬었는데 말이네."

그러자 중풍으로 부들부들 떨리는 손으로 사발을 집어 들면서 덕일노인이 불평을 늘어놓았다.

"니가 마누라가 어디 있음?"

"분명히 팔아 먹었을 게 뻔하요." 절름발이 거지가 히죽히죽 말참견을 했다. 마누라는 피식하고 웃음을 터뜨렸다.

"당치도 않아."라고 원삼은 당황해 하며 눈을 돌렸다.

"내 마누라는 흑사병으로 죽었다지 않소."

"흐응."

원삼영감은 한 수 더 뜨기 시작했다.

"내는 자식도 둘이나 있었지비. 모두 줄줄이 죽어갈 때 내가 얼마나 슬퍼했는지 아나. 말 해봐야 뭘 하겠소."

그는 금방이라도 울 것 같은 얼굴 표정을 지었다.

"작작 좀 하시오이. 거짓말을 하면 못 쓰지비."

마누라는 취한 상태로 소리를 질렀다.

"지금 뭐라 했소."

영감은 담배를 내팽개쳤다. 그러더니 무척 화가 난 표정을 지었다.

"뭐가 거짓말이라 하오? 이 여편네가 알지도 못하면서. 정말 거짓말이 아니라니깐."

여자는 불그스름하게 짓무른 눈을 깜박거리면서 어처구니 없다는 듯이 웃어댔다.

"어럽쇼. 영감님 언젠가는 새끼가 셋이라고 말하지 않았었나."

어디서인가 번개가 푸른빛을 띠며 번쩍이고, 천둥이 우르르하고 땅을 울렸다. 더 이상 버티기 힘들어진 원삼은 우우하는 비명을 올리면서 고약하다는 듯이 커다란 얼간이 같은 웃음을 왁자하게 터뜨렸다.

밖은 점점 더 폭풍우가 사납게 몰아치고 있었다. 장렬한 바람이 B들판을 질주해 와서는 토성랑에서 요란한 소리를 내며 울어댔다. 수천 개의 움집은 순식간에 물안개 속에 파묻혔다. 백양목만이 하늘 높이 솟아올라서 꺽어질 것처럼 흔들거렸다. 흙둑 위에서부터 흘러내려오는 물이 급류로 돌변해 저돌적으로 쏟아져서 토굴의 빈틈을 엿보고 있었다.

짤가닥거리며 쥐 한 마리가 구석에 있는 석유상자에 뛰어 들어갔다. 원삼은 깜짝 놀랐다. 그리고 언뜻 떠오르는 것이 있었다. 그는 어제 흰쌀을 첨지의 눈을 속여서 사들였던 것이다. 하기는 그가 요즘 들어 돌아올 때 첨지와는 동행하는 것을 피하고는 있었지만……. 그는 맹렬하게 상자 쪽으로 손을 뻗었다. 쥐는 허둥대며 상자 속을 동분서주하다가, 느닷없 상자 밖으로 뛰쳐나왔다. 바닥에 깔아놓은 짚을 빠져나가서 덕일의 무릎 사이를 통과해서 방안 깊숙이 가서 공포에 가득찬 듯 잠시 꼼짝하지 않았다. 쥐는 가까스로 그곳에서 나갈 구멍을 발견한 듯이, 뒷발을 움츠려서 등에 힘을 주고서는 쏜살같이 들어갈 곳을 향해 힘차게 내달렸다.

"분하다."라고 말하며 원삼영감은 입맛을 다셨다. 그리고 그는 석유상자로부터 천천히 두세 홉 정도가 되는 흰쌀 봉투를 꺼내었다. 그는 실로 자랑스러워 했다.

"쥐는 정말 영리하지 않소. 잔치 쌀을 사왔더니, 어떻게 냄새를 맡았는지 그걸 훔쳐 먹으러 오니 말이오."

'냄새를 맡은 것은 쥐만은 아닐지도 모르지'라고 절름발이와 덕일은 침을 삼키면서 생각했다.

잠시 지나자 다시 분위기가 원래대로 돌아왔다. 그들은 사발을 돌리면서 왁자지껄하게 떠들기 시작했다. 원삼영감은 자기 자랑을 주책없이 늘어놓았는데, 그것은 지게벌이가 고되다던가, 성안에는 이삼 원 정도의 방도 있다던가, 어찌되었든 불경기(그는 이 말을 애용했다)이므로 벌써 어디엔가 그런 방이 있을 것이라고 연신 떠벌려 댔다. 드디어 지세수금원(地稅收金員) 월급에 이르러서는, 곤란하다는 듯한 얼굴로 고개를 갸웃 거렸다. 그리고 결국에는 그것은 굉장한 것임에 틀림없다고 결론지었다. 그러자 절름발이가 갑자기 화난 듯이 다른 의견을 내고는 격렬하게 항의하는 것이었다.

"굉장하기는 뭐가 굉장합네. 쓸데없는 짓거리 하려는 것을 내 다 알지. 내가 이래 보여도 진주(晋州) 나씨(羅氏)라니까……. 증조부는 마을 제일가는 부자여서, 좀 산다는 놈들도 머리를 수그렸었다 안 하오……."

이 진주 나씨는 자신의 천함 추악함 약함과 달리 강렬한 의식을 갖고 절망의 뒷골목을 들여다 본다는 식이었다. 대개 토막민은 증오와 자포자기 하는 심정에서 무턱대고 소란을 떨어 대거나 혹은 매우 의기소침해져 있거나 둘 중 하나였다. 그는 주변에 대해 인식하고 과거를 깊게 추상하면 추상할수록 점점 더 괴로워졌기 때문에 아무 것도 생각하지 않고 말하지 않고 되돌아 보지 않기로 하는 축이었다. 다만 기분 나쁘게 히죽히죽 거릴 뿐이었다. 그는 절망을 뼈저리게 향수하고 있었다.

그런데 그 날 그는 어찌 보자면 매우 운이 좋았다. 그가 말을 마치자 어디선가 심상치 않은 소리가 폭풍우가 뒤흔드는 사이를 뚫고서 들려왔기 때문이다. 푸, 푸쉿, 푸쉿하며 웅웅거리는 소리가 울려 퍼졌다.

모두 저도 모르게 목소리를 죽였다. 그리고 어두컴컴한 가운데 서로 불안한 듯 눈을 마주보았다. 잠시 동안 움집 안은 물을 끼얹은 듯이 조용해졌다.

그때, 이번에는 뭔가가 부서지기라도 하듯이 "털… 털퍼덕"하는 소리가 둔중하게 공기를 진동시켰다. 마침 불이 난 나무숲에서 활활 타오른 지붕이 내려앉는 소리가 그들 모두가 소란을 피우는 것에 더해서 더욱 심하게 울리는 바람에 그것은 한층 기분 나쁘게 들려왔다.

"에흠. 또 누군가 움집을 때려 부수고 있구먼."

절름발이는 입구 가마니 틈으로부터 혼란한 상황을 탐색하는 듯한 눈으로 침울하게 중얼거렸다. 빗방울에 젖은 얼굴을 그는 팔꿈치로 연신 닦아내면서.

이미 선량한 원삼영감은 뇌우(雷雨)가 폭포처럼 쏟아지는 가운데 우두커니 서 있었다.

이는 말더듬이 사내의 비극이었다. 그는 언제고 토굴 안에 칩거했다. 아침에 한 번 성안으로 나가서 구걸을 하고 나서는 다시 움집 안으로 기어들었다. 그런 식으로 하루 종일 무언가를 중얼중얼 기괴한 주문을 외워대면서 지내는 것이었다. 작은 제단 위에는 정한수를 한 그릇 올려놓고 걸터앉아서는,

"우치우치태을천상원군우리치즐도래우리함이사파가(吽哆吽哆太乙天上元君吽哩哆唧都來吽哩喊理娑婆呵)."라고 말을 더듬지도 않고 매우 유창하게 읊는 것이었다. 그는 그 후 옥황상제의 령(靈)에 접했다. 그러더니 대액(大厄)이 사라지고 대한(大韓)이 독립(獨立)하여 교주가 등극하면 그때 그에게도 융숭한 대접이 있을 것임을 믿어 의심치 않았다. 실제로 그는 정교부(正教部)교칙에 어긋나지 않게 두루마기(무일푼인 그였지만 이것만은 소중하게 보관하고 있다)를 준비해서 의식을 거행했다. 그는 인수실(印綬室)로 들어가자 고향 군수의 직인(職印) 위에 무릎을 꿇고 앉아서 대원달성을 위해 몰입하고는 우치우치(吽哆吽哆)라고 외웠다. 하지만 최근 그에게는 큰 고통

이 닥쳐오고 있었다. 정령(正領) 영감의 타이름대로 그는 아무리 해도 느긋하게 때가 오는 것을 기다릴 수 없었던 것이다. 이미 토성랑에 사는 것 하나만 해도 그는 어찌할 수 없을 정도로 형세가 몹시 절박하였던 것이다.

그는 곧잘 울먹이면서 투덜거렸다.

"움집에서 쫓겨나면 어… 어떻게 제사를 지내냔 말이오. 아, 아. 뒈지면 아무 것도 안 되지. 안 되고 말고. 우리함이사파가(吽哩喊理娑婆呵)."

그 날도 그는 정한수 한 사발 앞에서 주문을 외우고 있었다. 그대 갑자기 붉은색 물이 방수벽을 부수고 급류처럼 쏟아져 들어왔다. 사발이 날아가서 그의 발에 맞았고, 즉시 토굴 안은 물바다가 되었다.

그는 거의 반 미쳐서 밖으로 뛰쳐나가서 눈을 번뜩이고 이빨을 벅벅 갈며 커다란 돌멩이를 높이 들어서 움집을 부수기 시작했다…….

무서울 정도로 격앙된 상태로 움집 기둥을 손으로 뽑았을 때, 말더듬이 사내는 뒤에서부터 그의 뼈밖에 없는 상체가 강인한 팔뚝에 짓눌리는 것을 느꼈다. 난폭하게 걷어차면서 그는 소리를 질렀다.

"놔라. 놔라!"

"무슨 일이노!"

뒤에서 껴안고 있던 원삼영감은 목이 메이는 소리로 부르짖었다. 원삼은 실제로 가슴이 답답해서 통곡이라도 한바탕 하고 싶은 심정이었다.

"우욱, 무슨 일이노!"

미래의 군수는 점점 더 미쳐서 양발을 공중으로 띄우고 뛰어올랐다. 그 한번의 충격으로 인하여 두 개의 몸은 함께 미끄러져서 털썩하고 쓰러졌다.

"니가 참아라!"라고 원삼은 거듭해서 외쳤다.

매서운 바람에 이끌려서 폭우가 용서없이 두 사람을 쏴쏴 하며 옆에서부터 후려갈기고 있었다.

땅거미가 내려앉을 무렵 비는 잦아들고 바람은 멎었다. 포플러 나무가 파스텔 스케치처럼 물안개 속에서 보이기 시작했다. 경사진 부근의 땅은 붉은 피부를 드러냈다. 그리고 굽이쳐진 토성 위에는 이번 폭풍우에 휘말려 부서진 움집의 폐허가 꽤 많이 눈에 띄었다. 그 옆에는 벌거벗은 것과 매한가지인 남녀가 어리둥절해 하며 움직일 줄을 몰랐다.

그때 한 쪽에서는 점점 토막민들의 모습이 두꺼비마냥 느릿느릿하게 움집에서 기어 나와서 토성 위를 향해서 올라가고 있는 것이 보였다. 마치 큰 비를 만난 닭이 비를 피하러 들어갔다 젖은 날개를 털며 밖으로 나오듯이.

모든 것이 장송(葬送)처럼 처참하였다.

검게 물든 하늘도.

두려워서 정신을 잃은 들판도.

범람하는 도랑도.

토성 일각에서 첨지부부가 격렬하게 멱살을 움켜잡고 싸우기 시작했다. 첨지는 쇠약해진 병든 몸을 일으켜 세워 도시로 돈벌이를 하러 나가려던 참이었다. 마침 그때 원삼의 움집에서 쌀 봉지를 받은 마누라가 모습을 드러냈다. 그는 화가 치밀어 올랐다. 쌀 봉지를 증거로 잡은 그는 원삼영감보다는 자신의 마누라에게 더욱 격심한 증오와 굴욕을 느꼈다. 그는 너무 흥분한 나머지 자신을 억누르고 무언가에 놀란 듯이 허둥대며 얼굴을 돌리고 손으로 지게를 짊어질 정도였다. 하지만 창황하여 다시 지게를 내려놓았다. 그는 절규를 가슴속에서 삼켰다. 그리고 아무런 말도 하지 않고 그는 마누라의 어깨를 향해 무지막지한 타격을 가했다.

그리하여 무서운 싸움이 벌어졌다.

여자는 진흙탕 위에 엉덩방아를 찧고 머리를 심하게 얻어맞고 낮은 비명을 내질렀다. 쌀봉투는 내팽겨쳐지는 바람에 흙탕물 위에 입을 벌리고는 흰쌀을 쏟아냈다. 아이가 움집 안에서 그것을 보고는 으앙 하고 울어대기 시작했다.

첨지는 침을 뿜어대며 주먹을 꽉 쥐고 내질렀다. 잠시 지나자 여자는 벌떡 일어나서 그를 향해 표범처럼 우악스럽게 달려들었다.

“이 짐승보다 못한 놈! 때렸단 말이지. 그래 더 때려 봐라. 이 사내 구실도 못하는 놈아!”

“…….”

“어여, 때려 봐. 왜 못 때려!”

여자는 몸을 첨지의 가슴팍에 밀어붙이면서 점점 더 힘을 줬다. 머리채가 헝클어지고 어깨가 심하게 들썩거렸다.

“정말 뒈지고 싶은겨.”

“죽여 아야… 아아… 아악 죽여라 이 놈아.”

“첨지. 내가 무슨 짓을 했다고 이러오?”

영감은 그에게 다가갈 기회라고 생각하고 주춤주춤 접근하며 떨면서 말했다. 그러나 그 말은 들릴 듯 말듯 마치 혼자 중얼거리는 것처럼 작게 끙끙거릴 따름이었다. 우직한 영감은 첨지의 저 무서운 분노의 불길에 기름을 쏟아 부은 것이 자신이라는 것을 얼뜨게도 눈치채지 못했다. 첨지는 더 이상 주체 할 수 없는 마음에 더욱 더 격앙됐다.

눈 깜짝 할 사이에 원삼은 그의 옷깃을 첨지가 틀어잡는 것을 알았다.

“첨지 내가 뭘 했다 이러오?”

“…….”

영감은 자신의 얼굴 위에 첨지의 얼굴이 치솟아 올라오는 것을 보았다. 곧 바로 눈에서 불꽃이 튀고 머리는 아찔아찔 거렸다. 그는 우욱 하는 비명을 올리면서 창에 찔린 반달가슴곰처럼 벌러덩 나자빠졌다.

마누라는 쓰러진 채로 통곡을 하면서 큰소리로 부르짖었다. 누구나 그렇게 울분을 해소하는 것 마냥.

“내가 뭐가 그리 부족하오. 새끼도 낳아줬고 발이 짓무르도록 일해준 것 밖에 더 있소. 사내 구실도 못하는 놈과 만나 지옥보다 못한 세상에 사는 게 아니요. 밥은 커녕 죽도 못 얻어 먹고… 물 한모금도 제대로 못 마시고 사는 게 어디서 굴러 온 어떤 개뼈다귀 같은 놈 때문이오!”

그녀는 땅바닥을 마구 쳤다. 그리고 악 하는 울음소리를 내며 바닥에 엎드렸다.

"아이고 아이고 이렇게 억울한 일이 어디 있소. 아이…이…고…오."

절름발이는 쏟아진 흰 쌀알을 봉지 안에 주워 담으면서,

"그래도 살아 있기라도 하니께."라고 히죽거리며 비웃었다.

황혼이 깃드는 토성 위에는 가랑비를 맞아 가며 토막민들의 검은 행렬이 점점 길게 늘어서고 있었다. 폭우가 계속 몰아쳐서 동쪽 저습지가 큰 강과 같은 물웅덩이로 변했기 때문에 그들은 철도선로까지 이어지는 통로를 찾기 위해 아우성을 쳐대고 있었다. 노인들은 지팡이에 의지해서 있는 대로 허리를 구부리고 우두커니 서있었다. 아이들은 쉴새없이 칭얼거리고 여자들은 끊임없이 모여들어서 무언가 걱정스러운 얼굴을 하고 속닥속닥 거리고 있었다.

회색 사냥모자, 코있는 데까지 깊이 눌러 쓴 중절모자, 밑이 없는 밀짚모자, 젖어서 푸석푸석한 머리칼, 여자들의 머리 수건……. 그리고 모두 맨발이었다.

저 멀리 북쪽 돌다리를 화물자동차가 경적을 우렁차게 울리면서 달리고 있었다.

움집을 때려 부순 말더듬이 사내는 밤중에 토성에서 모습을 감추고 말았다. 길을 잃은 개미가 어느 구덩이 속을 들여다보고 나서 또 다시 방황하듯이.

4

그날 밤 내내 첨지는 한잠도 못 잤다. 자리에 누워 있노라면 이번에는 약하게 기침에 목이 막혀서 일어나고는 하였다. 그리고 손등에 토해

놓은 혈담을 창백해진 얼굴로 지그시 내려다보았다.

결국 첫 닭이 아침을 알리자, 그는 주섬주섬 지게를 어깨에 짊어지고 나갔다. 여자는 흙둑 위를 걸어가고 있는 의기소침한 남편의 모습을 오랫동안 바라보고 있었다. 비는 밤중에 완전히 그쳐서 하늘에는 별이 두세번 반짝반짝거리는 것이 보였다. 하지만 험악해 보이는 새벽하늘에는 잔뜩 찌푸린 구름층이 떠돌고 있어서 여전히 큰 비가 계속 내릴 것임을 말해주고 있었다. 강은 상류쪽이 보다 더 많은 강우량이 있는 것으로 보였는데, 실제로 두 배나 수심이 높아져 있었다. 차가운 수증기가 그 일대에 자욱이 끼어있었다. 여자는 목을 문 밖에 내민 채로 한참동안 하품을 하더니 지그시 어슴푸레한 가운데 격류를 바라보았다. 그녀는 화가 난 듯이 침을 퉤 뱉고서 다시 짚으로 깐 바닥에 누웠다. 그러나 눈은 점점 더 반딧불이 내는 불빛마냥 맑아지고 있었다.

날이 밝자마자 토성랑에는 두 명의 레인코트가 나타났다. 장부와 검은 가죽 부대를 휘저으며 그들은 진창 속을 걸어서 오른쪽으로 갔다. 아침에 흐린 구름 속에 있던 빛이 구름 사이로 새어나오면 이따금 강 물살에 눈부시게 반사되었다. 붉고 혼탁한 물살은 토성 하부를 단숨에 집어삼키고 있었다. 반대편 기슭에 높게 쌓여있던 쓰레기 매립지가 섬으로 변해있었다. 강 중류에는 하얀 물거품과 짚더미가 한가득 떠다녔고 두세 마리 제비가 그것을 따라 날개를 퍼덕거리다가 뒤처지면 다시 허둥대며 따라가고는 하였다.

수금원들이 움집 앞에 왔을 때 원삼영감은 얼굴 한가득 주름을 접은 채로 숨을 가쁘게 몰아쉬었다. 지대(地代)를 이미 준비하고 있었기 때문이다. 낡은 버선을 벗고 그 안에서 종이꾸러미를 눈 깜짝할 사이에 꺼냈다. 그리고 몇 번이고 머리를 조아리면서 백동화(白銅貨)를 하나 하나 조심스럽게 건넸다.

"틀림없습죠."

그는 단단히 확인하려 들었다.

"제가 원삼이라고 합습죠."

그러더니 악취가 진동하는 봉발(蓬髮)을 수금원의 장부 위에 들이밀고는 자신의 이름을 찾으려는 듯한 시늉을 했다. 다카기 상회 수금원들은 마치 뜨거운 스토브에라도 다가간 듯이 몸을 뒤로 젖히고는 빤히 째려보았다. 그러자 원삼은 정말 곤란하다는 듯이 눈을 깜빡거리면서 히죽거렸다.

"못 찾으시겠습니까."

잠시 후 그는 채비를 하고는 질벅질벅거리는 진흙을 가르면서 첨지가 사는 움집으로 갔다. 그의 어깨에는 지게가 걸쳐 있었다. 앞을 가로막고 서는 둔중한 목소리로 외쳤다.

"나가야지, 첨지!"

"……."

그는 다시 한 번 소리쳤다. 그리고 괴이쩍은 생각에 안을 들여다 본 원삼은 그 즉시 피가 부글부글 끓어서 얼굴까지 치솟아 오르는 것을 느꼈다. 그는 침을 삼키고 저도 모르게 움막 벽에 바짝 몸을 밀착시키고 몸을 비볐다. 첨지 마누라가 옆으로 누워 자고 있었던 것이다. 희미한 햇빛이 살짝 들어와서 그녀의 등을 밝게 비췄다. 그는 눈꼬리를 내리고 꼼짝도 하지 않고 그 광경을 바라보고 있었다.

"가슴팍을 핏대가 끊어질 때까지 확 안아버릴까 보다."

하지만 그는 물론 그대로 서 있었다. 그의 가슴은 당장이라도 무너져 버릴 것 같았다.

원삼과 첨지마누라가 정을 통했다고 하는 무고한 소문이 토성랑에 파다하게 퍼진 것은 덕일 할멈이 그 광경을 본 후 부터였다. 미친 할멈은 때가 쪼글쪼글하게 낀 주름사이로 검정콩같은 눈을 반짝 거리며 음란한 목소리로 킬킬 거리며 웃고 있었던 것이다…….

그녀는 그 후로 사람들과 만날 때마다,

"이보시오. 그 일 말인데."

"뭐시오."

"뭐냐니? 원삼과 첨지마누라가 붙어먹었단 말이지."

그러나 그 후에도 여전히 장맛비가 내리면 연이어 강이 범람해서 토성랑은 점점 침수되어 갔다. 그것과 함께 토막민들은 점점 죽은 사람처럼 자기 움집에 틀어박혀 몸을 숨겼기 때문에 소문도 거기까지였다.

하지만 첨지는 그 소문을 들은 후부터는 한층 눈에 보일 정도로 병이 악화되었다. 눈은 의심 가득하게 깊은 곳에서 빛났고 입술은 창백하게 바짝 말라 붙었다. 그리고 좀처럼 입을 열지 않았는데 때때로 아무 것도 아닌 것에 심하게 욕을 하면서 사발을 집어던지고는 하였다.

그는 예전과는 완전히 달라져서 곧잘 새벽에도 비를 맞으면서 나갔다. 그리고 비와 안개가 가로등 옆에서 노란색 원을 그리는, 새벽녘 거리와 우마차가 다니는 혼잡한 시장 가운데를 지나, 고요하게 함빡 젖어 있는 T대하(大河)의 선착장을 터벅터벅 정처없이 거닐었다. 그는 갑자기 멈춰 섰다가 무언가를 혼자서 중얼거리고는 했다.

……그는 언제나 고향으로 돌아가는 회상을 했다.

그곳에는 광막한 논이 있다. 언덕 기슭에는 아카시아가 서있는 마을의 풍경이 있다.

저녁 끝나갈 때
누리 나타나면
겨범벅이 된 손이
나를 부르네
소 우리 응달에서
처녀가
나를 부르네

목초를 자르고 돌아오는 길에 개울가에 지게를 내려놓으면서 그는 곧잘 탁 트인 목소리로 한 곡조 뽑곤 했다.

봄에는 못자리. 여름에는 제초. 가을에는 추수. 농민은 논에서 허리를 긴 줄처럼 늘어뜨리고는 노래를 주거니 받거니 하면서 흥을 돋우면서 일을 한다. 커다란 광주리를 머리에 이고 계집애들은 눈두렁 위에 겨우 와서는 손을 흔들면서 홍에 겨운 목소리로 외친다.

"워디메가요. 점심이라요."

이윽고 겨울이 온다. 마을 사내들은 벼를 팔러 우마차 큰 종을 딸랑 딸랑 울리면서 도시로 향한다.

하지만 고향의 이런 평온하고 유쾌한 생활도 오래 지속되지 않았다. 무언가 보이지 않는 거대한 힘에 생활의 기반을 침식당한 그들은 생계가 궁핍해지고 자작농의 농지는 타인의 손에 넘어갔다. 사오년이 지나자 들판에는 'T회사관리농장'이라고 높은 표식이 서게 되었다. 그들은 자기들 맘대로 논밭을 메우고 그 주위로 일리(一里)도 넘게 방죽공사를 했다. 그리고 그들은 새롭게 늘어나는 함석지붕을 어안이 벙벙해져서 바라보며, 다른 한 편으로 사라져가는 초가 사람들을 마을 끝에서 보고 있었다.

그에게도 마침내 올 것이 오고야 말았다. 소작이동통지서가. 다만 그 때는 여름도 다 끝나가는 시기였다. 벼는 하늘을 향해 고개를 쳐들고, 이삭은 무겁게 늘어져 있었다. ……그는 그때 극도의 흥분과 분노로 옴짝달싹도 할 수 없었다. 이빨을 뿌드득뿌드득 갈았고 눈에는 숯불이 타는 듯한 붉은 빛을 발하고 있었다. 마누라는 마름의 집에 애원을 하러 나갔다. 그것을 허용할 정도로 그때까지는 첨지에게도 조금의 희망이라도 남아있었던 것이리라. 그럼에도 불구하고 밤늦게 돌아온 마누라의 모습은……. 쓰러져 울고 있는 마누라의 머리칼은 헝클어져 있었고 저고리는 엉망으로 구겨져 있었으며 등뒷부분이 찢어져서 그 사이로 하얀 피부가 엿보였다…….

돌연 정신을 차린 그는 머리를 휘저었다. 악몽에서 깨어나기라도 하려는 듯이. 그는 천천히 품에서부터 곰방대를 꺼냈다. 그렇다, 부정한 여편네 덕으로 소작권을 회복했을 때 둘이서 칵 죽어버렸으면 좋았을 것이라고 그는 생각했다. 그러나 반쯤 미쳐버린 그는 그날 밤에 "조선놈으로는 부족한기야!"라고 아우성을 쳐대며 마누라를 반쯤 죽여 놓았던 것이다. 그는 밤중에 소작하는 논에 침입해서 덜 자란 벼를 전부 베어버리고 방죽 수문을 열어버린 후 도망쳐 나왔던 것이다.

그 후 그의 생활은 완전히 자포자기 상태에 빠져 있었다. 너무나 큰 불행과 절망에 풀이 죽은 사람들이 곧잘 그러하듯이 그는 생활감각을 잃고서, 원삼의 개입까지 묵과했으며 마누라와도 생판 남인 것처럼 행세했다.

어찌되었든 그는 근래에 들어서는 원삼의 도움을 받지 않고도 별도로 먹을 쌀 정도는 벌어서 돌아왔다. 어느 날 밤 이 딱한 지게꾼은 전에는 볼 수 없을 만큼 기뻐서 어찌할 바를 모르고 있었다.

"삼일 후에 '해적(解積)'에서 일을 하게 됐네."

눈을 가늘게 뜨고 자랑스러운 듯이 그는 입을 오므리고 말했다.

"그런 일을 할 수 있소?"

여자는 눈을 동그랗게 떴다. 그러자,

"친구가 도와준다고 했네."라고 가볍게 받아 넘기며 그는 대단히 만족해했다.

실제 그 날 아침 첨지는 같은 동리 출신인 병길(炳吉)과 해우했던 것이다. 병길은 그와 동년배로 이른바 끝발이 있었고 기골이 장대한 사내였다. 광대뼈가 튀어나와 있고 눈은 반짝거렸으며 열 살이 될 무렵부터는 마을의 계집아이들에게 인기가 있었다. 마침내 마을 어르신인 김참봉(金參奉)의 딸을 꼬득인 것이 문제가 돼서 동리에서 쫓겨났다. 병길은 첨지가 이상할 정도로 의기소침해져서 입을 떼기도 힘들 정도로 딴판으로 변해버린 모습에 강한 동정을 느끼고는 K창고 해적에서 일할 수 있게 해주겠다는 약속을 했던 것이다.

"다른 사람에게 말해서는 안 되네."라고 병길은 커다란 손바닥으로 첨지의 섬약한 어깨를 두드리면서 껄껄 웃었다.

'해적'이라는 것은 창고내의 저장 곡물이 쏟아져서, 그것을 다른 곳으로 운반하는 것을 말한다. 그것은 원칙적으로 조합 가입자에게만 허용되는 일로, 일부 조합노동자가 발각이라도 되는 날이면 사단이 일어나므로, 한정된 인원이 꼭두 새벽부터 비밀리에 수행하는 일이었다. 병길은 자신의 힘으로 국외자(局外者)를 참가시키려고 했던 것이다.

"이 원(二圓)씩이나 준다네. 병길이가 그리 말했어."

여자는 조그맣게 외쳤다.

"어렵쇼. 정말 병길과 만났소."

첨지는 어둠의 틈새를 통해 괴이쩍은 눈초리로 마누라를 주시했다. 그리고 약하게 기침을 했다.

5

방파제마냥 토성랑은 범람하는 물속을 헤엄치고 있었다. 검은 흙둑의 등줄기는 망망한 대해에 떠오른 고래와 같았다. 그 사이로 포플러 나무가 조용히 숨을 쉬듯이 그 가운데 우뚝 솟아 있었다. 차가운 습기를 머금은 바람이 때때로 그것을 춤추게 하였다. 안개가 주변 일대에 희뿌옇게 자욱이 낀 위로 한낮의 태양이 자리하고 있었다. 반대편 기슭의 퇴비와도 같은 산은 완전히 침수되어서 위세 등등한 물줄기가 전야(田野) 일대로 몰려가고 있었다. 채소밭이며 논, 조밭 등을 잠식해가면서 보다 더 깊숙한 곳으로. 여기저기에 옷감과 전신주와 노목(老木)이 떠내려 가는 것이 부옇게 망막에 비쳤다. 다만 북쪽으로 이어져있는 아카시아 가로수 길과 석조로 만들어진 긴 다리만이 흰색으로 빛나는 채로 홍수 위에 떠 있었다.

때때로 태양빛이 반사되어 은색으로 반짝반짝 빛났다.

격앙된 탁류는 소용돌이를 치면서 무서운 기세로 토성에 밀어닥쳐 왔다. 그 물살에 잠기기 시작한 움집은 우르르우르르 소리를 내며 딛고 있던 땅이 부서지더니 한 순간에 휘청휘청 거리다가 우지직하는 소리와 함께 그 자리에 주저앉았다. 초가지붕은 탁류 속으로 거꾸로 곤두박질 쳤다. 쥐가 차가운 물속에서 떠내려가다가 깜짝 놀라서 강기슭을 향해 허둥대며 헤엄쳐댔다. 가까운 움집에서는 괴상한 소리에 놀란 사람들의 검은 머리가 나타났다가 다시 사라졌다. 붉은 색으로 괴어있는 물구덩이에는 기둥과 가구 그리고 가축의 사체나 농가의 지붕마저 둥둥 떠 있었다. 모든 것이 떠내려가는 먼 남쪽 저편에는 망망한 T대하의 조망(眺望)이 펼쳐져 있었다.

흙둑의 동쪽 저지대는 한 곳에 몰리던 빗물이 바다처럼 흘러 넘쳐서 도살장도 지금은 물에 떠오를 지경이다. 십여 명의 사내가 빙 둘러쳐 놓은 목책 안에서 돼지를 쫓아내려고 하였다. 그들이 진흙탕 속을 뛰어다니면서 무언가 연신 외쳐댔다. 그러자 검은 돼지 무리는 요란한 소리로 소란을 피우며 맞은 편 고지대인 철도선로 쪽으로 우르르 몰려갔다. 그 맞은 편에는 굉장하게 넓은 감옥과도 같은 붉은색 높은 성과 굴뚝이 숲을 이룬 잿빛으로 물든 도회지 하늘이 지그시 이러한 풍경을 바라보고 있다.

광활한 창공에서 한 마리 매가 날개를 펴고 도살장으로 하강했다. 탐욕스러운 눈을 돌려서 사면을 한 바퀴 돌더니 갑자기 목을 웅크리고 부리로 발톱을 갈면서 부채처럼 펼친 날개를 접고서는 하강할 자세를 취했다가 갑자기 몸을 하늘로 띄우고는 다시 저 멀리로 날아갔다.

하늘에는 이미 두껍게 낀 구름은 없었다. 물이 가득 들어찬 들판 위를 축축하고 쓸쓸한 바람이 거닐 뿐이었다.

수만마리나 되는 잠자리는 토성 위를 교차하며 날았다.

홍수가 지나간 낮………

원삼영감은 아무것도 손에 잡히지 않았다. 그는 석유 상자 속에 목침과 해진 고무장화와 때가 검게 낀 버선 등을 챙겨 떠날 짐을 정리했다. 그러나 멍석을 말아 올리는 일만은 도저히 할 수 없었다. 그는 성안에 살 곳을 구해 놓은 상태가 아니었기 때문이다. 사오일 동안 원삼은 시내를 비틀비틀 헤매 다니고, 비굴하게 눈을 희번덕거리면서 연이어 바싹 마른 입술을 핥았던 것이다.

"셋방 없심까? 지독한 홍수로 집이 떠내려갔습지요. 가족은 넷입죠."

그러나 그 누구하나도 그를 상대해 주는 사람은 없었다. 그래서 그는 누가 뭐라 하여도 토성랑을 떠나서는 안 되겠다고 점점 단순하게 생각하는 것이었다. 애초부터 토성은 일년에 한두 번은 반드시 대홍수가 들이닥쳤다. 그 후에는 수백 수천의 토막민이 다시 새롭게 이 토성랑에 밀려 들어왔다. 원삼영감도 그제서야 자신의 움집도 홍수에 집어삼켜지지 말라는 법이 없음을 알았다. 그렇지만 그는 다시 어딘가로 가지 않으면 안 되는 처지였다.

그는 잠시 일을 쉬고는 다시 저혼자 생각에 빠져들었다. 도대체 첨지는 어찌할 생각일까? 다른 때여도 좋을 것을 오늘은 창고일로 오전 세 시 경부터 일을 하러 나간 것이다. 게다가 지금이라도 움집은 무너져 내리려 하지 않느냐 말이다. 그리고 그 소문이 돈 이후로 한 번도 첨지 부부와는 허물없이 앞으로 닥칠 일을 의논하지도 못하고 있었다. 마누라는 그가 조금이라도 다가오기라도 하면 언제나 손바닥을 편 양손을 휘저으며 내밀고는 두려움과 화가 섞인 떨리는 목소리로 말했다.

"썩 꺼지시오. 누가 보면 어쩌려고 이러시오."

그는 기세 좋게 침을 뱉고 나서는 이번에는 움집 수리를 시작했다. 진흙을 반죽해서 부서진 벽에 문질러 칠했다. 완전히 물속에 잠겨있던 벽은 열기를 받은 탓으로 뭉개져서 새롭게 반죽을 한 흙을 발라도 우르르 무너졌다. 그래서 흘러 들어오는 물에 잠기지 않게 하기 위해서 벽 주변을 높게 쌓아올려 보았다. 마치 흙을 파내는 두더지처럼 결사적으로.

때때로 그는 무너질 듯한 첨지의 움집을 응시하고는 바로 수리를 하지 않으면 안 되겠다고 생각하고는 안절부절 못하였다. 그러다가는 다시 망설였다.

그는 힘주어서 팔짱을 끼었다. 그리고 커다란 가슴을 드러내더니 다박수염이 난 턱을 아래 위로 끄덕거렸다.

대여섯 명의 토막민이 허섭스레기를 짊어지고 북쪽 돌다리 쪽으로 피난해갔다. 거무스름한 작은 몸집의 노인이 무너진 움집 옆에서 무언가 가져갈 것이 없나하고 허리를 구부려서 쑤시고 있었다. 그것을 보고 노인은 눈앞이 캄캄해지고, 가슴은 격렬한 절망에 휩싸였다.

그때 그의 등뒤 쪽에서 심상치 않은 소란함을 의식했다. 그리고 뒤돌아 본 원삼은 그 자리에 못박힌 듯이 꼼짝도 할 수 없었다.

쳐다보자 낯빛이 변한 움집 주민들이 줄지어 우르르 몰려드는 가운데 어디서 본 적이 있는 노동자와 같은 차림새의 사내가 등 뒤에 피범벅이 된 한 사내를 업고 있었다. 그는 그것이 병길인 것을 직감하였다. 업혀 있는 사내의 얼굴은 붕대로 감겨진 채였고, 머리가 어깨너머로 지휘봉처럼 흔들거리고 있었다.

"누구야. 누구냐고."

누군가가 고함쳤다. 그들은 병길을 마누라의 움집 안으로 데리고 들어갔다. 많은 토막민들은 입구 앞을 막아선 채 번잡하게 소리를 질러대며 와글와글거리고 있었다. 움집 안은 마치 벌집을 건드린 것처럼 큰 소동이 벌어졌다.

"자리를 펴. 자릴!"이라고 큰소리로 외치는 소리.

그러자 이번에는,

"물. 물."이라고 다른 사람이 다급하게 외쳤다. 아마 마누라가 너무나도 놀라서 정신을 잃고 쓰러졌던 것이리라. 아이는 무서움에 으앙 하고 울음을 터뜨렸다.

불길한 예감에 사로잡힌 원삼은 안색이 바뀌어서 얼마간 우두커니 서

있었다. 그는 매우 고통스러운 듯이 숨을 내쉬었다. 그리고 바위와도 같은 그의 체구는 지금이라도 주저앉을 것만 같았다. 노인은 그 자리에 털퍼덕 주저앉을 것 같은 기분이 들었다.

하지만 그는 퍼뜩 결심한 듯이 맥없이 가까이 다가갔다. 첨지의 움집 앞에 가자 조용히 작은 소리로 중얼거렸다.

"좀 비켜주시오."

불행은 운 나쁘게도 '해적'이 다른 노동자들에게 발각되면서 벌어졌다. 원래 창고 안에 있는 저장곡물의 반 이상이 무너져 내리기 전까지는 운반특권을 가질 수 없었다. 그래서 네시경부터 숨도 조심스레 쉬면서 사십 명으로 시작한 일은 아침 해가 힐끗힐끗 새어 들어올 때는 이미 일의 태반이 전척되어 있었다.

하지만 아침 일곱 시경에 뒤늦게 그것이 발각되었다. 틈입자(闖入者)는 대부분이 조합원이었다. 증오와 질투로 그들은 욕설을 퍼부으며 아우성을 쳐댔다.

"번개나 쳐 맞아라!"

"친구고 뭐고 없다는 것이냐!"

"도둑놈, 도둑놈의 새끼들!"

몰래 들어와서 일을 하던 사십 명은 그저 고개도 들지 못 한 채 먼지가 가득한 가운데를 분주히 움직여 다녔다. 다섯 명이 한 조가 되어, 세 명이 영차 하는 소리도 없이 한 사람에게 쌀가마니를 지어주면 그 사내는 전깃불을 든 자에게 이끌려 비틀비틀거리며 기다란 발판을 지나서 내려갔다. 더구나 첨지는 매우 초조해 하고 있었다. 몸이 약한 탓에 전깃불을 들고 있는 역할을 담당하고 있다는 것만으로도 한없는 고통을 느꼈던 터인데, 이제 다시 조합원까지 나타나서 몸을 어디에 둬야 할지 당황해 하지 않을 수 없었기 때문이다. 그는 공포와 슬픔에 쥐구멍에라도 들어가고 싶어졌다.

그리고 그는 어느 험악해 보이는 붉은 얼굴을 한 사내에게 발각돼서 소맷자락을 붙잡혔을 때는 반사적으로 재빠르게 주먹으로 사내를 앞으로 떠밀어 넘어뜨렸다.

그리하여 두 사람은 뒤엉켜서 싸웠다. 주먹과 함성이 숲처럼 높게 치솟았다.

그래도 이 격투는 험악한 인상을 한 병길이 달려들어 말려서 수습되었다. 실제로 깡다구가 있는 첨지에게도 그렇다 할 부상은 없었다. 하지만 첨지는 병길에게 도움을 받았을 때 갑자기 서러움이 북받쳐 올라오는 것을 참을 수 없었다. 얼굴을 있는 힘껏 찡그리고 이를 악물었지만 뜨거운 눈물이 입가로 흘러 떨어졌다. 병으로 쇠약해져 있는 그였다. 입회비 십원이 없어서 조합에조차 가입하지 못했던 그였다. 그리고 토성랑에서도 쫓겨날 판이다. 마누라도 자신을 소원하게 대하기 시작하고 있었다. 모든 것이 괴로웠다………

그는 성큼성큼 발판을 올라갔다. 오늘은 어떻게 해서든지 돈벌이를 하지 않으면 안 되었던 것이다. 그는 조용히 부탁했다.

“내도 질 수 있게 해주오!”

그 소리는 말 그대로 놀라 자빠질 만큼 서슬이 퍼렜다. 그의 이마에는 송글송글 땀이 배어났고 지금이라도 숨이 끊어질 듯한 괴로운 표정으로 한 걸음 두 걸음 발판을 내려가고 있었다. 그렇게라도 해서 두 사람 분을 하고 있다고 어쩌면 믿게 하고 싶었던 것이리라. 등골은 으직으직 금이 갈 것 같았고 다리는 부들부들 떨렸다. 그에게는 너무나도 무거운 짐이었기 때문이다.

눈 깜짝할 찰나였다. 모두가 구름처럼 몰려든 것과 같은 이상한 소리가 울려 퍼졌다. 저주와 가책하는 소리가 울려 퍼져 거친 숨결이 주위를 소용돌이 쳐댔다. 쌀가마니에 깔려서 피투성이가 된 첨지의 섬약(纖弱)한 몸이 그곳에 뭉개져 있었다.

아비규환인 토굴 안에는 그대로 이송된 첨지의 시체 주위에 다만 커다랗고 검은 파리떼가 붕붕거리며 모여들었다가 흩어졌다 하면서 춤을 추고 있었다. 둘러싼 사람들도 죽은 사람처럼 파리떼를 쫓으려고 하지 않았다. 피가 번져있는 저고리. 붕대가 감겨져 있어 불어난 몸. 힘이 빠져버린 검은 다리. 가느다란 목은 붕대에 감겨져 있고, 반쯤 닫힌 눈은 피로 번뜩이고 콧구멍에는 솜이 채워져 있었다……. 그것이 때때로 퍼렇게 혹은 붉게 아른거리면서 무수한 원을 그리며 다가왔다. 원삼영감은 마음이 괴로워져서 움푹 들어간 눈으로 그 광경을 가만히 바라보면서 꼼짝도 할 수 없었다.

병길은 책상 다리를 하고 앉아 넓적다리 위에 양손을 세우고 있었다. 그는 같은 고향 출신인 여자의 어깨가 성난 파도처럼 들썩거리는 것을 가만히 지켜보고 있었다. 콧날 옆에 천연두 자국이 있는 얼굴은 깊은 생각에 잠겨 있는 것 같았다.

"같은 마을 새댁이 과부가 되다니. 이제 새끼들과 길바닥에 나앉게 되었지 뭐야. 젊은 여자가……..."

마누라는 트라코마[8]로 붉어진 눈을 슴벅거리면서 점점 더 심하게 울며 아우성쳐댔다. 남편의 시체에 쓰러져서. 아이는 울다 지쳐 있었다. 눈물이 얼룩진 볼을 타고서 갈비뼈가 피아노를 여는 열쇠처럼 드러나 있는 가슴을 흘러내려서 이번에는 터무니없게 불룩해져 있는 배로 흘러가는 것이었다. 병길은 통곡을 멈추지 않는 여자의 어깨를 흔들면서 위로했다.

"잘 견뎌내쇼. 이 모든 게 다 팔자지 뭐요. 무엇보다 여기는 위험하니까 다른 곳으로 옮겨 가셔야 하오."

그때 원삼은 손을 가볍게 떨었다. 그는 무의식적으로 반발이 일어나서 안색을 바꾸고 병길의 얼굴을 살폈다. 병길은 알 수 없는 미소를 머금고 있었다.

8) 과립성 결막염.

지금까지 벙어리처럼 첨지의 시체를 조상(弔喪)하고 있던 덕일노인은 갑자기 어딘가 욱신욱신 아픈 모양으로 얼굴을 찡그렸다.

그러더니 이를 악다물고 중풍이 있는 다리를 번갈아 꼬더니 울지 않는 오래된 시계 마냥 한동안 뜸을 들이다가,

“참으로 지독한 팔자일세 그려.”라고 말했다.

마누라는 억지로 눈물을 참으려고 큰 숨을 후우하고 내뱉었다. 그러나 얼마 지나지 않아 경련을 일으키는 듯한 통곡이 폭포처럼 왈칵하고 터져 나왔다. 어깨는 점점 더 격렬하게 파도치고 있었다.

밖에는 다카기상회 회원들이 나타나서 붉은 깃발을 흔들어 대고 있었다.

“다리로 가시오. 여기는 위험하오!”라고 그들은 소리쳐댔다. 그들은 그렇게 할 필요가 있었다. 이미 무일푼이 돼 버린 토막민을 토성랑에 거류시킬 수는 없었기 때문이었다.

“어서 어서 눈앞에서 썩 사라져라!” 그들은 깃발로 사람들을 몰았다.

움집 사람들은 입을 다문 채로 토성 위를 향해 뛰어 올라갔다. 물에 잠겨 죽는 편이 낫겠다고 마음속으로는 생각하면서도, 역시 그들은 돌다리 쪽을 향해 걸어가는 것이었다. 그저 사슬마냥 좀처럼 끊어지지 않는 생명의 힘이 그들을 끌고 가는 것이었다. 첨지의 움집 근처를 지나가면서 토막민들은 마누라가 대성통곡을 하는 소리를 들었다.

불구인 거지는 다리를 질질 끌면서 혼자서 중얼거렸다.

“모든 게 다 끝장이야.”

흙둑 남쪽에서는 동탁(銅鐸)[9]이 헐떡대며 미친 여자같은 소리를 내며 떠돌아다녔다.

“납치범! 꺼져버려! 꺼져 버려라.”

---

9) 청동기 시대부터 쓰기 시작한, 방울 소리를 내는 의기(儀器). 몸체는 원뿔대를 누른 모양이며 단면은 은행 알 모양이고 위에 반원형 고리가 달려 있다(『표준국어대사전』).

그 목소리는 양복 입은 사내들을 당혹하게 하며 먼 곳까지 쫓아가고 있는 것인지, 점점 조용해지고 있었다.

6

흙둑 한 편에서 원삼영감은 우뚝 서있었다. 저 홀로 어두운 방에 남겨진 아이처럼.

탁류 위로 석양이 반사되어 붉은 빛이 흩뿌려지고 있었다. 세찬 물줄기를 세로로 가르며 선명한 분광이 토성에 비췄다. 주위에는 비구름이 잔뜩 끼어있었고 중앙에 위치한 태양이 마법사가 던진 투구처럼 그 위에 둥실 떠있었다.

원삼은 눈부신 듯이 볼 근육을 끌어당기고 얼굴을 찡그렸다. 두툼하고 커다란 입술이 무게있게 보였다. 움푹 들어간 두 눈 가장자리에는 무언가 흰 것이 빛나고 있다.

제비가 강 한복판을 날아다녔다. 그는 망연자실해져서 강 한복판을 눈으로 쫓으면서 제비가 휙 하고 날아오르는 것을 보았다. 그로부터 하늘에서 금색 빛이 찌르듯이 내리 쪼였고 이번에는 다시 꽃잎처럼 팔랑팔랑거리며 내려오는 것을 바라봤다. 초가지붕이 해마처럼 떠내려가고 있었던 것이다.

토성랑은 점점 어두워져서 마치 죽은 것처럼 조용했다. 토성에는 더 이상 상회(商會) 사람들의 그림자도 보이지 않았고 도살장에서 가축의 울부짖는 소리도 들리지 않았다. 백양목 나뭇잎이 서로 스치는 소리도 내지 않고 조용히 흔들거렸다. 전후좌우 사방 그 어느 곳도 홍수에 의해 포위되어 있지 않은 곳이 없었다. 발아래에는 탁류가 소용돌이 치고 있었다. 그는 자신도 떠내려갈 듯한 기분이 들었는지 갑자기 눈이 어질어질 해지는 것이었다. 그는 휘청거릴 것 같은 다리에 힘을 주었다. 가슴은 기름틀에 짓눌린 것처럼 고동쳤다. 첨지에게 품고 있는 가슴 속 반항심과 짓눌려졌던 분노는 이미 자취를 감췄다. 기억하는 세부적인 사항마저 그의 정수리를 말라리아처럼 부들부들 떨게 하였다.

원삼영감은 경직된 표정을 하고 생각했다.

"첨지는 죽었다. 내가 배은망덕한 짓을 하지 않으면 실제로 마누라와 새끼는 거지가 될게 아닌가."

그는 저도 모르게 미소를 지었다. 이제 그에게 남겨진 것은 독자적으로 생활하는 것이 아니라, 지금은 마누라 한 사람에게 집중되었기 때문이다. 그의 절망을 심연으로부터 구원해 낼 수 있는 것은 마누라에 대한 애정뿐이었다. 하지만 즉시 그의 환상은 갈기갈기 찢어졌다. 그는 경악했다. 첨지가 피범벅이 돼서 도톰한 입술을 실룩실룩 움직이더니 붉은 이빨 사이로부터 쥐어짜듯이 무언가 소리를 지르려 했기 때문이었다.

그는 비틀거리며 세 네 걸음 뒤로 물러섰다. 그리고 잠시 마음을 가라앉히고 두려운 듯이 주위를 둘러보았다.

원삼은 맞은 편에서 두 사람이 가까이 다가오는 것을 얼핏 느꼈다. 이미 주변은 어두컴컴했다. 누군가 걷는 것이 위태로운 노인 같았으며 지팡이에 몸을 지탱하고는 비틀비틀 걸어왔다. 그 뒤로 노파가 커다란 꾸러미를 지고는 무언가를 중얼중얼 거렸다. 아지노모토[10] 양철 깡통이 그녀의 손에서 붉게 한 번 반짝였다. 덕일 노부부였다. 돌다리 쪽을 향해 살아남기 위해 피난중인 것이다.

덕일은 무언가에 찔린 듯 몸이 굳은 채로 길을 가로 막고 서있는 원삼의 모습을 보고는 코 밑까지 다가와서 씩씩거리며 버둥대며 무언가

---

10) 아지노모토[味の素] 1909년에 창업된 식품화학회사. 화학조미료 회사로 일본의 식민지였던 조선은 아지노모토 제품을 다량 소비했다. 이른바 '아지노모토 제국주의'는 당시 조선뿐만 아니라 일본의 식민지였던 대만과 동남아시아 각국에 폭넓게 퍼져있었다.

말하려고 애썼다.

"영감. 쓸데없는 짓거리… 하지도 마시오. 가라고. 떠나야 해."

미친 여자는 갑자기 이빨을 드러내고 웃으며 투덜거렸다.

"조금은 슬프기는 한 게요? 색골 영감."

그러더니 오른쪽 손으로 원삼의 넓적다리를 한 번 툭하고 건드리고는 킥킥 웃으며 부끄러운 듯 서둘러서 걷기 시작했다.

토성은 완전히 어둠에 휩싸여 있었다. 두 사람의 모습은 북쪽으로 점점 사라져 갔다. 발을 구르는 소리가 울려 퍼졌다. 넘어진 것이리라. 그 맞은 편에는 돌다리가 새까맣게 이어져 있고 전등이 줄지어서 어스름하게 빛나고 있다. 몇몇 사람의 그림자가 다리 위를 배회하고 있는 것이 보였다. 성안에서는 무언가 갑자기 기절초풍이라도 한 듯이 전등이 바다를 이루고 빛나고 있다. 오랫동안 원삼영감은 그대로 서있었다. 토성을 집어 삼켜버릴 듯한 탁류의 시끄러운 소음에 자연스레 귀를 기울이면서. 처음으로 그는 옆의 포플러 나무 위에 새가 짹짹거리며 짧게 울거나 한두번 날개를 파닥거리면서 둥지 속의 잘 곳을 가다듬는 소리를 들었지만 끝내 그 소리도 사라졌다. 그는 기분 좋게 이보게들 이라고 속삭였으나, 주위는 완전히 홍수가 흘러가는 소리에 지배되어 있었다. 그는 갑자기 슬픔과 공포에 사로잡혀서, 한 순간 휘청휘청 거렸다.

그러던 사이에 굉장한 기세로 땅이 울렸다. 그때…….

남쪽으로 삼십 사십 간[11]이나 떨어져 있던 토성의 일부가 격류의 습격을 견뎌내지 못하고 결국 순식간에 무너져서 급류 속으로 떨어져 나갔다. 물보라가 수십 자나 높이 치솟았다가 흩어졌다. 그것이 어둠속에서 은색으로 번쩍거렸다. 이번에는 그 근처의 토성이 부서져서 처박히며 가볍게 물이 튕기는 듯한 소리가 잠시 들리는가 싶더니 다시 커다랗게 쿵쿵거리는 소리가 광란의 한가운데를 관통하고 울려왔다. 토성은

11) 길이의 단위. 한 간은 여섯 자로, 1.81818미터에 해당한다.

이제 둑이 터져서 무너져 내리기 시작했다. 급류는 거기서 뚫고 지나갈 길을 찾아서는 폭포처럼 쏴아 쏴아 하는 소리를 내며 동쪽 저지대로 대거 쏟아져 내렸다.

그는 급작스러운 사태에 마누라의 움집을 향해 내달렸다. 모골이 오싹하여서 등뒤에서 싸늘하게 당혹스러운 감정이 지나갔다. 그는 질질 끌던 바지조차 아무리 해도 받쳐 입을 수 없었다. 넘어지면서도 그는 전속력으로 달렸다.

193×년 7월×일

토성은 마침내 유실되었다.

수직으로 철교가 받치고 있는 한쵸[半町] 정도 만이 침수를 면할 수 있었다.

토성랑은 가을이 되자 일시에 생활의 기반을 잃은 무리들이 새로 몰려 들어와서 어느샌가 그들에게 점령되었다. 변함없이 움집이 초만원을 이루고 있었다.

다만 고참으로서 원삼은 홍수 후에도 그곳에 남아있었다. 그의 움집은 철교 가까이에 자리잡고 있었다. 다만 그는 아침에 한 번 밖에 움집에 모습을 보이지 않았다. 눈은 움푹하게 더욱 깊이 자리잡고 있었고 양팔은 말라서 힘없이 축 늘어져 있었다. 그의 몸에는 외출을 할 때마다 더러운 자루하나가 감춘 듯이 둘러져 있었다.

그는 절대로 이전에 지게벌이를 하던 시가지에는 얼씬도 하지 않았다. 좁은 골목으로 도망치듯이 헤매이며 누군가가 사는 대문 앞에 당도해서는 한 번 주의 깊게 주변을 살피고는 허둥대며 뛰어 들어갔다. 때로는 돌담이나 기둥에 탁하고 머리를 부딪치는 경우도 있었다.

그는 허리를 정중하게 숙이고 슬픈 듯한 모습으로 합장을 했다. 그러더니 자루의 입을 벌리는 것이었다.

마누라는 병길과 함께 살게 되었던 것이다.

그는 좀처럼 사람들과 말을 하지 않았다. 다만 움집 안에 웅크리고 앉아서 길거리에서 주운 담배 꽁초를 신문지에 말면서 습관처럼 입술을 할짝할짝 거렸다.

다음 해 3월 ×일

원삼영감의 마지막이 다가왔다.

토성랑에 갑자기 퇴거명령이 내려졌다. 국제선로가 토성랑 앞을 달리고 있음에도 불구하고, 거지 소굴이 그 앞에 있음은 도시 미관을 대단히 해친다는 것이 그 이유였다.

다카기 부회 의원(府會議員)은 특히 움집을 철거해야 한다고 강경하게 주장했다. 부(府)의 체면을 위해서도 자신의 이익을 추호의 망설임도 없이 버리겠다고 그는 특히 힘주어서 거듭 역설하였다.

수백 명의 토막민들은 들고 일어나서 꿈적도 하지 않았다.

하지만 부는 어느날 움집을 차례차례 도랑 속으로 처넣었기 때문에 사태는 간단하게 끝나버렸다.

그리고 그 날 저녁의 일이었다.

봉천행(奉天行)[12] 특급열차가 토성랑 앞 지점에서 날카로운 기적을 연이어 울리더니 무언가 매우 급박한 듯이 급정차하였다. 하마터면 전복될 뻔한 순간이었다. 선로 위에는 수북하게 돌멩이가 산처럼 쌓여있었다.

기관사들은 선로로 뛰어내려서는 방해물을 치우려고 하였다. 그때 그들은 그 자리에 얼어붙고 말았다. 왜냐하면 랜턴 빛이 기관차 바퀴 아래에서 시뻘건 피가 범람하고 있는 광경을 비추고 있었기 때문이다.

다음날 아침 조사를 해보았지만 어찌하여도 신원을 알 수 없었다. 다만 기관차가 정지한 지점으로부터 십오 간이나 떨어진 밭두둑에 튕겨져

---

12) 중국 랴오닝성[遼寧省]의 성도(省都). 1932년에 일본에 의해 '만주국(滿洲國)'이 건국되면서 도시명이 봉천시(市)로 개칭되었고, 그 후 일본의 동베이 지배를 위한 주요기지로 발전하여 만주국 제일의 도시가 되었다.

날아온 기차에 치인 자의 머리는 솔과 같은 익살스러운 턱수염을 하고 있었다.

제방은 새로이 튼튼하게 쌓아 올려졌다. 밑바닥이 도리깨 모양을 한 흙둑은 꾸불꾸불하게 제방을 따라 이어져 있었다. 잔디가 제방 양측에 열을 지어서 푸르게 자라났다. 곳곳에 시멘트로 만든 수문이 생겼고 붉은색 철문이 그것을 걸어 잠궜다.

제방 위에는 벚나무가 양쪽에 심어져 있었다.

봄에는 포공영(蒲公英)[13]과 누에콩 꽃이 노랗게 또는 희게 잔디 사이에서 능단을 짠 것처럼 피었다.

벚나무가 젖빛 싹을 틔우고 있을 무렵에는 포플러가 하얀 꽃을 팔랑팔랑 무수하게 날리고 있었다.

여름이 되면 저녁노을이 아름다웠다. 시원한 바람이 저 멀리 강 너머에까지 이어져 있는 논에서부터 불어왔다. 흙둑은 완전히 저물어 있었다. 그때 부채를 흔들면서 남녀가 개를 데리고 산책을 하고 있는 것이 보였다.

어디에서인가는 아리랑이 구슬프게 들려왔다.

그리고 가을이 찾아왔다. 9월 9일이 되자 제비들이 돌아왔다. 건조한 바람은 색이 바랜 포플러와 벚나무 잎을 강 속으로 불어서 떨어뜨리고는 휘이휘이 거리면서 소리를 높였다. 매일같이 쌀가마니를 쌓아올린 트럭이 줄지어서 돌다리 위를 먼지를 풀풀 날리면서 끊임없이 달리고 있었다. 흙둑 동쪽의 낮은 지대에는 몇 천평도 넘는 땅위에 커다란 벽돌공장이 완공되었다. 높은 9월 하늘에 우뚝 솟은 붉은 굴뚝에는 하얀 글자로 '다카기상회 연와제작소(高木商會煉瓦制作所)'라고 적혀 있었다.

『제방』, 1936년 10월

13) 국화과의 민들레(Taraxacum platycarpum H. Dahlstedt) 또는 동속 식물의 전초를 말한다.

토성랑(土城廊) 개정판*

1

소달구지나 짐마차, 화물자동차 등으로 북적대는 변두리 철도 건널목을 건너자, 좌측으로 작은 논두렁길이 구부러져 있다. 그 언저리부터는 길도 질퍽거렸고 좌우에 있는 웅덩이에서는 개구리가 위세 좋게 소란을 피웠다. 가랑비는 소리도 없이 황혼이 내린 늪지를 함초롬하게 적시고 있었다.

두 사람이 서로 묵묵하게 걷고 있는 동안 이미 주변은 어두워졌다. 다소 도살장 부근이 희미하게 밝을 따름이었다. 흐릿한 전등 불빛은 논의 벼 이삭 끝을 희뿌옇게 비추고, 발소리에 놀란 청개구리는 논 속으로 소리를 내며 뛰어 들었다. 가축 우리에서는 때때로 돼지가 소란스럽게 째지는 소리로 울어댔다.

두 사람은 도살장 앞을 지나면서 몇 명의 사내들과 만났다.

"지금 들어오는 것인가?" 누군가가 웅얼거리며 말했다.

원삼(元三) 영감은 무언가 말을 하려고 발걸음을 멈추었다가, 차가운

---

* 본 작품은 『문예수도(文藝首都)』(1940년 2월호)에 실린 「토성랑」(개정판)을 저본으로 하여 번역했다. 「토성랑」의 초판은 『제방(堤防)』 제2호(1936년 10월)에 발표되었다.

눈초리를 번뜩이는 사내들에게 질려서 그대로 헤헤 웃으며 따라갔다.

"선달(先達)이. 거지들이구만."

사내는 대답하지 않았다.

옛 전쟁터인 토성랑(土城廊)은 그렇게 멀지 않은 곳에 길게 꾸불꾸불 이어져 있었다. 비탈에는 나무토막이나 지푸라기 등으로 덮은 움집이 기어가듯이 가득 들어차 있었다. 그곳에 두 사람이 당도하였을 때 마침 움집들은 하나같이 빗속에 처연하게 가라 앉아있었다. 곳곳에서 연기가 피어오르고 있었다. 두 사람은 주의 깊게 움집 사이를 지나서 토성 위쪽으로 올라갔다. 높다랗게 자라난 포플러 나무는 수박색 하늘을 한들한들 어지럽혔다. 서쪽 평야를 쓰다듬으며 불어오는 저녁 바람이 젖은 옷을 펄렁펄렁 지부럭거린다. 두 사람은 천천히 어깨에서 지게를 벗더니 양손으로 그것을 안고서 서쪽 비탈로 그림자처럼 조용히 사라졌다.

영감은 자신의 움집 부근에 가더니 가마니 덮개를 밀어서 열고 커다란 몸을 기듯이 엎드려 밀어 넣었다. 뜨끈 미지근한 악취가 훅하고 코를 찔렀고, 움직일 때마다 무릎에서 짚이 버석버석 소리를 냈다. 바닥에 깔아놓은 짚도 젖어 있었다. 영감은 손으로 더듬어 간신히 성냥을 찾아서 호롱에 불을 붙였다. 움집 안이 단숨에 밝아졌고, 불꽃은 팔랑팔랑 틈새로 들어오는 바람에 춤을 췄다.

영감이 작은 움집 안에 털썩 주저앉은 모습은 마치 커다란 석상 같았다. 목은 지나치게 두꺼웠고, 긴 입은 실없이 벌어져 있으며, 멍한 눈은 지루할 정도로 커다랬다. 불빛이 번들거리며 전신을 바림질[1]하면서 비추고 있었다. 영감은 조용히 젖은 저고리를 벗고 등을 움츠리고 흙투성이가 된 버선을 끙끙 힘을 주어 벗어 들었다. 잔돈이 그 안에서 버석하게 짚 위로 떨어졌다. 영감은 크크크 웃으며 돈을 주워 들고는 하나 하나 손바닥 위에 올려놓고 헤아려 보았다. 그리고 자못 만족한 듯 입을

1) 색깔을 칠할 때 한쪽을 짙게 하고 다른 쪽으로 갈수록 차츰 엷게 나타나도록 하는 일 ≒ 그러데이션.

크게 벌리고 기다란 하품을 하더니 한 번 요란하게 진저리를 치는 것이었다.

바로 옆 선달의 움집에서 갑자기 뭔가 새된 이상한 소리가 나는 것 같았다. 잠시 꾸벅거리고 있던 원삼은 놀라서 입구 쪽으로 바짝 다가서서 귀를 쫑긋 세웠다. 그는 약간 귀가 어두웠기 때문에 확실히 알아듣지는 못했다.

선달이 원삼영감과 헤어지고 자신의 움집에 들어서자, 다섯 살 되는 아들 녀석이 엉엉 울고 있었다. 마누라는 날카로운 눈초리로 창백해져서 발끈 화를 내었다. 지게를 내려놓고 선달은 부탁이라도 하듯이 조그맣게 소리쳤다.

"우째 애새끼가 울어 싸."

"흥, 우째서라고." 마누라는 곧 바로 받아쳤다.

"애새끼한테 물어보시오이. 등신 같은 놈! 염치도 없이 그걸 질문이라고 하는 것이야!"라고 하는 모양새로, 발작을 일으켜 아이의 발을 잡아 번쩍 들어 올리더니 무참하게 등짝을 두들겨 팼다. 선달은 울컥 화가 났다. 마누라가 이런 행동을 하는 것도 애시당초 돈벌이가 시원치 않은 그에 대한 심술임에 틀림없었다.

"그만, 그만 두지 못하겠어."라고 그는 팔을 휘두르며 큰 소리로 꾸짖었다.

그런데도 마누라가 손을 멈추려하지 않으므로, 그는 새파랗게 질려서 마누라에게 달려들어 팔을 비틀어 덮쳐눌렀다. 마누라는 비명을 내지르고 아이는 나가 떨어지고 움집이 뒤집힐 듯한 소란이 벌어졌다.

"으…… 도무지……"

가슴을 졸이고 있던 원삼은 신음하듯이 혼잣말을 했다.

마침내 마누라는 도망치듯 뛰쳐나왔다. 하지만 그러면서도 지지않고 선달의 화를 돋우며 욕지거리를 해댔다.

"그렇게 남편 구실을 하고 싶거들랑 돈이라도 벌어오던가. 매일같이 남의 쌀이나 축내서 쓰겠소."

영감은 자신도 모르게 가슴이 뜨끔해져서 목을 움츠렸다. 사실 오늘 선달이 갖고 돌아온 쌀만 해도 영감이 번 것으로 언제나처럼 선달에게 사준 것이기 때문이다. 하지만 원삼은 숨을 죽이고 다시 목을 내밀고 주춤주춤 움막 입구 틈으로 밖을 살짝 엿봤다. 비가 내리고 있음에도 여자는 상체에 아무 것도 걸치지 않고 있었다. 상체가 말랑말랑하게 움직이는 것을 보자 영감은 끈적끈적한 침을 꿀꺽 삼켰다. 여자는 뭔가를 중얼중얼 거리며 질냄비를 안고 왔다. 그걸 보고 영감은 순간 허리를 조금 들썩였지만 얼른 생각을 고쳐먹고 손을 문지르며 다시 주저앉았다. 질냄비를 안고 산기슭 도랑으로 내려가서 좁쌀을 씻고 물을 길어 오는 것이 늘 그의 역할이었으나 문득 선달에게 미안한 마음이 들었기 때문이다.

"영감, 물 좀 길어 오시오."

여자는 불퉁스럽게 선달이 들으라는 듯이 커다란 소리를 질렀다. 선달은 원삼이 자신의 아내를 위해 그러한 일을 하는 것을 끔찍하게 싫어했던 것이다.

원삼은 반사적으로 곰처럼 움막을 기어 나왔다. 비가 벌거벗은 상반신을 내려치자 그는 으흐흐, 으흐흐 하고 기묘한 비명을 질렀다. 비가 점점 더 퍼붓자 눈앞이 보이지 않았다. 영감은 질냄비를 안고 한층 으후, 으흐흐 익살맞은 비명을 지르면서 진흙탕을 밟아서 흐트러트리며 산기슭까지 내려갔다. 도랑은 비를 맞고 어수선해져 있었다. 물속에 한 쪽 발을 넣어보았다. 차가웠다. 미끄러져 넘어질 뻔하다가 다른 한 쪽 발을 찔러 넣고, 조금씩 들어갔다. 더러운 도랑이라서 될 수 있는 한 깊숙한 곳까지 들어가지 않으면 안 됐다. 한 척 정도 깊이까지 물에 잠기자, 두세 번 좁쌀을 씻고 물을 찰랑거리며 퍼 넣고 다시 으흐흐, 으흐흐 괴성을 내지르면서 물밖으로 나왔다. 그 순간 비가 쏴하고 소나기로 바뀌며, 한 무더기 들 바람이 휘잇 하는 소리와 함께 덮쳐왔다. 영감은 잠시 주춤거리다 허든거렸지만, 문득 위쪽에서 여자가 뭐라고 비명을 지르고 있음을 알았다. 선달이 마누라를 질질 끌고 들어가 괴롭히고 있는 것이 틀림없다고 생각했다. 그래서 야단났다며 허둥대며 진흙을 헤치면서 움집까지 올라갔다. 하지만 비바람 소리만 점점 더 커질 뿐, 선달의 움집은 죽은 듯이 조용했다. 뭔가 갑자기 김이 빠진 듯한 쓸쓸한 기분이 들었다.

영감은 가만히 버티고 서 있다가, 조심스러운 소리로 퉁명스럽게 중얼거렸다.

"아주머니, 갖고 왔소."

안에서는 아무 소리도 없었다.

"아, 알았소. 여기로 가지고 오시오이."

소리가 나는 쪽을 돌아보자 비가 들이치지 않는 곳에 검은 그림자가 웅크리고 있었다.

"헤엠, 거기 있었소."

영감은 표정을 풀고 여자 쪽으로 다가갔다.

선달은 최근 유난히 기력이 떨어져 지게를 지고 거리로 나서도, 창고 옆이나 혹은 물결이 수려한 대동강 근처 파선(破船) 속에서 눕는 시간이 늘어나고 있었다. 그는 하루하루 쌀값도 변변히 벌지 못했다. 눈은 깊숙이 꺼지고 목은 눈에 띄게 가늘어져 있었다. 마누라는 날이 갈수록 점점 그에게 더 심한 욕설을 퍼부어 댔다. 늘 잡아먹기라도 할 듯이 악다구니를 써댔다.

"이게 다 누구 탓이요. 나보고 어쩌란 말이야."

그런 가운데, 원삼 영감은 실질적으로 선달 일가의 생명을 책임지고 있었다. 하지만 그것이 선달에게는 너무나 괴로운 일이었다. 보통은 입을 다물고 눈만 끔뻑거리는 그였지만, 가슴 속에는 언제나 붉은 불꽃이 활활 타오르고 있었다. 오늘도 원삼과 어깨를 나란히 하고 돌아왔지만, 걸어오면서도 내심 마음이 편하지만은 않았다. 싸전 앞에 멈춰 서서 영감에게 좁쌀을 사게 하는 자신의 모습. 그것은 뭐라 하면 좋을 비참한 모양새란 말이냐. 여자는 또 "허구한 날 남의 쌀을 축낸다"고 말끝마다 악담을 하고 있지 않은가.

사실 따지고 보면 원삼이 선달의 신세를 졌음을 알 수 있다.

본래 원삼은 첨지에게 은혜를 입고 있었다. 그것은 영감이 선달의 도움을 받고서 토성랑에 움집을 지었기 때문이다. 영감은 지금까지 어느 먼 산골 토호(土豪)의 종으로 살았다. 부모가 노비여서, 태어난 이후 머리털부터 발톱 끝까지 그 어느 하나도 제 것이 아니었다. 물론 마누라도 없었다. 그러다가 실로 오십여 년이 지나서 주인집이 몰락하고 나서 처음으로 자유의 몸이 된 그였다. 새로운 세상이 열린 것이다. 충복인 영감은 비운이 닥친 상전(上殿)의 저택 아래 무릎을 꿇고 통곡하였고, 산촌 사람들에게도 한 명 한 명 허리를 굽혀 작별을 고하고 표연히 그곳을 떠났다. 아직 눈이 산마루에는 눈이 하얗게 쌓여 있었다. 매서운 바람을 마주 받아가며 산마루 위에 우뚝 서서 감개무량하게 지긋한 눈빛으로 정든 산촌을 바라보던 것을 지금도 잊을 수 없었다.

하지만 꿈결에 듣던 평양은 이십 리나 된다. 걸어서 사흘, 날도 저물 무렵 당도했을 때는 우선 보는 것 들리는 것 모든 것에 당황했다. 더구나 음력 이월 그믐의 북풍은 아직 눈과 서리를 지나오느라 살을 베듯이 아팠다. 영감은 부들부들 치아를 떨면서 변두리 시장을 서성거렸다. 그런데 얼간이 같은 언행과 이상한 풍채로 인해 영감은 주변의 지게꾼들에게 둘러싸여 놀림감이 되었다. 적하(積荷)할 희망도 없이 빈둥빈둥 뒹굴고 있던 그들에게 영감은 때마침 찾아온 심심풀이였다.

"산에서 내려온 곰같은데."

한 사람이 외쳤다. 모두가 히쭉히쭉 웃어댔다.

"아닐세. 호랑이 같은 걸."

"으음, 난 말일세."

우직한 영감은 갈팡질팡하며 허리를 비굴하게 굽실굽실거렸다.

“소인 정원삼(丁元三)이라고 합니더. 으음, 산에서 살던 놈입쇼.”라고 말하고, 이번에는 한 사람 한 사람 앞을 빙빙 인사를 하며 돌았다.

“꼭 방앗간 소같지 않은가!”

지게꾼들 사이에서 함성이 터져 나왔다. 원삼은 점점 더 당황하여 큰 눈을 이리저리 굴리면서 자신의 몸을 어디에 둘지 몰라 허둥댔다. 지게꾼들은 점점 더 재미있어 하며 헤헤 헤헤 거리다가, 저마다 입을 열어 겁을 주거나 쿡쿡 찔러댔다.

이 광경을 보다 못한 한 중년 지게꾼 사내가 영감을 조용한 구석으로 데려갔다. 사내는 영감에게 차분한 목소리로 어디서 왔는지를 물었다. 눈이 날카롭고 안색이 창백한 사내였다. 위태로울 정도로 기다란 다리에는 구깃구깃한 바지가 걸쳐져 있었다. 원삼은 부들부들 떨면서 몇 번이나 허리를 굽혔다.

“맹산(孟山)에서 왔습죠. 장원삼이라고 합네다만……”

“여기 있지 말고 주막으로 가는 게 좋겠소.”

“소, 소인은, 도, 돈이 없습니다만.”

“어찌 여기까지 왔소?”

“소인은, 음, 일을 하렵니다.”

사내는 잠시 작은 눈을 끔벅거리며 무언가 골몰하는 것 같더니, 마침내 영감을 토성랑으로 데려가서 움집 짓는 것을 도와주게 되었다. 그리하여 원삼과 선달 가족과의 관계가 시작된 것이다.

악몽과도 같은 과거는 묻어버리고, 원삼은 새로운 자신의 생활을 시작하게 되었다. 영감은 좋아서 어쩔 줄을 몰랐다. 다른 토막민(土幕民)과 같이 혼자 살 움집을 갖게 된 것이다. 지붕에는 가진 돈을 탈탈 털어 이엉을 덮었기 때문에 버린 판자조각이나 함석 조각으로 지은 다른 움집보다는 확실히 근사하기까지 했다. 그러한 것도 그에게는 은근한 자랑거리였다. 그 뿐만이 아니었다. 토성랑 사람들 대다수가 걸식을 하고 있는 것에 비해, 매일 아침 어깨에 지게를 지고 설레는 마음으로 일하러 나가는 자신의 모습은, 후광이라도 비치는 듯 행복한 것이었다. 거리를 걸을 때도 몸이 근질근질 거려서 견딜 수가 없었다. 백근이나 되는 무거운 짐을 등에 가볍게 지고, 전차와 경주라도 하겠다는 태도로 으흐흐 하고 웃으면서 달려갈 때도 있었다. 차장은 브레이크를 걸고 "미친놈"이라고 고함을 질렀다. 그래도 여전히 으흐흐, 으흐흐 웃으면서 한쪽 손을 흔들면서 달려갔다. 짐 주인 노파는 오리마냥 "도둑놈, 이 도둑놈!"이라고 째지는 소리로 아우성을 쳐댔다. 길 건던 사람들은 히죽거리며 기묘한 광경을 바라봤다.

원삼은 게다가 선달 가족을 도와주는 것에도 남모르는 기쁨을 느끼고 있었다. 이른바 은혜를 갚는다는 것은 그에게는 다른 어느 것보다도 잘할 수 있는 것이기도 했다. 그리고 돌아올 때는 언제나 빠짐없이 쌀을 샀던 것이다. 그는 그것으로 첨지 부부를 감격시키는 것이 유쾌해서 말할 수 없이 좋았다. 여자가 진심을 담아 고마워 할 때마다, 영감은 당치도 않다며 손을 내저었다.

"으흐흐, 무슨 그런 말씀을……"

그리고는 눈을 들어 하늘을 바라봤다.

"으, 그저 서로 돕고 사는 거죠. 으, 옛날마냥 밭이라도 몇 정보 갖고 있었다면……"

그리고는 혀를 낼름 핥고는,

"이렇게 될 줄은 나도 전혀 몰랐지 뭐요……"

그리고는 헤 하고 웃었다.

하지만 그러는 사이에, 선달부부 사이에는 싸움이 끊이지 않고 일어났다. 선달은 이유도 없이 원삼을 증오하기 시작했다. 여자는 그렇게 되면 될수록 일을 하고 있는 영감을 소재로 삼아, 기력이 떨어진 남편의 화를 돋우었다. 선달은 점점 더 격분하여 마누라에게 포악하게 굴다가, 결국은 충량(忠良)한 원삼마저 도리어 원망하게 되었다. 하지만, 기묘한 것은 바로 그 무렵 영감은 자신의 마음이 선달의 마누라에게 기울고 있음을 아련하지만 깨닫기 시작하고 있었다. 어느새 처음 무렵의 흥분도 누그러지고, 그날그날의 피로를 느끼기 시작했기 때문일 것인가. 그 뿐만이 아니라 영감은 여자를 먹여 살리는 것이 사실 자신이라는 생각에 남편이라도 된 듯한 기쁨마저 느끼게 되었다.

영감은 선달의 마누라를 떠올릴 때면 등을 둥글게 움츠리고 넋이 나간 사람마냥 창공을 바라보면서,

"나도 마누라를 들여야 할텐데."라고 중얼거렸다.

"으, 나, 나는 쉰일곱 살이지. 후사가 없어서야."

지게꾼 동료들은 마누라를 중신해 주겠다며 영감을 놀려댔다. 원삼은 마누라라는 말을 들은 것만으로도 입이 헤하고 벌어졌다.

"영감한테 어떤 마누라를 얻어줄까?"

"크크크, 크크크."

"사창골 작부는 어떻소?"

"크크크, 나는 이제 젊은 여자가 아니라도 된다우. 옛날에 나도 젊은 마누라에 자식도 둘이나 있었지. 으, 역병에 모두 죽어버렸어. 정말이지, 정말이고 말고."

언제였던가는 어찌되었든 간에, 영감은 동료들에게 끌려서 사창골 작부에게 간 적이 있었다. 눈이 작고 치아가 큰 작부는 흥이 나서 떠들어 대면서, 원삼의 등짝을 안고 술을 권했다. 그 순간 영감은 몸이 녹아 들고 정신이 아득해진 모양이었다. 실로 난생 처음 겪는 일이었다. 그런데 갑자기 영감이 자리에 털썩 무릎을 꿇고서는 머리를 온돌에 대고는,

"으, 소인은 정원삼이라고 합네다. 으, 처음 뵙겠습니다……"

라고, 인사를 한바탕 해서, 모두가 배를 움켜쥐고 데굴데굴 구르며 웃어 댔다.

그 날 원삼은 조금 기분이 나빠져서 돌아왔지만 역시 여자는 선달의 마누라가 제일이라고 혼잣말을 중얼거리고 있었다.

2

매일같이 비가 줄기차게 내리는 장마철치고는 드물 정도로 별이 빛나는 밤이었다. 군데 군데 토성 위에는 토막민들이 빙 둘러앉아 시원한 저녁 바람을 쐬고 있었다. 녹슨 못마냥 굽은 노인의 목이며, 누에처럼 웅크리고 앉은 말더듬이 등이며, 꾸벅거리고 있는 여자의 가슴팍이며, 창백한 선달의 지켜 올라간 어깨를 베인 상처같이 생긴 달이 희미하게 비추고 있었다. 누군가가 눈을 치켜뜨자 비통한 열기를 띤 잿빛 눈이 희번덕거린다.

원삼영감은 슬금슬금 선달이 앉아 있는 쪽으로 올라가면서,

"무슨 얘기를 합네."라고 물었다.

"오늘은 내 굉장한 걸 탔다네. 그 거리에 있는 큰 상점 말이야. 일층에서 탔더니 으흐흐 쑥 튀어 올랐지 뭔가……으."

하지만 좌중에 흐르는 어떤 험악한 분위기를 눈치채고, 영감은 얼른 입을 꾹 다물고 여자 옆에 조용히 앉았다.

잠시 좌흥이 깨졌다.

너구리처럼 움집에서만 칩거하고 있던 덕일(德一) 노인이, 오늘 밤은 용케 밖으로 기어 나와서 지금까지 으드등거리며 큰 소리로 떠들어대던 참이었다. 작년 이맘때쯤 노인의 외아들이 강도죄라는 명목으로 끌려갔기 때문에 그의 노처(老妻)는 거의 미쳐버렸다. 그녀는 양복 입은 남자만 보면 언제나 발작을 일으키며 "납치범 납치범!"이라고 악을 써댔다. 노인은 아들이 누명을 쓴 것이라고 굳건히 믿고 있었기 때문에, 생각이 나면 풀 길 없는 분노와 절망감을 참을 수 없었다.

"……아들놈은 감옥에 갔고 할멈은 정신이 나갔어."

노인은 깊은 한숨을 쉬었다.

"정말 인간이란 족속은 대단하지 뭔가. 나는 도대체 무얼 하며 살지

모르겠소……. 그래도 이렇게 버젓이 살아있는걸."

"마음을 가라앉히셔요. 그리허면 편해 질테니."

선달의 마누라는 위로하기라도 하듯 노인의 얼굴을 힐끗 쳐다봤다. 빠진 치아를 드러낸 일그러진 얼굴은 해골 같아서 여자를 오싹하게 했다.

"화내고 있던 게 아니야……."

은근히 말꼬리를 삼키는 것을 보니, 덕일은 역시 화가 나있었다.

원삼은 갑자기 여자 쪽으로 목을 내밀고, 그녀가 안고 있는 아이에게 우와 하고 소리쳐 겁을 주었다. 아이가 놀라 울음을 터뜨렸기에, 영감은 겸연쩍은 듯이 크크크 하고 웃으면서 자신의 봉발을 어루만졌다.

"애새끼가 울지 않소."라고 여자는 인상을 쓰며 영감을 나무랐다.

선달은 팽하고 코를 풀더니 얼버무리듯이 노인을 위로했다.

"곧 돌아올 것이라요. 죄없는 사람인디 그리 오래 잡아두갔소."

하지만 어찌된 일인지 원삼 옆에 앉아 있던 말더듬이 사내가 끙 하고 몸을 일으켰다. 선달이 한 말에 격심한 불만을 느꼈던 것이 틀림없었다. 덕일 노인은 부들부들 떨기 시작했다. 움푹 패인 눈이 그을린 램프 불꽃처럼 빨갛게 불을 내뿜었다.

"뭐라 했소."

노인은 숨을 거칠게 내쉬었다.

"말 한번 잘혔다. 글타면 내 아들놈에게 죄가 있다고 지껄이는 것이냐. 헤엠 그거 한번 알아봐야 하지 않겠느냔 말이야. 응? 그런데 어째서 아직 나오지 않는 거냐고."

"흥, 나올 거라고?"

말더듬이 사내는 무척 깔보는 듯한 태도로 선달을 잡아먹기라도 하듯 요란을 피웠다.

"죄가 읎쓰면 오래, 오래 잡아두지 않는다?"

이 말더듬이 사내가 마을을 떠난 것은 삼 년 전의 일이었다. 밀주(密酒)를 만든 사실이 들통나서 오랫동안 구류되어, 오십 원의 벌금을 내는 통에 소를 내놓고 가재도구를 팔아넘길 수밖에 없었기 때문이었다. 말더듬이 사내는 언제나 그랬던 것처럼 그 당시 일에 생각이 미쳤던 것이리라.

"내는, 내 밥으로 만들었을 뿐이라요. 난 이렇게 죄없는 사람이란 말이요…… 어릴 때부터 죽을 힘을 다해 일했다고……내, 내는, 이, 이래 보여도 어엿한 농꾼이라고……"

"이보시오 뭔 소리를 그리 하소."

선달의 마누라는 외쳤다.

"참말로 요즘 다들 어떻게 된 것 아니오."

"어, 어떻게 됐지. 됐고 말고. 음, 어떻게 되지 않고서, 어찌 견더내라고."

주위가 찬물을 끼얹은 듯이 조용해졌다.

그때였다. 기분 나쁜 순간을 뚫고서 북쪽에서 얼마쯤 떨어진 곳에서 뭔가 영문을 알 수 없는 "낄낄"거리는 큰 웃음소리가 멀리서 울리는 천둥처럼 울렸다. 정말 그것은 뜻밖의 일이었다. 컴컴해서 지금까지 그들은 그렇게 가까운 곳에 설마 사람이 있으리라고는 생각하지 못했다. 그래서 모두의 눈은 일제히 그쪽으로 쏠렸다. 엎드려 있던 사내는 마치 깔보기라도 하듯 몸을 일으켰다. 어둠을 통해 보자 그는 근처의 절름발이 거지였다.

"에헤헤, 역시 짠하게 사람 사는 꼴이지 뭐람. 올커니 잘 먹고 뒈지게 일해 보거라. 에헤헤."

계속해서 간을 밟기라도 하는 듯한 웃음소리가 낄낄거리며 났다. 그것을 끝으로 다시 비틀거리며 엎드리더니 소리를 내지 않았다. 일동은 할 수 없었다는 듯 서로 얼굴을 바라보며 입을 다물었다.

토성 남쪽에서는 덕일 노파가 멈추지 않고 뭐라고 악을 써대는 소리가 들려왔다. 그녀는 도랑에 떠내려가 죽은 임생원(任生員)의 어린 딸의 수령(水靈)과 얘기를 나누고 있는 중이었다. 그 아이는 예쁘고 영리했기 때문에 토성랑 사람들은 그녀의 죽음을 얼마나 슬퍼했는지 모른다. 말수가 적은 임생원은 딸을 앗아간 강으로 내려가서는, 막대기를 휘적휘적 물 속에 휘둘러보고는 탄식을 했다. 바로 그 무렵 토성랑 토막민의 철거문제가 재연(再燃)됐다. 조선을 관통해 가는 철도가 토성랑 앞을 지나가게 되어 국제적인 체면상 혹은 도시 미관상 그것을 도저히 방치해 둘 수 없는 일이었다. 토막민(土幕民)들은 토성 한 곳에 모여 목청을 높였다. 그 날 밤의 일이다. 봉천(奉川)행 급행열차가 토성랑 앞에 다다랐을 때 날카로운 기적소리와 함께 부산스레 급정차했다. 자칫하면 전복될 뻔한 순간이었다. 선로 위에는 돌이 산처럼 쌓여있고, 랜턴을 비췄을 때 그 것은 새빨간 피로 물들어 있었다. 그 후 임생원의 모습은 보이지 않았다. 하지만 그렇게 그와 딸은 토성랑의 수호신처럼 여겨졌다. 미친 여자의 악쓰는 소리가 점점 멀리 사라져 갔다. 노파는 하루에 한 번씩은 꼭 토성 북쪽과 남쪽으로 소리를 지르며 돌아다녔다.

얼음처럼 차디찬 침묵이 좌중위에 드리워졌다. 도살장에서 가축이 울부짖는 소리가 끊임없이 서글프게 울려왔다. 멀리 별빛이 바다를 이루고 있는 성 안쪽에서는 서치라이트가 파란 불빛을 뿜으며 몇 줄이나 공중을 뛰어다녔다. 그 불빛이 교차되는 가운데로 비행기가 잡히더니 폭음도 한층 무시무시해지고 모기처럼 번쩍거렸다.

"전쟁 연습이군."

선달은 서글픈 듯이 중얼거렸다.

덕일 노인은 곰방대를 땅바닥 돌멩이에 대고 두세 번 두드렸다. 빨간 불꽃이 튀었다.

"오래전엔 여기도 전쟁터였지. 토성 가득 병사들의 시체가 뒹굴거렸소. 참말로, 그것도 갑오란(甲午亂, 청일전쟁) 때니께 벌써 오십 년도 다 되가는 구만……"

갑자기 선달의 마누라가 에취 하고 재채기를 했다. 말더듬이 사내는 그 쪽으로는 시선도 주지 않고서 갑자기 불이라도 붙은 듯이 벌떡 일어났다.

"내… 내는… 그때 청, 청나라 병사들이 와서 집을 다 불태웠어. 형제도 어머니도 죽였어. ……저주받을 족속들. 도대체 나, 나한테 무슨 죄가 있냐고. 나는 겨우 살아남았어…… 그런데 나, 난, 더 이상 살아갈 수가 없어……온 세상이 무덤이야. 무덤이라고!"

"거 괜히 소란 떨건 없잖수……."라고 선달은 견디다 못해 신경질적으로 소리쳤다.

"어렵쇼 나, 나는 소란 좀 떨면 안 되냐. 소란을 떨지 않고 어떻게 살란 말이냐!"

말더듬이 입에 한가득 거품을 물고 머리를 심하게 흔들어댔다.

"완전히 미쳐 버렸군……."

선달이 그렇게 기분 나쁘게 투덜거리자 모두는 어쩔 수 없다는 듯 웃었다. 하지만 말더듬이는 편벽적으로 엄숙한 흥분에 사로 잡혀 있었다. 마치 눈에 보이지 않는 무시무시한 힘에 휘몰리고 있기라도 한 듯이. 그는 모두에게 웃음거리가 되었다고 생각하자 점점 더 부아가 나서 거칠게 자리를 박차고 일어섰다. 그리고 뭐라고 투덜투덜 거리면서 획 돌아 내려가다가 불쑥 멈춰서 돌아보는가 싶더니 눈에 쌍심지를 켜고,

"이런 빌어먹을"이라고 외쳤다.

"내… 내를 바보취급하고 있지 않냐고!"

여자는 아이들 안은 채로 까치집 같은 머리를 끄덕이면서 졸고 있었다. 두세 번 흐느끼는 듯 숨을 깊이 들이마셨다. 유방이 쇠똥처럼 늘어져있고 때가 타서 거무스름해진 치맛자락에서 두 발이 길게 뻗어져 있었으며, 어깨는 매끄러운 활모양을 이루고 있었다. 때때로 아이가 울며 칭얼대는 통에 말처럼 긴 얼굴을 찡그리며 거세게 도리질을 했다.

"쳇, 애새끼가 어쩔 수 없심요."

원삼 노인은 선달 마누라의 잠이 덜 깨 흐리멍덩한 모습을 마치 무언가에 홀리기라도 한 듯이, 타오르는 듯한 눈빛으로 넋을 잃고 보았다. 그는 혀를 낼름거리면서 핥곤 했지만 입술이 바싹 말라 있었다.

달은 이제 거의 기울었다. 포플러 잎이 금빛으로 살랑살랑 흔들리고 있었다.

"초승달이 저렇게 시뻘겋게 뜨면 필시 지독한 폭우가 오는 법인디……."

덕일노인이 중얼거렸다. 모두는 새삼 달을 올려다 봤지만 누구 하나 입을 여는 사람이 없었다.

3

토성랑에는 지독한 폭풍우가 휘몰아치고 있었다.

원삼의 움집에서는 호통치는 듯한 노랫소리가 끊어질듯 말듯 울려왔다. 영감이 목청을 돋궈가며 올리며 노래를 불렀다. 그 후부터 여자와 남자들의 웃음소리가 왁자하게 들려오곤 했다.

중복절인지라 영감은 서너 명을 모아 술자리를 마련했던 것이다. 언제나 이웃 살람들에게 인심이 좋다는 것을 보여주려고 기회를 엿보던 차에 드디어 오늘 그것이 실현됐던 것이다. 영감은 비를 맞으면서 근처 움막 주민들을 초대하러 나갔다.

"으흐흐, 내 움막에 오지 않겠나. 으, 술도 있다네. 정말 이 얼마나 지독한 비란 말인가."

말더듬이는 웅크리고 앉아 뭐라고 기묘한 주문을 중얼중얼 되뇌이고 있을 뿐, 대답도 하지 않았다. 영감이 말더듬이의 움집 안을 훔쳐본 것은 그것이 처음이었다. 약간 어두운 곳에 석유통으로 만든 제단이 있었고 그 위에 정한수 한 그릇이 놓여 있었다. 그는 지금도 상제교(上帝教)의 신자였다. 이렇게 하여 상제의 영령을 받아 언젠가 지상천국이 건설되면 그때야 말로 자신에게 큰 복이 올 것이라고 믿고 있었다.

"자네 뭘 하는 거야."

“우치우치태을천상원군(吽哆吽哆太乙天上元君)…….”

말더듬이사내는 여전히 기묘한 주문을 멈추지 않았다.

원삼은 포기하고 선달 부부를 부르러 갔다. 선달은 갑자기 얼굴색이 확 달라졌다. 중복절이 어쩌고 해서 술을 사가지고 와서는 그것으로 자신의 마누라를 기쁘게 하기 위해서……라고 생각하자, 홍조가 귓불부터 벌겋게 번지기 시작했다. 그리고 볼, 이마까지 번져서 드디어 눈가에까지 퍼지는 것이었다.

“지금이 술이나 마실 땐가.”라고 그는 새된 소리로 외쳐댔다.

“네 놈이야말로 두꺼비마냥 술이나 벌컥벌컥 처먹고 쓰러져 뒈져버려라.”

그리고는 갑자기 뭔가를 집어 던지려고 했다.

그래서 원삼은 허둥대며 도망쳐댔다. 그러나 여자는 기어가듯이 따라나왔다. 그 뒷모습을 바라보는 선달의 손은 와들와들 떨렸다.

이 놈의 소야
마마……
그…려
이...이...잇, 그려…

노래가 끝나자 원삼영감은 땀에 절은 목덜미를 손으로 훔쳐내며 히쭉히쭉 웃었다.

“대단히 어렵군. 그야 우리 마누라가 노래 하나는 끝내 줬었는디.”

마누라라는 말을 입에 담은 것만으로도 영감은 기뻤다.

“여편네가 없다는 것을 생각하면 너무 슬퍼진다우.”

“자네 마누라가 지금 어디에 있다고 했지?”

중풍으로 부들부들 떨리는 손으로 사발을 집어 들면서 덕일노인이 한수 거들었다.

"분명히 팔아먹었을 게 뻔하요."

절름발이 거지가 심술맞게 말참견을 했다. 마누라는 흥하고 코웃음을 쳤다.

"당치도 않아."라고 원삼은 당황해하며 눈을 돌렸다.

"내 마누라는 흑사병으로 죽었다고 내 몇 번이고 말하지 않았나."

"호오."

"그랬지비. 으, 애새끼들이 셋이 모조리, 불쌍한 녀석들, 내 후사였는데. 모조리 죽어버리다니. 정말 끔찍한 인과(因果)가 아닌가. 으, 우짜겠나, 말을 혀서 우짜겠나……."

영감은 금방이라도 울 것 같은 얼굴 표정을 지었다.

"작작 좀 하시오이. 거짓말을 하면 못 쓰지."라고 마누라는 취한 상태로 소리를 질렀다.

"지금 뭐라 했소."

영감은 담배를 내팽개쳤다.

"뭐가 거짓말이라 하오? 이 여편네가 알지도 못하면서. 정말 거짓말이 아니라니깐. 거짓말이 아니라고 안하오."

"옴메야 옴메야."

여자는 어처구니 없다는 듯이 웃어댔다.

"……영감 언젠가는 새끼가 셋이라고 말하지 않았소."

원삼은 으으 하고 비명을 내지르며 몸을 돌려 멋쩍다는 듯이 커다란 소리로 웃었다. 어디서인가 번개가 푸른 빛을 띠며 번쩍이고, 천둥이 우르르하고 땅을 울렸다. 그 틈에 영감은 다시 목을 살짝 돌려서 여자의 얼굴을 보려고 했는데 서로 눈이 딱 마주치자 히죽 웃어 보였다. 몸에 술기운이 돈 탓인지 울렁울렁 가슴이 뛰고, 여자가 오늘 따라 더욱 아름답게 보이는 것이었다.

밖은 점점 더 심한 폭풍에 부옇게 흐려져 있었다. 논을 휘돌아 오는 장렬(壯烈)한 바람이 토성랑에 부딪치며 성내어 으르렁거렸다. 몇 천개나 되는 움막은 물안개에 깊숙하게 묻혔다. 포플러 가로수가 부러질 것처럼 휘어지며 마구 흔들렸다. 토성 위에서는 물이 소용돌이를 이루며 굉장한 기세로 흘러내려왔다.

갑자기 부스럭하고 쥐가 안쪽 상자로 뛰어 들어갔기 때문에, 원삼은 큰일이라고 몸을 뒤집으며 상자를 덮쳤다. 쥐는 허둥대며 상자 속을 동분서주하다가, 느닷없이 상자 밖으로 뛰쳐나왔다. 쥐는 공포에 질려서 잠깐 멈춰 섰다가 바닥에 깔아놓은 짚을 빠져나가서 선달 마누라의 무릎 사이를 통과하려고 했다. 여자는 움머나 라고 비명을 질렀다. 원삼은 으흐흐, 으흐흐 하면서 이번에는 여자 쪽으로 달려들었다. 쥐는 어느 틈엔가 등을 타고 쏜살 같이 도망쳐 버렸지만 그 순간 원삼에게는 실로 놀랄 만한 사건이 일어났다. 영감이 여자를 끌어안았다. 하지만 어찌된 영문인지 원삼은 여자의 살집 좋은 넓적다리를 끌어안았던 것이다.

그와 함께 영감은 숨이 막혀서 전신에 경련마저 일으켰다. 으으 하고 풀이 죽은 소리를 내며 벌렁 자빠지더니 그녀의 넓적다리 위에 자신의 얼굴을 얹고는 그대로 나자빠지고 말았다. 여자는 손을 내저으며 당황했다.

"쥐다 쥐다!"

원삼은 외쳐댔다.

덕일과 절름발이는 배를 움켜쥐고 웃어댔다. 영감은 겨우 제정신으로 돌아온 것인지 여자의 넓적다리에서 떨어져 거북한 듯 손을 쓱쓱 털면서 일어났다. 여자도 손뼉을 치면서 웃어댔다.

"쥐는 정말 영리하지 않소."

원삼은 헤헤 하고 웃어보였다.

"잔치 쌀을 사왔더니 으 어떻게 냄새를 맡았는지 그걸 훔쳐 먹으러 오니 말이오."

'냄새를 맡은 것은 쥐만이 아닐지도 모르지'라고 절름발이와 덕일은 침을 삼키면서 생각했다.

잠시 지나자 다시 분위기가 원래대로 돌아와서 잔을 주고 받으며 왁자하게 떠들기 시작했다. 영감은 어느새 평소 태도로 돌아와 지게 벌이에 대한 자랑과 조만간 성내(城內)에 사오 원[2] 정도의 셋방이라도 얻어 볼 요량이라는 등 쉬지도 않고 떠벌였다.

"셋방을 얻어 뭘 하시려오."라고 여자가 재미반으로 물었다. 덕일노인은 "자네를 부른다는군."하고 낄낄거리며 여자를 놀려댔다. 그러자, 원삼은 허둥대며 손을 내저었다. 여자는 "뭐시오 그런게 아니오?"라고 술에 얼큰하게 취한 몸을 흔들면서 괜히 넌지시 떠보듯이 말하는 것이었다.

원삼은 큰일이다 싶었는지 나중에 여자가 한 말을 몇 번이고 되풀이해서 생각해 봤다. 영감에게는 아무래도 그 말이 그냥 해 본 농담처럼만은 들리지 않았다. 영감은 점점 몸이 뜨거워 지는 것을 느꼈다.

"에헤헤 또 거짓말을 해 싸는구먼."

갑자기 절름발이는 코를 치켜들며 웃어댔다.

"네 놈들은 그래갔고 여기서 빠져나갈 수 있을 것 같은가? 한 발 내딛으면 그대로 지옥이야! 귀신들이 우글우글 나뒹굴며 기다리고 있당께!"

그러나 절름발이는 갑자기 웃음소리를 죽이고 눈을 부릅뜨고 귀를 기울였다. 철썩 철썩하고 기분 나쁜 소리가 들려왔기 때문이다. 어딘가 그 소리는 가까운 곳에서 들려오는 것 같았다. 모두 자신도 모르게 소리를 죽이고 서로 불안한 눈을 마주쳤다. 그러자 이번에는 뭔가 부서지는 듯한 "털-썩"하는 둔중한 소리가 울려왔다.

"뭐시여. 또 누군가 움집을 때려 부수고 있구먼."

덕일은 꺼림칙하다는 듯이 중얼거렸다.

"누구야?"……원삼은 입구 쪽으로 다가가 폭풍이 휘몰아치는 밖을 내

2) 1936년 당시 경성의 생활 필수품 소매 물가는 백미 2등품 1말에 3.50원, 달걀 10개에 0.45원, 소주 25도 2리터에 1.10원이었다(『통계로 다시보는 광복이전의 경제사회상』, 통계청, 1995).

다보았다. 얼굴에 비가 쏴쏴하고 들이쳐서 처음엔 잘 보이지 않았다. 하지만 퍼뜩 네다섯 간 앞에 그림자처럼 비치는 것이 있었다. 그것이 거친 선을 그리며 움직였다. 영감은 기겁을 하며 갑자기 뛰쳐나갔다. 진흙탕에 미끄러져 앞으로 끌려갈 듯이 기어 올라갔다. 비는 가차없이 퍼부어 댔다. 바람이 비명을 내지르며 몸에 와 부딪혔다. 쓰러질 것 같아 뒤에서 부둥켜 안았지만 사내는 무서울 정도로 격앙된 상태로 움막 말뚝을 쳐들며 이를 부드득 부드득 갈면서 “놓아라 놓아라!”라고 외쳐댔다.

말더듬이 사내였다.

“무슨 일이요!” 원삼영감은 달려들어 우는 듯한 소리로 말했다.

“으흐, 무슨 일이냐니까!”

사내는 점점 광란에 사로잡혀 두 발을 쳐들며 뛰어댔다. 그 바람에 두 사람의 몸은 함께 뒤집어지며 털썩 쓰러졌다.

“참아, 참아야 한다고.”

원삼은 미친 사람처럼 외쳐댔다. 폭우는 갈수록 거센 바람에 자극이라도 받은 듯이 두 사람 위를 친친 돌고 있었다.

황혼이 다가올 무렵 비는 개이고 바람은 멎었다. 안개비를 헤치고 포플러 가로수가 조용히 모습을 드러냈다. 벌건 살갗을 드러낸 토성에는 무지막지한 비로 무너진 움막의 부서진 모습이 몇 채나 모습을 드러냈다. 옆에는 물에 빠진 쥐 마냥 사람들이 웅크리고 앉은 채로 망연(茫然)해 하고 있었다. 말더듬이 사내의 움집은 산산이 부서져 있었다. 붉은 물이 위에서부터 방수벽을 부수고 폭포처럼 떨어져 내렸기 때문에 이 상제교 신자는 미친 듯이 뛰어나와서 움막 말뚝을 빼들고 닥치는 대로 때려 부쉈던 것이다. 하지만 이미 말더듬이 사내의 모습은 보이지 않았다.

시간이 지날수록 토막민들은 움집 밖으로 기어 나오기 시작했다. 마치 큰 비를 만난 닭이 제 각각 처마 밑에서 비를 피했다가 젖은 날개를 퍼덕 거리며 모여 들고 있는 것 같았다. 하늘은 잔뜩 흐려 있었다. 평야는 안개비로 저물고, 강은 격렬한 기세로 흘러가고 있었다.

어느새 그 한 편에서는 선달 부부가 격렬하게 맞잡고 싸우기 시작했다. 선달이 병든 몸을 일으켜 시내로 돈을 벌러 가려던 참에 원삼이 준 쌀 봉투를 흔들며 얼굴이 벌겋게 물크러진 마누라가 들어왔던 것이다. 그는 화가 머리끝까지 치솟은 나머지 이유를 불문하고 갑자기 마누라의 어깨를 노리고 지게를 내리쳤던 것이다.

여자는 진흙탕 위에 엉덩방아를 찧고 머리를 심하게 얻어맞고 "악"하고 낮은 비명을 내질렀다. 쌀봉투는 터져 나가 흙탕물 위에 입을 벌리고는 흰쌀을 쏟아냈다. 아이가 움집 안에서 으앙 하고 겁에 질려 울어대기 시작했다. 마누라는 발끈하여 일어나 그가 있는 쪽으로 표범처럼 달려들었다.

"이런 후레자식! 죽여라! 죽여!"

선달은 순간 비슬거렸다. 마누라는 머리채가 헝클어지고 어깨가 격렬하게 들썩거렸다.

"죽여 아야… 아야… 아이야 죽여라."

선달은 발로 차고 때리다가 머리채를 휘어잡고 땅바닥에 여자를 끌어댔다. 흙탕물이 사방으로 튀었다……. 그때 그녀는 갑자기 내팽개쳐졌다. 어찌해볼 틈도 없이 다리를 허공으로 향하고 털썩 쓰러졌던 것이다.

"선달 어째 이러시오?"

완전히 혼이 나간 원삼은 주춤주춤 다가가서 말을 걸었다. 하지만 들릴 듯 말 듯해서 마치 중얼거리는 것과 같은 낮은 신음소리가 나올 뿐이었다. 우직한 영감은 선달을 저 무서운 분노의 포로로 만든 것이 자신이라는 사실을 바보처럼 알지 못했다. 사내는 점점 불꽃처럼 타올라 원삼의 멱살을 거칠게 거머쥐었다.

"선달. 내가 무슨 짓을 했다고 이러오?"

영감은 신음했다. 그러다 문득 자신의 얼굴 위에 첨지의 얼굴이 치솟아 올라오는 것을 보았다. 그 순간에 갑자기 눈에서 불꽃이 튀고 머리는 아찔아찔 하였다. 영감은 창에 찔린 흑곰처럼 벌러덩 뒤로 자빠졌다.

여자는 쓰러진 채로 땅바닥을 치며 통곡했다.

“아이고! 이리도 억울한 일이 세상에 어디있소. 도대체 뭐가 잘못이란 말이요 나를 이렇게 거지처럼 만든 것이 대체 어디 사는 누구란 말이요……. 아이고오오오!”

절름발이 거지는 쏟아진 흰 쌀알을 봉지 안에 주워 담으면서 중얼거렸다.

“그래도 살아있기라도 하니께 실컷 싸우는 것도 좋지.”라고 히죽거리며 비웃었다.

황혼이 깃드는 토성 위에는 토막민들의 검은 행렬이 길게 늘어서 있었다. 폭우가 계속 몰아쳐서 동쪽 저습지가 큰 강처럼 되자 그들은 철도 선로까지 나가는 길을 찾기 위해 아우성을 쳐대고 있었다. 그들은 주린 배를 끌어안고 상안쪽으로 저녁 밥을 얻으러 나갔다. 노인들은 지팡이에 기대서 허리를 구부리고 우두커니 서있었고, 아이들은 쉴새없이 칭얼거렸다.여자들은 끊임없이 모여들어서 무언가 걱정스러운 얼굴을 하고 속닥속닥 거리고 있었다.

잿빛 사냥모자. 코있는 데까지 깊이 눌러 쓴 중절모자. 젖어서 푸석푸석한 머리칼. 여자들의 머리 수건……. 그리고 모두 맨발이었다.

저 멀리 북쪽 돌다리를 화물자동차가 경적을 우렁차게 울리면서 달리고 있었다.

4

그날 밤새도록 선달은 한잠도 못자고 뜬 눈으로 지새웠다. 자리에 누워 있노라면 이번에는 콜록콜록거리며 기침에 목이 막혀서 일어나 앉았다. 손등에 토해놓은 혈담을 창백해진 얼굴로 지그시 내려다보았다. 암흑 속에서 그것은 뻔뜩거리고 있었다.

첫 닭이 아침을 알리자 그는 주섬주섬 지게를 어깨에 걸머지고 나갔다. 마누라는 맥없이 시야에서 사라져가는 남편의 모습을 멍한 눈으로 배웅했다. 비는 밤중에 완전히 그쳐서 여전히 동틀 무렵 하늘에는 험상궂은 구름이 떠돌고 있었다. 상류가 보다 심한 폭우를 만나 수량이 불은 것인지 차가운 수증기가 강 수면 위로 자욱이 피어올랐다. 여자는 목을 문 밖에 내민 채로 한참동안 하품을 하더니 지그시 어스레한 가운데 격류를 바라보았다. 그러더니 화가 난 듯 침을 퉤 뱉고서는 다시 짚으로 깐 바닥에 누웠다.

어느새 날이 밝아오고 흐릿하게 구름이 낀 아침 해가 강 위로 눈부시게 비출 무렵, 토성랑에는 양복을 입은 두 남자가 나타났다. 그들은 커다란 장부와 검은 가죽 부대를 안고서 움집 사이를 휘젓고 다녔다. 눈에 띄게 시시각각 수량이 불어나고 있는 붉은 물살은 토성 하부를 단숨에 집어삼키고 있었다. 움집으로부터 열두세 자 아래로는 이미 소용돌이가 휘몰아치고 있었다. 조금만 더 물이 불어나면 휩쓸려갈 것 같은 움집도 꽤 보였다. 건너편 강가에는 산처럼 높게 쌓여 있던 오물이 검게 점점이 섬이 되고 있었고, 낮은 곳으로부터 탁류는 혀를 낼름 거리며 논밭을 삼키고 있었다. 중류에는 하얀 포말과 짚더미가 한 가득 떠내려가고 대여섯 마리 정도 되는 제비가 그것을 쫓아 날개를 나부끼는 것이 기분 나쁠 정도로 아름답게 보였다.

원삼은 그런 풍경을 망연하게 바라보면서 이제 드디어 토성랑에서의 생활도 이것으로 끝이라고 하는 서글픈 생각에 잠겼다. 뭐라 말할 수 없는 고독감과 절망감이 가슴을 조여오는 것이었다. 그러나 잊지 않고 있는 말이 있었다. 그것은 계속 머릿속을 맴돌았다. 어제 여자가 말한 수수께끼와도 같은 말, 그것을 어떻게 해석해야 할 것인가. 성안에 셋방이라도 발견하다면 정말로 여자는 와줄 것인가. 영감은 차츰 행복한 기분을 되찾고 설레는 가슴을 안게 되었다.

그래서 두 사람의 지대수금원이 움집에 나타났을 때 드디어 원삼은 싱글벙글한 표정을 지으며 그들을 맞이할 수 있었다.

"나, 난 돈을 내는 만큼 조만간 성안에 셋방 하나 부탁하리다."

수금원들은 어처구니가 없는지 대답도 하지 않았다. 영감은 등을 잔뜩 구부리고 음음 신음소리를 내며 낡은 버선을 벗었다. 백동화(白銅貨) 세 개가 제 각각 떨어졌다. 그것을 얼른 하나 하나 주워 들더니,

"으음, 십 전, 오 전, 십 전……."

하고 건네주면서 확인했다,

"으음, 이십오 전이오. 틀림없소……. 나는 정원삼이라 하오. 틀림없이 냈수다."

그리고는 악취가 진동하는 봉발(蓬髮)을 수금원의 장부 위에 들이밀고는 자신의 이름을 찾으려는 듯 굵은 손가락으로 장부를 더듬어 댔다. 수금원들은 마치 뜨거운 스토브에라도 다가간 것 마냥 몸을 뒤로 젖히고는 영감을 빤히 째려보았다. 원삼은 그제서야 겸연쩍은 듯 치아를 드러내고 "크크크"하며 웃어댔다.

"못 찾으시겠소?"

수금원들도 웃었다. 그리고 갑자기 굳은 표정으로 입을 꾸욱 일그러뜨리고 다문채로 자리를 떴다.

'올커니. 지금부터 가서 아줌씨한테 확인을 해보자' 영감은 그렇게 생각했다.

하지만 어깨에 지게를 메고 진흙탕을 가르며 여자가 있는 움집에 당도하자마자 영감은 갑자기 선달을 생각하고는 용기를 잃었다.

"나갔는감. 선달이."

영감은 그렇게 말했다.

"……."

"대단한 홍수지 뭔가."

"……."

대답이 없는 것을 이상하게 생각하고 괴이쩍은 생각에 안을 들여다 본 영감은 자신도 모르게 움집 벽에 찰싹 몸을 붙였다. 여자가 아이에게 젖을 물리고 반 벌거숭이인 채 옆으로 누워 있었던 것이다. 선달은 이미 외출한 후였다. 가슴이 격심하게 뛰었다. 복병이라도 일어나듯이 억눌러온 정욕의 물보라가 물밀듯이 밀려 올라왔다. 목이 바짝 말라서 목소리도 잘 나오지 않았다.

"아줌씨."

여자는 깊은 잠에 떨어진 것이 분명했다.

"아줌씨."

영감은 다시 한 번 목소리를 짜내어 외쳤다.

그러자 여자는 놀란 듯이 벌떡 일어났다.

"누구요."

영감은 몸을 움츠렸다. 이미 일은 벌어졌다.

"나… 나요… 으음… 원삼이요."

"무슨 일이요."

"나는… 으음…"

영감은 뭐라고 해야 할지 몰라서 횡설수설 했지만, '그렇지 내가 무언가를 묻기 위해 찾아온 것이지'라고 생각을 해내고 속으로 씩하고 웃었다.

"…이거, 그러니까, 지난번 말했던… 으음… 그러니까… 내 한 가지 묻고 싶은 게 있어서."

"뭔데요?"

"으으… 그러니까… 이거… 이리 묻는 것이 좀 죄송하오만 으음… 아줌씨 정말로… 으으… 성안으로 가시겠소?"

"영감님은 도대체 뭔 소리를 하오."

여자는 수상하다는 듯이 물었다.

"아니… 으… 아줌씨 지난 밤 말하지 않았드랬소… 음… 내가 성안에 셋방을 찾으면 으으… 와주지 않겠냐고 말이요… 난… 지금부터 구하러 나갈거라오."

"옴메 영감님도…"

여자는 희미하게 웃음을 흘리면서 한숨을 쉬었다.

"그리혀도 괜찮은 몸이라면 좋겠소만……."

"참말이요."

영감은 눈을 부릅뜨고 외쳤다.

"그럼 으으 나는 다녀오겠소……."

원삼과 첨지마누라가 정을 통했다고 하는 무고한 소문이 토성랑에 파다하게 퍼진 것은 덕일 노파가 이 광경을 본 후 부터였다. 미친 할멈은 지저분한 주름투성이 얼굴에 검정콩 같은 눈을 번뜩이면서 음난한 목소리로 낄낄 거리며 웃어댔다. 놀라서 원삼이 돌아보자 노파는 날개라도 돋아난 듯이 토성 위쪽으로 날듯이 도망쳤다.

미친 할멈은 그 후 누군가 만날 때 마다,

"이보시오 거기."라고 목소리를 낮추고 갈색 손을 저었다.

"알고 계쇼?"

"뭘?"

"뭐냐니? 아직 모르는가?"라고 노파는 눈을 향하고 다가가서는 상대의 귀에 양손을 대고 속삭였다.

"원삼과 첨지마누라가 붙어먹었단 말이지."

선달은 그 소문을 그 소문을 들은 후부터는 한층 눈에 보일 정도로 병이 악화되었다. 눈은 갈수록 의심 깊게 깊숙한 곳에서 빛났고, 입술은 늘 하얗게 말라 있었다.

그는 예전과는 완전히 달라져서 최근 이삼 일은 새벽에도 비를 맞으면서 나가기까지 했다. 그리고 깊은 안개비가 가로등에 노란색 원을 그리는 새벽녘 거리나, 혹은 채소나 참외를 실은 짐차가 혼잡하게 오가는 시장이나, 고요하게 함빡 젖어있는 대동강 선착장 등을 터벅터벅 정처 없이 헤매 다녔다. 그러다가 놀란 듯이 갑자기 멈춰서는 일이 있었다. 또 뭐라고 중얼중얼 거리기도 하였다. 그 무렵 특히 어찌된 일인지 고향 생각이 자주 났다. 조용히 고개를 저으며 꺼림칙한 기억에서 도망치려고 해도 어느새 그의 눈앞에는 드넓은 고향 논이 어른거리고 다가온다. 언덕 기슭으로 아카시아 나무가 서있는 마을이 있다. 어릴 때 풀을 베고 돌아오는 길에 소를 타고 맑은 소리로 곧잘 노래하던 그 논두렁길.

봄에는 못자리. 여름에는 제초. 가을에는 추수. 농민은 논에서 허리를 구부리고 줄을 지어 번농가에 맞춰서 흥얼거리며 일을 한다. 커다란 광주리를 머리에 인 계집애들은 눈두렁 위에 가까스로 와서는 손을 흔들면서 흥에 겨운 목소리로 외친다.

“워디메 가요. 점심이라요.”

이윽고 겨울이 오면, 마을 사내들은 벼를 팔러 우마차 큰 종을 딸랑딸랑 울리면서 도시로 향한다. 하지만 고향의 이런 평온하고 유쾌한 생활도 오래 지속되지 않는다. 무언가 보이지 않는 거대한 힘에 의해 생활의 기반을 침식당해, 생계가 궁핍해질 뿐이었다. 얼마 되지도 않는 자작농의 농지는 그러는 사이에 남의 손에 넘어가고 그는 일개 빈농 소작농이 되었다. 머지않아 그에게도 소작권이동 통지서가 날아들었다. 그때는 여름도 다 끝나갈 무렵이었을까. 벼는 하늘을 향해 고개를 쳐들고, 이삭은 무겁게 늘어져 있었다. 선달은 극도의 절망과 분노로 이를 부드득 부드득 갈았고, 눈은 붉게 빛났다. 아내는 마름 집으로 애원을 하러 갔다. 그러나 밤늦게 돌아온 아내의 모습, 쓰러져 우는 그녀의 머리칼은 헝크러져 있었고, 웃옷은 엉망으로 구겨져 있었으며 등 뒷부분이 찢어져서 그 사이로 하얀 피부가 엿보였다…….

선달은 돌연 정신을 차렸다. 그는 고개를 휘저었다. 악몽에서 깨어나기라도 하려는 듯이. 그는 천천히 품에서부터 곰방대를 꺼냈다. 그렇다, 부정한 여편네 덕으로 소작권을 회복했을 때 둘이서 칵 죽어버렸으면 좋았을 것을. 그런데 다시 질질 끌리듯이 같이 마을을 떠나지 않았던가.

그때 문득 발밑에 무언가 걸리는 바람에 선달은 놀라서 얼른 물러났다. 그곳은 강가 창고 처마 밑으로 누군가가 가마니를 뒤집어 쓰고 자고 있었다. 그것은 움찔하고 움직인 것 같았다. 발에 밟힌 사내가 가마니 밑에서 신음하며 목을 빼들었을 때, 그는 깜짝 놀라서 넘어질 듯이 도망쳤다. 말더듬이사내였던 것이다. 마치 자신의 최후를 보기라도 하는 것 같아서 그는 쏜살같이 내달렸다. 그리고 무서운 망상에서 도망치기라도 하듯이 무슨 일이든 닥치는 대로 했다. 그러자 며칠 동안 원삼의 도움없이도 자기 힘으로 쌀을 살 수 있게 되었다.

어느 날 밤 선달은 유별날 정도로 기분이 좋아져서 마누라에게 중얼거렸다.

"이틀 후에는 창고 일을 하게 될겨."

여자는 눈을 휘둥그레 뜨며 놀라워 했다. 창고 일이라는 것은 조합 가입자만이 할 수 있는 일자리라서 지게꾼과 같은 부랑거리는 노동자에게는 허락되지 않는다고 여자는 알고 있었던 것이다.

"그런 일을 당신이 할 수 있소."

"도와주겠다는 남자가 있네."

사실 선달은 돌아오는 길에 같은 마을 병길(炳吉)과 우연히 해우했던 것이다. 그는 기골이 장대한 사내로 원래는 옆집 머슴살이를 했으나 지금은 조합에 가입해서 일하고 있었다. 병길은 어쩌면 영락한 선달의 모습에 강한 동정을 느꼈던 것인지, 무리를 해서라도 창고 일에 끼워주겠다고 약속했다. 그때 선달은 아무 말도 하지 못했다. 다만 지금은 이런 머슴 출신의 도움까지 받아야만 한다고 생각하자, 자신의 신세가 서글퍼질 따름이었다.

"모레 아침 네 시에 오면 되네."

병길은 큰 손으로 그의 연약한 어깨를 두세 번 두드리며 위로하더니 껄껄 웃으면서 어딘가로 사라졌다.

"삼원이나 준다네. 병길이가 그리 말했네."

그는 밝은 얼굴로 마누라에게 속삭였다.

마누라는 조그맣게 소리쳤다.

"뭐시오. 그 병길이를 만났소?"

선달은 어둠을 뚫고 가만히 마누라를 응시했다. 그리고는 조용히 고개를 끄덕여 보였다.

5

그로부터 다시 이틀 동안 비가 내렸다.

토성랑은 대해(大海)에 떠오르는 고래처럼 범람(氾濫)하는 가운데 떠있었다. 포플러 나무가 등줄기 쪽으로 조용히 우뚝 솟아있었다. 차가운 습기를 머금은 바람이 때때로 그것을 춤추게 했다. 안개가 주변 일대를 흘러 희뿌옇게 된 허공 위로는 한낮 태양이 자리하고 있었다. 건너편 강가는 이미 바다마냥 침몰했고 위세 좋게 탁류가 채소밭이며 논, 조밭 등을 멀리까지 찰싹찰싹 거리며 침수해 들어가고 있었다. 전신주와 노목만이 물살 위로 하나 둘 서 있었다. 북쪽으로 이어져있는 아카시아 가로수 길도 홍수에 잠겼고, 오로지 석조로 만들어진 긴 다리만이 희게 반짝이며 떠 있었다.

벌겋게 고여 있던 탁류는 무서운 기세로 토성을 덮치면서 하얀 포말을 일으키며 소용돌이를 만들었다. 물살에 휩싸인 움집은 풀썩 지지하고 있던 흙이 무너져 내리며 순식간에 흔들거리다가 우르르 무너져 흘러내렸다. 짚 다발로 이은 지붕은 탁류 속으로 곤두박질쳤다. 쥐가 차가운 물속으로 떠내려가다가 물가를 향해 허둥대며 부산을 떨었다. 근처 움집에서는 소리에 놀란 사람들의 검은 머리가 나타났다가 다시 사라졌다. 중류(中流)는 여전히 그 폭이 대단히 크다. 이제부터 점점 수위가 올라갈 징조임에 틀림없다. 기둥이나 가구, 가축, 농가의 지붕까지 떠오르다가 가라앉으며 쏜살같이 떠내려간다. 그리고 그것들이 흘러가는 저 먼 남쪽 너머 대해처럼 반짝반짝 빛나는 광대한 장관이 펼쳐져 있다.

토성 동쪽 늪지는 출구 없는 빗물로 호수처럼 되었고 도살장도 침수되어 물에 곧 떠오를 것 같은 상황이었다. 수십 명의 남자가 빙 둘러친 나무 울타리 안에서 돼지를 몰아내려고 하고 있었다. 그들이 진흙탕 속에서 무언가 알 수 없는 소리로 소란을 떨자 검은 돼지 무리는 떠나갈 듯한 소리로 울부짖으며 맞은편 높게 솟은 철도 선로 쪽으로 우르르 몰려갔다. 마침 방금 지나간 검은 열차는 선로 옆에까지 닥쳐온 홍수에 조심스럽게 삑, 삑 기적을 울리면서 원만한 커브를 그리고 있었다. 그 너머로는 붉고 웅장한 높은 감옥 건물과 굴뚝이 숲을 이룬 희뿌연 도회지 하늘이 지그시 이 풍경을 바라보고 있었다.

창공에서 한 마리 매가 날개를 펴고 도살장으로 하강했다. 탐욕스러운 부리를 세우고 사방을 한 바퀴 돌더니 갑자기 목을 웅크리고 발톱으로 부리를 닦으면서 부채처럼 펼친 날개를 접고 하강할 자세를 취했다. 화살처럼 빨랐다. 그러나 새끼 돼지 무리 가까이까지 하강하는가 싶더니 그대로 몸을 솟구치고는 뒤돌려 하늘 높이 날아간다. 하늘에는 이미 두꺼운 구름은 없고 물에 잠긴 들판 위로 습기 찬 바람이 맴돌 뿐이었다. 수만 마리는 될 것 같은 잠자리는 토성 위를 그물이라도 치려는 듯이 획획 날아다니고 있었다.

원삼은 아무 일도 손에 잡히지 않았다. 영감은 때때로 한숨을 쉬고 석유 상자 안에 목침과 해진 고무장화, 때가 검게 찌든 버선 따위를 넣으면서 떠날 준비를 했다. 그래도 아무래도 멍석을 접고 다른 사람마냥 뒤도 안 돌아보고 떠날 수는 없었다. 성안에 셋방을 얻은 것도 아니었다. 그러나 지난 이삼일 동안 원삼은 얼마나 시내를 헤매며 남의 집을 찾아가 묻고 다녔던 말인가.

"셋방 없심까."

영감은 몇 번이고 허리를 숙이고 손을 비비며 부탁했다.

자신이 월 사오엔 정도의 방세는 문제없이 낼 수 있다고 생각했던 것이다. 하지만 그 누구하나 그를 상대해 주지 않았다. 한 번은 어떤 몰락한 집 노파가 수상쩍은 표정으로,

"몇 식구요?"

"으음."

영감은 입에 거품을 물고 기뻐하면서, "네 명 가족입습죠. 으… 홍수로 집이 떠내려 갔습죠."

무심코 사인 가족이라고 말해 버렸다. 영감은 쌀쌀맞게 거절당했지만, 어째서 여자와 단 둘뿐이라고 말하지 않았는지를 생각하자 화가 치밀어 올라서 참을 수 없었다.

"곤란한데."

노파는 이렇게 투덜투덜 말하고는 엉덩이를 흔들면서 들어가 버렸다.

영감은 다른 집 대문으로 들어갔다. 이번에야말로 둘 뿐이라고 해야지 라고 혼잣말을 했지만 그 후로는 아무도 상대를 해주지 않고 내쫓기만 했다. 영감은 하는 수 없이 다시 어슬렁 어슬렁 거리를 거닐었다. 관공소 옆이나 은행 옆 누각 등에는 어디고 할 것 없이 시골에서 홍수로 집과 작물이 떠내려간 사람들이 고구마덩굴마냥 웅크리고 있었다. 영감은 그 모습이 남의 일 같지 않았다. 그래서 마지막 한 덩이 흙에 매달리는 한이 있더라도 토성랑을 떠나서는 안 되겠다고 점점 더 완고해지는 그였다. 애초부터 토성은 일 년에 한 번은 반드시 대홍수가 들이닥쳤다. 그때마다 토막민들은 뿔뿔이 성안으로 흩어져서 거리에 나앉게 되는 것이었다. 그리고 홍수가 물러가면 이번에는 다시 새롭게 쫓겨난 사람들이 토성랑에 우르르 찾아온다. 이렇게 해서 다시 새로운 살림이 시작된다. 제 아무리 원삼이라 해도 이제 자신의 움집이 떠나려 갈 것이라는 것을 확실히 알았다. 자신과 선달의 움집에서 대여섯 자 밑은 이미 탁류

가 소용돌이치고 있었다. 소름 돋는 냉기가 올라와 오싹 오싹 진저리가 났다.

영감은 말없이 기어 나오더니 이번에는 멍하니 하늘을 올려다보았으나, 부서진 벽에 눈길이 미치자 뭐라 말할 수 없는 암담한 심정이 되었다. 벽은 완전히 비에 잠겨 있어 진흙을 이겨 새로 흙덩이를 붙여보아도 툭하고 떨어질 뿐이었다. 위에서 내려오는 물에도 패이지 않도록 아래 벽 주위를 쌓아 올려 보기도 했다. 하지만 어찌해도 일에 신이 날 리가 없었다.

때때로 영감은 무너지기 일보직전인 선달의 움막을 뚫어져라 보다가 한숨을 내쉬었다. 당장 손보지 않으면 안 된다고 마음을 졸여 보았지만 바로 망설여졌다. 도대체 선달은 어찌할 생각이란 말인가. 당장 움집이 무너져 내릴 것 같은데 이러한 때에 새벽 세 시경부터 그는 창고에 일을 하러 나갔다. 또 여자는 어찌된 영문인지 움집에 틀어박혀 얼굴도 내밀지 않았다.

그 소문이 돈 이후로 영감은 한 번도 선달부부와 허물없이 앞으로 닥칠 일을 의논하지도 못하고 있었다. 여자는 영감이 조금이라도 다가오기라도 하면 언제나 황급하게 두 손을 내저으며 목소리를 떨었다.

"가까이 오지 마시오. 누가 보면 어쩐다유."

영감은 힘주어 팔짱을 끼었다. 그리고 커다란 가슴을 드러내더니 다박수염이 난 턱을 아래위로 흔들었다.

대여섯 명의 토막민이 허섭스레기를 짊어지고 북쪽 돌다리 쪽으로 피난해갔다. 얼굴이 검고 왜소한 노인 하나는 뭔가 가져갈 게 없나하고 허리를 구부려서 무너진 움막 안을 막대로 쑤시고 있었다. 그것을 보고 노인은 눈앞이 캄캄해지는 듯한 절망감에 휩싸였다.

그때 문득 원삼은 등 뒤쪽에서 심상치 않은 소란함을 의식했다. 고개를 돌려 토성 위를 올려다 본 순간 그는 그 자리에 못박힌 듯이 꼼짝도 할 수 없었다. 낯빛이 변한 움집 주민들이 줄지어 우르르 몰려드는 가운데 노동자 같은 차림새의 사내가 등 뒤에 피범벅이 된 한 남자를 업고 있었다. 불길한 예감이 퍼뜩 뇌를 스치며 영감은 반사적으로 벌떡 일어났다. 예감대로 업힌 사람은 선달이었다. 붕대로 칭칭 감은 머리가 방아깨비처럼 어깨너머로 흔들거리고 있었다.

"비키시오. 비켜요."

누군가가 고함쳤다.

그들은 구름처럼 선달의 움집 쪽으로 내려간다. 몇몇은 입구 앞을 가로막고 서서 삿대질을 하면서 아우성을 쳐댔다.

무시무시한 불안에 휩싸인 원삼은 잠시 동안 움직일 수조차 없었다. 숨을 헐떡헐떡 고통스럽게 내쉬며 몸부림치던 영감은 그 자리에 털썩 주저 앉아버릴 것만 같았다.

그러나 그는 무언가를 결심한 사람마냥 느릿느릿 다가갔다. 그리고 선달의 움집 앞에 막아서더니 조용하고 침울한 목소리로 중얼거렸다.

"비켜 주시오."

불행의 발단은 창고 일이 다른 노동자들에게 발각당했기 때문이었다. 네 시 경부터 사람들 눈을 피해 숨을 죽여 가며 서른여 명이 시작한 작업은 아침 해가 깜박깜박 새어 들어올 무렵에는 어느 정도 진척되었다. 저장곡물 삼분의 일 이상을 처리하고 나면 누구라고 해도 뒤늦게 일에 참여할 수 없었다.

그런데 아침 일곱 시경 뒤늦게 조합원들에게 그것이 들통나고 말았다. 창고 일은 원래 좀처럼 돌아오지 않는 돈벌이 수단이었기 때문에 거기서 빠져서 퇴박을 당하고 보니 증오와 질투하는 마음이 일어나서 살기가 등등한 것도 무리는 아니었다. 그래서 그 서른 명 남짓은 괜히 고개도 들지 못하고 모두가 흘겨보고 욕하는 가운데를 헤엄치듯이 피해 다니고 있었다. 두 사람이 맞춤소리도 내지 못하고, 한 사람에게 쌀가마니를 지워주면 전깃불을 비춰주는 사내의 도움을 받아서 기다란 발판을 타고 내려갔다. 두말할 필요도 없이 선달은 도망이라도 치고 싶은 심정이었다. 그는 처음부터 이 작업에 참가할 자격이 없었다. 게다가 몸까지 약하여 전깃불을 들어주는 역할을 하고 있어서 이중삼중으로 마음이 괴로운 터에, 조합원까지 나타나서 아우성을 쳐대고 있었기 때문이었다. 선달은 들키지나 않을까 하는 공포와 격심한 자기혐오로 쥐구멍에라도 들어가고 싶을 정도로 괴로웠다. 그런데 어찌된 영문인지 붉은 얼굴을 한 사내에게 발각되어서 소맷자락을 붙잡혔을 때, 그는 반사적으로 재빠르게 주먹으로 사내를 앞으로 떠밀어 넘어뜨렸다. 그와 동시에 두 사람은 엉켜 붙어 쓰러졌고, 모두가 몰려들어 고함을 지르며 욕지거리를 해대어 창고 안에는 함성이 가득했다.

그래도 병길이[3] 재빨리 달려들어 제지했기 때문에 이 격투는 무난하게 수습되었고, 천성적으로 깡다구가 있는 선달은 이렇다 할 부상도 없었다. 다만 병길에게 몸을 기대고 일어섰을 때 선달은 갑자기 설움이 북받쳐 올라 견딜 수 없었다. 얼굴을 있는 대로 찡그리며 이를 악물었지만 뜨거운 눈물이 입가로 흘러내렸다.

선달은 비틀비틀 발판을 올라갔다. 오늘은 무슨 일이 있어도 돈을 벌어야 한다.

"질 수 있게 해주오!"

일꾼들은 놀랐지만 선달의 심상치 않은 서슬에 눌려 잠자코 짐을 지게 해줬다. 그는 비틀거렸다. 과연 그것은 놀랄 정도의 기운이었다. 이마에 굵은 땀이 송글송글 배어났고 지금이라도 숨이 끊어질 듯한 괴로운 표정으로 한 걸음 한 걸음 발판을 내려가고 있었다. 그렇게라도 해서 자신도 남 못지 않게 일을 하고 있노라고 모두에게 알리고 싶었던 것이리라. 등골은 으직으직 금이 갈 것만 같았고 다리는 부들부들 떨리고 있었다. 그에게는 너무나도 무거운 짐이었기 때문이다.

눈 깜짝할 찰나였다. 천길 벼랑 위에 선 것처럼 현기증이 나더니 갑

3) 초출에는 선달이라고 써 있다. 김사량은 이 실수를 작품집 『고향』에서는 수정하고 있다.

자기 눈앞이 캄캄해 졌다. 그게 선달의 마지막이었다.

선달의 시체에는 다만 커다랗고 검은 파리떼가 붕붕거리며 모여들었다가 흩어졌다 하고 있었다. 둘러싼 사람들도 죽은 사람처럼 파리떼를 쫓으려고 하지 않았다. 피투성이가 된 저고리, 바지, 붕대로 감은 가느다란 몸, 나무토막처럼 검은 다리. 붕대 밑으로 눈은 감긴 채로 피가 번득거렸고 콧구멍에는 솜이 채워져 있었다. 선달의 이러한 처참한 모습에 원삼영감은 깊은 슬픔에 빠져 단지 겁먹은 눈으로 물끄러미 바라보면서 꼼짝도 하지 않았다.

선달을 등에 메고 온 병길은 책상다리를 하고 앉은 넓적다리 위에 두 손을 세우고, 여자가 슬피 우는 모습을 망연히 지켜보았다. 콧날 옆에는 마마자국이 있는 얼굴을 이따금 움찔움찔 거렸다. 움푹 팬 볼살이 경련하는 것이었다.

여자는 빨갛게 짓무른 눈을 슴벅거리면서 울고 있었다. 남편의 시체에 힘없이 쓰러져서 그녀는 모든 것을 사죄하며 비는 마음이었다. 아이는 울다 지쳐있었다. 눈물이 얼룩진 볼을 타고서 갈비뼈가 드러난 가슴을 흘러 불룩해져 있는 배로 흘러갔다.

"당신 어쩌자고 죽으셨소. 나보고 우째 살라고 먼저 가셨소."

여자는 격렬하게 어깨를 들썩거리며 오열했다.

"참아야 하오."

병길은 견디다 못해 말했다.

"이렇게 된 이상 울어 보았자 아무 소용없소. 앞으로 설마 굶어죽기야 하겠소."

그녀는 드디어 엉엉 소리 높여 울었다. 원삼은 어찌된 일인지 가볍게 손을 떨면서 안색이 달라지더니 병길 쪽을 뚫어지게 바라보았다. '이 자는 뭘 하는 자인가' 영감은 그것이 알고 싶었다. 병길은 알 수 없는 희미한 미소를 입가에 짓고 있었다. 원삼은 여자 쪽으로 바짝 다가서서 에구 에구 하며 자못 안타깝다는 듯한 호흡으로 반쯤 허둥대며 위로의 말을 늘어 놓았다.

"이 얼마나 슬픈 일인지 모르겠다우. 허나 내가 내일 중에 선달을 잘 묻어주고 오리다. 같이 가면 좋겠소. 난 다른 사람 장례로 베미산에는 몇 번이나 간 적이 있다우."

여자는 그걸 생각해서 그런지 잠시 울음을 멈췄다.

영감은 약간 자신감이 생겨 말을 계속했다. 낯선 남자의 위로에 더욱 통곡하던 여자가 자신의 위로에는 금세 울음을 그쳤다고 생각했기 때문이다.

"허구 여긴 위험하니 나중에 성안으로 거처를 옮기는 것이 좋겠소. 내 요즘 용을 쓰고 셋방을 구하고 있네만 딱 들어 맞는 게 없구만. 으으, 허나 내 기필코 찾아내리다."

그리고 자기가 한 말이 병길이 했던 말보다 적어도 세 배는 길다는 생각을 하고는 점점 더 득의양양해졌다.

쭈그리고 앉은 채로 벙어리처럼 선달의 참사를 조문하던 덕일노인은 갑자기 온 몸이 욱신욱신 아파 오기 시작한 듯 얼굴을 찡그렸다. 그러더니 이를 악물고 중풍 든 다리를 번갈아 꼬고 앉아서 울리지 않는 고물시계 마냥 잠시 멈췄다 말했다.

"도대체 이게 다 무슨 팔자란 말이냐."

여자는 억지로 참으려고 숨을 크게 후우 하고 내뱉었다. 하지만 그 후 다시 경련과도 같은 통곡을 했다.

토성 위의 구호대가 나타나 빨간 깃발을 흔들어 대고 있었다.

"다리 쪽으로 가시오. 토성은 곧 무너지오! 어서 도망치시오!"

움집 사람들은 여기저기서 잇달아 토성 위를 향해 올라갔다. 수장되는 것이 차라리 낫겠다고 생각했으나 역시 줄을 지어 돌다리 쪽으로 가는 것이었다. 그저 쇠사슬과도 같은 목숨이 그들을 질질 끌고 가는 것이었다. 선달의 움집 근처를 지나면서 토막민 부부가 계속 통곡하고는 소리가 들려왔다.

절름발이 거지는 한쪽 발을 무거운 듯이 질질 끌면서 저주하듯이 주절주절 거리고 있었다.

"끝이야… 끝…… 끝이라고."

토성 건너편에는 징소리 같은 미친 여자의 쉰 목소리가 떠돌아다녔다.

"납치범, 꺼져라, 꺼져버려!"

그 소리는 양복 사내들을 멀리까지 쫓아가고 있는 모양인지 점점 작아지고 있었다.

6

구호대가 외치고 다니는 소리를 들으며 원삼은 느릿느릿 밖으로 나왔다. 토성에는 이미 아무도 없었다. 영감은 왠지 무서워져서 위쪽으로 어슬렁어슬렁 기어 올라갔다. 그리고 그 한 모퉁이에서 입을 굳게 다물고 우두커니 멈춰 섰다. 망망하게 흘러가는 탁류 위로 석양이 반사되어 붉게 일렁거리고 있었다. 물살을 세로로 가르며 선명한 장관이 토성으로 덮쳐왔다. 저 멀리 서쪽 용악산(龍岳山) 험준한 봉우리 위로 비구름이 몰려들어 있고, 태양이 그 위로 마법사가 던진 투구마냥 둥실 떠 있었다.

원삼은 눈이 부신 듯 볼살을 위로 접어 올리며 얼굴을 심하게 찡그렸다. 두툼하고 커다란 입술이 심하게 일그러졌다. 커다란 두 눈 가장자리로는 뭔가 하얀 것이 반짝거렸다.

제비떼가 중류 위를 서로 섞이며 날아다니고 있었다. 무수히 많은 제비가 우르르 날아 올랐다가 허공에서 금빛 역광을 받으며 날개짓을 하는가 싶더니 이번에는 다시 폭풍에 떨어지는 낙엽처럼 팔랑팔랑 떨어졌다. 초가 지붕이 하마처럼 가로로 누웠다가 세로로 섰다가 하면서 소란스러운 소용돌이 가운데 떠내려갔다. 그걸 보고 제비떼는 서둘러 그 위로 떼를 지어 하강했다.

그와 함께 어찌된 영문인지 갑자기 일몰을 알리는 사양(斜陽)도 희미해졌다. 토성랑은 마치 죽음처럼 쥐 죽은 듯이 적막했다. 누구 한 사람 그림자도 보이지 않았고 미친 여자의 외침소리도 어느새 사라졌으며, 도살장에서는 가축의 울부짖음 소리조차 들려오지 않았다. 포플러는 잎들이 서로 스치는 소리도 내지 않고 조용히 흔들거렸다. 그러나 탁류만이 뒤엉키듯이 소용돌이를 일으키면서 요동을 치며 흘러가고 있었다. 고요한 한순간이었다. 하지만 착각인 것인지 잠시 지나자 어딘가에서 쏴아쏴아 하고 음산한 기분 나쁜 소음이 들려오는 것 같았다. 그리고 그것은 점점 더 거세지고 있는 것 같았다. 토성의 남쪽 끝이라도 무너진 것일까. 분류가 동쪽 늪지 쪽으로 밀어 닥치는 소리란 말인가. 영감은 망연하게 그 물살에 시선을 뺏기고 있는 동안에 자신도 떠내려 갈 듯해서 눈이 어질어질해지는 것을 느꼈다. 그런 기분 때문에 휘청거릴 것 같아 발에 힘을 주었지만, 가슴은 기름틀에 짓눌려진 것처럼 고동쳤다.

"선달은 죽었다. 아줌씨와 아이는 어찌 하려는가."

원삼은 굳은 표정을 지으며 자신을 향해 중얼거렸다.

"정말 내가 선달의 은혜를 잊지 말고 도와 줘야겠지."

영감은 아무래도 그렇게 생각하고 싶었다. 자신은 아무래도 그렇게 해야만 선달에게 은혜를 갚을 수가 있었다. 그리고 살아남은 이 두 사람 역시 자기가 도와 줄 수밖에 어찌할 수가 없는 게 아닐까 생각해 보는 것이었다. 아줌씨, 아줌씨……. 선달은 자기도 모르게 새로운 환희를 느끼고 히죽 미소를 지었다. 어느새 여자를 향한 뜨거운 감정이 슬그머니 가슴속으로 파고들었던 것이다. 하지만 즉시 그 상상은 산산이 부서졌다. 영감은 가슴이 철렁했다. 엷은 베일을 헤집고 피투성이가 된 선달이 퉁퉁 부어 오른 입술을 움찔거리는가 싶더니 붉은 치열 사이로 내뱉듯이 화를 내려고 하는 환영이 나타났다.

영감은 비틀거리며 서너 발자국 뒷걸음치며 숨을 죽였다. 그리고 겨우 정신을 가다듬고 불안한 듯 주위를 살폈다.

맞은 편에서 누군지 확실하지 않지만, 두 사람의 그림자가 가까이 오는 것 같았다. 이미 주위는 상당히 어두워져 있었다. 하나는 발걸음이 위태로운 노인인 듯 지팡이에 굽은 몸을 기대고 비틀거리며 걸어왔다. 동행은 노파인 것 같았다. 커다란 꾸러미를 지고 그 뒤에서 무언가 투덜투덜거리고 있었다. 손에든 아지노모토[4] 양철 깡통이 붉게 한 번 반짝였다. 덕일 노부부였다. 역시 두 사람도 목숨을 부지하려고 돌다리 쪽으로 피난을 가는 것이었다.

원삼은 무언가에 찔린 듯 여전히 몸이 굳은 채로 우뚝 서 있었다. 노인은 그것이 지게꾼 원삼이라는 것을 눈치채자 코 밑까지 다가와서 숯같이 검은 손을 얼굴가에 대고 흔들면서 씩씩 신음을 토했다.

"여보게. 쓰, 쓸데없는 짓을 하려 하는가? 가라고. 엉, 떠나야 해."

미친 여자는 갑자기 치아를 드러내고 히죽 웃으며,

"색골, 이히히히…… 조금은 슬프기는 한 게요?"라고 말하고, 키키 거리는 이상한 소리로 웃으면서 뛰어갔다.

두 사람의 모습은 어둑한 길로 접어들더니 북쪽으로 사라져 갔다. 질질 끌리는 발이 접질린 듯, 이따금 양철 깡통이 덜컹덜컹 흔들리는 소리가 기분 나쁘게 났다. 그 너머 돌다리 주변에는 키를 나란히 하기라도 한 듯이 희뿌연 가로등이 선을 그리며 홍수 위를 건너고 있었다. 성 안은 무언가 갑자기 놀란 듯이 불빛이 켜지더니 바다를 이루었다. 원삼 영감은 한동안 실신한 듯 몸을 움직이지 않았다. 토성을 삼키고 있는 탁류 소리만이 점점 요란하게 들려왔다. 때때로 포플러 나무 위로 이름 모를 새가 날개짓을 하며 둥지 안에서 보금자리를 마련하는 소리가 조용히 들렸다. 하

4) 아지노모토[味の素] 일본에서 1909년에 창업된 식품화학회사. 화학조미료 회사로 일본의 식민지였던 조선은 아지노모토 제품을 다량 소비했다. 이른바 '아지노모토 제국주의'는 당시 조선뿐만 아니라 일본의 식민지였던 대만과 동남아시아 각국에 폭넓게 펴져 있었다.

지만 어찌된 영문인지 영감은 뭔가에 놀라서 반사적으로 털썩 몸을 엎드렸다. 그리고 공포에 질린 얼굴을 땅바닥에 대고 숨을 죽였다.

바로 그때 땅이 울리도록 큰 소리가 났다. 바로 그때…….

남쪽으로 삼십 삼사십 간 떨어져 있던 토성의 일부가 견뎌내지 못하고 결국 순식간에 무너져서 급류 속으로 쏟아져 내렸다. 물보라가 십여 자나 높이 치솟았다. 그것은 어둠속에서 은색으로 번쩍 빛을 뿜는 것처럼 보였다. 이번에는 그 근처 흙더미가 쏟아져 내리는 모양으로 가볍게 물이 튕기는 소리가 들렸고, 다시 커다란 굉음이 고요를 깨고 울려 퍼졌다. 토성은 이미 무너져 내리기 시작했던 것이다. 밀려오던 탁류는 거기서 터질 곳을 찾아서는 한꺼번에 덮치고 함성을 내지르며 쏴아쏴아 하는 소리를 내며 동쪽 저지대로 쏟아졌다.

땅울림, 굉음, 폭포처럼 쏟아져 내리는 떠들썩함.

홀연 등줄기로 싸늘하게 혼란스러움이 스치고 지나간다. 원삼은 어느새 털썩 힘없이 엎드려 몸을 웅크리더니 거친 신음 소리를 내고, 손으로 땅바닥의 흙탕을 만지작거렸다. 그리고는 몸을 일으키려고 발버둥쳤다. 빨리 여자가 있는 곳으로 가서 구해줘야 한다고 생각했던 것이다. 하지만 도저히 일어날 수 없었다. 허리를 일으키고 발을 앞으로 뻗어 아래쪽으로 쑥 내밀어 보았다. 그러나 손이 흙탕 위로 미끄러져 눈 깜짝할 사이에 두세 자 정도 줄줄 아래로 미끄러졌다. 그곳은 흙탕물뿐인 급경사였다. 아래는 무시무시한 급류였다. 영감은 허둥대며 다시 일어서려고 무릎을 세웠지만 이번에는 무릎이 쭉 미끄러져 뒹굴었다.

"아줌씨!"

원삼은 비명을 내질렀다.

심상치 않은 소리에 놀란 여자는 목을 내밀었다. 그러나 그때는 이미 앗 하고 외칠 틈도 없이 무언가 검은 물체가 쿵쿵 굴러 떨어지고 있었다. 여자와 병길은 갑자기 넘어질 듯이 뛰어나갔다. 그러나 이미 늦었다. 철썩하는 물소리가 들려올 뿐이었다.

"원삼 영감! 원삼 영감!"

영감으로 보이는 물체가 이미 몇 간 앞을 떠내려가고 있었다. 여자는 소리를 지르면서 물가를 따라 달린다. 병길은 동동 발을 그리며 물살에 발을 적시고 달려갔다. 영감은 산에 살던 사람이라 물은 모른다. 아직 물가에서 얼마 떨어져 있지 않았기에 때로 발을 땅바닥으로 뻗으며 일서서려고 허우적허우적 댄다. 뭐라고 외치려고 하는 것도 같다. 원삼은 으, 으, 으 하는 비명을 올렸다. 그 바람에 물을 벌컥벌컥 마셨음이 틀림없다. 그러나 분명히 몇 마딘가는 들려왔다.

"아주…… 머니…… 도… 망…… 치시라… 요… 요."

"원삼영감, 원삼영감!"

여자는 있는 힘을 짜내 소리를 지르면서 달려간다. 때로 미끄러져 넘어지기도 하고 때로 털썩 쓰러지기도 하면서 다시 일어선다.

"으, 으……."

"원삼영감, 정신차리시요! 원삼영감!"

"으읍, 도망치…… 도망치시라요."

숨이 넘어갈 듯한 소리는 더 이상 들려오지 않았다. 물은 붉고 강은 검었다. 몇 번인가 하얀 것이 떠올랐다가 다시 사라지면서 점점 깊은 곳으로 말려들어가서 떠내려갔다. 소용돌이치는 탁류는 낼름낼름 혀를 내밀어 육지를 핥고 있었다. 여자는 그래도 비틀거리면서 미친 사람처럼 죽을 힘을 다해 뛰었다.

"앗, 위험해! 거긴 위험하다구!"

앞서 달리던 병길은 여자를 말리고는 꽉 껴안았다. 여자는 그걸 뿌리치려고 몸부림을 쳤다. 하지만 한간 앞에는 누군가의 무너진 움집 동굴이 가로놓여 있었다. 그리고 이미 늦었다. 원삼은 어느새 수십 간도 더 멀리 떠내려가고 있었다. 하지만 갑자기 거센 소용돌이 속으로 빨려들어간 것인지 두세 번 수면위로 떠올랐다가 보이는가 싶더니 더 이상 아무것도 보이지 않았다.

여자는 병길에게 몸을 기대고 얼굴을 묻었다. 그는 망연자실하여 원삼이 사라진 먼 곳을 언제 까지고 언제 까지고 응시했다. 콸콸거리며 기세 좋게 흐르는 탁류는 여전히 막막한 물살을 일으키고 있었다. 이따금씩 먼 곳에서 다시 쿵하고 토성 한 모퉁이가 무너지는 소리만이 한층 기분 나쁘게 들려왔다.

그로부터 얼마 지난 십육일 밤, 달이 떠올라 물살은 황금 달빛을 받고는 악마의 춤을 덩실거리며 펼쳐 보였다.

『문예수도』, 1940년 2월

윤주사(尹主事)*

마을 북쪽 언덕을 넘은 곳에 질퍽질퍽한 황무지가 있었다. 그 한가운데에 무너질 것 같은 한 평 정도 되는 움집이 맥없이 세워져 있었다. 쪽문 옆에 걸려 있는 커다란 널빤지에는 검은 글자로 윤주사(尹主事)라고 적혀 있었다.

윤주사는 아침에 일어나면 우선 자신의 영토를 확인했다. 그는 이 황무지 일대를 자신의 소령(所領)으로 정하고 있었다. 그는 땀을 주륵주륵 흘리면서 막대기로 경계선을 긋고 다녔다.

그리고 일단 움집으로 돌아가서 작업화를 신고 닳고 낡은 각반을 친친 둘러 감았다. 지게를 짊어지자, 다시 밖으로 나가서 명찰을 십분도 넘게 물끄러미 바라보다가 발꿈치를 돌려서 부리나케 참으로 바쁜 듯이 마을로 나갔다. 하지만 지금껏 사람들이 그가 일하는 것을 본 적은 없었다.

"오늘은 어떠셨소."라고 해질녘에 누군가와 만난 순간에 묻기라도 하면, 그는 히죽히죽 거리면서 히끗히끗 센 쑥대강이 머리를 벅벅 긁어댔다.

"이보게, 참으로 불경기라서 말이야."

언제인가도 윤주사는 내 집에 허둥지둥 와서 서재 앞에 불쑥 나타났

---

* 본 소설은 1937년 3월 20일 동경제국대학신문(3면)에 「윤참봉(尹參奉)」으로 발표된 것을 제2 소설집 『고향』(갑조서림(甲鳥書林) 1942년)에 제목을 「윤주사(尹主事)」로 바꿔서 수록한 것이다. 두 작품의 모태가 된 것은 사가고등학교 졸업기념지에 실린 「짐(荷)」(졸업기념지 1936년 2월)이다. 「짐(荷)」에는 주인공 이름이 윤서방(尹書房)으로 되어있다.

다. 그리고 무언가 말을 꺼내려는 듯 꿈지럭거리며 손을 비비고 있었다. 무슨 일이쇼 라고 물어보자 그는 빙그레 웃고 나서, 일본에 건너가거든 하비탄[1](그는 그렇게 발음했다) 투매품(投賣品)을 사다주지 않겠느냐며 몇 번이고 허리를 구부리고 머리를 조아렸다. 누군가가 일본 내지로부터 그것을 직접 들여와서 큰 돈을 벌고 있다면서 득의양양해하며.

"나도 한 몫 벌어서 성안(城內)에 집을 짓고 옮겨 살아야 하지 않겠소. 히히히, 히히히."라고 웃고는, 그 일은 이제 죄다 잊어버린 듯이 이번에는 외설스러운 것을 본 땡중처럼 혼자서 헤헤헤 웃어댔다. 그리고는 면장과 주재소 순사 둘 중에 누가 더 위냐고 묻는 것이었다. 무심코 쓴웃음을 짓자 주사는 더욱더 유쾌해져서, 그것 봐라 대답하지 못하지 않냐라고 말하는 듯 나를 손가락으로 가리키며, 쓰러질 듯이 깔깔거리고 웃다가 즐거운 듯이 돌아갔다.

그 후 들판에 아지랑이가 피어오를 즈음의 일이다.

그는 움집 벽에 기대서 맨 몸을 드러내놓고 이를 잡고 있었다. 따듯한 햇볕이 육십여 년간 때 낀 피부를 간지럽혀서 근질근질 하게 만들었다. 게다가 커다란 이 녀석 몇 마리가 위세 좋게 숯처럼 더러워진 손가락 끝에 타올랐기 때문에 그는 정말로 기분이 좋아졌다.

그때 쉰 목소리가 가까이서 들려왔던 것이다.

"그렇습죠. 어르신네. 이곳이 최고의 후보지 입습죠."

그 말을 받아서 염불을 하는 듯한 소리로 투덜거렸다.

"음. 지금 매점(買占)하여 놓고 다음 달부터 기공하는 것이 좋겠네만."

주사는 땅에 한 쪽 손을 짚고 목을 길게 빼고는 두 사람을 괴아한 눈초리로 훑어보았다.

"흐음, 이 일은 언제 다시……."

양복입은 사내와 두루마기를 입은 사람은 연기를 내뿜고 지팡이를 흔

1) 일본어로 'はぶたえ(하부타에, 羽二重)'를 가리킨다. 곱고 보드라우며 윤이 나는 순백색 비단이라는 뜻이다.

들면서 저편으로 물러갔다.

그 날부터 그는 잠시도 마을에 모습을 보이지 않게 되었다. 언제나 자신의 영토를 엄중히 확인하고, 몸차림을 끝마치면 그의 오두막이 바라다 보이는 언덕위로 올라갔다. 그리고 아무렇게나 드러누워서 푸른 하늘을 바라보면서 하루 하루를 보냈다(내 영토는 이렇게 질퍽질퍽하고 좁은데, 하늘은 어째서 저렇게 파랗고 넓단 말이냐). 그는 그 이후로 천국에서 노니는 것 같았다(하늘은 적적하구나).

어느 해질녘 나는 이 언덕 위에 올라간 적이 있었다. 석양이 반사된 황막한 들판 아득히 먼 곳에는 개울 물살이 하늘을 올려다보고 노랗게 되서 옆으로 뻗어있었다. 언덕 아래 있는 윤주사의 영토는 언제인가 방적공장(紡績工場) 땅으로 점령되어, 여기저기에 붉은 깃발과 흰 깃발이 늘어서서 들바람에 나부끼고 있었다. 각자 집으로 돌아갈 차비를 마친 듯한 직공(職工) 대여섯이 모닥불을 둘러싸고 떠들고 있었다.

가끔 까치와 까마귀 두 마리가 부산하게 날아와서 아카시아 우듬지에 앉아 울어댔다. 그 뒤를 쫓아가듯이 한 사내가 커다란 널빤지를 뽐내면서 곰처럼 어두컴컴한 가운데를 급히 달려 올라왔다.

"학생!"

그는 멀리서부터 나를 알아본 듯이 헐떡거리며 외쳤다. 나는 그것이 윤주사의 목소리임을 알았다. 그는 내 코앞까지 가까이 와서는 숨을 헥헥거리며 내뱉었다.

"역시 학생이구먼."

나는 그의 광대뼈가 이상하게 튀어나와 있고 양쪽 눈이 움푹 패어있었으며, 한 달 동안 초라하게 쇠약해져 있었다.

주사는 숨을 삼키고 널빤지를 돌리고 그의 영토를 가리켰다. 명찰 널빤지를 짊어지고 걷고 있는 것이다. 이제 주위는 어두컴컴한 가운데 함몰되어갔고, 들판에서 타오르던 모닥불도 꺼져가고 있었다.

"공장이 세워진다는구만."

그는 내 소매를 끌었다.

"이봐 이리로 와보게. 이봐 여기, 저기에서 깃발이 춤을 추고 있지 않나. 커다란 하비탄 공장이라네. 힛히히 내 말대로지! 힛히히!"

나는 잠자코 천천히 그를 응시했다. 주사는 역시 작업화를 신고, 각반을 친친 둘러감고 있었다. 그러나 우두커니 서있는 그의 모습은 불난 집 검은 기둥이 이미 타서 눌러붙은 것처럼 보였다. 그는 내 눈빛을 알아차리자 혼자서 겸연쩍은지 쓸쓸하게 웃었다.

그때 공사장에서 일하고 있던 직공들이 와글와글 떠들어대면서 다가왔다. 주사는 놀라서 무언가를 염려하듯이 나를 옆의 어두운 아카시아 수풀 속으로 서둘러서 데리고 갔다. 그러더니 모습을 감추고 숨을 죽인 채, 그들이 지나쳐 멀리 사라질 때까지 지켜보고 나서 주사는 껄껄 웃으면서 소리치는 것이었다.

"이 도적놈들. 언제인가 나한테 와서는 집을 부순다면서 윤주사 나리님이라고 머리를 조아리고 말하지 않았더냐. 저희들은 윤주사 나리를 공장의 우두머리로 삼고 싶으니 승낙을 해주십시오 라고 말이야. 나는 그래서 호통을 쳤지 뭔가. 미친 할멈 소변 누듯이 낯 뜨겁게 지껄여대면 무엇이든 될 거라고 생각하느냐. 내 나이가 되면 조금은 삶을 즐기고 싶단 말이지. 그러자 저 놈들 모두 줄행랑을 놓았지 뭐야."

그는 또 껄껄 웃었다. 하지만 어둠 가운데서 그의 눈은 마지막 불꽃이 열기를 내뿜는 것처럼 보여, 무의식중에 나는 오싹해져서 몸을 떨었다. 그는 더욱 목소리를 높여서 껄껄 웃어댔다.

『고향(故鄕)』, 甲鳥書林, 1942년 4월

곱단네

특별히 부자라고 할 수는 없지만 예전부터 우리 집에는 넓은 마당과 커다란 광이 있었다. 가을 수확기가 되면 시골로부터 소달구지가 그칠 새 없이 모여들어서 마당에는 볏섬이 산처럼 쌓였으며, 창고에도 또한 곡물이 가득 들어찼다. 그래서 지나가는 행인들조차도 세상에는 엄청난 부자가 다 있나 보다라며 부러운 듯이 엿보거나, 또한 불평하듯이 중얼거리고는 했다. 그렇지만 실상은 다른 부자 친척들이 성가시겠지만 겨울 중에 맡아달라며, 자신들의 곡물을 맡겨 놓고 있을 따름이었다. 깔끔한 성격의 어머니는 그것이 얼마나 집안의 풍치(風致)를 망치고 있는지에 대해 불평을 했지만, 아버지는 겨울에 가장 기분이 좋아보였으며 게다가 풍채(風采)도 더욱 좋아지는 것이었다. 아마도 아버지는 자신이 정말로 부자라도 됐다고 생각했는지도 모르겠다.

하지만 그것은 차치하고 여하튼 볏섬이 산처럼 쌓이고, 광이 곡물로 그득히 들어찼다는 것에 가장 기뻐한 것은 다른 그 누구도 아닌 바로 나였다. 왜냐하면 주변 아이들을 몇 십 명씩이나 그러모아서 이 일대를 무대로 술래잡기는 물론이고 날파람(전쟁놀이)을 할 수 있었기 때문이다. 그때 나는 겨우 열한두 살 정도 됐을 무렵이었지만 훌륭하게 제구실을 다하는 골목대장이었으며, 더욱이 우리 부대 아이들은 내게 심복하고 있었다. 지금도 나는 그 아이들 하나하나의 모습을 떠올릴 수 있다. 그 가운데 단 한 명 여자 아이가 있었다.

그 아이는 곱단네라고 하는 우리 집에 세들어 살던 여자애였다. 나보다 두세 살 위였으며 눈이 크고 곧잘 수줍은 듯 웃어 보이는 아이였다. 하지만 까딱하면 새치름해져서 고개를 돌려버리는 등 깍쟁이 같으면서도 어른스러운 구석이 있었다. 그러한 곱단네가 가끔 어머니의 눈을 피해서 몰래 별안간 나타나서 술래잡기에 끼어들었다. 그러더니 함께 광안 볏섬 뒤나 구석에 목소리를 낮추고 숨어들고는 했다. 그러면 곱단네 어머니가 뒤에서 빽빽 아우성치며 그녀를 찾아다니는 것이었다.

"곱단네야~아, 곱단네야~"

일이 이쯤 되자 술래잡기는 더욱 더 재미있어져서 제 각각 구석에 숨어서는 목소리를 죽이고 있었다. 곱단네 집은 그때 매우 가난해서 아버지는 지게꾼으로 이 곳 저 곳을 헤매다녔고 어머니는 구멍난 양말을 공장에서 받아다 기우고 있었다. 곱단네는 그것을 어설프게나마 돕고 있었다.

"이년 어디에 숨은 것이야! 곱단네야~아."

그날은 어쩐 일인지 곱단네는 나와 함께 숨어있었다. 처음에 나는 심술궂은 마음 반 재미반으로, 그녀에게 어두컴컴한 가운데 킥킥 웃어 보이면서, 대답하지 말라고 손을 저어보였다. 그러자 그녀도 킥킥거리며 웃었는데 그 눈이 반짝반짝 빛나는 것이 무척 아름다웠다. 그녀의 어머니는 이제 필사적이 되서 화를 내며 곱단네야, 이년아 라고 악설을 퍼부으며 소리치고 있다. 그래서 나는 약간 무서워졌다.

그래서 "나가봐"라고 소곤거렸다. 그러나 곱단네는 점점 더 깊숙이 숨어들어서는 내 쪽으로 착 몸을 밀착시켰다. 내가 기분이 나빠져서 나가, 나가라니까 하고 닦달하자 내 몸을 와락 껴안았다. 무서워서려니 생각했지만 곱단네의 몸은 떨고 있지 않았다. 물론 어두컴컴한 광 속에 더구나 대장이 숨을 법한 가장 깊숙한 구석이었기 때문에 그녀의 얼굴조차 확실히 보이지 않았지만, 점점 나는 왠일인지 숨이 찼다. 그리고 부끄러움과 창피함에 아무 말도 할 수 없었다. 그녀는 작은 소리로 중얼거렸다.

"지금 나가면 나 실컷 두들겨 맞을 텐데."

그 후로 십분 혹은 이십 분이나 그 상태 그대로 있었던 것인지 그러는 사이 그녀의 어머니의 목소리는 점점 멀어져가서, 숨어 있던 아이들은 아무렇게나 기어 나왔다. 그러더니 우리 두 사람의 이름을 줄기차게 부르면서 이제 나와도 된다고 소리치며 다녔다. 그래서 나는 멋쩍음을 감추며, "난 나간다"라고 말했다. 그러자,

"네가 먼저 나가면 어쩌려구. 모두 우리를 이상하게 생각할거 아니니!"라고 그녀는 정색을 하고 나무랐다.

"내가 먼저 시치미 떼고 나갈 테니까 넌 이따가 나오렴."

나는 그때까지 그녀가 말하는 의미에 대해서 확실히 알 수 없었지만, 괜히 어른인척 그것도 일리가 있다 라는 태도로 고개를 끄덕이고는 어두운 가운데 십분이나 움츠리고 있었던 것이다. 그 후로부터 나는 그녀와 만나면 무언가 쑥스러웠다.

하지만 곱단네는 실로 태연하게 평상시처럼 시치미를 떼고 있었다. 물론 그 후에도 그녀와 함께 그와 같은 술래잡기는 계속했지만…….

그로부터 아마 그 다음 해 가을이 지나갈 무렵이었으리라. 그녀는 그 사이에 이전과는 몰라볼 정도로 성숙해졌다. 나는 마음속으로 뭐야, 계집애가 라고 생각하고 싶었지만, 아무리 그래보려 해도 누나처럼 보여서 함부로 대할 수 없었다. 그때 이미 곱단네는 제구실을 다하는 소녀공(小女工)이 되어있었다. 나는 그 해에도 변함없이 다른 아이들과 산처럼 쌓인 볏섬 위를 뛰어다니거나 광 안을 헤집고 다니고는 했다. 하지만 그녀는 내게 눈길도 주지 않고 소란스런 애들을 보는 듯한 어른 같은 얼굴을 하고 있었다. 나는 솔직히 말하자면 그것에 분개했다기보다는 조금 쓸쓸함을 느꼈다. 그런데 어느 날 평상시와 같이 우리들이 광안에 숨어서 숨바꼭질을 하고 있을 때 곱단네가 살짝 끼어들어왔다. 그리고 내가 구석에 숨는 것을 보고는 자신도 그 쪽에 새끼 고양이처럼 숨어들었다. 어랍쇼 저런 커다란 처녀가 어쩔 참인가라고 생각하고 있을 때, 생각보다 손쉽게 숨어들었던 것이다. 그 곳은 마침 광의 철격자(鐵格子) 바

투였기 때문에 그렇게 어둡지는 않았다. 그녀는 바깥에서처럼 역시 새치름하게 있었지만, 어딘가 그래도 들썽들썽거리고 있는 모습이었다. 그래서 나는 한 가지 뽐내 보리라고 생각하고 있던 차였는데, 바스락 바스락 거리며 품에서 종잇조각을 꺼내고는 곱단네가 먼저 입을 열었다.

"이거 읽어줄련."

내게 준 것은 연필로 쓴 때 묻은 편지였다. 나는 그녀의 얼굴을 봤다. 그리고 잠자코 읽기 시작했다. 나는 어째서인지 고장 외쳐댔다.

"이 따위 것은 망나니 편지라고!"

"왜 그러니. 뭐라고 써져 있길래."

"다리에서 만나고 싶다고 하잖아. 가지마 분명히 망나니라고."

그녀의 커다란 눈은 반짝 반짝 빛나고 있었다. 그 눈은 꿈을 꾸는 듯했고 어떤 동경(憧憬)을 품은 채 아름답게 빛나고 있었다. 그 후 얼마 지나지 않아 나는 어머니가 이웃집 사람에게, 불쌍하게도 곱단네는 남자 직공과 연애를 한 것이 발각돼서 공장에서 쫓겨났으며, 지금은 어느 내지인(內地人=일본인, 역자 주) 집에서 식모살이를 하고 있다고 말하는 것을 들었다. 나는 도리어 그 편이 잘됐다고 은밀히 기뻐했다. 그러나 어느 날 나는 그때도 혼자서 산처럼 쌓여있는 볏섬 위에서 이랴이랴 호령을 하고 있었는데, 곱단네가 그 밑을 새치름하게 지나가는 척하다가, 사람이 안 보이는 곳에 가더니 돌연히 멈춰 서서 내게 내려와 보라고 신호를 보내는 것이었다.

"왜 그래."라고 말하고 나는 내려갔다. 일부러 그녀에게 이제는 자신이 예전처럼 코흘리게 꼬마가 아니라는 것을 보여주기라도 하듯이, 나는 뽐내는듯 무뚝뚝한 태도를 보여주리라고 마음먹고 팔짱을 낀 채 가슴을 펴고 그 앞을 막아섰다.

"있잖니, 한 가지 묻고 싶은 게 있어."

"뭔데."

"내가 일하는 곳에 있는 중학생이 애들을 괴롭히거나 이상한 짓을 해서 말인데."

나는 깜짝 놀라서 눈을 크게 떴다.

"그래서, 어쨌다는 건데."

"뭐라고 하며 혼내주면 좋을까."

"개자식 개자식라고 하면 돼 그렇게 말하는 거야. 그렇게 하면 돼."

그녀는 깜짝 놀라서 몇 번이고 몇 번이고 그것을 흉내 내면서 제대로 배우려고 했다. 나는 매우 열심히 가르쳐줬다. 하지만 결국 그녀는 개자식이라는 말을 제대로 배우지 못하고 그대로 돌아가 버렸다.

그 일이 있고 이삼일 후, 나는 또 어머니가 누군가에게 곱단네는 내지인 집에서 지체 높은 큰 도련님에게 죽을래 라고 말해서 쫓겨났다며 가련하다는 듯이 말하는 것을 들었다. 곱단네 집이 우리 집에서 셋방을 빼고 다른 곳으로 이사를 한 것도, 그로부터 얼마 지나지 않아서였다. 나도 대문 앞에서 낡아빠진 허드레 짐을 차려 떠나는 곱단네 가족을 배웅했다. 하지만, 곱단네는 우리 어머니와 아버지에게는 정중하게 작별인사를 하면서도 내게는 새치름하게 눈동자 하나 움직이지 않고 초연히 멀어져갔다. 곱단네에게 잘가 라고 말하라며 어머니는 나를 몹시 채근했다. 하지만 나는 그만 기분이 나빠져서 고개를 돌려버린 채, 누가 작별인사를 하나 보자라고 중얼거렸다.

지금 생각해보면 올해로 십사오 년 전쯤의 일이다. 그 동안 모든 것은 너무나도 변해버렸다. 그 사이에 아버지가 돌아가셨고, 우리 집도 도심 안에서 교외의 언덕 위로 이사를 가게 돼서, 그 전보다 마당도 좁고 광도 없는 초라한 살림이 되었다. 어느 날 밤 나는 서재에서 어떤 깊은 상념에 잠겨, 이런 저런 옛날 일을 떠올리면서 그때 당시 꼬마 아이들이 지금 무얼 하고 있을지 생각해봤다. 또한 곱단네는 그때의 애인과 결혼이라도 한 것일까라는 등의 종잡을 수 없는 추상(追想)을 즐기고 있었다. 그때 대문을 여는 소리가 나고 젊은 여자가 외치는 듯한 새된 목소리가 났다. 기분 탓인가. 언뜻 그 소리가 어디선가 들어본 듯한 여운을 가지고 있었기 때문에 이상하다 라고 중얼거렸다. 세상에는 우연이라는 것이 존재한다. 정말로 예전의 그 곱단네인지도 모를 일이다. 그러나 아무리 그래도 그런 일이 일어날 리가 없으므로, 역시 지금도 나는 곱단네를 잊지 못하고 있는 것인지 모르겠다며 쓴웃음을 지었다. 그때 다시 여자의 목소리가 들렸다.

"셋방없겠심."

그것을 드디어 어머니가 듣고서는 툇마루에 나갔으려니 하고 있을 때, 갑자기 마당 쪽에서 웅성거리는 듯한 소리가 왁자지껄하게 들려왔다. 그로부터 어머니가 누이동생에게 소리쳤다.

"옛날 그 곱단네가 왔단다. 곱단네가."

나는 흠칫 놀라서 곧바로 유리창을 열어서 마당을 내다보았다. 과연 거기에는 예전과 그다지 태도나 모습이 달라지지 않은 곱단네가 서있었다. 이제 서른 가까이는 됐을 것인가. 등에는 갓난아기가 업혀있었고, 그녀의 치맛자락에는 예전 내 나이 정도의 남자아이가 꼭 달라붙어 있었다. 그녀는 창문을 여는 소리에 처음에는 놀라서 뒤돌아보았지만 내 얼굴을 보자, 역시 이전과 같이 홱 새치름하게 전혀 모르는 사람이라는 듯한 표정을 짓는 것이었다. 그리고 얼굴을 붉히면서 어머니에게 말하는 것이었다.

"정말 놀랐어요. 요즘에는 어디에도 셋방이 없는지라, 그래서 지금도 빈방을 찾아 헤매 다니고 있던 참이었답니다."

무엇하나 변하지 않은 것은 곱단네 혼자뿐이었다. 그리고 그녀가 여전히 가난한다는 것도…….

『빛 속으로』, 小山書店, 1940년 12월

도둑놈

그 사내는 무언가를 말할 때도 다른 사람의 귀에 손을 대고는 소곤소곤 속삭였다. 역시 어찌 보아도 도둑이라고 하는 편이 잘 어울린다. 도둑 중에서도 좀도둑이라고 하는 편이 좋을 것이다. 그을린 듯 얼굴이 검고 작은 몸집을 한 이 도둑은 양 손을 품에 넣고 어깨를 조금 지켜 올리고 고개를 숙인채로, 아침부터 밤까지 빈곤한 행색을 한 채 졸고 있었다. 이따금 무언가 말하고 싶은 것이 있으면, 조용히 몸을 옆으로 붙여서는, 내 귀에 손을 대고 소곤소곤 속삭였다. 유치장에서 만난 이러한 사내의 이야기를 해보려고 한다.

자 그러면 유치장 안부터 보자면, 뭐니뭐니 해도 먹거리에 대한 이야기가 가장 인기가 있다. 그것도 아사쿠사[淺草]에서도 어디어디가 값이 싸고 맛있다던가, 우에노[上野] 어떤 가게 뒤편의 지붕이 달린 노점의 스시[壽司]가 맛있다던가, 시나가와[川品] 유곽안의 어떤 가게의 유두부가 좋다던가 하는 식의 이야기였다. 그러한 풍의 이야기에서 술 이야기, 담배이야기로 옮겨가면서, 마지막으로는 이 놈도 저 놈도 모두 입맛을 다셔대기 시작한다. 최근 일을 예로 들자면 그러한 때 바로 내 옆의 다무라[田村]라고 하는 도둑은, 전혀 말참견을 하지 않고 고개를 숙인 채로 여전히 불쌍한 행색을 하고 있다가, 무언가 떠올랐다는 듯이 살짝 다가와서는 내 귓가에 손을 댔다.

"실은 말이네. 정어리 좁쌀 절임과 함께 마시는 술 두세 병이 최고라고."

그러더니 다시 쭈그리고 졸면서 불쌍한 티를 계속 내고 있었다. 그런데 먹거리 이야기가 드디어 흥미진진 해지자, 다들 어느 서(署)의 콩밥은 좋고 어디는 나쁘다던가, 이곳은 실비 칠 전(七錢) 정도일 것이라던가, 어쩌면 가끔씩은 두름도 나올 정도니까 구 전정도는 하는 것이 분명하다고 머리를 짜내다가, 그건 그렇다 하더라도 서(署)의 콩밥을 만드는 식당주인은 자신도 이런 곳과 반드시 연이 없다고 할만한 중생도 아닌지라, 동병상련의 마음으로 콩밥의 맛을 꽤 맛있게 해서 넣어준 것이라고 말하며 감격하고 기뻐했다.[1] 그것이 다시 점차 비약해서 형무소 콩밥에 이르자, 높으신 양반들의 존재[2]가 한층 주목받는 분위기가 되서 치바[千葉]쪽이 좋다던가, 시즈오카[靜岡] 쪽은 수준이 다르다던가, 오사카[大阪] 쪽이 식도락의 본고장이라 가장 맛이 좋다던가, 뭐니뭐니 해도 지금까지 거쳐온 곳 중에서는 야마구치[山口] 쪽이 신선했다던가, 그렇지 않아 아오모리[靑森] 쪽은 이미 정평이 자자하다는 식으로, 제각기 자신이 복역한 형무소 콩밥이 가장 맛있다고 주장하며 양보하지 않았다. 이러한 모습은 어쩌면 전과자들에게 공통되는 하나의 불가사의한 감정이라 볼 수 있다. 결국 그것이 언쟁으로 번져서 드디어 서로 노려보기에 이르렀다.

"너 따위 놈들이 알까 보냐마는 야마구치에서는 맛있고 커다란 무를 넉넉히 삶아준다고."

"웃기지도 않는구먼. 촌뜨기 같은 네 놈 수준이 딱 그 만치 밖에 안되지. 오사카에서 고베의 쇠고기가 어떤 것인감? 음… 일본에선 고베의 쇠고기가 최고란 말이지."

"누가 뭐라 혀도, 아오모리 연어에는 당해내지 못하지 않겠는겨."

"이크크 시즈오카의 고추냉이절임[3]은 어떤지 알긴 아소?"

---

1) 당시 일본내에서 카레라이스가 20~23전(1940년), 사이다가 30전(1943년)이었으므로 실비 7전 정도의 식사가 어떠했음을 짐작 할 수 있다(週刊朝日・編, 『値段史年表 明治・大正・昭和』, 週刊朝日, 1988. 6 참조).

2) 역설적인 의미.

3) 고추냉이의 잎, 뿌리, 줄기를 썰어 술지게미에 절인 식품.

"헤헤헤……. 치바의 대합구이 맛을 아는 놈은 없는 모양이구만."

이러한 모양으로 서로 한 치의 양보없이 싸우고 있을 때, 들어온 지 얼마 되지 않은 다무라는 한번 킁 하고 웃는 듯싶더니, 품에 손을 넣은 채로 몸을 비스듬하게 바싹 달라붙어서는 내 귓가에 속삭였다.

"당신네 조선에서는 모르지만, 일본에서는 홋카이도 홋카이도에서도 아바시리(網走)[4]가 먹거리는 가장 잘 나오지. 주먹 만한 감자를 질리도록 주고 때론 돼지고기도 먹여주곤 한단 말이야."

나는 그때가 돼서야 처음으로, 이 사내를 놀란 눈으로 찬찬히 내려다보았다. 다시 고개를 숙인 채로 불쌍한 모습을 하고 있는 그는 정말로 키도 몸집도 작았기 때문이다. 나이는 대략 마흔 둘 셋으로 낯짝이 거무칙칙하고 피부가 축 늘어져있고, 눈썹도 새까만데다가 입가에는 다박수염이 검게 나있었다. 게다가 얼굴도 몸집도 또한 토실토실했다. 나는 입을 다문 채로 지레짐작 하듯이 조용히 고개를 끄덕였다. 우선 그가 중죄수가 많기로 소문난 아바시리에서 왔다고 말하는 것에 놀란 것이며, 더구나 감자에 대해 말하는 다무라 그 자신이 너무나도 바로 캐낸 감자와 닮아 보였기 때문이었다. 나는 조용히 이렇게 말했다.

"아바시리는 지금도 춥겠구만."

그런데 내가 한 이 말이 아연 모두에게 센세이션을 불러일으킨 것인지, 놀란 듯한 시선이 여기저기서 이 사내에게 집중되었다. 바로 그 순간에 사내의 존재는 코크스[5]에서 흑다이아몬드로 바뀌었다고 말할 수 있겠다. 그것은 여기서는 흉악한 범죄를 저지른 자일수록 경외시 돼서 대단한 일이라도 한 것 마냥 으스댈 수 있었기 때문이다. 무전취식을 하고 술에 명정(酩酊)해서 밤중에 들어온 자들은 간수의 눈이 미치지 않는

4) 아바시리 형무소(網走刑務所)를 말한다. 과거 일본에서 가장 탈옥이 어려운 형무소 중의 하나로 여겨졌으며, 시설이 열악하고 흉악범이 수감된 것으로 악명이 높았다고 한다.

5) coke, 해탄(骸炭).

틈에 뭇매를 맞는 것이 보통이었다. 특히 사기사나 도박꾼들은 위신이 서지 않았고, 좀도둑으로 들어오게 되면 한구석에서 머리를 들 수 없었다. 그러므로 그러한 사정으로 말하자면, 이 사내의 존재는 흑다이아몬드처럼 번쩍번쩍 빛났다.

"흐음 자네 정말 아바시리에서 온 거 맞나? 좀 보기와는 딴판이구먼." 이라고, 치바의 대합구이를 밀어붙이던, 그 당시 감방장인 공갈상습범은 혀를 내둘렀다.

"나는 이 자가 좀도둑이라고 점찍고 있었단 말이지. 미안하구먼."

다무라는 여전히 두 손을 품에 넣고 고개를 떨군 채 불쌍한 행색을 하며, 들리지 않는 듯한 태도를 취하고 있었다. 그러나 그때 나는 그의 관자놀이의 핏대가 움직이는 것과, 입가에 무지하고 간악한 그늘이 맺히는 것을 보고, 이 자는 사람도 쉽게 죽일지도 모르겠다는 생각이 들어 오싹해지면서 소름이 끼쳤다.

그런데 이 유치장의 콩밥에는 불행하게도 그가 가장 좋아하는 감자가 단 한 번도 적은 양이라도 나온 적이 없었다. 그래서 그는 하루 세 번 콩밥을 손에 쥐었을 때 짜증스러운 듯 물끄러미 그것을 내려다보면서 투덜투덜 혼잣말로 불평을 늘어놓았다. 그리고 막 들어온 도시락을 덥석 물고 있는 다른 자들을 본체만체하고 시간이 좀 지나서야 겨우 젓가락을 들었다. 이런 상태인지라 식사가 끝나는 것이 다른 누구보다도 가장 늦었다. 내 경우는 잠시 동안 얄팍한 이 도시락을 다 먹어치우고서 무료해져서 이 사내가 먹는 모습을 내려다보고 있었다. 처음에 이 도둑이 어지간히도 입이 고급이거나 아니면 위장이 나쁘거나 둘 중 하나라고 생각했다. 그렇지만 누군가가 단무지를 한 조각이라도 남긴 채 도시락을 내놓을라치면, 그 누구보다도 가장 먼저 잽싸게 낚아채는 것 또한 그였다. 그것은 정말로 신기에 가깝다고 할 수 있을 정도로 빠르고 멋진 솜씨였다. 역시 이만저만한 도둑이 아님에는 틀림없었다. 그러한 행동은 제외하고서도, 나중에 내가 눈치챈 것은 격이 높은 자일수록 식사를 끝

마치는 것이 늦다는 것이었다. 역시 이런 곳에서 위안은 먹는 것 밖에 없으므로, 감방에서 오래 썩은 자일수록 매우 절실하게 그리고 천천히 맛을 음미하는 것 같았다. 그런 점에서 보자면 다무라는 그 누구보다도 연구자적인 면이 있었다. 다무라는 맛나게 식사를 잽싸게 해치우는 자들을 보고 구강에 타액을 넉넉히 예비하는 것이었다. 그리고 천천히 젓가락을 집고 한 차례 음식 냄새를 맡고는 드디어 먹기 시작했다. 그 먹는 방법이 또한 매우 익숙하고 절도가 있었다. 처음에는 오른 쪽에서부터 젓가락을 대고 다시 종(縱)으로 칠 팔 등분 정도의 폭으로 두 개 정도의 선을 그리고 다시 원래 있던 곳에서부터 제일열에 해당되는 부분을 네 개 정도로 다시 등분하는 선을 긋고, 그것을 차례로 잇달아 순서대로 먹어치웠다. 그것도 젓가락으로 집어서는 스시를 먹듯이 입에다가 넣는다. 그때는 입안에서 참치살이 입에서 녹고 갯가재가 미묘한 혀끝 맛을 안겨주고, 피조개가 절묘한 육수 맛을 낸다는 듯, 아무튼 맛있는 음식을 먹는 듯한 모양새다. 때때로 생강인 셈치고 우엉을 조금씩 씹으며 마지막에는 채소절임인 셈치고 단무지를 집어서 오독오독 소리를 내면서 먹었다. 거기에 왼쪽 위에 있는 유부초밥과 같은 것을 하나 갖추어서 천천히 먹고, 이번에는 정가운데 정도에 작은 주먹밥을 한 덩이리 만들어 낸다. 그것을 먹어치우자 도시락 가운데는 흡사 구주(歐洲)지도와 같이 된다. 그것을 이번에는 가만히 노려본 후에 지금까지 먹지 않고 남겨두었던 반찬과 함께 마치 독일이 주위의 나라들을 서서히 병합해간 것처럼, 먼 곳에서부터 가까운 곳까지 먹어치운다. 혹은 그것을 긁어모아 차메시[6]로 하는 경우도 있다. 어느날 저녁 무렵 도시락 밥이 설익은 채로 쌀알이 부슬부슬해져 있었다. 그는 굉장히 불평스럽다는 듯이 투덜투덜 중얼거렸다. 하지만 도리가 없다고 생각을 바꿔 먹은 듯, 이번에는 붉은 당근을 잘게 손으로 잘라서 밥에 섞어 휘저었다. 그것도 매우 꼼꼼히 섞

6) 찻물로 지어 소금으로 간을 맞춘 밥.

고 정성들여 산과 같은 모양으로 만들어서 곳곳을 젓가락으로 꼼꼼하게 두들겨댔다. 그러자 이상하게도 그것이 내 눈에는 볶음밥으로 보였다. 그에게 그것은 정말로 볶음밥이었다. 혹은 햄라이스를 먹은 것인지도 모르겠다. 어찌되었든 나는 그것을 본 것만으로도 다무라가 전과 오륙범 딱지가 붙어있는 도둑 중에서도 상당한 거물임에 틀림없다고 확신하고 은밀히 탄성을 내질렀다.

하여튼 언제나 내게만 작은 소리로 소곤거리는 이 도둑이라 해도 다른 사람에게 무언가 말할 때가 꼭 있었다. 그것은 우선 기상할 때와 취침하기 전 잠시 동안 벽을 향해서 공손하게 무릎을 꿇고 손을 모으고서 중얼중얼 신에게 무언가 고할 때가 그 중 하나고, 그리고 송국(送局)되지 않고 석방되는 자가 있을 때 그 자를 붙잡고서 장황하게 청을 늘어놓을 때가 또 그 하나였다. 후자인 경우 그는 특히 필사적인 태도로 몸까지 앞으로 내밀고, 언제나 같은 것을 부탁했다. 오히려 그것은 애원이라고 하는 편이 적절할지도 모르겠다.

"알았는감. 꼭 자네만이라도 틀림없이 전해줘야 하네. 부탁하네."

"좋아 좋아. 알았소. 날 믿어 달라니까 그러네. 나는 틀림없어……."

석방되는 자는 모두 입을 맞춘 듯이 그런 식으로 거리낌 없이 청을 들어주겠다고 했다. 어쨌든 이송되지 않고 석방되는 자들인지라 대부분이 노름꾼 아니면 술주정뱅이, 폭력사범, 불심검문에 걸려서 우물쭈물하고 있는 자던가, 교통사고를 일으킨 운전수던가, 무전취식을 했다던가 하는 패들이었다. 그래도 그들은 도둑 다무라의 말 그대로 싫든 좋든 지금까지 같은 곳에서 기거했다는 가족적인[7] 우의를 생각해서인지, 자신만은 꼭 믿어달라고 말하며 모두 청을 들어주겠다고 하는 것이었다. 청을 들어주는 그 마음가짐이 반드시 거짓이 아니라는 것만은, 어딘지 나 또한 믿을 수 있을 것 같은 기분이 들었다.

7) 강조점은 원문 그대로 따라서 붙였고, 되도록 원문에 충실하기 위해 어려운 한자의 경우에도 그대로 수록했음을 밝혀둔다.

"정확히 그 뒤에 있는 활동관(活動館)[8] 옆 쪽이네."
"음. 알지 알고 말고."
"야요이[彌生]라는 주점이네. 잊지 말게나."
"나만은 확실하다니까 그러네."
"그래도 한 발만 여기에서 나가면, 그런 생각은 훽 날아가 버리기 쉬우니까 나가자마자 내친 걸음으로 가야한다네. 나중에 가려고 하면 좀처럼 걸음이 안 떨어지니까. 알았는가. 춘강(春江)이라고 하네, 숙부가 여기 들어와 있다는 것만 전하면 된다네."
"음. 좋아 좋아."
"게다가 이건 뭐 바깥하고 연락을 취하는 것과는 다르니까. 간수나 형사가 누군가에게 부탁 받은 것은 없냐는 질문을 해도 신경 쓸 필요는 없다네. 믿고 있겠네."
"나에 대해선 지금 아바시리 쪽에서 조회를 하고 있는 모양이야. 그러니까 조사 받지 않고 나가기는 글렀어. 담배 한 대 못 피운다니까. 자네가 춘강에게 전하주기만 한다면, 그 아이는 반드시 차입을 해줄 게고, 면회를 하러 올 것임 틀림없네. 아암 그렇고 말고. 꼭이네 부탁허이."
하지만 사바[娑婆]에 돌아가는 자들은 모두 굳게 약속하고 나갔지만 그 누구도 질녀라는 춘강에게 말을 전하지 않았던 것인지, 아니면 그녀가 알고 있으면서도 오지 않았던 것인지, 다무라는 여전히 단 한 번도 불려나가지 않았다. 석방되는 자가 있는 날이나 그 다음 날에 그는 눈에 띄게 초조한 듯이 호출을 애타게 기다리고 있었다. 나는 차마 볼 수 없어서 조사를 받지 않았기 때문에 아마도 면회를 시키지 않는 모양이라고 위로하듯이 말하면, 그는 이 놈도 저 놈도 말을 전해주지 않은 것이 분명하다며 눈에 살기마저 띠면서 저주를 퍼부었다. 그것을 어떻게 분명히 알 수 있냐 하면 가서 한 마디 전하기만 했다고 하면 그녀가 틀림

8) 영화관. 당시 활동관이라는 영화관이 실제로 있었기 때문에 상호로 볼 수도 있겠다.

없이 찾아올 것이 분명하며, 찾아왔다면 자신을 사법계(司法係)에서 호출할 것이라고 했다. 즉, 설사 면회를 허락받지 못한다 하더라도, 그녀가 가지고 온 차입만은 전해줄 것이 분명하다고 말하는 것이다. 요컨대 차입이 들어오는 것만은 틀림없는 것 같았다. 나는 그것을 들었을 당시에는 인간이라는 것은 이 정도로 먹을 것을 생각하지 않으면 안 되는 보기 흉한 동물에 지나지 않는가 라고 매우 개탄했다. 나부터도 여기서 생각나는 것은 첫째도 먹을 것이고 둘째도 먹을 것으로, 여기서 빨리 벗어나서 나가게 된다 해도 다시 무엇을 먹을 것인가에 대한 생각만으로 가득 차 있었다. 그러므로 나는 그 가운데 다무라가 뼛속까지 애정에 굶주려서 춘강이라는 질녀를 너무나 사랑하고 있음을 발견했다. 또한 그녀를 일방적으로 익애(溺愛)하고 있었기에, 그녀가 알기만 한다면 자신을 찾아올 것이 분명하다고 굳게굳게 믿고 있음을 알 수 있었다. 게다가 감방장 등이 춘강이라는 여자는 네 정부(情婦)가 아니냐며 몇 번이나 놀리고 있었지만, 나는 춘강이 질녀임에 틀림없을 것이라고 생각했다. 다무라가 질녀에 대해 품고 있는 내친(內親)의 정이 그 만큼 깊은 만큼, 석방된 자들에 대한 저주와 악담은 이루 말할 수 없을 정도로 지독한 것이었다. 그것도 또한 물론 내 귓가에만 속삭이는 것으로 그런 놈들은 모조리 죽인다 해도 성에 차지 않는다고 말하고는 했다. 그 죽여도 성에 차지 않는다고 말하는 자들 중에는 전신주에 자동차를 들이박은 운전수도 있었고, 그 야요이라는 주점의 몇 집 앞에서 약국을 하고 있다는 살찐 상습 도박꾼도 있었으며, 머리를 까치집처럼 하고 성악가 행세를 해대며 으스대던 키가 큰 청년도 있었다. 유독 이 음악청년은 어지간히도 종잡을 수 없는 사내였다. 어떤 이유로 이 곳에 들어온 것인지는 모르겠으나 내가 짐작하기로는 유부녀라도 낚아서 고소를 당한 것이 분명했다. 그는 갑자기 영감이라도 받은 것처럼 흐트러진 머리를 들고서 긴 난발을 하고 오솔레미오 라고 커다란 학성(鶴聲)을 쥐어짜서, 간수에게 혼구멍이 났으며 감방장에게는 코를 비틀리고 말았다. 그러면서도 질리지도 않고 간수의 눈이 닿지 않을 때 벌떡 일어나서 철격자 쇠창살로 가서 동물원 곰처럼 철격자를 울리는 콧노래를 부르면서 하프를 타는 부분이라며 그것을 만드는 시늉을 보였다. 그러나 사실상 하프가 어떤 것인지를 알고 있는 자는 나뿐인 것 같았다. 하지만 내가 음악은 완전히 문외한이라고 말한 것이 화가 되었다. 이 사내는 아침부터 밤까지 내게 음악 강의를 하려고 했다. 그것이 또한 황당무계하고 더구나 기겁할만한 강의로 예를 들자면 슈베르트는 러시아 출신이며, 도스토예프스키와도 친한 사이였다 라는 식이었다. 게다가 특히 성악에는 프랑스어가 필요해서, 그것을 배우기 위해서 아나톨 프랑스(아테네 프랑세[9])를 말하는 것이다)에 일 년 동안 다녀서 완전히 마스터했다고 말하는 것이었다. 나는 완전히 질려버리지 않을 수 없었다. 이 남자는 도합 이십구일의 구류를 끝내고 나갔지만, 석방되는 날에는 다무라의 손을 잡고 흔들면서, "꼭 전해주리다. 슬퍼하지 말지어다"라고 가락을 붙여서 노래를 불렀다. 그런고로 이 도둑은 눈을 희번덕거리면서 일생에 딱 한 번 하듯이 악수를 했던 것이다. 그러나 자유의 노래라며 라마르세즈[10])를 부르면서 나간 이 사내도 결국은 약속을 지키지 못한 것이 됐다. 음악청년이 나가고 난 그 다음 날 다무라는 하루 종일 초조해하면서도 기다리는 듯한 얼굴이었지만 저녁이 되자 포기한 듯이, "이 놈 어째서 내 손을 잡고 흔든 것이냐. 참말이지 못마땅한 놈이라고 생각했는데, 코쟁이 흉내까지 해대던 꼴이란."이라고, 분한 듯이 손바닥에 침을 뱉어서, 그 놈 때문에 손까지 더럽혔다고 말하지는 않는 대신에 그것을 옷에 몇 번이고 몇 번이고 문지르며 떼어내면서 그 놈은 손목부터 먼저 싹둑 잘라버려야 한다고 말했다. 그것을 듣고 나는 점차 이 도둑이 불쌍해져서 나가게 되면 꼭 말을 전

9) 1913년 창립된 현용언어(langue vivante)를 직접 가르치는 저명한 다언어 학교였으며, 현재에도 그 명맥을 이어오고 있다. 이상화가 1922년에 이곳에서 프랑스문학을 수학했다.
10) 프랑스의 국가.

해줘야겠다고 결심했다. 물론 한편으로는 나마저 그의 기대를 저버리는 날에는 이 자의 저주로 인해 무엇 하나 제대로 될 일이 없을 것이라고 생각하여 무서워한 탓도 있었다.

그렇다 해도 기묘한 것은 다무라는 단 한 번도 나에게조차 자신이 저지른 일에 대해서는 털어놓은 적이 없었다. 하지만 무언가 이번에도 큰 일을 저지른 것은 틀림없었다. 감자처럼 둥글게 몸을 웅크리고 불쌍해 보이는 행색을 하고 있는 것을 보자, 어쩌면 자신이 저지른 일을 마음속에 새기면서 혼자서 여러모로 생각다 못하여, 다시 반추하고는 했던 것 같기도 했다. 이러한 점을 보자면 이 자는 몹시 조심스러운 거물일지도 모르겠다고 생각했다. 대부분의 자들은 그다지 대단한 일을 하지 않고서도 이런 곳에서는 과장을 해서라도 잘난 척을 해대는 것이 보통이다. 그런데 이 사내는 아바시리에서 돌아온 것이 아니던가. 그곳에서 복역했다고 한다면, 무거운 죄를 지었음이 틀림없고 형기도 길었음이 당연지사다. 그것만으로도 여기서는 가슴을 펼 수 있는 입장이며, 혹시라도 전과를 조금이라도 공개하는 날이면 순식간에 온 몸에 모두의 경외의 눈빛을 모을 수 있었던 것이다. 하지만 오히려 그는 그것을 꼬치꼬치 누군가 캐물어도 줄곧 숨기려하며 고집스럽게 입을 다물고 있었다. 이런 것을 두고 이기고도 겸손하다고 하는 것이리라. 혹은 이기고 더욱 투구 끈을 맨다는 부류일지도 모르겠다. 그러므로 이번에 다시 들어오게 된 경위에 이르러서는, 더욱더 알아낼 방도가 없었다. 게다가 지금까지 한 번도 조사에조차 불려나간 적이 없었기 때문에, 한층 그 죄의 경중마저도 헤아릴 수 없었다. 다무라도 말하고 있는 것처럼, 어쩌면 역시 아바시리 쪽에 조회한 서류가 아직 도착하고 있지 않는 것인지도 모르겠다. 그런데 어느 날 근처 철물점 주인이 사기 혐의로 들어왔을 때, 다무라는 이 남자를 향해 자못 납득이 가지 않는 듯이 고개를 갸우뚱하게 꺾고는 현관의 문을 열 때 안쪽에서 "지… 지…" 하고 울리는 장치는, 도대체 언제 생긴 것이냐고 소곤소곤 묻는 것이었다. 그것에서 추측해보자면,

그는 칠팔년은 복역한 것이 틀림없었고, 칠팔 년이라고 하면 누범(累犯)이라고 해도 상당한 범죄를 저지른 것이리라. 이번에 들어오게 된 것도 평소의 솜씨를 발휘한다고 한 것이, 가게에 기묘한 장치를 해놓은 것을 모른 채 현관 문에 손을 대어 운이 다한 모양인지도 몰랐다. 그렇다고 치면 그는 어리석음을 저지른 것을 자신의 체면에 관련된 것이라고 매우 창피해 해서, 아무 말도 하고 있지 않은 것이라고도 생각됐다.

하지만 그로부터 얼마 지나지 않은 어느 야밤에 나는 드디어 그 진상을 알 수 있게 되었다. 그는 그 일단을 나에게 털어놓았던 것이다. 그날 밤은 평소와 달리 밝은 달빛이 하나 밖에 없는 작고 높은 창문에서 매우 밝게 새어 들어왔는데 어쩐 일인지 나는 야밤까지 잠이 들지 못하고 있었다. 내 바로 옆에서 자고 있던 다무라도 좀처럼 잠이 오지 않는 모양으로 가끔 헛기침을 하다가 한숨을 내쉬고 있었다. 유치장 안에는 찬물을 뿌려놓은 모양으로 쥐죽은 듯 조용하였고, 구류자들의 숨소리만이 새벽녘을 새기고 있었으며 간수의 구두소리도 들리지 않았다. 그는 위를 보고 누운 채로 조용한 소리로, “자네도 잠이 안 오는가, 이런 곳은 어째 처음인 것 같은데 도대체 무슨 일을 벌여서 들어온 것인가”라고 물었다. 그에게도 묘하게 말이 하고 싶었던 밤이었는지도 모르겠다. 나는 눈을 감은 채로 난처한 사정을 사실 그대로 얘기했다. 옛 중학교 급우가 찾아왔는데, 그가 사상상의 문제로 수배중인지도 모른 채 재워준 것으로 혐의를 받게 되었다라고.

“그렇다면 길지는 않을 거네.”

그는 조금 있다가 짧게 중얼거렸다. 나는 다무라가 어지간히 말을 하지 않는 다고 생각했는데, 의외로 순순히 말을 해준 것에 고무돼서, “자네는 아바시리에서 얼마나 오래 있었나?”라고 물어보았다.

“팔 년 정도지.”라고 그는 말했다.

“허어, 팔년씩이나. …… 그러면 자네 어지간히도…….”라고 말하다가 돌연 말을 끊고, 그를 혹시라도 화나게 한 것은 아닌가 하고 신경을 쓰면서 주저하면서 덧붙였다.

"언제쯤 나왔나."

그러나 다무라는 대답하지 않고 깊은 한숨을 내쉬더니, 잠시 동안 마음을 진정시키고 있었다. 드디어 그는 묻지도 않은 말을 침착하게 말하기 시작했다. 다음에 말하는 것은 그날 밤에 그가 내게 털어놓은 슬프면서도 숙명적인 이야기이다.

나도 이번 만은 다시 이런 신세가 되리라고는 생각하지도 않았는데, 결국 출감하고 십오 일간도 참을 수 없었던 것이다. 어떤 고생을 하더라도 제대로 된 생활을 하리라고 결심해서 처음에는 꽤 주머니를 단속했다. 감옥에서 나온 날, 그곳에서 모아둔 삼백 원[11] 중에서 이십 원 정도 꺼내서 입을 옷을 준비해서 입고, 몸도 마음도 새로운 인간이 됐다는 기분으로 하코다테[函館][12]에 이르렀다. 아시다시피 그곳은 술과 여자와 생선으로 유명한 항구로, 천하의 야쿠자들도 구름처럼 몰려들어 있는 곳으로 내가 알고 있는 녀석들도 많이 소굴을 이루고 있음에 분명했다. 나는 감옥에서 나와 기댈 만한 곳도 없다는 쓸쓸함으로 인해 그 치들이 보고 싶어졌지만, 생각을 돌려먹고 역 근처 식당으로 들어갔다. 하지만 팔년 만에 술을 한잔 걸친 것이 문제였다. 마음이 흔들려서 여자를 사게 되었던 것이다. 그래도 바로 이래서는 안 되지, 술과 여자가 나를 이렇게까지 타락시키지 않았는가 라고 마음에 채찍을 휘둘렀다. 그래서 돈도 얼마 쓰지 않고, 묵는 것도 하룻밤으로 해서 아침에는 연락선에 올라탔다. 배안에서 나는 사내아이를 데리고 있는 서른 대여섯 정도의 부인 옆자리에 자리를 정했다. 그게 굉장히 마음씨가 좋아 보이는 정숙한 부인이었다. 사내아이는 여섯 살로 유치원에 다니고 있다고 했는데, 귀엽

11) 당시(1939년) 일본에서 일용직 노동자의 하루 일당이 1엔 97전이었으므로 다무라가 모아둔 300엔은 거금임을 알 수 있다(주1 참조).
12) 홋카이도 오시마 반도의 남단에 위치한 시.

고 영리해 보이는 아이였다. 요컨대 나는 완전히 이 모자(母子)덕에 마음이 부드러워졌다. 무엇보다도 나는 애정에 굶주려 있었다고 말할 수 있겠다. 내게는 부친도 어머니도 없다. 친척이 있는 곳에도 출입할 수 없는 신세인 것이다. 어디에 나를 반겨줄 사람이 있단 말인가. 그 어디에 나를 돌봐줄 사람이 있단 말이냐. 그런데 아이는 가장 영민한 법이라서, 내게는 친근하게 다가오지 않았고, 무서운 듯한 눈초리로 변변히 대답도 하지 않는 것이었다. 그래서 나는 배 안에서 팔고 있는 과자라는 과자는 그리고 과일이라는 과일은 전부 사와서는 이 아이를 달래기 시작했다. 부인은 곤란한 듯이 몸둘 바를 몰라했다. 끝내는 이런 친절한 사람이 이 세상에 있다는 것 자체에 대해 놀라워하는 것이었다. 일이 그렇게 되자 나는 점점 기뻐져서 친절함을 더욱 베풀고 싶어졌다. 그래서 나는 부인에게도 도시락을 사서 주고 사이다도 사주었다. 부인은 나를 향해 "댁에는 아이가 없나요?"라고 물었다. 나는 갑자기 슬퍼졌지만…… 다시 웃어 보이면서 "우리 집에는 아이가 없어서 다른 아이를 보게 되면 너무 귀엽다."고 대답했다. 사내아이는 아저씨도 농민[13]이냐고 물어봤다. 그것이 이 아이가 내게 입을 연 첫 말이었다. 나는 그렇다고 말하고 고개를 끄덕였다. 이 부인도 역시 농민으로 모리오카[盛岡]로 돌아가고 있는 중이라고 했다. 이렇게 이런 저런 이야기를 해나가는 와중에 우리는 완전히 친구가 되었고, 사내아이도 내게 친근하게 다가왔다. 날이 밝아 배에서 내릴 때는, 내가 아이를 업고 짐도 들어주었다. 그리고 역 식당에서 점심을 함께 먹었는데, 나는 술을 마시지 않았다. 평소였다면 나는 틀림없이 아오모리[青森]에서도 술을 마시고 여자를 샀을 것이 틀림없었다. 하지만 나는 기차가 다시 출발하기 전까지, 아이를 업은 채로

13) 원문에는 백성(百姓)으로 되어 있다. 백성은 일반 국민이라는 뜻도 있으며, 당시 일본은 화족(華族)이 일반 국민 위에 존재하는 사회였으므로, 일반 국민이라는 뜻으로도 해석될 수도 있겠다. 하지만, 백성(百姓)의 일반적인 해석인 농민에 따른다.

역에서 가까운 여기저기를 부인과 함께 걸었다. 나는 그곳에서도 명물이라는 명물은 모두 사서 선물해 그녀를 몹시 애먹였다. 그로부터 기차에 타고서도, 큰 역에 설 때마다 나는 내려서 우유나 만두 그리고 밥풀과자나 차등을 사 날랐다. 부인은 점점 더 일이 감당하기 힘들게 되자 어찌할 바를 모르는 것 같았다. 이렇게 되자 나는 전과 같이 더욱 기뻐져서, 일생 단 한 번의 행복한 기분에 젖어들고 있었다. 나는 마음속으로 이렇게 생각했다. 역시 팔 년 남짓 죄값을 치루면서, 이번에야 말로 성실한 인간이 되겠다고 매일 매일 결심 해온 것을, 부처님이 인정해준 것이다, 그러므로 내가 갱생의 문을 나설 때, 이러한 따듯한 마음씨를 갖은 부인과 귀여운 아이와 동행하는 것을 허락해주신 것이 틀림없다라고. 그러한 가운데 열차가 설 때마다 모리오카에 가까이 감에 따라, 나는 점점 쓸쓸하고 우울해져서 참을 수 없을 만큼 슬퍼졌다. 그리하여 나는 점점 더 정신이 없어져서, 정차하는 역 플랫폼을 내려가서 무엇이든 손에 잡히는 대로 사댔다. 눈치채지 못하는 사이에 그때는 이미 내 미치광이 같은 낭비벽이 나타났던 것이다. 그래서 이 모자가 기차에서 내리게 되었을 때는, 내가 사준 선물만으로도 갖고 내리기 힘들 만큼 많았다. 모리오카에 도착한 것이 저녁 일곱 시경으로 주변은 어두웠다. 헤어지는 것이 가슴 속에서는 얼마나 슬펐는지 모른다. 그러나 어찌할 수 없는 일이다. 플랫폼에 기차가 들어서자, 나는 부인에게 먼저 내리라고 말했다. 짐은 창문을 통해 내려주겠다고 하면서. 플랫폼에는 남편으로 보이는 마흔 살 정도의 남자가 마중을 나와서 손을 들고 뛰어왔다. 나는 그것을 보자 한층 제 신세가 서글퍼져서, 외톨이라는 설움을 마음속 깊이 느꼈다. 그러나 나는 입을 다문 채로 짐을 하나하나 밖으로 건넸다. 사내아이는 아버지에게 안겨서 나를 거들떠보지도 않았다. 부인만이 송구스럽다는 태도로 짐을 받을 때마다 매번 굽실굽실 거리며 감사의 말을 하는 것이었다. 나는 그녀의 얼굴을 구멍이 뚫어져라 지켜보면서, 여전히 짐을 차례차례 건네주었다. 내 마음 속에는 그때 어렴풋하지만 질투어린 무엇인가가 요동치고 있었는지도 모르겠다, 그것이 내 안의 악마를 불러낸 것이 틀림없다. 아아 실로 그때조차, 내 몸 안에는 악마가 아직도 살아 숨쉬고 있었던 것이다.

거기서 다무라는 잠시 입을 다물고, 얼굴 근육을 일그러뜨리고는 괴로운 듯이 숨을 몰아쉬었다. 거미줄에 둘러싸인 저촉(抵燭) 전등이 높은 천정에서 눈을 번득이고 있을 뿐, 유치장 안은 끔찍할 정도로 어두컴컴하고 또한 고요해져 있었다. 가끔 넘어갈 것 같은 구류자들의 숨소리가 괴로워보였다. 나는 이유 없이 점점 눈이 초롱초롱해지고 마음이 어렴풋이 떨리고 있음을 느꼈다. 그의 얼굴은 저 먼곳을 응시하는 듯 했으며 창백했다. 나는 그의 마음을 읽어보려고 자세히 얼굴을 훔쳐보면서, 어떤 의미인지도 모른 채 혼자서 고개를 끄덕여보였다. 그때, 그의 감자 같은 뺨 위에는 두 줄기 눈물이 줄줄 흘러내리고 있는 것 같았다. 다시 그는 이야기를 계속했다.

나는 결국 순식간에 다시 도둑질을 하고 말았다. 좌석에 쌓아둔 자질구레한 기념품은 모두 건네주었다. 그리고 선반에 있던 꾸러미와 트렁크를 내릴 때였다. 마지막 것이 트렁크였는데 무거워서 나는 좌석의 위에 올라가서 양손으로 그것을 안고 내리려고 했다. 그런데 잘못해서 한 쪽 가장자리가 소맷부리에 걸려서 뚜껑이 열리고 말았다. 그때 내 눈에 언뜻 들어온 것이 있었다. 여자의 붉은색 돈지갑이었다. 그리고 실로 한순간의 일이었다. 무엇 하나 훔쳐야겠다는 생각이 떠오른 것도 아닌데도, 그것은 흡사 어떤 종류의 악마가 명령이라도 하고 있는 듯이 어느 새인가 내 손은 그것을 훔쳐서 품안에 숨겼다. 내가 한 게 아니야. 그럼, 결코 내가 한 짓이 아니고 말고. 저주 받을 내 손이 한 짓이란 말이다. 언제인가 그 무렵에 나는 몹시 괴롭고 어찌해야 좋을지 몰라서, 단 한 번 교회의 문을 두드려 본 적이 있었다. 그때 턱수염이 새하얀 노인 목사가 사람은 선행을 할 때, 오른 손이 하는 일을 왼 손이 모르게 해야 한다고 설교했다. 나는 사람에게 나쁜 일을 흡사 그와 같이 했던 것이다.

기차가 다시 움직이기 시작했을 때, 나는 오른쪽 손목을 물어뜯으면서 몸을 떨었다. 얼마나 눈물을 흘렸단 말인가. 하지만 내 앞에 앉아있는 남자가 눈빛을 바꿔가며 내 얼굴을 수상하다는 듯이 보고 있는 것을 눈치 채는 순간, 나라는 인간은 또다시 도둑으로 돌아왔다. 허둥지둥 나는 화장실 안으로 뛰어 들자마자 안에 든 것만을 주머니에 넣고 돈지갑은 창 밖으로 던져버렸다. 대략 칠십엔 정도의 돈이었다. 그로부터 도쿄[東京]에 돌아왔다고는 해도, 나는 매일 미치광이처럼 곤드레만드레로 취해서 다마노이[玉の井], 가메이도[龜戶], 스사키[洲崎], 센쥬[千住][14] 등의 창녀촌에 빠져있었다. 그 부인과 사내아이의 눈코입이 어른어른거렸다. 그 둘이 나를 지독한 도둑놈이었다고 분해하고 있을 것이라 생각하니, 안절부절할 수 없었고 무엇을 해야 할지 알 수 없었다. 솔직히 말하자면 지금까지는 이런 일로 괴로워 한 적은 없었다. 겨우 마음의 안정을 찾은 것은 그로부터 사오 일 후의 일이었다. 마음이 진정되자 다시 또 외톨이라는 설움이 북받쳐 올라 새삼 동기간의 따듯함이라고 할까 본능적인 애정이라고 해야 할까, 몹시 그러한 것을 그리워하지 않고는 못 배길 것 같았다. 나는 마음 같아서는 꼭 모리오카로 모자(母子)를 찾아가려고 했다. 그러나 나는 무서웠다. 만나는 것이 무서운 것은 아니었다. 어쩌면 그 부인은 내게 도둑맞았다고 생각하지 않을지도 모를 일이었다. 나를 보게 되면 오히려 기뻐할지도 모른다. 분명히 그럴 것이다. 하지만 나는 무언가 나쁜 짓을 그 부인에게 이 이상으로 저지를지 모른다는 것이 두려웠던 것이다. 나는 한때 사랑했던 여자가 있었는데 그 뒤를 밟아서 따라가는 도중에 우연한 찰나에 그 핸드백을 슬쩍 훔친 적조차 있었다. 나는 어째서 이런 놈이 된 것인가. 슬프게도 나는 자신도 모르는 사이에 사람을 배신하고, 속이고, 나쁜 짓을 하고 마는 것이다. 나는 가서는 안 돼, 가서는 안 돼 라고 마음속에서 스스로를 만류했다. 그때 얼핏 생각

14) 다마노이[玉の井], 가메이도[龜戶], 스사키[洲崎], 센쥬[千住]는 모두 당시 유명한 매춘 장소로 1958년 매춘방지법이 설립되면서 그 모습이 크게 바뀌었다.

해 낸 것이 있었다. 그렇다, 내게는 질녀가 있다. 질녀 춘강을 찾아가보리라는 생각이 들었다. 그렇다면 나는 애정의 도둑, 애정의 강탈자인도 모를 일이다.

춘강은 내 큰 누나의 딸로 팔 년 전에 내가 징역을 가기 전에는 겨우 열두세 살로 소학교(小學校) 오륙학년 정도였다. 나는 이 아이를 데리고서 아사쿠사[淺草]나 우에노[上野]를 하루 종일 돌아다닌 적이 있었다. 물론 그 무렵에도 내가 누나네 집 근처에 가기라도 하면, 매형이건 누나건 간에 부들부들 떨었다. 내가 다시 어떤 짓을 저지를지 모른다는 듯이, 혹은 이미 저지르고 오지 않았냐는 듯이. 하지만 이상하게도 이 아이만은 호기심인지는 모르겠지만, 내게 살갑게 굴었다. 팔 년 전 여름 어느 날, 나는 누나네 집 근처를 두 시간 가깝게 배회하고 있었다. 아무리해도 들어갈 용기가 나지 않았기 때문이다. 그래도 오후에 나는 겨우 학교에서 돌아오는 춘강을 발견할 수 있었다. 손뼉을 치면서 숙부님 숙부님이라고 말하며 따르는 아이를 나는 닭이라도 훔치듯이, 손을 잡아끌고 달리기 시작했다. 아사쿠사의 나카미세[仲店]길에서 북새통 속을 걸어가면서, 춘강은 "이렇게 사람이 많으니까 도둑도 많겠네요. 숙부님은 어떻게 도둑질을 하는 거죠, 경찰이 무섭지 않아요?"라고 물어봤다. 나는 그때 살을 에는 듯한 슬픔을 느꼈다. 우에노로 가는 버스 안에서 그 아이는 나에게 "숙부님은 나를 지금 팔러가는 거예요?"라고 물어봤다. 어찌되었든 꽤나 재미있고 영특한 아이였다. 나는 춘강을 갑자기 만나고 싶어졌다. 물론 홋카이도를 떠날 때 또한 이런 생각을 하지 않았던 것은 아니다. 하지만 실제는 어딘가의 인부(人夫)라도 하면서 먹고 살게 돼서, 이제 이렇게 제대로 일을 하고 있다고 말해주고 싶었던 것이다. 더 이상 도둑이 아니라고 알려주고 싶었다. 그러므로 이번에는 만날 명분도 사라졌지만, 어찌해서든지 만나고 싶다고 생각했다. 그래서 예전 집을 찾아가서, 이사 간 곳곳을 찾아다녔다. 드디어 그 집을 찾아내서, 근처의 담뱃가게에서 넌지시 물어보자, 춘강은 ××거리의 어딘 가에서 여급(女

給)을 하고 있다는 것이었다. 그래서 그 뒷골목을 이잡듯이 샅샅이 뒤져서, 겨우 그 야요이[彌生]라는 주점에서 나는 춘강을 만날 수 있었다. 몰라볼 정도로 자라있었지만, 서로 마주보고 술을 마시면서 이야기를 하자 역시 어딘지 모르게 과거와 변함없이 나를 따랐던 귀여운 춘강 그대로였다. 나는 술잔이 돌자 슬퍼져서 도대체 너를 누가 이런 곳에 팔았냐고 물어보았다. 그러자 춘강은 "내가 나를 팔았지요."라고 말하고, 깔깔거리고 웃으면서 눈물을 흘렸다.

춘강은 "숙부님이 한 발 늦었네요, 나를 누구보다 먼저 팔고 싶었던 것이 아닌가요?"라고 묻는 것이었다. 나는 그때 소리를 내며 울었다. 그러자 춘강은 정색을 하고는 "숙부님도 참 바보네요."라고 말하고는 내 머리를 끌어안고 울었다. 귀여운 아이였다. 하지만 예쁜 옷 한 벌조차 갖고 있지 않았다. 나는 그 다음날 오전 중에 춘강을 데리고, 예전처럼 아사쿠사와 우에노를 돌아다녔다. 그리고 맛있는 음식은 무엇이든 사 먹이고, 속옷을 비롯해서 펠트[15]나 버선 등을 돈을 생각하지 않고 사주었다. 그러자 그때마다 춘강은 "어머 다시 한 건 했나보네요. 언제 한 몫 챙긴 거죠. 저는 전혀 눈치채지 못 했지 뭐예요."라고 말하는 것이었다. 춘강은 나를 소매치기 두목쯤이라고 생각하는 듯한 말투였다. 나는 "결코 돈을 훔친 것이 아니란다. 감옥 안에서 성실히 일해서 받은 돈이란다"라고 몇 번이고 말해주었다. 사실이 그랬다. 모리오카에서 그 부인의 트렁크 안에서 훔친 돈은 창녀촌에서 미치광이 같은 소란을 떨면서 물처럼 써버렸던 것이다. 그리고 마침 내가 이곳으로 오기 전에, 나는 우에노의 마쓰자카야[松坂屋][16]에서 춘강에게 질이 좋은 비단[17] 하오리[羽織][18]를 사주었다. 춘강은 지금까지 그런 것을 입어본 적이 없다고 말

15) 모전(毛氈) 제품. 펠트 제품. 여기서는 모자를 가리키고 있는 것으로 보인다.
16) 1611년 나고야에 창업. 1910년 근대적 백화점으로 개업했다.
17) 메이센[銘仙] : 꼬지 않은 실로 거칠 찬 비단, 일본에서는 1910년대부터 실용복으로 수요가 많았다고 한다.
18) 일본 옷 위에 입는 짧은 겉옷.

하고, 눈을 동그랗게 떴다. 그 커다랗고 빙글빙글 돌던 눈이 지금도 내게는 보이는 것 같다.

아, 내가 여기에 있다는 것을 듣기만 하면 춘강은 달려 올 것이 틀림없을 텐데. 제기랄, 개구리처럼 언제나 개골개골 노래만 부르던 그 꺽다리 녀석도 전해주지 않았던 것이다. 그리고 약국의 뒤룩뒤룩 살찐 도박꾼도…….

그때 지척에서 간수의 구두소리가 들려왔다. 그것은 매우 무게가 있었고, 반향도 남기지 않았으며 으스스하게 땅 밑으로 사라져 버리는 듯한 소리였다. 다무라는 말을 멈추고 이불을 눈 있는 곳까지 끌어 올리면서 깊게 한숨을 내쉬었다. 나는 더욱더 그 날 밤은 잠이 오지 않아, 조용히 슬픔과 괴로움을 머금은 달빛이 검푸른 벽에서 그림자를 완전히 숨길 때까지 한숨도 자지 못했다. 이 도둑의 짧은 이야기를 듣고 있는 가운데 운명이라는 것에 한없는 슬픔을 느끼는 동시에 그에 대해 깊은 애정마저도 느꼈다. 그리고 마음 속에서는 내가 나가게 되면 그의 질녀를 꼭 찾아가서 면회를 오게끔 해야겠다고 생각했다. 그의 마음을 조금이라도 위로해 주고 싶다는 결심을 굳혔던 것이다. 게다가 또 그녀가 그를 순수한 마음으로 위로하고 북돋아 준다면 이 도둑도 점차적으로 선한 사람이 될지도 모르겠다고 생각하게 되었다.

물론 억울한 혐의가 풀려서 내가 나가게 되었을 때도 그는 석방되는 모두에게 했던 것과 마찬가지 부탁을 반복했다. 다만 지금과 달리 내게 특별히 덧붙여서 역설한 것은 내가 다른 자들과 같이 파렴치한으로 구류된 것이 아니므로 마음을 크게 먹고 오히려 정정당당하게 전해주라고 말하는 점에 있었다. 또 이전의 경우와 다른 것은 내가 면회 와줄 것만을 손꼽아 기다리고 있다고 결코 말해서는 안 된다는 점이었다. 그렇게 새삼스레 말하지 않아도, 그녀가 차입을 가지고 면회를 와주리라는 것을 견고하게 믿고 있기 때문일까. 혹은 내심 이런 곳에서 그녀와 만나는 것이 이제 와서 괴롭다고 생각하게 될 것인가, 그것을 나는 확실히 알 수 없었다. 어쨌든 나를 다른 사람 보다 몇 배는 믿고 있는 것이 분명한지, 그는 활활 불타오를 듯한 눈초리로 내가 나가는 것을 줄곧 주시하고 있었다. 내 등조차 그로인해 불이 붙을 것만 같은 굉장한 눈빛이었다. 얼마간 나는 주눅이 잔뜩 든 것 마냥, 시종 등 뒤에 그 눈빛이 따라오는 듯한 느낌이 들어서, 꾸러미를 안고 밖으로 나가자마자 그 길로 주점 야요이를 찾아갔다. 역시 다무라가 몇 번이고 내게 다짐을 받은 대로, 찾아갈 마음이 식기 전에 가리라는 자각이 있기는 했다. 그래도 아직 이른 시간인지라 창으로 된 문은 굳게 닫혀있었다. 그때 얼핏 그 창에 비친 자신의 볼품없는 모습과 두 달 가량 깎지 않은 수염과 수척해진 창백한 얼굴을 보고 깜짝 놀라고 말았다. 바로 허둥지둥 그곳을 나와서 지나가는 자동차에 올라타서 하숙으로 돌아갔다. 마침 가게가 문을 열지 않아서 잘됐다고까지 생각하기에 이르렀다. 저녁 무렵이 목욕탕에서 나와 이발소에 가서 좋아하는 지나요리(支那料理)[19]를 실컷 먹자, 실제 다무라가 주의한 것처럼 유치장 일 따위는 꿈속에 있는 것처럼 머릿속에서 사라지고 있음을 느꼈다. 하지만 나는 애써 그의 열성적인 태도와 슬픈 고백과 필사적인 부탁을 떠올리고 끝까지 나만이라도 약속을 어기지 않기 위해 하루라도 빨리 마음이 바뀌기 전에 다시 야요이 주점을 찾아 나섰다. 그다지 그것이 법에 저촉되는 등의 나쁜 행위도 아니었다. 솔직하게 말하자면 역시 마음속 괴로움을 완전히 털어버리려는 마음도 있었다.

그곳은 겉에서 봤을 때보다 넓었고 이층처럼 되어 있는 부분도 있어서 생각보다 깔끔한 주점이었다. 이층으로 올라가서 한 구석 자리에 앉았을 때, 나는 드디어 다무라에 대한 책임을 다하기 위해 이 곳에 왔다고 하는 이상할 정도의 앙분(昂奮)마저 느꼈다. 이상한 마음속 동요였다. 점차 손님이 빈번해질 시간이 되자 재즈가 울리고 높은 교성이 났으며,

---

19) 지나(支那)는 중국의 이칭으로 일본에 있어서는 차별어로 사용되고 있다. 당시의 분위기를 전달하기 위해 '중국요리'로의 번역을 피한다.

게타(下駄)[20] 소리가 계단을 덜컹덜컹 흔들면서 오르락내리락 거렸으며, 각 자리에서는 고함치는 소리, 실실 웃는 소리. 요컨대 어디서나 볼 수 있는 밤 아홉시 무렵의 주점의 흥취가 가득했다. 이 때 나는 도대체 도둑 다무라의 질녀는 어떤 여자일까라는 호기심을 내심 꽤 갖고 있었다. 아니 호기심이라고 하기보다는 호의에 가까운 것인지도 모르겠다. 보이가 와서 누구로 하겠냐고 물어봤을 때, 나는 즉시 춘강을 지명했다. 하지만 하필이면 아래에서 손님을 상대하고 있다고 했기 때문에, 우선 순서대로 키가 큰 남자 같은 얼굴을 한 서른 살 정도의 여급과 마주보게 되었다. 그런데 그녀가 따라주는 술을 뼛속까지 스며들게 할 냥으로 마시고 있던 와중에, 나는 돌연 웃음이 터져 나와 어찌할 수가 없었다. 역시 자신이 이렇게 지금 술까지 마시고 있다는 것이 불가사의해서 어찌할 바를 몰랐다. 자유가 이토록 좋은 것이란 말인가. 안면이 있는 형사나 간수라도 발견하면 끌어안고서 어깨를 두드려 주고 싶었다. 감방 안 녀석들은 지금쯤 허름한 이불을 덮고서 쿨쿨 자고 있겠지. 그런데 내 턱과 입가는 이렇게 반들반들 거리고 있으며, 결코 아름답다고는 할 수 없지만 계집이 따라주는 술을 결코 감미로운 음악이라고는 할 수 없지만 전광(電光) 아래 퍼지는 연주를 들으며 마시고 있는 것이 아닌가. 나는 다시 미친 듯이 깔깔거리며 웃음을 터뜨렸다.

"당신 참 이상한 사람이군요. 왜 그렇게 웃기만 하는 거죠?"라고 여급은 말했다.

"기쁘니까 웃는 거지. 쓸데없는 참견을 하시는구만."

"뭐가 그렇게 기쁘죠?"

"뭐든지 기쁘고 말고 기쁘지 않으면 어떻게 하란 말이냐. 자, 술이나 계속 내와. 왜 그렇게 쳐다보기만 하는 거야. 어이 이봐."

이렇게 나는 연거푸 술잔을 비웠다. 얼핏 나는 다무라가 나가자마자

---

20) 나막신.

술을 마시지 말라고 주의를 주었던 말을 생각해 냈다. 하지만 역시 나는 조금 신경쇠약인 듯 했으므로, 그런 생각이 떠오르지 않도록 이번에는 더욱 빨리 술잔을 벌컥벌컥 들이켰다. 그런 가운데 오히려 나는 점차 마음이 쓸쓸해지고 슬퍼져서 눈물이 흘러내렸다. 어렵쇼, 지금 내가 눈물을 흘리고 있는 것이라고 생각하자 이번에는 더욱더 눈물이 멈출 수 없이 쏟아져 나왔다. 그것이 오히려 내심 기뻐져서 결국 훌쩍훌쩍 소리를 내며 본격적으로 울기 시작했다. 아무튼 나는 나이 어린 대학생이고 멀리 나라를 떠나온 에트랑제[21]이며, 게다가 염려스러울 정도로 겁쟁이며 소심한 축인데, 그런 곳에서 다시 밝은 세상 가운데로 나오게 된 것이다. 요컨대 기뻐서 어찌해야 좋을지를 몰랐다고 해야 옳겠다. 게다가 술을 마시면 흥분하는 성격을 가지고 있었다. 여급은 생각다 못해 이 녀석은 틀림없이 미치광이라고 단정 지은 것인지 눈을 동그랗게 뜨고 지켜봤다. 점차 술이 돌자 나는 점점 혼란해져서 마침내는 실연이라도 한 사람처럼 "춘강을 불러줘. 춘강을 불러와."라고 소리쳤다. 특히 그 순간 여급의 새하얀 눈 위에 핏대를 세우고 나를 지켜보고 있던 다무라의 눈이 겹쳐져서 번득이는 것처럼 느껴졌다. 여급은 질려버린 듯 그녀를 부르러 자리를 떴다. 그때가 돼서 나는 구석에 있는 자리로부터 누군가가 테너로 샤리아핀[22] 투로 볼가의 뱃노래[23]를 부르고 있음에 생각이 미쳤다. 나는 그것을 어리마리한 의식을 통해서 듣고 있었는데, 나도 모르게 깜짝 놀랐다. 어디선가 들어본 적이 있는 목소리였다. 그래서 엉겁결에 자리에서 일어나 취한 얼굴로 눈을 크게 뜨고 그 쪽을 바라봤다. 장발을

21) <프랑스어> étranger 이방인, 외국인, 낯선 사람.

22) 표도르 샤리아핀(Fyodor Ivanovich Chaliapin), 1873~1938. 러시아 출신의 베이스 가수. 일본에는 공연을 위해 1936년에 방문하여, 도쿄 나고야 오사카에서 공연했다. 실제 샤리아핀은 <볼가의 뱃노래>라는 노래를 불렀다. 샤리아핀의 공연했을 때 김사량은 동경제대 1학년에 재학중이었으며 샤리아핀에 대한 각종 소식을 접했을 가능성이 높다.

23) 볼가강을 거슬러 올라가는 배의 닻줄을 끌어당기면서 부르는 사공들의 노래.

터부룩하게 하고 있는 큰 사내가 가슴을 펴고 양손을 끼고 목을 팽팽하게 몸으로 당기면서 입을 크게 벌리고 노래하고 있었다. 역시 예감대로 그 자는 유치장에서 만난 음악가였다. "녀석도 오기는 왔군."이라고 나는 중얼거렸다. 그렇다면 녀석이 전했을 것이 틀림없다. 그런데도 춘강이 숙부의 처절한 사랑에 응답하지 않는 것은 이 얼마나 끔직한 일인가. 분명 춘강이 저 쪽 자리에 있을 것임이 틀림없다고 생각하고, 움직이려는 찰나에 뒤쪽에서 "어디 가려고요, 데려 왔어요."라고 말하는 소리가 들렸다. 나는 몸을 돌려 앉았다. 춘강은 생각한 것보다 훨씬 미녀였다. 몸매가 호리호리하고, 이마가 적당히 나오고, 코 밑에 작고 검은 사마귀가 인상적이었다. 눈은 사팔뜨기라 오히려 귀여웠고, 가늘고 긴 눈이 반짝반짝 빛을 발하고 있었다. 입술은 너무 얇은 것 같았지만 적당히 뒤집혀져 있고, 흰 치아를 드러내고 아리땁게 웃고 있었다. 나는 몽롱한 눈으로 그 매력에서 빠져나오지 못한 듯이 숨을 참고 물끄러미 응시했다. 그녀는 더욱더 이상하다는 듯 깔깔거리며 소리를 내서 웃었다. 실제로 나도 이러한 따듯한 미소에는 오랜 기간 굶주려 있었기 때문일까. 나는 꽤나 사랑스러운 여자라고 마음속에서 되풀이해서 말했다.

"허어, 당신이 춘강입니까."

깔깔 웃어대면서 그녀는 자리에서 일어나 못 말리겠다는 듯이 손을 뒤로 흔들어 보이면서 도망치려 했다. 나는 깜짝 놀라 일어나서 그녀의 낭창낭창한 팔을 잡아서 끌어 당겨 원래 있던 자리에 앉혔다. 그녀는 깜짝 놀라서 눈을 동그랗게 뜨고 숨을 헐떡였다.

"나는 여기 놀러온 게 아닙니다. 당신에게 전해줘야 할 중대한 일이 있어서 왔습니다."

"어머, 그렇게 갑자기……."

그녀는 놀란 것을 진정시키기라도 하듯이 목소리를 죽여서 웃었다.

"그렇게 웃을 만한 일이 아닙니다."

나는 그녀를 심각한 얼굴로 노려보며 말했다. 하지만 막상 멍석을 깔아주자 갑자기 내가 전하려고 했던 말이 목에 걸리는 듯한 느낌이 들었다. '이래서는 안 돼. 이래서는 안 돼.' 나는 마음에 채찍질을 해댔다. 그래서 당번인 여급에게 자리를 비켜달라고 명령하듯이 말했다. 여급은 기겁을 한 듯이 뛰쳐나가 모습을 감췄다. 그런데 실로 기묘한 것은 술에 잔뜩 취해 얼마간 고개를 떨구고 있던 내가 돌연 학생복이 아니라 신사복 차림으로 이곳에 온 것을 매우 깊이 후회하고 있다는 것이었다. 그것은 왜냐하면 만일 내가 유치장에서 나온 사내로 그곳에서 그녀의 숙부와 만났다고 한다면, 바로 그 순간에 그녀의 태도가 바뀌지는 않을까 하고 두려워했기 때문이다. 정말 당치도 않은 것을 생각한 것이다. 그녀는 나를 사기꾼으로 볼지도 모른다. 혹은 도둑으로 볼 지도 모른다. 하지만 학생복을 입고 와서 사정을 설명했다면, 아무리 나쁘게 본다고 하여도 대학생 주제에 술에 곤드레만드레 취해서 한밤중에 거리를 휘청휘청 거리던 도중에 불시심문에라도 걸린 것이겠지 라는 정도로 생각할 것이 틀림없다. 그래서 나는 무척 후회를 하고, 게다가 입고 있는 신사복을 짜증스러운 듯이 내려다보았다. 그때, "어이 찾았다! 춘강 거기 숨어있었던 게로군"이라고 소리를 지르면서 쿵쾅거리며 다가오는 한 남자의 긴 다리가 보였다. 나는 단숨에 몸을 일으켜서 정면을 쳐다보았다. 역시 나타난 것은 감방에서 만났던 음악가였다. 순간 그는 나를 알아보더니 다소 쩔쩔매며 잠시 망연해져서 멍하니 그 자리에 서 있었다. 그러더니 아는 척을 한 것인지 실례했다고 인사를 한 것인지 알 수 없는 태도로 한 번 허리를 굽히고 물러갔다. 그것을 보자마자 나는 굉장히 불쾌해졌다. 아직도 유치장에 있는 듯한 기분에서 완전히 벗어나지 못했음이 분명했다. 그 인사 하는 태도가 뭐란 말인가. 분명히 녀석은 나보다 후배가 아닌가. 그는 나보다 훨씬 늦게 들어와서 게다가 먼저 나갔기 때문이다. 그리고 감방 안에서 얼마나 내가 뒤를 보아주었는가 말이다. 그것을 떠올리는 것이 좋을 것이다. 곤드레만드레로 취해 한밤중에 들어와서 우리들의 단잠을 어지럽혔기 때문에, 서너 명이 깨어나 뭇매질을 해댔을 때, 그것을 제지해준 것이 누구였는가. 설사가 나서 변소에 가고 싶어도, 남들보다 배는 겁이 많아서 격자문조차 열어달라고 하지 못하고 있는 것을 대신 간수에게 부탁해 준 것은 대체 누구였던가. 가까이 다가와서 은근하게 "그 안에서는 여러 가지로 신세를 졌습니다. 선생님은 언제 쯤 나오셨습니까"라고 물어봐야 정상이지 않겠는가. 그렇게 되면 나도 춘강 앞에서 그때 일을 매우 유리하게 말할 수 있는 찬스를 잡을 수 있는 것이었다. 요컨대 술주정뱅이의 어림도 없는 추론인 것이다. 그때, 퍼뜩 나는 좋은 생각이 났다. 그래서 원공법(遠功法)이라는 것을 사용하기로 하고 춘강을 향해 몸을 내밀었다. 그리고 물어보았다.

"당신은 저 자를 잘 알고 있습니까."

"호호호 그건 왜 물으시죠?"

"호호호 라고 할 때가 아닙니다. 잘 알고 있냐고 묻고 있지 않습니까."

"조금은 알죠."

"언제부터."

"열흘 전부터."

어렵쇼 그렇다고 한다면, 이 사내도 다무라의 이른바 가족적인 심정이 식기 전에 나처럼 나온 바로 첫날인가 혹은 그 다음날에 찾아왔다는 것만은 확실한 것 같았다.

"그래서 처음 온 날 저 사내는 당신에게 뭐라고 말했습니까?"

"어머 이런 못 말리겠군요. 제게 말해야 할 중대한 일이라는 것이 그런 거? 저 사람은 아무 말도 하지 않았다고요. 여기는 술이나 퍼마시고 홍청망청 대는 곳일 뿐이잖아요. 이봐요 아저씨, 지금 뭐하시는 거예요."

역시 저 녀석은 오기는 왔으나 말을 전하지 않았다고 생각하니, 나는 점점 나만이라도 다무라와의 약속을 충실하게 이행해야 되겠다는 중대한 책임을 느꼈다. 하지만, 나는 다시금 신사복을 내려다보면서 후회가 밀려오고 짜증이 나서 결국 그것을 저주하게 되었다. 그러자 마침내 그것은 극히 당연한 것처럼 여겨졌다. 그러므로 오늘 밤은 때가 아니다, 있는 그대로 말하는 것은 도저히 불가능하다고 생각했다. 그렇다고 내가 이 여자에게 잘 보이려고 생각했던 것은 아니다. 결단코 그렇지 않다. 다만 신사복을 입고 있을 때는 신사로서의 체면이 있는 법이다. 이런 식으로 나는 실로 터무니없는 결단을 매우 자연스럽게 했다.

"그래서 도대체 뭐죠. 그 중요한 이야기라는 것이?"

"나는… 나는 말입니다."라고 말하며, 가슴의 고동마저 느끼면서 말을 더듬었다.

"그러니까 나는 당신을 당신의 숙부된 마음으로 사랑하고 싶다고 말하고 있는 겁니다."

라고 말해버리고 나서, 꽤 그럴싸한 말을 했다고 생각했다. 무거운 짐을 내려놓은 기분이 들었다. 그녀는 한층 사팔눈을 하고는 웃었다.

"호호호… 당신은 또 어느새 그렇게 나이를 먹었나요?"

나는 약간 당황했다. 역시 이럴 때는 학생복을 입고 와서, 자신이 얼마나 젊은 지를 확실히 인식시키고 말해야 말이 먹히는 것이었던 것 같다.

"숙부님은 당신이 아니고서도 원래 있는 걸요."

"나를, 나를 그 숙부 중의 한 사람으로 생각해 줬으면 좋겠습니다."

더 이상 혀가 돌아가지 않을 정도로 취해있었다. 그렇다 하여도 머릿속은 점점 긴장되어갔고, 언제나 취하면 이상한 내지어(內地語, 일본어－역자주) 발음을 내는 자신을 만류하면서, 이번에는 여유를 갖고 말하기 시작했다.

"그런데 당신은 숙부님을 사랑하고 있습니까. 그게 아니면……."

"호호호…… 숙부님에 대한 애정이라는 것은 좀 다른 감정이겠죠. 그런 것을 원하는 애인은 정말 상대할 맛이 안 나겠는 걸요."

"그렇군요. 그럴지도 모르겠습니다. 하지만 당신은 내 마음을 모르고 있습니다. 내 마음을요."

당황하여 그렇게 외친 나는 그때 춘강이 갑자기 새된 소리를 내며 깔깔거리며웃어대기 시작했기 때문에 점점 더 당황하지 않을 수 없었다.

"상, 상대할 맛이 안날지도 모르겠습니다만 나는, 나는 당신에게 긴자의 미쓰코시[三越][24] 펠트도 사줄 수 있고, 우에노 마쓰자카야의 하오리도 사줄 수 있단 말이요……."

이렇게 말했을 때 역시 춘강의 얼굴은 순간 굳어졌다. 아뿔싸 라고 나는 생각했다. 더욱더 자신이 학생복을 입지 않고 온 것이 저주스러웠다. 그녀는 굳게 입을 다물고 감정을 억누르며, 탁자에 몸을 기대서는 물끄러미 내 얼굴을 응시했다.

"그럼 당신은…… 제 숙부님을 알고 있나요?"

나는 비겁하게도 알고 있다고도 알지 못한다고도 말하지 못하고,

"다만 나는 당신이 숙부님을 사랑하고 있는지 어떤지를 묻고 있을 따름이요."라고 몹시 허둥대는 듯한 목소리로 소리를 질렀다. 그녀는 고개를 끄덕였다. 그 순간 나는 이루 말할 수 없는 기쁨과 함께 행복을 느꼈다. 이 아름다운 여자가 나를 사랑하고 있는 것처럼 보였기 때문이다. 그도 그럴 것이 내가 숙부처럼 그녀를 사랑하고 싶다고 선언한 후였기 때문이다. 그녀는 점점 창백한 얼굴이 되서 따지는 듯 위압적인 목소리로 물었다.

"어디서 만난 거죠?"

"바로 이 옆에서."

"근처, 근처라면? 그러면 바로 저 맞은편?"

나는 이제 그 정도로 됐다고 생각하고 별안간 일어섰다. 보다 자세한 것은 다음날 학생복을 입고 와서 밝히자, 그리고 만약 학생 신분으로 주점에 출입하는 것이 임검(臨檢)중인 경찰 눈에 띄어서 다시 감방에 들어

24) 1673년 포목점 미치고야(越後屋)로 창업했다. 일본에서는 두번째로 긴 역사를 가진 포목점이다. 현재의 상호 미쓰코시[三越]는 1904년에 미쓰이 포목점에서 주식회사 미쓰코시 포목점으로 개칭될 때 붙여진 이름이다. 창업시의 미치고야[越後屋]와 미쓰기 가문의 미쓰이[三井]를 합쳐서 만든 이름이다. 1904년에 백화점 선언을 하고 일본의 백화점 역사를 열었다.

가더라도 상관없다. 그때야말로 나는 다무라에게 춘강은 확실히 당신을 사랑하고 있노라고 전해주리라. 그러한 것을 계단을 내려가면서 생각하고 있었다. 춘강은 내 뒤를 따라오면서, 문 앞 근처까지 왔을 때 더욱 내 옷자락을 세게 끌어당겼다. 마침 그곳에는 서너 명의 취객들이 어깨동무를 하고 휘청거리면서 들어왔는데, 그 중에 살찐 사내가 어이라고 환성을 지르면서 춘강을 꼭 껴안고 채가듯이 안으로 들어갔다. 놀라서 보고 있자니 틀림없이 그 자도 유치장에서 석방된 자로 이 거리에서 약국을 하고 있다던 도박꾼이었다. 어렵쇼 라고 나는 생각했다. 어찌되었든 다무라는 유치장 안에 있으면서도 춘강의 팬을 몇 명이나 안겨줬던 셈이다. 그녀에 대한 이 열렬한 사랑은 철격자 문을 빠져나가서 갖가지 다른 모습으로 자유롭게 유영하고 있다고도 할 수 있을 것인가. 저 녀석들도 처음에는 나처럼 다무라가 부탁한 말을 전하기 위해서 왔다가, 그런 내색은 전혀 하지 않고, 오히려 춘강에게 홀딱 빠져서 헤어나오지 못하고 있음이 틀림없었다. 하지만 나는 그날 밤에는 용감하게도 힌트를 주었기 때문에, 그리고 다음날은 학생복을 입고 와서 정식으로 당당하게 전해주리라고, 그렇고말고, 대학생의 명예를 걸고서라도 전해주리라고 중얼거리면서, 휘청휘청거리며 돌아갔다. 하지만 그 도중에 결국 가로수에 매달려서 잠시 동안 움직일 수 없었다. 역시 위장부터 시작해 온몸이 상당히 약해져 있음이 틀림없었다.

드디어 그 다음 날 밤, 나는 학생복에 스프링코트 차림새로 청춘의 늠름한 위용을 갖추고, 머리칼도 단정하게 가르고 다시 야요이를 찾아갔다. 그런데 그 음악가는 이층 구석 자리에서 오솔레미오를 노래하고 볼가의 뱃노래를 부르고 있었고, 약국 도박꾼은 반대편 자리에서 끈기 있게 코를 킁킁거리고 있었으나 춘강의 모습은 보이지 않았다. 결국 그 밤에는 춘강이 나타나지 않아서 나는 완전히 풀이 죽고 말았다. 그 다음 날 밤에 가도 모습이 보이지 않아서 물어보자, 지난 밤부터 그만두었다고 말하는 것이었다. 여급 중에서는 누구 하나 그 이유나 행방을 아는 사람이 없었다. 경찰서에 차입을 위해 면회를 가서, 혐의를 받고 수감된 것인가. 혹은, 실은 공범이라서 알려지는 것을 겁내서 종적을 감춘 것인가. 무언가 해서는 안 될 일을 저지르고 말았다는 기분이 들었다. 그 후 한 달 정도 지나서 내가 대학으로 이어지는 길에 있는 철물점에 들어가서 칼을 사려고 하자, 그곳의 가게 주인이 역시 유치장에서 만난 사내였다. 그 사내만은 비교적 솔직한 편으로 히죽히죽 웃으면서,

"그 안에서는 신세가 많았수."

"예."

"나도 벌금을 내는 것으로 어떻게든 간단히 때웠소이다"라고 말하는 것이었다. 나도 그거 잘 됐군요 라고 기뻐해주었다. 다무라가 현관 문을 열 때 안쪽에서 "지-지-"하고 울리는 장치는 언제 생긴 거냐고 물어보았던 것이 바로 이 사내였다. 다무라에 대한 조사는 이미 시작됐냐고 물어보니, 마침 자네가 나간 그 날 오후부터 시작했지 뭔가 라고 말했다. 내가 나오고 나서부터는 이 사내가 다무라와 나란히 앉게 돼서 잘 때도 옆자리에서 잤다고 한다. 하지만 어딘가 이전과는 달리 두런두런 조사받은 내용을 말해주었던 모양이다. 질녀가 면회를 오지 않았냐고 묻자, 그럴 리가 없다고 대답했다. 소지금을 어디 어디에 썼냐는 준열(峻烈)한 조사에서도, 질녀에게 이것저것 사주었다는 것만은 끝까지 말하지 않았다고 했다. 그러던 어느 날 아침에 일어나서는 지금껏 보지 못했던 모습으로 열을 올리며 주술을 외우고 손을 합장해서 빌고는 손가락을 꺽다가 폈다가 하면서 점을 쳤다고 한다. 그래서 그것은 내가 나가고 나서 춘강에게 자신의 부탁을 전했음이 확실하다고 믿고서, 그 날은 조사를 받을 때 춘강에게 사주었다고까지 자백을 했다고 말하는 것이었다. 춘강은 자신이 다시 체포되는 것을 알게 되면, 모습을 감추기로 되어있었던 것이다. 그렇게 치자면 나는 정말로 보기 좋게 한방 먹은 것이며, 게다가 당치않은 짓을 한 것에 해당된다. 어쨌든 다무라는 춘강에게 이

것저것 사줄 때부터 나중에 조금이라도 불안한 기분이 들면 다른 곳으로 자취를 감추라고 말해두었다고, 얼마간 득의양양해져서 웃고 있었다는 것이었다.

"자네는 놈의 앞잡이 구실을 한 셈이 아니겠소."라고 말하고, 철물점 주인은 웃었다. 하지만 나는 웃을 수 없었다.

"참말로 용의주도한 놈이지 뭐요. 또 붙잡혀서 증인으로 불려오게 되면, 그때 하오리는 질이 나쁜 것을 내놓으면 된다고 하면서 자신도 그렇게 진술을 하겠다고 이미 말을 맞춰두었던 모양이니 말이오."

역시 나는 아무런 말도 하지 못했다. 그래도 곰곰이 생각해보면 다무라가 용의주도하게 나를 속여먹었다고는 생각되지 않았다. 다무라도 고백할 때 말했던 것처럼, 너는 자선을 베풀 때에는, 오른손이 하는 일을 왼손이 모르게 하라고 예수가 말하고 있는 것이다. 다무라의 경우에는 실로 자신의 오른손이 훔친 것을 왼손이 모르고 있는 것이다. 그렇게 치자면 그가 도둑이며 기만적이라는 점에서는 거의 신선의 경지에 올랐으므로 자신도 모르는 사이에 자신을 속인 것이라고, 나는 어리석기 그지없는 생각을 해보는 것이었다. 네 자선 행위를 숨겨두어라. 그리하면, 남모르게 숨어서 보시는 네 아버지께서 너에게 갚아 주실 것이다.[25] 숨어서 똑똑히 일의 진상을 꿰뚫어보고 있다는 네 아버지는 다무라의 경우에는 저 가련한 춘강을 지칭하는 것이 아니겠는가. 그렇게 생각하자 나는 어째서인지 흐뭇한 감정과 함께, 지금은 다시 볼 수 없는 춘강에 대한 부질없는 애정이 물밀듯이 가슴속에서 굽이치는 것을 느꼈다. 그것과 동시에 나는 돌연 모든 유치한 몽상을 뒤집는 듯한 이 도둑의 진심을 알 수 있을 것 같은 생각이 떠올랐다.

"아닙니다, 저 도둑의 진심은 사람을 속이는 것에 있었을 리가 없습

25) 마태복음 6장 말씀. 김사량의 집안은 기독교 집안이었고, 어머니와 누이들도 기독교도였다. 김사량의 작품 곳곳에는 기독교와 관련된 흔적이 남아있다(『표준새번역판』 참조).

니다."라고 나는 중얼거렸다.

"역시 자신이 사준 하오리를 오래 오래 그녀가 입기를 바랬던 것이겠죠. 그래주기를 바랬을 겁니다. 그것을 위해 그만 자신도 모르는 새에 다시 남을 속이게 된 것일 겁니다."

그렇게 생각하자 숨어서 우리를 지켜보시는 신도 또한 그의 영혼을 구원해줄 것이라는 기분이 들었다.

『문예』, 1941년 5월

월녀(月女)

월녀(月女)[1]는 기생도(妓生都) 평양성내에서도 굉장한 미인이며, 빼어난 기생으로 명성을 날리고 있었다. 성내 사람들은 그녀를 독사라고도 했다. 눈이 반짝반짝 하고 입매가 약간 날카로우며 머리가 야무지게 모가 나있었고, 게다가 어딘지 모르게 난숙한 눈부심이 있었다. 그 누구라도 처음 본 순간 멈춰 서서 그녀에게 환혹(幻惑)되었다. 게다가 그녀에게 접근이라도 하는 날이면 완전히 넋을 빼앗기고 말았다. 내가 아는 선생들 중에서도 그리고 친척들 친구들 중에서도 그러한 희생자가 대부분이었다.

도대체 월녀는 소꿉친구인 나마저도 지나치게 장난감과 취급을 하고 있다. 그녀는 원래 기생이 되지 않아도 될만한 환경에서 자랐다. 아버지가 돌아가신 후 탐욕스러운 어머니가 그녀를 기생학교에 넣었다. 마침 이웃집이어서 소학교에 다닐 당시에 그녀는 겨우 말을 하기 시작한 나를 소꿉장난의 상대로 골라서, "넌 내 서방님이니까, 내가 하는 말을 잘 들어야해"라고 말하고, 내 코를 쥐어 당기면서 깔깔거리며 좋아했다. 그녀는 나보다 다섯에서 여섯 살 위로 이렇게 자깝스러웠는데 나는 자진하여 그녀에게 십분 복종하겠다는 뜻을 보여줬다. 말하자면 그때부터 패기가 없던 나는 여기저기 끌려 다녔다. 그녀가 기생학교에 다니게 되고 난 후 나는 그녀와 노는 것을 일절 허락받을 수 없게 되었다. 그녀도

1) 일본어 작품에는 '월네'라는 루비가 부기되어 있지만 혼동을 피하기 위해 '월녀'로 통일해서 기재하기로 한다.

그 무렵에는 나 따위는 마치 코흘리개 취급을 하며 상대하지 않았다. 월녀는 점점 붉은 양귀비처럼 예뻐지기 시작했다. 그에 비해 나는 점점 빈약해져가는 느낌이 들었다. 소학교에 들어가고 처음으로 얼마나 내 자신이 하찮은 존재인지를 알게 되었다. 그 후 월녀는 길가다 마주쳐도 새치름하게 지나쳐버리는 것이었다. 나는 언제나 꿈지럭꿈지럭 하다가 얼굴이 빨개졌다.

어느 날 드디어 그녀의 집에서 장고소리와 함께 새된 목소리가 들려오게 되었다. 그럴 때 아버지는 사랑방[客間]에서 긴 담뱃대의 대통을 놋쇠 재떨이에 신경질적으로 내팽개치고, 또 어머니는 어머니 나름으로 얼굴을 찌푸렸다. 밤이 되면 월녀의 집 앞에는 불량 중학생이 찾아와서 하모니카를 불고, 휘파람을 불고, 손뼉을 치고, 깔깔거리며 큰 소리로 웃어댔다. 때때로 월녀의 새된 왁자한 웃음소리도 들려왔다. 방안에서 나가지 못하는 나는 정말 안절부절 못했고 더구나 공부가 될 리가 없었다. 어느 날 밤 아버지는 결국 견디지 못하고 기다란 대통을 휘두르며 중학생들을 내쫓았다. 나는 몰래 그 뒤를 밟아서 엿보았다. 도망치는 녀석들 가운데는 상상했던 대로 역시 T중학 축구부선수 윤상선(尹相先)의 날렵한 모습도 보였다. 그는 좀처럼 보기 힘든 흰 얼굴의 미청년으로 어린 나이에도 불구하고 여자에 관한 것이라면 통달한 수완가였다. 가끔 그의 목소리 비슷한 소리가 월녀의 방에서 들려올 때가 있어서 나는 은근히 질투마저 느끼고 있었다. 그래서 나는 아버지가 그를 내쫓아 주었기 때문에 갑자기 아버지가 좋아졌다. 아버지는 대문에서부터 얼굴을 내밀고 있는 월녀에게도 "이 음탕한 나쁜 계집!"이라고 소리치고 대통을 휘두르며 겁을 주었다. 나는 그때만은 그것이 고마웠다. 그런데 월녀가 고개를 움츠리고 달아난 것과 동시에, 뒤에서 대기하고 있던 배가 불룩한 그녀의 어머니가 넘어질듯 뛰어 나왔다. 아버지는 아주머니에게 어딘가에 하루 빨리 집을 마련해서 꺼져버리라고 소리를 질렀다. 아주머니는 기가 죽기는 커녕 악설을 퍼붓기 시작했다. 월녀는 손뼉을 치고 꽥꽥거리며 거들었다. 결국 아버지 쪽이 항복을 하고 그로부터 얼마 지나지 않아 우리를 데리고 언덕 윗집으로 이사를 해버렸다. 그 이후 점점 월녀와는 만나지 못하게 되었다.

중학교에 진학하게 되고 나서 점점 더 나는 모범생이 되었다. 그러던 어느 여름 날 오후에 나는 대동강 기슭의 연광정(練光亭) 앞에서 월녀와 불쑥 만났다. 그때 월녀는 내게 야릇한 미소를 지었다. 작은 치열이 새하얗게 보였다.

"너 시를 쓰는 모양이지. 신문에서 읽었어. 따라오련?"

나는 끌려가는 듯이 월녀의 뒤를 따라갔다. 그때 이미 월녀는 기생학교를 졸업하고 연회에서 손님을 접대하고 있을 때였다. 연회에 나가고부터 단연 인기가 있었지만 모두 그녀를 독사라고 부르며 웅성거렸다. 하지만 그것은 일종의 찬미 소리로도 들렸다. 나는 그녀가 사내들을 다루는 농간이 보통이 아니라는 소문에 어렴풋한 안도와 함께 통쾌함을 느꼈다. 그런데 월녀를 따라가자 거기에는 윤상선이 엎드려 누워있었다. 그는 그때 경성의 전문학교에 다니고 있었다. 나는 문득 모두로부터 구레이[2]라고도 불려지는 수완 좋은 이 사내에게 작은 청사(青蛇)가 먹히는 것은 아닐까 걱정스러웠다.

"이봐요. 이제 돌아가는 게 어때요?"

월녀가 윤에게 말했다. 윤은 히죽 웃으면서 밖으로 나갔다. 그리고 나에게 돌아서서는,

"도련님. 글 잘 쓴다고 하던데. 이거 답장 좀 써주지 않을래? 아무렇게나 써도 되니까."

나는 거듭 거절했지만, 결국 그 일을 억지로 떠맡게 되었다. 산더미 같은 염서(艶書) 가운데는, "일봉정념(一逢情念)의 편지를 돈수재배(頓首再拜)[3] 경대(鏡臺) 아래서 보낸다. 이는 사십청춘(四十青春)의 사랑이라 부를

2) 구렁이. 원문의 토가 달린 대로 구레이로 표기한다.
3) 중국에서 행하던 예의를 표시하는 방식이다. 머리를 땅에 대듯이 하여 정중하게

수 있지 않겠는가."라고 쓴 변호사의 것이나, 또는 내지(內地, 일본—역자주)에 함께 비행기를 타고 날아가지 않겠냐고 하는 것이나, 너는 악마다 독사다 라고 하는 것 등등, 여러 종류의 편지가 있었다. 그녀는 매일 와서 답장을 써달라고 했다. 나는 또 자존심도 없이 그 역할을 맡았다. 내가 답장을 쓰고 있으면 월녀는 다른 방에서 윤과 놀고 있었다. 될 대로 되라는 생각에 나는 닥치는 대로 정나미가 떨어지게 답장을 써댔다. 그러자 그녀가 화를 냈다. 그리고는 예쁜 글자로 적당히 상대방을 대접해서 쓰라고 명하는 것이었다. 나도 결국에는 화가 치밀어서 그러면 네가 제대로 쓰던가 라고 말해버렸다. 그러자 월녀는 눈을 동그랗게 떴다.

"그런 사내들한테 내가 일일이 답장을 쓸 거라고 생각하는 거야. 무례하구나 너. 자 이거 매일 써준 선물이야. 네가 쓴 편지가 바로 효과를 봐서 이 솥을 변호사가 보내왔지 뭐야. 너한테 줄게."

"필요없어."

"여자꺼라고 그러는 거니? 장가들거든 그때 주면 되잖니."

나는 투덜투덜 거리며 뿌루퉁한 표정을 지었다. 그러자 월녀는 깔깔거리며 세된 소리를 지르며 웃었다. 나는 맡겨진 역할이 맞지 않는 데다가 여전히 월녀에게 코흘리개 취급을 받았다. 어찌됐든 이렇게 삼사년이 지나는 사이 월녀는 이삼만 원 가량을 벌어들인 부자가 되었다. 윤상선은 학교를 졸업하자마자 평양성내에 화장품 가게를 차리게 되었다. 소문으로는 월녀가 그의 가게에 자주 출입한다는 것 같았다. 역시 구레이에게 물린 것인가. 아니면 청사에게 구레이가 물린 것인가. 둘은 머지않아 동거하고 있다는 소문이 돌았다. 나는 그 가게 근처에 접근하지 않았다.

그런데 어느 봄 오월 어느 화창한 날, 그 앞을 지나갈 때 월녀가 매우 흐트러진 모습으로 뛰어나왔다. 그 뒤를 뒤쫓아서 나온 얼굴이 희멀건 윤

하는 인사.

상선은 나를 보자 당황한 듯이 빙긋 웃었다. 월녀는 쏜살같이 대동강 쪽으로 달리기 시작했다. 나는 갑자기 어떠한 예감에 사로잡혀서 뒤를 따라 달렸다. 월녀는 강기슭에 도착하자마자 비탈길을 뛰어 내려가서, 보트 타는 곳의 큰 배에서 작은 보트로 몸을 던졌다. 나도 뒤에서부터 잽싸게 뛰어서 탔다. 보트는 심하게 흔들리면서 큰 배로부터 멀어져갔다.

"죽어 버릴테야. 어서 젓기나 해."

월녀는 치마에 얼굴을 묻고는 몸부림치면서 소리쳤다. 나는 말했다.

"월녀야 왜 그래? 죽어봤자 아무 소용없어."

"어라."

월녀는 놀라서 얼굴을 들었다. 그리고 앞에 있는 것이 윤상선이 아니라 나여서 더욱 놀라는 것 같았다. 일시적으로 핏기가 사라져서는 이를 갈면서 분해했다. 역시 월녀의 패배인 것 같았다. 월녀는 몇 번이고 강속으로 뛰어들려고 했다. 나는 달래며 겨우 진정시켰다. 바람도 없는 강은 거울처럼 투명했고 느릿느릿 흘러가고 있었다. 태양은 서쪽 하늘에 뉘엿뉘엿 지고 있었고, 하늘은 맑았으며 맞은편 기슭의 백사장은 은하처럼 아름답게 빛을 반사하고 있었다. 사람들 눈에는 젊은 연인간의 뱃놀이로 보였을지도 모르겠다. 하지만 이 뭐라 해야 좋을 운명의 배에 탔단 말인가.

이렇게 아름다운 강 위에서 둘이서 사랑을 속삭이는 것도 아니고, 나는 다른 사내 때문에 한숨짓고 슬퍼하는 여인을 달래려고 하고 있는 것이 아닌가.

"죽어버린다고 하는데도 윤상선은 말리러 오지도 않잖아. 죽으면 그거야 말로 망신꺼리라고."

"그렇지 않아. 분명히 그 사람 하체가 좋지 않아서 일거야. 나는 단지 겁을 주려던 것 뿐이야……."라고 그녀는 시치미를 떼고 있었지만, 예전과 같은 독기가 사라져 버려서, 오히려 애처로워보였다.

"있잖아 보트를 하류 쪽으로 대줄래. 갈 수 있는 곳 까지 떠내려가게 해줘! 그 놈은 명예롭지 않은 것에는 몸서리를 치니까 내가 돌아가지 않으면 자살이라도 하려는 얼굴로 안달하겠지. 남포(南浦)에라도 가버릴까?"

"농담하지마. 남포는 바다라고."

"좋잖아. 바다로 나가자."

"그 녀석과는 이제 헤어지려는 거야."

"중학생인 주제에 꽤 건방지네. 어머, 너도 여드름이 나기 시작한 모양이구나."

"나 원 참."

나는 곤란해져서 횡설수설해댔다.

고목이 된 팥배나무에 묻혀서 서쪽 기슭에 보이는 평양성은 벌써 해 질녘의 어스레한 빛에 가려져 있었다. 석양에 비춘 노란 빛이 강표면에서 한껏 흔들리고 있었다. 그때 보트는 어느새 대동교(大同橋) 밑을 통과해서, 가마여울 급류에 접어들었기 때문에 흔들리며 화살처럼 떠내려가기 시작했다.

"아이, 무서워!"

그녀는 정말로 무섭다는 얼굴을 했다. 하지만 그렇게 위험한 상황은 아니었다.

그 후 머지않아 월녀는 이른바 사십청춘 변호사의 첩이 되어, 화류계에서 은퇴했다는 소문이 들려왔다. 사람들이 말하는 바에 의하면 변호사도 윤상선도 월녀의 재산에 속셈이 있었는데, 결국 변호사가 젊고 수완 있는 윤상선을 격퇴한 셈이다. 어찌되었든 월녀도 기운이 팔팔한 뱀으로 통할 때는 독도 잘 들었는데, 점점 나이를 먹고 호주머니가 무거워지자, 역시 일개 마음 약한 여자에 지나지 않았다고 생각하니 더욱더 가련한 생각이 들었다.

하지만 여전히 그녀가 윤상선과 함께 아침나절부터 호텔에서 나오는 것을 보고 있노라면, 그 날 밤에는 다시 변호사와 함께 지나요리(支那料理, 중국요리-역자 주)를 먹고 있었다. 그런 때 월녀는 나를 발견하고는,

"이봐 중학생 도련님. 여드름이 꽤 늘었네."라고 말하며, 치열을 드러내고 웃었다. 이전에 그것은 새하얀 치아였지만, 충치가 생긴 것인지 꽤 금니가 박혀 있었다. 나는 그 당시 점점 몸도 마음도 훌륭해져가고 있었지만, 그에 반해 이제 월녀 쪽이 점점 마르고 쭈글쭈글해져 가고 있었다.

『주간아사히(週刊朝日)』, 1941년 5월

향수(鄕愁)*

1

그 무렵 개통한 지 얼마 되지 않은 북경행 직행열차는 만주나 북지(北支)[1]로 몰려가는 사람들을 가득 태우고 평양을 한밤중에 통과하고 있었다. 이현(李絃)은 홀로 이곳에서 기차에 탔다. 손에 든 짐 하나 없이 홀연히 결심한 여행이었다. 현은 여기저기 짐짝처럼 조용히 쓰러져 자고 있는 사람들 사이에서 긴장한 채로 앉아, 애써 눈을 붙여보려고 했으나, 이러저런 상념이 꼬리를 물고 이어져서 머릿속은 점점 더 예민해져 갔다. 무언가 검은 그림자가 자신의 뒤를 따라서 올라탄 것 같은 느낌마저 들어 공연스레 가슴이 두근거리기도 했다. 아무튼 그가 북지에 다녀오고 싶다고 여행권 발급을 부탁했을 때, 처음부터 의아한 눈빛을 보내오

---

* 본 작품은 『고향(故鄕)』(甲鳥書林 1942년 4월)에 실린 「향수」를 저본으로 해서 번역했다. 「향수」의 초출은 『문예춘추(文藝春秋)』(1941년 7월)이다. 『고향』에 실릴 때 「향수」는 많은 부분이 개작된다.

1) 화북(華北) 일대를 지칭하며, 베이징과 하북성(河北省), 산서성(山西省), 산동성(山東省), 하남성(河南省) 등으로 이루어졌다. 일제시대에는 북지로 통용됐다(또한, 본문에 나오는 지나(支那)는 중국을 지칭하는 것이며, 이는 일본이 중국을 낮춰 부르기 위해 만든 말이다. 내지는 일본을, 내지어는 일본어를 칭하는 말이다. 북경의 지명은 현재 바뀐 것도 원문 그대로 표기했다. 또한 기타 용어는 현대식으로 바꾸지 않고 모두 원문에 따랐다).

던 당국[2)]이었다. '지나(支那) 고미술 시찰'이라는 명목은 이런 지방당국이 봤을 때, 그다지 목적상 절실한 것으로 여겨지지 않았던 것이리라. 그러나 그보다 당국으로서도 그를 수상하게 여길만한 구석이 분명 있었다. 그것은 예전에 북만주를 중심으로 동분서주하며 활약했던 평판 높은 망명정객 윤장산(尹長山)이 바로 그의 매형이기 때문이었다. 사실 대정(大正) 팔 년 삼월 사건[3)] 이후 망명과 유랑의 길을 떠난 누님 부부가 당시 북경에 와 있다는 소식을 갑작스레 듣고, 실로 이십여 년 전의 기억을 더듬으며 만나러 가는 것이 겉으로 드러내지 않은 또 하나의 목적이기도 했다.

이십여 년 전이라고 하면 현이 여섯 일곱 살 무렵이었다. 으스스 추웠던 어느 날 오후, 마을과 거리에서 벌어진 무서운 광경을 그는 어렴풋하게나마 기억하고 있었다. 기독교도인 어머니와 누님도 화살처럼 군중들 속으로 뛰어 들어갔다. 현은 이층에서 지붕 위로 기어 올라가 마을 군중들을 가만히 내려다보고 있었다. 그 후 며칠이 지난 어느 날 밤의 일이었을까 그는 문득 놀라서 눈을 떴다. 수상한 사내들 대여섯이 방안에 뛰어 들어와 있었다. 게다가 어머니와 누님으로는 성이 차지 않는 것인지, 집안을 샅샅이 뒤지기 시작했다. 그때 무엇보다도 먼저 그의 머릿속을 불꽃처럼 스치고 지나간 것은 매형이 창고 안에 있다는 사실이었다. 그것을 생각하자 그는 움직일 수조차 없었다. 마침 이삼일 전에 그는 누님인 가야(伽倻)가 밥상 같은 것을 들고 창고 안으로 들어가는 것을 슬쩍 본 적이 있었다. 현은 어린 마음에 모든 것을 안 것 같은 느낌이 들었던 것이다. 그래서 한번은 어머니와 누님의 눈을 피해 혼자서 몰래 창고 안으로 들어가 보았다. 창고 안은 겨울 난 쌀가마니가 산처럼 잔뜩 쌓여 있어 낮에도 컴컴했다. 무엇 하나 이렇다고 할 만한 모습도 보이지 않았고 또한 소리도 없었다. 과감히 쌀가마니 위에 올라가 보았다. 그때

2) 일제시대에 쓰여진 작품이므로 여기서 말하는 당국은 식민지 통치기구를 말한다.
3) 3·1 독립만세운동.

그는 한쪽 구석의 어둠 속에서 누군가의 날카로운 눈이 번뜩이고 있는 것을 보고 저도 모르게 흠칫했다. 그가 곧바로 하얀 이를 보이며 웃어 주었으나, 현은 점점 더 겁이 나서 구르듯 뛰어내려왔다. 이런 일이 있었기 때문에 사내들이 창고 문을 열라고 아버지에게 강요했을 때 그는 이제는 글렀다고 생각하고 체념한 채 눈을 감고 합장하며 하느님께 기도를 올렸다. 그런데 이상하게도 장산은 나오지 않았다. 나중에 들은 바 매형은 마침 그 전날 밤을 이용해 나라 밖으로 도망을 쳤던 것이었다. 한 달도 안 돼서 어머니와 누님은 돌아왔으나, 얼마 지나지 않아 누님도 북방행 열차를 타고 다시 돌아오지 못 할 여행을 떠났다. 안개비가 줄기차게 내리던 그날, 달처럼 얼굴이 둥글고 흰 누님의 볼에는 계속해서 눈물이 흘러 뺨을 적시고 있었다. 그 후에는 바람에 전해오듯 누님 부부가 시베리아 혹은 연해주, 북만주, 동만주 등지를 떠돌아 다니면서 이주 동포들의 지도 조직을 맡고 있다는 소식이 들려왔다. 만주사변(滿洲事變)[4] 발발을 전후로 해서 아버지는 돌아가셨지만 그 이후로도 어머니를 비롯해 우리 가족 일가는 누님 부부가 무사한지 여부가 걱정되어 무엇보다도 가슴이 아팠다. 틀림없이 황군(皇軍)의 손에 체포되어 처형된 것이라는 생각밖에는 들지 않았다. 그러면 그들 사이에서 태어난 아들 무수(蕪水)군은 어떻게 되었을까. 모두 재난을 피해 북지로 갔을 것이라는 소문이 없었던 것도 아니었다. 또한 다른 소식통에 따르면 매형이 지나군에게 잡혀가 중대한 임무를 맡고 있다느니, 지금은 소비에트에 들어가 있다느니, 혹은 지방의 작은 대학에서 동양사를 강의하고 있다느니 하는 소문들이 그럴싸하게 들려왔다.

이렇게 오리무중의 세월이 흘러가고 있었는데 바로 사흘 전의 일로,

4) 1931년 9월 18일 류탸오거우사건(柳條溝事件)으로 비롯된 일본 관동군(關東軍)의 만주(지금의 중국 둥베이 지방)에 대한 침략전쟁. 류타오거우에서 일본군은 스스로 만철 선로를 폭파하고 이를 중국측 소행으로 몰아 만철 연선에서 북만주로 군사행동을 개시했다. 이로 인해 1932년 초 일본은 만주전역을 점령했고, 3월 1일에는 만주국이 설립되었다.

노환으로 오랫동안 앓아누워 계시던 어머니의 병상에 낯설고 신기한 손님이 한 명 찾아 왔다. 중머리를 하고 볼이 홀쭉하며 눈이 크고 둥글둥글한 얼굴을 한 그 사내는 마흔 살이 되려면 아직 좀 먼 듯 해 보였다. 그는 그림자처럼 나타나서, 윤장산의 옛 제자 박준(朴俊)이라고 이름을 밝히고, 지금까지 형무소에서 복역했다고 말했다.

"그 속에서 만주사변과 또한 소비에트와의 충돌도 들었고, 중일전쟁이 일어난 것도 알고 있었습니다. 실은 제 처가 지금도 선생님 부부에게 보살핌을 받고 있을 것이 틀림없지요. 새롭게 들어온 친구들로부터 주워들은 이야기에 따르면, 부인은 북경에 있다고 하며 선생님만은 행방불명—쓸 것을 빌려주세요. 부인의 주소는—나중에 찢어드리죠. 저는 형무소 안에서 급변하는 세상사를 응시하면서 육년간 생각에 생각을 거듭했습니다. 그리고 지금은 생각을 완전히 바꾸고 새로이 마음을 다져먹고 선생님을 구하러 북경으로 가고자 합니다. 지금이 바로 그때라고 생각합니다. 윤장산 선생님 부부를 버리지 말아주십시오."라는 말을 남긴 채, 그는 서둘러 떠나갔다.

박준의 신기한 출현 이후, 어머니의 병세는 점점 더 악화되어 거의 재기 가망성이 없어 보였다. 때때로 한밤중에조차 미친 사람처럼 일어나서 하느님에게 기도를 올렸다. 그리고 한 번만이라도 좋으니까 누님 부부를 만나게 해달라고 흐느꼈다. 그러나 그것이 덧없는 소망이라는 것을 알자, 적어도 두 사람 사이에 태어난 첫 손자 무수만이라도 곁으로 불러오라고 재촉하는 것이었다. 그녀 자신도 진취적인 초대 기독교 집안에서 자란 까닭인지 모르겠으나 봉건적이고 고루한 집안으로 시집을 가게 된 후에도 예전부터 오늘날까지 오랜 세월 계몽운동에 종사해 왔다. 그러나 세월의 흐름에 왕년의 기백도 약해져 일종의 체념의 경지에 도달했다고나 해야 할까. 지금은 단지 모든 것이 하느님의 생각대로 될 뿐이라고 생각하고 있었다. 그런 까닭에 어떤 경우에라도 모든 사람이 행복해지기만을 바랬다. 그런데 급작스레 안부를 걱정해 오던 딸이 현재 어디에 살고 있는지를 듣게 되자, 지금까지 어디에 있는지 짐작조차 할 수 없어 막막했던 딸에 대한 애정의 불꽃이 일시에 불타올랐던 것이다. 현도 어머니의 이런 애절하고 슬픈 기분을 지켜보다 못해 도저히 참지 못하여, 또한 그 자신이 가능하면 누님 가족을 새로운 생활로 구해내려고 하는 마음과, 한 번 누님 부부를 만나고 오겠다는 마음으로 북경행을 자청하였다. 누님이 이미 황군의 손에 넘어간 북경 성내에 현재 살고 있다는 것, 그것이 그에게는 일종의 기이한 희망과 더불어 구제할 수 있다는 희열을 안겨주었다. 왜냐하면 지금까지 자신이 알고 있는 누님이라고 한다면 당연히 남하(南下)하고 있을 것이기 때문이었다.

"현아 정말로 가야와 만나게 되면 이 어미 걱정은 조금도 하지 말라고 전해 다오."라고 어머니는 병상에서 몸을 일으켜, 그의 손을 열정적으로 문지르면서, "이 손으로 이 손으로 가야의 손을 세게 잡아 주렴. 모든 것을 다 하느님의 은혜에 기대라고 말이다. 또한 장산이나 가야는 어쩔 수 없겠지만 무수만이라도 데리고 돌아오도록 하렴……."

기차는 미명 속을 북으로 북으로 향해 달리더니, 어느덧 압록강 철교를 요란한 소리를 울리며 지나가고 있었다. 이미 이동경찰(移動警察)이 차량 마다 두세 명씩 나타나서 승객을 한 사람씩 흔들어 깨워 면밀히 조사를 하며 돌아다녔다. 현은 자신의 순서가 되어 명함을 요구 받았을 때 가능한 시간이 걸리지 않도록 여행권까지 첨부해서 보여주었다. 경관은 가만히 그것을 노려보기라도 할 듯 바라보다가 수첩에 일일이 옮겨 적기 시작했다. 나이는 스물일곱 살, 동경제국대학(東京帝國大學) 미학연구실 재적, 목적은 지나 고미술 시찰. 그러나 지나 고미술 시찰 때문이라고 하는 것도 반드시 거짓이라고는 할 수 없었다. 사실 현은 지금까지 그런 목적으로라도 북경에 한번 갔다오고 싶다고 매우 바라왔었다. 그것은 조선의 고려나 이조(李朝) 시대 도자기를 지나의 송(宋), 명(明) 시대의 것과 비교연구할 목적도 있었던 것이다. 그래서 이번에 누님 가족을 만나러 가는 길에 적어도 이삼 일 정도 북경을 둘러보고 오려고 내심 기대하고 있었다. 특히 요즘 들어 그는 조선의 과거 예술 유산에 대해 강한 애정과 함께 연구를 해보고 싶은 욕심을 품게 되었다. 다만 본디 이런 방면에 흥미를 가지고 있었다고 하더라도, 사상에 심취해 있었을 당시 그에게는 그것이 그렇게 절실한 것으로 생각되지는 않았다. 역시 그것보다 더 중요한 일이 너무도 많았었던 것이었다. 그것이 오늘날에 이르러 보니, 사상은 짧고 문화는 길다는 생각이 들었다. 역사는 지금까지와 마찬가지로 주어진 궤도를 달릴 것이다. 세계도 또한 마찬가지로 지금부터도 자신의 운명 하에 전개될 것이다. 그러한 가운데 영구히 화려한 광채를 발해 왔던 조선의 독자적인 문화예술, 이런 고귀한 것을 학문적으로 연구하고 그리고 어떤 형태로든 발전시켜 보호하지 않으면 안 된다. 그에게는 아무래도 그것이 자신의 사명처럼 혹은 의무처럼 생각되기 시작했던 것이다.

세관의 검사도 무사히 마치고 기차가 안봉선(安奉線)[5]으로 들어간 뒤에야 현은 드디어 한숨 잘 수 있을 것 같은 여유를 얻을 수 있었다. 자신에게 검은 그림자가 따라붙은 듯한 마음 속 먹구름도 사라졌다. 그 대신 선잠을 자는 중에도 그의 뇌리에는 다양한 그림자가 끊임없이 오가고 있음을 의식했다. 유년시절 기억 속에만 살아 숨쉬는 매형이 방황하는 사람들의 무리 속에 섞여 누님의 손을 끌면서 있는 힘껏 소리를 질러대는 모습이 떠오르기도 했다. 이상한 것은 매형은 옛날과 조금도 다르지 않은 건강한 양복차림을 하고 있으며, 검은 수염을 기르고 오른손에는 큰 막대기를 들고 흔들고 있었다. 가야는 무릎을 꿇기도 하고 비틀거리기도 하면서 비명을 지르고 있었다. 어째서인지 그는 더 이상 누님이 지나복을 입고 머리까지도 지나풍의 모습을 한 부인으로밖에는 그 모습이 떠오르지 않았다. 더구나 이십여 년 전 기억에 그녀는 달처럼 아름다운 여인이었으나 눈앞에 어른거리는 형상은 지나치게 마르고 얼굴

5) 안동(단둥)－봉천(심양)간의 철도.

이 검푸르게 변해있었다. 오랫동안 시베리아의 바람을 맞으면서 산속과 밀림 속에서 방랑 생활을 계속하고 있던 데다가, 어쩌다가 도회지로 나와도 병적으로 사람 눈을 피해 다니고 있기 때문일까? 그런데 어느덧 이 방랑하는 사람들 무리 주변을 파란 눈을 가진 사막의 병사들이 포위했던 것이다. 총구에 붙은 검이 번쩍번쩍 얼음처럼 빛을 내고 있었다. 이들 무리는 바닷물처럼 소용돌이치며 웅성거리기 시작했다. 그 물결에 부침(浮沈)하듯이 누님은 비명을 지르면서 쓰러지기도 하고 앞으로 고꾸라지기도 하고, 장산에게 매달리기도 했다.

현이 놀라 뛰어 오를듯 번쩍하고 눈을 떴을 때는 벌써 점심시간이 지난 것 같았다. 처음보다 기차안도 제법 여유가 생긴 듯했으나, 공기는 여전히 찌는 듯 안개가 낀 듯 탁한 상태였다. 그는 드레지게 하품을 했다. 그리고 오버 깃에 목덜미를 집어넣으면서 왜 나는 오늘 이런 일만 생각해야 하는 것일까 하고 마음속으로 중얼거렸다. 차창 밖에는 조금도 변하지 않는 광야가 끝도 없이 펼쳐지고 있었다. 모든 것이 거무스름한 색으로 물들어 있는 하늘에도 어두침침한 회색이 드리워져 있었다. 군데군데 아주 멀리 작은 덩어리로 보이는 마을을 배경으로 버드나무 숲이 가지를 드러내 놓고 희미한 선을 계속 그리면서 이어지고 있었다. 그는 다시 조용히 눈을 감았다. 그러자 그렇게 잠시 있는 동안, 이번에는 돌진에 돌진을 거듭해 가는 기차의 굉장한 소리가, 그의 가슴속에 경쾌한 흥분을 불러 일으켰다. 갑주(甲冑)로 몸을 강화한 고구려 병사의 함성 소리와 모래먼지를 일으키며 밀어 닥치는 말의 힘찬 울음소리가 들려오는 것만 같았다. 자신이 지금 돌진해 가는 이 광야를 그 옛날 몇 십만의 고구려 병사가 질주했던 것이다. 그들은 강대한 힘을 갖고 만주를 평정했으며, 국경을 장성선(長城線)[6]까지 연장하여 국위를 사해에 떨쳤다. 그때부터 어떤 식으로 조선의 역사가 진행됐단 말이냐. 명과 연합하

6) 만리장성까지를 말함.

고, 청(淸)을 섬기고, 특히 한일합방 직후에는 친청, 친러, 친미, 친일을 전전하며, 고매한 정치적 이상을 갖은 적이 한 번이라도 있었단 말인가. 오늘날 이 광야에는 철도가 놓이고 만주국도 건강한 발전을 이루어, 나는 또 한 사람의 완전한 일본국민으로서 북경으로 가고자 이 만주국을 횡단하고 있다. 북지는 이미 황군의 위력으로 평정되어 북경성도 손에 넣었다. 현은 그곳에 멀리서 부터 찾아가는 자신의 용무를 생각하자 불현듯 눈에서 눈물이 어리는 것을 느꼈다. 이것이 바로 역사의 감상이라고 하는 것인가? 그래도 오늘날 그에게는 이 만주국에 와 있는 백수십만의 동포나 혹은 셀 수 없을 정도로 많은 지나 거주민 동포가 적어도 오늘날처럼 동아(東亞)에 여명을 비추는 건설적인 시기를 맞아 점점 더 인간적으로도 생활적으로도 향상해 가려니 하는 마음만으로 가득했다. 또 그와 같은 생각은 다시 누님 부부의 생활로 옮겨갔다. 매형이 행방불명이라고 한다면 누님은 가냘픈 여자 혼자 몸으로 도대체 무엇을 하며 하루하루 먹고 살고 있다는 말인가. 누님은 나라를 떠날 때까지 생활의 고통과는 도무지 거리가 먼, 대단히 행복한 생활을 했던 것이다. 시집가서도 희망과 정열에 불타 남편 장산과 함께 아름다운 마을에서 사학교(私學敎)[7]를 경영하며 아이들이나 마을 사람들에게 계몽사상을 보급시키는 일을 했다. 그 중에서도 누님은 마을 부인들의 계몽에 힘쓰고 있었다. 언제였던가 그것은 아마 현이 여섯 살 때쯤 일이었을 것이다. 현은 어머니를 따라 누님이 있는 곳에 간 적이 있었다. 작은 초가집이었는데 지붕에는 큰 호리병박이 달린 줄기가 기어 올라가고 정원에는 복숭아와 은행나무가 빽빽하게 서 있고 고량다발로 짠 벽에는 색색이 들장미가 피어 병풍처럼 자수를 놓고 있었다. 그 앞 화단에는 봉선화나 금잔화, 양귀비, 채송화 등이 한가득 흐드러지게 피어있었다. 누님은 이 정원에서 나비처럼 뛰놀고는 했다. 그 당시 가야가 어머니에게 이런 이야기를

7) 구한말 일본의 조선침략에 반대해 민족독립을 지키려고 애국지사들이 설립했던 사학교들이 일제시대에도 근근히 그 명맥을 유지해 나갔다.

하면서 웃던 온화한 얼굴이 어린 현의 마음속에는 인상 깊이 뇌리에 박혀 있었다.

“조선의 어떤 집에도 이렇게 꽃이 한가득 필 무렵에 하느님은 반드시 은총을 내려 주시겠지요.”

누님 가야는 지금 생각해 보면, 상당히 아름다운 것을 좋아했으며, 명상적이며 마음이 약한 여자였다. 그에 비해 매형은 정진 정명한 실천주의자라는 느낌이 드는, 말수가 적고 결단력이 강한데다가 상당히 생각이 치밀하며 탁월한 웅변가로 널리 알려진 사내였다. 매형은 망명생활 속에서도 자신에게 아무런 모순도 느끼지 않고 점점 더 본래의 성격을 강하게 다져가면서 그의 길을 걸어갔을 것이다. 누님은 그와 반대로 정신뿐만 아니라 육체적으로도 힘든 생활 속에서 얼마나 자주 자신을 잃어버릴 뻔 했을 것인가. 그런 것을 생각하면, 현은 한층 더 마음이 아프고 슬퍼졌다. 그가 어머니를 따라 갔던 다음 날의 일로, 현은 매형이 하던 학교에 창가를 부르러 어머니와 누님과 함께 갔던 일이 어렴풋하게 떠올랐다. 그때 매형은 명어조로 모두의 앞에서 평양에서 어린 친구가 노래를 불러주기 위해 멀리서 왔다고 그를 소개했다. 그래서 현은 누님이 치는 풍금소리에 맞추어 소리 높여 유치원에서 배운 “학도여, 학도여”라는 노래를 불렀다. 그는 그것을 읊조려보면서, 갑자기 감상에 젖어 눈물을 글썽거리는 것이었다.

2

드디어 북경의 동차참(東車站)[8]에 도착한 것은 밤 열두시였다. 오후 세

8) 차참(車站)은 정차장이다.

시경 산해관(山海關)에서 지나의 대지로 들어서면서 큰 결심을 하고 누님에게 전보를 쳐 두었지만, 기차에서 내렸을 때 현은 썰렁한 플랫폼 한 구석에 혼자 덩그러니 남겨졌다. 그는 다소 당황한 듯, 갑자기 두려움이 몸 전체로 밀려오는 듯한 느낌에 빠졌다. 역 앞에는 하늘을 찌를 듯한 정양문(正陽門)의 거무칙칙한 형체가 천고의 꿈을 칭송하며 밤하늘을 크게 가로막고 있었다. 역전 광장에 나오자 차부(車夫)들이 소리를 지르며 닭 무리들처럼 모여들었다. 그는 그 중 한대로 성큼성큼 다가가서 몸을 실은 뒤 외쳤다.

"×× 후통(胡同)[9]."

인력거는 큰길로 나오자마자 왼쪽으로 단숨에 돌아갔다. 그는 중학시절 장래에 북경의 대학에서 공부한 뒤 미국으로 가려고 했었다. 그래서 강습회 같은 곳에 나가 지나어를 배운 적이 있기 때문에 조금은 말이 통했다. 녹초가 되어 흔들리는 대로 몸을 맡기면서 현은 도대체 누님이 왜 마중을 나오지 않은 것인지 불안한 마음으로 가득했다. 이 북경성내에도 있을 수가 없어서 혹은 그것을 떳떳하게 드러내지 못하기 때문에 어디엔가 숨어 있는 것인가. 혹은 두 사람 모두 체포된 것은 아니겠는가. 그때 차부는 큰소리로 번지를 물었다. 그는 저도 모르게 몸을 떨면서 소리쳐 대답했다. 어느덧 인력거는 조용하고 어두운 골목길을 덜커덩 덜커덩 달리고 있었다. 그곳은 외성(外城)에서도 꽤나 변두리로 보였으며, 잿빛으로 가라앉은 집들은 유령처럼 침묵하고 있었는데, 그 지붕과 지붕 사이로 차갑도록 맑은 하늘에 반달이 떠 있는 것이 보였다. 차부는 이런 골목길을 반 시간 정도 달린 끝에 갑자기 한 모퉁이로 나오더니 당황스러운 듯 인력거를 세우고 주변을 둘러보았다. 그리고 고개를 갸우뚱거리며 큰 창고 벽이 성벽처럼 육박해오는 골목길로 느릿느릿 걸어 들어갔다. 그는 도중에 집집마다 난간을 들여다보다가 쓰레기 더

9) 후통은 골목길이라는 말이다.

미를 모아 놓은 곳 옆에 쭈그리고 앉아 있는 걸식으로 보이는 노인을 그만 밟을 뻔하여 큰 소리로 외치면서 고려인의 집이 어디냐고 큰 소리로 물었다. 그 걸식노인은 웅크리고 앉은 채 덜덜 떨리는 손을 뻗어 엇비스듬히 마주보고 있는 낡고 작은 집을 가리켰다. 현은 그 다 쓰러져가는 문 앞에 내렸을 때 자신의 심장 뛰는 소리가 들리는 듯했다. 헌등(軒燈)도 없는 어두컴컴한 가운데 문은 기분 나쁜 적갈색 빛을 띠고 있었다. 한가운데쯤에 노란 빛 놋쇠로 된 둥근 고리 같은 것이 매달려 있었다. 그는 그것을 잡고 조용히 몇 번이고 문을 두드려 보았다. 집안은 조용한 채로 사람이 나오는 기척도 없었다. 그래서 이번에는 아까보다 조금 더 강하게 두드리면서 아무렇지도 않은 듯 살짝 문을 밀자 무언가 양철 고리라도 걸어 놓은 듯 덜그럭 덜그럭 매우 기분 나쁜 소리가 났다. 그는 허를 찔린 듯 놀라며 재빨리 뒤로 물러섰다. 드디어 누군가가 나오는 것 같더니 젊은 하인 같아 보이는 지나인 사내가 빗장을 빼고 문을 반쯤 열고는 의아해 하는 얼굴로 불쑥 나타났다. 현은 아무 말도 하지 않은 채 명함을 내밀었다. 하인이 다시 문을 닫고 들어가는가 싶더니 안쪽에서 두세 마디 지나어로 소곤소곤 이야기를 하는 듯한 소리가 들린 후, 서둘러 안주인이라도 나오는 것과 같은 발소리가 들려왔다. 현은 몸을 뒤로 젖히듯 문에서 조금 뒤로 물러섰다. 과연 지나복을 입은 부인이 숨을 죽인 채 문밖으로 조용히 나왔다. 그러나 그것은 그의 아름다운 추억 속에 살아 숨쉬던 젊은 시절의 누님과는 너무나 동떨어져 있었고, 또한 상상 속에서 그리던 누님의 모습과도 너무나 달랐다. 얼마나 번뜩이는 눈빛이란 말인가. 이 얼마나 어두운 그림자를 드리운 음기가 드리워진 얼굴이란 말이냐. 정말로 이 초라하고 바싹 바른 부인이 내 누님이란 말인가. 갑자기 부인은 다가와서 그의 코끝에까지 얼굴을 가까이 대더니 한층 더 눈빛을 번뜩이며 점점 더 아래 턱을 떨고 있었다. 현은 드디어 몸이 굳어져 아무 말도 할 수가 없었다. 부인은 바들바들 떨리는 두 손으로 갑자기 그의 얼굴이나 목덜미를 만지면서 눈물을 뚝뚝 흘리고 있었다. 그리고 겨우 목멘 소리로 "현이니"라고 한마디 외칠 뿐이었다. 이렇게 해서 그들 남매는 만났던 것이다.

문 안쪽에 하인이 서 있다가 두 사람이 들어가자 눈을 크게 뜨고 인사를 한 뒤 다시 문을 닫았다. 그는 본채의 왼쪽 끝에 있는 작은 방으로 안내를 받았다. 검고 어두운 전광(電光) 아래에는 싸늘한 공기가 퍼져있었고, 중간에는 다리가 휘어진 원탁과 의자가 두세 개 놓여 있었다. 검게 그을린 벽지에는 여기저기 빈대를 짓눌러 죽인 흔적이 남아 있었고 안쪽 구석에는 낡고 싼 침대가 놓여 있었다. 그 쪽 윗벽에는 월계수관을 머리에 쓰고 볼에 피를 뚝뚝 떨어뜨리고 있는 예수의 액자가 걸려 있었으며, 그 바로 아래에는 작은 마리아 주상(鑄像)이 끈에 매달려 있었다. 가야는 그것을 앞에 두고 침대 위에 엎드려 소리를 죽이고 몸을 떨면서 오열했다. 현은 만감이 교차하는 마음으로 일어선 채로 누님의 마른 가지 같은 어깨가 심하게 떨리는 것을 보고 있었다. 젊고 아름답던 기억에 비하면 이 얼마나 많이 변해버린 누님의 모습이란 말인가. 누님이야말로 마치 시온[10]의 여자처럼 옛날에는 눈처럼 맑고, 우유보다 희고, 몸이 산호보다도 더 주홍색이었다. 그러던 것이 이제는 얼굴이 무척 검고, 거리에 있더라도 사람들이 알지 못할 정도로 그 살갗은 뼈에 말라 붙어버려 마른 고목처럼 변해버렸다.[11] 그는 누님을 만난 순간 이미 누님을 잃어버린 것 같은 느낌이 들었다. 무엇부터 이야기해야만 하는 걸까. 뭐라고 그녀를 위로하면 좋겠는가. 과연 자신에게 그런 힘이 있는 것일까. 그는 "누님"이라고 부르려고 했다. 그러나 목이 막혀 목소리가 나오지 않았다. 밤은 조용히 깊어 갔고 뒤따르듯 때때로 골목길에 인력거가 지

10) 시온은 예루살렘 부근 언덕의 명칭이며, 시온이라 함은 예루살렘의 주민을 뜻한다.

11) 구약성서 「예레미야 애가」 1장을 읽어보면, 시온의 딸들에게 닥친 고난이 나온다. 김사량은 가야에게 「예레미야 애가」에 나오는 시온의 딸들의 역사성을 부여하고 있다(김사량의 집안은 기독교 집안이었고, 어머니와 누이들도 기독교도였다. 김사량의 작품 곳곳에는 기독교와 관련된 흔적이 남아 있다).

나가는 듯한 소리가 들려왔다. 게다가 기분 탓인지, 현에게는 이 정적이 왠지 모르게 무수히 많은 사람들이 소리를 죽이고 숨소리를 참고 있는 것과 같은 기분 나쁜 느낌이 들었다. 그리고 보니 조금 떨어져 있는 하인방에서 주변을 신경 쓰는 듯한 기침소리도 들려왔고, 또한 성냥을 계속해서 긋고 있는 소리도 들려오는 것 같았다. 갑자기 방문을 살짝 여는 듯한 소리가 들리기도 하고 두세 명의 사내가 잇달아 나가는 듯한 기색이었다. 도대체 저들은 어떤 사람들일까 하고 현은 도대체 뭐라고 해야 할지 몰라 두려워하며 벌떡 일어섰다. 누님은 한 순간 얼굴이 굳어지는가 싶더니 발작이라도 일으킨 것 마냥 웃었다. 그 웃는 얼굴 안에서도 현은 옛날 가야의 모습을 찾아볼 수가 없어 한층 더 슬퍼져서 무언가를 찾듯이 그녀의 얼굴을 멀뚱멀뚱 바라보았다.

"현아 나를 그런 눈으로 보지 말거라."

그녀는 정말로 무서울 정도로 새파랗게 질려 몸을 젖히면서 외쳤다.

"그렇구나 너는 나를 만나서 실망하고 있는 게 틀림없는 것이야."

"누님은 왜 그런 말씀을 하십니까."

그는 드디어 슬픈 듯이 혼잣말을 했다.

"왠지 나는 현이 니 두 눈이 무서워서 견딜 수가 없구나. 내가 그렇게 몹쓸 여자로 보이는 거니. 제발 나를 그런 무서운 눈빛으로 보지 말거라. 그런 식으로 들여다 보지말아다오."

"누님은 흥분하신 것 같습니다."

"아무려무나 참말로 그렇고 말고. 나는 흥분하고 있고 말고. 그리고 어머니는, 어머니는……."

"어머니도 조금만 젊었더라도 같이 오고 싶다고 말씀하셨답니다."

역시 어머니가 중병으로 누워계신다고는 말할 수 없었다.

"요즘 어머니는 점점 더 신앙심이 깊어져가는 것 같더군요. 한시도 하느님의 은총 아래에서 멀어지지 않도록 하라고 전해 주라고……."

'아 지금의 내가 하느님의 은총 없이 어떻게 단 하루라도 살아갈 수 있단 말이냐'라고 말하듯 누님은 계속 테이블 위에 얼굴을 묻고 흐느껴 울기 시작했다.

"나는 아버지가 돌아가신 것도 이번에 박준 씨에게서 들었단다. 게다가 틀림없이 네가 방문해 올 것 같은 예감이 들었지 뭐냐……."

"그런데다가 어머니는……." 하고 현은 목이 메는 듯한 기분이 되어 이어서 말했다.

"북경에 가거든 가능한 누님 옆에 있어 주라고……."

"그만해라 그만. 그런 이야기는."

"그리고 돌아오는 길에는 무수라도 데리고 오라고……."

그는 한층 더 목소리를 떨었다.

"무수가 벌써 스무 살이지요. 지금 자고 있습니까?"

그러자 그녀는 갑자기 그 후로 심하게 기침을 해서 숨이 막히는 듯했다. 결국 그녀는 의자에서 내려와 바닥 위에 쓰러지면서 더욱 심하게 어깨를 비틀고 숨쉬기 곤란한 듯 헐떡이며 고통에 몸부림치고 있었다. 그는 누님 쪽으로 다가가 끌어안듯 온힘을 다해 등을 쓸어내리기 시작했다. 가야는 한층 더 심하게 기침을 하면서 이번에는 더듬더듬 지나어로 무언가를 말하기 시작했다. 그는 어떻게 하면 좋을지 몰라 망설였다. 그러자 그때 문소리가 들리더니 지나인 남자하인이 물병을 들고 들어왔다. 그 하인은 무언가 알아들을 수 없는 지나어로 중얼거리면서 한쪽 손에 쥐고 있던 하얀 종이의 약봉지를 조심스럽게 펴서 내밀었다. 현은 순간 무서운 느낌을 받아 왜 그러냐고 말하고 그것을 낚아채려고 했다. 하인은 깜짝 놀라 비명을 지르며 펄쩍 뛰더니 한 손을 내밀어 계속 기침을 하고 있는 가야에게 약봉지를 넘겨 버렸다. 그녀는 그것을 얼른 삼켜 버렸다. 현은 잠시 동안 멍한 상태로 움직일 수 없었다. 하인이 그녀의 몸을 침대 위로 끌어 올리는 것을 보고 비로소 그도 정신을 차린 듯 가까이 가서 도와주었다. 그러자 놀랍게도 누님은 괴로운 듯이 기침을 몇 번 약하게 했을 뿐 그 뒤에는 정신없이 마취상태에 빠져 버렸다.

현은 그저 아무 말도 할 수 없는 멍한 상태에서 언제까지고 언제까지고 그녀 옆에 서 있었다. 왠지 눈물이 계속해서 흘러 나왔다. 무서울 정도로 실망에 충격을 받아 슬픔이 가슴속에 가득 찼다. 이 사람은 진정 내 누님이 아니다. 망가진 누님의 껍데기일 뿐이다. 아! 누님은 완전히 정신이 이상해졌다. 중독자가 되었다. 피나도록 비참한 망명 생활이 저 탐스럽던 볼을 이토록 홀쭉하게 하고, 게다가 결국에는 저 윤기 있던 광채를 잃게 했구나. 게다가 마지막에는 그녀의 육체뿐만 아니라 정신까지 이처럼 불구로 만들어 버린 게 아닌가. 때때로 신음소리를 내더니 가야는 겨우 혼수상태에서 평화로운 꿈나라로 들어갔다. 그에 따라 숨소리도 점점 더 평온해져서, 이상하게도 얼굴색도 차츰 하얗게 되돌아온 듯했다. 그러자 현은 갑자기 놀란 듯이 눈을 부릅떴다. 모든 고민을 벗어 던지고 조용하게 자고 있는 그녀의 얼굴에서 그는 어렴풋이 누님의 옛날 모습을 찾아낼 수 있었다. 모습을 찾아볼 수 없을 정도로 야윈 양 볼 사이로 꽃같이 하얀 피부와 팽팽함이 어슴푸레 피어오르고 혈색을 잃어버린 검고 작은 입언저리에서는 까닭모를 미소가 몇 번이고 흘러나오고 있었다. 깊게 패인 눈의 깊숙한 곳에서는 눈꺼풀 사이를 빠져나와 반짝이는 빛이 무지개처럼 반짝이는 것 같았다. 현은 그 곳에서 맥없이 쓰러지는 것과 동시에 끝없이 눈물을 흘리면서 조용히 가야의 손을 잡았다. 그리고 이것은 어머니의 손입니다 어머니의 손이에요 라고 마음속으로 외치면서 세게 손을 잡은 채 몸을 떨고 있었다.

3

다음날 아침 눈을 떠보니 어떻게 된 일인지 그는 누님이 자고 있던 침대 위에 누워 있었다. 매우 늦은 아침시간인지 하나밖에 없는 창으로부터 조금 새어 나오는 햇빛이 눈이 따가울 정도로 강렬했다. 공허한 기분으로 천정을 바라보고 있자니 왠지 악몽에서 깨어난 듯한 기분이었다. 실로 그것은 악몽임에 틀림없었다. 더구나 그는 그것이 정말로 악몽이었기를 바랬다. 자신도 알지 못하는 사이에 그의 몸에는 열까지 나고 있었다. 몸이 나른할 정도로 달아오른 얼굴에서는 뜨거운 피가 요동치고 있는 듯한 느낌이 들었다. 그때 누님이 문을 살짝 열고 들어와 그가 깨어 있는 것을 보고는 조금 놀란 듯 조용히 몸을 움츠렸다. 그렇게 현의 눈을 피하듯이 그의 뒤쪽으로 돌아가서는 침대 철장에 양손을 얹었다. 현은 다시 눈을 감은 채 그녀가 깊게 숨을 들이쉬는 소리에 가만히 귀를 기울였다. 한동안 참기 어려운 침묵이 그를 억누르듯이 계속됐다.

"현아 모든 게 다 운명의 장난이라고 생각하고, 나를 괴롭히지 않겠다고 약속해 줄 수 있겠니? 나를 불쌍히 여겨 아무것도 물어보지 않을 수 있겠니? 그대신 나도 아무것도 묻지 않기로 할테니. 새삼스레 들어 무엇이 달라지겠니."

그리고 그녀는 목에 걸린 울음섞인 소리를 삼켰다. 그와 동시에 그의 볼에 뚝하고 그녀의 뜨거운 눈물이 한 방울 떨어졌다. 그리고 그것은 바로 차가워져서 귀 옆으로 줄기를 이루며 굴러 떨어졌다. 또 한 방울이 뚝하고 떨어졌다.

"현이 넌 열이 좀 있는 거 같구나. 열이 좀 내리면 오늘 중으로 내성(內城)에라도 숙소를 잡아서 옮기는 것이 좋을 거 같구나. 그것이 서로를 위한 길이야. 여기는 네가 있을 만한 곳이 못 된단다. 현이 네가 산해관에서 친 전보도 오늘 아침에 받았단다. 여기 전보는 늦단다. 내가 전보를 어젯밤에 받아 보았더라면 어딘가로 모습을 감추어서 너와 만나지 않았을 텐데. 무슨 말인지 알겠니?"

"누님, 저는 아무것도 모릅니다!"

현은 가슴이 터질 것 같아 이렇게 외치면서 갑자기 일어나서 기듯 다가가며 누님의 얼굴을 올려다보았다.

"가르쳐 주세요. 도대체 무슨 일이 있었던 겁니까?"

"……."

가야는 조금 뒤로 물러났다. 눈을 꼭 감고 숨이 격해지는 것을 억누르기라도 하듯, 파랗게 질린 얼굴을 천정 쪽으로 돌린 채 움직이지 않았다.

"매형은 어떻게 되었나요? 행방불명이라는 소문이 들리던데……."

"무슨 일이 있어도 꼭 들어야겠다는 거니?"

"무수군은 어디에 있습니까?"

"전쟁에 나갔단다. 그 아이는……."

누님은 숨이 거칠어지고 있었다.

"전쟁이라고요?"

현은 앵무새마냥 말을 따라했다.

"그렇단다."

가야는 여전히 눈을 감고 우두커니 선 채였다.

"그 아이는…… 그 아이는 일본군에 통역을 지원해서 나갔단다. 지금 산서성(山西省)[12]에 가 있단다……."

너무나도 의외의 말에 현은 눈을 크게 뜨고 가야의 얼굴을 뚫어지도록 바라보았다. 완고한 성격을 갖고 있는 망명중인 민족주의자 누님 부부의 외아들이라는 것을 생각하면 그것은 도무지 상상하기 어려운 일이었다. 그런 만큼 그가 얼마나 자아 상극과 회의와 고민 속에 침울해 있을 것이란 말인가. 그때 그의 뒤쪽에 있는 창문에 누군가 큰 사내의 그림자가 나타나 힐끗 안을 훔쳐보는 것 같더니 다시 휙 하고 사라져 버렸다. 현은 그것이 어릴 적 기억 속의 매형의 모습이 아니라는 것은 알 수 있었지만, 그래도 수상쩍어 가슴이 두근거렸다. 누님은 그 사내의 존재를 눈치채지 못했다.

"그 아이는 자신이 종군하면 만에 하나 나쁜 일이 생겼을 때라도, 그

12) 중국 동부에 있는 성(省).

로 인해 우리 부부의 죄가 조금이라도 가벼워질 것이라고 하더구나."

그녀는 두 번 다시 어젯밤처럼 평정심을 잃지 않기 위해서 마음을 다스리고 있었다.

"나는 무수에게 처음에 물어 보았단다. 정말로 너는 우리들 때문에 가는 건지, 그게 아니라면 혹은 이미 네 마음속에 우리들과 다른 사상이 싹트기 시작한 것인지를. 그 아이는 눈물을 흘리면서 양쪽 다라고 하더구나. 이제는 어떻게도 할 수 없는 일이야. 시대의 추세가 달라졌다고 해야 할까. 아… 우리들은 무엇을 위해 나라를 떠나, 무엇을 위해 이 아이를 안고 유랑을 계속했단 말이냐. 하지만 조선 사람들의 행복을 위해서라고 하는 생각 속에 여러 생각이 나타나기 시작했단다. 무수가 전쟁에 나가고 난 후 나는 결국 이런 신세가 되었고……."

그녀는 히스테릭하게 말끝을 끌어 올리면서 새된 소리를 내며 울기 시작했다. 현은 외쳤다.

"누님, 지금부터라도 늦지 않았습니다!"라고 현은 호소하듯이 소리쳤다.

"누님! 앞으로의 인생을 생각하세요. 저도 그것 때문에 여기에 온 겁니다."

"아… 아무 말도 하지 말아라. 이미 늦었단다. 이미 늦었단 말이다. 너만 여기서 나가면 된다. 그러면 된단 말이다. 난 지금부터 네 숙소를 정하러 가련다. 장산까지 나를 버리고 다른 여자와 함께 북경 성내를 도망 다니고 있는 이 마당에. 이걸로 모든 것이 끝이야……."

그녀는 그렇게 말하는 중에 눈물이 쏟아져 나와서 양손으로 얼굴을 가리며 오열을 참으면서 뛰쳐나갔다. 그녀의 마지막 말이 남기고 간 너무나도 큰 충격으로 인해, 현은 망연자실해 하고 있었다. 그것은 오히려 제정신이 아니었다고 말하는 편이 나을지도 모른다. 모든 것이 깊은 안개 속에 쌓인 듯이 의식조차 몽롱해져 왔다. 그것은 누님에게 얼마나 무섭고 잔인한 일이었을까. 그때 문에서 강한 노크 소리가 마치 먼 곳에서 들려오는 것처럼 나더니, 아까 본 키가 크고 몸집이 거대한 오십이 넘어 보이는 사내가 불쑥 나타났다. 그는 두꺼운 모피 오바를 입고 음울해 보이는 얼굴을 한 채, 현의 흐리멍덩한 망막 앞을 가로막았다. 어깨가 넓적하고 깊게 패인 찢어진 듯한 작은 눈이 충혈된 채 빛을 발하고 있었으며, 흰 색이 생기기 시작한 수염이 바르르 떨렸다.

"나는 자네가 누구인지 알고 있네. 아까 보이에게 물어 보았지."라고 말하며, 사내는 뒷짐을 지고 이리저리 방안을 돌아다니면서, 뺨이 부풀더니 조용히 기침을 하기 시작했다.

"또한 자네 눈을 보고, 자네가 지금 무엇을 두려워하고 있는지도 알고 있네. 자네 눈은 시의(猜疑)와 공포와 혼란 가운데 빛을 품고 있구만. … 아 그렇지. 내 소개가 늦었네. 난 윤장산 선생님의 옛 부하 옥상열(玉相烈)이라고 하네."

그는 그렇게 한번 허리를 굽혀 인사를 하더니 계속해서 이야기를 하기 시작했다.

"하지만 자네는 조금도 나를 두려워 할 필요는 없네. 오히려 내가 자네 같은 청년들을 두려워 해야 할 걸세. 처음에는 나도 자네들 같이 새파랗게 젊은 애송이들이 무슨 말을 해대냐면서 증오했었지. 알겠는가. 증오하고 있었단 말이네. 이렇게 말하면 자넨 비난 받을 만한 것은 없다고 말하고 싶을 걸세. 그렇지, 정말 그렇고말고. 그렇고말고. 허나 좀 더 내 이야기를 들어 보시게나. 요즘 들어서는 내 자신이 무슨 말을 하고 있는지 모르겠네만. 그래도 한바탕 외쳐대고 싶다네. 나는 결코 자네를 놓아주지 않을 걸세. 알겠는가. 내가 이야기하다 지칠 때까지 자네를 놓아드리지 않을 것이란 말일세. 그렇지. 자네는 어쩌면 나를 알고 있을지도 모르겠군. 만주와 지나를 오가며 한때는 조선인 사이에 그 용맹이 알려진 직접 행동대장이었던 이 옥상열을 말이야. 허나 그것은 참말로 과거의 옥상열이란 말일세. 그 옥상열은 이미 죽어버렸다네. 이것 보시게나. 자네 눈빛이 많이 변하지 않았는가!"

옥상열은 그렇게 말하자 갑자기 얼굴이 굳어지더니 현의 코 끝에 바짝 다가와 섰다.

"그래 이제 이것으로 됐네. 이것으로 됐단 말이네. 으흠 지금 내가 무엇을 하고 있다고 생각하는가? 날 이 나를 똑바로 바라보시게. 이 옥상열이 지금 무엇을 하고 있느냐는 것을 말하자는 것이네."

그는 그렇게 말하고 괴로움에 허덕이면서 현의 곁을 떠나가며 말하는 것이었다.

"음 이 옥상열은 말이네. 놀라지 마시게나. 실은 특무기관에서 일하고 있다네! 아…… 이것으로 됐어. 이제 이것으로 됐다네. 나는 무척 그것을 말하고 싶었다네. 특히 자네에게 그것을 털어 놓았으니 이제 그것으로 됐네."

그리고 그는 정말로 지쳐 버린 듯이 의자 위에 털썩 주저앉았다. 그리고 거친 숨소리를 토해 내면서 손등으로 이마나 얼굴의 땀을 닦기 시작했다. 밖에서는 강한 바람이 불어 창문을 강하게 흔들고 있었다. 사내는 그로부터 독백처럼 무거운 목소리로 다시 이야기를 시작했다.

"자네들은 새로운 시대에 태어나 새로운 사고방식 하에 자랐네. 그리고 자네들이 괴로워하는 방식 또한 아무래도 우리와는 완전히 반대인 듯 하구만. 그것이 도대체 어떤 내용인지 나는 알고 싶었다네."라고 말하면서 그는 다시 일어났다. 그리고 한층 더 열기를 더해갔다.

"난 자네들에게 사상적으로도 시대적으로도 뒤처져 있는 것이 무엇보다도 두려웠다네. 처음에 난 단지 우리들이 살아가는 방식이 조선인들을 위해 가장 좋은 것이라고 생각하고 있었네. 그래서 나는 자네 매형인 윤선생님의 지도라면 죽을 각오로 충실히 임하기만 하면 된다고 생각했었지. 그러나 우리들의 꿈은 너무나도 무참하게 배반당하고 말았다네. 만주사변이 일어나 우리들이 쫓겨난 때부터 내 생각은 조금씩 달라졌네. 여기저기에서 일본 군대의 위세 높은 행진 나팔소리가 울려 퍼져 왔네. 나는 눈을 감고 생각했다네. 사랑하는 우리 조선인들을 위해서 과연 어떤 길이

옳은 것인가 하고. 더욱 더 비참해지는 것을 나로서는 도저히 참을 수 없었지. 이렇게 해서 나는 이제 겨우 자네들의 사고방식에 도달했다네. 이 옥상열이도 나이를 먹어서인가. 아니지 아니야. 난 더 젊어졌지!"

그는 소리쳐 외치며 손을 번쩍 쳐들었다. 그의 눈에는 눈물이 가득 고여 있었다. 그리고 천천히 품에서 시커멓게 더러워진 손수건을 꺼내 눈물을 닦고, 닦던 손수건을 눈가에 댄 채로 갑자기 흐느껴 울기 시작했다.

"자네는 내 마음을 헤아려 주시겠는가? 이런 내 마음을. 옛 동지들도 나와 뜻을 같이 해서 재출발을 하게 되었다네."

현도 창백한 얼굴에 눈물을 가득 담은 채 조용히 고개를 끄덕여 보였다. 소신을 위해 몸과 마음을 바쳤던 사람들에게 전향(轉向)의 고통이 얼마나 피를 마시는 것과 같이 절절했는지 어렴풋하게나마 느낄 수 있었다. 게다가 불행하게도 잘못된 사상운동에 몸을 던지고 있었다고 하더라도, 또 이처럼 크게 후회를 하고 있다손 치더라도, 결국은 고향 사람들을 가장 사랑했기 때문이었다고 하는 점에서 깊은 존경과 신뢰조차 느낄 수 있었다. 이 사내는 지금도 끊이지 않고 자기문답(自己問答), 자기회의(自己懷疑), 자기제시(自己提示) 속에서 자신의 새로운 결의가 옳았음을 확신하고자 몸부림치고 있는 것임에 틀림없었다.

"나는 선생님이 이런 기분을 어떻게 해서든 알아주셨으면 하고 매일 찾아 다녔다네. 무엇보다도 윤 선생님의 사상에 상당히 균열이 생기기 시작한 것도 사실이었으니까. 제일 먼저 자네도 알고 있는 박준이 감옥에 들어가 있는 동안 선생님이 부하인 그의 아내와 그릇된 애정관계를 맺은 것 자체가 그것을 여실히 말해주고 있다네. 물론 그 부인이 더욱 나빴다고 할 수 있다네. 허나 무엇보다도 세계정세가 시시각각으로 변해가서 동아의 상황도 점점 더 복잡하게 되어 감에도 불구하고, 저 지조 높은 선생님이 그런 실수까지 하게 되다니. 박준이 감옥에서 나와, 선생님에게 몇 번이고 강하게 간언을 했다네. 허나 선생님은 눈물을 뚝뚝 흘리면서 자네 손으로 나를 죽여주시게 라고 애원하시지 않겠는가. 드디어 북경에 일본군이 입성해 들어오려던 때, 오른쪽으로 가야 할 것인지 왼쪽으로 가야 할 것인지 가장 결정하지 못하고 힘들어 했던 것은 선생님이었다네. 이것이 선생님의 사상상의 파탄을 의미하는 것이 아니고 무엇이겠는가. 나는 그때 선생님이 느꼈을 괴로움을 눈물 없이는 헤아릴 수 없었다네. 그것을 생각하면 앉아 있을 수도 서 있을 수도 없네. 선생님은 음식도 드시지 못하고 낡은 옷을 입으신 채 북경성내를 방황하고 계시지. 나는 한 번 선생님을 마을 밖 빈민촌에서 뵌 적이 있네. 그때 나는 울며 매달리면서, 선생님 아무쪼록 나와 함께 가 주세요. 아시겠습니까. 나는 그렇게 말했다네. 드디어 더 나빠지기 전에 자수하시라고……."

이처럼 그를 통해 하나에서 열까지 듣고 있는 중에 현은 완전히 경직되어, 온 몸이 뚝뚝 꺽어지는 것 마냥 괴로웠다. 그는 옥상열을 조금도 의심하지 않게 되었다. 매형은 어떻게 되려나 그리고 남편에게 버림받고 자식을 떠나보낸 누님은 또 어떻게 하면 좋을 것인가. 아득히 멀리서 온 내가 누님네 식구를 위해 도대체 무엇을 해 줄 수 있다고 한단 말인가. 현은 오히려 절망 속에서 애원하듯이 외쳤다.

"옥선생님, 매형을…… 누님을 도와 주세요! 도와 주십시오!"

목이 말라서 목소리는 쉬어있었다. 옥상열은 휙 방향을 바꾸더니 꼿꼿이 선 수염을 실룩실룩 댔다. 그리고 얼굴이 마치 무너지기라도 할 것과 같은 감격적인 표정을 짓고는, "아 자네는 똑똑히 내게 그렇게 말씀해 주는 것인가. 고맙네. 고마우이. 역시 자네는 내 적이 아니었군. 자네가 그렇게 말해 주니 정말 고맙네."라고 입에 거품을 물고 외쳤다.

"허나 슬프게도 내게는 그런 힘이 없다네. 그럴 힘이 없단 말이네. 보시게나. 무엇보다도 먼저 난 자네 누님의 비참하면서도 고통과 죄악에 찬 생활을 눈뜨고 볼 수가 없을 지경이라네. 아시다시피 선생님은 집에 돌아오지 않고 있고, 가야씨는 정신적 고통과 생활고가 너무 심해서 이런 곳에서 사람 눈을 피해 아편 밀매까지 하고 있으니……."

이 무시무시한 말은 현의 가슴을 경악과 절망의 칼로 갈기갈기 찢어놓았다. 그것은 너무나도 참기 어려운 칼날이었다. 일시적으로 고열이 화기처럼 올라오고 전신이 뜨거워져 의식마저 잃어버릴 것 같았다. 그러나 옥상열은 점점 더 흥분해서 목소리를 높이며 방안을 정신없이 왔다갔다 했다.

"흠, 어떻게 된건가? 자네 안색이 또 변하지 않았는가. 그것이 어떻다는 말씀이신가. 아직 모르고 있었다 말하시고 싶으신 겐가. 그 일이야 말로 실로 부끄럽고 창피한 돈벌이가 아니고 무엇인가! 우리들 망명객에게는 철통과 같은 규칙이 있었다네. 아무리 힘들어도 아편을 해서는 안 된다. 또한 아편을 팔아서 지나인의 피를 빨아 들여서도 안 된다. 아시겠는가. 즉 조선인만의 행복을 위해서 하는 것은 안 된다는 것이라네. 그것은 일본인의 경우에도 그렇고 또한 지나인 경우에도 그래야만 하는 것이라네. 그렇기 때문에 이번에 우리가 전향한 것이라네. 아니 생각을 전진시켰다고 해야 할 것이네. 결국 우리들도 이 비극적인 사변이 하루라도 빨리 우리 동아의 대지에서 없어지도록 협력해야 비로소 일본인을 위해서도, 고향사람을 위해서도, 혹은 지나인을 위해서도 좋을 거라고 생각했던 것이라네. 자네는 우리의 이런 기분을 헤아려 줄 수 있겠는가. 내 이런 기분을!"

그렇게 말하고 그는 바싹 다가왔다.

"부탁하네. 부탁허이. 자네야 말로 내 힘이 되어 주시게나!"

그러나 이상하다 싶어 손을 뻗어 현의 몸을 만져본 그는 그의 심한 고열에 깜짝 놀라 이상한 소리를 내더니 급하게 바깥쪽을 향해 "보이, 보이!"하며 하인을 불렀다.

4

누님 가야가 잡아놓은 여관은 내성 북쪽 구석 동서북대가(東西北大街)

의 안쪽에 있는 지나인이 경영하는 곳이라고 했다. 다음날 낮 그는 어느 정도 열이 내려, 다소 마음의 침착함을 찾았기 때문에 누님을 따라 인력거로 그 쪽으로 향했다. 그러나 역시 정신적인 혼란이 심해 내심으로는 어렴풋하게 보이는 빛을 구하려고 하는 것과 같은, 눈앞의 안개를 걷어 내려고 하는 것과도 같은 괴로운 심정이었다. 누님은 나라에서도 쫓겨나고 주의 사상으로부터도 배반당하고, 사랑하는 외아들마저 떠나가 버렸다. 결국 유일하게 의지할 수 있는 남편에게도 버림을 받아 아름답던 몸과 마음도 마약중독으로 버린 채, 결국에는 아편 밀매까지 하고 있다는 이 무서운 사실을 생각하면, 그는 어찌해도 자신의 혼을 바쳐 통곡하지 않을 수 없었다. 무엇보다도 그는 누님과 매형이 지금까지는 어떤 사상적인 잘못을 했다고 하더라도 인간으로서는 하늘을 우러러 보아도 땅에 엎드려도 한 점 부끄러움이 없는 훌륭한 생활을 해왔을 것이라고 생각했고, 또 그것을 바라고 있었다. 인간적으로 먼저 구원 받는 몸이 될 때 비로소 사상적으로도 주의적으로도 구원을 받을 수 있는 것이 아니겠는가. 그것을 생각하면 누님의 얼굴을 보는 것만으로도 절망 속에, 또 그것에서 벗어나려고 하는 육친의 애정에서 오는 번민으로 눈물이 먼저 쏟아져 나올 것 같아 어떻게도 할 수 없었다.

인력거는 골목길을 빠져 나와 어느 새인가 대책란(大柵欄)[13]이라는 화려한 지나식 상점가를 달려 거기서 또 어수선한 옆 좁은 골목길 쪽으로 빠져나와 정양문(正陽門)[14] 쪽으로 나오려고 하고 있었다. 지나가는 길에 그는 무심코 조선여관이라고 써있는 작은 간판을 보고 놀란듯 멈추라고 큰소리로 외쳤다. 누님은 의아한 표정으로 왜 그러느냐고 물었다. 그는 가야에게 들어오라고 하지도 않고 내려서는 성큼성큼 그 안으로 들어갔

13) 대책란가는 북경 전문대가의 서쪽에 위치한 골목으로, 1644년 만주족이 청을 건국하자, 한족 등이 각지에서 들고 일어나 북경정부는 각 골목입구에 책란(울타리)을 설치하였던 것에서 비롯된 명칭이다.

14) 중국 베이징의 천안문 광장 남쪽 끝에 위치하는 성문. 과거 베이징의 성문 중에서 황제만이 출입할 수 있었던 베이징 내성의 정문이다.

다. 누추한데다가 밟으면 마루가 삐걱삐걱 소리를 내는 이층 방 하나를 안내 받았을 때 그는 누님을 향해 나는 오히려 여기에 머물고 싶다고 말했다. 그는 역시 무의식적으로나마 이 대륙에 와 있는 조선인들의 생활상의 일단을 보고 싶었던 것이리라. 그 정도로까지 그 또한 남보다 몇 배나 자기 동족을 사랑하고 있었고, 그들이 행복하게 되기를 바랬던 것이다. 짧은 기간이지만 고향 사람들 사이에서 함께 아우성치고 괴로워하고 함께 즐거워하고 싶었던 것이다.

한참 동안 음울한 침묵이 흐른 뒤 그는 가야가 권하는 대로 북경 관광을 위해 다시 인력거에 몸을 실었다. 두 대의 인력거는 흔들흔들 거리면서 천안문에서 북쪽으로 중산 공원(中山公園)을 지나 남해(南海) 중해(中海)의 호수 끝을 거쳐, 옛 자금성의 자주색 벽을 따라갔다. 여기까지 오는 동안 두 사람은 아무 말도 하지 않았다. 아무런 할 말이 없었기 때문이다. 버드나무 새싹이 뿌옇게 나오고 상록수인 회화 나무숲도 무성해져 있고, 맑게 갠 하늘에는 비둘기가 무리를 지어 날고 있었다. 호수에는 예쁜 다리가 걸려 있고 수면에는 연꽃잎이 마치 별 같았다. 이들 사이를 색칠하듯 자금성의 광대한 궁전에는 황금색과 남색의 기와지붕이 즐비하게 늘어서 있어 현란한 두루마리 그림책을 이루고 있는 것 같았다. 끝없이 계속되는 푸른 남빛 하늘의 저쪽에는 북해공원(北海公園) 원탑의 하얀 색이 보였다.

"옛 황성 주변만 해도 약 이리하고 반이나 된다고 하구나. 자금성(紫禁城) 궁전과 금원(禁苑)의 장관으로 치자면 비교할 만한 것이 없지 뭐냐. 막대한 자금과 인력으로 만들어진 것일게야."라고 가야는 혼자 감격에 겨운 목소리로 두런두런 중얼거렸다.

"그렇지만 역사의 힘은 어찌 할 수 없는 것이 아니고 무엇이겠니. 이 내성은 옛날 화려했던 청조 시대에는 황족이나 신하들의 저택이 있었던 마을이라고 하는데 오늘날은 눈색조차 다른 다양한 외국인의 조계(租界)[15]로 여러 갈래로 찢겨져 버린데다가 이 금원(禁苑) 만해도 우리들이

걸을 수 있는 곳으로 바뀌어 있잖니. 그래서 나는 이 주변을 지날 때면 언제나 생각한단다……."

"무슨 말씀이죠."라고 현은 그녀와 마찬가지로 감개에 젖으면서 마음으로 위로하듯이 물었다.

"우리들 가까운 조상 중에 누군지는 정확히 모르지만 훌륭한 분이 계셔서, 일본에 사자로 가시기도 하고 또 청황제에게 알현하기 위해 북경에 오기도 했다고 언제나 아버지가 자랑을 하셨더랬지. 그 선조는 도대체 어느 문에서 어떤 식으로 들어와서 어디에서 허리를 굽혔던 것일까. 조금 더 내려가 보지 않으련. 이 고궁 안에 들어가 보지 않겠니? 왠지 너무 쓸쓸한 기분이 든단다. 우리과 같은 다른 나라 사람이 이런 문턱 높은, 금원(禁苑) 안에 발을 들여 놓을 수 있다니……."라고 누님이 말해도, 슬프게도 현에게는 이들의 모든 명미(明媚)한 풍경이나 다채로운 궁전도 꿈속을 걷는 듯한 느낌이 들어서 현실적인 감흥이 동반되지 않았기에, 그러한 것을 내려가서 보고 싶은 생각이 들지 않았다. 그래도 누님이 옛날의 다정다감한 마음을 서서히 되찾고 있는 것 같아서 그는 한층 더 가련함을 느꼈다. 현은 그녀가 모처럼 부드러운 기분을 갖게 된 것을 상하게 하고 싶지 않아서, 이런저런 말을 하며 중얼거리는 그녀의 목소리에 여러모로 맞장구를 치면서 구경은 나중에 천천히, 박물관도 나중에 혼자서 와야겠다고 혼잣말을 했다. 실은 그는 이들 궁전의 호화로움과 과거의 영화로움을 이야기 하는 멋진 경치가 오히려 덧없게 느껴져서, 그 안에 동화될 마음의 여유를 갖지 못했다. 어느새 누님은 소리를 질러 인력거를 세웠다. 그곳은 북해공원의 동쪽으로 벌써 사람의 그림자가 많지 않고 조용한 그늘이 드리워져 있었다. 드디어 그들은 벤치 하나를 찾아 거기에 나란히 앉았다. 드물게 따뜻한 날씨로 그 곳에서는 북해 호수 가운데 숲 위로 흰색 원탑이 한층 더 돋보였다. 그들 앞을

15) 19세기 후반에 중국의 개항 도시에 있었던 외국인의 거주 지역. 열강의 중국 진출의 근거지가 되었던 곳으로, 외국의 행정 · 경찰권이 행사되었다.

때때로 훌륭하게 차려 입은 지나인 남녀가 유유히 걷고 있었다.

"조금 쉬고 나서 저 흰 탑 위에 올라가 보자꾸나. 저 위에서 바라보면 마치 이 삼해[16]가 조선의 지도와 아주 비슷하게 보인단다. 나는 가끔 저기에 올라가서 고향에 돌아온 듯한, 꿈과 같은 기분에 젖어든단다."

그녀는 조금 상기된 듯 얼굴에 쓸쓸한 미소를 지었다. 역시 누님은 때때로 참을 수 없을 정도로 조국에 돌아가고 싶은 향수를 느끼고 있는 것인가. 그렇게 생각하자 현은 문득 놀라면서, 그렇다. 누님은 옛날의 아름다운 마음과 영혼의 고향으로 돌아가고 싶어하고 있는 것이로구나, 이것이 어쩌면 그녀가 무턱대고 절망하고만 있지 않고 나락 속에서 다시 자신의 몸과 마음을 구하려고 하는 모습일지도 모른다. 누님이 내민 손을 잡으려고 하고 있는 것이라고 생각하자 눈물이 나왔다.

"그리 보자면 바로 저 곳은 조선에서도 평양 정도이려나. 그래서 나는 예전에 곧잘 산책을 하던 모란봉 위에 있는 듯한 착각이 든단다. 그런 때면 저 삼해의 푸른 물이 대동강처럼 보여서, 게다가 오월에는 빨간 연꽃이 가득……."

그렇게 말하고 그녀는 갑자기 공포와 당혹감이 겹친 표정을 지으며 말을 멈췄다. 맞은 편에서 카메라를 어깨에 맨 서너 명의 일본 군인들이 우르르 오고 있는 것을 보았던 것이다. 그리고 나서 바로 묘한 일이 일어나고 말았다. 가야는 눈에 띄게 안절부절 하지 못하고 있었다. 현의 뇌리에는 무수군과 매형이 스쳐 지나갔다. 뿐만 아니라 군관헌의 눈을 피하지 않으면 안 되는 아편 밀매자인 누님의 일이 번개처럼 번쩍 떠올랐다. 결국 운 나쁘게 군인들은 그늘진 길을 지나갈 작정인 듯 그들 자매가 앉아 있는 쪽을 향해 오기 시작했다. 그와 동시에 현은 어 하고 외치면서 문득 일어섰다. 그리고 대여섯 걸음 정도 나가고는 꼼짝 못하고 멈춰섰다. 그때 상대 쪽의 키가 크고 눈썹이 짙은 한 사람의 병사도 놀

16) 북해공원안의 세 호수, 북해, 중해, 남해를 말한다.

라서 눈을 크게 뜨고 무언가 괴상한 소리를 질렀다. 실로 그것은 해후였다. 이토 소위(伊藤 少尉)와 현은 한참동안 거기에 우뚝 선 채로 서로 할 말을 찾지 못할 지경이었다. 같은 고교에서 같은 대학으로 함께 진학한 두 사람은 그 기간동안 단순한 학우에 그치지 않고 매우 깊이 결속되어 있었다. 두 사람도 한때는 사조(思潮)의 물결에 휩싸여 고교 때부터 서로 마음속으로 동지라고 부르고 손을 꼭 잡던 사이였다. 그것이 비록 씻어낼 수 없는 과오를 범했다고 하더라도 매우 거친 열정으로 지역을 뛰어넘고 민족을 뛰어넘어 이 세계가 아름답고 살기 좋은 곳이 되기를 바랬기 때문이 아니었겠는가. 그러나 동양의 평화, 더 나아가서는 세계의 평화를 위해 이 사변이 멈출 줄 모르는 운명으로 발발했고, 이토도 역시 전쟁에 징집되는 신세가 되어 만세 소리가 넘치는 환송 소리를 들으며 동경역을 출발했다. 그 환송하는 사람들 사이에는 현도 끼여 있었다. 지금 현은 이 그리운 옛 친구를 통해, 예전의 근심걱정이나 번민, 회의를 벗어던지고 청징(清澄)함을 간직한, 그것이야말로 속세를 초연했다고 해도 좋을 정도로 훌륭한 군인으로 성장한 새로운 이토를 보고 눈부심을 느끼는 동시에 마음속으로 안도했다. 이토 소위는 빙그레 웃으면서 이제는 전과 같이 오른 손을 내밀어 악수를 할 수 없게 되었다고 말했다. 현은 놀라서 눈을 크게 떴다. 과연 오른손에는 하얀 장갑이 끼어 있었다. 그러나 현은 마음 한 구석에 자기가 지금 누님과 함께 와 있다는 것을 자각하고 있었기에, 이번에는 어떻게 된 일이냐고 말하면서 놀란 듯 뒤를 돌아보았다. 그때, 그의 눈에는 벤치를 떠나 회화나무 숲으로 울타리를 벗어난 토끼마냥 도망가는 푸른 지나복 차림의 누님이 언뜻 보였다. 현은 더욱 놀라서 튀어나가듯이 달리면서 외쳤다.

"오마치구다사이(お待ち下さい)! 오마치구다사이!"[17]

그러나 지금까지 이토와 내지어(内地語)로 대화를 나눈 직전이었기에

---

17) "기다려 주세요! 기다려 주세요!"

저도 모르게 그것은 내지어였다. 게다가 그는 지금 자신이 내지어로 외치고 있다는 것을 알아차리지 못했다. 말은 모르지만 동생의 큰 목소리에 가야는 꼼짝 못하게 돼서는 한번 뒤돌아 보았는데, 마침 그곳에는 또 이토가 도대체 어떻게 된 일이냐고 외치며 현 쪽으로 달려온다. 가야는 드디어 망상의 공포에 몰린 듯 숲 속으로 사라져 버렸다. 현은 또 현 나름대로 무엇 하나 생각할 새 없이 그녀의 뒤를 쫓아 달리면서 "또 만나세, 또 만나."라고 뒤돌아 보면서 외쳤다. 이토는 어안이 벙벙해서 망연히 선 채로 아무 말도 하지 않았다. 하지만 현이 숲 속의 어둠 가운데로 뛰어 들어갔을 때, 가야는 이미 큰 길가로 나와 인력거를 잡아타고 도망을 친 것인지, 정신없이 찾아다녔지만 모습이 보이지 않았다. 그도 허둥지둥 큰길로 나오자마자 어떻게 하면 좋을지도 모른 채 큰 소리로 인력거를 불러 올라탔던 것이다.

5

아무리 해도 두근거림이 멈추지 않았다. 현은 가야가 가장 두려워하는 군인과 함께 그녀를 뒤쫓아간 것처럼 보였을 자신을 생각하니 뭐라 해야 좋을지 모를 기분이었다. 바로 그녀의 뒤를 쫓아 갈수도 없었다. 그것은 점점 더 그녀를 곤혹과 공포 속으로 내모는 것임에 틀림없기 때문이다. 그래도 기회를 보아 천천히 흉금을 털어놓고 이야기하지 않으면 안 되리라. 갱생의 길로 나와 밝고 건강한 생활을 시작할 수 있도록 마음을 털어 놓고 호소하지 않으면 안 될 것이다. 그것이 아무리 어렵고 힘든 사정이 있다고 하더라도, 잠시라도 주저할 때가 아니다. 누님을 납득시키고 함께 다시금 재생의 길을 탐구하지 않으면 안 된다. 시온에서 쫓겨난 여자가 시온에 다시 돌아 올 때에는 꿈에 따르는 것이 아니라 하느님의 자식으로 돌아올 수밖에 없는 것이다. 매형도 마찬가지다. 이 두 사람의 영혼을 절망과 자포자기 속에서 구해낸다는 것은, 내가 미력하나마 용감하게 노력하지 않으면 안 될 일이다. 그 일에 더해 우선 이토 소위와도 무릎을 맞대고 누님 부부에 대해 이야기하고 싶었다. 그러나 이토는 도대체 어디에 있는 어느 부대로 간 것일까. 이제 되돌아간다고 해도 이미 늦었다고 생각하자 마음을 어떻게 진정시켜야 할지 알 수 없었다. 그는 어쨌든 어딘지도 모르는 길을 무조건 똑바로 똑바로 가달라고 고함쳤다. 인력거는 어하교(御河橋)를 건너 근대적 건축물로 보이는 큰 도서관을 오른쪽으로 보면서 서쪽으로 계속 달리고 있었다. 차부는 서안문(西安門)까지 오자, 그로부터 남과 북 어느 쪽으로 가면 되느냐고 뒤를 돌아보며 외쳤다. 현은 갑자기 생각난 듯이 융복사(隆福寺)[18]라고 외쳤다. 차부는 뒤돌아서 눈을 희번덕거리면서 도대체 어떻게 된 일인지 묻고 싶어하는 표정이었다. 현은 어찌된 일인지 문득 융복사라든지, 호국사(護國寺) 경내의 노점에서 한 달에 이틀 정도 골동품 시장이 열린다고 하는 이야기를 생각해 내고는 거기에라도 가볼까 하는 심산이었던 것이다. 차부는 융복사라면 정반대방향으로 왔으니, 골동품 시장을 둘러보러 갈 생각이라면 오늘은 시장이 서지 않기 때문에 유리창(琉璃廠)[19]에 가는 것은 어떻겠느냐고 말했다. 그러면서도 차부가 그러나 뭐니 뭐니 해도 외성에서 멀다 라며 꺼려하는 것을, 현은 품삯이라면 얼마든지 괜찮다 그러니 유리창 쪽으로 가주시게나 하고 외쳤다.

흑회색(黑灰色)으로 그을린 골동품 가게가 좁고 너저분한 길 양편에 묵묵하게 늘어서 있었다. 이 유리창 근처에 당도할 즈음 오후의 그림자도 차츰 흐려져 으스한 색조로 한층 깊은 음영이 깃들어 있었다. 그는 무언

18) 당나라 현종 때인 743년에 건설되었으며, 초기 이름은 보덕사(報德寺)였고, 송대(宋代)에 융복사(隆福寺)로 개명되었다.

19) 유리창은 북경성 남쪽에 있는 거리 이름으로, 명대부터 서적, 골동품 가게가 늘어서 있던 곳이다.

가에 홀린 것과 같이 눈앞에 어떤 환영을 쫓는 듯한 발걸음으로 차례차례로 어두운 가게 안을 둘러보면서 걸었다. 진열창을 비롯해 몇 개의 선반이나 진열대에는 현란한 칠보(七寶)나 황금색이 거무칙칙하게 벗겨 떨어진 불상, 그리고 다양한 모습을 한 말의 조각, 썩어버린 목상, 목판, 석판 조각, 도자기, 옛 항아리, 옛날 돈 같은 것이 잔뜩 진열되어 있었다. 그는 그것들이 발하는 혼기(魂氣)나 환영, 요기 가운데를 서성이면서 지나 민족의 감정이나 의지, 그리고 혼령의 숨소리를 절실히 느꼈다. 부드럽게 빛나는 호화(豪華)함, 몹시 강렬한 형상, 존대한 의지, 소박함이 녹아들지 않은 완벽함. 그렇기 때문에 그는 조선이나 내지(內地)의 골동품 가게에 있는 것과는 전혀 다른 감정에 빠져 들었다. 이것들은 흙 속에서 발굴했다고 해도 그다지 놀라는 모습도 없었고, 또한 먼지와 어둠 속에 묻혀 있어도 지루해하지도 쓸쓸해하지도 않고 그렇다고 해서 답답해 하는 기색도 않았다. 대여섯 채를 돌고 있는 중에 드디어 어두워져서 흐릿하게 전등이 켜졌다. 현은 이번에는 장식 창에 말의 조각상을 서너 개 진열해 놓은 가게 안으로 들어갔다. 전기라도 고장 났는지. 불빛은 아직 켜져 있지 않았다. 단지 장식 창을 통해 저물어 가는 잔광이 비쳐 들어와, 방안 가득히 어렴풋하게 푸른 그늘이 감돌고 있었다. 어두운 가운데 가게 안을 얼추 둘러보고 출입구에 다다른 바로 그때 최후의 잔광이 눈부시게 비쳐 와서 출구 옆 선반위에 문득 눈을 사로잡는 것이 있었다. 그는 놀라서 선채로 눈을 크게 떴다. 그는 잔광을 받아서 줄어 들 것처럼 눈부시게 몸을 떨고 있는 것 같은 작은 청자를 갑자기 양손으로 들어 올렸다. 그리고 그는 숨을 가다듬고 긴장한 채로 그것을 가만히 바라보고 있었다. 그것은 틀림없이 고려시대의 것이었다. 구름과 학 문양이었는데, 안으로 가라앉을 것 같은 옅은 물색을 한 하늘 위에 상감(象嵌)된 흰 구름이 조각조각 떠 있었고, 그 사이를 네 마리의 학이 날개를 펴고 아득히 먼 곳을 향해 날아가고 있었다. 귀를 기울이고 있자, 흥분에 숨이 막혀 있는 그를 향해 거기서부터 무수히 많은 혼의 신음소리가 들려오는 것 같았다. 주변은 벌써 완전히 어두워져 있었다.

그것이 암흑 속에서 기다리고 있었습니다. 제가 얼마나 기다렸는지 모릅니다 라고 말하고 있는 듯 했다. 너무도 너무도 오랜 동안 두렵기도 하고 답답하기도 하고 슬프기도 했다고 속삭였다. 현은 견딜 수 없는 목소리로 주인을 불러 그 주변을 전등으로 비춰 달라고 부탁했다. 이외에도 이것과 마찬가지로 괴로워하고 있는 것이 있을 것으로 생각되었기 때문이다. 전등이 묘하게 따뜻함이 없이 사납게 그의 앞을 비췄다. 과연 송대나 명대 도자기 사이에서 두 점만이 비명 같은 목소리로 속삭이기 시작했다.

저를 구해 주세요. 저도 저도 구해주세요.

아…… 그렇게 하고말고. 그렇게 하고말고.

그는 마음속으로 외치면서 그것들을 집어 들었다. 너희들은 역시 조선의 것이다. 고향 사람들의 안위와 애정을 희구하는 조선의 것이다. 그것이 너희들의 속성이기도 하다. 하나는 그의 눈으로 보기에 이조 백자임에 틀림없었다. 이렇게 빛을 감추고 괴로움이 깃든 들뜨지 않은 색감이 확실히 이조 사람들의 얼굴인 것이다. 또 하나는 훼손된 질그릇이었다. 흑갈색의 소박한 형태를 띤 것으로 목부분에 상처가 있는 것으로 볼 때 실로 오랫동안 고통 속에서 꾹 신음소리를 참아 왔던 것이었다. 그것이 쇠처럼 단단해서 한 번 손끝으로 두드리자 일종의 비통한 울림이 담긴 소리가 났다. 그 소리 속에서 그는 죽음과도 같은 누님의 신음소리가 들리는 듯 했다. 그는 아아 누님이 도움을 청하고 있는 소리야, 도움을 청하고 있는 소리야 라고 외쳤다. 그리고 와들와들 떨리는 손을 가슴에 넣어, 달라는 만큼 돈을 꺼내 주인에게 건네자마자 휘청거리며 가게를 빠져 나왔다. 오랜 동안 이 땅에 살면서 움츠리고 신음하고 있던 누님을 구해기라도 한 듯한 극도의 흥분과 환희를 느끼면서. 현은 거기서 인력거를 탄 뒤 자신의 모자와 목도리로 그것을 싼 뒤 양손으로 세게 겨드랑이에 끼어 넣었다. 그러자 그들의 고통이 사무치게 가슴에까지 전해져 오기만 하는 것뿐만이 아니라 그 훈김이 자신의 호흡과 섞여서, 그 목소리가 귀밑에서 구불구불 물결치는 듯한 착각마저 들었다. 그때는 이미 그의 몸에 열이 심하게 나서 의식도 신경도 이상하게 혼미해져 있었다.

거의 몽환의 경계를 헤매며 숙소로 돌아오자, 머리 앞에 옛 도자기를 나란히 두고 심하게 떨리는 오한을 참을 수 없어 옷을 입은 채로 이불 속으로 기어들어갔다. 약을 한꺼번에 복용한 효과가 있었는지 조금 안정도 되고 땀도 나기 시작했다. 그러나 그는 계속해서 병적이라고 말할 수 있을 정도로 흥분된 상태에 빠져 있었다. 역시 할 수 있다면 이국으로 건너온 이 옛 도자기처럼 먼 지나의 하늘 아래, 더러운 지역에 묻혀 절망의 심연에서 괴로워하고 있는 누님과 매형을 구해내고 싶었던 것이리라. 그런 마음으로 적어도 이런 옛 도자기라도 주워가려고 하는 기묘하고도 열렬한 욕구를 느꼈던 것이 아니겠는가. 그래서 출발할 때 누님에게 건네주라고 어머니가 맡긴 삼백 원[20]을 아낌없이 다 써 버렸던 것이다.

몇 겹의 꿈이나 환상이 겹쳐지고 스스로도 심하게 괴로운듯 무언가 헛소리를 하고 있는 것처럼 꿈속에서 느꼈다. 몇 번이고 침대 위에서 몸을 뒤척였다. 그러나 아까부터 머리에 남은 채로 떨어지지 않는 환상의 편영(片影)이 있었다. 그것은 헌신짝에 찢어진 모자, 그리고 닳고 낡은 지나복을 두른 매형이 드디어 황군의 영창에 갇힌 몸이 되어 있는 모습이었다. 어째서인지 어머니도 병든 몸을 이끈 채 북경 땅에 와 있었다. 그는 누님과 함께 어머니의 양 팔을 부축하며 특무 기관의 뒤편 현관 쪽에 서 있었다. 다만 한번이라도 장산을 만나게 해달라고 어머니는 금방이라도 쓰러질 듯한 몸으로 청원했다. 그 목소리가 단말마와 같은 울림이어서 몽환 중에 그의 몸을 불길한 예감으로 떨게 했다. 이 면회 중개

20) 당시 일본내에서 카레라이스가 20전 정도였다. 직접 비교는 불가능하지만 삼백 원은 상당한 금액임을 알 수 있다.

를 해 준 것은 바로 옥상열이었다. 그러나 그것도 생각대로 잘 되지 않아 그들을 돌려보내려, 패검(佩劍)을 쨍그렁거리며 한 사관이 나타났다. 그것이 뜻밖에도 아까 북해공원 근처에서 만난 이토 소위였다. 두 사람 모두 놀라서 몸을 움찔했다. 사관을 본 어머니가 곧 정신을 잃고 쓰러졌기 때문에 그는 급히 어머니의 몸에 매달리면서 "어머니, 어머니!"하고 외쳤다. 그 목소리에 놀라 갑자기 눈을 떴다. 전신이 땀으로 흠뻑 젖어 있었다. 시계를 보니 일곱 시가 겨우 지난 시각으로 잠든 지 두 시간도 채 안 되었다. 이상한 꿈 탓에 어머니나 매형에 관한 무섭고 불길한 감정이 마음속에 다시 소용돌이 쳐서, 다시 정신을 가다듬을 수 없어 마치 제정신을 잃은 사람같았다.

언제나처럼 바로 방 밖의 계단 입구에는 손님들이 모여서 소란스럽게 무언가 이야기를 나누고 있었다. 그 커다란 소리의 조선어가 그의 방안에까지도 확실하게 들려 왔다. 제일선에서 군대를 상대로 시계 수선이라든가 매매를 하고 있다고 자신을 소개한 남자가 지나에 새로이 건너온 사람들에게 조금 과장을 섞어서 유창하게 설명을 하고 있었다.

"아무튼 황군이 공격한 후에 하루의 여유도 두지 않고 몰려가는 것은 바로 우리들입죠. 맨 먼저 물품이나 식료품을 공급하기 위해 가는 상인이 그렇고 또한 주보(酒保)[21]라든가 상점으로 뛰어 가는 것도 이쪽이 선두있습죠. 그래서 병사들과 우리들이 겨우 어떻게든 살아가게 되면 바로 이어서 잔뜩 돈을 가진 사람들이 들어와서 가게를 크게 차리게 되는 것입지요."

현은 아직 확실히 꿈과 환상의 세계에서 깨어나지 않는 모습으로 나와 사내들이 서로 이야기 하고 있는 옆에 가까이 다가가서 멍하니 서 있었다. 말하고 있는 시계상인은 생각했던 것보다 젊은 남자로 민첩하면서도 순진한 얼굴을 하고 있었다. 그 주변에 서너 명의 초라한 행색의

---

21) '군매점(軍賣店)'의 구칭.

사내들이 의자에 앉아서 떨떠름한 얼굴로 그의 설명을 듣고 있었다. 젊은 남자는 수상쩍은 듯이 흘끗 현의 얼굴을 올려다 본 뒤 또 무언가 질문에 답한 후 이야기하기 시작했다.

"어쨌든 이 전쟁의 완수를 위해 고향 사람들이 상상 이상으로 진력을 다하고 있는 것만은 틀림없는 사실입죠. 그러나 아침에 점령하면 그날 저녁에는 벌써 밀려와 가게를 내는 건 우리 동료들인데, 통역이나 운전을 하기도 하고, 도망간 주민을 모아 오기도 하고, 그 밖에도 여러 분야에서 애를 씁죠. 군인처럼 생명을 안중에 두지 않는 용감함이 없으면 전선에 따라갈 수 없다 이겁니다. 당신들도 그 각오가 없으면 좀처럼 해나갈 수가 없을 거란 말입죠. 장사치를 하려고 해도 자금이 필요하니까 좀처럼 안 될 일입죠. 자동차 운전이라도 가능하다면, 특별히 지원해서 고용이 되는 경우도 없진 않습니다만. 그러고 보니 통역에는 반도 출신이 아주 많습죠. 제가 전선에서 통역하는 남자에게 물어봤습니다만, 포로를 조사해 보니, 그 중에는 지나 중학교 때의 친구가 몇 명이나 나왔다고 하지 뭡니까. 이상한 기분이 들었을 게 틀림없습죠."

현은 이 남자의 이야기를 멍하니 들으며 조카 무수군의 일이 머리에 떠올랐다. 만약 이 남자가 그를 만난 적은 없을까. 누군가가 시계 쪽은 돈을 버느냐고 물었다.

"물론 그야 벌자고 수단을 가리지 않고 덤벼들면 얼마든지 벌지 않겠습니까. 어쨌든 병사들은 전쟁 중에 즐거움이 많지 않으니. 그래서 무엇보다도 필수품인 시계 취미가 유행을 하고 있습죠. 서로 교환해 차기도 하고 싼 것을 두세 개 사 보기도 하고 팔에 차는 것은 있으니까 이번에는 늘어뜨리는 것으로 하겠다는 식입니다. 게다가 전쟁이라도 벌였다 손 치자면 시계도 망가지게 됩지요. 유리가 깨졌거나 바늘이 튄다던가 회전축이 휜다던가 물이 들어갔다든가. 그때마다 바로 수선을 하러 옵니다. 그러나 수선이 끝나기도 전에 출근을 해야 하는 경우도 있습죠. 그러면 마침 있는 다른 것으로 바꾸어 가게 된다는 겁니다. 하지만 보통

때와는 다르게 격전이 예상될 때는 출근 명령 뒤에 반드시 몇 명인가 찾아 와서 이것을 맡아주시게나 혹 받으러 못 올지도 모르오 라고 말하며 웃곤 합니다. 그럴 때는 참을 수 없을 정도로 슬퍼집니다만 넌지시 고향을 물어 봅지요. 그리고 살짝 적어 둔다 아닙니까. 역시 전투가 끝나도 받으러 오지 않는 사람이 있습죠. 전사를 한 거죠. 이번에 북경에 나온 것도 시계 열여섯 개 정도를 특무 기관에 갖다 주기 위해서입니다. 저야 돈을 번다기보다는 이제는 병사들의 시계를 다룬다는 헌신적인 기분으로 어디까지라도 쫓아갈 생각입니다……."

"당신은 통역하는 윤무수라는 사람을 알고 있습니까."라고 현은 갑자기 자신도 깜짝 놀랄만한 목소리로 물어보았다. 놀란 눈을 한 사내들이 그 쪽을 바라보았다. 시계상 남자는 마치 겁에 질린 듯한 얼굴이 되어, 허겁지겁 머리를 흔들어 보였다. 그래서 현은 여전히 환상을 쫓는 듯한 기분으로 휘청 휘청거리며 계단을 내려와 숙소로 돌아왔다. 밤의 대책란 거리는 역시 혼잡이 더해져, 지나복 차림 사내들이 우르로 몰려나와 지나갔고, 젊은 여자들이 주저앉아 있기도 하고, 차부가 아우성대며 서로 지나쳐가고, 거리의 네 귀퉁이에는 순경이 서서 무언가 큰 소리로 외쳐댔다. 그는 들 뜬 발걸음으로 연관(煙館)[22]이라든가 토약점(土葯店)[23]이라든가 금색 문자 간판을 건 호화로운 가게가 나란히 늘어서 있는 화류계에서 가까운 한 유곽으로 나왔다. 이 근처는 특히 밝은데다가 가게 앞에는 몇 채나 되는 자가용이 서 있어 사람이 여간 붐비는 것이 아니었다. 게다가 골목의 입구 등에는 포장마차가 몇 개나 나와 있었고, 아세틸린 램프가 팔랑팔랑 흔들리는 광채 아래에서는 쿨리[苦力][24]와 차부 그리고 빈민들이 쪼그리고 앉거나 서서 돼지고기 국물을 마시고 있기도

22) 담뱃 가게.
23) 아편 밀매점.
24) 제2차 세계대전 전후에 중국과 인도의 노동자를 말한다. 특히 짐꾼, 광부, 인력거꾼 등을 가리켜 외국인이 부르던 호칭이다. 인간노동력으로서 매매된 점에서는 노예와 비슷한 신분이었다. 2차세계대전이 끝난 후 폐지된다.

했다. 여기서 누님이 있는 곳은 매우 멀리 떨어져 있는 듯한 느낌이 들었다. 어찌해서라도 그는 가야를 다시 만나고 싶었는지 자연스레 발이 그 쪽으로 향해 갔다. 그러나 그는 가끔씩 깜짝 놀라서 돼지고기 국물을 마시고 있는 부랑민 모습의 남자들을 흠칫흠칫 엿보기도 했다. 혹 이것이 자신의 매형의 영락한 모습이 아닐 것인가 하고, 아주 먼 옛날 어렸을 적 기억을 되살려 보았다. 그러나 바로 실망하고 그는 다시 슬픈 듯이 그곳을 떠났다. 이렇게 해서 한 시간 남짓 그 주변을 떠돌 듯이 걸어 보았으나, 결국 어떻게 찾아가면 좋을지 알 수 없어서 할 수 없이 또 인력거를 타기로 했다.

6

현은 주인 가야의 남동생이니 아무것도 무서워할 것이 없다는 듯 날카로운 목소리로 고함을 질러 하인에게 문을 열게 하여, 안으로 들어갔으나 누님은 없는 것 같았다. 그녀의 방은 컴컴했고 첫날 그가 묵은 방에도 불은 켜져 있지 않았다. 달도 없고 정원조차 어두웠다. 어디에 갔는지 물어도 하인은 대답을 하지 못했다. 그때 안방의 처마 밑에서 검고 큰 그림자가 불쑥 나타났다

"이런 이런 또 어처구니없이 길이 서로 엇갈렸군 그래. 난 지난번에 만난 옥상열이오. 어쨌든 자네와 만나서 이 방랑자도 조금은 기뻤다오. 그런데 가야 누님은 분명히 자네 숙소에 가신 것으로 알고 있네만."이라고 말하며 그는 현 앞에 짐짓 큰 몸집으로 막아서며 말했다.

"이현씨! 놀라지 마시고 듣게나. 잘은 모르겠소만 모친께서 위독하시다는 전보가 와 있다네."

"전보가 와 있다고요?"

현은 나락으로 뚝 떨어지는 듯한 기분으로 들었고, 그의 입 주위에는 가벼운 경련이 일고 있었다.

"그렇군요. 그래서 누님은 내가 있는 곳으로 가셨단 말이군요. 정말 대단히 감사합니다."

"한 시간쯤 전일 것이라네. 그런데 자네는 오늘 밤 즉시 떠나지 않으면 안 되겠군."

사내는 왠지 험악한 형상으로 그의 얼굴을 내려다보았다.

"……."

"자넨 모처럼 이 북경 땅까지 와서 장산 선생님도 만나지 않고 돌아가도 괜찮다는 말인가? 아니 물론 모친의 일도 걱정이 되겠지만……. 하긴 한번쯤은 어디선가 만나 뵈었는지도 모르겠군."

사내는 어색하면서도 고집스런 얼굴을 하고 웃었다.

"당치도 않아요. 만나고 싶어도 어떻게 해서 만날 수 있다는 말입니까. 무엇보다 어디에 있는지도 모르니."

"아까 누님과 어디에 갔다 오셨소?"

"북해공원에 갔었습니다. 단지 구경만 했습니다만."이라고 현은 조금 당황스러운 마음을 꾹 참으면서 어깨를 으쓱해 보였다.

"가야 누님이 대단히 흥분해 있었던 것 같네만……."

"그것은 저는 모르는 일이지요. 설마 저를 심문하실 작정은 아니시겠죠?"

"허허허 내가 자네를 말인가……."

옥상열은 신기한 우물거리는 소리를 내며 웃었다.

"자네도 예외 없이 이곳 사람들처럼 공포증에 사로 잡혀 가고 있구만. 그러나 나까지도 엉뚱한 방향으로 나가서는 안 되겠지. 나는 윤장산 선생님의 제자이며 또한 가야누님에게는 평생 갚지 못할 은혜를 입고 있다네. 그렇다면 한 가지 내가 어떤 사내인지 보여 줘도 되겠나? …자 이쪽으로 따라 오시게나!"

옥상열은 그렇게 명령하듯이 외치고 뒤도 돌아보지 않고 성큼성큼 누님 방으로 향해 나아가기 시작했다. 현은 알 수 없는 불안과 공포에 눌려 마치 무언가에 홀린 듯이 그의 뒤를 따라 갔다. 사내는 흙발 채로 방안에 들어가서 손을 천정에 대더니 전등을 쥐고 스위치를 비틀었다. 저촉의 전광에 비친 방은 묘하게 우울하고 어두웠다. 게다가 그것은 작은 온돌방으로 가재도구라고 할 만한 것도 없었으며, 한 쪽 구석에 작은 책상이 놓여 있고 그 위에 예전부터 있었던 흰색 약봉지가 오륙십 개 정도 늘어서 있을 뿐이었다. 그 옆에는 싸구려 양절연초(兩切煙草)를 정중앙에서 두 개로 자른 무수히 많은 연초가 천역덕스럽게 나뒹굴고 있었다. 현은 깜짝 놀랐다. 그는 무조건 그 하얀 약봉지와 함께 연초(煙草)를 두 개 정도 싸서 그것을 현의 코끝에 들이대고 괴로운 듯이 그의 얼굴을 째려보았다.

“자 아시겠는가. 이게 뭐라고 생각하시나? 인간의 피를 빨아먹는 모르핀이라네. 이 연초에 그것을 붙여서 피우는 것이지. 합계 겨우 ××전이라네. 아시겠는가? 겨우 ××전이란 말이지. 그러나 이것이 몇 십 몇 백 원 분의 피를 빨아 먹는다네. 나는 제대로 이 사실을 알고 있다네. 이래도 내가 밀고자인가. 지금까지 어디에도 밀고하지 않고 있네만, 혹 그래도 나를 믿지 못하겠다고 한다면.”

사내는 그렇게 말하더니 전등을 끄고 몸을 돌렸다.

“이쪽으로 따라 오는 게 좋겠소 이쪽으로!”

이번에는 현을 데리고 그 방에서 사선 방향의 하인이 있는 동으로 가는가 싶더니 갑자기 그 부엌의 문을 열었다.

“자 보시게나!”

숨이 콱 막힐 듯한 비린내 나는 연기 냄새가 어둠 속에서 코를 찔러왔다. 사내는 현을 어두운 헛간으로 끌어당김과 동시에 방 입구에 매달려 있는 마포 같은 것을 걷어치우듯이 하면서 뒤를 한번 휙 둘러보면서 다그쳤다.

"어떠신가. 어디 들어가 보시려나! 이래도 나를 못 믿으시겠는가. 으음? 이 안에는 지금 지나인들이 피와 같은 연기를 내뱉고 있단 말이네!"

현은 엿볼 정도의 용기도 없었고, 그는 선채로 숨이 막혀 버릴 것 같았다.

"우리들은, 아니 가야 누님은 이런 무서운 생활을 하고 있다네. 흠, 이게 도대체 어찌된 일이란 말인가?"

그때 문을 두드리는 소리가 작게 달그락거리며 들렸기 때문에 사내는 말을 멈추고 귀를 귀울였다. 가야가 돌아온 것이 아닐까 불안해진 것이었다. 그래서 그는 문을 열고 나오자 하인의 뒤에서 현의 옷자락을 잡아당기면서 정원 앞으로 나왔다. 밤에 보더라도 더러운 누더기를 걸친 한 노인이 기듯이 들어와 지팡이를 짚으면서 부엌 쪽으로 다가갔다. 아니 저런 하며 현은 눈을 크게 떴다. 그것이 누구인지 생각났기 때문이다. 그는 그저께 밤늦게 이 집을 방문해 왔을 때 문 앞 근처 쓰레기더미 옆에 쭈그리고 앉은 채, 고려인의 집이 저기라고 손을 들어 차부에게 가르쳐 주었던 걸식 노인임에 틀림없었다.

"그렇군. 또 한 사람의 희생양이 기어들어온 것이 아니겠는가. 음 이것을 우리가 빈정거리며 웃음으로 지나쳐 버릴 수 있겠는가."라고 옥상열은 다시 과격한 어조로 말했다.

"이현 씨. 우리들에게도 생활적으로나 정신적으로 다시 생각해 봐야 할 때가 온 게 아닌가 생각하네. 이 전쟁도 언제가 끝날 것이 틀림없으니. 우리들도 적극적으로 지나 대륙의 명랑화를 위해 최선을 다해야 하지 않겠는가. 지나와 만주에 걸쳐 사는 수백만의 동포들을 위해서라도 하루 빨리 밝은 시대가 와서 그들이 행복하고 명랑하게 살아갈 수 있도록 하지 않으면 안 될 것이네. 그것이 또한 같은 고향 사람들 모두를 위한 일이기도 하다네. 나는 어떻게 해서든 선생님을 만나서 이 일을 말씀드리고 싶다네. 마지막에는 지도자 윤 선생님의 부인까지 이러한 일을 하지 않으면 안 된다고 한다면, 나는 그 혁명운동에 피로 된 침을 뱉고 싶다네. 피로 된 침을……."

현은 눈에 눈물을 가득 담고 가만히 옥상열의 얼굴을 바라보았다. 이 사내의 열렬한 언설에 압도되었다고 하기 보다는 그것을 듣고 매형이나 누님의 구제를 위해서 지금 이곳 북경 땅에 서서 활동할 수 없다는 사실이 가슴 아팠다. 우선 위독한 어머니 곁으로 돌아가지 않으면 안 된다. 그러나 돌아가서 나는 누님 부부의 일을 뭐라고 설명하면 좋을까. 아아 과연 어머니는 아직 숨을 거두시지 않고 신음하면서 내가 돌아오는 것을 기다리고 계실 것인가. 어쨌든 처음부터 다시 한 번 재출발하여 안정을 되찾아 누님 부부에게 손을 내밀어 줘야지 하고 굳은 결심을 가슴에 품었다. 사내의 얼굴도 이상하게 굳어져 있었고 살벌한 빛을 발하고 있던 눈매에도 눈물이 어려 있었다.

"그런데 자넨 역시 오늘밤 출발 하실 것인가?"

그리고 현이 축 늘어져서 슬프게 끄덕이는 것을 보고 그는 갑자기 격하게 다가왔다.

"내겐 한 가지 소망이 있네만, 들어 주시겠나."

"어떤 것인지요?"라고 현은 조금 압도되어 뒤로 물러나듯 물었다.

"제가 할 수 있는 일이라면……."

"내 고향, 평안남도 강서(江西)에 가족이 살고 있다네. 고향을 떠나올 때 아직 말도 하지 못했던 내 아들놈이 지금은 결혼을 했다는 소식을 소문으로 들었다네. 자네에게 전보가 왔다는 소식을 듣고 있는 돈을 모두 털어 값싼 구두 두 켤레를 샀다네. 하나는 아들에게 또 하나는 며느리에게. 그리고 처에게는 돋보기안경을 하나 샀다네. 수정옥으로 된 것이지. 전해 주실 수 있으시겠는가."

현은 이 노혁명가의 동정을 자아내는 상당히 슬픈 감정에 감동받아 손을 내밀었다.

그러자 사내는 그 손을 꼭 잡았다.

"고맙네, 고마우이. 실은 나에게도 정말로 강렬한 향수(鄕愁)가 있다네.

얼마나 변했는지 고향에 한번 가보고 싶네. 그러나 그것이 평생 나에게는 불가능하다네. 저 물건들은 자네가 하룻밤 잤던 침대 위에 올려놓았다네."

마침 그때 돌아온 가야가 하인을 부르면서 문을 두드렸기 때문에 옥상열은 조금 당황하며 두 번 정도 강하게 현의 손을 잡아 흔들었다.

"그리고 한 가지 더 전해주겠네. 무수군의 일은 안심하시게나. 가야 누님에게 부탁 받아 조사해 보았네만 지금 ××전선에서 아주 좋은 전공(戰功)을 세우고 있다고 하네."

그렇게 말하자마자, 그는 문을 열고 숨차게 뛰어 들어 온 가야와 스쳐 지나가듯 그림자처럼 사라져갔다. 현은 여전히 그곳에 서있었다. 가야도 현의 모습을 보고 움찔 잠시 멈춰 섰으나 하인이 거처하는 동의 문이 열려 있는 것을 보고 모든 것이 동생에게 알려진 것을 알아차렸다. 마음속으로 치밀어 오르는 울분이 갑자기 폭발한 듯 눈물과 슬픔이 솟구쳐 올라왔다. 그녀는 손으로 얼굴을 가리고 큰 소리로 오열하면서, 침대가 있는 방으로 뛰어 들어갔다. 현은 휘청거리듯 그 뒤를 따라 들어갔다. 그녀는 침대 위에 엎드려 격한 오열의 소리를 멈추지 않았다. 엷은 달빛이 단 하나의 창문으로부터 새어 들어왔다. 그녀의 어깨 주변이 희미하게 비쳐져 어렴풋이 흔들렸다. 그는 그 뒤에 바짝 붙어서 가만히 눈을 감았으나 숨소리는 점점 더 거칠어지고 있었다. 그는 어깨 위에 가만히 손을 올렸다.

"누님 전보가 온 것도 알고 있습니다. 그리고 모든 것을 알고 있습니다."

그 목소리는 눈물에 젖어 떨고 있었다.

"그러나 저는 이렇게 아무렇지도 않지 않습니까. 누님 진정 하십시오."

"아무 말도 하지 말아라. 아무 말도 하지 마. 단지 고향에 돌아가서 어머니께 이 가야 부부와 손자 무수는 이미 북경에는 없었다고 말해 주렴.…… 그리고 어딘가에 무사히 살고 있을 것이라고.”

“누님은 앞으로도 이런 생활을…….”

그는 여기에서 자신의 격한 가슴의 두근거림을 억누르지 못하고 외쳤다.

“누님 부탁이에요. 그만 두시죠. 이런 생활은!”

“나보고 아사(餓死)하라고 하는 것이니?”

그녀는 경련을 일으킨 듯이 떨면서 외쳤다.

“아사하는 것보다도 더 나쁜 일일지도 몰라요. 이 일은 우선 하느님이 허락해 주시지 않을 겁니다.”

“무슨 말을 하는 거야.”라고 귀청을 찢는 듯한 소리를 쥐어 짜내며, 가야가 벌떡 몸을 일으켜 뒤돌아보았다. 그리고 깔깔거리며 히스테릭하게 웃기 시작했다. 제멋대로 흐트러진 머리칼 사이로 핏빛을 띠는 두 눈이 현을 움츠러들게 했다.

“가련한 여인들의 손이 자기 자식들을 삶았으니 내 백성의 딸이 멸망할 때에 그 자식들이 그들의 음식이 되었다는 것은 알바 아니야. 이 쓰레기 같은 자들을 어찌 한다고 하여도…….”[25)]

그러나 그녀는 이미 몹시 기력을 잃어버린 듯, 그 장소에 다시 쓰러져서 오열을 계속했다.

“아…그렇지만 현아, 부탁할게. 우리들을 위해서 기도해 다오, 기도해 다오. 어머니에게도 그렇게 부탁해 주거라…….”

“누님, 진정 하세요. 진정 하십시오!”라고 현은 가야를 뒤에서 끌어안고 떨쳐버리기 힘든 슬픔에 떨었다. 다시 어젯밤과 같은 무서운 발작이 그녀를 덮치지 않기를 마음속으로 빌면서.

“결코 절망 따위를 하셔서는 아니 됩니다. 지금부터도 늦지 않아요. 누님과 매형이 재생하는 길을 생각해 보아야 하지 않겠습니까. 내가 너

25) 구약성경 예레미야애가 4장 10절.

의 곁에 있어, 너를 구해주리라. ……그래도 너희만은 멸하지 않으리라. 나는 너희가 죄 없다고 하지 않으나, 그래서 법대로 벌하였다[26] 라는 말씀도 있지 않습니까. 누님, 우선 하느님께 구원을 받을 수 있도록 몸과 마음을 새롭게 하여, 빛이 넘치는 새로운 생활을 하셔야 하지 않겠습니까. 결코 지금부터라도 늦지 않아요…… 저는 역시 오늘밤 안으로는 떠나야 할 것 같습니다. 그러나 반드시 다시 돌아오겠습니다. 저도 좀 더 숙고하여 생각을 정리한 후 다시 오겠습니다…….”라고 말하고 몸을 일으켜 눈물을 닦으며 옆에 놓여 있는 옥상열로부터 부탁 받은 것과 짐꾸러미를 안고, 비틀거리면서 출구 쪽으로 나갔다.

“누님 제가 또 올 때까지 기다려 주십시오. 안녕히 계세요. 그럼 누님 안녕히…….” 그리고 갑자기 생각난 듯 선채로 뒤를 획 돌아보았다. 가야는 가슴이 점점 더 메어지듯이 울고 있었다.

“그런데 누님 저는 누님에게 한 가지 사죄해야 할 일이 있습니다. 평양을 떠날 때 어머니가 누님에게 전해 달라고 삼백 원을 주셨어요. 그러나 저는 누님에게 필요한 것은 돈이 아니라 정신적인 구원이라는 것을 알았습니다. 게다가 지난번 유리창의 어느 가게에 먼지에 뒤덮여 슬픈 듯이 움츠리고 있는 오래된 조선의 그릇들을 발견하고 사 버렸습니다. 지금의 저에게는 겨우 그런 일 밖에는 할 수가 없었습니다. 그러나 조금만 기다려 주세요. 반드시 다시 돌아오겠습니다. 안녕히 계세요. 안녕히…….”

현은 그렇게 말하고 정원으로 나왔으나 눈물이 멈추지 않고 계속 흘러 나와 어찌할 바를 몰랐다. 문을 나오자 어두운 길을 쏜살같이 달려 나와 큰길로 나왔다. 인력거를 타고 숙소로 돌아와 빠른 기차를 알아보았으나 부산행을 타려면 한 시간 정도 밖에 여유가 없었기 때문에 서둘러 옛 그릇을 신문지에 싸서 끈으로 묶기 시작했다. 그것들이 서로 호소

26) 구약성경 예레미야애가 30장 11절.

하듯 외치고 있는 것 같은 환청이 들려왔다.

"우리들은 외롭고 약한 것들입니다. 지금까지 얼마나 억눌려서 숨이 막혔는지 모릅니다. 우리들은 역시 우아하고 순정이 가득하며 근심 많은 조선 사람들의 것입니다. 어떻게든 그러한 마음과 눈으로 따뜻하게 지켜줄 사람들이 있는 고향으로 돌아가고 싶습니다. 도와주세요. 데리고 가 주세요."

"그럼 그렇게 하고말고. 그렇게 하고말고. 데리고 가고말고. 너희들은 우리들의 것이다. 분명 우리들의 애정을 필요로 하고 있음에 틀림없어. 그렇고말고. 그렇고말고."라고 현은 왠지 다시 한 번 흘러나오는 눈물을 삼키면서 외쳤다.

"내게는 슬프게도 지금 누님과 매형을 데리고 돌아갈 힘이 없단다. 아 하지만 나는 너희들을 버리지 않을 것이야. 그래 지금부터 우선 너희들과 함께 돌아간다. 돌아가는 것이다!'

그는 차부를 다그쳐서 황급하게 동차참으로 달려갔다. 열한시 기차가 십분 정도 후에 출발하려고 하는 아슬아슬한 때였다. 그래서 개찰구 쪽으로 뛰어들 듯이 달려갔는데, 그는 그 한 발자국 바로 앞에서 갑자기 멈추어 섰다. 마침 그 개찰구에서 지나 복장을 한 가야가 허리를 굽히고 혼자 표를 사고 있는 것이었다. 그것을 보니 앞쪽에 십전 이나 오전 정도에 상당하는 몽강권(蒙疆券)[27]이라든가 법폐(法幣)[28] 만주권(滿洲券)[29] 연은권(聯銀券)[30] 등의 지폐를 여러개 겹쳐서 내고 있었다. 그는 잠시 그 뒤에서 움직이지 않고 서 있었다. 이 돈은 저 아편 소매를 해서 쿨리나 차부, 순경(巡警), 부랑민, 걸식자 등의 피와 함께 착취한 것임에 틀림없었다. 하지만 그는 그것을 거절할 수 없었다. 표를 받아 들자, 누님과 함

27) 서몽고에서 통용되던 지폐.
28) 국법으로 제정된 지폐.
29) 만주정부가 정한 지폐.
30) 은행이 연합해서 발행한 지폐.

께 매와 같이 재빨리 플랫폼으로 뛰어갔다. 그렇게 해서 겨우 마지막 차량에 올라탈 수 있었는데, 그와 동시에 기차는 움직이기 시작했다. 누님은 어두운 가운데 가만히 선채로 움직이지 않고 배웅을 하고 있었다. 그도 마지막 기차 칸의 계단에 서 있었다. 그리고 드디어 멀어져서 보이지 않을 때까지 불꽃같은 눈으로 서로를 바라보고 있었다. 불꽃은 처음에는 서로를 부르며 함께 불타고, 한줄기 광명을 이루려 하고 있었다. 현은 오분 간이나 그렇게 서있었으나 어렴풋한 무엇인가를 느끼면서 마음속으로 중얼거렸다.

"나는 이 표로 돌아간다. 내 체내에도 이 가치 만큼의 지나인의 피가 녹아 들어가 있는 것이다. 이렇게 해서 나는 훌륭한 동아의 한사람, 세계의 한 사람이 되는 것이다. 그렇다. 다시 한 번 누님과 매형을 위해 오리라. 이번에는 누님과 매형차례다."

1938년 5월도 끝나갈 무렵의 일이었다.

『고향(故鄕)』, 甲鳥書林, 1942년 4월

—번역 장영순

천사(天使)

1

오월 어느 날 밤, 변덕스러운 여행객 양(亮)은 훌쩍 경성(京城, 현재의 서울－역자 주) 어느 거리에 나타나서 명산물을 파는 야점(夜店) 앞을 거닐다가 한 가게에서 신라(新羅) 귀족들의 의상을 그립게 하는 우아한 색과 모양을 한 제등(提燈)이 늘어선 것을 보고, 문득 그 날이 음력 사월 팔일 전야(前夜)라는 것을 떠올렸다. 음력 사월 팔일은 말할 것도 없이 석탄제(釋誕際, 석가탄신일－역자 주)이며, 가지각색의 제등은 불교 왕국이었던 그 옛날 장안만호(長安萬戶) 처마마다 장식되어 있었던 것의 흔적이었다.

양은 발걸음을 멈추고 잠시 그것을 찬찬히 보다가 넋을 잃은 듯한 기분으로, "그렇지 석왕사(釋王寺)[1]에 가자"며 저 혼자 중얼거렸다. 그곳에는 경성에서 동쪽으로 고원(高原)을 향해 네다섯 시간 정도 가면 당도하는 거리였다. 그곳이라면 지금도 관등제(觀燈際)가 유명한 만큼 어쩌면 그 옛날 환상의 경계에 빠져들 수 있을지도 모르겠다고 생각했기 때문이다. 그는 요즘 기묘하게도 그러한 동경을 매우 강하게 갖고 있었다.

뒤에서 누군가 등을 두드리는 자가 있다. 뒤돌아보자 젊은 시인 조군

---

1) 함경남도 안변에 있는 태조 이성계가 왕사인 무학자초(無學自超) 대사를 위해 건립한 절.

(曺君)이 담배를 입에 문 채로 빙긋 웃고 있었다. 키가 작은 그는 양 쪽을 얼마간 올려다보면서,

"자네는 아직도 그 옛날 환상을 좇고 있어. 미래 미래야 말로 우리들의 것이라네."

조군은 언제나 같은 대사를 외치면서 양의 옷자락을 잡아끌어서 북새통 속을 헤치고 요란한 재즈가 홍수를 이루고 흘러나오는 종로 뒤편으로 끌어들였다. 조군은 굉장히 뛰어난 천재적인 시인이었지만, 요즘은 왜인지 광인(狂人)과 같이 미래의 꿈속에서 살고 있었다. 그는 아무나 잡기만 하면 이틀이고 사흘이고 놓아주지 않고, 하이네[2]를 설파하고 미래를 논했다. 그는 미래라는 절대적인 고독 가운데서 헤어 나오지 못하고 있는 것인지도 모르겠다. 오늘 밤은 친우(親友)를 붙잡았기 때문에 유독 기쁜 것이 틀림없었다.

"하이네도 말하고 있는 것처럼, 스페인의 햇빛, 스코틀랜드의 안개, 이탈리아의 검(劍), 그러한 것 속에서 새로운 뮤즈는 존재하지 못하네. 자, 미래에 대한 아름다운 꿈을 위해 마시세!"

시인은 소리치면서 술잔을 들었다. 그리고 나서는,

"이번에는 비루[3]를 위해!"

"니혼슈(日本酒)[4]를 위해!"

"약주(藥酒)를 위해!"

"석왕사? 좋지, 석왕사를 위해!"

라는 식이 돼서, 결국 밤을 새고 끝내는 어깨를 걸고서 갈지자 걸음으로 그의 구중중한 하숙방에 기어들어갔다. 그래서 부처님을 칭송하는 관등

---

2) 하인리히 하이네(Heinrich Heine, 1797～1856). 독일의 시인, 평론가. 김사량은 동경제국대학 독문과에서 하인리히 하이네로 졸업논문(1939년)을 썼다.

3) 맥주를 뜻한다. 비루(ビル) beer의 일본식 발음. 일제시대에 비루로 많이 쓰였기 때문에 맥주로의 번역을 피한다.

4) 일본의 전통술을 가리킨다. 이 또한 당시의 문화를 읽는다는 의미에서 일본주로의 번역을 피한다.

제에는 참가할 수 없었다. 물론 양은 몇 번이고 이 시인에게 석왕사에 갈 것을 주장했었다. 그러자 시인은 "땡중의 절이라면 경성 근처 어디에라도 있어네. 뭐야 석왕사에만 있는 것이 아니지"라고 말하며 꾸짖었다. 양은 술이 취하면 지리멸렬(支離滅裂)해지는 성질이라서 아무리 핑계를 둘러대 보려 해도, 좋은 생각이 떠오르지 않았다. 그러던 차에 자신도 점점 뭐가 뭔지 모르게 돼 횡설수설 했다. 시인은 측은하다는 듯이 웃고서는 갑자기 고쳐 앉더니 자신을 갖고 말했다. 석왕사 관등제는 삼일 내내 이어질게 틀림없다. 아니 정말로 삼일동안이나 계속될 것이다. 그 마지막 날에 가면 된다. 지금은 석왕사를 위해서, 부처님을 위해서 퍼마셔야 하지 않겠는가. 그리하여 그 다음 날도, 그 다음 다음 날도 빠져나오지 못하고, 미래를 위해 눈물을 흘리고 또한 이유를 알 수 없는 기쁨에 목이 메어서는 부르짖었다.

양은 음력 사월 십일 낮이 되어서야, 겨우 시인 옆에서 침상을 몰래 빠져나와 경성역에서 경원선(京元線)[5] 열차에 올라탔다. 조선의 봄날은 저녁이 늦게 찾아온다. 오후 여섯시에 석왕사 역에 도착했으나, 사방에 보이는 연산(連山)에는 여전히 태양이 빛나고 있었다. 역앞 광장에 내려섰을 때, 양은 돌연 놀란듯 자신이 왜 그렇게 이곳에 오고 싶어했는지를 알 수 있었다. 자동차로 십분 정도 달려서 서산(西山) 소나무 숲에 둘러싸인 경내 근처까지 들어가서야 확실히 그는 그것을 기억해 낼 수 있었다. 사과밭이 구불구불 이어져있고, 흰 꽃들이 아련한 도홍색(桃紅色)을 줄기부분과 꽃봉우리에 물들이고, 희미하게 천진난만한 미소를 푸르고 맑게 개인 하늘에 띄우고 있었다. 그는 그 밭에 조용히 자동차를 세우고 내렸다.

마침 일곱 시 전이라서 곧잘 이 주위를 산책하던 기억이 생생하게 떠올랐다. 그때는 이 사과나무를 심은지 얼마 되지 않아서, 아름다운 꽃들

5) 경성에서 원산 간의 기차선. 1914년에 개통.

이 이렇게 피어서 뽐내고 있지는 않았다. 게다가 그때는 양 혼자서 보내는 소요(逍遙)가 아니라, 병우(病友)인 홍군(洪君)과 그의 어린 여동생, 이쁜이도 함께였다. 같은 대학 동창으로 가슴에 병을 얻어서 이 곳에 요양차 왔던 홍군을 양이 봄방학을 틈타서 병문안 했었을 때의 일이었다.

친구도 많기야 했지만 양은 조군을 비롯해서 홍군과는 특히 마음을 허락하는 사이였다. 게다가 양과 홍군 두 사람은 각기 대조적인 성격을 갖고 있으면서도 우애를 다지고 있었다. 양은 어떤 편인가 하면 변덕스러우면서도 광신적인 구석이 있었고, 홍군은 오히려 착실하고 사색적인 성격이었다. 하지만 이 둘의 관계는 서로에 대한 존경이 있었기에 가능했다고 하겠으나, 한때를 풍미했던 사상적 유대로 점점 더 강렬하게 맺어져 있었다.

그런데 그 사상이 퇴조(退潮)하기 시작했을 때, 홍군은 가슴에 병을 앓고 대학을 그만두고 고향으로 돌아가서 근처에 있는 석왕사에서 요양을 한 것이었다. 칠년 전 그가 병문안을 갔을 때 홍군은 전혀 요양의 효과가 없는 듯, 목덜미나 팔뚝 쪽이 눈에 보일 정도로 야위어서 홀쭉해져 있었다. 하지만 변함없이 마음가짐은 확고하여 가슴을 괴롭히는 사색생활을 멈추지 못하고 의학서까지 섭렵하고 있었다. 기백과 과학의 힘으로 자신의 몸을 원래대로 회복하고자 하는데도, 오히려 점점 더 약해져만 가는 모습이 한층 가련하여 참을 수 없었다. 그 무렵 둘은 이쁜이를 데리고 곧잘 과수원까지 내려가서 마을 사람들과 담소를 나누고 농민들의 농사일을 지켜보거나, 부근의 어르신들이 활을 쏘는 것을 보다가 돌아왔다.

그러한 홍군과 삼년 동안 줄곧 소식이 끊겼다. 곧잘 그는 양이 쓴 글에 대해 신랄한 직언이나 비판을 보내와서 그를 기쁘게 또는 슬프게 만들고는 했다. 그는 어떤 의미에서는 육체적인 것뿐만이 아니라, 정신적으로도 어지러울 정도로 진전해가는 시세(時勢)를 따라 살 수 없게 된 것인지도 모르겠다. 그러했기에 그는 한층 발광하듯 때때로 양에게 분한 투의 편지마저 들이대었다. 하지만 그러한 풍의 편지도 마지막이었다. 그 후 그는 완전히 돌변해서 환상적이 되었고 종교적으로 보일 정도의 애처로운 호소를 할 정도로 변해갔다. 양은 홍군이 정신적으로 강해지기는 커녕, 점점 더 절망적으로 돼가는 것을 슬퍼했다. 그에게 몇 번이고 진심을 털어놓고, 새로운 삶의 방식을 타개하자고 하였다. 그럼에도 불구하고 양이 보낸 수많은 편지는 그 후에 공중으로 화살처럼 날아가서는 단 한 장의 답장도 돌아오지 않았다. 양은 홍군이 심술을 부리고 있는 것은 아닌가 하고 차제에 기회가 되면 다시 찾아가서 허심탄회하게 의견을 나누고 병문안을 겸해서 가야겠다고 항시 생각하고 있었다.

그가 종로 야점(夜店) 앞에서 석왕사로 가야겠다고 생각한 것도 실은 홍군을 찾아가야겠다는 지금까지의 잠재의식이 그때 불쑥 나타났기 때문이었다. 음력 사월 팔일 밤 관등제는 물론이거니와 또 그곳에 아직 홍군이 있을지도 모른다는 생각이 은근히 작용하고 있었던 것이다.

2

예전에는 이 사과밭의 소로(小路)를 산보할 때면 홍군과 그는 이쁜이를 데리고, 나무순이 부풀어 오른 잔가지를 내려 보면서 걸었다. 이쁜이는 오빠인 홍군과는 닮지 않았고 소년처럼 건강했으며 잘 익은 사과처럼 팽팽해서 터질 것 같았다. 아직 소학생일 때로, 그녀는 오빠를 가장 좋아했다. 그래서 무슨 일이 있어도 방학 때마다 왔다. 병간호를 하기보다는 오히려 산야를 뛰어다니고 숲속에서 철쭉을 꺾으러 헤매고 다녀서, 외로운 오빠를 미소 짓게 하고 걱정시키고 놀라게 하거나 했다. 그리고는 완전히 산속에 사는 여자애처럼 돼서 학교에도 돌아가려 하지 않았다.

그녀는 꼭 어린 사과나무와 비슷한 키로 매우 빨리 나무 그늘에 모습을 숨기거나 해서 둘을 당혹스럽게 만들었다.

시인인 조군은 언젠가 와서는 그녀와 홍군에 대해서 다음과 같이 읊었다.

심산에 선인(仙人) 살아
사슴과 장난친다.

칠년이 지나는 동안 사과나무는 이제 수풀처럼 무성해졌다. 홍군도 사과나무와 같이 몰라볼 정도로 건강해져 있고, 이쁜이는 또한 이 사과꽃 처럼 아름다운 어엿한 아가씨로 성장해 있을 지도 모르겠다고 생각했다. 양은 걷잡을 수 없는 추상과 감개에 빠져들면서, 오두막 옆을 걸어서 지나갔다. 그때 소나무 숲 참배길(參拜路) 입구 쪽에서, 사람들의 환성이 터져 나왔다. 역시 관등제는 오늘까지 계속되고 있는 것인가. 아직 밤도 되지 않은 때부터, 사전 행사로 흥을 돋우고 있는 것이리라. 도중에 사과나무 아래에 웅크리고 앉아서 풀을 뽑고 있는 노파와 만났기 때문에 그에 대해 물어보았다.

"오늘은 역시 관등제입니까."

"아니요."

그녀는 고개도 들지 않고 무뚝뚝하게 대답했다.

"하지만, 저 멀리서 시끌벅적 한 걸요. 들어 보시죠 저 환성을……."

"관등제는 사월 팔일입죠. 오늘은 저 광장에서 씨름과 그네타기 대회가 열립죠."

라고 말하고 일어서는 그녀를, 양은 놀란 듯한 눈초리로 물끄러미 지켜보았다. 눈앞에는 칠년 동안 보지 못했던 노추(老醜)해지기는 했지만 예전부터 오두막을 지키고 있던 노파가 틀림없었다. 노파도 의아한 듯한 표정을 지었다.

"할멈, 벌써 나를 잊어버린 거요. 칠년 전부터 이곳에 요양차 왔던 홍군의 친구입니다. 자주 놀러 왔었잖습니까. 언젠가 홍군의 누이동생 이쁜이가 사과나무를 꺽어서 몹시 노하시지 않았습니까."

"어라, 정말 도련님이셨군요. 오늘 있는 그네 대회에도 그 이쁜이가 와 있습죠. 항상 여기로 와서 일등을 하고 갑니다만……."이라고 중얼거리면서도 슬픈 듯이 얼굴표정이 어두워졌다.

"그 이쁜이가……."

양은 갑자기 뭔지 모르게 마음이 들뜨는 것을 느끼면서, 그와 동시에 또한 뭔지 모를 불안한 기분이 들어서,

"그래, 지금도 남매가 함께 입니까?"

"무슨 소리를 하시는 겁니까. 삼년 전에 그 분은 절간 방에서 돌아갔는걸요. 좋은 사람이었는데……."

그녀는 상의(上衣) 소매 자락으로 눈물을 훔쳤다.

"마침 그게 사월 팔일 밤이라서 도련님은 불교신자들과 마을 사람들이 관등제로 시끌벅적하던 밤중에 혼자서 돌아갔지요. 이쁜이가 한밤중에 들썩거리며 돌아와 보자 도련님이 좀처럼 볼 수 없었던 웃는 얼굴로 자고 있던 것이 아닙니까. 그래서 이쁜이도 기뻐하며, 오라버니, 뭐가 그리 기쁘셔요 꿈이라도 꾸셔요 라고 말하며 흔들어 깨웠지만 이미 온몸이 굳어져 있던 게지 뭡니까."

"……."

"관등제 다음날부터 이틀간은 씨름과 여자들의 그네뛰기 대회로 왁자지껄한데다가, 정월과 단오에도. ……도련님이 죽고 나서 매년 그네뛰기 대회가 있을 때마다, 이쁜이가 와서는 그네를 타는 겁니다. 그게 좀처럼 보기 힘든 그네 솜씨지 뭡니까."

양은 비견할 수 없는 슬픔과 감상(感傷)으로 줄곧 아무 말도 할 수 없는 상태였다. 그렇게 기가 세던 홍군도 결국에는 견디지 못하고, 쓸쓸한 산사 절방에서 기쁨과 환성에 넘친 밤에 도대체 어떠한 법열(法悅) 가운

데 죽었던 것인가. 또다시 왁자지껄한 사람들의 술렁거리는 소리가 들려왔다.

그는 노파에게 작별을 고하고 일단 가까운 길을 빠져나와 소나무 숲으로 들어가 참배로(參拜路)에 접어들자 걸음을 서둘러 절을 향해갔다. 단 한 번만이라도 홍군이 죽은 방이라도 확인하고, 조금 상세하게 절간의 주인장에게라도 그의 죽음이 어떠했는지를 듣고 싶었던 것이다.

하늘을 가리는 소나무 숲 사이를 2킬로미터 정도 오르자 안쪽에 커다란 고찰(古刹)이 어렴풋하게 쓸쓸히 늘어서 있었다. 경내 입구 근처 계천을 작은 다리로 건너간 곳에 예전 절방은 상수리나무 줄기에 가려진채 있었다. 뜰 앞에는 흰색이 만발한 매화가 어우러져 피어있고, 철쭉 화총(花叢)[6]이 홍설(紅雪)처럼 길게 끼어있었다. 그는 예전에 홍군이 지냈던 가장자리 방 쪽을 흘끗 들여다보았다. 한 젊은 소복차림의 여인이 누운 채로 백합처럼 손에 책을 받치고 읽고 있는 것이 문발을 통해서 보였다. 그 외의 방은 쥐죽은 듯이 사람 그림자도 보이지 않았다. 주인장을 불러보았다. 작년부터 주인장이 바뀌었고 지금 씨름을 보러 갔다고 집지키는 소년이 대답했다. 홍군에 대해서는 알 리가 없었다.

점차로 어두컴컴해지기 시작해서 솔바람은 조용히 밤하늘에 속삭이는 구슬픈 황혼이었다. 양은 그곳에 가방을 맡기고 경내로 들어가서 만월루(滿月樓)에 올랐다. 달을 보며 비탄에 잠기기에는 아직 이른 시간이었다. 난간에 기대서 가만히 앉아있자니, 정밀(靜謐)이 퍼져가고 때때로 숲속 나뭇가지에서 둥우리를 부드럽게 하는 새소리가 들려오고는 하였다. 어두컴컴한 당우(堂宇) 안을 둘러보자, 침나무와 청전 등에 가양각색의 현판이 방문객들의 이름을 기록한 채 무언(無言)의 말을 주고받고 있었다. 일곱시 전, 그는 홍군과 그곳에 앉아서 보기흉한 그런 현판을 둘러본 적이 있다. 어디 어디 별장(別將) 모모씨, 어디어디 군수 모모씨라고

6) 꽃이 모여 붙어 다발처럼 된 것.

적힌 것들이 무려 수백 개는 될 정도로 많았다. 속인들의 명리에 대한, 혹은 장생에 대한 부질없는 희망이 나타나 있다고 할까. 언제인가 홍군은 무슨 생각을 해서인지 자신은 이러한 현판을 경멸하기는커녕, 오히려 존경하고 있다고 차분하게 말한 적이 있었다. 그 정도로 그는 삶에 대해 끊을 수 없는 미련을 가지고 있었던 것인가. 양은 그러한 생각을 하면서 누각 위를 어슬렁어스렁 걸어보았다. 혹은 이 당우(堂宇) 어딘가에 홍군도 자신의 이름을 새겨 넣고 죽은 것은 아닌가라고 생각하자 참을 수 없을 만큼 슬퍼졌다.

그때 산기슭에서 터져 나오는 환성이 다시 어렴풋하게 들려왔다. 그는 겨우 정신이 돌아와서 '그렇지, 어서 산을 내려가서 이쁜이와 만나야지'라고 자신을 타일렀다. 그녀와 만나면, 홍군이 죽었을 때 어떤 기분이었는지를 알 수 있을 것이다. 노파가 말한 바에 따르면 그는 어쩌면 완전히 해탈한 경지였는지도 모르겠다. 이쁜이는 또한 어떤 기분으로 매해 한 번도 빼먹지 않고 이곳에 와서, 사랑하는 오라비의 영혼이 승천한 하늘을 향해 그네에 올라 하늘로 날아오르는 것인지도 들을 수 있지 않겠는가. 이쁜이도 벌써 이십대일 것이 틀림없다.

그네뛰기 대회는 실로 최고조에 다다르고 있었다. 그곳에 도착한 것은 밤 여덟시 정도로 사위가 어두웠으나, 광장에는 넘칠 정도로 많은 사람들이 모여들어 웅성웅성 거리고 있었다. 씨름대회의 승부는 이미 가려져서 일등상과 이등상 선수들은 각각 큰 소와 작은 소에 올라타서는 구군악(舊軍樂)을 울리며 돌아가고 있었다. 그 뒤를 따라 남자들 한 무리가 한꺼번에 몰려서 갔다. 그네뛰기 대회는 마침 결승에 마지막 세 명이 남은 상태였다.

광장 한가운데에 오륙십 척이나 높은 기둥나무가 어두운 하늘을 찌르듯이 두 개 늘어서서 우뚝 솟아있었고, 그 위에 올려놓은 나무에서부터 두 줄기 굵은 끈이 매달려있었다. 그리고 두 개 늘어서 있는 나무와 거의 평행하게 전방에 붉게 밝혀놓은 빨간 제등이 세 개 정도 달려 있어서 바람이 부는 대로 춤추고 있었다. 그것을 날아올라서 발로 차서 끌 수 있으면 입상이었다.

양이 한 무리 군중속으로 들어갔을 때는 한 여인이 중천(中天)에서 힘이 다해서 족대(足臺)위에 무너지듯 주저앉아 내려오는 중이었다. 사람들은 실망한듯 탄성을 올렸다. 다만 그 여인의 아름다운 치맛자락이 훌쩍 들어올려졌을 때 몇 명인가 사내들이 껄껄거리며 음란한 목소리로 웃기 시작했다. 그때 어디선가 한 사내가 외치기 시작했다.

"어여 이쁜이가 나와라!"

다시 누군가가 소리쳤다.

"그렇다. 저걸 끌 수 있는 것은 이쁜이 밖에 없지!"

양은 이쁜이를 찾을 심산으로 군중을 젖히면서 심사대 쪽으로 가까이 갔다. 하지만 그는 뜻밖에 선수들이 앉아있는 바로 옆에 시인 조군이 우두커니 서있는 것을 발견하고 깜짝 놀랐다. 조군은 등을 두드리자 뒤돌아보고는 웃었다.

"나도 결국 찾아 왔다네. 자네가 가고 난 다음 기차로……."

우와 하며 터져 나오는 외침 소리가 들려왔다.

"이쁜이다!"

"이쁜이가 나왔다!"

"보라고, 이제부터 이쁜이 차례라네."

시인은 말했다.

"끈을 손에 쥐고 뒤로 물러서서 날아오르려고 하는 것이 이쁜이라네! 예쁘지 않나. 어두워서 확실히 보이지 않네만. 저고리는 진홍색이네, 치마는 남색이고. 보시게, 타기 시작했다네. 꽤 훌륭한 몸매지 않나. 몰라볼 정도라네. 아… 실로 멋지지 않나. 저 날아오를 듯한……."

양은 참을 수 없다는 듯이 소리를 질렀다. 이쁜이가 마치 제비처럼 훨훨 가볍게 날아올랐다고 생각하고 있을 때, 최전방에서 한 번 몸을 구부리고 날아오르더니 어느 정도 몸을 젖힌 자세가 되는 동시에 이번에는 끈을 단숨에 뒤로 당기듯이 하고 후방으로 되돌아 왔다. 그리고 거기서 다시 한 번 몸을 젖히고 힘을 가해서 아름다운 활모양을 이루고 앞을 향해 단숨에 위로 오르는 것과 함께 전신의 힘을 실어서 발을 하늘 높이 차올렸다. 그러자 치마는 바람을 머금고 꽃잎처럼 활짝 펴져서 조금 전 보다 삼사척도 더 높은 곳으로 올라갔다.

양과 시인은 말을 잃고 이쁜이의 그네 타는 굉장한 솜씨에 넋을 잃고 말았다. 군중은 이쁜이가 한 층 더 높게 높게 날아오를 때 마다 탄성을 내며 소리를 지르거나, 침을 삼키거나, 손에 땀을 쥐거나 했다. 손뼉을 치며 성원하는 자도 있었다.

"미의 향연이군. 이렇게 아름다운 것을 본적이 없네."

조군은 중얼거렸다.

"이쁜이 말로는 오늘처럼 환성이 가득한 밤에 홍군은 죽었다고 하네. 역시 마음이 굳건한 친구여서 마지막에는 기쁨에 넘쳐 그것에 숨이 막혀서 숨을 거둔 것이 분명하네. 그녀는 오라비의 영(靈)과 어우러지기 위해서 그네뛰기 대회가 있을 때면 오는 모양이야. ……저것 보게, 어느 샌가 제등에 접근하기 시작했구만. 저 보게 찰 것 같지 않나. 거의 접근했네, 이야… 아쉬워라 거의 다 됐는데."

군중은 웅성거리며 와하고 환성을 내지르다, 갑자기 숨을 죽였다. 드디어 지금이라고 양은 손에 땀을 쥐며 응시했다.

"홍군은 죽을 때 마치 광적인 시인 같은 기분이었을지도 모르네."

시인은 대답했다.

"그렇다면 이쁜이의 모습이야말로 천사다……."

그 순간이었다. 팽팽하게 당겨진 끈이 아름다운 천사를 태우고 밤 하늘 속을 가로 지르는 것 같아 눈을 부릅뜨고 있을 때, 그녀는 하늘로 날아올라 점점 제등 쪽으로 접근해갔다. 더욱더 가까워져가고 그곳에서 삼사척 밖에 떨어져 있지 않은 곳에서, 갑자기 발을 차올려 몸이 풍선처럼 둥글게 됐다. 그때 멋지게 제등을 두 개 발로 차서 제등이 확 타올랐다.

"이야" 하고 환성이 오르고 군중은 파도처럼 출렁거렸다. 어두운 밤하늘에 제등은 한층 불을 뿜으면서 타올랐다. 그때 그 중 한 개가 타오르면서 공중에서 내려오기 시작했다.

"저기 보게, 홍군이 하늘로부터 내려온다네."

양은 갑자기 홍군과 껴안았다.

"천사가 불러서, 천사가 불러서……."

시인은 목이 메어있는 목소리로 말했다.

『부인아사히(婦人朝日)』, 1941년 8월

코(鼻)

세계에는 가지각색의 괴상한 코가 존재하는 모양이지만 조선 평양부 N고무공장 감독 강대균(姜大均) 씨의 코 또한 조금도 소개하기에 부족하지 않다. 그렇다고 하더라도 씨의 코는, 러시아 팔등문관 고와레흐[1] 씨의 엄청난 코처럼 기구하게도 오등문관의 예복을 입고 합승마차를 몰고 돌아다니는 일도 없었고, 또한 어딘가 동화에 나오는 욕심 많은 소년의 그것과 같이 쭉쭉 늘어나서 반대편 하안(河岸)까지 닿아, 마침내는 사람들에게 조교(弔橋)라는 착각을 불러일으켜, 다대한 손해를 입혔다는 등의 그런 터무니없는 코는 아니다. 괴상하다는 점에서 보면, 혹은 "코의 길이는, 대여섯 치나 되어" 뜨거운 물에 데쳐서 제자에게 밟게 했다는 일본 내지(內地)의 젠지 나이구[禪智內供][2]의 코 정도도 되지 않는다. 그러면서도 약간 성가신 것은 이른바 매부리코가 아니며, 그렇다고 해서 들창코도 아니며, 굴곡이 있는 코도 아니며, 또한 흑인의 코도 아니다. 여하튼 간명하고 명쾌한 코가 아닌 것이다. 그렇다고 해도 구멍을 뚫고 짧은 봉이나 동물의 이를 달아놓은 파프아인 혹은 에스키모처럼 복잡하게 해놓은 코도 아니다. 그렇다는 것은 즉, 씨는 단순한 조선문명(朝鮮文明)의 한 명이며 게다가 그 코는 아무런 쓸데없는 장식을 달지 않은 채, 있어야 할 곳에 단정하게 있기 때문이다. 다만 그것이 개의 발바닥과도 닮은

1) 19세기 러시아 작가 고골리의 작품 「코」에 등장하는 주인공.
2) 아쿠타가와 류노스케[芥川龍之介]의 작품 「코(鼻)」의 주인공.

모습을 하고 있는 이상, 붉은 빛이 많이 도는 자색을 띤 채 포동포동 부풀어 올라있다. 보기에 따라서는 주먹이 얼굴 정중앙에 매달려있는 것 같기도 했다.

어찌되었든 얼굴의 중앙에 위치를 점하고 용모의 미추(美醜)를 크게 좌우하는 것뿐만이 아니라, 호흡과 발성 및 후각을 담당하는 더할 나위 없이 중요한 오르간인 코가 그렇게 괴상한 모습이라는 것은, 그 소유자인 강대균 씨가 어쨌든 천명을 안다고 하는 오십에도 이르지 못한 혈기 왕성한 나이에 매우 깊이 슬퍼하지 않을 수 없는 일이었다. 호흡 쪽은 별반 지장이 없다 손치더라도, 주먹코로 인해 정말로 중대한 발성 쪽에도 화를 불러온 결과, 씨는 면상과 코에 걸맞지 않는 모기같이 작은 비성(鼻聲)의 소유자가 되었다. 그러나 후각 쪽은 반대로 정말 놀랄만한 위력을 갖추고 있는 점은 흥미 깊다. 그러나 후각이라고 하더라도 여러분은 이 제씨(諸氏)가 공장 감독이라는 것을 상기하여 그 개념의 외연(外延)을 이루고 있는 것을 잊지 않기를 바란다. 씨가 공장의 동료들로부터 코의 모양 때문에 개발이라고 불리는 것도 생각하건데 의미심장한 것이다. 그로부터 수다스러운 여공들에게는 개발이나 주먹코 이외에도 빨간 코, 혹은 코감독이라고 불리기에 이르렀다. 그렇게 불리게 된 이유는 씨가 '붉다'던가 '코'라는 말을 입에 담는 것을 몹시 겁내는 데다가, 더 나아가서는 색채를 논하는 것도 인체를 논하는 것도 두려워 하여 드디어는 내지어(內地語=일본어, 역자 주)로 코[鼻]와 동일 발음인 꽃[花]을 보는 것조차 꺼려했기 때문이었다.[3] 사실은 거꾸로 그러한 호칭이 한층 씨의 혐오증에 박차를 가했다고도 볼 수 있겠다.

그와 같은 이유로 개[犬]도 또한 강대균 씨가 가장 기피하는 것 중의 하나였다. 어느 날 있었던 일로 공장 가운데로 삽살개가 한 마리 어슬렁어슬렁 들어온 것을 창너머로 발견한 씨는 단지 코만이 아니라 얼굴까

---

3) 일본어로 꽃과 코의 발음은 하나(はな)이다.

지도 벌겋게 돼서는 조심조심 작업장 안을 한 번 둘러보았다. 자신도 알 수 있을 정도로 갑자기 들썽들썽하고 있었던 것이다. 하지만, 긴 받침 위에 열을 짓고 빈틈없이 앉아서 일에 열중하고 있는 여공들 중에서, 분명히 두세 명은 재빠르게 씨가 평소와 다르다는 것을 눈치챘다. 씨가 아무 일도 없다는 것처럼 느릿느릿 나가자마자, 여공들은 그 뒤로 차례차례 나와서는 마치 기계 장치를 해놓은 인형처럼 연이어서 목을 들이밀었다. 뜰 구석구석에는 여공들이 쉬는 시간 짬짬이 모여서 손질을 하는 꽃밭이 있었고 거기에는 봉선화나 산나리, 백일홍, 채송화 등의 꽃이 넘쳐날 정도로 많았고 각양각색의 아름다움을 뽐내고 있었다. 이 꽃[花]밭은 누가 뭐라고 해도 씨의 으뜸가는 눈엣가시라고 말하지 않을 수 없었다. 그런만큼 십중팔구 여공들도 또한 심술궂게 꽃[花]밭 손질에 더욱더 혈안이 되어 있는 것이었다. 그런데 씨가 몹시 난처한 것은 개가 이 곳 저 곳을 킁킁 거리고 다닌 끝에 꽃밭에 와서 가만히 멈춰서서 꽃의 매력에 빠진 듯이 넋을 잃고 그것을 바라보는 것이었다. 개에게도 미의식은 있는 것 같았다. 씨는 멍한 표정으로 삽살개가 마치 자신의 코를 말똥말똥 바로보고 있는 것만 같은 기묘한 착각이 들어서 감히 개 주제에 사람에게 이 무슨 무례인가 라고 역성을 내었다.

여공들의 시선이 일제히 자신의 등에 몰래 집중되어 있다는 것도 모르고, 살짝 허리를 구부리고 돌멩이를 집어 올려서 개에게 기습공격을 가했다. 개는 옆구리를 세게 얻어맞고 깨갱 하고 비명을 내질렀다.[4] 그런데 더욱더 난처한 것은 개가 갑자기 그 틈을 타서 꽃밭 가운데로 도망쳐 중앙으로 뛰어 들어간 것이었다. 그때는 이미 여공들 얼굴이 창가 위에 바가지를 늘어놓은 것처럼 죽 늘어져 있었다. 한 여공이 사격의 선두를 끊었다.

"저 망할 개가 하나바타케[花畑, 꽃밭]에 뛰어들었어."

---

4) 강조점 원문 그대로.

하나[花]라는 말이 짐짓 내지어인 것도 비위에 거슬린다.

강대균 씨는 펄쩍 뛰어오를 정도로 허를 찔려 서있지도 못할 정도였지만, 감독이라는 중요한 직무로 여공들의 그러한 사보타주를 묵인할 수는 없었기 때문에 홱 몸을 돌려서 보았다. 그 순간, 너무나 많은 여공들의 얼굴을 죽 늘어서 있는 것에 현기증이 나서 그만 당황하지 않을 수 없었다. 여기서 가장 주의해서 봐야 할 점은 씨가 여공들을 지배하는 감독이라고는 하지만 유난히 젊은 여성을 대할 때면 수치심를 느끼는 정도가 심해서, 마주보기라도 하면 얼굴까지 빨개지는 성질이라는 점이다. 그러므로 씨의 비성도 역시 단순히 주먹코로 인한 생리적인 원인만이 아니라, 실로 이 고무 공장의 감독에 취임하여 젊은 여성들을 대하게 된 이후 나타난 현상이라고 하는 것도 그럴 듯한 설로 보일 정도이다. 그 간의 사정은 필자도 역시 자세히 알기는 힘들지만, 그렇다고 해도 이러한 씨였으므로 그의 눈은 갑자기 응시할 곳을 잃고 올빼미시계의 올빼미 안구처럼 초점이 없어져 있었다.

“꽃[花]이 찌부러지겠어요.”

“어머나 빨간 꽃이 부러졌어!”

“꽃! 아이고.”

“꽃! 꽃!”

여기서 우리 강대균 씨의 골칫덩어리인 코의 유래에 대해서 조금 말해두고 싶다. 씨의 코는 원래 결코 지금과 같은 모습이 아니었다. 전에는 집게손가락 정도로 얇고 작은 코가 착 달라붙어있었다. 덤으로 그 좌단에는 작은 사마귀가 하나 달라붙어 있는 정도였다. 그것은 씨의 오랜 세월에 걸친 비관의 주요한 원인으로 보기에 따라서는 마치 얼굴의 정중앙을 쇠망치로라도 쾅쾅 친 것 마냥 코가 들어앉아 있었다. 또한 얼굴 정중앙을 사람에게 밟힌 것 같기도 했다. 그래서 씨는 자신의 앞에서 사람들이 매정하게 담배꽁초를 밟아서 비벼 끄는 것을 보는 것조차 고통스러워했다. 동료들은 그것을 알자 곧잘 신경에 거슬리는 짓을 하면서 씨의 얼굴을 보고 껄껄 웃는 것이었다. 반달전 쯤에는 무더운 한여름 밤 꿈 뒤에 이런 식으로 일이 진행되고 말았다. 이른바 그것은 비견할 수 없는 오뇌(懊惱)와 질투심의 구렁에 빠진 밤의 일이었다. 어쨌든 씨가 실연당했다는 사실은 더 이상 도저히 부정할 수 없을 만큼 확실한 것이었다. 그렇다는 것은 젊고 예쁜 애인 임명주(任明珠)가 드디어 그 날 결혼을 해서 첫날밤을 치루고 있기 때문이었다. 물론 씨도 역시 부인이 없는 것은 아니지만, 그러나 오십에 가까운데도 아직까지 후사가 없었기 때문에, 은근히 그녀를 원했던 까닭이다. 그럼에도 불구하고 씨는 그러한 사실은 무관심한 체하며 순순히 받아들이는 척을 하면서도, 이렇다 할 한마디 상의도 없이 제 멋대로 고른 다는 것이 그리 합리적이지 못한 선택인 씨가 데리고 있는 같은 공장의 직공 우경일(禹敬一)이라는 것에 생각이 이르러서는…….

명주는 다름 아닌 이 N고무공장의 여공이었다. 다만 일찍부터 씨는 직공 우경일과 그녀의 관계가 이상하다고 생각하고 그녀를 몇 번이고 감독실에 호출해서 간곡히 타일렀던 터였다. 그러나 호출한다고 해도 씨는 그러한 경우에 결코 미소를 짓지도, 옆에 다가 가지도 다정한 말을 건네지도 않았다는 사실은 약간 주목해야 할 것이다. 다만 다른 말에 덧붙여서,

"이봐 명주, 으…음… 자네는 풀을 칠하는 것이 너무 거칠어!"라고 하는 식으로 언잖은 투로 말을 걸었다. 덧붙여 씨는 "으…음…"이라는 말없이는 한 센텐스도 말하지 못하는 것이었다.

"이봐, 아니 자네는 으…음… 안 돼지. 으음 그렇지, 따라오게!"

그리고 감독실에 가서는 입이 닳도록 알아들을 때까지 설득하는 것이 아니겠는가.

"유혹이라는 것은 으…음… 무서운 것이 것이지. 젊은 여성에게는 어찌됐든 유혹은 묘하게 매력이 있는 법이니까. 어떤가, 으…음… 자네도

유혹 당하고 싶은 마음이 없지는 않겠지…… 헤헤헤.”

임명주는 그때 씨의 불그레한 매부리코 끝에서부터 작은 사마귀를 타고 콧물이 지금이라도 흘러내리려 하는 것을 보고 웃고 있었다.

씨는 “음, 으…음… 알겠는가. 여기는 일하는 곳이지 연애질을 하는 곳이 아니란 말이지. 우경일의 손에 놀아나서야 되겠나.”라고 말했다. 그러자 그녀는 “예, 알겠어요.”라고 매우 얌전하게 대답하였던 것이다. 그리고 또 언젠가는, 그녀가 “금지품인 하얀 고무 구두 한 켤레만 주실래요” 라고 말하고 갔을 때는 “으…음… 그렇지 시집갈 때 신을 작정이구만.”이라고 물었다. 그러자, 명주는 얼굴이 빨개져서 “아니요.”라고 대답하고는, 손을 쑥 내밀고는 했다. 그 결에 씨는 백고무 구두를 건네주면서 갑자기 명주의 손을 꽉 쥐고 놓지 않았는데, 그녀는 특별히 손을 뿌리치려고 하지 않았던 터였다. 그런데 이제 와서 은혜를 원수로 갚다니, 이 뭐라 해야 할 배신인가. 물론 생각하기에 따라 여공이 직공과 살게 된 것은 일단 순리에 맞는 것처럼 보이기는 한다. 만일 일이 잘 돼서 감독 자신과 살게 되기라도 했다면, 확실히 그것은 체면에 관계되는 일이었을 것이다. 아무리 봐도 그것은 경우에 맞는 일은 아니었다. 그러나 억지로 참아서는 어찌해도 위안을 얻기 힘든 씨였다. 더구나 하필이면 그 날 밤에 장마비가 부슬부슬 내려 더욱 서글퍼졌다. 끊임없이 씨의 눈앞에는 명주의 미를 탐하는 우경일의 모습이 이중 삼중으로 어른거려서 가슴이 터질 것만 같았다. 본능적으로 피가 끓어올랐다. 놀란 눈을 하고 옆을 돌아보자, 부부가 된 이후 삼십년간 한 번도 임신하지 않은 연상의 꺼칠꺼칠하게 말라비틀어진 마누라가 골아 떨어진 모습이 눈에 들어왔다. 무슨 생각인지 씨는 한 번 발로 마누라의 엉덩이를 쿡쿡 찔러보았다. 마누라는 몸을 뒤척거렸다. 씨는 갑자기 부아가 치밀어서 철썩 마누라의 빰을 쳤다. 그 순간 씨는 그녀의 발에 멱살을 털썩 차여서 네 척 다섯 치 멀리 나가떨어져서, 홀로 이를 악물고 검이 구부러진 순간의 언월도처럼 덜덜 떨었다. 역시 마누라로는 명주만 못하다는 감정이 한층 절실히 다가왔다. 그러자 어찌된 일인지 깜빡깜빡 조는 사이에 자신이 지금 우경일의 악골(顎骨)에 달라붙어 있는 듯한 기묘한 착각이 일어났다. 씨는 이를 갈았다. 요컨대 명주와 경일이 결혼 첫날밤을 보내고 있는 부부라고 생각하자 어찌해야 좋을지 알 수 없었다. 할 수만 있다면 그들 부부를 같이 묻어버리고 싶었다. 그런데 그날 밤 꿈속에 생긴 일이었다.

아이고 말이 씨가 된다고 무섭게도 생각한 그대로 명주부부가 죽어서 지금은 장례를 치르려는 도중이었다. 명주가 이미 죽었다는 것이 명료해 지자 씨는 갑자기 깊은 슬픔과 함께 후회가 밀려와서 하염없이 눈물을 흘리며 베개를 적시고 있다. 망자의 출발을 알리는 종소리가 울려 퍼질 때 관을 나르는 인부들이 애조(哀調)를 띤 만가(輓歌)를 부르는 소리가 들려오기 시작한다.

령이기가왕즉유택(靈輀旣駕枉卽幽宅)
재진유체영결종천(載陳遺體永訣終天)

영구(靈柩)는 인부 여덟 명의 어깨 위에 높이 들어 올려진다. 동시에 삼송천(三送川)을 건너는 비용으로 종이로 만든 돈이 꽃처럼 팔랑팔랑 흩날린다. 그것이 눈물로 젖은 눈 앞에 안개가 낀 것처럼 어른거린다. 상여 뒤를 따라오는 남자와 여자들이 아이고 아이고 호읍(號泣)하는 소리가, 기이하게 가슴에 사무쳐서 저주스럽게 울린다. 미쳐서 한 짓이라 하여도, 이 뭐라 해야 할 무서운 저주를 저 두 사람에게 퍼부은 것이란 말인가. 명주는 살아있는 편이 좋았다. 그 정도로 용모가 뛰어나 웃으면 송곳니가 귀엽고, 눈초리에는 참깨와 같은 점이 움직였으며, 손목은 잡으면 달아오른 불처럼 뜨거웠던 처녀가 내 저주 때문에 사람들의 울부짖음 속에서 두 번 다시 돌아올 수 없는 길을 떠난 몸이 됐다니. 나야말로 지금이라도 죽을 수 있다면, 아 저 처녀의 길동무가 되어 천국에서라도 연을 맺으리라고 번민하다가 언뜻 쳐다봤을 때, 어렵쇼 놀라만한 것은 확실히 명주의 관을 앞에 두고 가던 행렬이 우경일 쪽의 또 다른 행렬과 좌우로 갈려서, 이쪽을 향해서 오고 있는 것이 아닌가. 일이 그렇게 되고 보니, 더욱더 자신도 빨리 죽었으면 하고 바랬다. 저 둘의 혼도 참으로 죽어서 처음으로 분별이 생겼던 것이리라고 그는 생각했다. 둘은 드디어 한 순간 미망에서 깨어나서는, 명주가 나를 사랑하게 된 것이 아닌가. 저걸 봐라. 행렬이 향해오는 방향을 보는 것이 좋을 것이다. 명주도 사실은 나를 마음속에서 사랑했던 것이다. 명주야, 정말 잘 와주었다. 나는 네가 늦게 왔다고 해서 절대 화를 내지 않는다. 나는 이렇게 관대하고 사리를 분간할 줄 아는 사내란다. 정말 잘 와주었네, 아 이렇게 기쁜 일은 앞으로 없을 것이야. 다만 유감인 것은 내가 아직 헛되이 죽지 못하는 것이네. 그러나 너와 함께 살 것이라고 생각하면, 으…음… 지금이라도 죽어버리고 싶은 기분이 든단다.

그렇다고 해도 마음속 한구석에서는 설마하고 생각했던 명주의 영구(靈柩)가 곡성(哭聲)을 이룬 행렬을 따라서 정말로 눈앞까지 다가오기 시작해서 간담이 서늘했다. 오십 간 앞에서부터 삼십 간, 이십 간, 십 간으로 점차로 거리가 좁혀 와서, 결국에는 이제 오륙 척 정도도 되지 않는 곳까지 당도했다. 그것을 보는 사이에 이번에는 그녀의 시체를 선두에 세운 행렬이 어째서인지 꿈속에서 자고 있는 씨의 베개 옆에 다가와서, 그곳에서부터 마치 구릉이라도 올라가듯이 베개 위쪽을 향해서 다가오기 시작했다. 그러한 사태의 추이에 역시 씨라 하여도 일이 너무나도 괴이하게 돌아가는 것 같은지 실로 당황하는 것 같았다. 기껏해야 자신에게 작별을 고하기 위해 베개 옆을 지나는 정도일 것이라고 은근히 깔보고 있었던 것이다. 그런데 행렬은 베개위로 올라와서는 여전히 곡성을 올리며 줄줄이 앞으로 나가서 씨의 시선에도 아랑곳없이 씨의 목덜미에 영구를 끌고 가면서 기어오르기 시작했다. 씨는 움찔해져서 목을 움츠렸다. 너무나도 불안하고 공포스러운 나머지 심장이 경종(警鐘)처럼 울려

댔다. 아 이 불길한 행렬은 도대체 나보고 어떻게 하라는 것이냐. 목덜미 쪽이 간지럽고 또한 불같은 피가 지금이라도 뿜어져 나올 것처럼 화끈거렸지만, 씨는 꾹 숨을 참고서 자고 있는 척을 하는 것 외에 달리 방도가 없었다. 그런데 그때였다. 곡성(哭聲)을 울리던 행렬이 터무니없는 곳에 왔다는 것을 반성도 하지 않고, 귓가를 빙 한 바퀴 돌아서 점차로 안면 중앙으로 나아갔다. 그래서 어렵쇼, 어렵쇼 라고 생각하며 숨을 참고 있는 사이에 드디어 뺨을 횡단하여 씨의 작은 콧수염 쪽에 당도했다. 씨는 흥건하게 전신이 땀범벅이 되었다.

명주의 영구가 자신을 향해서 복수를 하려고 하는 것이 분명해 보였다. 그러나 어리석게도 벌떡 일어나서 눈을 뜨고 있는 척을 하거나 했다가는 무서운 불행이 지금 당장이라도 닥쳐올 것 같은 기분이 들어서, 죽은 것처럼 숨을 참고 있는 것 외에 달리 방도가 없었다. 그렇다하여도 너무 경계를 소홀히 해도 어딘가 불안했으므로, 한쪽 눈을 희미하게 뜨고 눈썹 사이로 우두커니 보고 있었다.

보아하니 어째 행렬 선두에 서서 풍수가(風水家) 노인이 지팡이를 짚고 걸어오고 있는 모양새다. 풍수라는 것은 묘지의 상(相)을 의미하는 것으로 묘지가 잘 맞지 않으면 화가 자손이나 친족에게 이르게 되니 묘지를 선정하기 위해서 풍수가를 앞세우는 것이다. 씨는 이 노인을 발견하자마자, 이런 괘씸하기 그지없는 장본인이 다름 아닌 네놈이구나, 이 늙어빠진 놈아, 망령이 나도 정도가 있는 것이야, 남의 신성한 얼굴 위인 줄도 모르고 상여를 졸졸 따라오다니 라고 말하며 이를 갈고 신경의 날을 세워 보았지만, 사태는 매우 다급하게 돌아가고 있었다. 그래서 사실은 현재 진행되고 있는 사태의 추이를 숨을 참아가면서 지켜보는 수밖에는 달리 방도가 없었다. 하지만 사태는 조금도 호전되기는커녕 정말로 경악을 금하지 않을 수 없게 된 것이, 콧수염까지 당도한 영구가 아래쪽으로 내려가는 것이라면 몰라도, 뱅그르르 방향을 바꾸는 것이 아닌가. 그러더니 어느 순간에 영구가 인부들의 어깨에 높이 들린 채로 갑자기 작은 콧구멍 안으로 들어오는 것이었다. 그와 함께 곡성을 하며 따라오던 행렬은 다른 콧구멍에 들어가기 시작했다. 코뼈가 욱신거리기 시작하고, 코가 커다랗게 부풀어 오르는 것 같아서 숨이 막혀왔다. 재채기가 나오려고 했지만 무서워서 필사의 노력으로 참았다.

그러자 더욱더 발칙한 노릇은 그들은 그곳에서 잠깐 쉬고 있는 것 같았고, 영구를 내려놓더니 자리에 앉는 것이었다. 정말로 어처구니없고 황당하기 그지없었다. 하지만 너무 사태가 너무 긴박하게 돌아가 무서운 것이 사실이었다. 아이고 대관절 이런 일이 세상에 있어서야, 명백히 살아있는 남의 콧구멍 안에서 장례식을 치르고 그 와중에 휴식이라니, 막 돼 먹어도 정도가 있는 것인데. 크응 하고 콧구멍에서 콧바람을 불어버리면, 이 버르장머리 없는 녀석들을 한꺼번에 날려버리는 것도 불가능하지 않으리라. 그런데 만에 하나 일을 그르치게 되면, 이 녀석들이 명주를 돌려놓으라고 아우성쳐대다가 콧구멍 안에서 농성이라도 하는 날이면 더욱더 큰일인 것이다. 그래서 그냥 내버려두면 언젠가는 자기들 편에서 겸연쩍어져서 다시 내려갈 것이라고 씨는 믿으며 어디까지나 자고 있는 척을 계속 했다. 그렇다 해도 씨는 자신의 엄숙한 얼굴 위에서 더구나 좁아터진 콧구멍 안에서 결코 이런 식으로 명주와 재회하는 것을 바란 것은 아니었다. 죽은 명주와는 더더욱 그랬다.

그러나 사태는 그 정도로 끝날 것 같지 않았다. 더욱 황당한 노릇은 이 녀석들이 망자의 의복을 천상에 보내기 위해서 좁아터진 곳에서 그것을 태우려고 하는 것이었다. 생전에 그녀가 애용했던 보기에도 정겨운 담홍색 저고리와 은행색 치마가 포개져있고, 그 아래로부터 치마에 불을 붙였다. 아 이것으로 씨에 대한 복수의 거화(炬火)가 올랐다고 할 수 있겠다. 아무리 발버둥쳐도 이제 살기는 글렀다는 기분이 들었다. 이미 의복은 불에 타올라 연기를 내뱉고 불꽃을 일렁이며 타오르기 시작했다. 코도 뜨거워져서 저릴 정도로 괴로웠으며 연기에 숨이 막혔다. 눈물이 멈추지 않고 흘러내렸다. 너무 괴로워서 참을 수 없었다. 그러나 새삼스럽게 용서해 달라고 비는 것도 부아가 치미는 일만은 아니었지만, 이렇게 횡포를 부린 만큼 반드시 물러갈 것이 틀림없다고 하는 적어도 요행을 바라는 마음이 아직도 남아있었으므로 멍청하게 비명도 지르지 못했다. 그만큼 더욱 고통스러워져서 더 이상 살아있다는 느낌이 전혀 없었다. 그 가운데 망자인 명주의 아름다운 가지각색의 의복이 활활 타올라 연기로 화했다.

인부(人夫)들은 다시 만가(輓歌)를 부르기 시작하였고, 영구를 짊어지고 행렬을 이룬 사람들은 다시 일어나면서 아이고 아이고 곡을 하기 시작했다. 그렇지, 이번에야말로 뒤로 돌아서 가겠지 라고 손에 땀을 쥐어가며 기대했던 최후의 희망도 결국에는 허사가 되었다. 어렵쇼어렵쇼 하고 생각하는 사이에 영구는 곡성을 울리는 행렬을 따라서 비강(鼻腔) 속으로 기어들어가고, 양 창자같이 구불구불한 길을 빠져나가서 구강에 모습을 드러내기 시작했다. 그 후에는 줄줄 한 길을 따라, 목으로 난 길을 내려가기 시작했다. 그때 씨의 마음이 어떠했는지는 모두의 추측에 맡기는 수밖에는 없다. 모든 것이 절망스러웠다. 드디어 풍수가 노인은 씨의 기관(氣管) 속으로 장례 행렬을 이끌어서 간장(肝臟)에 이르자, 하필 그 위에 묘지를 선택한 것이다. 그러자 인부들은 명주의 영구를 옆에 내리고 용약하여 곡괭이를 들고 간 위에 묘혈(墓穴)을 파기 시작했다. 그것은 어찌해도 참기 힘들 정도의 고통을 주어서 씨는 자기도 모르게 신음소리를 내기 시작했다. 그로부터 관을 내렸을 때 마침내 깜짝 놀라서 비명을 내지르고 그 소리에 놀라서 눈을 떴던 것이다.

여름 아침에 꾼 무서운 악몽이었다. 불길한 예감이 씨의 전신을 덮쳐서 몸을 떨게 했다. 때로 갑자기 코가 간지러운 것 같아서 씨는 갑자기 양손으로 쥐어짜듯이 코를 쥐어뜯어 보았다. 그때 코가 부어서 묘하게 커진 듯한 감촉이 있어서, 아이고 꿈속일은 진짜인가 보구나 하고 생각하니 갑자기 가슴이 철렁했다. 씨는 벌떡 일어나서 거울 앞에 얼굴을 불쑥 내밀어 보았다. 그 순간 이게 뭐야 라는 말이 절로 튀어나왔고 눈은 휘둥그레졌다. 어스름한 불빛에 비춰져서 혹시라도 그 작고 가늘던 코가 주먹코가 되어 아래로 늘어져 있는 것은 아닌가 하고 눈을 부라려 보았다. 아아 이 뭐라 해야 할 파란 많은 코란 말인가 역시 코는 주먹코처럼 커다랗고 게다가 자색(紫色)에 짓물러 보이는 것은 별로 좋지 않았다. 코끝 좌측에 나있는 사마귀는 한층 더 커져서 제기랄 정말로 혹을 달아놓은 감자같구나 라고 생각하며 분하다는 듯이 중얼거렸다. 한쪽 손으로 살짝 만졌다가, 엉겁결에 손을 끌어당겼다. 커다랗기만 한 것이 아니라 곤냐쿠[5]처럼 눅진눅진한 것이 아닌가.

"여봐 마누라!"라고, 옆 부엌으로 이어지는 널빤지를 두드리며 소리쳤다.

"들어와 봐. 으…음… 아, 일이 성가시게 됐어. 어여 들어와 봐!"

부인은 젖은 손을 치마에 닦아가면서 무슨 일이냐면서 느릿느릿 들어왔다. 씨는 그녀의 반응을 겁내기라도 하는듯 쭈뼛거리는 얼굴을 들고 우두커니 바라보았다. 부인은 한 눈에 남편 얼굴의 정중앙에 무언가 이변이 일어났음에 틀림없다고 눈치챘지만 그것이 과연 무슨 일인지를 명료하게 알 수 없었다. 처음에는 단지 막연하게 어디서 본적이 없는 이상한 코라는 정도의 느낌이 들었지만, 그것도 말똥말똥 주시하여 보는 사이에 완전히 낯이 익어져서, 그녀에게는 남편의 코가 원래부터 그러했다는 생각이 들었다. 그녀는 그런 여자였다. "내 얼굴에 말이지."라고 확인해보려고 하고 있었지만 씨의 목소리는 떨리고 있었다.

"으…음… 아무것도 변한 것이 없어 보이는가?"

"여보, 아무것도 변한 것은 없다우. 전혀 변한 것 따위는 없다우."

씨는 그것을 듣고 반신반의하면서도, 역시 어쩌면 정말로 내 착각일지도 모르겠군, 으…음… 잠이 부족해서 시력이 약해져 있는 것인지도 몰라. 애당초 하룻밤에 코가 주먹코 만하게 커져서, 게다가 개발이처럼 추악해진다는 것이 세상 상식으로는 생각할 수 있겠는가. 그래서 가만

5) 蒻(こんにゃく) ① 구약나물, 구약감자 ② 우무(일제시대에 그대로 쓰였던 단어이기 때문에 그대로 수록한다).

히 한 손을 가져가서 다시 한 번 만져보았지만, 제기랄 역시 코는 커다랗게 부어 올라있었다. 혹은 잠이 덜 깨서 그런가 보다고 생각해서, 이번에는 단번에 목을 흔들고 두 눈에 정기를 담아서 마음을 진정시키고, 그렇다 해도 요행을 바라는 마음을 가득 담아서 다시 한 번 거울을 들여다보았다. 그 순간 엉겁결에 헉 하며 신음을 내뱉었다. 역시 코는 주먹처럼 혹은 혹을 단 감자처럼 매달려 있었다. 씨는 갑자기 일어나서 손바닥으로 코를 감싸고, 어찌해야 좋을지도 모르고, 빙글빙글 돌기 시작했다. 엉망진창으로 돈 결과, 결국 현기증이 나서 휘청거리며 쓰러지고 말았다. 그래서 이 정도로 고행(苦行)을 했으므로 혹은 제정신이 나서 지금까지의 착각에서 깰 수 있을 것 같은 느낌에 다시 한 번 거울 앞에 서서 이번에는 갑자기 홱 손바닥을 바깥쪽으로 해보았다. 역시 코는 그 전처럼 매달린 채로 그 자태를 뽐내고 있었다.

강대균 씨는 코가 꼴사납게 부은 다음부터는 인간사회의 모든 일이 싫어졌다. 간장에 묘가 파헤쳐진 다음에야 이제 남은 수명이 얼마 남지 않은 천상의 몸이며 게다가 남들은 자신과 같은 추잡하고 커다란 코를 달고 있지 않기 때문이었다. 역시 꿈속일은 실재 있었던 일로, 우경일도 그 날 이후로 공장에 나오지 않았다. 그는 필경 명주와 운명을 같이 하여 같이 불귀의 객이 되었음이 틀림없었다. 그 중에서도 씨는 여공들을 가장 증오하지 않을 수 없었다. 여공들은 아름다운 코를 달고 있을 뿐 아니라 정말로 아니꼬운 것은 씨의 비참한 코를 볼 때면 참혹할 만치 코끝을 벌름거리면서 빨간 코라던가 주먹코라고 말하면서 킥킥거리며 웃어댔기 때문이었다. 그래서 더 이상 결코 씨는 여공들 중에 그 누구도 감독실에 불러들이지 않게 되었다. "으…음… 유혹하는 것은 무서운 것이지"라는 등의 설교도 하지 않게 되었고, 멋대로 해라, 유혹하려고 하다가 어떠한 지독한 일을 당해도 자신과는 상관없다고 냉혹한 태도를 취했다. 그러나 그렇다고 해도 자신의 코가 이렇게 온전하지 못하다는 사실만은 절대적으로 중대한 문제이기 때문에 잠시도 소홀히 생각하지 않았다. 물론 우경일과 같은 직공들에게서 이러한 현상이 나타났다면 이해가 됐을 것이다. 그것이 밑에 수백 명 가운데 젊은 여성을 거느리고 있는 자신의 면상에 돌연하게 나타났다는 것은 뭐라 하여도 용서할 수 없다고 말하지 않을 수 없었다. 예를 들어 앞으로 얼마나 여명(餘命)이 남아있는지도 알 수 없는 저주받은 명줄이라고는 하나 당사자에게 그것은 죽을 때 장식물이라고도 할 수 있을 것이다. 그렇게 생각하자 남의 간장에 묘를 파고 있는 것만으로도 모자라서 원래 비관의 주요 원인인 코를 태워서 이번에는 다시 이러한 꼴로 만들어버린 명주가 새삼 저주스러워져서 명주의 가슴을 세게 치고 싶을 정도였다. 그러나 그런 짓을 했다가 명주가 무덤에서 튀어나와서 가슴속에서 망자의 춤이라도 추어대는 날이면 더욱 빨리 명줄을 단축시키게 될 것이 틀림없었다. 멀지 않은 날에 죽음을 각오했기 때문에 단 한 가지 남겨진 방법은 코라도 속히 원래대로 돌려놓으려는 노력을 하여 적어도 사람들이 훌륭한 사람을 잃었다고 눈물을 흘리며 애석해하는 가운데 장례식을 하는 몸이 되는 것이었다. 그래서 우선, 첫 날 공장에서 돌아오는 길에 들른 곳이 이비과(耳鼻科) 전문의 병원이었다. 검은 콧수염을 기른 선생은 씨의 코를 한 번 보고,

"허허어"라고 한 마디 탄성을 내고 핀셋을 꺼내서, 코의 외피를 여기저기 집어 올리고 나서, 이번에는 핀셋을 거꾸로 쥐고 그 밑둥치로 코뼈를 두드렸다.

"아프십니까?"

"아프지 않습니다."

씨는 고통을 참아가며 무연히 콧소리로 대답했다. 자신의 코를 마치 상품처럼 함부로 다루는 것에 불끈한 것이었다.

"으…음… 실은 정말 곤혹스럽습니다. 아무튼 저는 나병도 아닌 것이……."

"도대체 어쩌다가 코가……."

"화상을 입었습죠. 으…음… 정말 괘씸한 장례 행렬이 콧구멍 속을 지나갔답니다. 게다가 그 녀석들이 망자의 의복을 콧구멍 속에서 태워 버렸기 때문이죠."

"허어, 태웠다고 하심은?"

선생은 마침 그 전날 밤새도록 부부싸움을 했기 때문에 잠이 부족한 지라 얼마간 흐리멍텅한 상태였다.

"그렇죠, 태웠다고 하지 않습니까. 바로 어젯밤에……."

"그렇군요."라고 의사선생은 점점 얼이 빠져서는 고개를 끄덕거렸다.

"그렇다면 화상에 잘 듣는 특효약을 바르십시다. 직접 만든 것이라……."

선생은 시치미를 떼고서는, 노란색 아연화(亞鉛華)[6]연고를 더덕더덕 발라서 가제로 코를 싸고 반창고를 붙여놓았다. 그리고는 부부싸움을 할 때 마누라가 던져서 유리로 만든 그릇이 자신의 얼굴을 빗겨나가 벽에 부딪쳐서 깨진 것을 생각하고는 금 사원 이외라는 영수증을 만들었다. 그러나 이 사원분의 화상 치료는 그 가치와는 반대로 역효과만이 나타나게 되었다. 처음에 코가 커져서 주먹만하게 돼서 매달려 있을 당초에는 오히려 사랑스러운 코인고로 공장 여공들이 서로 속닥거리고, 킥킥거리며 웃었다고 적어도 씨는 생각했었다. 그런데 지금은 어떠한가 말이다. 공장 동료들을 시작으로, 여공들까지 가제로 휘감아 놓은 씨의 코를 보고서는 무례하게도 웃음을 터뜨리는 것이었다. 간단히 말하면 입이 거친 회계를 담당하는 사내 등은 새삼스레 놀란 것 마냥 눈을 부릅뜨고 평소보다 더욱 빈정거리는 듯한 말투로,

"헤헤 강 감독님, 무언가 분실물이 있으신 것 같습니다."라고 지껄였던 것이다. 자신이 무언가를 잃어버렸다는 것이 말도 안 된다고 생각한 씨는, 깜짝 놀라서 뒤돌아보고는,

"뭐, 내가 뭘 잃어 버렸다고?"라고 되물었던 것이 좋지 않았다. 사무

---

6) 산화아연.

실의 직원들이 웃어대기 시작한 것이다. 회계를 보는 사내는 무척 으스대는 모양새로,

"아무래도 가까운 시일 내에 코가 떨어지실 것 같은 모습이셔서."

"뭐라고, 지금 내 코로 트집을 잡는 것인가?"라고, 거들떠보지도 않으며 불퉁불퉁 화를 냈다.

"으…음… 내 코에 이상한 점은 없네. 화상을 입었을 뿐이지……."

코에만 화상을 입었다는 항변도 확실히 비웃음을 사는 원인이 되었다. 일동은 이번에야말로 소리를 내며 깔깔거리고 웃어댔다.

"그렇군요. 저도 그렇게 생각했습니다. 그런데 화상 자국은 매우 잘 떨어지는 것이라서요."라고, 회계를 보는 사내는 여전히 생각을 바꾸려 하지 않는다. 그것을 이어 받기라도 하듯 기사장(技師長)이 웃지도 않고 주절댄다.

"강 감독님 걱정하지 마십쇼. 떨어지더라도 제가 고무로 대용 코를 만들어서 진상(進上)하겠나이다."

요컨대 그들은 씨의 코가 매독에 걸려서 그리 된 것으로 머지않아 코가 떨어질 것이 틀림없다고 믿고 있는 것이 확실했다. 이 뭐라 해야 할 더럽고 불명예스러운 오해란 말인가. 그러나 씨는 기사장(技師長) 앞에서는 얼굴도 들지 못했기 때문에 조소가 폭풍우처럼 휘몰아치는 가운데를 헤치고 풀이 죽어서 퇴장하지 않을 수 없었다. 빌어먹을, 분하다. 언젠가 그대로 코가 통째로 없어진다고 한다면 차라리 낫겠다. 어째서 작고 착 달라붙어 있던 코가 이번에는 다시 터무니없을 만치 크게 부어올라서 나를 웃음거리로 만든단 말인가. 말도 안 되는 혐오감으로 오해까지 산다고 한다면 코가 없어지던가, 다시 가제를 떼고 맨살 코 그대로 걷는 편이 훨씬 좋을지도 모르겠다. 아 옛날의 작고 얼굴에 착 달라붙어있던 코가 그립다. 그런 슬픈 생각을 하면서 일터로 발걸음을 옮기자마자 이번에는 여기저기 모여 있던 여공들이 와 하고 손뼉을 치면서 벚꽃이 폭풍에 지듯이 흩어졌다.

"하얀 코! 하얀 코!"

씨는 아예 혼란해져, 감독 자리 뒤에 숨어서 가제를 떼어내면서, 흑흑 눈물마저 흘려댔다. 거기서 갑자기 일어나자마자, 씨는 허둥지둥 나와서는, 지나가던 급사를 발견하고, "급사!"라고 부르짖었다.

"자전차를 가져오게!"

그리고 이번에야 말로라고 생각하고 자전차를 타고 유명한 한방의를 향해서 달려갔다. 사마귀와 같은 몸을 한 비칠비칠한 노의(老醫)는, 마침 손목을 베개 삼아 얕은 잠을 자고 있던 참이었으나, "글쎄, 한 번 봐 볼까."라고 말하며 일어나서, 노안경(老眼鏡)을 끼고 씨의 코를 손가락으로 꼬집고 눌러본 후에,

"아암, 그렇고 말고, 양약으로는 도무지 고칠 수 없고말고. 여기에는 내 침이 가장 잘 듣지."라고 말했다. 그리고는 간단하게 치료를 맡아서 염낭에서 침상자를 꺼내, 부들부들 떨리는 손가락 끝으로 긴 침을 하나 집어 들었다. 씨는 한 손에 코가 붙잡힌 채로 두근거리는 가슴을 억누르기라도 하듯이 눈꼬리를 내리고 가만히 그것을 주시했다. 노의는 그리고는 침 끝을 머리칼도 없는 머리에 싹싹 문지르고 해독을 한 후 힘을 모으면서 씨의 코 구석구석 수십 군데에 깊게 침을 찔렀다. 그러자 검붉은 피가 줄줄 흘러내리는 것을 때때로 노의는 신문 자른 종이로 닦았다. 그는 침에 찔릴 때마다 얼굴을 찡그리고 이를 꽉 악물고, 엉겁결에 신음 소리를 내고 손을 펄럭펄럭 거리곤 했다. 그렇다고 해도 이렇게 무용한 피를 흘리면, 무심한 커다란 코라고 해도 반드시 예전처럼 작아질 것임에 틀림없다는 생각이 들어서, 숨을 할딱거리면서도 꾹 참고 있었다. 그것뿐만이 아니라 잘 되면 제아무리 예전부터 불그스름했던 코끝이라 해도 붉은 피를 흘리게 되면 정상적인 코색으로 돌아오지 말라는 법도 없다는 생각이 들었다. 사마귀도 없어질 것 같았다. 그건 그렇고 생각한 대로 약효가 뚜렷하게 나타나서 침치료를 받은 직후에는 눈에 보일 정도로 코가 작아졌던 것이다. 씨는 뛰어오를 듯이 기뻤다. 그런데 그 대

신에 코 전체가 붉게 짓물러서 군데군데 느즈러짐이 생기고 땀띠 난 피부가 물러진 자국처럼 되었다. 그것은 남에게 보여줄 만한 꼴이 아니었고, 게다가 욱신거리는 통증을 동반했다. 그렇다고 해도, 씨는 코가 작아졌다는 것 하나만으로도 기뻐서 어쩔 줄을 몰라했다. 요컨대 코만 작아진다면 밟힌 듯이 극히 작아진다 하여도 모양은 어찌 돼도 좋았던 것이다. 그런데 그 다음날 동틀 무렵 평소대로 눈을 뜨려고 하던 때, 어쩐지 자신의 얼굴 정중앙에 커다란 과일이라도 하나 올려져있는 듯한 무거움을 느꼈다. 그래서 움찔 놀라서 눈을 동그랗게 뜨고, 별안간에 손으로 그것을 쳐버리려고 했다. 그런데 그것은 꿈쩍도 하지 않는 것은 물론이고, 그 자체로 굉장한 고통을 안겨줬다. 이런 이런 코는 더욱 커다랗게 부어서 커다란 찌그러진 토마토라도 붙여놓은 듯한 상태였다. 훨씬 전에는 너무나도 작아서 자신의 눈으로는 코끝조차 보이지 않던 것이, 지금은 자신의 눈 앞에 커다랗고 불그스름한 두 개의 원을 그리고 흡사 커다란 혹이 달린 토마토처럼 착 달라붙어 있는 것이었다. 씨는 낭패스러워서 미친 듯 소리를 지르며 일어나서 허둥거리며 상태가 어떤지 거울을 가져다 보고는, 어이쿠 전혀 코가 보이지 않는 것이 아닌가. 코가 너무나 커져서, 작은 거울 밖까지 넘쳐나고 있었다. 그래서 더욱 더 놀라서 큰 거울 앞에 다가가서 보자, 거울 한 면이 불그스름했다. 그 날 여공들은 씨의 코를 보고, 꽃이 열매를 맺었다고 배꼽을 쥐고 웃어대는 것이었다. 하지만 여공들의 그러한 광경이 지금은 정면에서 보이는 터도 아니어서, 씨는 고개를 옆으로 돌려서 그것을 전방에 부풀어 오른 코 옆으로부터 사팔눈으로 가만히 원망스러운 눈으로 바라보았던 것이다. 씨는 도대체 지금부터 어찌하면 좋을지 도무지 짐작도 가지 않았다. 가슴에 손을 대고 조용히 생각해보자 역시 무엇이든 간장 위 묘지 때문에 이러한 불행이 초래됐다는 사실은 부정할 수 없었다. 그것을 본말전도(本末顚倒)하는 식으로 코에 관해서만 몹시 애가 탔기 때문에, 괴로워서 몸부림치면 칠수록 명주의 영혼이 자신을 꼴사납게 여겨 신출귀몰한 수

법으로 더욱더 괴롭히려고 했다. 그래서 씨도 하는 수 없이 인과(因果)에 대해서 한편으로는 체념의 경지에 도달하여, 이제와서 아무리 고통스럽다고 하더라도 보답받을 리가 없으므로, 지금부터는 괴상한 코를 있는 그대로 내버려두고 가능한 아름답게 보여주리라는 생각을 짜내기로 했다. 그래서 파우더와 파프[7]를 준비하여 남의 눈을 피해서 코에 두드려보거나, 때때로 물리도록 주먹으로 코를 때려보거나, 힘껏 꽉 끌어당겨보거나, 혀를 말아 올려서 날름날름 핥아보거나 했다. 그러나 이것도 저것도 약간의 효과도 불러오지 못했다. 거꾸로 코를 몹시 괴롭게만 할 뿐이었다.

그런데 그럭저럭 이삼 일간 자중하고 있는 사이에, 씨는 여전히 포기할 수 없어서 정말 마지막이라고 생각하고 무녀(巫女)를 찾아갔다. 그것은 보통수단으로 될 코가 아니기에, 신(神)의 힘을 빌리려고 생각했기 때문이었다. 그래서 자신의 기괴한 꿈에 의해 코가 곤란하게 됐다는 전말에 대해서 털어놓고, 선후 처치에 대해 묻자, 얼굴을 붉은 두건으로 휘감은 무녀는,

"나는 제주도 신혈(神穴)에서 나온 신장(神將)이다."라고 주문을 외고 나서는, 눈을 희번덕거리며 천정을 향해서 다섯 여섯 개를 묶음으로 만든 대나무 화살을 올렸다 내렸다 해가면서 신탁을 받더니, "돌신의 치마저고리다. 너는 함부로 돌을 만지작거린 기억은 없느냐?"라고 말했다.

"네 있습지요."

씨는 퍼뜩 이삼일전 일이 떠올랐기 때문에 두려워졌다.

"으…음… 저는 그저께 개에게 돌을 던졌습죠."

"음, 이 뭐라 해야 할 죄를 저질렀단 말인가. 혹시라도 신령님이 깃들어계신 돌로 개 따위에게 던졌다고 한다면……."이라고, 매우 과장되게

7) 의약품과 기름 성분을 섞어 따듯하게 하여 종이나 천에 발라 염증부에 붙여 찜질하는 것.

눈을 부라리고 신령님께 교신을 했다.

"참으로 위대하신 돌 신령님이시여, 평양부 고무공장 감독 강대균이라는 자가 지금 무릎을 꿇고 신전에서 죄를 용서해주실 것을 간청하나이다. …… 허어, 그러하시옵니까. 쌀 한 말에, 흰떡을 세 그릇, 비단을 사반(四反).[8] 예, 그것을 당장 바치고 빌라고 하시는 것이옵니까."라고 말하고 씨의 무릎을 뒤흔들면서, "자, 자, 잘 들었는가? 허어, 신령님, 그렇군요, 바쁘시니 어서 돌아가셔야 한다는 말씀이시군요. 허어……그래서 역시, 지금 당장 그에 상당하는 지성을 다하여 빌면 되겠다고요. 예, 그렇군요. 그렇게 하면 코는 천리석(天理石)처럼 더욱 신령님의 영험하신 능력으로 세상에서도 아름다운 형태로 만들어 주시겠다고 하시는 것입죠. 아아, 고마우신 말씀입죠, 고마우신 말씀입죠, 자, 자 어서 바치시지 못하겠는가. 어서 바치시라니깐."이라고 독촉을 당하여, 멍해져서 씨는 호주머니에 손을 넣었던 것이다.

그러한 모양으로 강대균 씨는 족히 반달치 급료를 불행한 코 때문에 낭비한 것이지만 어떠한 방법도 전혀 효과를 보지 못했다. 공장에서 동료들은 말할 것도 없고, 여공들까지 씨의 보통이 아닌 고심을 눈치채고 법석을 부려대서 일이 마치 씨의 코를 웃어대기 위해서 존재하는 것처럼 보였다. 지금은 코 맨살에 때때로 몰래 파우더를 두드려 보지만, 그러한 때에 씨의 코 스스로 애달픔을 느끼고 있기 때문인지, 저절로 한층 빨갛게 부어올라서 부걱부걱 꿈틀거렸다. 가끔 변소에 갈 때를 틈타서, 다른 이의 눈이 닿지 않는 것을 다행이라고 여기고 손으로 마치 태연하게 살짝 만져보았다 그렇다함은 아직도 완전히는 포기하지 못한 채 다음과 같은 미련이 남아있는 것으로 보였기 때문이다. 어쩌면, 자신의 코만이 다른 이들 것보다 쓸데없이 크고 추하다고 말할 수 있는 것은 아니다. 다만 언제나 너무나도 신경을 쓴 나머지 부질없이 그렇게 생각되

---

8) 1반은 2장 8척.

어, 그 탓으로 타인에게 웃음거리가 된 것인지도 모르겠다. 요컨대 자신의 코가 좋든 싫든 너무나도 갑자기 변했기 때문에 우선 다른 사람들이 깜짝 놀랐다고 하는 편이 타당할 것이다. 즉 지금으로서는 눈에 익지 않아서 그런 것이고, 적어도 남의 위에 서는 신분인 감독의 코는 저러해야 한다고 녀석들도 생각을 고쳐먹을지도 모르겠다. 그러므로 새삼스럽게 신경 쓸 필요가 없는 것이다. 게다가 실상은 정말 자신의 코가 괴상망칙하다 할지라도 이 세상에는 신이 있는 이상 괴상하다는 것이 존재할 터이므로, 별로 고민하지 않으면 언젠가는 반드시 깜짝 놀랄 정도로 코가 예전 상태로 돌아오지 말라는 법도 없는 것이다. 그런 연후에 태연한 척하며 살짝 만져보는 것이었다. 그러나 가슴은 기적을 기대하는 마음으로 말할 수 없을 정도로 두근두근 거렸고, 그런데 별 효과가 나타나지 않은 것이 확실해지자, 이번에는 간장 속에서부터 피의 맥동(脈動)에 실려서 어느 틈에 꿈속의 행렬이 내는 곡성이 들려오기 시작했다. 요즘 들어서는 특히 이 불길한 환청이 빈번해지고 있었다. 묘지에서부터 오는 불길한 예감은 잠시도 씨를 가만히 내버려두지 않았지만, 코가 정상으로 돌아온다면 자연히 묘지도 없어져버리고 모든 것이 별탈없이 해결될 것이라는 기대가 강해서 오직 그 기대에 모든 것을 걸고 있었다. 그런데도 전혀 코는 예전으로 돌아가려는 기색을 보이지 않았다. 그래서 분을 다투고 초단위로 닥쳐오는 죽음에 대한 공포와 절망에 숨이 멎을 것 같은 기분으로 씨는 이제 살아있는 시체와 같았다.

그런데 얼마 지나지 않아서 씨에게 최후와도 다름없는 일이 닥쳤다. 신기한 것은 공장주가 부른다고 하기에 이층에 올라가자, 금니를 죽 끼워 넣은 새우등을 한 공장주가 작고 날카로운 혀를 다시면서, 이번 달을 끝으로 공장을 그만두라고 하는 것이 아닌가. 씨는 전혀 예상하지 못한 너무나도 급작스러운 통고에 발밑이 무너져서 붉은 코색으로 녹아드는 것 같았다. 씨는 놀라고 슬픈 눈을 감고 잠시 망연히 있었지만 문득 손을 대서 자신의 코를 가려서 감추었다. 공장주는 처음에는 씨의 코가 다른 사람이 외면할 정도로 추한 것이 된 것을 봤을 때 그 정도라면 여공들도 두렵고 놀라서 묵묵하게 일을 열심히 할 것이라고 회심의 미소를 지었던 것이다. 그러나 막상 돌아가는 일의 형국을 주의해서 보자, 어째서인지 강감독은 바보처럼 풀이 죽어서 얼간이처럼 되었고, 여공들은 또 여공들로 또 이상하리만치 들떠서 씨의 코 때문에 떠들기 시작해서 전혀 일에 힘쓰지 않는 모양새였다. 그래서 공장주는 결국 감독을 바꾸지 않으면 안 되겠다는 결심을 하기에 이르렀던 것이다.

"어째서 코 따위를 싸서 감추고 있는 건가."

공장주의 눈은 번쩍거리며 광을 냈다.

"자네에게 말해두네만, 어디에 가든지 콧대가 세지 않으면 일하기 힘들어. 유감이지만 어쩔 수가 없네."

"네"라고 씨는 고개를 떨구고 넘쳐흐르는 눈물을 쥐어짜면서 인사를 했다. 전신이 축 늘어지는 듯한 기분으로 휘청거리면서 겨우 그곳을 빠져나올 수 있었다. 저주의 최후가 이렇게도 가혹한 식으로 다가올 줄이야. 아 이 뭐라 해야 할 인과응보란 말인가. 그렇게 부어오르고 싶은 것이라면, 배꼽이나 방광이나 혹은 젖이던가, 그러한 것이라면 조리에 맞는 이야기다. 그것이 하필이면 코가 부어올라서 마침내는 자신의 주인된 자의 모가지까지 날아가게 하는 것은 당치않은 이야기가 아닌가. 또한 다른 곳도 있는데 장례와 같은 재수없는 행렬이, 어째서 한마디 의논도 없이 타인의 콧구멍을 지나서, 게다가 귀중한 간장 위에 무덤을 파는 것이란 말인가. 엎질러진 물은 그렇다고 해도 살아남기 힘들어서 죽음을 각오하고 있다고는 하지만 그것이 다른 죽음과 너무나 비교가 됐다. 예를 들어 병사라던가, 수영중의 익사라던가, 혹은 기차가 전복돼서 불의의 죽음을 당했다라고 한다면 그래도 면목이 선다고 할 것이다. 충분히 이웃사람이나 동료들이 슬퍼해줄 것이고, 또한 아름다운 여공들도 울며 슬퍼해줄 것이고, 게다가 잔뜩 조위금(弔慰金)도 내서 죽음이라는 새출발을 훌륭하게 장식할 수도 있지 않겠는가 말이다. 그런데도 하룻밤에 간위에 묘지가 파헤쳐져 코는 부어오르고, 설상가상으로 직장까지 잃어버려서 다짜고짜로 아사(餓死)하게 된다면, 이 뭐라 해야 할 가엾은 죽음이란 말인가. 이층부터 내려가면서 계단을 밟을 때마다, 씨는 나락 밑으로 떨어져 가는 듯한 기분이었다.

콧대 세게, 콧대 세게인가……라고, 씨는 공장주가 말한 마지막 교훈을 연거푸 읊어 보았다. 그런 말을 듣고 보면 이 모든 것이 역시 어찌되었든 자신이 코가 변화하는 것에 대해 너무나도 풀이 죽어서 자존심이 없어졌기 때문이라고도 생각됐다. 하기는 씨는 충실한 종업원으로서 공장주를 신처럼 받들었으며 그의 말이라면 무엇이든 명심하고 권권복응(拳拳服膺)하는 천성이었다. 그때 뜻밖에 그것참 어찌된 일인지, 어쩌면 내 코야말로 콧대가 센 표본이라고 말할 수 있는 광채가 흐드러져 아름다운 상태인지도 모른다는 기분이 드는 바람에 씨는 멈춰 섰다. 그러자 갑자기 인생에 대한 기묘한 자신(自信)과도 비슷한 감정이 부글부글 가슴 속에서 부풀어 올라서 씨의 눈앞에 갑자기 새로운 세상이 열린 것 같았다. 역시, 콧대 세게 나가고 볼일이다. 말하자면 내 코는 세상에 그 진가를 묻지 않으면 안되는 훈장과도 같은 것으로 나야말로 이 코를 통해 무엇인가 말하지 않으면 안 된다. 그래서 씨는 좋아 내게는 더 이상 어떤 것도 무서울 것이 없다 라고 가슴을 펴고 큰 발걸음으로 쿵쿵거리며 내려가기 시작했다. 세상에는 이와 같이 기묘한 자신(自信)이라는 것이 존재하기 마련이며, 반드시 걸맞지 않게 내세우고 횡포와 방만하는 것만이 범람하는 경향이 있다. 어찌되었든 거기서 계단을 다 내려가자, 작업장으로 통하는 문을 탁하고 차서 열었다. 아 귀찮아, 난 뭘 위해서 지금까지 코에만 매달려서 그것을 고치려고만 하였단 말인가. 오늘과 같은 눈부신 코가 있는 것은, 확실히 간 위에 묘지가 하나 생겼다는 것에 기인하는 것이므로, 오히려 명주의 묘지에 대해서조차 경의를 표시해야 하지 않겠는가. 아차, 그러나 그렇게는 되지 않지 라고 다시 생각했다. 왜냐하면 역시 그 묘지로 인해서, 언젠가 멀지 않은 날에 자신은 간장병으로 죽을 것이 틀림없었기 때문이었다. 그렇다면 좋다, 무엇이든 두려워 할 것 없이, 이 괘씸한 명주의 묘지를 다른 곳에 이전시켜야 하지 않겠는가 말이다. 그러한 생각에 이르자 갑자기 다시 당황했다. 역시 간장에서 묘지를 쫓아내는 것만이 선결과제인 것은 알았지만, 과연 어떤 방법으로 그것을 이룩할 것인가 말이다. 씨는 멈춰서서 자신의 코를 매우 소중하게 양 손바닥에 끼우고 문지르면서 생각해보았다. 물론 외과의에게 부탁하여 대수술을 하는 것이 가장 확실한 방법이기는 하지만, 그렇게 하기 위해서는 막대한 비용과 고통을 감수하지 않으면 안 되었고, 아무리 콧대가 세다 해도 방도가 없었다. 그러자 이번에는 하늘로부터 받은 계시인지 지관(地官)을 찾아가는 것이 좋겠다는 생각이 섬광처럼 번쩍 떠올랐다. 그렇지 그래야 하고 말고! 라고 씨는 자신도 깜짝 놀랄 정도의 소리를 지르는 동시에 그 길로 터벅터벅 유명한 풍수 선생의 집을 찾아갔던 것이다. 풍수선생은 마침 집에 있었고, 좁은 뜰 앞 나무그늘 아래서 돗자리를 깔고 앉아서, 웃통을 벗고 이를 잡고 있는데 한창이었다. 허리는 활처럼 휘었고, 얼굴도 목도 손도 말할 것도 없이 전신에 마른버짐이 피어있는 불결한 칠십도 넘은 노인이었다. 노인은 손을 귀에 대고 가까이 다가와서는 씨의 기괴한 꿈 이야기에 끄덕끄덕 거렸지만 혼자서 무척 재미있다는 듯 헤헤헤 거리며 웃었다.

"그렇구먼, 뭐니뭐니 하여도 구산(求山)이라는 것은 정말로 중요하지. 부모나 형제 자매의 경우에는 후회없이 명당을 고르고자 하는 것은 이상한 일이 아니네. 그러나 허락도 없이 남의 콧구멍에 장례식 행렬을 진행하여, 게다가 남의 간 위에 묘를 쓴다는 것은 정말로 괘씸한 일이구먼……."

"아 정말 그렇습니다. 괘씸하고 말구요."

씨는 으스대면서 콧대를 하늘에 밀어 올려, 위세가 굉장하다는 것을 보여줬다.

"그러므로 으…음… 무언가 묘법이 없는지 묻고 싶은 겁니다."

"그게 묘수가 있기야 있기는 한데, 내가 아니면 어렵다네. 그러나 녀석들도 머리를 짜내서 분명히 훌륭한 풍수가에게 장소를 선정 받았을 것으로 보이네만. 그야말로 남의 간위라는 명당자리를 보증할 수 있구말고. 그러나 이쪽도 입다물고 있을 수만은 없으니까 용서할 수가 없구만. 헤헤헤. 그러므로 만사 제쳐두고 저 녀석들에게 하루 빨리 다른 곳으로 묘지를 옮겨달라고 해야지."

"폭력 사태로라도 상관없으니까, 이번 달 안에 옮겼으면 좋겠습니다. 그믐달이 지나면 으…음… 나는 이미 목숨이 붙어있지를 않겠으니."

"목숨이 붙어있지 않다고? 글쎄, 그러면 한 가지 확인해 둘까보네."라고 말하고, 노인은 이를 눌러서 찌그러뜨리고 손가락 끝으로 씨의 커다란 코를 서서히 만지작거리다가, "그렇군, 역시 예상한 대로군. 관상서에서 말하기를, 비무골기자(鼻無骨氣者)는 일찍 죽는다고 했거니, 역시 코가 커다랗게 부어올라서 조금도 코에 기(氣)가 없구만. 이래서는 한시라도 빨리 무언가 조치를 하지 않으면……."

"그러니까, 으…음… 지금 제정신이 아닌 겁니다. 빨리 묘법을 가르쳐주시지요."

"아암 그러고 말고, 그 정도 일은 별일도 아니야. 묘지만 옮기게 하면 자네의 그 코도 자연히 치유될 것이니까 걱정하지 말게나. 어찌되었든 녀석들은 정말로 좋은 곳에 구산(求山)하였구만. 어쨌든 이 녀석들 보다도 선견지명이 있어 보이는군. 예전에, 이(虱) 이대(二代)째는 말이지, 부모가 죽었기 때문에 사람의 몸 위를 샅샅이 구산을 위해 돌아다녔지만 역시 간 위에 묘지를 쓴다는 것은 알지 못했던 것 같았으니까……."라고 말하면서, 생각이 없는 것인지 혹은 사려 깊은 것인지 중요한 곳을 피해갔으므로, 초조해져서 안달이 난 강대균 씨는, 에라 빌어먹을! 이 늙어빠진 선생이 돈이 탐나는 것이군이라고 생각해서 한 차례 몸을 떨고 나서, 호주머니에서 일원짜리 지폐를 두 장 가량 꺼내서 낱장으로 떨어뜨려 보였다. 상당히 모욕할 요량으로. 풍수노인은 그것은 전혀 눈치

채지 못한 채를 하고서는, 갑자기 이가 움직이기 시작해서 그렇다고 말하지는 않았지만 옆구리를 박박 긁기 시작하다가, 갑자기 머리를 못처럼 살짝 비틀어서는 이를 찾아 두리번거렸다.

"그러나 이 녀석들도 의외로 바보로 볼 수 없는 것이 녀석들로부터 상당히 배울 점이 많다는 점이라네. 최초 저 이(虱) 녀석의 이대 째는 말이지 관자놀이 위에 기어올랐던 것이라네."

드디어 답답한 논조로 풍수노인의 이야기가 옆으로 새기 시작했다. 젠장 재미없군, 이라고 씨는 콧대를 벌름거리면서, 으음으음 신음했다.

"그런데 관자놀이 위부터 내려다 보게 되면 말이네, 앞 방향에는 주작(朱雀)[9]의 한 봉우리가 높이 솟아 있고, 뒤에는 현무(玄武)의 송림에 이어지고, 청룡(青龍)과 백호(白虎) 방향에 있어서는 양쪽의 호수가 심수(深水)를 가득 채우고 있었네. 그래서 녀석들은 생각했던 것이네. 전방의 주작에 일의대수(一衣帶水)[10]가 보다 더 안성맞춤인데, 양쪽 호수라는 것은 잠시 생각해 봐야 할 문제이므로, 터덜터덜 양쪽 호수 사이를 지나서 콧마루를 거쳐서 코끝에 이르러 멈췄던 것이네. 그곳에서 둘러보고, 이번에는 왼쪽의 청룡 오른쪽의 백호도 늠름하고 양쪽 뺨이 솟아있고, 북쪽에는 현무의 고원(高原)이 이어져서 죄송한 말이지만 말이네, 비바람이 거칠어서 천지가 혼돈해지고, 부모의 묘지가 그 구렁에 집어삼켜지는 사태가 있어서는, 그 끝이 염려되는 것이었다네……."

노인은 검은 손가락 끝으로 하얀 몸을 내민 커다란 이를 꾹 눌러 죽이고, 저 혼자 허허허 하고 웃었다.

"미련한 놈. 아마 이 놈은 아무래도 부모를 강에라도 버린 것처럼 보

9) 사신(四神)의 하나. 남쪽 방위를 지키는 신령을 상징하는 짐승을 이른다. 붉은 봉황으로 형상화한 것.
백호(白虎), 청룡(青龍), 현무(玄武)(『표준국어대사전』 참조).

10) 한 줄기 좁은 강물이나 바닷물.

이는 구만. 이렇게 노망난 나 따위에게 붙잡혀서 죽임을 당하는 운명인 것을 보니…….”

“아, 정말 적당히 좀! 으…음… 난 정말 시간이 없다니까 그러시오. 지나치게 애를 태우시면 내 콧대가 용서하지 않을 거요…….”

“허허, 자네 그리 바보처럼 성급하게 굴어서야. 그렇다는 것은 분명히 자네의 선영(先塋)은 안산(按山)[11]을 지나치게 가깝고 옹색하게 만든 것으로 보이는 구만. 그렇게 서두르지 말고 내가 하는 말을 잘 듣고, 틀림없이 해야 한다네. 더러 저 이 녀석의 이대째는 포기하고 코끝에서 내려오면, 입가를 지나서 목덜미를 거쳐서 가슴 정중앙 나무 숲에 당도한 것이네. 그러자 확실히 그곳이야말로 한 점 나무랄 데가 없어보였단 말이네. 구불구불하게 평야가 펼쳐져서 끝도 없이 이어져 있고, 좌우에는 청룡산(青龍山), 백호봉(白虎峯)이 번갈아 우뚝 솟아있고, 게다가 나무숲 안이므로 침착성도 되찾았고, 현무 주작 어느 쪽을 보더라도 망막(茫漠)한 천리(千里)였고, 묘지로는 흠잡을 데가 없었다네. 그래서 잠시 서성대다가 이곳으로 정하자고 골똘히 생각하고 있을 때, 한 마리 이가 깡충깡충 뛰면서 지나가는 것이 아닌가. ‘자네 생각으로는, 우리 선조를 여기에 묻어드리는 것이 어떨 것 같은가. 자네 생각으로는’이라고 물어보았더니 말일세, 요 이라는 녀석이 멈춰 서서 수염을 쓰다듬으면서 말한다는 것이, ‘거기는 그만두는 편이 좋을 것이야. 자네는 아직 모르는 모양일세만, 양측 산은 유(兪[乳]) 씨의 묘소거든, 그 사이에 묘지가 끼게 되면 정맥(精脈)이 끊어져서 무엇 하나 좋을 것이 없을 걸세’라고 한다. 역시 들어보자 그것도 그럴 것 같아서, 다시 터덜터덜 기어 내려가, 이번에는 배 정중앙에 내려가 보니, 어떤가 말이네. 사방팔방이 망망하고 이곳이야 말로 바로 이렇다 할 특색은 없었지만, 그에 상응하여 화가 되는 것에서 모든 것이 연이 먼 무난한 장소로 보였으며, 자손의 창성(昌盛)을 위해서

11) 앞산.

도 안성맞춤이라고 생각됐다네. 청룡, 백호, 현무, 주작도 그다지 온당하지 않았고, 이곳이야 말로 왕도를 세울만한 명당이라는 생각이 들었지 뭔가. 그래서 빨리 이(虱) 녀석 이세는 우리들의 배 정중앙에 커다란 묘자리를 파기 시작했다네. 그것도 모르고 이의 묘지를 우리들은 배꼽이라고 부르는 것이라네. 그런데 커다랗게 묘혈(墓穴)을 파서 관을 묻고 나서 내려가는 도중에, 주작에서 까마득하게 먼 저편 기슭에 묘지가 하나 있는 것을 눈치채고, 다른 이들에게 물어보자, 홍문일가(洪[肛]門一家)의 선영이라고 하는 것이었네. 어찌되었든 그러한 형국으로 이와 같은 것조차도 묘지를 소중하게 생각하고 정한 것인 만큼, 어쨌든 오늘날 이일족(虱一族)의 융성이 있었던 것이네. 허허, 어럽쇼, 또 한 마리가 바스락바스락 기어들어 가는구먼."이라고 말하면서, 이번에는 반대 측에 목을 구부리고 옆구리 가장자리를 걷어 올리고 행방을 조사하기 시작했다.

"……알았는감. 그러니 더구나 사람은 어떻겠는가. 남의 간 위라도 상관없단 말일세. 그러나 어찌되었든 타인의 간 위까지 와서 묘지를 쓸 정도니까, 녀석들도 남들보다 더욱 더 심사숙고한 끝에 내린 결정이라고 생각하네만. 그것을 말이네. 다시 이 쪽에서 파내서 다른 곳에 옮기기를 바라는 것이므로 녀석들로서도 입다물고 지켜보지만은 않을 것일세. 그렇다고 해도 그 묘지 친척이 사는 곳에 가서 아무리 자네 말이네 콧대 세게 승강이를 한다하여도 끝장이 날 것 같지는 않겠고. 그래서 막연하게 생각해서는 이만저만한 일이 아닐세 그려. 그러나 자네 나름대로 괴로움이 이루 말할 수 없고, 게다가 귀중한 생명과 코에도 관계되기 때문에 만냥이 들어도 아깝지 않을 것일세. 내 말이 무슨 뜻인지 잘 알겠는가."

"네, 정말 말하신 그대로 입니다만……."이라고, 강대균 씨는 어리석게도 풀이 죽어서 수긍하고, 그리고 오히려 감격하여 마지막 일원 지폐를 꺼내서 노인의 방석 아래로 밀어 넣으면서, "으…음… 물론 그 죽은 여자의 부모를 경찰에 호출하여 속히 괘씸한 묘지를 옮겨 달라고 하면 되겠지만."이라고 말하고, 별 도리가 없을 때에는 그렇다 경찰에게라도 울며 애원하는 방법을 쓰지 않으면 안 되겠다고 생각하며 새로운 힌트에 자신감을 찾으면서,

"그러나 더욱 간단하고 빠른 방법을 듣고 싶은 것입니다. 으…음… 내 생명은 일각을 다투고 있는 상태라서……."

"그렇구먼 그것도 무리도 아닌 일일세. 어쨌든 간에 묘지가 파헤쳐져서 그대로 우물쭈물하고 있다가는 목숨도 남아나지 않을 거네. 자 이제부터 내가 묘법을 하나 전수해주겠네. 잘 들어두는 것이 좋을 걸세. 애시당초 자네의 묘에는 말일세, 그곳을 얻지 못하면 사염(蛇染), 수염(水染), 탄염(炭染), 모염(毛染), 목염(木染)이라고 하는 불길한 일이 일어나게 되네. 알겠는가? 사염이라는 것은 즉 뱀의 무리가 소굴을 이루는 것일세, 목염이라 함은 즉 물이 모여서 사체가 물에 팅팅 불어 오르는 것을 이름일세, 그리고 탄염이라 함은 묘 속에서 시꺼멓게 변색되어버리는 것일세, 모염이라던가 목염이라는 것은 풀뿌리나 나무뿌리가 무성하게 자라서 사체를 얽어매는 것을 말함일세. 그렇게 되면 그 일족에게는 반드시 좋은 일이 일어나지 않는다네. 그러므로 내 묘법이라 함은, 즉 그 괘씸한 묘지 속에 지금 말한 것 중에 어떤 것이든 일어나게 해서 그 일족에게 속속 나쁜 일이 일어나게 하면 결국에는 배겨내지 못하고 자신들이 나서서 묘지를 다른 곳으로 옮길 것이라는 것이지. 알겠는가. 알아들었는가. 그렇게만 된다면, 코는 별일 없이 저절로 원래대로 돌아올 것이 틀림없네."

"그래서 그 묘법이라는 것은?"이라고 씨는 이제 이것으로 안심이라고 생각하고 배를 쑥 내밀었다.

"이건 극히 쉬운 처방일세만, 요컨대 뱀을 말이네 몇 마리고 통구이를 해서, 식초에 찍어서 먹는 것이 하나의 방법일세만. 그렇게만 하면 반드시 사염이 일어날게야."

"농담은 관두쇼. 그리하면 내 간장에 뱀 무리가 소굴을 이루게 될 것

인 아닙니까."라고 씨는 깜짝 놀라서 눈을 커다랗게 떴다.

"그렇네. 허나 그것에는 적지 않은 돈이 필요하게 될걸세만. 그렇다면 이렇게 해보는 것은 어떻겠는가. 즉 수염하고 탄염이 합쳐서 일어나게 하는 것 말일세만……."

"그렇다고 한다면, 으…음…."이라고 말을 더듬으면서, 강대균 씨는 생각지도 않게 무릎걸음으로 좁혀 앉았다.

"즉 그렇게 하는 데는 말일세만, 생수를 주전자에 넣어서 거기에 숯을 두세 개 넣고, 함께 달여서 하루에 세 번 한 그릇씩 마시면 된단 말일세. 녀석들에게는 반드시 대단한 소동이 연이어서 일어나서, 사오일 중에 반드시 묘지를 옮기지 않으면 안 될 것일세. ……아암 그렇고 그렇고말고 그것으로 충분허이. 코는 하룻밤 만에 다시 원래대로 돌아올 것이니까 걱정하지 않아도 됨세."

일이 겨우 도리에 지극히 맞았고, 더구나 정말로 간편한 묘법을 배운 씨가 바로 귀택하여 그것을 실행에 옮겼을 것이라는 것은 말할 필요도 없는 이야기이다. 하루에 세 번 빼먹지 않고 씨는 끓는 물에 숯을 넣고 달여서 대접으로 한 그릇씩 꿀꺽꿀꺽 마셨다. 낮에는 공장으로 직접 마누라에게 주전자를 가져오게 했다. 그것을 본 동료들은 비웃음과 동시에 마음속으로 적지 않은 동정심마저 갖게 되었다. 다만 천진난만한 여공들만은 코가 씨의 목에까지 영향을 미쳐서 결국에는 씨를 죽음에까지 이르게 하는 중대한 사실은 알지 못한 채, 여전히 잔인한 마음으로 이제 곧 분명히 강 감독의 코는 새까맣게 변할 것이 틀림없다고 속닥거리는 것이었다. 그러나 이미 꺽이지 않는 불굴의 정신을 쟁취할 정도로 뻔뻔한 위를 갖추게 된 씨에게는 이제 그러한 것은 아무렇지도 않았고 안중에도 들어오지 않았다. 그리고 얼마 지나지 않아서 불가사의하게 마침내 기상천외한 기적이 나타나게 되었다. 정말로 우리 조선에는 곤란할 정도로 굉장한 코가 있고, 또한 그와 함께 오묘한 치료법도 있는 것이었다.

그 싼값의 묘약을 쓰기 시작한지 겨우 삼일째 되는 날 강대균 씨는 실로 기묘한 꿈을 다시 꾸게 되었다. 동틀 무렵 꾸벅꾸벅거리고 있을 때, 예전에 왔던 장례 행렬에 있던 사람들이 그때 구산(求山)을 했던 풍수가 노인의 목덜미를 꽉 쥐어틀고 앞장 세워 가까이 다가오고 있었다. 그러자 어느 틈엔가 예전과 흡사 마찬가지로 베개 근처로 졸졸 기어 올라왔다. 이런이런 약이 효험이 있는 것인가, 그것이 아니면 끝내 성묘를 하러 온 것인가라는 기대와 불안이 뒤섞인 기분으로 몰래 감시하고 있을 때, 그들은 무언가 흥분한 가운데 소란법석을 떨어가며 귓가를 지나서 얼굴 위로 어슬렁어슬렁 나아가기 시작했다. 그때 그들이 말하는 것이 분명하게 귀에 들려왔다.

"야, 이 사기꾼 같은 놈아. 엉터리 명당도 다 있구나. 사흘 동안 두 명이나 비명횡사를 하질 않나 가게는 몽땅 타버려서 장사도 다 들어먹게 되는 저 따위 명당도 개똥이나 있냔 말이야. 야, 이 빌어먹을 영감탱이야. 이 모든 것이 네놈이 골라준 묘자리 때문이란 말이야……."

만세, 해냈다 라고 씨는 저도 모르게 주먹을 꼭 쥐면서 마음속에서 환성을 내질렀다. 그들에게 큰 일이 연이어서 일어난 것은 사실임이 분명했다. 그들은 풍수가 노인을 발로 차고 주먹맛을 보여주면서, 콧구멍을 향해서 숨가쁘게 들어왔다. 곡괭이와 삽을 짊어진 인부들의 모습도 대여섯명 보였다. 콧구멍을 빠져나가서, 풍수가 노인은 괴로운 나머지 버둥버둥 거리며 씨의 콧구멍을 흙발로 차고, 게다가 한 손에 갖고 있던 긴 담뱃대로 손을 버둥댈 때마다 세게 코뼈를 두드려 패거나 했다. 그래서 코는 참기 힘들 정도의 고통에 욱신거려서 저도 모르게 눈물까지 나왔다. 그렇다고 해도 저 저주받아 마땅한 괘씸하기 그지없는 풍수 보는 늙다리가 지금은 인과응보 법칙에 따라서 고문을 당하면서 잡아 끌려나가, 자신의 콧구멍을 통과하여 목구멍을 따라 내려간다고 생각하니, 쌓인 체증(溜飮)이 싹 내려가는 기분이 들었다. 역시 묘지를 옮기려 하는 것이 분명하다고 설레임을 안고 생각하고 있을 때, 예상대로 그들은 우여곡절 끝에 접어든 길을 더듬어서 간장에 당도한 후에 인부들이 곡괭이 삽을 써서 명주의 관을 파내기 시작했다. 비견할 수조차 없는 소생(蘇生)의 기쁨에 씨는 그다지 고통마저 느끼지 못했을 정도였다. 인부들은 관을 어깨에 올렸고, 그 뒤로는 친족이 뒤따라서 씨의 체내를 콧구멍을 통해 빠져나갔다. 그 순간 너무나 기쁜 나머지 씨는 환성을 올림과 동시에 퍼뜩 눈을 떴다. 그래서 벌떡 일어나자마자 잽싸게 자신의 코에 손을 대고 보았다. 그래도 처음에 손을 부들부들 떨면서 코로 가져갔고, 집게손가락만을 뻗어서 살짝 코끝에 대보았다. 기분 탓인지 감촉이 지금과는 다르게 탄력이 있었던 같아서, 씨는 드디어 기세가 올라서 꾹 눌러보았다. 눌러보자마자 씨는 확신을 갖고 놀람과 기쁨 속에서 싱글벙글거리면서 힘껏 꽉 코를 엄지손가락과 집게손가락으로 잡아보았다. 자 보아라, 분명히 코는 작아졌지 않았느냐. 씨는 코를 잡은 채로 펄쩍 뛰어오르자마자, 거울을 내려서 얼굴을 내밀고, 어두컴컴한 전광(電光) 아래서 코를 비춰보았다. 역시 코는 작아져 있었다. 게다가 예전의 짓밟힌 코보다도 완전하게 균형이 잡힌 아름답고 곧은 코가 그곳에 있는 것이 아니겠는가. 더구나 작은 사마귀도 떨어져나가서 스마트해보였다.

"이 여편네야."

강대균 씨는 옆에서 정신없이 자고 있는 부인의 엉덩이를 탁하고 찼다. 부인은 깜짝 놀라서 벌떡 일어났다.

"내 코를 보라고! 음, 으…음… 어딘가 달라졌지 않아. 그치, 그렇지. 자 눈을 비비고 확실히 보는 것이 좋을 거요!"

씨는 가슴이 두근두근 거리고 있었고, 기대로 인해 눈을 부릅떴다.

"……아무것도 변한 게 없어요. 여보."

미련한 부인은 눈을 비벼대며 씨의 얼굴을 뚫어져라 쳐다봤지만, 중대한 변화를 이번에도 인정하지 못했다.

"당신은 요즘 미쳐있는 것이 분명허요. 어째서 그런 말만 해댄댜. 어쩌면 잠결이라 어리둥절한 말만 하는 것인지도 모르겠네."

"뭐라고. 이 멍청한 년 같으니라고. 내가 잠결이라 어리둥절하다고?

음, 으…음… 제기랄, 내 코가 훌륭하게 되어있지 않은가 말이야. 그것을 묻고 있는 것이야! 어이 이봐 내 목소리도 낭낭하지 않느냐 말이야. 으…음… 비성(鼻聲)은 이제 없다고!"

정말로 그러는 사이에 씨의 목소리까지 변해서 비성이 아니라, 실로 시원하고 낭낭한 소리로 변했음을 눈치챘던 것이다. 그러나 그 순간에 어렵쇼 내가 잠이 덜 깨서 이렇게 경사스러운 착각을 일으키고 있는 것은 아닌가하고 갑자기 걱정이 되었기 때문에, 자신의 오른쪽 손으로 왼쪽 빰을 쳤다. 잠이 덜 깼을 때는 왼쪽 빰을 치라는 말이 있기 때문이다. 그러나 다행이도 거울 속 얼굴은 지금도 전혀 변함없이 싱글거리고 있다.

"에이, 제기랄."

목소리도 역시 변한 그대로다.

"내 목숨이 이것으로 연명되는 판국에, 그것도 여편네라는 자가 그것도 모른단 말이지. 으…음… 나는 이제부터 다시 아름다운 여공들과 사귈 수 있다고. 자 보라고. 이렇게 된 이상 공장주도 나를 반드시 잡을 것이야……."

꿈속도 아니고 잠이 덜 깨서 어리둥절한 것도 아니었다. 분명히 코는 아담하고 보기 좋게 변했다. 그 뿐만이 아니라 코끝의 불그스름했던 사마귀마저 완전히 떨어져서, 씨의 얼굴에는 이전에는 없는 일종의 위엄마저 영원히 갖추게 되었다. 물론 첫 날에, 씨가 싱글벙글거리며 공장에 뛰어 들어왔을 때, 공장주를 시작으로 동료와 여공들이 놀란 것은 이만저만한 것이 아니었다. 공장주도 그 자리에서 해고하겠다는 생각을 번복하지 않을 수 없었다. 씨는 어디들 한번 보시지 라는 기분으로 일동을 둘러보고, 게다가 다음 순간에 콧대 세게 나가라는 공장주의 교훈을 떠올렸다. 이번에는 일동을 노려보고, 그리고 자신의 코가 분명히 그들에게 외경(畏敬)하는 마음을 불러일으키고 있음을 확인했다. 언제나 입버릇이 나빴던 회계보는 사내조차 입을 빠금하게 벌리고 눈을 희번덕거리고 있었다. 씨는 점점 자신만만한 태도로 또한 그때 퍼뜩 자신의 목소리가 진작부터 은밀하게 부럽다고 생각했던 이 회계보는 자의 목소리 이상으로 지금은 맑고 깨끗하게 울리고 있다는 것을 떠올리고는 모두의 앞에서 한 차례 가슴을 펴고,

"이봐, 급사!"라고 외쳤다. 게다가 점잖고 낭낭한 목소리로.

"휴지를 한 묶음 사가지고 오게. 가장 상등품으로 사와야 하네!"

그런데 세상에는 또한 뭐라고 설명해야 좋을지 모를 정도로 기묘한 일이 있는 것이다. 그것은 코가 이 세상에도 찾아보기 힘들 정도로 절묘하게 변하고 나서 이틀째 되는 저녁 무렵, 씨가 공장에서 돌아오는 길에 일어났다. 공장에서부터 멀지 않은 버드나무아래에서 정말로 깜짝 놀랄 만한 것이 씨는 죽은 줄 알았던 임명주와 만났던 것이다. 유명계(幽冥界)에서나 일어날 만한 이러한 일을 목전에 두고 씨는 전신에 힘이 들어가서 목소리도 나오지 않았다. 그렇다면 명주의 유령이 아니겠는가. 물에 불은 것처럼 살이 쪘고, 피부색은 숯처럼 검게 타있었다. 그것을 본 것만으로도 수염과 탄염에 담겨진 그녀의 시체와 다름없는 것이었다. 그것이 공원을 걷는 것만이 아니라, 씨를 알아보고는 놀란 듯이 가만히 응시하는 것을 보면 그녀의 유령이 아니고 무엇이란 말인가. 그러나 유령이라고 생각하자, 어랍쇼. 그러고 보니 이번에야말로 내게 복수를 하려고 기다리고 있었던 것이 아닌가 라는 생각에 갑자기 가슴이 얼어붙을 것 같은 느낌이 들어서 흠칫했다.

"어머나 감독님, 오랜만이네요."라고, 명주는 확실히 저세상 사람과는 다른 목소리로 말하는 것이었다. 그것이 전에는 없었던 비성(鼻聲)이었음은 얼마간 수상해 보이기에 충분했지만, 씨는 그 목소리에 조금은 제정신으로 돌아온 듯한 기분이 들었다.

"왜 그러셔요. 그렇게 얼빠진 얼굴을 하시고……."

"당신은 아니 자네는……."

분명히 죽은 것이 분명한데 라고 말하려다 더듬거렸지만, 문득 그녀의 코가 그 사이에 자신의 코와 똑같이 된 것을 눈치 채고, 엉겁결에 눈

을 부릅뜬 채 더 이상 뭐라고 할 수 없었다.

"결혼하고 제가 갑자기 보기 흉하게 살이 쪄서 누구인지 바로 못 알아보신 거죠? 저도, 이런 얼굴과 몸이 돼서 정말 살고 싶지 않아요. 감독님은 변함없이 건강하시군요……."

강대균 씨는 더욱 몸이 굳어져서 한마디도 말하지 못하고 있었지만, 그녀의 얼굴을 물끄러미 들여다보는 사이에 다시 그 코만이 금세 커져 있는 것으로 보여서 갑자기 혼자서 기뻐져서 하하하, 하하하라고 웃어대기 시작했다.

(註) 서조선(西朝鮮)의 민화에 의함

『지성(知性)』, 1941년 10월

며느리(嫁)

이곳 깊은 산속은 특히 여름이 지나가는 것도 빨라서, 그것은 험준한 산세의 기복 위로 연보랏빛 안개가 길게 낀 길을 따라서 어디론가 그 자취를 감추었다. 활짝 개인 청공 아래 투명하게 느껴지는 바람이 참새 떼를 쫓아가려는 듯 밤나무 밭이나 고수풀[1]밭에 불어온다. 심산지대의 작은 분지인 이곳에서 밭에 따라서는 이미 수확이 끝난 곳도 있었다.

마을변두리에 있는 곱실이네 집에도 밤따기가 오후부터 시작되고 있었다. 날품팔이인 득보(得甫)는 커다란 몸을 비비꼬고, 콧노래 따위를 늘여 뽑아가며 활력좋게 장대로 밤나무를 툭툭 내리쳤다. 시어머니는 그 옆에서 앞으로 몸을 구부리고, 껍질만 남은 밤송이를 한구석에 모아놓았다. 이 둘 사이에서 며느리인 곱실이가 시어머니와 득보를 무서워하며, 몸을 움츠리고 안절부절 못하면서 부지런히 일하고 있었다. 빗자루를 손에 쥐었다가도 시어머니의 분부에 뛰어갔다가, 다시 장대를 손에 쥐기를 계속하면서. 득보는 아직 신부를 얻지 못한 서른 먹은 총각으로, 울퉁불퉁한 근골(筋骨)에 넓은 가슴이 우람했으며 두툼한 입술에 공허한 눈을 가진 대담무쌍한 자였다. 그는 틈만 나면 곱실이를 히죽거리며 뒤돌아보거나, 갑자기 커다랗게 재채기를 하여 놀라게 하였으며, 혀끝으로 볼때기를 불룩하게 하고는 눈을 희번덕거렸다. 그럴 때면 그녀는 꼼짝

1) coriander 식물, 미나리과의 식물, 잎과 마른 종자는 향료로 쓰인다(원문에는 코리앤더[高粱]로 쓰여 있다).

도 할 수 없었고 게다가 제정신이 아니었다. 시어미니로 말하자면 귀신 같이 무섭게 부아를 내며, 둘 사이를 시의(猜疑)하는 눈으로 악착같이 쫓아다녔다. 게다가 굉장히 질투심이 강해서 하루 종일 며느리에게 투덜투덜 한탄을 늘어놓았다. 자신은 치마도 입지 않은 칠칠치 못한 모습으로, 때때로 나잇값도 못하고 앞가슴을 드러내 놓고 있으면서도, 며느리에게는 짚신을 벗는 것조차 이마의 땀을 닦는 것조차 허락하지 않았다.

"그것 보아라. 외간 남자 앞에서 모양을 내려는 게 아니더냐. 땀을 훔쳐서 말이다."

총각 득보와 시어머니는 다른 이의 눈을 삼가지도 않고 시시덕거렸다. 이 둘 사이가 여차여차하다는 것은 누구라도 다 알고 있는 마을에서 제일가는 소문이었다.

곱실이가 오십 원에 팔려서 산을 넘어 이 집에 시집온 온 지도 어느새 이 년이나 되었다. 시아버지는 비칠비칠한 노인으로 업병(業病)인 중풍이 들어서 일년 내내 불을 지피지 않는 끄트머리 외딴 방에 시체처럼 몸을 누이고 있었다. 그는 본처가 죽기 전부터 저 여자를 첩으로 들였던 것인데, 지금은 그녀가 겁나서 신음소리 하나 내지 못하고 하루라도 빨리 생명의 불이 꺼지기를 기도하고 있을 뿐이었다. 곱실이의 서방인 은동(銀童)은 그녀보다 다섯 살 연하로 이제 겨우 열두 살이 된 철없는 아이였으며, 서당에 다니기 때문에 집안일에는 손하나 까딱하지 않았다. 시어머니는 단 하나뿐인 아들인지라 은동을 애지중지하게 키우면서도, 며느리에게는 가혹하게 대했다. 곱실이는 매일 아침 어두운 가운데 일어나야 했으며, 물을 길어오고, 취사를 하고, 밭에 나가고, 돼지를 키우고, 시아버지의 시중을 들고, 밤에는 또 밤마다 베를 짜고 바느질을 하였다. 그러한 곱실이에게 함부로 지껄이며 호통치고, 욕을 해대는 것이 시어머니의 일과였다. 그리고 무엇이든지 며느리 탓으로 돌렸다. 득보가 농땡이를 부리고 일에 나오지 않기라도 하는 날이면, 그것도 곱실이와 밖에서 붙어먹을 약속을 했기 때문이라고 악을 써댔으며, 가끔 독수리

에게 닭이 낚아 채여가도,

"이런 제기랄 년 어딜 그렇게 싸돌아 다녔기에 닭이 채여 가느냐? 어. 어디에 다녀온 게야. 불어라. 불지 못하겠냐. 못하겠냔 말이야!"

곱실이는 한 마디 대꾸도 하지 못하고 다만 목소리를 삼키고 안절부절 하지 못했다. 특히, 요즘에는 줄곧 득보가 곱실이에게 접근하는 냄새를 맡고 난 후부터, 시어머니는 며느리의 머리를 바가지로 때리거나, 막대기로 하복부를 쿡쿡 찌르거나 뒤에서 빗자루로 후려치고는 하였다. 곱실이가 기댈 곳은 열두 살 된 신랑뿐이었지만, 어느 정도는 영민한 편이라도 하여도, 어쨌든 나이가 나이인지라 기댈만하지 않았다. 요즘은 그래도 요에 자면서 오줌을 싸지 않게 됐다는 것이 하다못해 위안이라고 할 만 했다. 키도 남자답게 어느 정도 컸으면 좋을 것을 역시 장대처럼 보통 이상으로 큰 그녀의 키와 비교하면 대강 귀에서 그 위까지를 합친 길이만큼 부족했다. 두 달이 지나도 세 달이 지나도 드디어 이 년이나 지났지만 전혀 자랄 낌새가 보이지 않았다. 애당초 키는 언제 자라는 것인지 예측할 수 없다. 서당에서는 붓을 던지고 싸워서 옷은 매일같이 검게 물들여오고, 장난도 치고 싸움도 한다. 삼일만 지나면 새 옷도 굴뚝집 같아진다. 남자가 제대로 하지 않으면 안 되는 것인데, 서당이 파하면 여기저기 기웃기웃, 어슬렁어슬렁거려 오늘도 귀가가 늦을 것이 틀림없다. 이제 겨우 열입곱이라고는 하지만 전신도 팔팔하고, 검게 탄 목덜미에 몸도 튼튼한 그녀로서는 참기 힘든 규원(閨怨)도 있으리라. 시집오고 나서 얼마 지나지 않을 무렵 신랑이 뒷문 부근에 숨어있다가 그녀가 나오자 "뭐야"라고 소리치면서 오줌을 뿌려대서, 더럽고 짜증이 치밀어 올랐다. 그래서 "이 개구쟁이 녀석!"이라고 말하며 한 번 밀어 쓰러뜨리자, 은동은 불이라도 붙은 듯이 "으앙"하고 울어버렸다. 결국 그녀는 시어머니에게 지게 받침 막대기로 머리를 호되게 얻어맞았다. 그럴 때면 이 집에서 멀리 도망치고 싶다는 생각이 들었다. 날품팔이 총각 득보조차, 정말로 동정이라도 한다는 듯이 이상한 수작을 걸어왔으며 심지어는 같이 도망치자고 구애를 해댔다. 그러나 그렇게 되기라도 하면 또 한 편으로는 신랑인 은동이 불쌍하다는 생각도 들었다.

부엌에 이어진 작은 방에서는 늙은 시아버지가 케케묵은 몸을 엎어진 채로 문턱에 걸치고는, 물을 길어오라고 고통스러운 듯이 그리고 삼가하는 듯한 말투로 중얼렸다. 그는 젊고 탐욕스러운 곱실이의 시어머니를 첩으로 맞고 나서 얼마 지나지 않아, 완전히 몸을 망치게 되었다고 한다.

“귀신 같은 놈! 뭘 또 중얼중얼 지껄이는 게야?”

시어머니는 뒤돌아보고 희번덕거리는 눈으로 째려보며 버럭 고함을 질렀다.

“흥, 일년 내내 자빠져 자대면서! 벼락이나 얻어맞고 뒈져버려라! 어떤 거지같은 놈이 굴러들어왔나 했더니 젠장 저 느림보 돼지새끼는 뒈지지도 않고 성가시게 군단 말이야.”

시어머니는 며느리가 곧잘 늙은 시아버지의 시중을 드는 것을 못마땅하게 생각하고 있었다. 곱실이는 시부모에게 효행을 하지 않으면 안 된다고 아버지와 어머니로부터 듣고 자라왔다. 힐끔 시아버지 쪽을 훔쳐보았는데, 거무스름해진 입술이 살짝 경련을 일으키면서, 주름살로 쭈글쭈글해진 눈꺼풀 깊은 곳에서 애원하듯이 눈이 호소하고 있었다. 엉겁결에 일어서서 시중을 들려고 하자 돌연 시어머니가 고함을 쳤다.

“멍청한 년! 덜렁거리는 우라질년 같으니라고.”

그 바람에 곱실이가 허리를 땅에 털썩 찧는 것을 보고, 득보는 요상한 목소리로 웃어댔다. 며느리는 얼굴부터 목덜미까지 새빨개졌다.

“뭐가 우습냐! 이 미친 놈!”이라고 시어머니는, 무시무시한 표정으로 득보를 노려보다가, 갑자기 미친듯이 격분하였다.

“그래 이제 알았네 그려. 년놈들 둘이서 한통속이 되어서 나를 바보로 만들었겠다! 이 빌어먹을 것들. 흥, 빨랑빨랑 튀어가서 돼지새끼에게 사료라도 주지 못하겠느냐. 저 놈하고 끈적하게 놀아나지 말고 말이다!”

무시무시한 기세에 곱실이는 벌떡 일어나기는 했지만, 본디 시어머니가 늙은 시아버지를 돼지새끼라고 부르고 있었기 때문에, 도대체 어디를 가리키는 것인지 잠시 당혹해 하고 있었다. 그러나 아무래도 지금은 득보와 둘이서만 있고 싶은 기색으로 보였기 때문에, 쪽문 가장자리 돼지우리를 향해서 달려갔다. 중풍인 늙은 시아버지는 자신의 심부름을 하러갔거니 생각하고 있어서, 며느리 하나는 착한 아이라고 고마워하고 있었다. 하지만 아무리 기다려도 아무도 물을 퍼오지 않았다. 고요하고 조용한 한 때, 어디선가 산새가 짹짹 울고 있었다.

"어째서 질투를 하는 것이요."

득보는 밤 따던 장대를 내려놓고 말한다.

"우리들 사이에 무슨 나쁜 일이라도 있었다고 말하는 거요."

"뭐라 지껄여도 내 다 꿰뚫어 보고 있어. 성이 찰 때까지 바보취급을 해보시지 그래. 그러나 두고 보라고. 저 멍추에게 손이라도 대는 날이면, 둘 다 목덜미 확 비틀어 버릴 테니까……."

"자자, 아주머니 그렇게 화내지 마소. 늙어빠진 서방이 들으면 어쩌려고 그러오. 저 늙은이는 예전에 주위의 원성을 샀었는데, 아주머니도 점점 닮아가는구만."

"뭐라고. 이 천벌 받을 놈아. 어서 장대나 번쩍 들지 못하겠냐. 아니 잠깐 있어봐……."

그리고 나서 그녀는 납작 엎드려서 고통스러운 듯이 헐떡거리며 애원하고 있는 늙은 남편을 째려보았다.

"느릿느릿한 돼지 같은 놈. 어째서 처박혀 있지 않고 침을 질질 흘리고 있는 게냐!"

겁을 집어먹고 남편이 목을 움츠리고 다시 위를 보고 있는 것을 확인하고, 득보는 장대를 쳐든 채로 호호호 하고 비웃었다. 남편은 부엌으로 연결되는 문으로 물이 든 바가지가 살짝 들어온 것을 눈치 채고, 주위를 살피고 주저하며 덜덜 떨리는 손을 옆으로 뻗었다. 효심있는 며느리 곱실이가 뒷문을 통해 몰래 부엌 안으로 들어가서, 소리 없이 몰래 넣어준 것이다. 그때 시어머니가 오리처럼 앉은 걸음으로 다가오며, 콧소리가 섞인 끈적끈적한 목소리로 득보에게 뇌까리는 것이, 곱실이의 귀에 들려서 저도 모르게 전신이 뜨거워졌다.

"네 놈이 어딘가의 똥갈보를 낚아채서 가까운 시일내에 줄행랑을 칠 거라는 것은 사실이냐, 아니면 소문이냐?"

"흐음. 다른 미녀를 맞아들여도 좋단 말이지."

"네 놈이 어찌하건 그건 내 알 바 아니야. 마음대로 하던지 말던지. 나한테는 네놈 따위보다는 물에 빠져 죽은 시체 쪽이 훨씬 좋다니까."

"케케, 그렇습니까. 내일도 또 고수풀 자르러 오라고 부탁하러 올 거 아니요? 그렇다면 나는 이제 금방 떠나야 하겠소. 이런 깊은 산속 따위는 질력이 나버렸소. 도시에 나가서 일해야 겠소."

"흥. 떠들고 싶은 대로 떠들어라. 내가 네 놈 손에 놀아나서 제발 있어달라고 울며 매달리기라도 할 것 같으냐. 안됐지만 그렇게는 안 돼지… 도대체 어떤 미친 년을 낚아채서 가려고?"

"아주머니. 당신과는 가지 못했잖아."라고 말하고, 득보는 헤헤거리고 웃어댔다. 시어머니가 이삭치는 나무[打穗]로 마구 그를 후려쳤지만, 껄껄 웃는 사내의 목소리 가운데 그녀의 아우성치는 소리가 들려왔다.

"이런 죽일 놈. 꺼져버려, 꺼져버리라고. 우리집 똥갈보에게 손대기만 해봐라! 지금이라도 어떻게 되는지를 보여 줄 테니까."

곱실이는 일거에 귀머거리가 된 것처럼 귀에서 윙윙거리는 소리가 났고, 얼굴은 달아올라서 타오를 듯 했으며 가슴은 터질 것처럼 쿵쾅거렸다.

"저 똥갈보년은 또 어디선가 들새들의 소변을 받으러 가버린 게야. 잘 기억해 두는 것이 좋을 거야. 내 눈에 흙이 들어가기 전까지는 말이지 알았느냐……."

순식간에 곱실이는 부엌에서 뛰어나와서 시어머니 앞에 불쑥 나타났다. 득보가 장대를 놓은 채로 히죽 웃어보였다. 시어머니는 눈을 희번덕거리며 노려보고 있다가 갑자기 일어섰다. 곱실이는 전신이 떨려서 덜덜거리는 소리조차 날 것 같았다. 그녀는 꼬리에 불이 붙은 듯이 부엌으로 다시 뛰어들어갔다. 시어머니는 칵하고 침을 뱉고 나서 한동안 증오에 넘치는 눈으로 며느리의 뒷모습을 노려보고 있었으나, 사팔뜨기 눈으로 한 번 득보 쪽을 쳐다보고는, 몸을 살랑살랑 거리며 딴채 헛간으로 들어갔다. 머지않아 어둠 속에서 그녀의 외치는 소리가 들려왔다.

"얼른 와서 도와주지 않고 뭐하시오!"

×

포플러 나무 옆에는 마을 우물이 있었다. 그 근처 집에 사는 열 네살 먹은 새댁 옥난이가 물을 길고 있었다. 옥난이는 마을에서도 가장 가난한 나무다리 곁에 사는 칠성(七星)이에게 시집온 새댁이었으나, 스물일곱이나 되는 기력이 왕성한 신랑 때문에 밤은 또 밤대로 질색을 하였고, 밤중에도 곧잘 울면서 도망치고는 하였다. 아직 뼈도 굳지 않은 어린애로 홀쭉한 것이 키는 보통정도는 됐으나 정말 어린애처럼 굴고 있었다. 옥난이는 곱실이의 신랑 은동과 둘도 없는 좋은 놀이 상대로 때때로 전답 사이의 길에서 만나기라도 하면 잠자리를 따라가다 자빠지거나, 게를 찾느냐고 개천 속으로 들어가거나 하였다. 한 번은 그러한 광경을 칠성이에게 들켜서, 옥난이는 그의 커다란 손에 맞아서 쓰러지고 은동은 나무다리에서 개천으로 나가 떨어졌다. 곱실이는 나중에 그러한 사실을 알았으면서도 그다지 옥난이를 원망하거나 미워하지 않았으나, 다만 신랑도 이제 서서히 자신이 한 여자의 남편 되는 자임을 깨달았으면 하고 생각했다. 도대체 언제까지 어리광을 부릴 작정인지. 내가 칠성과 들판에서 그런 짓을 했다면, 혹은 망측하기 그지없는 득보와 도피라도 했다면, 신랑은 어떤 기분일까 라고 나쁜 생각이라는 것을 알면서도 퍼뜩 위험한 상상을 해보았다. 특히 시어머니로부터 단단히 시집살이를 당한 직후여서인지라, 의지와는 상관없이 빗나간 생각이 느닷없이 번쩍 떠올랐으며, 가슴이 두근거려서 남몰래 얼굴을 붉혔다.

옥난이는 두레박을 우물 속에 내리면서, 고무꽈리를 물고서 질겅질겅 거리다가, 곱실이가 온 것을 눈치채고는 뒤돌아보고,

"빨리 왔네요."

옥난이는 미소지어보였다.

"은동이는 이미 돌아왔나요. 방금 박첨지 집의 송아지에게 장난을 쳐서 두들겨 맞고 있었는데."

곱실이는 도대체 은동이가 네 것이냐, 은동 은동이라고 마구 부르는 것이 무슨 경우냐고, 한마디 쏘아주고 싶은 것을 참고 다만,

"바보같아."라고 말했다.

"고무꽈리 하나 줄까요. 여기 있어요, 언니."

옥난이는 기분이 언짢아 보이는 곱실이의 얼굴을 이상하다는 듯한 눈매로 잠시 엿보다가, 다시 두 번 정도 고무꽈리를 불어 소리를 내고는, "아니면 싫어요?"라고 말했다.

"애도 아니고."

"알았어요, 그러면 어쩔 수 없죠."

천진난만한 옥난이는 눈을 깜박거렸다.

"은동이에게 전해주세요."

그녀는 치마 끈으로 싸둔 빨간 열매를 꺼내서 준다. 마치 은동이가 제 사람이라도 된다는 듯이. 게다가 은동은 역시 어린 애니까 라고 은근히 말하고 있는 듯한 어조다. 옥난이는 물동이를 머리에 이고 "가볼게요."라고 말하고 돌아간다. 몸이 가는 데다가 그저 어린애이므로, 물동이를 머리에 올린 것만으로 위험천만해서 갈지자 걸음으로 휘청휘청 거리고 있다. 곱실이는 시건방진년이라고 생각하며 부아를 냈다. 그러나 두레박을 올려서 물동이에 담고서, 서둘러서 작은 나무토막을 찾아서

휙 등을 돌려, 고무꽈리의 알맹이를 꺼내서 꽈르륵 꽈르륵 불었다. 그것을 입에 물고 고무꽈리를 불어가면서 물동이를 지고 돌아가며, 그녀는 유년시절의 씁쓰레한 향수에 빠져들었다. 떠오르는 것은 산 넘고 산골짜기 넘어, 부락의 물레방앗간 부근으로 그곳에 계집아이들이 모여서 민요 등을 부르면서 물장난을 치고 있었다. 초가을 엷어져가는 석양을 쪼이며 줄지어 앉아, 봉선화 물을 들인 붉은 손톱을 서로 뽐내던 동네 아이 하나 하나. 풀로 만든 인형[草人形]을 춤추게 하면서 떠들어대던 달밤. 지금은 그것도 먼 과거의 전설처럼 느껴졌다. 부모님은 남동생과 누이동생을 데리고 만주(滿洲)로 이주해갔고, 부락 처녀들도 제각각 뿔뿔이 흩어져 버렸다. 도회에서 온 양복 입은 사내에게 끌려간 소분네, 읍내 최주사 집에 식모로 간 점순이와 옥분이, 어딘가로 팔려간 소분네와 복네…… 이렇게 한 사람 한 사람을 떠올리자, 그래도 먹고 사는데 지장이 없는 곳에 시집 온 것만으로도 자신은 행복한 편이라는 생각이 들었다. 그녀는 다소 기분이 누그러져서, 계속 고무꽈리를 즐기면서 뽕나무 근처까지 갔는데, 불쑥 옆 골목으로부터 신랑인 은동이 나타났다. 그는 역시 박첨지에게 얻어맞아서 흐느낀 후인지 얼굴에 눈물 자국과 땟국물이 좌르르했다. '명심보감'을 아무렇게나 겨드랑이에 낀 신랑은 그녀를 보자마자 얼굴을 피하고 올려다보고는,

"벌써 저녁식사 때냐?"라고 말했다.

곱실이는 들은 척도 하지 않고 막무가내로 고무꽈리 소리만을 울리면서 서둘러 갔다. 누군가가 또다시 두 사람의 기묘한 조합을 보고 웃음거리로 만들 것 같은 기분이 들었다.

"뒤따라서 와야지!"

한 번 손을 뒤로 휘저어 봤지만, 은동은 삽살개처럼 줄줄 뒤따라 온다. 그녀는 씁쓰레 하며 말했다.

"그 얼굴 꼴하고는."

"고무꽈리 불고 있네. 불어봐. 어서. 불어보라니까."

"어른이 할 짓이 아니야."

"자기도 어른 아니면서."

"벽창호같으니!"라고 말하고 그녀는 참지 못하고 멈춰 서자마자 외쳤다. 그리고 나서 다시 총총히 서둘러 걸음을 옮겼다.

"그런 말도 안 되는 소리만 하니까 사람들에게 바보취급을 받는 거야. 서당이 끝나면 빨랑빨랑 집에 돌아오면 될 것을."

"바보! 미련 멍청이. 코흘리게 꺽다리!"

그는 탁하고 그녀의 장딴지를 차고 타다닥 뛰어 추월해서 달려갔다. 곱실이는 저도 모르게 다리가 비틀거렸고 이를 악물었으나, 곧바로 쓴웃음을 지었다. 체격은 왜소하고 키도 작았지만, 균형이 잡혀있어서 민첩하고 귀여웠다. 그녀는 때때로 동생을 떠올렸다. 하루 빨리 제 몫을 다하는 어른이 돼서 집안을 전부 꾸려나가면 좋겠다고 생각했다. 어디선가 개 짖는 소리가 들려왔다. 먼 저녁 하늘에는 보랏빛 줄무늬가 여러 겹으로 물결치고 있었고, 태양은 지금이라도 뉘엿뉘엿 거리는 소리라도 내면서 질 것 같았다. 상쾌한 저녁바람이 불어와서 사위가 흔들리며 소리를 내고 있었다.

귀신같은 시어머니는 어떻게 하고 있을까 염려하며 조심조심 문안으로 들어서자, 마침 어디에 간 것인지는 모르겠으나, 뜰 앞에서는 득보가 아직도 남아서 느릿느릿 뒷정리를 하고 있다. 부엌으로 돌아가기 위해 돼지우리 옆을 지나려할 때, 그녀는 출입구 여닫이문이 열어 젖혀 있는 것을 보고, '또 저 득보 놈이 흉계를 꾸민 게야'라고 생각하고는 은밀히 가슴이 고동치는 것을 느꼈다. 발로 문을 차봤지만 땅바닥에 걸려서 잘 닫히지 않았다.

'흥, 수작에 놀아날까보냐.'

빨리 물동이를 내려놓고 돌아가지 않으면 안 되겠다고 생각하고 부엌을 향해 서둘렀다. 득보는 그녀 쪽을 보고는 교활하게 눈을 깜박거리며 웃었다. 그는 곱실이에게 수작을 걸고 싶을 때는, 곧잘 돼지우리 여닫이

문을 열어 젖혀놓고 돼지들이 기어 나와서 흩어지게 해놓아 그 북새통을 틈타서 수작을 거는 걸었다. 시어머니가 곳곳에서 눈을 번쩍번쩍 빛내가며 주시하고 있고, 게다가 곱실이는 꼬시기 쉬운 온순하기 그지없는 여자이면서도, 좀처럼 틈을 보이지 않았기 때문에 이렇게라도 하지 않고서는 좀처럼 기회를 잡기 힘들었다. 바로 최근에도 같은 방식으로 수작을 걸어놓고 돼지들을 꾀어내어, 그것을 몰아넣으려고 허둥대는 곱실에게 달려가서 도와주는 척하면서, 슬쩍 ××××××××××[2]으로 쿡쿡 찌르고, "내는 ××××××××[3]." 그리고 다시 한번 쿡쿡 찔렀다.

"알았지."

끔찍했던 그 밤, 달빛이 하나 뿐인 창의 창호지를 통과해서 희미하게 비치는 방안에서, 곱실이는 작은 가슴을 얼마나 졸였던가. 저 막무가내 득보가 분명히 그렇게 말한 이상 뒷문을 무리하게 열어젖혀서라도 분명히 쳐들어 올 것이 틀림없었다. 그렇게 하면 어찌한단 말인가. 옆 방에는 시어머니가 쿨쿨거리며 자고 있다. 혹시라도 시어머니가 눈치라도 채는 날이면, 이 집에서 쫓겨날 것이 틀림없다. 게다가 신랑인 은동은 아무 것도 모른 채 옆에서 정신없이 곯아떨어져서, 때때로 "이런 허수아비 같은 놈, 몽둥이를 휘둘러라. 그렇지."라던가, "메롱, 메롱 왼손잡이 곰보!"라던가 처음부터 끝까지 실없이 잠꼬대를 계속해댔다. 일어나 있는 편이 어쩌면 좋을지도 모르겠다. 지금이라도 깨워서 털어놓아 버릴까. 아냐 아냐 그것도 안 된다. 어린애에 불과해서 그 녀석이 왔을 때 소란을 떨어서 시어머니를 깨우기라도 한다면, 그것이야말로 돌이킬 수 없는 일이 된다. 아, 어찌한단 말이냐, 어찌하면 좋으냔 말이냐 라고 작은 새 마냥 제 가슴속에 끓어오르는 잡생각을 어찌하지 못하고 있을 때에, 어느새인가 꾸벅꾸벅 졸기 시작했다. 이래서는 안 돼지, 잠들어서는 안돼지 라고 잠결 가운데서도 끊임없이 자신을 타일렀지만, 기진맥진하

2) 10자 복자(伏字).
3) 8자 복자(伏字).

게 지쳐있는 몸은 수마(睡魔)의 포로가 되기 십상이었다. 그녀는 갑자기 놀란 듯 몸을 움츠리고 졸음을 떨쳐 보았다. 그리고 한 가지 생각해 냈다는 듯 이불을 제 몸에 착 휘감고, 가슴을 가라앉히고 숨을 죽였다. 그러나 옆에서 온 몸을 드러내고 새우처럼 푹 잠이 들어있던 신랑이 추워 보였는지, 바로 이불의 한 끝을 당겨서 살짝 배위에 덮어줬다. 그런 가운데 다시 어리마리 졸음이 전신에 퍼졌고, 그와 함께 이런저런 망상이 끝도 없이 떠올랐다. 시어머니에게 막대기로 얻어맞았다. 생모가 그녀를 껴안고 울었다. 어머니가 아버지와 함께 만주로 이주한다고, 짐을 짊어지고 혹은 머리에 이고 먼 길을 향해 떠났다. 그녀도 울면서 밭두렁 길을 서둘러서 따라갔다. 고수풀 밭에서 득보가 서서히 나타나서 그녀의 손을 잡으려고 하였다. 그것에 흠칫 놀라서 눈을 뜨자, 교교(皎皎)한 달빛만이 더욱더 선명했다. 그때 그녀의 얼굴 위에 그림자가 언뜻 비쳤다. 달빛을 가로막고 남자의 얼굴그림자가 창호지에 비쳤다. 그녀는 완전히 새하얗게 질렸다. 드디어 얼굴 그림자가 사라지고, 문의 쥠쇠에 손이 닿은 것 같더니 덜커덕하는 소리가 났다. 그리고는 쑥 검은 그림자가 유령처럼 앞에 나타났다. 눈만이 반딧불처럼 번쩍 빛나고 있었다. 그녀는 몸을 부르르 떨면서 이불에 얼굴을 파묻었다. 아버지, 어머니, 하느님, 하느님이라고 마음속으로 기도했다. 그런데 어떻게 된 일인지, 신랑이 갑자기 눈을 뜨더니 벌떡 일어났다. 그래서 아무 일 없이 무사할 수 있었다. 은동은 그것이 누군인지를 알았음이 틀림없다. 그 이후 득보를 보기만 하면 무서워하고 안색이 좋지 않은 것을 봐서도.

그러나 고맙게도 그는 그 일을 결코 입밖에 내지 않았기 때문에, 시어머니의 매질도 없었고 또한 쫓겨나는 일 없이 넘어갈 수 있었다. 그러나 그는 그때 이후로 곱실이를 괴롭혔고, 내가 어른이 되기만 해봐 라고 겁을 주었다. 그녀는 얼굴을 붉힌 채 입을 열 수 없었으나, 정말 그 말대로 어서 어른이 돼서 자신을 돌봐 주었으면 좋겠다고 생각했다. 그 후 그녀는 지금까지와는 달리 그를 남편으로서 얼마간은 무서워하게 되었다. 그리고 믿음직스럽다고 도 생각했다. 신랑은 겨우 어린애에 불과했지만, 그 일로 인해서 꽤 늠름해보였다.

그런데 곱실이가 부엌에 물동이를 놓고서 서둘러 돼지우리로 달려가자, 어미 돼지가 새끼 돼지 두 마리를 데리고 나가서 꿀꿀거리며 냄새를 맡고 다니면서 뒤뜰로 향하고 있었다.

놀라서 그 앞으로 돌아가려고 하자, 녀석들은 거미처럼 여기저기로 흩어지기 시작했다. 아니나 다를까 득보는 히죽 히죽 웃으면서 안짱다리 걸음으로 다가왔다. 득보는 "이 놈들 훠이훠이."라고 소리치며 돼지를 괜히 더 놀라게 해서 그녀의 옆으로 착 다가왔다.

"훠이훠이 저리로 갔어, 저기로…… 이봐, 새댁. 내가 정말로 싫은 거야? 이리저리 도망쳐 대기만 하고 말이야."

득보는 다른 사람에게는 들리지 않게끔 작은 소리로 소곤거렸다.

"내는 사실 저 따위 심술궂은 여자는 좋아하지 않소. 훠이훠이 이놈들."

그리고 돼지의 앞길을 차단하려고 하더가 그녀에게 ×××××[4] 밀어댔다. 곱실이는 얼굴을 붉게 물들인 채 고개를 돌렸지만, 득보는 끈적끈적하게 따라붙어서는 떨어지려고 하지 않았다. 아이고, 이 돼지들을 어찌하면 좋단 말인가. 이런 모습을 시어머니에게 들키기라도 하는 날이면 정말 큰 일이 날 것이다. 그렇다 해도 이대로 방치한 채 도망칠 수는 없었다.

"자, 이제 어찌 하려오."(이하 18행 삭제)부터 있는 힘껏 밀어내려는 기세로 처마밑 밖으로 비틀거리며 나갔다.

"어떤 놈이냐. 돼지를 내몬 놈이? 야 이놈들아 돼지가 도망친다!"라고, 갑자기 머리위로부터 악마와도 같은 시어머니의 호통소리가 들려왔다. 깜짝 놀라서 득보가 지붕을 올려다보자, 그녀는 지붕위에서 말리고 있던 빨간 고추를 치마에 담아 넣으면서 앉은걸음으로 내려오고 있었다.

"이 놈 네 이놈. 이런 호색꾼놈. 돼지를 도망치게 해놓고 저 멍청한

4) 5자 복자(伏字).

년이 오기를 기다렸던 게로구나. 이런, 우라질 놈!"이라고 말하며, 그녀는 이성을 잃고 그의 머리 위로 빗발치듯이 고추 세례를 퍼부었다. 곱실이는 처마밑 벽에 착 붙어 있다가, 그 틈에 처마 밑을 통해서 뒷마당으로 도망쳤다. 돼지는 세 마리 모두 모여들어서 고추를 꿀꿀거리며 입에 넣었다가, 고추 맛을 보자 코를 킁킁거리다가 목따는 소리를 냈다.

"흐음, 아주머니. 위에 있던 거요? 돼지 놈들 여닫이문을 머리로 밀어서 모두 나왔던 거요. 아주머니를 내 꽤 찾았지만 나한테 시켰으면 좋았을 것을."

"에이 뭐라고 이 놈아! 터진 입이라고 함부로 말하는 게 아니야. 이 못 돼 먹은 놈. 돼지라도 어서 잡아 넣어라. 저 놈들이 고추를 전부 처먹잖아. 이 놈들 어서 들어가 들어가란 말이야."

"사다리를 가져와. 닭장 근처에 걸어 두었으니까. 훠이 훠이 이놈. 제길. 이놈이!"

득보는 그것을 듣자 앞뜰 쪽으로 나가서, 사다리를 짊어지고 다가왔다. 시어머니는 사다리를 위험스럽게 내려오는가 싶더니, 그의 목덜미를 갑자기 껴안고 매달려서 양발을 버둥거렸다. 득보는 덕분에 완전히 일이 틀어졌다고 생각하고는 그녀의 등을 있는 힘껏 탁 쳤다. 그녀는 "살인마 살인마"라고 부르짖었다. 그 법석에 놀란 돼지들은 획 방향을 바꿔서, 무리를 이뤄서 쪽문부터 뜰을 빠져나가려는 기세를 보였다. 득보는 그 뒤를 따라 뛰어가서, 오히려 돼지들을 더욱 놀라게 해서 더 빨리 달려서 도망치게 하였다. 아주머니는 오리처럼 꽥꽥거리며,

"미친놈, 멍청한 짓을 하려는 게로구나. 미친 짓을 하려는 게야! 아이고, 큰 일 났다!"라고, 아우성을 치면서 뒤따라갔다.

득보는 돼지들을 죄다 방목해버리자, 여자의 허둥대는 모습을 뒤돌아보고 한 번 심술궂게 껄껄거리며 치열을 드러내놓고 웃고 나서는,

"아주머니, 미안하오."라고 말하고, 울타리를 끼고 도망쳤다. 석양이 눈부시게 비추는 가운데, 여자 한 명이 돼지 세 마리를 주체하지 못하고

요란스럽게 소동을 부리고 있었다.

"야이 도적놈아. 천둥이나 맞고 뒈져버려라! 에이, 노름꾼! ……빌어먹을 놈. 썩 꺼져버려라."

"이보시오 모두들, 돼지가 나왔소. 아무도 없으시오. 같이 몰아넣읍시다. 훠이 훠이. 아, 이런 빌어먹을 돼지새끼들! 어서 우리로 들어가라!"

"곱실아! 야이 돼지새끼들이 밭을 망쳐놓는다! 야이 득보야! 악당! 악당!"

"은동아! 아이고. 새끼돼지들이 강으로 내려간다. 큰일났소, 큰일났소. 야이 병신들아. 제기랄. 어디로 또 들새들의 소변을 받으러 간 것이야. 훠이 훠이…… 아이고, 아이고!"

×

은동은 밤나무 높은 쪽에 있는 우듬지에 남아있는 몇 개의 밤알을 오늘이야말로 따고 말겠다고 작정하고 뒤뜰로 달려가서, 손과 발을 나무에 휘감고 올라갔다. 그때 돼지우리 옆에서 와글와글하게 은동의 어머니와 돼지가 내는 소동소리가 들려왔다. 그리고 갑자기 곱실이가 도망쳐 나온 도끼처럼 뛰어와서는 보릿섬 뒤에 몸을 숨기고 부들부들 떨었다. 또 어머니에게 괴롭힘을 당했구나 라고 생각하고, "야 어찌된 일이야"라고 말을 걸고 싶었지만, 자신이 겨우 밤나무에나 올라와 있는 것을 보기라도 한다면, 필시 그녀는 불만스러워할 것이고 또한 자신의 위신에도 걸린 문제라고 생각해서 목소리를 죽이고 쥐죽은 듯이 조용히 가지를 붙잡고 있었다. 그런 가운데 어머니의 소란도 점차 뜰밖으로 멀어져 갔다. 마음 같아서는 이러한 때 말을 걸어서 위로라도 해주고 싶은 마음도 일어났다. 그러나 역시 그녀의 건방진 태도와 자신도 어른인척 잔소리를 늘어놓는 것에 울화가 치밀어 올라서,

"오이밭에서는 신이 벗겨져도 허리를 굽히지 않고, 오얏나무 밑에서는 갓을 고쳐쓰지 말라(瓜田不納履, 李下不整冠)."라고, 서당에서 목을 몸과 함께 좌우로 흔들면서 배운 것을 큰소리로 외웠다. 곱실이는 그가 학문에 힘쓰는 것을 매우 좋아했다. 곱실이는 약간 흠칫했지만 신랑이 곁에 와있다는 것을 생각하자, 갑자기 설움이 북받쳐서는 소리를 높여가며 울었다. 갑자기 어리광을 부리고 싶은 기분이었다. 역시 믿을 곳은 이 어린 신랑 한 사람뿐이었다. 그녀는 흑흑 소리를 내며 울었다.

"야, 이 울보야!"

그는 새된 소리로 외쳤다. 그녀는 그 목소리가 아무래도 하늘에서 들려온 것 같아서 경악을 하고는, 눈물을 훔치고 무서운 듯이 하늘을 올려다 보았다. 밤나무 높은 가지 위에 신랑의 작은 몸이 꾸러미처럼 걸려있어서, 흘끗 자신을 내려다보고 있나 하고 생각했다. 하지만 어느새 은동은 흔들리는 작은 가지에 걸쳐서 앞으로 앞으로 기어올랐다. 그녀는 깜짝 놀라 달려가서 그 아래쪽으로 가서 위를 올려다보고 손에 땀을 쥐었다. 실로 오늘은 모자(母子)가 높은 곳을 좋아하는 것으로 보였다.

"위험해. 내려와. 내려오라고."

그는 내려다보지도 않고 점차 우듬지 쪽으로 다가갔다. 오히려 어린 마음에 의기양양해져 있는 것이 분명했다. 밤나무 저편 아득히 먼 서쪽 하늘에는 붉은빛과 보랏빛을 띤 구름이 마치 꽃이 무리지어 있는 것 마냥 피어오르고 있었다. 희끄무레한 저녁안개가 들판 위를 흘러가고 있었고, 둥지로 돌아가는 들새들의 울음소리도 들려왔다. 우듬지에 달려있는 몇 알의 밤알이 석양을 받아 눈부신 황금빛을 발하고 있었다. 삭삭 소리를 내며 저녁바람에 흔들리는 우듬지가 움직이는 대로 밤알도 춤을 췄다.

"위험해. 나뭇가지가 부러진다니까!"

마침 그때, 마을 쪽에서부터 어린 계집애들이 달을 노래하는 소리가 흘러가듯이 들려왔기 때문에, 약간 멍하게 있는 채로 귀를 기울였다. 곱실이도 엉겁결에 잠시 동안 넋을 잃고 듣고 있을 때, 검정 물감이 풀어지듯이 주변은 어두워져 갔고, 동쪽 하늘에는 보름 밤의 둥글고 커다란 달이 둥실 떠올랐다. 노래를 하는 사람들 사이에서 옥난이가 부르는 새된 음정의 노랫가락도 섞여 있었다.

달아 달아 밝은 달아
이태백이 놀던 달아
저기저기 저 달 속에
계수나무 박혔으니
옥도끼로 찍어내고
금도끼로 다듬어서
초가삼간 집을 짓고
양친 부모 모셔다가
천년만년 살고 지고
천년만년 살고 지고

노래 소리의 아름다운 선율 사이사이로, 집밖에서 시어머니의 허둥지둥 대는 소리가 바람에 실려서 들려왔다. 드디어 돼지들이 뿔뿔이 흩어졌던 것이다. 곱실이는 그 쪽으로 빨리 가지 않으면 안 되겠다는 생각에 마음이 급했다. 자신을 욕하는 소리도 들려왔다. 그러나 우듬지에 올라가 있는 신랑이 한층 더 걱정이 돼서 그 자리에 서 있던 때였다. 바로 옆 울타리 바깥쪽에 누군가가 재빠르게 휙 접근하는 소리가 들려서, 그녀는 두세 발짝 뒤로 물러섰다. 커다란 검은 그림자는 울타리 틈새로부터 뒤뜰 안을 계속 들여다보았다. 그 꼴을 은동은 높은 우듬지 위에서 소리를 죽이고 내려다보고 있었다.

“이것 봐 젊은 새댁!”

소리를 억제한 듯한 득보의 낮은 목소리. 곱실이는 깜짝 놀라서 밤나무 줄기 뒤로 도망갔다.

“나라고, 나란 말이야. 밤중에 느릅나무 아래로 나와야 해!…… 알았지.”

"네 이 미친놈!"

은동은 이를 악물고 손을 휘둘렀다. 또한 지금이라도 괘씸한 짓을 하기만 해보아라, 그대로 네 놈 위로 뛰어 내리겠다. 그러나 그 바람에 잔가지 위에서 힘을 주고 버티는 바람에, 가지의 밑둥치가 부러져서, 그것을 쥔 채로 바로 아래 울타리 안쪽으로 떨어지고 말았다. 득보는 질겁을 하고 도망쳤다. 어이쿠! 놀라서 곱실이가 달려가 보자, 마침 그곳은 작은 물웅덩이로 신랑은 그 가운데에 고개를 쳐들고 넘어져서 신음하고 있었다. 그녀는 가지를 치우고, 그를 공포 가운데서 안아 일으켜주려고 하였다. 그러자 그는 비틀비틀거리며 저 혼자서 일어났다. 이상하게도 다친 흔적은 없었기 때문에, 그녀는 기뻐서 울다가 웃었다.

"잘 되었네. 잘 되었어."

그리고 그녀는 그의 전신을 감격적으로 만지작거렸다. 그러자 갑자기 신랑은 목소리를 높이고 울음을 터뜨렸다.

"울지마. 울지 말라니까. 대단한 일을 하셨소……그렇고 말고. 기다리고 있어."

그녀는 그렇게 말하고 방 안으로 뛰어 들어가서 헌옷을 가져 오자마자, 신랑의 팔을 잡고 끌어당기면서 옆문을 통해 개울가로 내려갔다. 바로 가까이 개울가가 집을 둘러싸듯이 흘러가고 있었다. 떨기나무 숲이나 풀숲 가운데 잠기기 쉬운 물 위를 오렌지색 달빛이 희롱하고 있었다. 수양버들 가지가 물속을 헤엄치는 부근에서 이름도 모르는 벌레가 쉬지 않고 울어댔다. 때때로 마을 쪽에서 시어머니와 그 소동을 도와주러 온 남자들이 외치는 아우성 소리가 들려왔다. 아무래도 돼지들은 마을까지 침입한 모양이었다. 신랑의 저고리를 벗기자, 그녀는 바로 그것을 물속에 빨면서 말했다.

"완전히 죽을 뻔하지 않았심. 어째서 그런 힘에 닿지 않은 일을 하시오……."

"힘이 닿지 않은 일이 아니야. 그 정도는 아무 것도 아니라니까."

"하지만…… 난……."

"난 일부러 떨어진 거야. 놀래키지 않으면 네가 울음을 멈추지 않으니까."

그렇게 시치미를 떼고 차가운 물속에서 첨벙첨벙거리고 있던 신랑은, 바지까지 벗어던지고 알몸이 되었다. 그녀는 저도 모르게 얼굴을 붉히고 있었다. 어디선가 득보라도 숨어서 이러한 광경을 보기라도 한다면, 마을 안에 소문이 쫙 퍼질 것이라 생각하니 조바심이 났다. 어쨌든 이 사람과 결혼해서 이년이나 지났건만, 언제까지 코흘리개 어린애인 채로 남아있어서, 시어머니에게 더욱 괴롭힘을 당하는 것이고, 득보 따위에게도 희롱을 당하고 있는 것이다.

"어여 옷을 입는 게 어때요."

"응. 몸을 씻고 바로 입을게."

역시 은동도 남편으로서의 위엄을 생각해서인지 고분고분하게 나왔다. 그리고 서둘러서 물속에서 일어나면서 말했다.

"너 그런 몹쓸 놈은 혼을 내줬어야지."

"니가 혼을 내줬으면 될 것을."

"장때 맨치롬 커다란 몸집을 하고서. 그것도 못하는 게야."

그는 그날 밤 달빛에 비춰진 그녀를 처음으로 아름답다고 생각했다. 새로운 자각이 그의 몸속에 후끈후끈 뜨겁게 흘러들었다.

"아무리 몸집이 커도 여자는 여자라는 게군."

"하지만 내가 개구쟁이들도 혼내주지 않았소."

"무슨 소리를 하는 게야. 몹쓸 짓을…… 그래도. 산림감독인 강씨도 여덟살에 심부름을 시킬 신부를 맞아들였잖아."

"그 면사무소 서기도 그럴 것이야."

곱실이는 입주위에 미소를 띠고 진흙투성이 바지를 물에 씻으면서 "좋은 일이지 뭐야. 이 사람도 진흙탕에 빠졌으니까 이제야 말로 장대처럼 나날이 자랄지도 모르지."라고 중얼거렸다. 신랑은 다시 위세 좋게 물을 발로 차면서 장난을 쳤다. 점점 맑아져 가는 달빛이 반사되어 물보라는 보옥(寶玉)을 뿌린 듯이 아름다웠다. 그때 그녀의 뒤에서 숲 속에서 그렁 그르렁거리는 동물의 끙끙거리는 듯한 소리가 들려왔기 때문에, 그녀는 겁을 먹고 어머 하고 비명을 올리면서 물속으로 뛰어들었다. 순간, 그녀의 뇌리에는 달밤에 무리를 지어서 사냥감을 찾아서 마을에 내려온다는 늑대가 번쩍 떠올랐다. 은동은 떨고 있는 처(妻)를 남자답게 꽉 껴안고서,

"왜 그래?"라고 외쳤다.

"늑대!"

"아이고!"

둘은 함께 숲 위를 향해 혼비백산해서 뛰어 도망쳤다. 그러나 대여섯 보도 달리지 못하고, 땅을 기어오는 검고 작은 동물이 곱실이의 다리에 걸려서, 튕겨나가면서 돼지 멱따는 소리로 비명을 질렀다. 곱실이는 휘청거리면서 거의 실신 상태였다. 은동은 쓰러질 것 같은 그녀를 지탱하며 멈춰서서 외쳤다.

"뭐야. 새끼 돼지잖아!"

"새끼 돼지?"

"그렇다니까. 겁쟁이구나 너. 저걸 보라고!"

"어이쿠 우리집 돼지잖아."

그들 부부는 용기를 내서, 작고 새까만 돼지를 잡으려고 달빛이 줄기차게 쏟아지는 풀숲을 헤치고 쫓으려고 법석을 떨었다. 봐라 저기 있다라고 소리치고 잡으려고 했다. 그러자 돼지는 비명을 내지르며 가랑이 사이로 빠져나가서, 이번에야 말로 꼬리를 잡으려고 하자 옆으로 도망쳤다. 그래서 곱실이는 재빨리 뛰어가서 빨래감을 가져와서 위에서부터 몸통까지 덮어씌우려고 하였다. 은동은 바지를 활짝 펼쳐서 한 곳에서 기다리고 있었고, 곱실이는 상의를 휘두르면서 그 쪽을 향해 돼지를 몰아가기 위해 허둥지둥 됐다. 좀처럼 생각대로 되지 않았으며 새끼 돼지는 꿀꿀거리며 사방팔방으로 뛰고, 여기저기로 새고, 꼬리를 말고 뱅그

르르 방향을 바꾸기도 했다. 결국 은동은 나뒹굴고 곱실이는 고꾸라지면서, 새끼 돼지 한 마리를 막다른 골목에 몰아넣어 간신히 잡을 수 있었다. 돼지를 곱실이가 붙잡고 있을 동안 은동은 개울 속으로 뛰어들어가, 버드나무 길고 부드러운 가지를 몇 개 꺾어왔다. 그것으로 돼지의 목과 몸을 묶어서 망처럼 만들어서, 부부는 새끼돼지를 선두에 세우고 개선장군처럼 유유하게 집으로 향했다.

"훠이 훠이 이 놈아 이쪽이야!"

"빤 게 다시 더러워졌네. 다시 빨아 올까."

"괜찮아. 훠이 훠이. 또 늑대가 나타나면……."

"저런 늑대라면 무섭지 않아. 하지만 정말로 또 있을지도 모르지. 세 마리 모두 나온 것이니."

"득보 녀석이 꼭 잡아 올 거야."

"잡고 보면 정말로 늑대라서 득보놈은 잡아먹힐지도 몰라."

"그렇게 되면 좋으련만."

"어머니에게는 개울속에 뛰어들어서 돼지를 잡느냐고, 더러워졌다고 할테요."

"좋심."

"어라, 바지도 입지 않았네. 이거 입어. 그래, 내가 새끼 돼지는 잡고 있을 테니까."

거기서 그들은 잠시 그 자리에 서서 은동이 바지를 다 입자, 다시 움직이기 시작했다. 돼지는 끌고 가고자 하는 방향으로 가지 않고, 샛길로 빗나가가려 하거나, 자동차처럼 달리다가 멈춰 서서 꿀꿀거리며 먹을 것을 잡거나해서 단단히 애를 먹였다. 그래서 둘은 허둥지둥대다가, 거의 고꾸라질 뻔하기도 하고, 웃어대다가 발을 쿵쿵 굴러서 새끼 돼지를 재촉하거나 하였다. 수풀 속에서는 올빼미가 그 법석을 내려다보면서 웃고 있었다. 또한 까마귀 몇 마리가 밤눈이 밝은 것인지 날개짓을 하면서 까악까악 울며 돼지들이 압송되어 가는 것을 놀렸다. 둘은 집 쪽문 근처까지 거의 다 왔다. 집안은 쥐죽은 듯 조용했다. 곱실이는 주위를 삼가듯이 신랑에게 조용히 말했다.

"오늘밤 문단속을 잘 해야지요."

"알고 있지 그럼."

그 밤 멀리서부터 늑대무리가 밤새도록 울어댔다. 사슴이나 노루, 토끼 등의 먹잇감이 사라지자, 녀석들은 곧잘 산촌 근처까지 내려왔다. 늑대가 울어대는 것은 먹잇감을 발견했을 때다. 또한 힘에 부친 적수를 만났을 때 무수한 무리를 이루고 포위하여, 소란하게 울어댄다. 가축들은 우리 안에서 겁을 잔뜩 집어먹고 거의 정신을 잃어버릴 정도여서, 집지키는 개들도 처음 두세 번은 짖어댔지만 곧 꼬리를 말고 숨어버린다. 그 우는 소리는 달도 깨서 떨어트릴 듯이 떠들썩하게 멀리 울려 퍼진다. 밤중에 빈손으로 돌아온 시어머니는, 밤새 방안에서 무서운듯 부들부들 떨면서, "돼지 대신 저 음탕한 계집을 잡아먹어라, 잡아먹어라."라고 저주를 퍼부었다. 은동과 곱실이는 이불을 거꾸로 뒤집어 쓰고 꼭 껴안고 있었다. 역시 다음날 아침이 돼서도 돼지 두 마리는 둘 다 모습을 찾을 수 없었다. 그 날 이후로 득보도 도시로 나간 것인지, 이 마을에서는 모습을 감췄다. 해질녘 산에서 내려온 마을 노인은 섬바위 뒤에 마구 먹어대고 남은 돼지머리가 남아있다고 전해왔다. 그러나 시어머니는 그것이 득보의 머리임이 틀림없다고, 우리 돼지는 어떤 놈이 훔쳐가서 기르고 있음이 틀림없다고 말하며 마을 안 돼지우리를 매일같이 욕을 해대며 찾아 돌아다녔다.

『신조(新潮)』, 1941년 10월

내지어의 문학*

◇

나는 좋든 싫든 일본문학의 전통과 아무런 혈통적인 연관도 없이 내지어(內地語) 문학을 시작했다고 생각한다. 그것은 역시 나와 혈통이 다르고 서로 문학전통이 상이한 것도 있으나, 또한 내가 일본문학에 매달려서 적극적으로 배우려고 하지 않았던 탓임에 분명하다. 하지만 애써 그렇게 했다고 하더라도 아마도 나는 그러한 이유로 문학 그 외에서 일본적인 것, 진정으로 일본문학 특유의 것을, 내 자신의 피와 살로 섭취하는 것은 불가능했을 것이다.

특히 요즘 선배들의 옛 작품을 숙독(熟讀)하면서 절실히 그러한 점을 깊이 느끼고 있다. 역시 나는 조선인의 문학을 하고 있는 것이라고 생각한다. 우리들의 오성(悟性)과 감성(感性) 속에 흐르고 있는 조선문학의 전통적인 정신을 이어서, 현재 나는 모든 뛰어난 외래문학의 요소를 비판적으로 수용해서 살려내려는 의욕을 갖고 있다. 이것은 나 혼자 만이 아니라 조선어 문학에 종사하는 모두가 희구하고 있는 것이리라. 다만 내 경우 그들과 다른 점이 있다고 한다면 자신의 모어(母語)를 쓰지 않고 이

---

* 본 기사는 「(新銳陣營から) 內地語の文學」(요미우리 신문(讀賣新聞) 1941년 2월 14일 석간 3면)을 번역한 것이다. '◇'는 원문 그대로임을 밝혀둔다.

단적인 내지어로 작품을 창작하고 있다는 점이다.

◇

하지만 내가 의도적으로 미숙한 내지어로 문학을 시작해서 그것을 내지인들이 읽어주기를 바라는 것에는 적어도 어떤 절실한 동기와 의식이 있었기 때문이다. 나는 이러한 점에 대해서는 시종일관 충실하고자 염원하고 있다. 편협하지 않은 양식(良識)을 바탕으로 조선인의 생활과 감정, 현실을 솔직하게 있는 그대로 호소할 생각이다. 역시 그것이 가장 내게는 친밀하고 소중한 것이며, 또한 내 예술적인 정열이나 의욕까지도 불러일으킨다. 나는 어디까지나 인간이라는 존재를 믿고 싶다. 광대한 세계를 동경하여, 사랑[愛]의 고귀함을 소중히 하는 기분을 올곧게 갖고, 내선인간(內鮮人間) 사이의 보다 좋은 교류에 대해서도, 결코 실망하지 않으리라 생각하고 있다.

◇

요컨대 나는 무엇이든지 허세를 떠는 일 없이, 지금부터 진실한 문학을 하기 위해서, 내 자신에게도 한층 충실할 것을 기하면 된다고 생각하고 있다. 내 마음 있는 그대로를 궁구(窮究)하고 또한 그 상태를 비판하면서, 내지어이기는 하지만, 그것을 내 체내에 살아 숨쉬는 조선문학의 전통적인 것을 통해서, 올바르게 발현해 나가고 싶다. 그것을 얼마만큼 내가 달성해 낼 수 있을지는 내게 주어진 근본적인 과제일 것이다.

빈대(南京蟲)여, 안녕*

지금 내 방은 엉망진창이다. 왜냐하면 열흘 이상이나 됐지만, 단 한 번도 청소를 하지 않았기 때문이다. 게다가 나는 빗자루를 산 적이 없기 때문이다.

하지만 대단히 고생해서 찾아낸 칠 조[1] 반 방이었다. 처음부터 이상하다고 생각했었는데, 결국 우스꽝스러운 꼴이 되고 말았다. 나는 삼주 정도 전에 다시 상경하여 겨우 엿새째 되는 날에 큰 비를 맞고 도랑 가운데 빠져가며 여기 혼고[本鄕] 모리카와 정[森川町]의 구중중한 하숙집에서 이 기묘한 방을 발견하게 됐던 것이다. 볕이 잘 들어 오냐고 물었다. 노파는 잘 들어온다고 대답했다. 날이 갠 날 보니 아침에 약간, 그 후부터는 볕이 나지 않았다.

밤에는 빈대 두 마리가 느릿느릿 기어 나왔다. 빈대가 있으면 알려달라고 하녀가 말한다. 아침에 일어나서 알려주자 벌레약이라도 주려는가 생각했더니 노파는 반도(半島) 사람에게 일전에 방을 빌려줘서 이렇게 됐다고 한다.

다음날 유족(遺族)들이 떠난 방에 대학 후배 두 명이 이사해 왔다. 그러자, 그녀는 물통을 놓아두는 부근에서 둘을 붙잡고는, 어머나, R씨가?

---

* 본 기사는 「(隨筆)南京蟲(ビンデ)よ、さよなら」(『讀賣新聞』 1941년 11월 3일 조간 사면)를 번역한 것이다.

1) 疊, 다다미 한 장이 1조.

반도(半島) 사람이란 말이죠? 빈대는? 헤헤에, 가져오지 않았다고? 마치 빈대를 가지고 돌아다니기라도 한다는 식의 말투였다.

그 정도야 됐다고 치고, 이번에는 내게 전화가 너무 많이 오는 것이 곤란하다고 나온다. 게다가 전화를 건 사람에게 통화구에 대고 주절주절 불쾌한 말을 늘어놨기 때문에, 모두 분개(憤慨)해서 전화를 걸지 않는 것인지, 그것이 아니면 바꿔주지 않는 것인지 최근 이삼 일 전화가 뚝 끊겼다. 나도 결국 화가 나서 이렇게 지독한 곳은 내지생활(內地生活) 십 년간 단 한 번도 경험해 본 적이 없다고 말하자, 어차피 그렇겠지요, 이번 달로 나가주세요 라고 나온다. 그리고 전화가 많이 온다는 말 단 한 마디도 하지 않고, 속이고 들어오는 것은 무엇이냐고 한다. 젠장, 그렇다면 어째서 사람을 속이고 빈대와 합방을 하게 한 것이냐고 생각했으나 입을 다물어 버리고 말았다. 정말이지 이 노파의 납작한 코가 엉망진창으로 얼굴에 틀어박힌 것이 빈대와 너무 닮은 것에 놀랐기 때문이다.

하지만, 바로 가마쿠라의 여관에 전화를 넣어 교섭이 원만하게 이루어졌으므로, 나는 지금부터 그 쪽으로 거처를 옮긴다. 오늘이 삼십 일이므로 약속대로 나갈 수 있게 된 것이 기쁘다. 빈대여 안녕. 빈대여 안녕. 하는 김에 도쿄도 안녕.

작품 제2부

해방 후

마식령(馬息嶺)

1

굽이가 아흔 아홉이래서 흔히 아홉의 고개라고 부르는 산허리를 타고 넘어 굽이굽이 감돌아 내려오니 이번은 더 드센 첩첩 산이 앞길을 꽉 둘러막는 것이었다. 새어 나가기는 고사하고 올라가려야 올라갈 틈서리조차 없어 보인다. 이런 태산준령에 둘러싸인 심심 산중 골 바닥에 이름 모를 조그만 부락이 하나 있었다.

드디어 이 평원가도에서도 험준하기로 유명한 마식령(馬息嶺)에 다다른 것이다. 나귀도 숨을 태워 넘는다고 마식령, 하늘을 어루만질 수 있대서 마천령(摩天嶺)이라고도 불리운다고 한다. 하여간 이것만 넘으면 원산은 엎어지면 코밑이다.

이 마을에다 화물차를 세우고 우리 승객 일동은 길 나들이 국수집에 들어앉아 점심식사를 하게 되었다. 차 자체도 숯을 갈아 넣느니 엔진을 검사하느니 물을 보급하느니 매우 단단한 차비를 차리게 되었기 때문이었다.

선달도 구름이 혹한이라 승객들은 모두가 솜붙이 아니면 개털로 아래위를 씌운 몸이어서 곰처럼 늘어앉아 둥기적거리며 대포를 한잔씩 나누고 있었다.

나는 동행이 없으므로 해서 지방으로 출장 나가는 기관사들 틈에 한 자리 엇붙어 앉게 되었다. 실로 화물차 꼭대기는 매우 어지러웠고 바이 없이 또한 춥기도 하였다.

더욱이 심산지대로 들어섰기 때문에 기온이 내려앉고 햇빛조차 비치지 않아 동해처럼 언 몸뚱이에 술기운이 호되게 고마워 모두들 웅크리고 앉아서 손을 서걱서걱 비비며 돌림잔만 기다린다. 그러나 아랫방에서는 우리와 같이 꼭대기에 달려오던 장사꾼들과 운전수가 양덕서부터 운전대에 타고 온 중년 여편네를 중심으로 서로 어울려 너스레를 놓으며 주발뚜껑을 돌린다.

모두 어지간한 술꾼들인 모양이었다. 아직 도계표는 보지 못했으나 이 아홉의 고개를 넘고 나니 어태(語態)는 완전히 '허우다'의 함경도 말씨다. 평양서 고무신과 무명천을 사간다는 장사꾼들이 한잔 먹은 김이라 소불하 얼마가 남느니, 들어다 보느니, 호기지게 폼을 내며 두 마디 안짝에는,

"그래 아즈망이는 그런 헛장사만 했단 말이우?"

하며 놀려댄다. 그러나 이쪽은 원체 비위가 촘촘하여

"잔말씀 작작 하구 술이나 한잔 더 붓소세. 생각만 해두 기참에……."

말을 보아서는 그다지 기가 찬 모양도 아니었다. 보아하니 곱슬머리 꽁진 본때일지 금 껍질을 씌운 앞니이며 수다스런 입심이 술장사 퇴물임에 틀림없음직하다.

"자— 운전수 아즈방이 한잔만 더 듭세. 수구하시는데……. 어째 자꾸 일어만 날라구 그러메?"

"역시 운전수 동무는 그만 하시지요?"

우리 쪽에서는 험준한 산악의 얼음길이 불안해서였다.

"히! 힛히……."

여편네가 산드러지게 웃는다.

"벼랑에 차를 쳐 박을까봐 저 손님들 매우 무서운게다."

"손님들 말씀이 옳수다."

운전수는 장갑을 주섬주섬 끼면서 일어난다.

"아즈망이 밑천까지 놓아서야 되겠슴?"

"무시기 밑천? 몸뚱이 하나밖에 남지 않았는데. 몸뚱이는 제대로 파는 세상이가디?"

보기 좋게 쭉 들이키고 나서 운전수의 팔을 붙들며

"차운데 좀 더 하시구 나가랑이까……. 제미. 그럼 떠나게 되면 뿡뿡 합세!"

운전수가 문을 열고 나가니까 불이 나게 돌아앉으며,

"그럼 아즈방이 나와 같이 천장사할까?"

언 몸이 술기운에 녹아들어 꺼덕꺼덕 졸고 있던 무명천 장수 텁수염은 터가리를 내어 밀고 눈을 끔적거리며,

"왜 또 나까지 못살게 만들 생각이우?"

"앙이. 내사 장시야 본래 잘합지비……. 이래 바두 해방 전엔 희한하게 큰 영업을 벌기구 장꺼리를 싸대던 솜씨랑이……."

이러면서 싯누런 말상에 눈웃음을 치느라고 흰자위를 굴린다. 사십 주름이 징그럽게도 처량한 느낌이었다.

"내사 원 죽을 신수 들었으면 들었지비. 글쎄 그따우 날도적놈한테 속아넘겠슴?"

"하……. 암만 그래두 천장시야 이를갑세 글렀당이까……."

"글쎄, 걱정 말구 한 행부만이라두 나를 앞세우구 해봅세. 척척 구다사이 할 테니."

"헤헤 그렇게 잘하는 장시?"

바로 옆에 웅크리고 앉은 버텅니가 여편네의 무릎을 치며 키득키득 웃어댄다. 하니까,

"옳지. 이 아즈방이가 활달해 보이더라……. 남자가 좀 활발해야지." 하며 이번은 그 쪽을 향해 돌아앉았다. 우리가 보기에도 텁수염은 좀해

넘지 않을 듯하였다.

“아즈방이 그래 나하구 고무신장시 같이 해보겠슴? 이래 바두 장시 물게가 황 하당이…….” 뒷손으로 텁수염을 밀어 제치며,

“저런 아즈방이는 엉꾸레가 돼서틀렸당이까. 동사할 때는 첫째 성미가 맞아야지비…….”하며 타근스레 다가와 앉는다.

“우리 젠장 빌어먹을 거 고무신을 팔아가지고 명태 실구 돌아갑세. 내 장담입찌비 화물차에는 암만이래두 짐짝을 거저 실릴 수 있당이!”

주발뚜껑을 들이키려던 버텅니는 무슨 생각에서인지 돌아보며 씩 웃었다. 레커차 없이도 물건을 실릴 수 있다는 말이 매우 귀에 담길 성이 있는 모양이었다. 여편네는 주발뚜껑을 입에 대어주며 게슴츠레 눈웃음을 친다.

“어서 쭉 한잔 내우다!”

“으으으…….”

“왜 아즈망이 이번 행부엔 재미 못봤어요?”

술 주전자를 들고 들어오던 이 집 일꾼의 묻는 말에 넌지시 쳐다보며,

“이거봅세 조카님. 한 입에 싹 까옇고 말었슴메.”

“이를갑세 이 금가락지만 해두 아직 밑천이 톡톡하우다레.”

텁수염 천장사가 음흉스레 손길을 잡아 쓰다듬으니까, 버텅니가 눈을 둥기죽하고 건너다보더니,

“거 가금 앙이우?”

“페랍당이 가금이랑이?”

“그럼 거나 팔게!”

여편네는 버텅니의 무릎을 꼬집어 비틀었다.

“실루 이 아즈방이 나같은기래두 금가락지 하나쯤 끼워줄 생각은 까먹구?”

“에구―천 필 팔아 금가락지에 다 넣을 뻔했군……. 어디 나두 같이 동사해 볼까 했덩이…….”

하며 허급을 떨어보이는 천장사의 턱수염을 여편네가 잡아당겨 아구구—아구구 하는 바람에 모두 껄껄 웃는다.

"이 아즈방이는 틀렸어, 틀렸어……."

"이번엔 무스거 가지구 갔어요?"

"이거 봅세 조카님. 물천꿀을 열 초롱이나 해 가지구 갔당이."

하더니 두어 번 눈을 끔적끔쩍하며,

"그런데 나 뜨근 국 한 그릇 더 못줄까?"

"그러게오."

"이거 국시럭 단단히 쓰게 됐구만!"

버텅니가 자진하여 꿩살이가 될 각오를 단단히 하는 모양이었다.

"아깝지 않게 되었지. 운전수한테 칼침이나 맞지 않도록 하우다……."

"무시기? 내가 운전수와 상관이 있가디?"

턱수염의 경고를 여편네는 이렇게 간단히 받아넘기고 나서,

"조카님, 그래 하던 얘기나 마저합세……. 피양 가보니까 서너 곱이나 되었습네게레……."

"그럼 머 폭 되었게요?"

턱수염이

"허, 그 조카님 ……성미두 되우 바쁘다! 조카님은 갑재기 또 무슨 놈의 조카님이야……."

"글세 천천히 들어봅세……. 한 여관에 든 놈이 국수쟁반을 한턱 내겠다기에 이 정신 나간거 따라나선게 불찰이지비. 무시기 그놈이 날도적놈인 줄 알았겠슴. 이 놈이 쟁반을 시켜놓구서 갑재기 뒤가 마렵다구 나가더니……. 아 글쎄 그 달음으루 여관에 달려가 내 짐을 깡그리 메구 달아났당이……. 달아났어……."

"거 정말 낭패우다."

"낭패랑이……. 말 맙세. 팔자에 없는 쟁반 값만 뒤집어쓰구 여관 밥값두 모자라 세루주의 팔아 물구왔당이까……."

방안 사람들은 모두 불기하고 파안일소하였다. 여편네는 우리들 쪽을 넌지시 건너다보며 금니가 번쩍이게 마주 웃더니,

“가만히 있소. 내 저 하이칼라 손님들과 한잔 더 먹어얍지비…….”

하며 일어나 넘어오다가 버텅니를 돌아보며,

“좀 있다가 같이 갑세. 엥. 이번에사 아즈방이랑 한 자리에 타야겠군. 꼭 붙어서 떨어지지 않겠당이…….”

우리 좌석에 끼어서도 아양을 떨고 엉석을 부려보느라고 말상을 실룩거리며 여기저기 남아돌던 술잔을 거침없이 하나하나 집어치우기 시작한다.

“아즈방이는 어디메 가오?”

개차밥처럼 지근대는 놀음에 마지못해, 길주(吉州)를 간다면 제 고향이 길주(吉州)라며 나진(羅津)을 간다면 나두 나진(羅津)갈까 함흥(咸興)이라면 제 집이 바로 함흥(咸興)이니 여관 잡을 생각은 말라는 둥 어느 언덕이든지 찾아 부비려는 태도가 어지간히 안정치 못한 눈치였다. 그러고 보면 역시 이번 행보에 실패는 큰 실패를 본 것 같기도 하다. 이런 태도가 기분에 거슬렸던 모양인지 시큰둥하여 버텅니가 일어서니까 큰일 난 것처럼 뒤따라 나선다.

구세기의 유물 같은 하이힐을 척 걸치더니 일꾼을 돌아보며,

“조카님 그럼 올 때 또 봅세…… 엥.”

“그런데 아침에 웬 사람이 찾아와서 아즈망의 일을 소상히 묻씁디다.”

하며 일꾼이 일어선다.

“어떤 사람이?”

“글세 잘 모를 분인데……. 장사꾼 같지는 않거던요…….”

일꾼도 적이 의심쩍은 눈치로

“이름두 말합니다만, 생김생김을 해늉하는 거 짜장 아즈망이거둥.”

“이봅세 박을녀랍데?”

경계하듯이 말소리를 떨어뜨린다.

"예 그러던갑소."

여편네의 얼굴이 갑자기 시리 죽는 것이 이상하다면 이상하였다.

"게럽습메. 내 이름을 알 사람이 뉘긴데……. 청승 무시기 일인 소견입메?"

"이를갑세 말이우다. 언제 대녀갔느냐 언제쯤 지내갈 듯 하냐구만 묻거던요."

잠시 당황한 빛이 스쳐 지내가더니 여편네가 다그쳐 묻기를,

"그래 무시기라구 대답했습데?"

"마구제비 모르겠다구 말었지."

"제미. 차는 또 왜 상기 안떠남메? 무슨 놈의 차가……. 제미. 좀 나가봐야겠군……."

하며 문을 젖기고 황망히 나가버린다. 적이 수상한 인상을 주는 일이었다. 어떻게 된 여인이냐고 물으니까 일꾼은 빈 그릇을 덧두기며 이렇게 말한다.

"글쎄, 나 보구는 첫날부터 조카님이라구 합데만 친척은 앙이에요. X 장거리에서 술장사를 하던 모양인데 이 평원가도에서 그 아즈망이 모르는 이는 하나도 없눈 걸요. 한 달에두 몇차례씩 다니는데 수단이가 좋아서 화물차에 짐두 공으루만 실어 나르는 갑죠. 그런데 이번엔 아마 정말루 실패본 소견이지요?"

"글쎄요."

"하기는 번번이 손해를 보았대면서 손님을 하나씩 골라쥐구서 껍질을 벗끼군하는데……. 돈은 벌어 어디다 쳐박는지……."

"남편은 없구?"

"없답데다. 들릴 때마다 각시를 얻어준다고 말만 널어놓고는 재촉하면 저부터 새 서방 얻구 볼 일이라면서 손님들 앞에서 새도랭이 없이 떠들어 요지간은 챙피해서 말두 못하는 걸요. 제기 빌어먹을거?"

아무래두 좀 위인이 부족한 모양이다.

"그래두 좋은 사람만 있으면 맘대루 장가 들 수 있는 법령이 나왔다는데 정말이에요?"

하릴없이 웃으며,

"저 혼자만 좋아서야 되겠소. 둘이가 다 마음이 맞아야지……."

이 때에 경적이 울리어 우리 일행은 바삐 세음을 치르고 밖으로 나오게 되었다. 나와 보니 캐부렛터인가 무엇인가가 새로 또 잘못되어 한 반 시간은 더 기다려야 발동이 되리라고 한다.

을녀는 달아나는 버텅니를 좇아다니다가 붙잡아 가지고 다시 국수집으로 끌고 들어간다. 본네트를 제끼고 기계를 고치던 운전수는 한참동안 이 광경을 노려보더니 무어라고 조수에게 꽥 고함을 친다. 입맛이 쓴 모양이었다. 쓰기도 할 것이 간밤에 양덕 여관에서부터 둘이의 배가 맞아 한자리에 타고 오던 것이다.

다시 국수집으로 피한하기 위해 어떤 초가집 앞을 지나려고 하는데 바로 그 집이 성인 학교인 모양으로 글 외는 소리가 우렁차게 들려온다. 나는 문득 멈춰서서 한참동안 귀를 기울이다가 주춤주춤 그리로 발길을 옮기었다. 이런 심심 산중에서 글소리 듣는 감개 적이 무량함이 있었다. 토방 위에 올라앉아 담배를 붙여 물고 듣노라니 '악습을 버리자'는 과목을 모두 소리 낮추어 불러 나간다. 선생이 한 구절을 앞서 읽으면 뒤따라 생도들이 외는데 어린애의 앳된 목소리, 부드러운 부인의 음성, 노인네의 쉰 독청이 서로 한데 어울려 흐뭇한 조화를 이루어 울려나온다. 선생의 목소리는 은방울을 굴리는 듯 듣기에도 감미로운 낭랑한 젊은 여자의 음성이었다. 동기방학을 이용하여 지식의 등불을 들고 방방곡곡으로 흩어져 들어가더니 이 산중에도 원산서나 중앙에서 여학생이 글소경 퇴치차로 들어온 것일까?

낭독이 몇 번인가 반복된 후에 이번은 여선생의 옥을 깨치는 듯한 음성이 들려나온다. 자상치는 아니나 새로 맞이할 면, 리 인민위원 선거에 대한 해설인상 싶었다.

이것이 끝나자 문이 열리며 먼저 꼬마 학생들이 우루루 쏟아져 나온다. 노방 아래로 내려서서 나는 한 여가리에 자리를 비끼었다.

꼬마 학생들의 뒤를 이어 부인 학생, 노인 학생들도 공책과 연필을 허리춤에 찌르며 줄렁줄렁 나온다.

"선생님, 늦었는데 우리 집에서 주무시구 가우."

하는 부인의 말소리에 돌아보니 여선생은 뒷모습만 보아도 도회지의 여학생이 아니라, 수목으로 수수하니 차린 머리도 예사 낭자머리의 산골 아낙이었다.

"아직 해가 멀었어요. 염려 마시구 안녕히들 가시우다……."

여선생이 이렇게 대답을 하며 생도들에게 인사를 한 뒤에 돌아섰을 때 나는 홀제 놀랜 사람처럼 그 자리에 굳어져 버렸다. 이런 형용이 가능하다면 휘영청 밝은 둥근 달이 솟아오른 듯한 황홀스러운 느낌이었다. 티 하나 없이 맑아 바이없이 아름다운 얼굴이었다. 커다란 눈이 수정같이 정기로우며 몽싯한 입가장에 미소가 포근히 담기었다. 그렇다고 분결처럼 흰 얼굴은 아니면서도 어디인가 달같이 선명한 윤곽으로 떠오르며 황홀한 느낌을 주는, 한번 보면 좀해서 다시는 잊어지지 않는 그러한 종류의 얼굴이었다. 부인네들은 한사코 따라오며 붙든다.

"앙이되우. 눈이래두오면 어쩌겠소?"

"삼십 리 고갯길을 어떻게 이제 넘겠수까?"

"오늘이 처음이라구요……. 즐러가면 겨우 이십 리 남짓한 걸요……."

종시 우기어 작별 인사를 짓더니 산길을 향해 총총히 걸음발을 떼여놓는다.

뒤에서 어린애들이 손을 흔들며,

"선생님!"

하고 부르니까 돌아서서 별처럼 웃어보인다.

"모레두 정말 오시우다!"

몇 번이고 몇 번이고 고개를 끄덕이며 여선생은 인사를 한다. 순전히 의젓하고 수줍은 산골 부인이었다. 이렇게 추운 겨울에 험준한 고개를 넘어 이십 리 얼음길을 글 배워주려 내려오는 산골 색시는 대체 어디에 사는 것이랴? 눈이 뒤덮인 오솔길로 접어 올라가는 그의 뒷모양을 멀리 멀리 눈으로 바래며 나는 무어라 말할 수 없는 깊은 감개에 젖는 것이다.

"어디 사는 부인인가요?"

아낙네에게 물어보니,

"저 큰 고개 넘으켠 골채기에……."

"골채기에? 거기 동네가 있어요?"

"아 저런 깊은 산 골채기에 무시기 동네가 있겠수꺄?"

그러면 저런 이도 역시 부대를 파는 화전민의 아낙네일까?

이 때에 차가 발동이 되어 국수집으로부터 승객이 쏟아져 나온다. 비틀거리며 나오는 술장사 퇴물 그림자가 이 여선생의 영자를 가리우며 막아설 때 나는 무슨 징그러운 짐승이라도 본 듯이 얼굴을 찡그리고 눈을 지리 감았다. 이 아름다운 인상을 홀제 감히 가슴 속에 고이고이 간직하려는 듯이.

다시 차중의 몸이 되었을 때 읍녀는 제말대로 운전대에 오르지 않고 부러 찬바람이 끼얹는 짐칸에 올라와 가마니 짐 위에 버텅니와 붙어 앉아서 히히덕거린다. 추위가 무던한지 사내의 주의자랑을 잡아다녀 그 속에 머리를 파묻어도 보며 으스러지게 사내의 몸둥이를 껴안고 서로 음란스레 떠들기도 하였다.

처음에는 엔진 소리도 비교적 괜치 않고 속력도 웬만하여 이대로 가기만 한다면 해 있어서 원산에 대일 듯도 싶었다. 그러나 산밑을 끼고 얼마간 두루두루 돌아 정작 올리바지 산길로 올라서면서부터는 라지에터가 얼어 엔진히 푸드렁거리기 시작하여 불안하기 바이없다. 눈 속에 잠긴 얼음길을 차바퀴에 걸친 체인의 굴러 도는 소리가 지르럭지르럭…… 게다가 싸락눈이 바람에 안겨 휘날리며 앞길을 어지럽힌다. 차 오는 소리에 조심히 산모퉁이에 길을 비켜서서 아까의 그 여선생은 털실목도리로 머리 위까지 감싸 두르고 우리 일행을 쳐다보다가 반색을 하며 인사한다. 흰 눈 보다도 더 하얀 이가 이쁘장한 입새로 반짝이었다. 바로 뒤에 앉은 목출모를 눌러쓴 청년이,

"타시지 않으려오?"

하며 차를 멈추려고 일어나니까 여선생은 손을 흔들어 보이며 부르짖었다.

"앙이오. 앙이오! 들러갈 데가 있어요!"

"그럼 만츰 갑네다!"

국수집이 있는 마을에서 새로 오른 이었다. 거리가 차츰차츰 멀어지면서 여인의 그림자도 어느 듯 눈바람 속에 희미하니 흐려져 간다. 지름길로 찾아들며 올라오는 모양이 조그만 점을 이루고 나중에는 아주 멀리 싸락눈의 장막 속에 사라지고 말았다.

차 위에는 펄펄 날리는 싸락눈과 얼음장같은 추위와 꽁꽁 얼어붙은 태만이 휩싸여 돌뿐이었다. 무엇인가 신이나게 버텅니와 주거니 받거니 떠버리던 여편네도 늘어지게 하품을 하더니 어느새 사내의 무릎 위에 얼굴을 구겨 박고 잠이 들어버린다.

그래도 차는 허이허이 숨이 턱에 닿은 소리를 지르면서도 부지런히 산허리를 조여가며 감돌아 오른다. 때로는 바드득 바드득 안간힘을 쓰기도 하고 이따금 헛구역질도 하고 가다가는 발동이 멎기도 하였다. 그래도 이런 적마다 분주히 내려 가마니를 겹겹이 라지에터에 감싸는 둥 가스 발생로의 풀무를 두르는 둥 갖은 신고는 계속되었다.

높기도 바이없는 기나긴 고개 길이었다. 굽이를 돌 적마다 밑에는 가파른 산협이 깔리우고 그 새를 눈보라가 해류처럼 술렁이었다. 치받쳐 올라감에 따라 눈보라로 차츰 흩어지기 시작이다.

어쨌든 하늘 아래 뫼이지만 구름 위의 산임에는 틀림없었다. 이 마식령은 인적이 묘연한 험산이라 그런지 화전이 많기로도 또한 그 유례가 없을 듯하였다. 쳐다보면 깎아질 듯한 등배기에 화전이 매어달리고 둘러보아도 뙤악뙤악 화전이 널려서 빈대처럼 기어오른다. 온통 이 산악

이 반창고 투성인 느낌이었다. 초옥이 십 리 오 리에 가다가다 하나씩 산비탈에 새둥지 마냥 걸려서 눈보라 속에 떨고 앉았다. 어디선가 산 위에서 '땅'하고 총소리가 일어나 요란한 산울림을 일으키더니 또 한번 재차 일어난다. 고개 길에는 사람의 종자 하나 얼씬하지 않는다. 때때로 마주 오는 화물차와 재리재리 위태한 길목에서 어기적거리느라고 조수와 조수끼리 서로 목을 내밀고 고함을 지르며 조바심으로 얼음길을 더듬을 뿐이었다.

돌각담의 비탈마을밭 치럭넝쿨을 헤쳐가면서 가까스로 일구어 뿌리고 거둔 감자와 귀밀로 동면기에 든 화전지대였다. 일년 내내 구름을 타고 밭머리에 서 있지 않으면 굴 속 같은 집 속에 장작불을 피우고 배겨있는 이곳 주민들이었다.

이때에 차는 굽이돌아 산허리를 끼고 오르다가 불행히 기관 고장으로 정거하게 되었다. 조수는 재빨리 뛰어내려 바퀴 밑에 미리부터 준비해 두었던 돌덩어리를 괴었다. 급경사를 이룬 얼음길을 뒤로 미끄러져 내릴까 두려웠기 때문이었다. 운전수는 풀풀거리며 본네트를 열고 기관을 검사하며 조수는 숯 가마니를 새로 터쳐서 발생로에 쏟아 넣고 갈구리로 쑤시기 시작한다.

그래도 고개턱이 머지 않는 높은 곳이라 눈보라는 발 밑에 깔리우고 앞뒤에는 산등허리가 굽이쳐 막아섰기 때문에 바람골이 아니라 비교적 전대내기 수월하였다.

운전수는 고장을 고치고 나서 발생로의 풀무채를 분주스레 돌리다가 넌지시 울려다보더니 입가죽을 비죽이었다.

"잘한다. 저 아즈망이 벌써 저렇게 됐나……. 종내 물주를 잡았수까?"

을녀는 버텅니의 무릎에 얼굴을 묻은 채 정신을 모르고 있었다. 사내는 좀 열적은 듯이 제 무릎을 흔들어 깨운다.

"아즈망이 일어나우다!"

움칠움칠 하다가 부시시 일어나며,

"여기가 어디메오?"

"신선놀음에 도끼자루 썩겠당이……."

버텅니가 벙싯하니 웃음을 지으며,

"아직 고개는 멀었수다."

"아즈망이 톡톡히 호사함메……. 이번에 고무신이우?"

"헤헤……."

여편네는 늙술고양이 같이 눈을 감았다.

"저 운전수 아즈방이는 공연스레 강짜 한당이……."

운전수는 넘겨받을 줄은 모르고 뭉클해진 모양으로,

"여관 밥벌이는 틀림 없겠수다!"

"헤헤. 앙이 내가 아무려면 백원 짜리밖에 안되가디?"

버텅니는 면구스러워 고개를 수그리고 무릎으로 궁상만 떤다. 짐짝 꼭대기에서 무명천 장사 턱수염이 캐들캐들 웃으며,

"저 아즈망이 두끼만 먹을 모양인가? 점심 값은 내가 내게우!"

"차 값은 누가 내구?"

운전수는 한다면 둘한 소리만 한다.

"에구, 참 저 아즈방인 애발(인색)이랑이. 어젯밤에 양덕 일 생각 안나오? 아무 소리 말구 돌아갈 때 명태 짐이나 실어줍세! 어서 이 영감 좀 무릎을 페께나!"

술이 깨나면서 추위가 어지간한지 또다시 머리를 구겨 박는다. 그제는 운전수도 창피한 모양으로 조수에게 고함을 쳐 발생로 뚜껑을 열고 다시 쑤시라고 이르더니 자기는 눈을 한아름 거누어 안고 앞대구리로 옮아갔다. 숯재가 끼얹는 바람에 할 수 없이 뒤쪽으로 자리를 피해 앉았다. 우리는 새로 올라탄 목출모 청년과 이야기 중이었다.

"이런 데까지 공작 나오려면 무던하겠소."

"네……. 관내이기 때문에……."

청년은 고운 손으로 가루 담배를 종이에 말아 담으며,

"그러나 힘은 들지만 이 산사람에게도 해방의 고마움을 더 절실히 알게 하고 나라를 완전히 찾을 각오를 단단히 세워주며 우리의 산림을 아낄 줄 알도록 계몽해야지요……. 하기는 십 리 이십 리에 한 개씩 널려 있으니 이런 데서는 선전도 계몽도 참 바쁘군요. 돌아다니며 보시면 아시겠지만 실로 요즘은 방방곡곡 동네마다 성인학교가 벌어졌지요. 그야말루 투전 땅이나 주물고 세금 독촉장이나 받아들인 손에 남녀노소 없이 모두 책을 펴들고 글 외는 광경이란……."

우리는 홍조를 띄운다. 개털둥지 속에 팔을 찌르며,

"그러나 대체로 이런 산중에선 별 도리가 없군요. 화전민에 대한 근본 대책을 정부에서 세우고 있는 모양입니다마는…… 하나 이 마식령만은 여니 데와 다릅니다."

"왜?"

청년은 미소를 지었다.

"이 산중에는 훌륭한 지도자가 있기 때문이지요. 아까 이 산길을 올라올 때 제가 인사하던 여성 동무가 있지 않았소? 그 동무가 바루 아랫마을 성인학교 선생이며 또 그의 부인입니다."

"그럼 역시 화전민이군요?"

"물론 그렇지요. 이제 가시느라면 그네 집이 뵈입니다……. 이 마식령의 공작은 남편이 혼자 맡아보기 때문에 부인은 하루건너 마을루 내려가 문맹 퇴치 사업을 도와주지요……. 하여간 이 근방 산중을 지나실 때에 총소리가 들리면 그의 남편이 공작을 나와 다니는 줄 아셔도 틀림없습니다."

"아까 총소리가 이 부근에서 났었지요?"

"글세 말입니다. 오늘두 나와 다니는 모양이군요. 지대가 지대인 만큼 그 동무의 일이란 집집을 찾아다니는 것이 일이니까요."

"포수입니까?"

"그렇습니다. 하나 해방 뒤부터 메구 대니니까 포수루서야 역사는 오래지 않지만 원체 날래구 용감해서…….”

“본래부터 화전민인가요?”

“아닙니다. 한 사 년째 되는군요.”

“부인은?”

“부인두 물론 그때부터이지요. 거기에는 긴 사연이 있습니다마는 이 근방에서는 하나의 전설처럼 되다시피 유명한 부부입니다…….”

이렇게 허두를 놓은 뒤에 정식으로 이야기를 펴려는 차에 뒷산으로부터 눈구덩의 비탈길을 솔가지를 휘어잡으며 내려오는 사내가 있었다. 나는 희한한 생각에 청년을 잡아뜯었다.

“혹시 저분이 아니오!”

“허허……. 참 시골사람 제 소리하면 나타난다더니 바루 오나봅니다…….”

하며 청년은 손짓을 하며 부르짖었다.

“어! 풍구 선생!”

이렇게 공교로이 되어 나는 이 이야기의 주인공까지 노상에서 친히 관찰할 수 있게 된 것이다.

방한모를 푹 눌러쓰고 소달구지꾼식 짤두막한 무명 솜주의를 탄띠[彈帶]로 가운데 질끈 동인 다부진 몸뚱이에 사내는 쌍알배기 사냥총을 둘러메고 있었다.

등에는 너구리와 토끼며 꿩 서너 마리를 짊어진 채 바위 위에 덥석 올라서더니 의아스러운 듯이 유심히 바라본다. 청년이 목출모를 벗어 뵈니까 그제야 알아챈 모양으로 싱긋이 웃었다. 눈에 걸은 적동색의 얼굴에 두 눈이 야수처럼 번득거리며 묵직한 메추리신으로 내짚을 때 땅이 꺼질 상 싶도록 듬석듬석 힘있게 다가온다. 나이는 삼십 전후로 보였다.

손을 내밀고 청년과 위아래에서 악수를 하더니,

“어디 갔댔소?”

거 쉰 목소리였다.

“XX리에 갔다옵니다. 수확이 크구려.”

“무슨? 좀 볼일이 있더라니 나서는 길에 메구 나와 심심이나 껐수다……. 이재(금방) 분하게 멧돼지를 놓치지 않았소.”

“호랑이가 멧돼지를 놓치서야 되겠소?”

“허허허…….”

포수의 호탕하게 웃는 폼이, 그러고보니 그야말로 산중의 호랑이 같은 느낌이었다.

“요지음은 부처서 공작이군요. 부인두 아까 돌아올라 옵디다.”

“돌아옵데까?”

포수는 귀에 반기는 모양으로 방긋이 웃으며,

“그 양반……. 꼴에 성인학교 선생님이랑이!”

“핑계 삼아 부인 마중 나온 길이나 아니오, 풍구 선생?”

“허허허…….”

마주 웃으며,

“그렇대면 좋겠소만……. 면, 리 인민위원 선거법이 나왔기에 해설하러 돌아다니던 길이우다. 가는 길에 노루 한 마리 쏘아 웃드메 잔치하는 집에 선사하구. 허허 이거난 어디 오래간만에 국이라두 끓여볼지…….진 새벽부터 한 백여 리를 쏘다니며 열두여 집을 돌았수다마는 여기서야 앓는 이가 있어두 약을 쓸 수 있어야지요……. 눈앓이에 초약으루 무시기 좋은지 아시우?”

“눈앓이에는 시대기 나무 껍질을 삶아 발라야지요.”

턱수염이 옆에서 듣고 나오니까,

“시대기 나무요? 시대기 껍질이라…….”

포수는 옆채기에서 수첩을 꺼내어 연필에 침을 발라 가며 적는다.

“……골머릿 중에는 역시 멧비둘기가 신통하거든요. 옹바윗골 할머니가 머리를 싸매구 들어 누웠기에 들린 길에 멧비둘기 한 놈을 몰아치구서 돌아오다 둘러보았더니 천연히 일어나 앉었다랑이…….”

포수는 곰방대에 잎담배를 비벼 담으며,

“어서 우리들두 나라의 지시를 얻어 평지 개척하러 이주를 하든지 해얍지비……. 이제는 우리 산이구 우리 나무니까디……. 전에는 될대루 되라구 산에 막 불을 지르기 일쑤였지만 우리두 실루 요새는 깼수다.”

호기지게 너털웃음을 터뜨린다.

“아마 화전민의 이주 문제두 구체적으로 서나봅디다……. 벌써 어디 선가는…….”

“암 우리 김장군이 게신데야 어련하겠수꺄…….”

부시시 잠이 깨어나서 포수의 용모와 말소리가 의아한 듯이 엉거주춤 일어나 살펴보던 을녀가,

“앙이 풍구 아즈방이 앙이오?”

이 소리에 떨어진 숯불에 담배를 붙이던 포수가 고개를 들고 물끄럼히 쳐다보며 한 모금 푹 들이키더니 곰처럼 일어났다. 그리고 한참동안 여편네의 얼굴을 뚫어지게 들여다본다. 을녀는 제김에 어쩔 줄을 모르고 당황하여 두 손을 쥐어틀며 물러난다.

“에구, 무섭당이. 저 아즈방인 어째 저러우? 그래 여기서 사우다?”

포수는 얼굴 가죽을 경련적으로 실룩거리더니 땅 속에서 울려나오는 미어지는 듯한 외마디 소리로,

“형 놀랑 간나!”

목출모 청년의 눈이 이 순간 이상스레 빛나며 입 가장자리에 야릇한 미소가 떠돌았다.

“어째 이러우. 이 불쌍한 것 보구. 그러지 마우다…….”

을녀는 짐 위에 주저앉으며,

“팔자가 이젠 아즈방이와 싹 바뀌운 꼴이랑이……. 해방 놀음에 밑천은 다 털어 바치구…….”

“천하에 뒤지지 않은 것만 해두 고마운 줄 모르구?”

“앙이 세상에두 그 성미 아직 못 고쳤당이. 그래 보비랑 잘있음메? 미

시래 그렇게 으로대는 김메?"
하더니 다시 일어나며 헤벌쭉 웃었다.
"아즈방이 옛날 정지루 봐서 나 그 까투리 한마디 못 주겠슴?"
포수는 한번 킁하고 콧방귀를 울리더니 회심의 미소를 짓는다.
"설께 되었구나! 참 좋은 세상 되었너이……."
하며 일소에 붙이고 나서 목출모 청년을 돌아보며,
"미륵거리 김 과부네가 열 가마니나 애국미를 바쳤다는 소문이 정말 이우?"
"아 정말이지요. 그 과부어망의 말이 남편 살았을 때는 반작 살이와 공출 놀음에 죽두 못 끓여먹었는데 이번에는 홀몸으루 농사 지어 1년 계량 하구두 남을 테니 그 분량만이래두 나라에 바치겠누라구 어린 아들과 같이 소달구지를 끌구 왔던데요……."
화물차가 발동에 성공하여 퉁퉁거리며 움직이기 시작하자 포수는 꿩 꾸러미를 던져주며,
"내가 보내더라구 전해 주우다. 한 마리는 동무가 배달료루 받구요……. 그 아즈망이 남편이 어렸을 적의 씨름 동무우다."
"고맙소……. 집이 아직 먼데 올라타우다."
"이 아랫골에 또 한 집 찾아보구 천천히 갑지비."
포수는 길도 없는 눈에 쌓인 똘작이를 덤석덤석 내리밟으며 언덕 밑으로 내려가는 것이다. 내려가면서 목청을 돋우어 고요한 산정기를 드렁드렁 울리는 노래 소리가 꿈길에 술린 듯 가없이 멀리까지 들려온다. 청일지 음조일지 멋들어지게 흐느적거리는 노래 솜씨였다. 잠시 정신이 팔려 귀를 기울이고 있노라니 청년도 감동된 낯으로,
"어떻습니까? 화전산중(火田山中) 농민위원장의 노래 솜씨가? 저 노래두 또 내력이 있는 노래의다."
"앙이 아즈방이!"
을녀가 놀란 듯 눈이 둥그래진 채,

"세상에두 저 무쇠 풍구가 글쎄 농민위원장이란 말임메?"

"그렇소……. 왜요?"

"응, 실루 좋은 세월이랑이. 난 또 산적이나 만난 줄 알았지비."

비꼬아 트는 품이 그에 대하여 내심 오죽지 않은 적개심을 가지고 있는 모양이었다. 포수의 태도도 역시 심상치 않던 것으로 보아 필유곡절이라,

"아즈마니는 이재 그분을 언제부터 아오?"

하고 물어보았다.

"내가 어째(왜) 모르겠슴? 흥, 내 살림살이 거덜난 게 뉘기 때문인데……."

"놀랑관 아즈망이지요?"

청년이 슬쩍 묻는 말에 경계하듯이 흘낏 쳐다보며,

"글쎄 말임메."

청년은 가벼이 끄덕이더니 천천히 담배를 갈아대며 대략 다음과 같은 이야기를 펴기 시작하였다.

2

이 마식령에서 칠십여 리를 상거한 X장거리에 술망나니요, 싸움꾼으로 유명한 젊은 대장장이가 하나 살고 있었다. 간해 여름에 무거운 짐이 그득히 든 석유상자와 이불때기를 짊어지고 그는 이지가 외로이 단신으로 해 저문 이 장거리에 나타났다. 이튿날 장거리 끝 솔밭 너머로 바다가 내다보이는 빈 터전에 통나무를 뚝뚝 잘라 세우더니 짚단을 올리고 대장간을 벌이었다. 이 광경을 본 뒤부터의 일이 그의 역사에 대한 장거리 사람들의 지식의 전부였다.

처음에는 얼음장같이 차갑고 침중해 보이는 용모에 억눌려 그들은 이 사내를 어디 살인패나 아닌가 하고 수군대며 경계했던 것이다. 그래도 대장장이로서 기술은 상당하여 근방 농민들과 장거리 사람들 간에는 보배로운 존재로 주문이 물밀 듯 하였다. 하나 역시 성미가 고약하여 한번 안 된다고 도리도리를 하면 천하없는 놈의 부탁이라도 막무가내로 마음이 내키지 않으면 솔밭 속에 들어가 번듯이 네 활개를 펴고 드러누워 드르렁드르렁 코만 골아대었다.

혼자서 미친 사내처럼 밭두렁을 오르내리며 무엇이라고 중얼거리기도 때로는 바닷가에 나가 바위 위에 외로이 앉아 흩어진 머리를 바람에 휘날리며 처량스레 노래를 부르기도 일쑤였다. 하기는 이 노래가 소문을 놓게스리 명창으로 비장하고도 애절하기 한이 없어 노래 소리만 들리면 여염집 부인네도 길 가다가 발을 멈추고 처녀애는 창문을 열고 귀를 기울이었다.

그러나 이 사내가 온다면 젖먹이 애가 울다가도 그친다는 그런 무시무시한 존재임에는 틀림 없었다.

그러면서도 알고 보면 용모와는 딴판으로 곰처럼 유순하기 비길 데 없는 면도 없지 않았다. 필요 이상의 말은 하지 않으나 기분이 좋을 때는 언제나 혼자 시물시물 웃으며 태평춘처럼 노래를 흥얼거리면서 풀무질을 하고 마치도 내리다진다. 그래 장거리 각다귀 애들은 어른이나 젖먹이 애와는 달리 무서워하기는커녕 이 대장간에 모여들어 떠들며 놀기를 좋아하였다. 사내는 풀무질을 하면서 무슨 의미인지는 모르나, 늘 이런 노래를 흥얼거려 어린애들도 따라 부르곤 한다.

무쇠풍구는 돌풍구
대국천자는 호천자

물론 옛날부터 내려오는 민요임에는 틀림없으나 만약에 무쇠풍구도 돌풍구나 매 한가지로 두려울 바 못되고 대국천자도 오랑캐밖에 안 된다는 호기진 기개를 말함이라면 바로 그의 성격을 두고 하는 말이나 진배없었다. 어쨌건 이렇게 되어 그에게 무쇠풍구라는 별호가 달린 것이다.

그러나 무엇 무엇해야 일단 술을 먹었을 때처럼 질색은 없었다. 웃통을 벗어 던지고 두 팔을 쩍 벌리고 큰 행길가에 나서서 그는 이렇게 호통을 뽑았다.

"다 나와라. 이 간나새끼들아!!"

사람들은 이 젊은 대장장이의 항아리만한 가슴패기와 근육이 불퉁불퉁한 팔따시에 기가 질려 모두 슬슬 꽁무니를 뽑았다.

"이봅세, 그리루 가지 마우다. 무쇠풍구가 술을 먹고 나섰당이……."

하면 그만으로 장날도 큰 길이 통행금지가 될 지경이었다.

하나 술을 먹어도 각다귀 애들에게는 그냥……. 아니 일층 더 인기로 죄 몰려나와 그를 에워싸고 소리 맞추어 무쇠풍구 타령을 부르며 떠들어대었다. 그가 저핏저핏 움직이면 또 다시 우르르 몰리어 벌떼처럼 따라 나서는 것이다.

"요놈 잡았다!"

하며 부리나케 달려들어 도망치는 애들 중에서 한 놈을 잡아서는 제 몸 위에 올려 앉히고 또 한 놈을 붙들어서는 어깨에 싣고,

"두 놈에 하니……."

그제는 한 팔을 풀무채 두르듯이 휘두르며 달리었다.

"이 새끼들 앙이 나오느냐? 우리 삼부자 다 나왔당이!"

애놈들은 더욱이 신이 나서 키득거린다. 하기는 누구보다도 벼슬아치가 그와 맞다들려 봉변 당하는 일이 더 많았다. 금융 조합 서기에게는 이 놈아 어째서 내게는 빚을 안주냐고 힐난을 붙이고 면장이나 면서기한테는 이 자라 같은 놈 나를 보국대로 뽑았다만 봐라 네 모가지가 동갱이 난다고 위협을 하고 칼을 찬 순사한테는 그따위 환도보다는 이 대장장이 벼리는 식도가 더 선들선들 한 줄을 몰라 하며 강시비를 걸고

대들었다.

한번은 장거리 최 아무개네 집에 집행을 하러 나온 집달리를 도랑에 쳐박았으며 언젠가는 공출미에 불자를 치어 농민과 다툼이 생긴 곡물 검사원을 뒷다리를 둘러메어 곤두박은 일까지 있었다.

섣불리 건드리었다가는 두셋은 너저분히 코가 깨지어 쓰러졌다. 워낙 힘이 항장사요, 천하에 또한 겁이라고는 몰라 호랑이처럼 날뛰는 놀음에 누구 하나 걸고 틀어볼 생각은 염두에도 못 내었다.

"저도 몇 차례 싸움 구경을 했습니다마는……. 순사들까지도 무쇠풍구가 행길에서 호령질을 하면 마주 서기를 꺼려 뒷골목으루 어물어물 꽁무니를 빼군 했으니까요. 놈들은 무쇠풍구가 사상이 나쁘다구까지 했더랍니다."

"아이구 이 아즈방이 그렇게 얘기 하니까디 무시기 호걸장군이라두 되는 것 같으우다. 기운이 세면 쇠가 왕 노릇을 하겠슴?"

못마땅한 기색으로 목을 늘이우고 엿듣고 앉았던 을녀가 입을 비죽이었다.

"천하에 고얀 놈이지 말할게 있소……. 그걸 이 진골 자랑이라구 하구 있수까?"

노래와 싸움도 천하일품이지마는 어기뚱한 점도 어지간하여 술만 먹으며 가히 상상조차 못할 큰 일을 줄창 저지르곤 하였다. 한번은 어떤 중요한 범인이 잠입했다는 정보 밑에 무장경관대가 쇄도했을 때의 일이다. 그들은 이 X장거리를 이 고장말로 '싹' 둘러 포위하고 집집을 이 잡듯이 수색하고 있었다. 마침 무쇠풍구는 대포로 몇 잔 술을 들이키고 네길어름에 나타나 두 팔을 쭉 뻗치었다.

"지난밤에 우리 대장간에서 수상한 사람이 잤다!!"

이렇게 고래고래 지르는 소리에 경관대는 놀래어 한패는 대장간으로 몰려가고 한패는 그를 붙들어 매려고 달려 붙었다. 무쇠풍구는 날개 돋힌 황새처럼 이리저리 뜀박질을 하며,

"첫 새벽에 떠났다. 앗하하. 벌써 떠났다야!"

경관대는 칼자루를 데그럭거리며 팔을 내저으면서 쫓으려다가 서로 부딪히며 엎어지며 쓰러지며 대소란을 일으켰다. 기무라 부장은 걸핏 붙들렸다가 넌지시 메다 꼰지우고는 다시 일어나 쫓아가며 애원하다시피 하였다.

"고노 바가자식아 어디루 갓다까. 말이 해라 좋소! 말이 해라!"

하니까 돌아서며,

"바다루 나갔다. 배 타러 바다루 나간다더라!!"

경관대는 또다시 당황스레 해안선으로 몰려나갔다. 이날 저녁 솔 속에 누워 코를 드르렁거리며 깊이 잠이 들었던 무쇠풍구는 기무라 일행에게 습격을 당하여 뒷결박으로 꽁지어 왔다. 일이 일인만큼 된 코에 걸리지 않을 수 없었다. 무쇠풍구가 똥을 쌌다는 말이 생긴 것도 이래서이 때의 일이다. 사실 분풀이 삼아 무던히 들구치며 쑤시고 지리밟다 못해 메어 달기까지 하였던 모양이다. 어느 회석에서 기무라가 녀석에게 비행기를 태웠더니 따는 놈도 기급한 지 똥을 싸고야 말았다고 한 말이 퍼진 것이다. 행길에서 망신한 보복을 톡톡히 하여 기무라는 매우 고소한 모양이었다.

"결국은 터무니없는 거짓말을 하여 수사진을 혼란시켰구려……."

"말하자면 그렇지오!"

"홍 알기는 신통하게도 아우다. 사연이 그런 줄 아우?"

하며 을녀는 혼자만 아는 비밀이 매우 대견했는지 이번은 정식으로 말간참을 할 양으로 내려앉으며,

"좀 비키우다."

"그럼 무슨 또 다른 깊은 곡절이라두 있었소?"

청년의 묻는 말에

"있기만 하겠슴? 그거 다 속내가 있어서 한 일입지비. 그저 개버릇이 돼서 미치광이를 떤 걸루만 암메. 잡으려는 사람을 재워 보냈지비 족히

그럴 놈이지 머…….”

“글쎄 그건 또 모르겠소.”

“모르기는 어째서 모름메? 천천히 좀 들어봅세 털어놓고 한마디루 말하멘야 보비 때문이지. 보비 그 년 때문이랑이……. 천만량 싼 애기를 할 테니 어서 담배나 한 대 줍세…….”

“보비라니 아까 그…….”

청년을 쳐다보니까 그는 웃음을 지으며 끄덕이었다.

“하기는 그 부인의 일은 이 아즈망이가 누구보다도 더 자세히 알거외다.”

이 여편네의 영업집인 놀랑관에는 얼마 전부터 인물이 뛰어나게 청수한 젊은 색시 하나가 나타났었다. 둥근 얼굴에 수정같이 맑은 눈매와 무불진 볼록한 턱이 참으로 보름달마냥 환하여 달마중 오듯이 장거리와 근방 농어촌의 돈푼이나 쓴다는 한량이란 한량은 물론 장사치를 비롯하여 반질반질한 판공서원까지 모두 이 집으로 모여들었다.

그렇다고 해서 손님을 구슬릴 줄을 알랴 좌석을 꾸밀 줄을 알랴 노래를 부를 줄 알랴. 이처럼 순진한 풋내기며 애숭이며 또한 이단자(異端者)였던 것이다.

심지어는 좌석에 나가기까지 싫어하여 노 이불을 뒤집어쓰고 드러누우려는 것을 말 약 먹이듯이 달래어 억지로 내보내면 비스듬히 앉아 술조차 부을 생각도 하지 않았다. 그래도 얼빠진 손님들은 이래서 또 멋이지다고……. 옆에 앉혀놓고 보기만 해도 흐뭇하다면서 서로 다투어 이 색시를 자기네 좌석에 독점하려던가– 오래 두고 보려는 데서 때때로 우격다짐까지 일 지경이었다. 그렇다고 무슨 새침데기라던가 특별히 교만해 그런 바도 아닌데 어쩐지 함부로 범접치 못하게 하는 그 무엇이 어디인가 또한 서리어 있었다. 불가사의한 인기의 존재로, 이름을 보비라고 하였다.

하여간 여주인 을녀의 호주머니는 재미가 나게끔 자꾸자꾸 불어만 간다. 그러니 금노다지 보비를 공주 위하듯이 위하는 일방 혹시나 달아나지 않을까 좀이나 먹지 않을까 하고 남몰래 대단한 조바심이 일밖에.

"대체 어디서 데려왔덴가요?"

을녀는 대답치 않고 한참동안 망설이는 눈치더니,

"이제와서야 못할 말이 있가듸."

하며 무슨 큰 결심이라도 하는 듯이,

"데리구 오기야 기무라가 데리구 왔지비."

우리는 모두 놀래었다.

"기무라가?"

을녀의 늘여놓는 이야기를 종합해 보자면 보비는 머지않은 어떤 어촌에서 자라났었다. 오빠가 어느 해 가을 정어리 배를 타고 동네 몇 청년과 같이 먼바다로 나간 채 돌아오지 않았다. 풍파를 만나 배가 부서진 줄만 알았더니 몇 달 뒤에 동네 사내들은 우즐렁우즐렁 돌아왔다. 풍랑이 거친 밤 돛을 내리우다 휘감기어 바다에서 떨어졌다는 것이 그들의 하나같은 대답이었다. 그 뒤의 어느 해 가을 아버지 역시 배를 타고 나간 채 돌아오지 않았다. 이번은 같이 타고 떠난 동네 사람들도 감감 무소식이었다.

그러나 아버지가 고기밥이 된 일은 사실이나 오빠는 어떤 경로를 밟았는지는 모르되 만주에 들어가 밀림의 유격대로 활약하고 있었다. 그러다가 이번에 중요한 연락 임무를 띠고 잠입했다는 정보가 들어와 아연 긴장케 했던 것이다. 이 놀음에 이왕에 같이 배를 타고 떠났던 동네 청년들은 장거리 경찰서로 붙들려 들어가 졸경을 치르고 나왔으며 볼모로 잡혀 들어갔던 어머니는 유치장에서 사병에 걸려 누운 채 일어나지 못하였다.

그 대신 이번은 홀로 남게된 보비가 오빠로부터 무슨 연락이라도 달렸을까 하여 검속되어 한동안 기무라의 취조를 받았었다. 하나 암만 유치해 놓고 치다루고 볶아대도 티끌 하나 틀릴 일이 있을 리 없었다. 이에 기무라는 사고무친한 보비를 놀랑관에 집어넣고는 비밀히 감시를 하는 일방 저녁마다 찾아와 지근대는 것이었다. 그 역시 마음이 애달파서였다.

하여간 채 말은 하지 못하나 수상한 사내라도 찾아와 보비를 만나기만 한다면 즉시로 보고할 임무를 을녀도 지니고 있었던 모양이다. 그러나 보비의 도망을 경찰에서도 단단히 경계를 해주어 이 점은 역시 그로서 뜻하지도 않은 고마운 일이 아닐 수 없었다.

“그러면 잡누라구 야단치던 사내가 보비오빠였게?”

이번은 새삼스레 놀랜 듯이 청년이 되묻는다.

“아 분명히 그랬지비. 그 아침으로 보비가 붙들려 들어간 것만 봅세. 저녁에는 무쇠풍구 녀석이 꽁지워 가구…….”

“이를갑세 장거리에서 이 내막을 아는 사람이라구야 나 혼자바께 없었지비…….”

일층 신이 나서 다가와 앉으며,

“찾아오는 사람이 있대두 주목을 하겠지만 보비가 혹시 사내와 둘이만이 만나는 일이 있대두 눈에 쌍심지를 세우게 되더랑이……. 그래도 이 애가 어느 눠기게. 얘기 붙이기는 고사하구 말 한마디를 공손히 받기라두 하는 금새가듸? 그러니 필경엔 무쇠풍구만이 수상한 녀석이 될 밖에 없었당이.”

“왜?”

해동 무렵 보비가 온 지 달포도 못되는 어느 달이 밝아 명랑한 밤이었다. 날짜로 따지자면 무쇠풍구가 붙들려 들어간, 다시 말하면 보비의 오빠를 잡노라고 대소동이 일어난 바로 그 전날 밤이었다. 이날 밤 놀랑관에서는 금융조합의 연회가 벌어져 초저녁부터 법석이었다.

소위 여흥순서로 옮아들면서 그 중 노래 잘 부르기로 이름난 계홍이가 일어나 장고를 걺어 메고 두드리며 미여지듯 쏟아지듯 청을 돋우어 노래를 부르고 있었다. 여느 기생들도 모두 일어나 얼시구 좋다, 절시구 홍에 겨워 춤을 추며 돌았다. 다만 보비만이 한 구석에 송구스레 앉아서 푹 고개를 수그리고 있었다.

"자, 소리 받으소."

"소리 받으우다!"

계홍의 소리도 그만하면 시골서는 판을 칠 정도로 감히 누구 하나 생이도 못 내었다. 난데없이 이 때에 끝 모퉁이 건넌방으로부터 조용히 화답하는 어떤 사내의 노래 소리가 들려오기 시작한 것이다. 처음에는 잔잔한 바다를 스치는 미풍처럼 연연히 퍼져 흐르다가 차츰차츰 구슬프게도 애절하게 흐늑이더니 어느덧 물결이 거칠어지며 파도소리가 이는 듯이 몰아댄다.

"무쇠풍구가 온게루!"

갑자기 사내들은 서로 돌아보며 수군대었다. 노래는 희한하기 바이없으되, 뒷차례로 봉변 당할까 싶은 두려운 마음도 또한 없지 않았다.

"이거 큰 코 다칠까부다."

"쉬－쉬－."

"여기를 어떻게 왔을까?"

하기는 이 놀랑관에 여태 한번도 발을 들여놓은 적이 없는 그였으며 신세로 보아도 올 번나 할 일이 아니었다. 이제 와서 생각하면 이 일부터 의심쩍은 일이 아닐 수 없었다. 하나 사내들은 또 다시 숨소리를 죽였으며 춤을 추던 기생들은 화석처럼 늘어선 채 움직일 줄을 몰랐다. 방안은 물을 뿌린 듯이 조용하였다.

이 몇 순간 계홍이도 스르르 눈을 내리감고 꼼작하지 못하더니 제 몸에 녹아들 듯이 그 자리에 주저앉았다. 주저앉으며 저절로 손길이 두덩덩 장고를 울리며 간신히 외마디로 꿈소리처럼,

"좋다－."

이 대신 보비가 신에 접한 사람처럼 안개와 같이 일어났다. 방안의 온 시선이 물결처럼 그리로 몰리었다.

이 때에 노래는 올리닿은 파도 위에 일엽편주를 심고 흠실거리는 가운데 사나운 풍우가 몰아오는 듯하더니 급기야 하늘이 무너질까 싶게 복받치던 음성은 휘우듬히 굽이를 넘어 휘황한 새벽 노을이 펴져 오르기 시작한다. 살랑살랑 미풍이 다시금 나부끼며 흰 갈매기는 풍우로 지새운 바다 위에 지치를 펴고…….

마침내 얼굴이 상기라도 한 듯이 새하얘진 보비는 즈츰즈츰 발길을 옮기더니 창문을 열어 젖히고 마루로 나섰다. 그리고 어떤 보이지 않는 노끈에 이끌리는 듯 신발도 걸치는 둥 마는 둥 노래 소리가 들리는 방으로 달려가 서슴없이 문을 열었다. 커다란 사내 하나가 혼자 구들바닥에 술병을 배게 삼아 네 활개를 펼치고 누워 노래를 부르고 있었다.

행색이 남루하여 발에 걸친 양말조차 꾸역꾸역 비누재만 한 구멍이 뚫려졌었다. 무쇠풍구는 인기척에 일어나 앉았다. 보비는 감격에 사무친 숨가쁜 소리로 무어라고 부르짖으며 쓰러졌다.

"용선이 아즈방이!"

호랑이 같은 눈으로 한참동안 들여다보더니 사내는 싱그레 웃었다.

"정말이지, 너 보비로구나!"

보비는 소리도 못 내고 흐느껴 울었다. 사내는 갑자기 그의 몸뚱이를 덥석 끌어안더니,

"보비야!!"

한참동안 부르르 몸을 떨었다.

"일이 났어. 왔다!"

"무시긴데?"

보비는 반듯이 얼굴을 치켜들며 다급스런 목소리로 되물었다.

"네, 오라방이가."

"엣……."

보비는 흠칫 물러나 앉는다. 일순간 놀라움이 공포의 빛으로 휩싸이며,

"오라방이가? ……있다가 만나기오."

놀랜 토끼처럼 나가려하자 사내는 팔을 붙들려고 하였다.

"아— 큰일나요!"

보비는 뿌리치며 허둥지둥 달아나 어둠 속으로 피하였다. 이 일에 누가 기수를 채지나 않았을까 하고 가슴이 두근두근 뛰놀며 온몸이 떨렸다.

연회실에서 지각없이 실신한 사람처럼 뛰쳐 나온 일이 사뭇 후회되었다. 하나 그 노랫소리가 들렸을 때 보비는 도저히 제 자신을 건잡을 도리가 없었던 것이다. 모든 일이 꿈 같았다.

"용선이루구나……."

배를 타면 언제나 그리운 아버지도 오빠도 부르던 바다의 찬가(讚歌), 더구나 용선이가 이 노래를 부를 때는 거친 파도도 숨길을 죽이고 바다의 선녀가 나타나 춤을 춘다고 하였다.

뿐만 아니라 보비에게는 용선에게 대한 어렸을 때의 가지가지의 아름다운 추억이 있었으며 이 추억도 역시 이 날까지 한갓 하염없는 그리움으로 성장하였다.

더구나 제 자신 의지가지 없는 외롭고도 서글픈 신세가 되면서부터 소식이 묘연한 용선의 일이 안타까이 그리웠었다.

물새가 지종지종 노래하는 양지알 모래상반에서 소라 껍질로 소꿉장난을 치노라면 살며시 기어와서는 꽃게를 풀어놓아 놀램을 주던 심술쟁이 용선이……. 달밤에 처녀애들이 수박따기를 하며 노느라면 짚검불을 뒤집어쓰고 동동할미 왔노라고 막대를 짚고 끼울끼울 나타나던 우수꽝이 용선이…….

그러면서도 바다에 일등가는 싸움꾼의 용선이…….

"보비가 방어만해지면 내 낚시에 물리게 해주우다."

하여 팔팔거리며 달려들어 꼬집어 주던 일……. 눈을 감고 웃으며 끄덕이던 채수염의 아내지, 오빠의 벙글거리던 시원한 얼굴, ……용선이는 어려서부터 바다에 양친을 빼앗겨 불스러운 고아였다. 오빠와 둘도 없는 형제와 같이 친밀한 사이로 마당귀에 마주 앉아 그물을 뜨면서,

"어서 커라 보비야. 그물 떠서 도미 잡아줄게. 어서 커!"

이렇게 실없이 굴다가 어머니가 삿대를 둘러메고,

"이 녀석, 옷가지도 한 채 못해 올 꼴에 수작질은……."

하며 쫓아다니면 보비는 영문도 모르고 좋아서 키들거렸다.

용선이는 히들히들 웃으며 연신 삿대를 부여잡고,

"왜요, 고등어 껍질 베껴 저고리 하구 꽃생우 엮어서 치마해 보낼제 보우다."

하던 익말맞은 용선이…….

하나 이 평화스러운 어촌의 즐거움도 오래오래 계속되지는 못하였다. 방어잡이로 유명하던 앞 바다의 닥섬어장이 왜놈의 손에 넘어가 그들은 밥술을 매달았던 가장 중요한 고기잡이 터를 잃게 되었다. 그리고 또 이 어촌에 난데없이 정어리 기름공장이 들어서면서는 왜놈들의 요보자식의 소리에 날이 밝으며 해가 저물게 되었다. 결국은 이렇게 변하고 보니 실상 기름을 재우기는 정어리가 아니라 그들 자신이었으며 그물에 걸리기도 방어가 아니라 역시 그들 자신이었다. 이에 그들은 오직 이 공장 자체와 어장 주인과 더불어 싸움으로서만이 살 수 있음을 알게 되었다. 용선이와 이 보비의 오빠는 정어리 공장의 인부였다. 벌써 하나의 어부로서 견뎌내기 어려웠던 것이다.

하루는 인부와 어부들이 노기 등등하여 공장주에게 달려들어 힐난을 하게 되었다. 이 때에 젊은이의 선두에 섰던 용선이와 오빠가 분결에 내려친 주먹에 그 녀석의 어깨쭉지가 부서진 것이 불행의 장본이다. 오빠는 배를 타고 바다로 나가 종적을 감추었으며 용선이는 살인미수죄로 붙들려간 채 돌아오지 않았다. 이날 이렇게 만나게 될 줄은 사실 꿈에도 생각지 못한 일이다.

소문에만 듣던 그 무쇠풍구가 용선일 줄이야……. 더구나 오매불망으로 그리던 오빠의 소식을 가지고 그 용선이가 이렇게 나타날 줄을! 오빠─오빠도 왔다! 반가움과 두려움이 한데 뭉쳐 그의 몸뚱이를 채 바퀴처럼 휘－휘－ 내두르는 듯하였다.

어차피 들어간 김에 오빠의 일을 좀 더 세세히 묻지를 못하였던고? 하기는 마음 같아서는 금방 다시 뛰쳐들어가 용선이와 손에 손을 마주 잡고 오빠 있는 데로 달려가고 싶었다. 그러나 눈이 많아 안될 일! 조심할 일! 도리가 없었다. 보비는 머리가 아프다는 핑계를 하고 제 방으로 들어와 머리를 쓸어안고 혼자 세운 무릎을 동동 굴렀다.

그래도 요행이기는 여주인 을녀가 말하면 골방에서 젊은 정남을 구슬리기에, 칼쟁이는 회를 친다기에, 정신이 없어 터럭만치도 눈치 채일 새가 없었다.

더욱이 고맙기는 무쇠풍구의 술 취한 뒤끝이 불안하여 연회실에서 몇 접시 좋은 안주와 술을 그의 방으로 들여보내게 된 것이다.

오래 앉았기만 하면 어떻게든 기회를 잡을 수가 있으리라!

그러나 사태는 정반대로 뒤집히고 말았다. 용선이 자신이 일각이 여삼추로 보비가 다시 만나고 싶었다. 첫째는 중요한 전갈이 있어, 둘째는……. 아니, 아니……. 역시 만나고 싶었다.

흘러간 7년 새에 어리둥절할 만큼 성장한 그리운 보비, 사랑하는 보비……. 이제는 제법 방어만 하다고 생각하였다.

그러나 보비의 당황해 하던 눈치를 냉정히 따져 보자면 눈치코치 없이 덤볐다가는 그들 남매에게 엄청난 봉변이 없지 않을 것이었다. 전갈은 간단하였다.

'나는 죽지 않고 살아 있다. 어서 하루바삐 몸을 뽑아 용선이와 같이 달아나거라. 나를 찾을 생각은 아예 말아라! 나라를 찾은 뒤에 만나자! 못보고 떠남이 서럽지마는…….'

'없을까 만나는 수는?'

이 때에 칼쟁이가 푸짐한 안주상에 술병을 들고 히죽이며 들어와 사연을 말하게 되었다. 분노가 받쳐 오르기도 했지만,

'그렇다. 복대기를 쳐 이 기회를 이용해 보자.'

그는 다짜고짜 일어나 술병을 걷어차며 돈을 쥐어 뿌리더니 술상을 집어들고 마루로 뛰쳐나왔다.

"이 년놈들아!"

집채가 무너질 듯한 호령이었다. 칼쟁이는 질겁하여 팔쭉지에 매여 달리자 걷어차는 바람에 마루 아래로 떨어졌다.

"무쇠풍구를 장타령이나 노래 거지로 알았더냐. 이 괘씸한 년놈들!"

동시에 뜨락 바닥에 술상이 떨어지어 냄비는 날고 그릇개비는 부스러지고 간장병은 튕겨났다. 손님들은 공연히 자는 범을 일구어 놓고 실랭이라도 붙일까 두려워서 모두 목을 움츠리고 찍소리도 내지 못한다. 마누라가 뛰쳐나와 이 광경을 목격하니 눈에 횃불이 일었으나,

"앙이 풍구 아즈방이 왜 또 이러우……. 성수가 왔씀메? 그러지 맙세. 내가 너무 아즈방이 노래 소리에 반해 그저 대접이나 해보려구 한 일이랑이."

이런 때에 들러멘 주먹이 사정없이 내려다지는 것이 예사였으나, 어쩐 일인지 장승처럼 뻣뻣이 굳어지며 치켜든 그의 팔이 힘없이 떨어졌다. 보비가 살며시 마루 위에 나타나 달빛을 듬뿍이 온몸에 안고 오돌오돌 떨고 있던 것이다. 그의 눈은 일순간 스르르 감기우고 입가장에는 빙그레 행복스런 미소가 떠돌았다. 바로 이 때에 기무라 부장이 칼자루를 번득거리며 들어온 터이다. 부임한 지 얼마 안 되어 무쇠풍구라고는 소문에만 들었지 이런 행패꾼이 바로 그인 줄은 알배 없었다. 첫마디가,

"나쁜자식이다나."

"무시기?"

그러나 기무라는 바람결처럼 방안으로 새어들어가는 보비를 발견하여 시비를 걸 새도 없이 달려가며,

"하하 우리 보비 고운 색시 여기 있소다까?"

벌써 무쇠풍구는 토방 아래로 뛰쳐 내렸었다. 눈에 번개가 치더니 어느 길에 기무라의 목덜미를 잡아 낚았다. 부장은 비틀비틀거리다가 토

방가에 엉덩방아를 찍었다. 불길 같은 분노와 질투에 전후를 가릴 정황이 없었던 것이다.

"자식, 무시기라구? 죽어보구 싶가듸?"

이 소동에 모른 채 할 수 없어 손님들도 하나 둘 머뭇거리며 마루도 나오고 기생들은 우루루 뛰쳐나와 수선을 떨었다. 기무라도 제법 유도깨나 쓰기 때문에 그리 호락호락치는 않아 연신 일어나며 대들었다. 싸움이 시작되어 드디어 뜰 안은 파도처럼 술렁거린다. 모조리 들어 붙어서 떼어 말리느라고 가운데 들었다가 새우 등 치우듯 부딪히며 쓰러지고 꼬꾸라지고 하였다. 무쇠풍구가 사람을 가리지 않고 닥치는 대로 막 후려잡는 판이었다. 부장은 팔팔거리며 대들었다가 멧다 꼰지우기를 네다섯 번 거퍼 하더니 돌뿌리에 이마빼기를 깨치고는 다시 대들 생각을 하지 못하며,

"요-시. 요-시."

으리기만 하였다.

"다 나오라. 이 간나새끼들아!!"

손님들은 혼이 빠져 모조리 쥐구멍을 찾아 헤맨다. 한 여가리에서 사시나무처럼 떨고 있던 보비는 용선이를 잡아끌고 대문으로 인도하며,

"어서 도망쳐요, 둘이서!"

"엉, 너하구?"

만일을 생각하여 오빠와 둘이서 바삐 피하라는 말이었다. 그러나 보비는 끄덕였다. 저와 같이 가자는 이 요구가 역시 고마웠기에.

"실수 없이 해, 응?"

"그 염려는 말어. 어서 너두 준비해!"

"응, 응. 그러나 인차는 안돼. 인차는!"

하며 떠밀어 내보내고는 마치 기무라의 추격을 몸으로 막으려는 듯이 잠가버린 대문짝을 등에 싣고 한참동안 가슴의 고동을 억제하지 못하였다. 그러다가 뛰쳐 들어오더니 전에 없이 반기는 태도로 부장의 팔을 잡

아 일으켰다.

"부장나리 어서 들어가 한잔 합지비!"

이를 갈던 기무라는 떨떠름하여 보비의 얼굴을 쳐다보았다. 보비는 상긋이 눈웃음을 쳤다.

망신한 생각도 이마빼기가 깨여진 아픔도 스르르 얼음 녹듯 풀려나간다. 하루에도 두세 차례씩 찾아오고야 보지만 이런 반가운 말을 듣기는 듣던 중 처음이었다. 옆에 앉아서 보기조차 하늘에 별 따기보다도 힘들었던 것이다.

그는 고양이처럼 눈을 감으며 혀를 회회 내저었다.

"야 좋소도. 좋소도. 바까 자식이 우리 내일 잡았소. 오늘밤은 우리 보비와 술이 먹었소. 헷헤 우리 보비 말이 자리 들었소도……."

부장이 밤중으로 돌아가 경관대를 풀어 용선네 대장간을 덮치지 않도록 하느라고 보비는 밤을 새워 달래가며 술을 먹여 곤죽을 만들기에 성공하였다. 하나 이튿날 새벽에 정보가 들이다어 무쇠풍구와 보비는 미처 손을 쓸 사이도 없었다. 그날 새벽으로 보비는 붙들려 갔으며 저녁으로 무쇠풍구도 검속되었으니 같이 도망가자던 약속은 석방이 되면서야 결행되었다. 무쇠풍구는 이날 날이 지새도록 온밤중 놀랑관 근방을 배회하며 대문이 열리기를 기다렸었다. 그러나 이 대문을 달려와 첫 참으로 뚜들고 열기는 무장경관대이며 기무라 부장 자신이 보비를 보기 좋게 끌고 나왔다. 무쇠풍구는 안절부절을 못하였다. 차라리 제가 대신 잡혀들어가고 싶었다. 안 된다면 유치장에서 같이 매라도 맞고 싶었다. 그렇지 않아도 백방으로 자기를 수사 중인 줄은 모르고 이에 술을 들이키고 내길어름에 나섰던 것이다.

하여간 보비가 유치장에서 나온 참으로 감쪽같이 자취를 감추고 보니 노다지를 잃은 놀랑관에만 대소동이 인 것이 아니라, 경찰은 중요한 볼모를 놓쳐버려 대경실색하여 수색을 펴게 되었다. 더욱이 무쇠풍구까지 한날 한시에 없어진 것이 판정되었을 때는 모두가 입을 쩍 벌렸다. 너무도 겨레가 맞지 않았기 때문이었다.

하지만 무쇠풍구가 없어진 뒤부터 장거리는 조용해졌다. 그러나 이들의 수수께끼 같은 실종에 사람들은 모두 알고도 모를 일이라고 모여 앉기만 하면 뒷공론이다. 어떤 이는 필경 바다로 몰려나가 풍덩실 정사를 했으리라고 주장하였다. 또 어떤 이는 천만에 닿이지 않는 것이기에 보름달인 줄을 알고 보비를 산골짜기로 끌고 들어가 찔러 죽인 뒤에 자기도 배를 가르고 그 위에 덧 덮여 죽었으리라고, 무쇠풍구가 가히 그럼직한 위인이라고 무시무시한 추측을 늘여 놓기도 하였다. 죽기는 왜 죽어 몸을 빼려고 달아난 기맥을 알고 찾으려 떠나 오늘은 충청도, 내일은 경상도로 팔도강산을 편답 중일 것이라고 증간하는 이도 있었다. 하여간 이 공론이 장거리와 근방에서 사라지기까지는 상당한 시일이 걸리지 않을 수 없었다.

목출도 청년과 놀랑관 여주인이 서로 보충해 가며 대략 여기까지 이야기를 하였을 때 차는 이미 꼭두마리 고개턱을 넘어 내리바지 길을 달리고 있었다. 드디어 강원도 땅에 들어선 것이다. 눈보라도 이제는 씻은 듯하고 흐릿한 하늘만이 꽉 내려 덮여 침침한 산중이었다.

“그 놈이 없어지면서 나만 영업을 둘러엎었지비……. 보비가 없이 개이으니까니 손님의 발은 덜리지, 기무란지 개무란지는 화풀이를 애매한 우리에게 들이대며 이래라 저래라 영업은 몇 시까지다! 벌금이다!”

을녀는 입맛을 다시며 물러나 앉았다.

“아무래껀 그런가 다 농민위원장이라구야. 흥 장하우다……. 그래 이 산끝에 숨어 살면서 부대나 키구 있었더랬지. 제 금새를 알기는 아는갑지비.”

청년은 가볍게 웃어넘기며,

“만약에 그이가 없었더면 이 산지대 오십여 호가 지난해를 파동해내기도 어려웠을게요. 아마 될 대로 되라구 산에 막 불을 질러 엄청난 범위로 밭을 일구었던 모양입니다. 혼자서 온 산중 사람을 먹여 살렸다니까요…….”

우리들은 덤덤히 앉아 고개만 끄덕이었다. 청년은 다시 말을 이어,

“물론 이 부부의 종적은 끝내 묘연하였습니다. 그러다가 8·15 해방 직후의 일인데…….”

하루는 감자섬을 산더미처럼 쌓아올린 화물차 한 대가 이 X장거리로 몰아 들어왔다. 마침 축하 행렬을 하느라고 길을 메워 흐르던 사람떼가 요란한 경적소리에 놀래어 비켜서며 돌아다 보니 짐 꼭대기 위에 무쇠 풍구가 웅크리고 앉아 있지 않은가? 그들은 모두 눈이 둥그래졌다.

“무쇠풍구!”

“풍구가 왔다!”

여기저기서 저런 소리가 일어났다. 전에 없이 수염이 시커멓고 거칠하니 파리해 보이나 우무덕한 눈이며 두드러진 관골이며 실록한 입이 분명히 그였다. 야수처럼 늘진하니 허리를 펴며 운전대 위 판장을 몇 번이고 두드리더니, 반신을 내어 밀고 뒤돌아보는 조수에게 그는 인민위원회로 가라고 고함을 쳤다. 장거리 각다귀 애들은 하도 오래간만에 맞게된 무쇠풍구의 뒤를 따라 환호성을 지르며 쫓아가기 시작하였다. 화물차는 먼지를 뽀야니 일으키며 지름길로 접어들어 인민위원회의 현관 앞마당으로 들이 닿았다. 이에, 그는 혼자서 땀을 뻘뻘 흘리며 짐짝을 마당에 부려 놓더니 거처, 성명도 말하지 않고 차를 다시 재촉하여 되돌아 총총히 사라졌다. 장거리에는 또 다시 이 새로운 수수께끼를 푸느라고 여러 가지로 공론이 떠돌게 되었다. 그가 이 마식령 깊은 산중에 화전민이 되어 보비와 같이 살고 있는 사실이 판명되기는 이 산골에 농민위원회가 조직되면서였다. 나중에 알려진 일이나 이보다 앞서 붉은 군대가 원산에 상륙한 지 불과 며칠 만에 지나가는 빈 화물차를 잡아 가지고 또한 감자를 한 짐 잔뜩 싣고서 원산 주둔 사령부를 찾은 일이 있었다. 여기서도 역시 짐을 부려 놓고 말없이 홀홀히 돌아가려는 것을 사령관이 붙잡아 들여다 앉히고 심심히 사의를 표한 뒤에 물었다.

"그대의 소원이 무엇이뇨?"

"없습니다."

"이름이 누귀요?"

"없습니다."

그냥 도리도리에, 사령관은 빙그레 웃음을 지었다.

그리고는 무엇이든 원하는 것을 내어주라고 부관에게 이르는 눈치였다. 그러자 무쇠풍구는 갑자기 무슨 큰일이라도 난 것처럼 문을 열고 달아나기 시작하였다. 부관이 따라가며 한사코 멈추라고 외치나 사내는 뒷손을 치며 어디론가 날쌘 짐승처럼 사라지고 말았다. 이러나 이날 산으로 돌아오는 그이 잔등에는 쌍알베기 엽총이 메워있었다. 어디서 생긴 것이냐고 보비가 물으나 무쇠풍구는 말없이 웃을 뿐이었다. 돌아오는 산길 나들이에서 엽총을 메고 이남으로 달아나는 전날의 기무라 부장을 만났던 것이다. 낭떠러지에 굴러 떨어진 기무라의 시체를 갈가마귀떼만이 알고 있었다. 이 수수께기의 엽총이 우금껏 산 사람들의 보양에 큰 역할을 했을 뿐 아니라 시초에는 남으로 도망을 가며 산촌을 잔악스레 노략하던 왜놈 패잔병들도 또한 수없이 많이 무찌른 것이다. 이 산사람들은 산 위에서 난데없이 불지르는 소리가 이는 동시에 총칼을 들이대며 야료질하던 왜병들이 푹푹 쓰러지는 것을 보고 놀랜 적이 한두 번이 아니었다. 흡사 천상에서 떨어지는 신의 조작과도 같았다. 근방 주민들은 산 위에 신인이 사신다고 수군댔다.

"놀래시지 마시오. 바루 저기 저것이 그의 집입니다."

하는데 보니 굽이굽이 산을 끼고 돌아내려 가는 발 밑으로 굽어 뵈는 깊은 골짜기 속 외그루 이깔나무 밑에 물줄기를 앞에 두고 아담한 초가집이 하나 들어앉아 있었다. 만약에 이 평원가도를 달리는 길이 있다면 이 유명한 무쇠풍구의 이야기를 회상하면서 여러분도 이 집을 유심히 보아주기 원한다.

이 마식령 중의 가장 높은 고개를 넘어 불과 1~2킬로미터의 거리로

서 원두막처럼 생겼으나, 제법 영창까지 달린 이층 채가 유별하여 첫 눈에 알아볼 수 있는 터이다.

"저게 이층이구려?"

"그렇습니다. 본래 호기진 성품이라 노상 문화 주택이라고 빼기면서 우스개 말이 아니라 앞으로는 화전민도 이렇게 이층집을 쓰게되얀다나요……."

우리는 다 같이 유쾌히 웃었다. 본디는 마식령에서도 그 중 으슥한 골짜기에 찾아들어 남이 버리고 달아난 움막집에 기어들어 몇 해간 숨어살다가 해방 이후에 이리로 내다지었다고 한다.

이런 옛말 같은 이야기가 끝나면서 마식령도 거의 내려서게 되었는데, 마주 오던 화물차가 고장 차를 앞세우고 빠져 나오지를 못해 연달려 서있는 산모퉁이에 다다르니 또 다시 한참동안 머물 수밖에 없었다. 우리들도 다 같이 내려서 여느 차의 승객을 도와 고장 차를 길섶으로 밀어 넣느라고 힘내기를 하였다. 산 속은 빙고간처럼 덜덜 이가 떨리었다. 다시 발동을 걸고 떠나게 되었을 때다. 갑자기 버텅니가 눈이 둥그래 덤비며,

"아즈망이 어디 갔소. 아즈망이!"

부르짖는다. 역시 그의 그림자가 차 안에 보이지 않았다. 그러나 차는 모른 체하고 심술 사납게 움직이기 시작하였다. 버텅니가 아무리 위 판장을 두들기며 정거하라고 야단을 치나 그냥 덜거덕거리며 달아난다. 운전수가 속으로 고소하니 생각하는 모양이었다. 이 때에야 을녀가 골짜기 속에서 승냥이처럼 뛰쳐나오더니 큰 일이 나서 달려오며 그야말로 똥싼 년처럼 떠벌인다.

"이봅세, 멈추우다? 아즈방이! 아즈방이!"

한참동안 웃기만 하던 청년이 일어나 판장을 두들기며 호령기 있게 멈추라고 외쳤다. 그제야 속력을 늘이며 창문을 열고 조수가 상반신을 내어 밀고,

"저 에미네 차 값 낼 분이 있소?"

"네 내가 내우다. 내가!"

버텅니는 허겁스레 지갑을 찾느라고 부수를 떨며,

"어서 멈춰 주우다. 돈은 내가 내우다!"

이렇게 되어 을녀는 요행히도 다시 차에 오르게 되었다. 오르면서 청년에게 치사를 하는 둥 버텅니에게 아양을 떠는 둥 어쩔 줄 몰라하며,

"네 참, 그런 망할 놈의 심보 사나운 운전수는 보다가 처음 보겠당이까……. 원산은 아무래두 XX여관이 좋당이 불두 제일 뜻뜻하기 때주구……. 아즈방이 내 목도리 드릴까!"

"실수다."

버텅니는 계면쩍은 듯이 얼굴을 돌리며 번번한 터가리만 쓰다듬는다.

마식령을 도망이라도 치듯이 허이적거리며 빠져 내려오니 어둠이 안개처럼 내려덮이는 석양 무렵으로 차는 평지대로라 제법 쾌속으로 달린다. 돌아보면 허공에 검극을 두른 듯이 드높이 솟은 마식령과 아홉의 고개의 천학만봉이 태연히 앉아 은보라색의 구름 속에 고요히 잠기어 축원을 올리는 듯하였다. 하드분한 구름이 춤추는 선녀들의 베일인처럼 이리저리 뭉실뭉실 떠도는 가운데 깃을 찾아드는 솔개가 한 마리 낙조(落照)를 받아 날개를 휘황히 물들이며 한 바퀴 커다란 동그라미를 그리고 있었다.

이제 와서는 그처럼 험준하던 마식령이 성산(聖山)과도 같은 느낌이었다.

어느덧 멀리 앞으로 송도원의 검푸른 바다가 내다보이는 덕원거리를 통과할 때였다. 이제 불과 십 리를 못 가서 원산 시내로 들어가는 것이다. 별안간 청년이 일어나 보안서 분주소 앞에 차를 멈추더니 우리들에게 악수를 청하며 작별 인사를 짓는다.

"X장거리는 여기서 갈아타야 되기 때문에 먼저 실례하겠습니다. 기회 있어서 들리시는 길에라도 찾아주신다면 감사하겠습니다. 저 보안서에 있습니다."

하더니 옆 채기에서 슬며시 신분증명서를 꺼내어 을녀에게 보이며 시물적 웃었다.

"아즈망이, 내려야겠습니다."

"앙이. 내가?"

엉겁결에 외마디 소리를 지르며 움쳐 앉는다. 사실 우리들까지도 산 넘어 국수집에 을녀의 일을 탐지하러 왔더란 이가 청년일 줄은 영 짐작 못하고 있었다.

"……내가 무시래? 원산 가는데……."

을녀의 목소리는 매우 떨렸다.

"차운데 공연히 산길에 나와 기다렸겠소? 번번이 알면서……. 어서 내리시우……."

하며 앞서 내려선다.

"내가 무시기 죄가 있가듸?"

"이 아즈망이, 다 말해야 알겠소? 공장 약품을 실어낸 아즈망의 공범이 벌써 붙잡혀 죄 자백했어요!"

평양 싣고 가서 낭패보았다는 것이 물천꿀이 아니라 실로 도적해낸 약품이었던 모양이다.

을녀는 가뜩이나 검은 얼굴이 새카맣게 죽으며 입술이 푸들푸들 경련을 일으킨다.

"그거 무슨 소림메? 내사 모를 소리랑이! 나는 그런 사람 앙이오!"

"자 어서 내리오. 손님들에게 방해가 되니……."

운전수가 문을 열고 내다보다가 부르짖었다. 매우 가슴속이 후련한지,

"도적년 지랄 말고 어서 내려!"

급하면 부처님 다리를 붙든다고 을녀는 버텅니에게 달려들어 몸을 껴안고 비명을 지른다.

"아이구……. 어서 떠나우다. 떠나우다!"

청년이 눈짓을 하니까 총을 메고 옆에 나와 섰던 서원이 발버둥이치

는 여편네를 잡아끌어 내렸다. 버텅니는 저까지 붙들려 내릴까 무서웠는지 한사코 읃녀의 팔을 제 모가지에서 풀어놓더니 고개를 움츠리고 죽었소였다. 어둠이 짙어졌다. 얼음판에 떨어져 매어 달리며 비리대괄하는 읃녀에게 청년은 웃어 보이며,

"발명은 홍남 가서 실컷 하기로 하시오! 우리는 원적지래서 수색원이 왔기에 붙들었을 뿐이니까……."

읃녀는 어쩔 줄을 몰라 이런 소리까지 늘여놓아 우리를 웃기었다.

"나랏님 그건 내가 먹지두 못했습메. 한번만 용서해주웁세. 엥!……. 나랏님! 저두 평양서 속았지비!"

"허허, 되우 분하우? ……자 그럼 어서들 떠나시지요!"

읃녀는 엉이엉이 비명을 지르며 보안서원에게 끌려들어 간다.

차는 다시 움직이기 시작하였다. 이 때에 청년은 단정히 기척을 하더니 서원식으로 우리에게 경례를 하는 것이었다.

"안녕히들 가십시오. 길이 더디게 되어 미안합니다."

원산항에 들어설 때는 이미 밤이었다.

『풍상』, 민주조선출판사, 1947

차돌의 기차(汽車)

애칭(愛稱) 차돌이는 금년 열다섯 살.

철도공장의 선반공(旋盤工)이다. 어머니는 고무공장에 나가고 열두 살의 깜돌이는 양말공장에 다닌다. 이렇게 일가총동원이라 아버지 없는 살림살이치고는 그다지 구차한 편이 아니다.

더구나 차돌이는 동생 깜돌이를 기어코 남처럼 공부시켜 보려고 어른보다도 못지 아니 일을 해 웅군 임금을 타온다. 어머니 역시 막내아들을 공부시키려고 하루도 쉬는 날 없이 공장일이다. 한데 이 깜돌이 자신이 학교엔 죽어도 안 간다고 고집을 세우니 말썽일밖에.

두 형제 마주 앉으면 밤낮 싸움이다. 그들 형제의 말에 의하면 실로 이론투쟁이라 불가불 어머니도 노 이 이론투쟁에 한몫 끼이게 된다.

바로 옆집에 사는 관계로 나 역시 차돌의 청을 못 이겨 깜돌이를 타일러 보려고 찾아가 이 이론투쟁에 가담한 적이 있었다.

"왜 학교에 가구 싶잖어?" 하면,

"행 학교?"

깜돌이는 걷어 올렸던 작업복소매를 다시 걷어 내리며 정색을 했다. 그리고 자못 놀랜 듯이 동그란 눈으로 내 얼굴을 뚫어지게 들어다 본다. 그야말로 이론투쟁의 대상도 안 된다는 태도로,

"생산장이 인민의 교실이란 말 동무는 몰라?"

"이 녀석 선생님보고 동무라니."

어머니가 쓸데없는 측면사격을 하자,
"봉건사상은 가만 계세요."
"그러나 어린 몸에 고된 일이 애처러우니 말이지 어머니와 형님 의향대루 이번 가을부터는 학교에 가기루 하지."
하니까 옆에서 또 어머니가,
"역시 선생님 말씀이 옳으니라. 형두 벌구 나두 벌어 너 하나쯤 넉넉히 공부시키구두 남을건데 왜 그렇게 갑갑스레 우기기만 하냐?"
"그럼 그렇구말구."
주먹을 부르쥐고 섰던 차돌이가 비로소 입을 열었다. 깜돌이는 정말 어이가 없다는 듯이 눈알을 대굴대굴 굴리며 둘러보더니,
"참 이래서 우리건국이 늦는대니깐, 그게 다 반동사상이야?"
"요놈생이 머이 반동사상이야?"
하며 차돌이가 대뜸 주먹으로 후려갈겼다. 때문에 갑자기 불꽃이 튀게 되었다. 쓰러졌던 깜돌이는 발딱 일어나 앉으며 웃통을 벗어 던졌다.
"오 너 이론투쟁에 지니까 팟쇼루 나오기가? 이 테로야!"
하며 다짜고짜로 갈범처럼 달겨들었으니 사태는 더욱 악화될밖에. 열다섯살의 차돌이도 구경 어린애라 이 소리에 정신이 발깍 뒤집힌 모양이다. 그래 학교고 무어고 나는 싸움 말리기에 고금을 떼고서 돌아온 형편이다.
이 일이 있는 뒤부터 깜돌이는 나 역시 소위 반동사상으로 규정했는지 만나도 외면을 하고 본체만체다. 그러나 차돌이는 전과 다름없이 밤이면 간간 찾아오군 한다.
"동무 조직적으루 이야기 해야해요. 잉."
그는 의례이 이렇게 먼저 허두를 놓구서,
"첫째는 사상문제!"
하고는 이것저것 미심한 점 생각나는 점을 질문해나간다. 그리고는 채곡채곡 머리 속에 간지피려는 듯이 고개를 갸우뚬하고 열심히 듣는다.

대단히 총명하고도 사랑스런 소년으로 깜돌이에 비하면 그래도 이론정연하다.

"다음은 직장이야기 이번은 내 차례!"
하고는 재미나는 직장이야기를 기관총으로 알 퍼붓듯이 재절재절한다.

"끝으로 토론시간."

그의 말마따나 극히 조직적으로 이렇게 순서가 집행되어 이번은 예술론으로 들어간다. 때로는 동요 시같은 것도 써가지고 와서 낭독을 하고 비평을 청한다.

그러나 돌아갈 무렵엔 꼭 별처럼 반짝이 웃으며 겸연쩍은 듯이 머리를 끄적끄적한다. 그러면 나는 의례이 눈치를 알아채리고 이렇게 묻는다.

"왜 또 모를 문제 가지구 왔어?"

"응."

그는 끄덕이며 옆채기 속에서 산수책을 꺼내놓는다.

"이번엔 산수시간으루 할까?"

사실의 내용을 이번에야 알았지만 이것은 제 공부를 위함이라기보다도 동생이 어려워 풀지 못하는 문제를 본인 모르게라도 풀어주어 그 공부를 비밀히 거들자는 뜻에서였다. 형한테 물어보기는커녕 그 앞에서는 공부하는 눈치도 뵈려지 않는 그런 깜돌이기 때문에… 이 사연은 다음에 소개하는 차돌의 일기책을 보아도 넉넉히 짐작 할 수 있다.

그는 용하게도 밤마다 고된 눈을 비비며 연필에 침을 발라가면서 꼭꼭 일기를 적어놓는다. 비교적 재미있다고 생각되는 그의 최근 일기의 몇 토막.

6월 17일

샹놈이 깍쇠 오늘두 마즈막 채를 스크롤 쟉크에 끼우면서 혓바닥을 내밀며 "악 차돌이 너 또 꼴찌로구나 …암만 악을 써두… 난 벌써 다섯 개째야.” 하겠지.

부아가 나 내일은 한 시간 더 일찍 나가서라두 반 개쯤 미리 깎어놓구 봐야지. 제가 열일곱에 났으면 났지 내가 그래 저한테 질줄 알어 언제든 기어쿠 이기구야말걸. 그러나 아무래두 그 놈생이한테 기운에 지구 말겠단 말야… 이론투쟁엔 문제두 안되지만….

그 대신 오늘 깍쇠한테 일에 진 분풀이를 깜돌이에게 털게 되었다.

“큰 기술자가 되려면 산수를 알아야 된다. 산수를 알려면 학교에 가야 해!”하며 볼추니를 쥐어박으니까 자식 맞받어 내 따귀를 잘싹 갈기며 제법 큰소리 쳤다.

“나두 너만침 크면 철도공장에 가! 장해 뵈니?”

자식은 제가 양말공장에나 다니는 것을 큰 불명예로 생각하며 나보다 돈벌이가 떨어지는 것을 대단한 모욕으로 아는 모양이다. 무슨 놈의 지각인지 도무지 알 수가 없대니까…

“요 을꾸니 서방아 누가 철도공장 이야기냐? 학교 이야기지”

“안가 안가 죽어두 안가! 암만 그래두…흥 너 좋으라구?”

“저런 놈의 자식 저 위하는 소린 줄은 모르구!…” 공연히 불쌍한 어머니만 또 한숨이다.

그러나 저자식 코를 구겨박구 잠꼬대하는 소리 보아 소수점(小數点)이 어쩌구저쩌구 할 제는 산수인 모양이지… 하기는 학습시간에 열심히 배우기는 배우는 모양이다. 저런 저런 저게 또 무슨 소리야 소수점이 어느 새에 …저 망할자식 자세히 모르겠는게지 소수점을 파괴분자라구 할젠 하기는 깜돌의 문자대루 한다면 파괴적이지 점으루 숫자를 갈라놓거든……

“파괴분자와는 상종 안한댐애…”

모르겠으니까 소수점문제는 집어친다는 말인 모양이다. “요 을꾸니야!” 하고 한 대 더 쥐어박구 싶은 걸 수작이 하도 우스워 꾹 참는 줄만 알어라.

6월 18일

"또 다섯 개째야, 알어있어?"

하며 뽐내다가 깍쇠 오늘이야 누깔이 부러졌다. 아이구 고소해…

"이래두 꼴찌야? 눈깔이 바루 백였으면 좀 봐!"하니까 자식 정말루 제 눈깔이 바루 백였는가. 알아볼 양인지 눈을 끔적끔적거리겠지.

"난 다섯 개째 아니라구? 해해 흘꾼 다니?"하니까 자식 멋적게 씩 웃더니 "아이새끼 이제야 경쟁적으루 쟁취하누나!"

바—루 저두 문자 써보누라구…

"스타하노프! 스타하노프!" 나는 두 팔을 들었다 내렸다하며 이렇게 신이 나서 외쳤다.

"이 새끼 거 무슨 소리가?"

"노동영웅이란 말야!"

이 소리에 깍쇠는 목을 움찔하더니 쑥 돌아서며 바이트를 잡고 찌찌 찌찌 다시 깎어내리기 시작이다. 하여간 나두 오늘 네 개를 넘기구야 말았다. 10분에 일미리 이게 내 목표야!

왜놈시절엔 암만 일에 꼴찌라구 욕해두 심상은커녕 도리어 슬그머니 고소하더니 지금은 듣기만해두 골이 난다니까. 내가 왜 저까짓 왜놈들 전쟁 잘하라구 일 잘하겠군. 그러나 이제는 영락없이 우리나라거든. 하나라두 더 많이 내가 밀차바퀴를 깎어야 우리나라 건설사업이 완성해지거든.

그러나 깜돌이 너만은 어서 학교 다니며 공부해 좀 더 훌릉한 기술자가 돼야한다. 밀차바퀴가 아니라 기차 대가리두 만들 수 있는. 우리나라엔 기술자가 몹시 바르대 자식 폼을 내지만 무던히 힘든지 초저녁부터 골아 떨어져서 또 잠만 자네. 내일 새벽 설교를 좀 해야지. 하기는 나두 오늘은 오금이 녹아져 온다.

6월 19일

암만 알아듣도록 이야기해도 밥상을 숟갈루 뚝뚝 거리며 그냥 말 잘 하는 듯이 대답질 하기에 "소대가리에 경"하며 그리 아프지두 않게 쥐어박았는데, "머야 이 팟쇼대가리!"하더니 자식 무슨 큰 수나 내려는 것처럼 싹싹 팔 소매를 걷어올리며 대들겠지.

"옳지 그럼 네가 날 칠테가?"

"흥 형이라구? 못칠게 머가? 그런 봉건사상은 타도야!!"

"머이 어드래?"

분통이 터져 팔다시를 뽑으니까 어머니가 큰일이 나서 끼어 들었다

"오마니 체요, 치라는데 오마니!"하며 떠밀고 나가니까 자식도 맞받어 온다. 멱살을 글어쥐니까,

"형이면 형이지 맞써라… 너만 돈벌이하는 재랑이가!"

버쩍 쳐들었던 내 팔이 저절로 힘없이 떨어졌다.

이따위 놈의 수작이 어디 있어? 형의 속을 그렇게두 몰라주는가 생각하니 멋없이 눈물이 솟아올라 얼굴을 돌렸다. 하니까 자식은 내가 자아비판 하는 줄만 알았는지 내 잔등을 연신 받아넘기며,

"나두 사상가야… 나두 우리나라에 한 사람 몫 세금 받치는 버젓한 소년공이야!"

이 소리가 너무두 애처러워 이번은 돌아서서 자식을 끌어안고 엉엉 소리를 내어 울었다. 어머니도 울었다. 깜돌이도 내중엔 횅 하더니 울기 시작했다. 하기는 내게 대한 깜돌이의 발악이나 깍쇠에 대한 나의 경쟁심이나 결국은 마찬가지 종류인지두 몰라.

그러나 오늘 저녁엔 나보구 말은 안 하면서두 산수책을 꺼내놓고 끄적끄적하다가 배시시 잠이 들었다. 그래두 내 앞에서 공공연히 책을 펼쳐놓기는 이번이 처음이다. 갈빗대가 앙상하니 드러나는 자식의 가슴패기를 보기만하면 나는 측은한 생각이 나서 죽겠다니까 여느 애들처럼 책가방이 나 메고 나가는 걸 보게 된다면 얼마나 기쁠지… 망할자식 어

디서 문제를 내두…

"우리형 차돌이는 반득반득거리며 뽐내기 좋아합니다. 암만 물어바두 나보다 월급이 훨씬 많다구만 뽐내며 대여주지는 않지만 매달 세금이 오십이 원인 것을 알었습니다. 그런데 제 월급은 오백 원입니다. 세금은 삼십팔 원입니다. 같은비례로 세금을 바친다면 우리형 월급은 얼마될까요?"

자식 무던치 내 월급이 알구싶은게지 헨둥히 내가 내 월급이 얼마인지는 아는데 산수루 풀어볼려니까 역시 실격 부족이다. 그래 오래간만에 옆집으로 선생동무를 찾아갔다. 오늘 사상이야기에는…(생략)… 돌아올 때 선생과 같이 푸는 법을 연구해 가지고 와서 자식의 산수책갈피 속에 몰래 써 넣어놓았다. 자식 나한테는 일부러 물어보지도 않으니 나두 모른 체하구 시치미를 뗄밖에… 그러나 선생동무두 처음에는 어떻게 풀어야 될지를 몰라 어리둥절 할 제는 깜돌의 산수두 아마 이젠 고등수학이 되는가 부다.

하여간 오늘은 나두 잠이 들면 고냥 고채 아스러져 일어나지 못하구 말것만 같다. 그러면서도 온몸이 쑤시구 아파 잠두 잘 오지 않는다.

점심까지 먹지 않구 그냥 끝마감시간까지 바이트를 든 채 내리깍으며,

"깍쇠야 세기의 기록을 알어? 벌써 난 다섯 개째루다."

하니까 자식이 정말 눈이 뒤집혀 한참동안 말두 못하고 멍하니 바라보다가 별안간 쇠검둥의 얼굴을 험상스레 찡겼다.

"악차돌이 너 정말 죽을란? 코피를 닦어?"하기에 손을 멈추니까 코피가 사실루 차바퀴 위에 뚝뚝 떨어졌다.

이제는 완전독립 아니 완전승리인 이상 나두 내일부터는 그렇게 그냥 무리하지는 않을 테야… 그리구 또 어떻게 생각하면 너무 경쟁에만 팔려 일을 좀 헐친 구석이 있는 것 같기도 하다. 검사에 떨어지지나 않는지 조심조심… 그런데 밤중에 내가 신열이 나서 헛소리를 한 모양으로 깜돌이가 잡아 일으키며,

"형 장한거 같애 그까짓거나 다섯 개 깎으면…"하면서 멋없이 울상을 짓겠지.

6월 20일

정말 죽어오는 것을 그래두 우리 건국사업이라 이를 악물고 일어나 겨우 제시간에 대어나가보니 깍쇠는 첫새벽부터 나와 피대를 돌린 모양으로 반개나 벌써 깎아놓았다. 나를 힐끗 쳐다보더니 몸솟음을 하고 나한테 배운솜씨루 팔을 올렸다 내렸다 하면서 "스타하노프 스타하노프! 쇠 잘 깍어 깍쇠 쇠 잘 깍어 깍쇠…"

그리고는 가슴패기를 내밀고 뻐기며,

"진짜 경쟁은 오늘이야."

"자식 언제는 진짜 아니었어?"

골이 바짝 치올라 웃통을 벗어 던지고 숨도 내일 새 없이 맞받어 깍어나가누라니 따는 눈앞이 핑글핑글 돈다. 언제 어떻게 쓰러졌는지 정신을 잃었으니 모를 일이다. 얼마쯤 뒤에 깨어나 보니 머리꼭대기서부터 전신이 물에 젖었는데 옆에 서 있던 책임자동무가 히벌쭉 웃는다. 기계소리도 나지 않고 패대도 돌지 않는다. 기계 뒤에 물통을 든 채 깍쇠도 풀이 죽어 눈꼬리를 축 늘어 치고 서 있다가 매우 기쁘든지,

"헤헤헤 이제야 살았구나 이제야? 여섯시간짜리 같은거."

"어머 어드래?"

무슨 영문인지 모르나 여섯시간짜리라는 말에 모욕을 느껴 주먹을 부르쥐고 일어나려니까 책임자 동무가 내손을 붙들며,

"차돌이 정말이야. 이제부터는 기절할 이유두 코피를 쏟을 필요두 없어졌네!!"

"왜 내가 누만 못해서요?"

이때에 여러 동무들이 무엇이라고 환호성을 지르며 구름떼처럼 모여들더니 북조선인민위원회 만세를 부르고 또 갑자기 내 이름을 부르며 차돌이 만세 만세 한다.

어안이 벙벙할 노릇이다. 또다시 혼수상태에 빠지는 내 몸둥이를 업어올리는 모양인데 귓결에 무슨 소리인지 노동법령만세 이런 소리도 불

러대는 것 같았다.

6월 21일

새벽녘에야 완전히 제정신이 돌아왔다. 낯설은 어떤 병원의 입원실인데 어머니 깜돌이 간호원이 둘러앉은 채 뜬눈으로 세운 모양이다. 공장 나가는 길에 들린 모양인지 깍쇠도 있다. 어머니는 찬수건을 갈아대어 주며 빙그레 웃으신다. 깜돌이는 내 손목을 쥐고 눈알을 또록또록 굴리며 바루 진맥(診脈)을 한답시며,

"행 이제 방금 맥이 살아났다!"

깍쇠도 근심이 풀린 모양으로 혼자 벙글벙글 거리다가 손으로 제 가슴을 가리키더니 엄지손가락을 넌지시 들어뵈며 동가슴을 내민다 자식 제가 이겼단 말이지…

"머야 또?"

"헤헤헤. 이 발표나 좀 봐!"하며 깍쇠는 신문을 던져주며 다가와 앉는데 "차돌이 너 암만 그래야 쓸데없다. 이제 노동법령초안이 발표되었거든, 열여섯 살까지는 6시간짜리야."

"이놈생이 그런 법이 어디 있니?"

놀리는 줄만 알고 보지두 않구서 신문을 득 찢으려는데 그 위에 실린 우리 김 장군의 사진이 얼핏 눈에 띠였다. 미소를 지으시고 나를 타이르시는 듯하다. 그래 주저주저하니까 모두들 한바탕 쏟아지게 웃겠지.

"나두 어제 공장에서 이야기 들어 안다. 글세 이런 고마운 일이 어디 있겠니?"

어머니가 눈물을 지으시며 말씀이었다. "너는 여섯시간만 일하면 돼. 깜돌이는 불가불 학교에 가게되었단다."

사뭇 놀래어,

"왜?"

"열세살두 못된 애는 노동을 금지한다누나!"

이 소리에 너무두 감격해 나는 옆에 서 있는 깜돌이를 쓰러안었다. 그러나 자식은 내 팔에서 한사코 벗어나려고 뿌리치면서 울먹울먹 소리로 이렇게 혼자 중얼거렸다.

"김 장군은 열세 살에 만주루 왜놈과 전쟁하러 나갔대지않어? 나두 내년이면 열세 살이야. 내년엔 난 꼭 노동영웅이 될려구 그러는데…"

"이애야, 네가 제일 좋아하는 김 장군께서 너더러는 공부해. 좀 더 큰 일꾼이 되라는 분부신데 그래도 불평이냐?"

어머니가 이렇게 웃으며 타이르니까 볼멘소리로,

"공부면 공부 그럼 난 공부영웅이라두 된다!"

나는 더욱더욱 깜돌이를 끌어안으며 어찌할지를 모르게 열광하였다.

"정말이가 너 정말이야? 아이구 우리 깜돌아 만세다 만세야."

그제야 깜돌이도 삐죽이 웃는군. 어머니도 매우 기쁘신 모양으로 눈물까지 글썽 하셔서,

"애들아. 우리집에서 세식구 모두가 만세를 부르게 되누나!"

"모두라니?"

"법령에는 일하는 나를 위해 만세를 부를 대목두 있는가부더라!"

이때에 책임자동무가 점심곽을 낀 채 쓱 들어서더니,

"노동법령 해당(該當)제일호 살아났구만."하며 우리들 웃기겠지.

"그렇게 무리하다야 몸을 버려 되려 생산방해나 되지… 이댐부터는 애여 그런 무리는 하지말어…"

하면서 강냉이 튄 것을 내 앞에 쏟아놓는다.

"이건 법령해당에 첫찌먹은 상이야."

하기는 내 힘으로 하루 여섯시간 노동이래면 더 정성스레 더 빨리 그리구 더 멋지게 깎을 수 있을게야… 강냉이 튀긴 게 좀 먹어보구 싶은지,

"차돌이 너 나머지 두 시간은 머할란, 이런 군입이나 다시 군 할래?"

하며 슬쩍 한웅큼 집어든다.

"이놈의 깍쇠동무" 처음으로 웃으며 그에게 동무라는 소리를 붙여서 부

르는 순간 갑자기 나는 밑두끝두 없이 이렇게 결심이 되어 큰소리 쳤다.

"소련을 배울랜다 왜?"

아이고 고소해 깍쇠가 또 눈깔이 휘득 뒤집히겠지.

"너 아깐챠 장사 하라니?"

"아이새끼 멀코겉은거 넌 어림두 없다. 소련가 기차 대가리 맨드는 법 배워올랜다 왜!!"하니까 깝돌이가 발을 동동 구르며 부르짖었다.

"나는 비행기 나는 비행기!!"

깍쇠는 괴춤을 글어쥐구 어슬렁어슬렁 나가며,

"책임자동무 안갈라우?… 밀찻바퀴 맨들기두 너 본때 있게 힘든 거다. 많이 깎기만 경쟁하다가 두 개나 검사에 떨어진 줄 너 모르지."

"무어?"

나는 비로소 놀래었다. 같이 일 나가겠누라고 일어나려니까 책임자동무가 나를 붙들어 다시 붙들어 눠며 아주 위엄기 있게 이렇게 말했다.

"노동법령은 정확히 실시해야 하네." 그리고 히벌죽 웃는다.

"첫찌먹은 해당자부터 모범을 뵈야지… 법령에두 병원에서 잘 치료시키라는 조목이 있다네."

『풍상』, 민주조선출판사, 1947

연구 제1부

삶과 전기

사가(佐賀)고등학교 시절의 김사량*

‖ 시라카와 유타카(白川豊) ‖

1. 시작하며

김사량(金史良, 본명 金時昌)[1]은 1940년 단편소설 「빛 속으로(光の中に)」가 아쿠타가와상[芥川賞] 후보작으로 선발되었고, 그 후 수년간에 걸쳐 20여 편의 일본어소설을 발표하는 등의 활동을 펼쳤다. 김사량은 제2차 세계대전기 일본문학계에서 이채(異彩)를 발한 작가라고 할 수 있겠다. 김사량은 1945년 5월 중국 태행산(太行山)으로 탈출하기까지 10여 년간을 일본에서 생활한 것으로 알려져 있다. 이러한 김사량의 체일(滞日)시절에 대해서는 일찍이 안우식(安宇植)이 노작(勞作) 『김사량・저항의 생애(金史良・抵抗の生涯)』[2](1970~1971), 『김사량－그 저항의 생애(金史良－その

* 본고는 초출, 「사가고등학교시대의 김사량(佐賀高等學校時代の金史良)」(『조선학보(朝鮮學報)』 147집, 1993년 4월)을 약간 개고(改稿)한 것임을 밝혀둔다.

1) '김사량(金史良)'은 1939년 이후 사용되었다(본고의 모든 발행년은 서력(西曆)으로 통일하였다. 원문이 세로쓰기인 것도 모두 가로쓰기로 하였다. 인용문건의 표시는 편의상 한국어제목을 우선 표시하고 괄호 안에 원어제목을 넣었다).

2) 『문학』(이와나미서점, 1970. 11.~1971. 8. 전 10회 연재)에서 특기할 점은, 제1회

抵抗の生涯)』(1972), 『평전 김사량(評伝 金史良)』[3](1983) 등의 평전류(評傳類)에서 비교적 상세하게 다루고 있으며, 이를 통해 당시의 상황을 엿볼 수 있다. 다만, 이러한 저작 대부분은 김사량이 1936년 4월 동경제국대학 입학한 후의 활동을 기술하는 것에 중점을 두고 있어서, 그 전인 도일(渡日) 직후 3년간에 해당되는 구제사가고등학교(舊制佐賀高等學校) 재학기간(1933년 4월~1936년 3월)은 아직 불분명한 점이 많다. 이 시기를 다루고 있는 것은 안우식의 업적을 빼면, 동급생이었던 쓰루마루 다쓰오(鶴丸辰雄)[4]의 회상문 「사가고등학교시대의 추억(佐高時代の思い出)」[5](1973)정도의 단문이 있을 따름이다.[6] 필자는 전부터 이 점을 불만으로 생각해왔었으나, 최근 다행히 당시의 동급생이었던 분들과 연락이 되었고, 또한 사가고교(약칭 : 사고(佐高)=현・사가대학) 관련 자료를 열람할 수 있는 기회를 얻게 되어 약간의 자료를 발굴 할 수 있었다. 이를 정리 소개해가며 이 시기의 김사량의 활동상(活動相)을 가능한 전체적으로 파악해보려 한다.[7]

표제에 한해서 「김사량론(1)－그 저항의 생애－」로 되어 있다.

3) 『김사량－그 저항의 생애－』는 『문학』에 연재한 것을 단행본으로 만든 것이며, 『평전 김사량』은 그것을 좀 더 정리한 것이다(한국에서는 심원섭의 번역으로 『김사량평전』(문학과지성사, 2000. 5. 1.)이 출간되었다.－역자 주).

4) 김사량과는 사가고교, 동경제대 독문과 동기생으로 동경제대시절의 동인지 『제방(堤防)』의 동료이기도 한 문학청년이었다.(1916~1981)

5) 『김사량전집』Ⅱ(월보1 수록)(河出書房新社, 1973) 이하, 전집에 의한 경우에는 전부 가와데판[河出版]의 전집(전 4권, 1973~1974)을 사용하며, 『전집』으로 줄여서 표시한다.

6) 이 외에, 역시 동급생이었던 모리시마 세이키치(森島靖吉)의 회상록 『糸車』(1981년, 미공개)에 '김시창'이라는 항목이 있다.

7) 이번에 협력해준 사가고교의 동급생(1933년 4월 입학, 문과을류(文科乙類))의 분들의 성함을 다음에 표시하여, 감사의 마음을 표시한다.(50음순, 경칭생략)(전 : 전화인터뷰, 신 : 서신, 담 : 면담) ※ 어느 것도 1992년 3월~5월에 조사한 것임.
이시마루 도시오[石丸利雄](신), 우치야마 다다시[內山 正](전), 오오이시 오모테[大石 表](신), 오오노 기이치[大野義一](담), 가와사키 신자부로[川崎新三郎](전), 기타가와 가쓰토시[北川勝敏](전), 다지마 히로아키[田嶋博章](신), 나카오 다케지[中尾竹治](신, 담), 니시다 히로시[西田 博](신, 담), 노구치 레이이치로[野口禮一郎](전), 후지자네 도쿠오[藤實悳夫](신, 담), 후나기 기미히로[舟木公弘](전, 담), 모리시마 세이키치[森島靖吉](신, 담), 요시다 요시오[吉田義雄](전), 또한 문과갑류(文科甲類)

그런데 김사량의 창작활동자체는 도일직전인 1932년에 이미 시작되었으나, 과거 이 시기 작품에 대해서 살펴보는 연구자가 거의 없었고 『김사량전집(金史良全集)』 등에도 수록되지 못했다. 이번에, 『매일신보(每日申報)』, 『동아일보(東亞日報)』 등을 조사해 본 결과, 동화를 중심으로 무려 20편의 작품이 게재되어 있는 것을 확인할 수 있었다. 이에 대해서도 검토하여 1936년 3월까지 약 4년에 걸친 김사량작품을 개관(槪觀)하는 것도 본고의 또 다른 목적이다.

그러면 1930년대 전반이라는 시기는 어떠한 시대였던 것일까. 세계는 1933년 독일에서 히틀러가 수상이 된 해인만큼, 파시즘의 발소리가 가까워지기 시작한 시기였다. 일본 관련으로는 1931년 만주사변으로부터 1937년 중일전쟁발발에 이르는 시기에 해당된다. 또한, 일본에서는 1932년 5・15(1932년 5월 15일 해군청년 장교가 주도한 쿠테타 사건－역자 주)사건으로부터 36년의 2・26사건(1936년 2월 26일 미명에 황도파(皇道派) 청년장교 22명이 하사관, 병 1400여 명을 이끌고 일으킨 쿠테타 사건－역자 주)의 사이에 해당되며, 군국주의적 경향이 가속화되는 가운데, 프롤레타리아문학에 대한 탄압이 심해지고 있었다. 조선에서는 우가키[宇垣] 총독의 시대로, 일본의 식민지지배에 대항하여 이봉창(李奉昌), 윤봉길(尹奉吉) 등이 폭탄투쟁을 일으킨 가운데, 산미증식(産米增殖) 계획의 중지 등, 식민지에 대한 정책이 돈좌(頓挫)하는 시기이기도 했다.

이러한 시기에 김사량은 평양고등보통학교의 생도였던 때로부터 공백기를 거쳐 사가고등학교에 입학하게 된 것이다. 김사량 자신이 주도자로 몰렸던 평양고보(平壤高普)에서의 배속장교와 교사들에 대한 배척운동은, 바로 광주학생운동 2주년에 해당되는 1931년 11월에 벌어졌다.[8] 김사량은 이와 같이 1930년대 전반이라는 시대적 상황 하에서 사가고교에서 학창시절을 보내게 되었던 것이다.

의 이호(李澔) 씨는 서울 자택에서 면담하였다(1992. 3. 18.).

8) 자세한 사항은 『평전 김사량』(초풍관(草風館) 1983년 11월)을 참조할 것. 이하, 기재하지 않는 한, 김사량의 약력에 대한 것은 동서(同書)에 의함.

2. 도일직전의 상황과 창작활동

애초에 김사량은 일본이 아니라, 중국을 거쳐 최종적으로는 미국으로 건너가려고 하였다. 다음의 일절은 그러한 심경을 잘 말해주고 있다. 이는 일본에 밀항하기 위해 기회를 엿보던 시절에 대해 회상 하는 장면이다.

> 제가 처음으로 이 기차에 몸을 실은 것은 열일곱살 때, 추운 십이월이었습니다. 당신(어머니, 인용자) 홀로 저를 작은 역까지 사람들의 이목을 피해서 전송해주었습니다. 저는 그때 오년간 다니던 중학교의 단추는 하나도 달지 못했고, 모자도 쓸 수 없었습니다. 당신은 제 머리에 솥을 감싸주면서 우셨습니다. 저 또한 와악하고 울었습니다. 중학교를 나오면 바로 북경의 대학에 가서 거기서 미국으로 건너가려던 제가, 남방(南方)으로 가는 기차에 타고 있는 것입니다. 이 또한 하나의 소년적인 반발이겠는지요. 나도 고등학교에 진학한다는 애타는 마음만이, 사람들 눈을 피하지 않으면 안 되었던 저를 대담하게도 기차에 태웠던 것입니다.[9]

이 술회(述懷)는 김사량의 도일직전의 사정과 심경을 무엇보다도 잘 말해주고 있다. 일본유학이 본의에 의한 것이 아님은 안우식도 지적하고 있는 것처럼, 식민지 종주국인 일본을 거부하고 싶었던 점과, 중국이라면 모친이 경영하는 백화점도 있어서 북경에 정주(定住)만 가능하면 자유로운 미래가 펼쳐질 미국으로 가는 길도 보다 가깝다고 생각했기 때문일 것이리라.[10]

그러나 실제로는 평양고보(平壤高普)에서 퇴학처분을 당하여, 당국의 감시의 눈을 피하면서 "남방으로 가는 기차"를 타지 않으면 안 되었던 것이다. 여기서 김사량은 당초의 희망을 단념하고, 현실적인 가능성이

---

9) 김사량 「어머니에의 편지」(『문예수도』3~4월호) 『전집』Ⅳ(105쪽)에도 수록. 방점(傍點)은 인용자.

10) 전게 『평전 김사량』(48쪽 참조).

있는 길을 선택하게 되었던 것이다. 그가 떠올린 것은 1929년에 사가고교를 졸업하고, 당시 교토제대(京都帝大) 법과에 재학중이던 형, 김시명(時明)이었다. "나도 고등학교에 진학한다"라는 것은 이 때의 결의를 보여주고 있다. 당시, 중학교나 고보(高普) 4년 수료자라면 고등학교입학은 가능했기 때문에, 형에게 의지하면 입학 자체는 그리 어려운 일은 아니었을 것이다. 더욱이, 사가고교는 당시 입학과목에 수학이 없었고, 영어, 국어(일본어, 역자 주) 뿐이었으므로 그러한 점에서도 부담이 적었다.[11] 문제는 일본에 도항(渡航)하는 것 자체에 있었다. 당시 이미 조선에서 '내지(內地)'로 가는 배편에 대한 도항제한(渡航制限)이 시작되었으며, 고보퇴학(高普退學)이라는 신분으로는 특히 정규도항(正規渡航)이 어려웠을 것이다. 생각다 못한 김사량은 성산(成算)도 없는 채로 무턱대고 기차에 올라탄 것이지만, 이 때는 부산에서 상황을 살핀 결과, 도항을 단념하였다. 이 때가 만으로 17세로, 즉 1931년이었다.[12]

여기서 확인해두고 싶은 것은, 이것이 1932년에 벌어진 일이 아니라는 점이다. 안우식도 도항시기를 추정하며 생각다 못해, 『평전 김사량』의 연보에는 1931년에 도일했다고 하고 있지만, 그렇게 하면 다음 해 32년에는 일본에 있었던 것이 된다. 그러나 후술(後述)하는 것처럼 32년에 김사량은 평양에서 활발히 『매일신보』등에 투고를 반복하고 있다. 위 인용문에서도 "처음으로 이 기차에 몸을 실은 것은 열일곱살 때, 추운 십이월"로 되어 있으며, 이는 밀항을 도모하다가 실패했던 때의 일로

11) "당시 고교입시 과목은 각 학교의 재량에 의했으며, 사가고교에서는 이코마(生駒) 교장의 방침으로 문과에서는 수학이 시험과목으로 치러지지 않았을 때가 있었다" (다지마 후쿠시게(田島福重) 「부장시대(部長時代)」, 『기쿠요(菊葉)』 7호, 1959. 12.)

12) 김시창 「밀항」(『문장』 1939. 10, 240~242쪽) 후에 이 문장을 바탕으로 「현해탄밀항(玄海灘密航)」(『문예수도』, 1940. 8.)이 쓰여졌다. 후자에서 밀항시기를 '18세였던 12월'이라고 한 것은 조선어문장인 「밀항」에서 "그때에는 열여덟살의 추운 十二月이었는데"라는 부분을 직역한 것으로 보인다. 여기서 "열여덟살"은 세는 나이로 여겨지므로 만으로 셀 때는 17세라고 하지 않으면 안 된다. 안우식도 일찍이 이 점에 대해 언급하고 있다(서간 「어머니에의 편지」(『전집』 Ⅳ, 107쪽, 注2)).

보인다. 그 후, 형 김시명이 도시샤 대학(同志社大學)의 제복, 제모에 학생증까지 갖춰서 급히 달려와서, 도일에 성공하게 되었던 것이리라.[13] 이것이 신문과 잡지에 투고가 보이지 않게 되는 1932년 가을경이라고 한다면, 역산(逆算)하여 김사량이 평양고보에 입학한 시기는 1928년이 아니라, 27년임을 알 수 있다. 고등보통학교는 5년제였으며, "도일전의 김사량은 평양고등보통학교를 1932년 졸업하는 학급에 있었으나, 5학년일 때, (중략) 퇴학당했다고 알고 있다"[14]라는 글도 있다. 평양고보 이전 김사량의 연보적 사실은 아직 확인할 수 있는 자료가 빈약하여 단정할 수 없으나, 만 13세로도 고보입학은 충분하므로 31년말 졸업을 목전에 두고 퇴학당하여, 이후 1년간의 공백이 있었다고 생각하면 사가고교 입학 후, 다른 동급생보다 1, 2살 나이가 위였다는 점에도 부자연스러운 점이 없어진다.

그러면 퇴학후의 김사량은 무엇을 하고 있었던 것일까? 1932년 갑자기 신문 등에 본명 '김시창'으로 투고하는 것이 눈에 띄기 시작한 것이 이 시기의 김사량의 활동을 추측하게 해준다. 다음에는 현시점에서 판명된 신문, 잡지 게재작품을 들어본다. (발표순)

① 비야비야 오지말아, 每日申報, 1932. 6. 20. (평양) 김시창(1932. 6. 15)
② 무덤, 每日申報, 1932. 6. 30. 平壤, 金時昌－산소를갓다가－
③ 바다의마라손, 每日申報, 1932. 7. 2. 平壤, 金時昌－月尾島에서－
④ 시골둑이감투쟁이, (上同)－서울에서－
⑤ 색기오리, 每日申報, 1932. 7. 5. 평양, 김시창

13) 전게서 『평전 김사량』(262쪽). 한편, 교토의 예비학교 신분증명서를 만든 형이 부산에 가서, 김사량을 화상을 입은 것처럼 보이기 하여 얼굴에 붕대를 둘둘 감아서, 형이 도와줘서 관부연락선(關釜連絡船)에 탈 수있었다는 이야기를 김사량에게 들었다는 증언도 있다(아베 이치로(安部一郎), 『가레이(鰈)』(107쪽) 모쿠세이서방(木犀書房, 1966년)에 따르면 김사량은 도일 후, 교토의 예비교에 들어갔다고 한다).

14) 김일식(金一植), 「김사량의 추억」(『쿠사노카제(くさのかぜ)』(초풍관(草風館)소식 9호, 3쪽, 1983. 11.)(방점은 인용자)

⑥ 모래씸, 每日申報, 1932. 7. 17. 金時昌
⑦ 무지개, 上同
⑧ 모두잘난반벙어리, 每日申報, 1932. 7. 19, 平壤, 金時昌(1932. 7. 4. 새벽)
⑨ 그림자, 每日申報, 1932. 7. 26. 平壤, 金時昌
⑩ 망둥이의입, 每日申報, 1932. 7. 26. 金時昌
⑪ 공하나, 上同
⑫ 童謠劇 맹꽁의노름, 每日申報, 1932. 7. 29. 平壤, 金時昌
⑬ 오-오늘도消息을기다리는나의마음을, 每日申報, 1932. 8. 4.~5. 金時昌, (1932. 7. 25. 비 저녁)
⑭ 자장가, 東光37號, 1932. 9. 金時昌
⑮ 市井初秋, 東光38號, 1932. 10. 金時昌
⑯ 가마귀, 東亞日報, 1932. 10. 20. 金時昌
⑰ 공, 東亞日報, 1932. 10. 26. 金時昌 (※⑪과 거의 동일)
⑱ 무지개, (上同) 同人 (※⑦과 거의 동일)
⑲ 그림자, 東亞日報. 1932. 10. 28. 時昌 (※⑨와 거의 동일)[15]
⑳ 주은연필, 東亞日報, 1932. 11. 9. 金時昌
㉑ 널쒸기, 東亞日報, 1932. 11. 27. 金時昌

이상의 모든 것은 조선어 시문(詩文)으로, ⑧의 동요시적인 산문과 ⑫의 동요극을 별도로 하면 나머지는 모두 동요라고 해도 좋다. 전부 21편 중에서, 같은 내용인 3편을 빼면, 실질적으로는 18편이 1932년 6월부터 11월이라는 단기간에 집중적으로 게재되어 있음을 알 수 있다. 『매일신보』에 실린 글가운데는 "平壤 金時昌"으로 서명된 경우가 많으며, 또한 주기를 볼 때 경성(현재의 서울, 역자 주)과 인천 등지에 왕래했음을 알 수 있다. 한편 이러한 시문 중에서 지금까지 알려져 있던 것은, 안우식이 소개하고 있는 ⑮「市井初秋」뿐이므로, 본고의 김사량의 초기작의 발굴로 1932년의 작품 연보를 충실하게 만들 수 있을 것이다.

이러한 시문의 대부분을 점하는 동요의 전형으로서, 다른 것들보다도

15) ⑨의 7・5조×8행의 정형시를 (7・5・7・5)×4연으로 개고(改稿)하고 있다.

이른 시기의 작품 「비야비야 오지말아」를 살펴보겠다.

비야비야오지말아

(평양) 김시창

비야비야오지말아 / 빨내엄마비맛는다
빨내엄마비마지면 / 파랑내옷못빠신다
파랑내옷못빠시면 / 단오명절벗고살가
단오명절벗고살면 / 압동산도못간단다
근네터도못간단다 / 비야비야오지말아
빨내엄마비맛는다

一九三二、六、一五、

위 시를 보게 되면, 전체 1연 (8자×11행)의 완전한 정형시로, 비가 오면 「빨내엄마」가 비에 젖는다. 그러면 내 파랑 옷을 못 빨게 되므로 단오명절에도 입을 옷이 없으므로 어디에도 갈 수도 없다. 그러므로 「비야오지말아」라고 하고 있는 것이다. 18살이 된 김사량이 쓰기에는 너무나도 어린 심정을 읊은 동요이다. 이와 같은 내용을 일부러 쓰는 데는 그 나름대로의 이유가 있기 마련이다. 예를 들면, 아름다운 유년시절에의 회귀에 대한 원망(願望), '따듯함'에의 갈망 등의 표현, 혹은 전혀 다른 차원에서 예를 들자면, 동요를 통해서 조선문단에 데뷔하고 싶다는 바램 등이 있었을 것으로 보인다. 이러한 것을 고찰하기 위해 다른 한 편의 시를 더 소개하겠다.

그림자[16)]

時昌

밉쌀마진그림자 / 뉘몰줄아니
살금살금땋아와 / 업혀볼래지

16) 『동아일보』, 1932. 10. 28. 『매일신보』, 1932. 7. 26. 소재의 것은 '그림자'로 되어있으며, 전 1연으로, 표기법에는 약간의 이동(異同)이 있다.

암만암만씨글대두 / 안업어준다
그냥그냥딸아오니 / 액ㅡ이놈아

바보란놈그림자 / 뉘몰줄아니
전선대에기대고 / 안겨볼래지

암만암만마주서두 / 안안어준다
그냥그냥서잇니 / 액ㅡ이놈아

7(8) · 5조의 이 시도 역시, 부즉불리(不卽不離) 따라 오는 '밉살스러운' 그림자를 의인화한 전형적인 동요라고 말해도 좋을 것이다. 이와 같이 이 외의 동요도 거의가 7 · 5조 아니면 3 · 4조(혹은 4 · 4조, 3 · 3조)의 정형시로, 그 대부분은 바다, 무지개 등 자연이나 쇠오리, 까마귀 등의 작은 동물, 혹은 연필, 그네, 공(ball) 등을 보고, 일상생활의 사소한 것을 서경적(敍景的)으로 읊고 있다. 그러나, 주의 깊게 읽어보면, 단지 동심에 돌아가서 시를 쓰고, 어린 독자들에게 시를 읽게 하는 것만으로는 그치지 않는 김사량의 심상 풍경이 보였다 안 보였다 하는 것을 눈치챌 수 있다. 서경(敍景)이라고는 하지만, 사물에 대한 인식은 밝지 않으며, 쓸쓸한 느낌을 동반하는 경우가 많다. 예를 들면 「주은연필」의 일절을 보면, "작문시간 / 뚝뚝대고 / 쓰진않드니 / 하로종일 / 연필만 / 깨물엇구나" 라고 쓰고 있다. '주인공'은 어째서 주운 연필을 작문 시간에 쓰지도 않고 하루 종일 깨물고 있었던 것일까.

이것을 썼을 때, 김사량은 이미 평양고보로부터 퇴학처분을 당해 있었으며, 텅빈 자신의 심정을 표현하였다고도 볼 수 있겠다. 당장의 목표를 잃고, 전도(前途)를 모색하던 1932년 후반에 동요를 집중적으로 투고하고 있음은 이를 잘 암시하고 있다. 또한, 「무덤」은 거의 언급되지 않는, 김사량의 유소년기에 사망한 듯한 부친의 성묘에 대해 쓰고 있는 것으로 보여 주목을 요한다. 여기서도 김사량은 눈물을 흘리며, 탄식을 하고 있다.

한편, 김사량이 이 시기에 동요창작에 힘을 쏟은 것에는 또 하나의 동기가 있었던 것으로 보인다. 당시, 조선어 신문지상에는 연일, 동요가 연재되고 있었으며, 『동아일보』등에는 신인 등용문으로서의 역할을 하고 있던 신춘현상문예(新春懸賞文藝)에 「동요」 모집부문도 있었다. 또한, 1931년부터는 김사량 보다 한 살 연소이며, 같은 평양에 있던 황순원(黃順元)이 숭실(崇實) 중학생이면서도 새글회 회원으로서 『매일신보』에 동요 「누나생각」(1931. 3. 19.)을 발표한 것을 시작으로, 동지(同紙)에 같은 해에만 30여편을 투고하고 있다. 그 외 『동아일보』에도 소년소설 「추억(追憶)」(1931. 4. 7.~9.)을 발표했고, 『동광(東光)』에 이듬 해 32년에 걸쳐서 시 5편을 발표하는 등 눈부신 활약상을 보여주고 있다. 또한, 김사량보다 세 살 연장인 윤석중(尹石重)은 1920년대에 이미 동요를 발표하였고, 1932년에는 『윤석중 동요집(尹石重童謠集)』을 냈으니 이미 일가를 이룬 감이 있다. 김사량이 이러한 동향에 자극을 받아, 자신도 등단을 의식해 가면서 동요를 발표하게 되었을 것이라는 추측이 충분히 가능해 보인다. 『매일신보』에 발표한 「무지개」, 「그림자」, 「공하나」를 3개월 후에 『동아일보』에 다시 투고하고 있음은 이러한 김사량의 '야심'을 엿볼 수 있는 대목이다.

그러면 여기서 동요 이외의 작품을 살펴보겠다. 우선 동화적인 산문 「모두잘난반벙어리」는 혀가 짧은 어머니, 딸, 손자 세 명 각각의 어리숙함을 유머넘치게 그려낸 것으로, 후에 동요로서 사가고교 재학중에 개작하고 있다. (후술(後述)함) 또한 동요극 「맹꽁의노름」은 「맹꽁」 다섯 마리를 의인화하여, 그들이 비내리는 가운데 마음이 들떠서 춤추고 노래하는 모습을 코믹하게 극화한 짧은 작품이다. 덧붙여서 『매일신보』 동요나 동화 등의 게재란은 「아동란(兒童欄)」이다. 아동란에 투고했으므로 이는 당연한 내용으로 보이며, 역시 독자를 의식하고 쓴 것임을 알 수 있다.

이상과 전혀 경향이 다른 시가 다음에 소개하는 두 편이다. 우선 「오—, 오늘도消息을기다리는나의마음을」은 2회에 걸쳐서 연재되어 5부까지 있는 비정형 장시(長詩)이다. 전체 내용은, 시골에서 도회로 흘러들어온 '나'라는 인물이 결국, 그곳에서도 유랑자(流浪者)가 되어 한 패들과 함께 거리를 헤매이며, 두고 온 어머니와 누이는 비명의 죽음을 당하지만, 그런데도 '나'는 그녀로부터 들려올 소식을, 공복을 안은 채 보람도 없이 오늘도 기다리고 있다는 것으로, 전체적으로 생경하며 관념적인 시이다. 그 중 일절을 옮겨본다.

> 놈들이 / 歡樂의殿堂이라차저드는聖堂에 / 오직우리는 / 하로밤을쉬기위하야 / 비오는밤을지내기위하야 / 차젓든것밧게아모것도업다 / 그리고(중략) 놈들이 / 歡喜와陶醉로아로색인象牙의塔속에꿈을꿀때에 / 오—우리는 오직밥을엇기위하야 / 그玄關의板張을두드렷든것밧게아모것도업다 / 오—거리의바가본이여[17]

동요를 투고하고 있던 바로 그 시기에, 한편으로는 같은 『매일신보』의 '家庭과 文藝'난에는 이와 같은 '어른'들이 읽어도 이상하지 않은 시를 발표하고 있는 것이다. 빈부의 격차라는 사회적 문제를 문제삼은 의도는 알겠으나, 이는 김사량의 명확한 계급의식으로부터 나왔다고 하기보다는, 청년특유의 정의감의 발로라고 해석할 수 있을 것이다. 한 해 전 평양고보에서의 동맹휴교사건에 관여한 것으로도 알 수 있듯이, 김사량은 남보다 정의감이 강했으며, 한편으로는 퇴학후 우울한 기분도 작용하여 이러한 개탄조(慨嘆調) 시를 썼다고 보이나, 이러한 시에 잠재해 있는 것은 오히려 그의 센치멘탈리즘이다. "아베뉴의街路樹밋흐로/오직한술의밥을위하야"라던가 "떠다니며 싸다니며 한오리의浮萍草가티"[18]와 같은 표현은 이를 잘 보여주고 있다.

17) 『매일신보』 1932. 8. 4.(방점=원문)
18) 이상, 상동.(방점=원문)

거의 같은 시기에 발표된 「시정초추(市井初秋)」도 이러한 경향의 시이다. 이 시는 "鐘路거리서 받은 廣告－ / 이게또 뭐야 하하 金塊를 高價買入이라"[19]로 시작되는 전 13행의 시로, 퇴폐한 도시 경성을 비꼬는 내용이다. 그러나 "카바레(酒場)의 문짝을 차는 / 웨이트레스의에푸론. / 네온은 끔뻑이고(오－病者의靜脈과같이) / 쟈즈는 죽고－"[20]에서 알 수 있듯이, 방점(傍點)과 같은 '외래어'를 사용하여, 모던한 인상을 주는 것에도 역점을 두고 있다. 즉, 문명비판적인 시점 그 자체가 동시로는 하이칼라적인 것이었으나, 새파랗게 젊은 지식인인 김사량은 이러한 것을 의식해가며 도시의 허식(虛飾)에 비판적인 눈을 돌렸던 것이다.

그런데, 「시정초추」가 실린 『동광』지에는, 수필 「가을과 故鄕」을 투고한 이석훈(李石薰, 1907~?)의 「서울구경」(『동아일보』 1932. 3. 29.~4. 1.)이라는 장시(長詩)가 실려 있으며, 이 또한 경성의 허영에 빠진 모습을 비꼬며 그리고 있는 것을 상기할 필요가 있다. 이석훈은 김사량의 형, 김시명과는 평양고보의 동기생이었기 때문에, 형을 통해 김사량이 이석훈을 알고 있었다고 한다면, 「시정초추」는 이 시를 의식해가며 썼을 가능성도 배제할 수 없다고 말할 수 있다.

그런데, 『동광』지에는 「시정초추」 게재 한 달 전에, "자장 자장 잘도자장 / 우리애기 잘도자장"으로 시작되는 「자장가」라는 7행×2연의 동요가 게재되어 있다. 「시정초추」와 「자장가」 2편은, 둘 다 독자 투고란인 「동광시단(東光詩壇)」에 뽑힌 것이다. 전혀 이질적인 2편이 의외로, 김사량의 도일직전 두 가지 창작활동의 경향을 대표하고 있는 것이 아니겠는가. 즉, 한편으로는 동요, 동화적인 작품을 통해서 조선문단에서 인정받고 싶다는 생각과, 다른 한편으로는 빈궁에 대한 비분강개나 허영에

19) 『동광(東光)』 38호, 1932. 10. 참고로 '받은'은 원문이 '맏은'으로 되어있으나, 오식으로 보인다.
20) 상동 (방점=원문). 덧붙여, 원문 '네온'은 '네온'일 것이다('네'자 위에만 방점이 달려 있는데, 이는 '네온' 두 자 모두에 방점이 달려 있는 것의 오식일 것이다).

넘치는 도시에 대한 비판적인 시를 통해서, 성인 독자층에 호소하려 했던 것이다. 그리고, 이 둘에 공통되는 점은 당시 김사량의 우울한 심경을 표현하고 있다는 점일 것이다.

김사량의 활발한 투고는 1932년 11월로 일단 끊어지며, 다음에 그의 시를 발견할 수 있는 것은 다음 해인 33년 5월 『동아일보』지 상에서이다. 이 시기에는 이미 사가고교에 입학하고 있기 때문에, 도일은 아마도 32년 가을 무렵일 것이다.

3. 김사량과 사가고등학교

(1) 구제사가고등학교(舊制佐賀高等學校)에 대해서

김사량이 1933년 4월부터 36년 3월까지 3년간 재적했던 사가고등학교는, '고등학교령(高等學校令)'에 의해 설립된 구제(舊制) 고교로, 제일(第一)부터 제팔(第八)까지 이른바 넘버스쿨(number school, 一高, 二高 등으로 교명에 번호를 붙인 고등학교－역자 주)에 이은 고등학교 확충정책에 의해, 1919년 우선 4개교가, 다음해 20년에는 다시 3개교가 증설되었던 가운데 1개교에 해당하며, 전국에서 15번째의 고등학교였다. 고등학교령 제1조는, "고등학교는 남성의 고등보통교육을 완성하기 위할 목적으로 특히 국민도덕의 충실을 기하는 것을 목표로 한다"라고 되어 있으며, 단순히 대학에 진학하기 위한 전단계로서의 고등교육을 담당하는 것이 아니라, 설령 명목상이지만 대일본제국신민(大日本帝國臣民)이 될 자격을 함양하는 것을 그 목적으로 하고 있다.[21]

21) 덧붙여 대학의 설립목적은 "국가에 필요한 학술의 이론 및 응용을 교수(教授)하고 (중략) 겸하여 인격의 향상 및 국가사상의 함양에 유의(留意)하는 것을 목적으

사가고등학교는 1920년 4월 17일, 칙령(勅令) 제10호에 의한 직할학교 관제(直轄學校官制) 개정에 의해 설립되어, 4월 19일, 문부성 독학관(督學官)이었던 이코마 만지(生駒萬治)가 교장에 임명되었다. 이코마교장은 김사량이 3학년이 되고 얼마 안 된 1935년 4월 2일까지 15년간 재직하였고, 그 후에는 교감이였던 모리오카 기사부로[森岡喜三郞]가 뒤를 이어 교장이 되었다. 사가고교의 입학정원은 문과 80명, 이과 120명으로 총 200명이라는 규정이 있었고, 1924년도 제 2회 졸업생 이하, 김사량의 졸업년도인 1936년도(제14회)까지, 대략 연간 160명에서 200명 정도의 졸업생을 배출하여, 문과 대 이과의 비율은 2대 3정도였다.[22] 과(科)는 다시 갑류(甲類)와 을류(乙類)로 나눠지는데, 이는 제1외국어의 선택에 의한 것으로, 갑류는 영어, 을류는 독일어였다. 제2외국어는 각각 선택하지 않은 언어를 이수하였다. 문과와 이과는 이수과목에서 상당한 차이가 있었지만, 문과 중에서는 외국어 이외의 과목은 완전히 동일하였다. 동시에, 독일어를 제1외국어로 선택한 문과생은 상당히 많았으며, 종종 갑류생도수를 상회하였다. 김사량은 이러한 을류에 속해있었다. 구체적인 이수과목에 대해서는 후술하겠다.

사가고교 졸업생은 거의가 구제대(舊帝大) 등에 진학하였다. 생도의 출신지는 규슈[九州] 각지가 단연히 많았으나 동경・오사카 방면 출신자도

로 한다"(舊대학령 제1조)라고 하여, 고등학교령의 취지를 더욱 부연(敷衍)한 것으로 되어 있다.

22) 이상의 연혁 등은 사가대학사 편찬위원회 편『사가대학사(제1권)』1975, 기쿠요(菊葉)동창회(구제사가고등학교동창회) 편『회원명부』(1959년 10월 현재), 기쿠요 동창회자료보존위원회 편찬 및 발행『구제사가고등학교창립 70주년 기념대회자료전』(팸플릿 1990. 10.)에 의함.
참고로 김사량 재학당시인 1934~36년도의 졸업생수를 다음에 표시한다.

과별 / 졸업년도	문과		이과		합계
	갑류(甲類)	을류(乙類)	갑류(甲類)	을류(乙類)	(명)
제12회 (34.3.)	40	35	72	36	183
제13회 (35.3.)	34	38	67	29	168
제14회 (36.3.)	29	36	58	37	160

있었다. "그 지방 중학교에서 성적이 상위 수명 중에 들어가지 않으면 입학은 힘들었다"는 동급생의 증언 등을 종합해 볼 때, 사가고교는 꽤 엘리트 학교였다고 말할 수 있다.[23)]

그런데, 생도의 출신지 중에서 눈길을 끄는 것은 이른바 '외지(外地)'로부터 온 생도의 존재이다. 사가고교는 매년 『사가고등학교일람(佐賀高等學校一覽)』이라는 요람(要覽)을 발행하고 있었는데, 그 중에서 「생도출신학교부현별조(生徒出身學校府縣別調)」가 매년 10월부로 작성되었다. 이에 의하면 매년, 조선, 대만, 관동주(關東州, 중국 요동반도남단-역자 주), 그리고 '만주(滿洲)' 등으로부터 수명이 입학하고 있으며, 전교로 치면 항시 20명 정도의 생도가 있었다. 다만 '외지(外地)'로부터 온 생도 대부분은 일본인이었지만 주목해야할 것은 조선인의 중등교육기관이었던 고등보통학교(약칭=고보(高普))에서는 매년 꼭 입학자가 있었다는 것이다. 그 가운데서도 김시명(金時明), 시창(時昌=김사량) 형제의 출신교였던 평양고보에서 온 입학자가 타교와 비교했을 때 많았다는 것을 알 수 있다.[24)] 형·김시명의 도움이 사가고교 입학의 직접적인 계기가 되었다고는 하지만, 사가고교의 이러한 환경도 김사량의 마음을 움직였다고 할 수 있다.[25)]

23) 니시다 히로시(西田博)에 의함. 동급생에 대한 인터뷰 등에 의한 내용의 개별(個別) 주기(註記)는 너무나 번잡하므로 특히 필요한 경우를 제외하고는 이하 주기를 생략한다.

24) 김사량의 재학중을 보게 되면, 1933년 10월 현재 전교생 575명 중에서, 조선 30명, 관동주 4명, 대만 3명으로, 조선의 내역(內譯)은 평양고보 3명, 경성고보 2명, 배재고보 1명으로, 조선인 합계 6명이 된다. 다음으로 김사량이 3학년이었을 때인 35년 10월에는 전교생 494명중, 조선 17명, 관동주 7명, 대만 2명으로, 조선의 내역은 평양고보 4명, 그 외에 보성, 경성제2, 배제, 경셩중앙공립의 각 고보에서 각 1명, 조선인 합계는 8명이 된다(이상, 사가고등학교 편, 『사가고등학교일람(1933년~1934년)』, 1933. 12, 『동일람(同一覽)(1935년~1936년)』, 1936. 1. 에 의함).

25) 덧붙여서 김사량보다 5년 위이고, 김시명의 3년 밑에는 나중에 조선의 시단에서 활약할 함남(咸南), 고원(高原) 출신의 이응수(李應洙, 1909~1964, 함흥고보졸, 후자에서 밀항시기를 '18세였던 12월'이라고 한 것은~)도 문과갑류에 재적하여,

마지막으로 서클활동관계를 보게 되면, 사가고교에는 교우회(校友會)라는 조직이 있었으며, 회장에는 교장을 추천하여 각 부장에는 교수가 취임했으나, 총무 이하는 생도들이 담당했다. 이 자치회 조직 산하에는 총무부를 시작으로 각부가 있으며, 각부는 3, 4명의 위원을 배출하고 있었다. 서클은 다음과 같은 것이 있었다.

문예부, 강연부, 검도부, 유도부, 유영부(遊泳部), 야구부, 정구부, 궁도부(弓道部), 럭비부, 축구부, 육상경기부, 농구부, 산악부, 사격부, 승마부

이것을 보면 대부분은 운동부 관계로, 김사량의 재학당시, 사가고교의 운동부는 수영으로 인터하이(전국고등학교종합체육대회－역자 주)에서 연속우승하는 등 눈부신 활약을 하고 있다. 그 중에서 김사량은 후술하는 것처럼 문예부와 축구부에 관계하고 있었다.

(2) 형 김시명과 사가고교

김사량의 형, 김시명(1906~?)은 1925년 4월~29년 3월 동안, 사가고교 문과 갑류에 재학하였고 「생도신상조서(生徒身上調書)」에 의하면 1학년 때 '원급유년(原級留年)'을 하여서 졸업까지는 4년이 소요되었다. 교토제대(京都帝大) 법과 졸업 후, 고등문관시험에 합격하여, 1933년경부터 강원도의 홍천(洪川) 군수를 지낸 것을 시작으로 영진(榮進)하여, 1945년 8월 시점에서 조선인 처음으로 조선총독부 전매국장(專賣局長)까지 올랐다고 한다.[26)]

교우회 잡지에 시 「새벽은 적이다(曙は敵である)」(제13호, 1928. 10.), 「영원의 전쟁(永遠の戰)」, 「한시일편(漢詩一篇)」(이상, 제15호, 1929. 12.)을 발표하고 있다. 다만 3학년 명부에는 보이지 않으므로 2학년까지 다니고 중퇴한 것으로 보인다. (상게 『사가고등학교일람』의 해당 년도 참조)

26) 전게서 『평전 김사량』 연보 참조. 다만 전매국은 1943년 12월로 폐지되었고, 그

김시명이 재학하고 있을 때의 『사가고등학교일람(1926~1927년)』을 보면 문과 1년 갑류 42명 중에 다음과 같은 이름이 보인다.

平壤高普 金 時明 平壤[27)]

이 시기에 전교생 592명 중 조선출신은 15명, 대만출신이 5명인 것으로도 알 수 있듯이 이미 꽤 광범위한 지역으로부터 생도들이 모이고 있었음을 알 수 있다.[28)] 또한, 김시명이 3학년 때 작성된 『일람(一覽)』을 보면 문과 3년 갑류 40명 중에 '金時明'이 나와 있으며, 이 해에는 전교생 601명 중에서, 조선출신이 23명(평양고보 9명), '남만(南滿)'출신이 9명이었으며, 대륙에서도 입학자가 더욱 늘고 있다.[29)]

이러한 가운데 김시명은 비교적, 고립되지 않고 면학에 힘써서, 충실하게 고교생활을 보냈음을 알 수 있다. 김시명의 사가고교 생활에서 남긴 족적 가운데 가장 먼저 내세울 만한 것은, 다음에 소개하는 교우회 잡지에 투고한 논문 「오고야말 세기의 혁명원리(來たるべき世紀の革命原理)」[30)] 이다. 이 문장은 2학년 때 쓴 것으로, 잡지 7쪽 분량의 소론(小論)이기는 하지만 당시 김시명의 사상을 단적으로 엿볼 수 있으며, 또한 형을 존경하고 영향을 받았다는 동생 김사량을 생각할 때도 의미있는 자료라고 말할 수 있다. 그 논문을 요약해보면 다음과 같다.

때까지 국장은 모두 일본인이었으므로, 이것은 불명확한 기술이다.

27) 1926. 12. 발행. 참고로 동급에는 후에 고대가요연구로 알려지는 쓰치하시 유타카(土橋寛)(1909~1998)도 재적하고 있었으며, 교우회 잡지에 단가 등을 발표하고 있다.

28) 이 중에서 조선인은 평양고보 6명이 확실하며, 나머지 9명은 일본인 중학교 출신이어서 대부분은 조선인이 아닐 것이라고 생각한다.

29) 『사가고등학교 제15임시교원 양성소 일람(1928년~1929년)』, 1928. 10.(1928년 5월 현재). 조선의 평양고보 이외의 생도 내역은 공주고보 3명, 군산고보, 광주고보 각 2명, 이 외에 고보 각 1명으로, 이 해에는 조선인 생도가 특히 많았다.

30) 사가고등학교교우회 『교우회잡지제12호(校友會雜誌第拾貳號)』 1927. 10, 12~18쪽.

제1차 세계대전 후에도 인류는 여전히 인간고(人間苦) 속에 있다는 현상인식(現狀認識) 하에, 대전후(大戰後) 개혁의 시도로 ① 국제연맹, ② 마르크스의 경제혁명, ③ 간디의 무저항주의를 들고, 그 가운데서는 ③이 비교적 좋다고 하였다. 이는 간디의 운동이 폭력을 근거로 하지 않고, 진리와 사랑을 기초로 하는 운동이므로, “실로 오고야 말 세기를 지배할 혁명원리이며 인류를 구제할 정로(正路)”[31]이기 때문이다. 그러나 간디는 사상(思想)적으로 만민을 진리의 국민으로 유도한 다음에 진리의 제도를 성장시키겠다고 하면서, 거꾸로 우선 정치제도를 조직하고 나서 만민을 그것에 속하게 함은 모순이다. 결국 이것도 인류구제를 위한 최후의 운동은 아니다. 그렇다면 인류구제의 최후의 원리는 무엇인가. 그것은 단지 ‘사랑[愛]의 원리’밖에 없다. 이것이 김시명이 쓴 「오고야말 세기의 혁명원리」의 간략한 요약이다.

여기서 ‘사랑[愛]’은 종교상의 개념이 아니라, “사랑은 노동이다” 라는 노동의 신성함에 대해 말하고 있음을 알 수 있다. 김시명은 덧붙여 “일하지 않는 자 먹지도 말라”는 정신이라고도 말하고 있다. 즉, 막스 베버와 레닌을 접목한 것과 같은 설명을 하고 있는 것이다. 김시명은 이어서, ‘사랑의 원리’라는 것은 전혀 새로운 사상이 아니며, ‘아시아민족(亞細亞民族)’이 고래(古來)로 부터 소중히 해온 원리이며, 그 대표적인 예로 공자사상, 인도의 베다[吠陀], 불교와 견주어서 평화를 애호해온 조선민족의 ‘부쟁(不爭)’ 사상을 들고 있다. 그리고 이 동양사상과 반대의 유일한 ‘악마적 사상(惡魔的思想)’이 생존경쟁에 기초한 서양의 권리사상이라고 말한다. 과학을 신성시하고, 권리사상을 선(善)으로 하여 점점 그것을 조장(助長)한 결과가 제1차 세계대전으로, 이는 받아야만 할 벌을 받았으며, 아시아는 그 언걸을 입은 것이라고 하고 있다. 김시명은 어디까지나 낙천적으로, 구체적 방안을 제시할 지면이 없다고 하면서, 인류는 조만간 구원되며

31) 상게지, 15쪽.

이는 단지 '사랑'의 실천만이 해결책이라고 결론짓고 있다.

이 논문은 이상과 같이, '오고야말 세기의 혁명원리'를 제시하고 있기는 하지만, 그 내용은 조금 명확하지 않으며, 구체성이 결여되어 있다. 요컨대 사가고교 시절의 김시명에게는 아직 체계적이고 확고한 사상이 없고, 자신의 확신만이 선행되고 있다는 인상이다. 다만, 재학 당시부터 사회개혁에 강한 관심을 갖고 있었던 것만은 확실히 알 수 있다.

후일, 그의 아들인 김봉섭(金峰燮)은 다음과 같이 회상하고 있다.

> 아버지는 관리(官吏)의 길을 택하셨지만, 민족적인 양심을 지니고 직무를 수행했다고 알 고 있습니다. 홍천군수로서 재직할 때는 혈기왕성한 20대의 청년이셨습니다. 부하인 50대 일본인 과장이 화전민(火田民)을 대하는 것에 분개한 나머지, 그 과장을 결국 폭행하고 말아서, 벽지인 평창(平昌) 군수로 좌천당한 일이 있었습니다. 그것을 계기로 홍천군민들 이 아버지를 상양(賞揚)하는 공덕비를 세웠습니다.[32]

이는 물론, 대학졸업 후의 모습이기는 하지만, 정의감이 넘치고, 행동력이 있었던 김시명의 성격과 자세를 엿보기에 충분한 증언이다. 김시명은 그런데도 총독부의 관료로서의 입장상, 그 행동에는 스스로 제약이 있었겠지만, 동생 김사량은 형을 존경하면서도, 형과는 같은 길을 선택하지 않았으므로, 그러한 점에서는 자유로웠다고 할 수 있겠다. 이를 보면 강한 정의감은 형제가 함께 공유하고 있었지만, 김사량은 문학을 통해서 그것을 표현하게 되었다고 할 수 있다.

32) 안우식, 「「노마만리(駑馬萬里)」와 김사량」(김사량, 『노만만리』, 아사히신문사, 1972, 322~323쪽 인용).

(3) 사가고교 시절의 김사량

김사량이 통학했던 1933년 4월~1936년 3월 사이, 사가고교의 생도 재적상황을 살펴보겠다. 우선, 김사량이 1학년 때의 생도일람표에서 관계 깊은 성명을 제시해보면 다음과 같다.

○ 문과일년갑(文科一年甲) (三十七名)
　사립입명(私立立命) 李 澔 朝鮮
○ 문과일년을(文科一年乙) (三十七名)
　평양공보(平壤公普) 金時 昌(원문대로) 朝鮮
　사세보(佐世保) 鶴丸辰雄 佐賀
○ 이과일년갑이(理科一年甲二) (三十七名)
　배성고보(培城(원문대로)高普) 崔 成世 朝鮮
　경성보성고보(京城普成高普) 李有浩 朝鮮[33]

이 해, 같은 학년에는 김사량을 포함해서 4명의 조선인 생도가 있었다. 그 중에서 이호(李澔)는 나중에 한국의 내무부, 법무장관이 되어, 주일대사도 역임한 인물이다. 최성세는 축구선수로서 명성을 떨쳤으며, 김사량과도 친했던 것 같다. 또한 이유호(李有浩)는 이과계이기는 했지만, 문예부의 잡지 『창작(創作)』에 일학년이면서도 전호(前號) 창작평을 싣고 있는 등 각각 활약하고 있다. 1933년도에는 전교에서 6명의 조선인 생도가 있었으나, 특히 김사량 등 1학년생이 적극적으로 활약하고 있었다.[34] 한편, 쓰루마루 다쓰오[鶴丸辰雄]는 전술한 것처럼, 자타가 공인하는 학급 제일의 문학청년으로, 문예부원, 강연부원을 겸하고 있었다. 김

---

33) 전게 『사가고등학교일람(1933~1934년)』(편의상, 채워서 기재) 김사량의 출신교는 평양고보가 맞으며, '金時 昌'이라는 표기도 잘못이다(2학년부터는 고쳐져 있다). 또 최성세의 출신교는 배재고보(培材高普)의 오기(誤記).

34) 이유호 <비평 (창작제5집(創作第五輯)>(『창작』 제6집=『교우회지(校友會誌)』 제27호, 1934. 4.).

사량과도 특히 3학년 때 친해져서, 문과 갑류에 있던 나카지마 요시토(中島義人) 등과도 동경제국대학 입학 후, 동인지 『제방(堤防)』을 만들게 된다.

다음으로 1933년도의 학년력(學年曆) 관계사항을 보면, 당시 사가고교는 3학기제를 개설하고 있으며, 입학시험 일시가 꽤 늦음을 알 수 있다.[35] 또한 3학년 3학기말 시험은 다른 학년보다 빨랐으며, 이 해 3월 3

35) ○ **1933년(昭和 8년)**
4월 10일 춘계휴업끝(春季休業終)
11일 제1학기 수업개시
15일 제1학기 입학식
29일 천장절(天長節, 일본 천황의 탄생을 축하는 날. 1948년부터 천황탄생일로 바뀌었다. – 역자 주)
5월 17일 개교기념일 (휴일로 하되, 식(式)은 행하지 않음)
6월 29일 제1학기시험개시
7월 5일 제1학기시험종료
6일 하계휴업시작
9월 5일 하계휴업끝
6일 제2학기수업개시
24일 추계황령제(秋季皇靈祭, 매년 춘분 추분의 날에 천황이 황령전(皇靈殿)에서 행하는 황령의 대제. 현재는 천황의 사사(私事)로 행해지고 있다 – 역자 주)
10월17일 간나메사이(神嘗祭, 매년 이 날에 갓 수확된 쌀을 이세신궁(伊勢神宮)에 갖다 바치는 행사)
30일 칙어봉독식(勅語奉讀式)
11월 3일 명치절(明治節, 11월 3일 명치천황의 탄생일을 축하했던 축일 – 역자 주)
12월18일 제2학기시험개시
24일 제2학기시험종료
25일 대정천황제 동기휴업개시(大正天皇祭 冬期休業開始)
○ **1934년(昭和 9년)**
1월 1일 신년축하식
3일 원시제(元始祭, 천손강림(天孫降臨), 천황의 원시(元始)를 축하하는 행사. – 역자 주)
7일 동기휴업끝
8일 제3학기수업개시
2월 11일 기원절축하식(紀元節)祝賀式, 현재의 건국기념일 – 역자 주)
25일 제3학년 제3학기 시험개시

일에 이미 시험이 끝남과 동시에 바로 송별회가 열렸다. 이는 대학입시에 대비한 것으로, 수험을 치루기 위해 졸업식에 참석하지 않는 생도가 꽤 있었다고 한다. 그 후 2, 3학년에도 1933년의 학년력과 큰 변화가 없으며, 3년 동안 학급의 변화나 교실의 위치, 50음순(일본어의 음순－역자 주)에 의한 착석순까지 전혀 변화가 없었다고 하므로 학급의 결속은 꽤 좋았던 것 같다.

다음으로 이수과목(履修科目)[36]을 보면, 구제고교(舊制高校)답게 제1외국어 배정시간이 상당히 많은 것이 눈에 띈다. 제1외국어는 매일 2시간 이상의 수업이 있으며 일본인 2명과 독일인 1명의 교관이 수업을 담당하였고, 생도들은 3년간 영어보다는 독일어실력이 늘었다고 한다. 역사는 학년별로 국사, 동양사, 서양사 순서로 배웠으며, 수신(修身)이 수위에

3월 3일 제3학년 제3학기시험종료 및 송별식 (시험종료후)
4일 제1, 2학년 제3학기 시험개시
10일 제1, 2학년 제3학기 시험종료
17일 입학자 선발시험 시행 예정
21일 춘계황령제(春季皇靈祭)
이상, 전게 『사가고등학교일람(1933~1934년)』(주33과 동일, 6~7쪽) 단, 요일은 부정확하므로 생략한다.

36) 학과과정 및 매주 수업 시간수 (문과을류(文科乙類)) (※한자는 전부 숫자로 고쳤다)

학과목 \ 학년	제1학년	제2학년	제3학년
수신(修身)	1	1	1
국어및 한문	6	5	5
제1외국어(독일어)	11	10	10
제2외국어(영어)	3	3	3
역사	3	5	4
지리	2	－	－
철학개설	－	－	3
심리 및 논리	－	2	2
법제 및 경제	－	2	2
수학	3	－	－
자연과학	2	3	－
체조	3	3	3
계	34	34	33

위치해 있는 것을 보면 당시의 시대상을 감지할 수 있다. 또한 '심리 및 논리', '법제 및 경제' 등의 대략적인 분류의 과목이나, 현재 대학 교양 과목과 비슷한 '철학개설', '수학', '자연과학' 등이 필수과목인 점도 흥미롭다.

그러면, 김사량은 누구에게 수업을 들었던 것일까. 같은 1년차(1933년도) 담당교관을 보면, 교수급에는 문학사가 배치되어 있고, 전국으로부터 우수한 교사를 초빙하여서 학생들도 교사를 존경했었다고 한다.[37]

우선, 어학에서는 영어와 독일어에 원어민 교사가 있었다는 점이 어학 중시의 구제고교다운 모습을 잘 나타내고 있다. 문을(文乙)은 독일어 슈라이벨 선생과 관계가 깊기 마련이었지만, 이 교사는 아직 20대 미혼 청년으로서 일본어도 거의 통하지 않는데다 독일어만을 사용해 생도들이 곤란했었다고 한다. 후에 그는 나치즘에 공명(共鳴)하여, 영어를 가르치던 문명개화적인 노교사 로빈슨선생과 뜻이 잘 맞지 않았다고 한다. (사진 D 참조)

문을(文乙) 학급의 주임(담임)은, 1학년이 역사・국어(일본어)의 시노다 지카유키(篠田周之), 2학년은 수신・논리・철학개설 담당의 고바야시 히로시(小林弘), 3학년에는 독일어 교사인 이와모토 히데마사[岩本秀雅]가 맡고 있었다. 이와는 별도로 각생도는 보증교사(생도지도적인 성격)가 붙어서, 해당 선생으로부터 통지표와 같은 것을 받았다고 한다. 문을(文乙) 학급에 특히 관계가 깊었던 교사는, 『졸업기념지(卒業紀念誌)』[38] (사진 F 참조)에 '교수의 감상[教授の感想]'을 싣고 있는 생도주임 겸 법제(法制) 담당의 이토카와 유우지로[糸川勇次郎], 서양사 가와하라 기타로[河原喜太郎], 수신 등의 고바야시[小林], 독일어 이와모토[岩本], 오오야마 시게아키[大山茂昭]의 각교사와 상술한 바 문을주임(文乙主任) 등이었다. 교우회 임원명부에도 각부의 고문격인 강연부장에 이와모토, 축구부장에 오오야마의 이름이 보이며, 문과

37) 상게(上揭), 『일람(一覽)』, 39~45쪽. '직원(職員)' 부분(국어(=일본어), 역자 주).

	교수			
영어		문학사	모리오카 기사부로(森岡喜三郎)	후쿠이(福井)
한문	문1갑주임(文一甲主任)	문학사	오다 류타(小田龍太)	니가타(新潟)
국어(일어)		문학사	고 에이지로(高英二郎)	도쿄(東京)
국사 국어	문1을주임(文一乙主任)	문학사	시노다 지카와키(篠田周之)	미에(三重)
영어	문3갑주임(文三甲主任)	문학사	다카하시 고스케(高橋鴻助)	나가사키(長崎)
독일어		문학사	요시타케 쇼고(吉武省吾)	후쿠오카(福岡)
독일어	문2을주임(文二乙主任)	문학사	이와모토 히데마사(岩本秀雅)	교토(京都)
영어	이2갑2(理二甲二)	문학사	이시다 야스오(石田 八洲雄)	도쿄(東京)
국어		문학사	다시마 후쿠시게(田島福重)	사이타마(埼玉)
수신, 논리 철학개설		문학사	고바야시 히로시(小林弘)	치바(千葉)
역사	문2갑주임(文二甲主任)	육군보병대위	가와하라 기타로(河原喜太郎)	후쿠오카(福岡)
독일어		문학사	오야마 시게아키(大山茂昭)	히로시마(廣島)
체조		육군보병소위	이자키 사다노신(伊崎貞之進)	기후(岐阜)
역사 한문		문학사	호리우치 요시히로(堀內美廣)	나가노(長野)
	생도주사(生徒主事) 겸 교수			
		법학사	이토가와 유지로(糸川勇次郎)	미에(三重)
	배속장교			
체조		육군보병중좌	스즈키 사다히로(鈴木定寛)	오사카(大阪)
	조교수			
영어			다나베 게이지(田邊慶治)	니가타(新潟)
독일어			하세쿠라 유키오(支倉幸雄)	미야기(宮城)
영어			와타나베 겐키치(渡邊眷吉)	홋카이도(北海道)
	강사			
독일어	문3을주임(文三乙主任)	문학사 육군보병소위	기쿠치 이쿠조(菊地行藏)	미야기(宮城)
	傭외국인교사			
영어		마스터 오브 아츠(master of arts)	오 알 로빈슨	영국
독일어		독터(doctor)	엘빈 슈라이벨	독일국

배속장교가 조교수보다 상위에 있는 것은 당시, 장교(중좌)는 고등관(4등)이지만, 조교수는 고등관이 아니었기 때문이다. 역사관계에는 篠田가 국사, 堀內가 동양사, 河原이 서양사를 담당하였다. 이후 3년간, 주요한 교관은 거의 변함이 없었고, 2학년에 배속장교(체조)가 육군보병중좌 후지야마 사부로[藤山三郎]로, 3학년에는 역사담당으로 시노다[篠田]의 후임에 문학사 야마시타 즈네지(山下恒次) 교수가 착임한 정도이다.

을 생도를 직접 가르치던 독일어교사가 서클활동에도 깊게 관계하고 있음을 알 수 있다.[39]

교과의 실제 텍스트 및 내용에 대해서는, 동급생이었던 오오노 기이치[大野義一]의 증언을 바탕으로 약술하자면, 우선, 독일어는 1학년부터 대단한 레벨은 아니지만 원어소설을 읽었다고 한다. 슈라이벨 선생의 경우는 텍스트는 사용하지 않고, 오로지 듣기훈련에 치중했다고 한다. 2, 3학년에서는 오오야마, 이와모토 두 교수가 '공산주의'와 관련된 문장 등을 다루었다고 하므로, 초보부터 시작한 것치고는 난이도가 높은 내용이었던 모양이다. 생도들의 부담도 매우 커서, 수업을 따라 간 것은 김사량 등 수 명뿐이었다고 한다. 국어(일본어), 한문은 2명이 담당하여, 고문(古文)은 지카마쓰모노[近松物, 近松門左衛門의 저작－역자 주]부터 오오카가미(大鏡, 저자미상의 역사 이야기－역자 주), 겐지모노가타리[源氏物語] 등을 했다고 한다. 이 외에도, 자연과학은 1학년 때 지학(地學), 2학년 때 생물을 했다고 한다. 김사량이 수강했던 학년별 과목과 담당교원의 상세 및 성적에 대해서는, 현재 성적표 및 학적부 열람을 할 수 없기 때문에 정확한 사항은 알 수 없으나, 학우의 증언 및 독일대사관으로부터 독일어 우수자에게 선물로 준 메달을 수여받았음이 확실한 것으로 미루어 볼 때, 김사량은 독일어 성적이 꽤 우수했던 것 같다.[40] 또한, 수업에도 열심히 출석했으며, 일본어라는 핸디캡이 있었다고는 하지만 성적은 나쁘지 않았던 것 같다.[41] 일본어 발음에 있어서 탁음(濁音)에 일부 부정확함이 있었지만, 악센트까지 거의 정확하게 말했을 정도였다고 하므로, 수

38) 이노우에 마키오[井上萬龜男] 편집발행, 사고문을[佐賀文乙], 1936. 2.

39) 전게 『사가고등학교일람』의 각 해당 연차의 '교우회임원' 일람에 의함.

40) 김달수(金達壽) 「김사량 · 사람과 작품(金史良 · 人と作品)」(김달수 편, 『김사량작품집』, 이론사(理論社), 1972, 320쪽) 또한 일설에는 사전을 수여받았다고도 한다.

41) 전게 『졸업기념지』(주38)에 쓰루마루 다쓰오가 쓴 것 같은 「인물월단(人物月旦)(김시창 씨)」라는 인물평이 있으며, (수업을) "정말 자주 쉰다"(70쪽)이라고 적혀 있지만, 급우의 증언에는 그러한 내용이 없으므로 이는 쓰루마루의 역설일 것이다.

업에는 전혀 지장이 없었다고 말할 수 있겠다.

학교생활 일반에 관해서, 우선 김사량의 교우관계를 보게 되면, 전술한 조선인 생도 가운데 최성세와 축구를 통해서 특히 친했던 모양이다. 일본인 생도 가운데는, 역시 문학이라는 공통분모를 갖고 있던 쓰루마루 다쓰오와 친했지만, 2학년까지는 쓰루마루와 같은 하숙에 있던 나카오 다케지[中尾竹治]와 오히려 여러모로 이야기를 하고 있었다. 당시, 조선인에 대한 차별의식은 상당했지만, 김사량 개인에 대해서는 그러한 의식은 특별히 없었다고 한다. 다만, 일본인이 아니라는 것으로 인해 다소의 거리감은 있었음이 확실하다. 김사량은 학교를 끼고 시(市) 중심부와는 반대측의 남서방면에 있던 농가의 하숙에서부터 통학했지만,[42] 문갑(文甲) 학급의 이호(李澔) 및 쓰루마루, 오오노 기이치[大野義一] 등이 한두 차례 놀러 온 정도로, 그의 하숙생활을 자세하게 기억하고 있는 사람은 없다. 급우들은 모두, 김사량의 인상을 어른 같은 풍격(風格)이 있었으며 온후하고 화를 낸 것을 본 적이 없다고 입을 맞춰서 말하며, 다른 사람의 싸움을 말릴 정도의 도량이 있었다고 했다.

이러한 것으로부터 김사량이 동급생보다 한두 살 연상일 것이라는 것은 알려져 있었으나, 일부러 그것을 묻는 사람은 없었다. 즉 김사량은 모두로부터 한 수 위로 보여졌으며, 그 자신은 과묵한 가운데 생활하고 있었던 것이다. 쓰루마루도 "고교에서는 말수도 적고, 자기주장도 하지 않았으며, 축구부 집회에는 끌려서 나온 듯하지만, 다른 곳에서는 거의 그의 모습을 볼 수 없었다"[43]라고 쓰고 있을 정도이다. 조선에 관한 이야기는 거의 하지 않았으나, 형인 김시명에 대한 이야기만은 들은 적이 있다고 말하는 급우는 있었다. 김사량은 결코 성격이 어두웠던 것은 아니며, 유머도 있었고, 학급의 행사에는 거의 참가하였다고 한다. 또한

42) 쓰루마루 다쓰오, 「사가고등학교시대의 추억(佐高時代の思い出)」(『전집』Ⅱ), 월보 1, 5쪽.
43) 상동, 6쪽.

눈에 띄지는 않았으나 밝은 척을 하고 있었다고 볼 수는 있겠다. 그러나 급우들 중에서 김사량이 평양고보에서 퇴학처분을 받고, 겨우 도일해 왔다는 사실을 알고 있는 사람은 단 한명도 없었던 점에서 드러나듯이, 김사량은 분명히 타인에게 밝힐 수 없는 '비밀'을 간직한 채 3년간을 보냈던 것이다.

김사량의 학교생활을 구체적으로 알기에 안성맞춤인 자료가 있다. 『졸업기념지(卒業紀念誌)』에 실려있는 「우리들의 연보(われわれの年譜)」[44]로 이름 붙여진 기록이 바로 그것이다.

그 전문을 옮겨보겠다.

1933년도

4월 입학.

5월 기념제여흥(紀念祭余興) 「수병님(水兵さん)」, 「꽃의 일본(花の日本)」.

5월 문리과야구대항전(文理科野球對抗戰), 고야마(小山), 요시다(吉田) 양군(兩君)의 분투로 문과의 승리.

10월 야외교련(野外教鍊) 긴류(金立), 볏짚에 불을 붙여서 혼났던 오전 2시.

10월 운동회, 장대에 천을 매달아 응원에 분투했지만 우승하지 못하고, 애석하게도 패했다.

11월 검도학급매치 우승전 석패.

1934년도

4월 우인(友人) 가와모토(川本)군을 반(班)에서 잃었음.

5월 기념제 유회(流會), 조금 맥이 풀렸다.

9월 유아사(湯淺)군 총무후보에 전급추천, 당선되다.

10월 운동회, 또다시 석패.

10월 검도 및 수구(水球) 분통하게도 우승전(優勝戰)에 패하다.

11월 야구 클래스매치 우승전에 대패(大旆) 놓치다.

44) 전게 『졸업기념지』 11쪽. 참고로, 당시의 기념제, 클래스매치 등의 사진이 作道好男・藤田剛志 편, 『시라누이 성하다[不知火熾る]－구제고등학교이야기 「사가고교편」』, 1968, 재계평론신사(財界評論新社)에 보인다.

1월 축구, 럭비 둘 다 클래스매치에서 우승. 의기(意氣) 앙연(昂然).

1935년도
5월 기념제여흥 「도쿄 진쿠(東京甚句), 横を叩いて」, 운젠다케(雲仙岳, 나가사키현의 시마바라반도 중앙에 있는 화산－역자 주) 전급(全級) 등산.
10월 운동회, 세 번째의 석패.
12월 이별회, 여흥의 특필은 교장, 다카하시(高橋)교수의 하치노키 노래(鉢ノ木の謠).
1월 축구우승.
2월 럭비도 이길 것이 확실하다.
3월 에는 모두 대학생이 되자.

이에 대해서는 약간의 코멘트가 필요할 것이다.

우선, 1학년 10월의 '야외교련(野外教錬) 긴류[金立]'라는 것은, 사가시의 북방에 있는 세부리산[背振山]계의 산기슭에 있는 육군 긴류 연습장을 빌려서 행해졌던 실탄연습으로, 삼엄한 느낌이 들지만 실제로는 실탄을 쏘는 정도의 손쉬운 것이었다고 한다. 5월 기념제는 개교기념일 전후에 행해지는 것으로, 모두가 수업을 빼고 춤추는 연습을 하거나, 당일에 농이 지나쳐 가설무대를 세게 밟아 구멍이 뚫리는 등 즐거웠던 일화도 있었다. 클래스 대항의 축구나 럭비 시합에는 몇 번이고 우승하는 등 문을(文乙)은 꽤 운동이 활성화된 학급이었다. 김사량은 스포츠 만능이었기에 학급에서도 활약하였다. 김사량의 문을 학급은 특히 다른 학급보다 팀워크가 좋았다. 원래 졸업기념지를 내보자는 움직임도, 문학청년 쓰루마루의 리드가 크기는 했지만, 전원이 돈을 내고 글을 쓴다는 것은 굉장한 결속력이라 할 수 있겠다(기념지를 낸 학급은 전후의 졸업년도에도 거의 찾아볼 수 없다). 게다가, 그것과는 별도로 사진교환용의 졸업 앨범[45]까지 자비

45) 모리시마 세이키치[森島靖吉] 소장, 용지는 60장으로, 각자 사진을 교환하여 붙여서 보존할 목적으로 돈을 나누어 냈다고 함. 독일어의 이와모토교수의 발안인

제작하고 있는 것은 놀라운 점이다.

그래도 입학 직후는, 전국으로부터 모여든 생면부지간이라서 속을 털어놓지는 못했던 것 같다. 다음의 회상이 그때의 분위기를 전해주고 있다.

> 우선 1학년 제 1회 학급회. 그때는 모두 정말 온화했던 것 같습니다. 스키야키(전골류의 음식－역자 주)를 먹고 사이다를 마시며, 자기소개 정도를 하고 좋게 산회(散會)하였으며, 여흥이라고 할 만한 것은 단지 하나 김상(김사량－역자 주)이 "그러면 내가 하겠습니다"라고 말하며 불렀던 '아리랑'뿐이었습니다.46)

김사량은 입학하자 곧, 학급의 친화를 위해서 힘껏 진력했던 것이다. 그러한 노력을 기울이는 가운데, 그는 다른 일본인 생도들은 알 수 없는 고뇌를 짊어지면서 학교생활을 보냈던 것으로 보인다. 후나기 기미히로(舟木公弘)에 의하면, 김사량은 2학기에는 항상 일주일 정도 늦게 왔다고 한다. 그래서 독립운동이라도 해서 구류장에 있는 것이 아닌가라는 소문도 흘렀다고 한다. 또한, 나카오 다케지[中尾竹治]는 김사량의 입에서 "겨울방학에 귀성하자 내게는 차가운 유치장이 기다리고 있었어. 하룻밤 구류되어 조사를 받았지."라는 말을 들었다고 한다. 한편으로는, 김사량의 숙부가 상해임시정부의 요원이라는 말도 들었다고 한다. 이러한 증언은 부정확한 면은 있지만, 김사량의 어두운 일면을 말해주고 있다. 한편, 귀성 시에 관부(關釜) 연락선 승선시의 까다로운 검문 등, 유쾌하지 않은 체험도 당연히 있었을 것이며, 이러한 점에 대해서는 안우식도 이미 밝히고 있다.47) 김사량은 졸업 후 5년이 지난 후 쓴 수필에서 다음과 같은 술회를 하고 있다.

것 같다. 표지에는 차색 벨벳재질로, 타이틀은 독일어로 "우리들 청춘의 추억을 위해("ZUR ERINNERUNG UNSERER JUGENDFRISCHE")"라고 적혀 있다.

46) 오오노 기이치[大野義一], 「무제(無題)」, (전게 『졸업기념지』, 22쪽), 사진 A 참조.

47) 전게 『평전 김사량』, 51쪽 등.

> 내지(內地)에 온 이래 이럭저럭 십 년 가까이 되었지만, 거의 매년 두세 차례는 귀성했다. 고교에서 대학에 이은 학생생활 때는, 방학이 시작되는 첫 날 중에 대체적으로 매우 급히 귀성하였다. 내 생각에도 이상하게 생각할 만큼, 시험이 끝나자마 재빨리 숙소로 돌아와서, 서둘러 짐을 싸서 황급히 역으로 향했다. 그것도 시간에 맞는 가장 이른 시간의 기차로 돌아가려고 했던 것이다.
>
> 고향은 그토록 좋은 것인가라고, 때때로 불가사의하게 생각할 때가 있다.[48)]

방학이 되기만 하면 서둘러 귀향하는 김사량에게, 역시 식민지종주국이며 이향(異鄕)인 일본에서의 생활에는 좀처럼 적응할 수 없는 면이 있었으리라. 고향에는 물론, 정겨운 어머니나 누이들이 기다리고 있었으며, 그 이상으로, "역시 나는 나를 키워준 조선이 가장 좋으며, 그리고 우울(憂鬱)해보이지만 대단히 유머러스하며 마음에 구김살이 없는 조선 사람들이 말할 수 없이 좋다."[49)]라고 하는 데에 귀향의 이유가 있었다고 말할 수 있겠다. 그러한 심경은 사가고교시절에도 똑같았으나 일본인 급우들에게 이러한 이야기는 하고 있지 않다. 말을 한다 해도 이해받지 못할 것이라고 생각했던 것이리라.

그러면, 사가고교시절의 김사량을 파악하는 데 있어서 또 하나의 포인트인 서클 활동관계에 대해서 말해두겠다.

김사량이 재학하던 당시, 사가고교는 전술한 것처럼 스포츠가 상당히 활발했으며, 한마디로 말하면 문무(文武)를 겸비한 학교였다. 그 가운데 김사량은 축구부에 있었다. 「부사(部史)」[50)]를 보더라도 김사량은, 주로

48) 김사량 「고향을 생각한다[故鄕を思ふ]」, 『지성(知性)』, 1941. 5(『전집Ⅳ』, 62쪽).
49) 상동, 63쪽.
50) 「축구부사[ア式蹴球部史]」(전게 『시라누이 성하다[不知火熾る]』) ('주 44', 464~486쪽) 김사량이 재학 기간에는 '金'이라는 성은 2명이 있었으며, 김사량의 경우에는 '金(時)', '金時' 등으로 표기되었으나 꼭 정확한 것은 아니다. 참고로, 다른 1명은 1년 후배인 김문용(金汶鏞, 문갑(文甲))으로 보인다.

센터포워드로서 최성세(崔成世)와 함께 타교와의 대항전 등에서 꽤 활약하고 있다. 2학년 교우회 임원명부[51]를 보면 축구부위원 4명 중에서 3명은 이타사카 히카루[板坂光], 이시마루 도시오[石丸利雄](둘다 문을(文乙)의 동급생), 최성세 등은 김사량과 친했던 학우들이었기 때문에 김사량은 충분히 자기 몫을 다할 수 있었을 것이다. 본래 조선으로부터 온 생도는 모두, 구기에 능했다고는 하나, 김사량 이외의 조선인은 클래스매치에 별로 협력적이지 않았다는 증언도 있는 만큼, 김사량의 문을 학급에 대한 협력상은 눈에 띄었다고 할만하다. 다만, 이러한 김사량의 자세는 그가 단순히 구기종목을 좋아했다는 사실만이 아니라, 급우들과 허물없이 사귀려고 하는 노력을 나타내는 일면을 볼 수 있는 부분이기도 하다.

다음으로 문예부에 대해서 알아보겠다. 사가고교 문예부는 교우회 솔하의 각부 중에서 중심적인 위치를 점하고 있었다. 이는 교우회지[52] 편집이 실질적으로 문예부 손에 위임되어 있었다는 것만으로도 분명한 것이다. 더구나, 김사량이 2학년에 진학할 즈음에는 마침 문예부에서 문예지 『창작』을 연 2회에서 연 6회 발행 체제로 증강했던 시기에 해당되며, 그 열의가 상당했던 것 같다. 그러나, 그 해에도 연말이 되자 예산난, 원고의 수준 등이 문제가 돼서 의외로 힘든 현상(現狀)에 대한 토로와 불평이 터져 나오게 되었다.[53] 의욕만이 선행하는 경향이 있었던 것 같다.

---

51) 『사가고등학교일람(1934년~1935년)』, 1935. 1 (8쪽) 덧붙여서 이 해의 교우회회원에는 생도의 리더격인 총무 2명 가운데 유아사 구마지[湯淺熊二]가 문2 학급 출신인 것을 시작으로, 총무부 위원 4명 중에, 다지마 히로아키[田島博章], 쓰루마루 다쓰오[鶴丸辰雄], 문예부위원 3명중, 쓰루마루, 산악부위원 4명중, 니시다 히로시[西田博], 가와사키 신자부로(川崎新三郎) 등의 문2을[文二乙] 급우가 주요한 포스트를 차지하고 있다.

52) 사가고교의 교우회지는 1922년 1월에 『교우회잡지』로서 창간되어, 제20호(31. 12.)부터 사가고교 교우회 문예부 편 발행으로 되어 있으며, 그 후 『교우회지』로 명칭이 바뀌었고, 그 가운데 10호분을 『창작(집)』[제 1집(31. 12)~제4집(33. 5.)까지 『창작집』, 제5집(33. 11.) 이후 『창작』]으로 발행되었다. 예를 들면, 『창작 제9집(1935년도 가을)』(1935. 10.)은 교우회지 제30호에 해당된다.

53) 일례를 들겠다.

이러한 문예부와 김사량과의 관계지만, 이것을 말하기 위해서는 신협극단(新協劇團)의 사가공연에 대해서 언급하지 않으면 안 된다. '주 53'의 인용에서 '극단초빙'이라고 나와 있는 부분이 그것으로, 김사량이 3학년이던 1935년 5월의 일이었다. 신협극단은 무라야마 도모요시[村山知義, 극작가이며 연출가, 1901~1977-역자 주] 등이 전년(前年) 9월에 결성한지 얼마되지 않은 때에 사가까지 오게 되었는데, 이는 사가고교 1년 선배로 동경제대생이었던 도미자와 이치로[富澤一郎]의 알선에 의한 것이었다고 한다.[54] 공연을 위해 온 사람은 다키자와 오사무[瀧澤修], 후지노키 시치로[藤ノ木七郎](信欣三), 미요시 히사코[三好久子], 니키 도쿠진[仁木獨人], 데라다 야스오[寺田靖夫] 등으로, 공연제목은 「색종이(紙風船)」, 「곰[熊]」, 「아들[息子]」 등 3편이나 되었으며, 사가고교생 전원이 자이모쿠[材木] 정(町)에 있었던 사가극장에 갔었다고 한다.[55] 해질 녘에 도착, 다음 날 아침 출발이라는 강행군 속에서 극단원들과의 강연회가 가능할지 어떨지에 대해 옥신각신한 결과, 한 밤중에 좌담회가 열렸다. 이 때, 강연회를 열 것을 강경하게 주장했던 것이 김사량이었다고 한다.

쓰루마루 다쓰오는 당시의 상황에 대해 다음과 같이 쓰고 있다.

> 원래 그(=김사량, 인용자 주)는 극단이 온다는 말에 문예부에 들어온

창작은 단 한 번 나왔다. 이 뭐라고 해야 할 미진한 광경이겠는가. 이것이 고등학교의 문화활동의 중추를 이루는 부(部)인 것이다. 하지만 양해를 구해둔다. 위원 탓만은 아닌 것 같다. 연극초빙에 의한 재정상의 타격도 크다. (중략) 게다가 작품에 이르러서는 정말로 아연한 것이었다. 수필난의 유치함은 전형적인 것이고 활기있는 논고(論稿) 한 편조차 보지 못했다. 도대체 사가고교의 학생은 사색을 좋아하지 않는 것인가.
사가고등학교문예부, 『부보(部報)』(교우회지 제31호) 1936. 2, 38쪽(「문예부」의 항목).

54) 전게, 쓰루마루 다쓰오 「사고시대의 추억」(주 42) 6~7쪽. 신협극단관계의 기술은 특기하지 않는 한, 이 문장에 의함.

55) 공연명 이하는 오오노 기이치(大野義一)에 의함. 참고로 상연 사진이 전게(주 44) 『시라누이 성하다(不知火熾る)』에 있다(46쪽).

것인지, 아니면 내가 설득해서 들어온 것인지 둘 중에 하나였기 때문에, 극단의 일에는 처음부터 끝까지 시종일관, 추진할 것을 주장하는 강경한 입장으로, 집행부를 리드한 감이 있다.56)

그리하여 김사량은 3학년에는 문예부원이 되었고, 교우회 문예부가 발행한 『창작』에 시를 발표하기에 이른다. 다만 김사량은 2학년 때, 이미 단편소설 「토성랑(土城廊)」의 초고를 쓰고 있었다. (후술함)

한편, 1936년 2월, 3학년 학년말 시험이 끝나고 바로 김사량은 문을(文乙)의 친한 친구 4명과 아소(阿蘇), 벳푸[別府]를 도는 일주일 정도의 규슈횡단여행을 했다.(사진 C참조) 이 때의 멤버는 문예부 쓰루마루, 축구부 매니져 이타사카 히카루, 3년간 김사량의 오른쪽 옆 자리에 앉았던 기타가와 히데오[北川秀雄], 그리고 오이타[大分]현 출신으로 그곳에 머무르기로 한 모리시마 세이키치[森島靖吉], 그리고 김사량을 포함해 5명이었다. 가와바타 야스나리[川端康成]의 「이즈의 무희(伊豆の踊子)」가 영화화되어 히트하여서, 거기에 영향을 받아 쌈박한 연애라도 기대하면서 졸업을 목전에 두고 했던 홀가분한 여행이었다.57) 사가고교 생활을 되돌아보면, 식민지로부터 왔던 외국인으로서, 도일의 경위도 급우에게 말할 수 없는 고뇌를 짊어진 채, 어쨌든 지속적으로 달려서 결승점을 통과한 3년간이었다고 말할 수 있겠다. 그런데 바야흐로 졸업을 목전에 둔 김사량에게는 진학 문제가 부상하고 있었다.

쓰루마루의 회고를 들어보자.

여름 방학이 끝나자, 고교3년에는 예나 지금이나 변함없이, 대학이 초미의 관심사로 떠오르기 마련인데, 그(김사량, 인용자주)와 나는 둘 다 아무런 머뭇거림도 없이 동대문학부(東大文學部)에 가기로 마음먹고 있었지만, 당시 문학부에서는 사회학과가 각광을 받았던 인기학과였기 때문에,

---

56) 주 54와 동일.
57) 상동 8쪽.

독문(獨文)으로 정할지 어떻게 할지에 대해 우리는 꽤나 고민하였다.[58)]

둘 다 문예부원으로서 창작활동은 하고 있었지만, 대학에서의 전공을 문학으로 하는 것에는 수험을 목전에 두고도 주저했던 모습을 알 수 있다. 창작과 문학연구는 동일한 것이 아니며, 장래에 대한 불안도 있었을 것이다. 사실, '졸업여행'에서 돌아와서 2주도 되지 않아 2·26사건이 일어났으며, 사회불안이 가중되고 있었다. 이 사건의 여파로 대학입시가 중지 될 것이라는 소문도 유포되었다고 한다. 당시 대학입시는 독일어가 중심이었으므로, 시험이 실시된다면 성적이 좋았던 김사량으로서는 큰 걱정이 될 리 없었다. 결국, 입시는 실시되었고, 김사량은 4월부터 동경제대 독문과에 다니게 되었다.

(4) 사가고교시절의 작품

사가고교시절 3년간 김사량이 쓴 문장은 현재 판명된 바에 의하면, 도합 13편으로, 그중 4편은 일본어이다. 이에 대한 리스트를 올린다. (언어별, 대략 발표순)

[조선어]
① 시골집, 東亞日報, 1933. 5. 12, 金時昌.
② 묵은편지, 東亞日報, 1933. 5. 15, 金時昌.
③ 비, 東亞日報, 1933. 5. 23, 金時昌.
④ 달, 東亞日報, 1933. 5. 26, 金時昌.
⑤ 반달, (상동).
⑥ (동화) 제비와가랑잎, 東亞日報, 1933. 10. 23, 佐賀高校 金時昌.
⑦ (童話) 세반벙어리, 東亞日報, 1933. 11. 17, 佐賀高校 金時昌.
⑧ [學生通信] 山寺吟, 朝鮮日報, 1934. 8. 7.~11(전5회), 佐賀高校文科2年

58) 상동 7쪽.

金時昌.

⑨ [東亞文壇] 山谷의手帖－江原道에서, 東亞日報, 1935. 4. 21, 23, 24, 26.~28(전 6회), 金時昌.

[일본어]

⑩ 토성랑(土城廊), [초고] 1934년중에 탈고. (구(具)－라는 서명?).

⑪ 고민(苦悶)[59], 창작(創作) 제 9집, 1935. 10. (사가고등학교교우회 문예부) 구민작(具岷祚).

⑫ 동원(凍原), (상동) [구고(舊稿)].

⑬ 짐(荷), 졸업기념지, 1936. 2. (佐高文乙), 金時昌.

이하 그 순서에 의해, 조선어 글에서부터 검토해보겠다. 우선 1933년 5월, 『동아일보』지에 집중적으로 게재되고 있는 시(①~⑤)는 모두 동요로서, 3・4조 혹은 4・3조를 기본으로 하고 있다. 이 중에서 2편을 예시하겠다.

비

金時昌

하누님
　　우지마소,
해나면
　　춤춰 줄게

묵은 편지

金時昌

흙무덤에 떨어진
그 편지
누귀가 버렷나
누귀가 밟앗나

59) 목차에서는 「고뇌(苦惱)」라고 되어 있다.

2편 모두 너무나 짧고 단순한 작품이다. 다른 3편도 최대 4연 정도의 비교적 짧은 시로, 내용을 보면 시골집의 서경(敍景), 혹은 편지, 비, 달 등 친근한 것이나, 자연에 대해 느꼈던 것을 정형화하여 쓴 스타일을 이루고 있다. 이러한 작품에는 두 가지의 경향이 있다. 하나는 어린이와 같은 심경이 되어 쓴 본래 동요라고 말할 수 있는 것이며, 또 다른 하나는 '어른의 동요'라고도 말할 법한 심리적 굴절이 보이는 작품이다. 「묵은 편지」는 후자에 속한다. 흙무덤에 떨어진 묵은 편지는 누가 버린 것인가, 누가 밟은 것인가, 라는 내용은 아마도 천진난만한 소년의 이해를 넘는 어두운 김사량의 마음속 풍경을 반영하고 있는 것처럼 보인다. 김사량이 도일 후에도 더욱더, 이러한 동요를 일부러 투고하고 있는 점은 주의해서 보아도 좋을 것이다. 그는 역시 도일전의 심경을 이 때까지도 가지고 있었던 것이다. 다만, 동요는 사가고교 1학년 봄에 쓴 것이 마지막이며, 이 해의 가을에는 산문형식의 동요로 이행하고 있다. 그것이 ⑥ 「제비와가랑잎」과 ⑦ 「세반벙어리」 2편이다.

전자는 4부분으로부터 이루어진 1,500자 정도의 문장이다. 복돌의 집에 둥지를 만든 제비가 따듯한 강남으로 여행길에 오르려 하던 날, 자기 힘으로는 움직일 수 없는 고엽(枯葉)이 서리를 두려워해 울고 있는 것을 듣고, 자신의 따듯한 둥지에 고엽을 한 장 한 장 날라서 넣은 후에 여행을 떠났다는 이야기다. 동요로부터 한 발 전진하여, 동물에 빗대어서 그 상냥한 마음씨를 보여준다는, 테마와 이야기 구조가 분명한 산문이다.

거의 같은 시기의 「세반벙어리」는 1년전 발표했던 「모두잘난반벙어리」와 같은 모티프를 손봐서 만든 동화이다. 어느 시골집에 살고 있는 혀가 짧은 어머니, 딸, 그 남동생 3명이, 서로의 혀짧은 것을 짐짓 모른 척하며 비판하는 모습을 유머넘치는 필치로 그리고 있다. 전년의 것은 설정이 어머니, 딸, 손자로 되어있던 점이 다르지만, 공통되는 소재가 있었을 것이다. 이 동화 2편은 동요와 비교할 때, 밝고 훈훈한 것으로, 김사량은 드디어 도일전부터의 우울한 기분으로부터 벗어나서 심기일전하여, 사가고교 생활도 일단(一旦), 안정된 시기를 맞고 있음을 엿볼 수 있다.

1학년에 이러한 소년 취향의 동요 및 동화를 주로 발표했던 김사량은 다음해부터 전혀 다른 면을 보이기 시작한다. 그 하나가 2학년 때 쓴 수필 「산사음(山寺吟)」(⑧)이며, 다른 하나가 3학년때 쓴 기행문 「산곡의 수첩」(⑨)이다. 전술한 것처럼 김사량은 학기가 끝나는 것을 학수고대하여 바로 조선에 돌아갔으며, 게다가 즐겨 산악지대에 헤치고 들어가서 휴가를 즐기거나 답사여행을 하고 있다. 이 때에 창작된 것이 이 문장이다.

「산사음」은 1934년 여름, 평양으로부터 평남선(平南線, 평양과 남포(진남포) 사이를 잇는 철도－역자 주)으로 십여킬로 내려가서, 더욱 깊숙이 들어간 대보산(大寶山) 기슭의 산사에서 보낸 한 여름의 견문(見聞)과 소감을 적은 문장이다. 4년 만에 두 번째 체제하는 것이라고 하며, 평양에서 금방 돌아올 수 있으므로 자신의 성급함과 도시에 대한 혐오증이 그곳을 고르게 했다고 쓰고 있다. 김사량을 맞이한 3명의 중은 모두 조선팔도를 편력(遍歷)하고 있는 보헤미안들로, “화상(和尙)의 일이라고 한다면 산의 침입자인 목초(木樵)에게 벌금을 징수하여 절의 살림을 풍부하게 하는 것과, 달에 10여 일은 산을 내려가서 마을에서 향락하는 것과, 그리고 고양이와 재롱하기와, 전임 중의 험담을 하는 것으로”(요지(要旨))[60]라고, 쓰여 있는 것처럼 상당히 파계승(破戒僧)과 같은 행태를 보임을 알 수 있다. 그들에 대한 묘사는 상당히 뛰어난 것으로, 이 한 편은 후일, 노승과 무녀의 관계를 유머러스하게 그려낸 수필 「산의 신들(山の神々)」[61](1941. 7.)에 연결되는 에세이의 원형을 보여주고 있다. 이 「산사음」 전반부가 유머를 기조로 하고 있는 것에 비해서, 후반부는 산사의 낭만을 기조로

---

60) 김시창 「산사음(3)」, 조선일보, 1934. 8. 9.

61) 후일, 단편소설 「산의 신들(山の神々)」(41. 9.)로 대부분이 개고되어, 다음 달에 개제(改題)하여 「신들의 잔치(神々の宴)」(41. 10.)가 발표되었다. 이를 다시 첨삭한 다음, 원래 제목으로 바꾸어 「산의 신들(山の神々)」(42. 4.)로 발표하고 있다(임전혜, 「金史良, 「山の神々」完成までのプロセス」, 『海峡』 2호, 社會評論社, 1975. 7. 참조).

하고 있다. 여기서는 산사에 찾아오는 고적답사(古蹟踏査)를 위해 온 학생들이나, 그 외에 참배객들과 어울리면서 김사량이 산사의 생활을 만끽하고 있는 모습이 보인다. 근사한 낙조(落照), 멀리 내다보이는 평양시가의 꿈속의 성처럼 보이는 야경, 그것을 쓰고 있는 김사량은 산의 시정(詩情)에 잠겨 있으며, 너무나 행복해 보인다. 일본으로부터 일시귀국하여, 고국의 산하(山河)을 담뿍 탐닉하고 싶어하는 것처럼 보인다.

다음으로 「산곡의 수첩」은 2학년과 3학년 사이의 봄방학에 귀성하여, 강원도를 여행했을 때의 기행문으로, 이 무렵, 형 김시명이 강원도 홍천군수로서 그곳에 살고 있었다. 「동아문단」에 개제된 이 문장은 어머니에게 보내는 편지 형식을 취하고 있으며, 충분한 문학작품으로서의 배려를 하고 있다. 그러나 그 이상으로 특징적인 것은 「산사음」에서 보여주고 있는 허물없는 김사량의 모습이 아니라, 약간 관념적이기는 하지만, 비판정신을 지닌 구제고교생다운 모습을 보이주려는 듯 발돋음하고 있다는 점이다. 6회에 걸쳐 분재(分載)된 이 문장은, 1. 자동차, 2. 춘천유(春川遊), 3. 청평사(淸平寺), 4. 카―보나리(숯을 굽는 일―역자 주), 5. 화전민(火田民)이라는 다섯개의 토픽에 의해, 당시의 김사량의 심경과 견문에 기초한 사회비판을 (문학적인 수사는 포함되어 있지만) 꽤 직접적인 필치로 쓰고 있다.

우선, 최종 시험이 끝나자마자, 조선으로 돌아온 자신을 성급하다고 하면서도, "나라에 돌아감에 우리는 無論理다"[62]라며 자신의 심정을 솔직하게 표현하고 있으며, 계속해서 강원도에 가는 것에 대해서 "내 마음의 煩悶과 괴로움을 장사지냄에 그 淸楚와素樸을 感受케하는곳 오직 江原道가 있다"[63]라고 쓰고 있으며, 후술하는 일본어시에서 보여주고 있는 이 시기의 「고민」으로부터 해방되는 해결책이, 강원도 탐방이었음을 먼저 밝히고 있다.

「1. 자동차」에서는 춘천으로 향하는 버스안에서, 금광 이야기만을 하

62) 김시창 「산곡의 수첨(1)」, 『동아일보』, 1935. 4. 21.
63) 상동.

고 있는 일본인, 콧노래를 흥얼거리는 작부(酌婦), 도학자(道學者)답게 행세하는 노인 등의 승객에 대한 점묘(點描)가 효과적이다. 드디어 강원도에 들어서자 숯을 굽는 광경이 눈에 들어오고, 김사량은 이탈리아의 카르보나리당(1806년경에 남부지방에서 결성된 비밀결사－역자 주)을 연상하며 다음과 같이 말하고 있다.

> 옛날엔 카－보나리(방점 : 원문=인용자 주)가 (중략) 結成되어 將來의 伊太利革命을 運轉하려는 大望을 품엇으나 이것은 窮農群이 집을일코 밭을일코 쫓겨서 이골재기 저골재기에 生命을 이으려 온것이다.[64]

이탈리아의 카르보나리당(炭燒党, 일어로 표시할 때의 한자－역자 주)과 달리, 조선의 숯장이[炭燒人]들의 생활에 쫓기는 빈궁한 모습에 눈을 돌려, “江原道 깊은山中에 어떤橫暴와 무슨 黑幕이 잇는지 누가모르느냐!”[65] 라고, 산중까지 손을 뻗친 미쓰이[三井] 등 재벌(財閥)에 대한 비판에까지 이르고 있다. 그러나 이러한 관념적인 비판은, 오히려 김사량의 젊은 시절의 ‘낭만주의’에서 나온 것이라고 말할 수 있을 것이다. 사실, 이 인용부분의 바로 뒤에보이는 강원도의 산리(山里)의 이른 아침의 아름다움을 노래하는 부분은 현실비판과 묘한 대조를 이루고 있다.

> (전략(前略)) 하날에 太陽이 솟아올라 그아름다운使者가 이슬맺힌 진달래에 입을마출때 나는그곳에서 참다운 名譽를 山谷의 手帖에 주엇다. 누구나 想像하는 山間의 聖스럽고 玄寂 [원문대로] 한새벽이 企業과 驅使의 도끼날에 어지러히되기前 刹那의 江原道의 숲과 뫼는 나는 껴안고 慟哭하리만큼조코 가여워 버릴줄을 모르겟다.[66]

“그아름다운使者가 이슬맺힌 진달래에 입을마출때”와 같은 일종의 아

64) 상동, 「산곡의 수첩(3)」, 1935. 4. 24.
65) 상동.
66) 상동.

름다운 문장은 당시 일본어로는 도저히 쓸 수 없었을 것이다. 조선에 돌아온 김사량은, 감정을 억제하는 것을 잊어버린 것처럼 고국의 산리(山里)를 "慟哭하리만큼" 애석해하고 있다.

한편, 「5. 화전민」은 양구군(楊口郡)의 깊은 산속을 헤치고 들어가, 화전민의 민가에서 하룻밤을 잤을 때의 견문록으로, 유랑 끝의 비참한 그들의 생활모습이 그려져 있다. 그러나 화전민들은 살림살이를 털어놓고 이야기하면서도 시종 김사량을 경계하고 있다. 이를 눈치챈 김사량은 쇼크와 함께 그 집을 나가지 않을 수 없었다. 여기에는 후일의 단편 「풀이 깊다(草深し)」(1940. 7.)에 나타나는 화전민체험과, 인텔리(지식인)의 소외감이라는 모티브가 이미 나타나 있었음을 주목하고 싶다. 다만, 이 시점에는 소설화하는 데 까지는 이르지 못했고 어디까지나 기행문으로서, 설명이 불충분한 부분은 인용으로 메우고 있다. 화전민의 현장, 더 나아가서는 식민지 조선의 현장을 "墓地라곤 부를지언정 / 母國이라고는부르지못켓네."[67] 라고, 맥베스의 스코틀랜드 노래를 인용하거나, 그 외에 하이네, 도스토예프스키까지 인용하고 있다. 또, "오－主義의小兒病者여 / (중략) / 거지에拾錢줌이 뿌르的이냐 아니냐激論할 때 또 이곳서는 百姓이 離散하야 거지되나니－"[68]라고 시(詩) 형식으로 개탄하고 있는 부분은, 2년전의 장시 「오－, 오늘도消息을기다리는나의마음을」을 연상시키며, 시의 형식과 내용에도 눈에 띄는 진전은 보이지 않는다. 하여간 「산곡의 수첩」은 조금 현학적(衒學的)인 면(面) 및 생경한 부분도 있긴 하지만, 사가고교 2학년 말경의 김사량의 심경과 사고를 알기 위해서는 아주 적당한 한 편이라고 할 수 있겠다.

이 기행문은 숯장이들의 빈곤함에 대한 직시와, 산속 깊은 곳에 침투하고 있는 일본자본에 대한 비판의식이 보이는 한편, 너무나 아끼는 강원도의 자연에 대한 측은지심을 억제할 수 없는 모습을 드러내고 있다. 이러한

67) 상동. 「산곡의 수첩(완)」, 1935. 4. 28.
68) 상동.

문장은 조선어로 쓰고 조선에서 발표하는 것으로만 가능했으며, 일본인 급우들이 알지 못하는 또 다른 김사량의 모습이다. 다만, 조선어문장은, 이것을 마지막으로 1940년까지 보이지 않게 되는 점은 주의를 필요로 한다. 동요, 동화류에 의한 자기표현의 탐구가 사라지는 것은 조선문단으로의 진출을 단념한 때문인 것인지, 그 후로는 수필조차 쓰지 않고 있다. 역시, 일본에서 일본어로 창작하는 것에 점차 눈을 떠갔다고 볼 수 있을 것이다.

그러면, 다음으로 일본어작품에 대해서 알아보도록 하겠다. 우선, 사가고교 2학년때 초고를 썼다고는 하는 「토성랑」 (⑩)인데, 이 작품에 대해서는 김사량 자신의 회상[69] 외에도, 급우들의 증언[70]에 의해 당시 이미 작품을 썼음은 확실하다고 볼 수 있다.

이 원고는 현재 볼 수 없지만, 쓰루마루 다쓰오의 회상으로 원고의 특징을 알 수 있다.

> 「토성랑」에 대해서는, 확실히 기억한다고 할 정도가 아니라, 아직도 평양이라고 하면 「토성랑」이라고 반응할 정도로 내 뇌리에 뿌리내려있다. 「토성랑」이라던가 「화전민」이라던가, (중략) 몸짓발짓을 넣어서, 그림으로도 그리고, (중략) 그는 내게 열을 내며 설명했다. 자기나라자랑 정도로 듣고 있었지만, 그런 것이 아니라 사회 문제이며, 인간의 문제이기도 하며, 우리들 자신의 문제라고 이야기가 전개되어 가자, 열기가 점차 더해져, 그것이 나에게도 전해져서 이상한 흥분감에 휩싸였던 것이다. 우리 둘 사이에는 원고가 있었다. 그는 원고는 거들떠 보지도 않고 이야기를 이어갔지만, 그 원고는 갈겨쓴 듯한 난폭한 글자로, 곳곳에 조선문자가 들어가서, 도저히 술술 읽을 수 있는 문장은 아니었다고 기억하고 있다.[71]

69) 「토성랑」은 내가 최초로 쓴 작품으로 명실공히 처녀작이라고 할 수 있겠다. 고등학교 2학년 때에 쓴 것이지만, 문장에도 자신이 없어서 책상 서랍에 넣어둔 것을, 동경에 있는 대학에 진학하여 동인지 「제방」에 실어서 호평을 얻었다(김사량, 『빛 속으로』, 1940. 12. 소산서점(小山書店), 「후기」 346쪽(이 부분에 대해서는 김달수, 안우식, 임전혜도 이미 지적하고 있다)).

70) 쓰루마루 다쓰오(鶴丸辰雄), 나카오 다케지(中尾竹治) 등.

71) 전게, 쓰루마루 「사가고등학교시대의 추억(佐高時代の思い出)」(주 54 참조, 7~8쪽).

인용이 길어졌지만, 온후하다고 알려져 있던 김사량이, 문우(文友) 쓰루마루에게 말하고 있는 이 열정에는 정말로 이상한 점이 있다. 쓰루마루에게 보여준 원고는 초고 상태였던 모양이지만, 김사량이 상당히 깊은 생각을 가지고 썼음을 알 수 있다.

현재, 손쉽게 읽을 수 있는 「토성랑」은, 평양의 빈민지대 토성랑에 살고 있는 지게꾼 정원삼을 중심으로, 그들의 밑바닥 생활상을 그린 작품이다. 토성랑의 일대는 결국, 폭우에 휩쓸려 탁류에 의해 토막(土幕)조차 휩쓸려 떠내려가고, 원삼도 익사하고 만다는 내용으로 끝난다. 그러나, 이 작품은 『문예수도(文藝首都)』 1940년 2월호에 발표된 것으로서, 동경제대 동인지 『제방(堤防)』 2호(1936. 10.)에, 구민작(具珉作)이라는 필명으로 발표했던 「토성랑」을 대폭 개작한 것으로 알려져 있다. 이 두 작품을 상세하게 대조한 임전혜(任展慧)에 따르면, 구성은 두 작품 모두 6장으로 이루어져 있지만, 『제방』 초출(初出)에서는 비극이 폭우에 의한 것이 아니라, 평양부에 의한 토성랑 주민의 강제철거와, 이에 대항하는 원삼의 투신자살에 의한 것이었다.[72] 즉, 일본의 식민지정책에 관한 부분의 설정을 『문예수도』에 게재할 때는 완전히 변경하지 않으면 안 되었던 것이다. 『제방』지에 발표했을 때, 동인(同人)인 사와히라키 스스무[澤開進]에게 일본어를 검토받았다고 하고 있지만, 내용상은 이 초출(初出)이 사가고교 2학년때의 초고와 거의 동일할 것이라고 생각되기 때문에, 초고의

72) 임전혜, 「해제(解題)」(『전집』 Ⅰ, 1973, 378~381쪽), 『제방』 소재의 원문의 주요 부분의 임전혜에 의한 요약을 인용하면 다음과 같다.
'부(府)'에 의해 토성랑 주민의 지대(地代) 납입이 의무화되어, 일본인 부회의원 다카키[高木]가 그 지대징수를 청부맡게 된다. '임생원'은 지대수금인을 후려갈겨서 경찰에 연행되고, 그 이후 토성랑에 모습을 보이지 않게 된다. '국제선로'의 관통에 맞춰서 '부'는 토성랑 주민을 강제철거시키고, '원삼'은 그 선로에 '산더미 같이 돌멩이를 쌓아 만든 산'을 구축하고 항의하기 위해 투신자살을 하고 죽는다(동 「해제」, 『전집』 Ⅰ, 379쪽).
또한, 임전혜에 의하면 동양척식회사를 연상시키는 'T회사관리농장'을 비롯하여, 일본인이 개재(介在)하는 부분을 개작에서는 모두 개서하거나 삭제하고 있다고 한다.

단계에서 김사량이 식민지조선의 현실에 상당히 비판적인 시선과 열정을 갖고 소설형식을 가지고 호소하고자 했음을 알 수 있다. 김사량 본인도 『제방』 소재의 원고는, "사회에 대한 내 세찬 의욕과 정열도 어느 정도 활사(活寫) 되어 있었다"[73] 라고 조심스러워 하면서 말하고 있다. 참고로, 같은 제목의 「토성랑」이라는 작품이 동경의 조선인 극단, 조선예술좌에 의해 쓰키지 소극장(築地小劇場)에서 상연되고 있다.[74] 하지만, 이는 다른 사람인 한태천(韓泰泉)의 작품이다.

그러면, 다음으로 교우회지 『창작(創作)』 제9호(1935. 10.)에 게재된 2편의 일본어시를 분석해보겠다. 우선, 전문(일본어 원문 후에 한국어역－역자주)을 옮겨본다.

苦悶

具岷㑦

深く茂める木立
闇の夕
狂へる心して
當どなく徨へり
皞入りの鐘の音に
手に顔被ひ
よろめき

73) 전게, 김사량, 『빛 속으로』, 346쪽(주 69 참조).
74) 전게, 안우식, 『평전 김사량』 1935년, 68~69쪽, 쓰키지소극장(築地小劇場)에서 추계공연에서 한태천(韓泰泉) 작 「토성랑」, 이기영 작 「서화(鼠火)」가 상연되었다고 한다. 또한, 다음해 36년 1월 29일, 가마타(蒲田)의 고지야 극장(糀屋劇場), 동 30일에는 쓰루미(鶴見)의 이와토(岩戶)관(館), 동 31일 가나가와 타마가와(神奈川玉川) 다카쓰관(高津館), 2월 4일, 시바우라(芝浦) 청년회관에서도 「토성랑」, 「서화」, 「소」(유치진 작)가 상연되었던 것 같다. 35년 가을 공연 때에는 김사량이 상경하여 단역으로 출연했다고도 하지만, 상세는 불명확하다. 그런데 「토성랑」이 김사량과 한태천의 같은 제목의 다른 작품이라는 지적은 호테이 토시히로(布袋敏博)씨에 의해 제기되었다. 「해방후의 김사량노트(解放後の金史良覺書)」(『청구학술논집(靑丘學術論集)』 제19집, 2001. 11, 196쪽, 주 120).

男の號泣す

朽ち果てた天井よ
頭を割れと
彼は今も願ふなり

非ずは
憎き叛きの心
旗を巻き
梟の目と光る明かりは
闇の暗みに輝き給へ

고민(苦悶)

구민작(具岷作)

깊이 우거진 나무숲
어둠의 저녁
미쳐가는 마음으로
정처없이 방황했노라

잔금이 간 종소리에
손으로 얼굴 감싸고
휘청거려
남자가 호읍(號泣)한다

썩어문드러진 천정(天井)이여
머리를 쪼개라고
그는 지금도 바라는 거다
그렇지 않으면
미운 반항의 마음
깃발을 말고

올빼미의 눈과 같이 빛나는 빛은
번민의 어둠에 빛내주어라

凍原

鍬(ほみ)と鋤は喪章を付け
籾 露積(だむる)風景は既に滅び－－
慘酷な記錄を刻んだ一等路(こくどう)に
十二月の嵐が咆哮(さけ)ぶ。
田畦に鈴を怒らした農牛よ
最早や何處かで斃れたのか？
鬱屈の 凍原－－
冬枯の森に烏が啼き
葬送の挽歌は戰慄する。
トタン屋根に立つ旗印が
×××の骸を狡猾(ずる)く嗤ふ。
　落魄の群れが何處かに攫はるるの日
　黑い移民列車はどれ程慟哭を運んだのか？

（舊稿）

동원(凍原)

호미(鍬)와 가래(鋤)는 喪章을 붙여
벼(籾)의 露積풍경은 이미 없어지고－－
참혹한 기록을 새긴 一等路에
十二月의 폭풍이 咆哮한다.
　밭이랑에 방울을 울리던 農牛여
　이미 어딘가에서 넘어져 죽었는가?
鬱屈의 凍原－

겨울 마른 숲에 까마귀가 울고
葬送의 挽歌는 전율한다.
함석지붕에 세운 기치가
×××의 시체를 교활하게 비웃는다.
  落魄의 무리가 어딘가로 끌려가는 날
  검은 移民列車는 얼마나 慟哭을 실어 날랐던가?

(구고(舊稿))

이 두 편은[75] 「구고」라는 점으로 미루어, 2학년 겨울 무렵의 김사량의 심경을 표현한 것으로 보인다. 급우들은 김사량이 화내는 것을 본 적이 없다고 한다. 미소가 떠나지 않던 그는 한편으로는 이국에서의 생활 속에서 남모르게 괴로워하며 번민하고 있었던 것이리라. 제대에 들어가서조차, 토요일이 되면 어딘가로 '울기 위해' 외출을 했다는 김사량[76]이었다. 「고민」에서 알 수 있는 것은 "미쳐가는 마음으로 / 정처없이 방황하"며, "손으로 얼굴 감싸고 / 휘청거려 / 남자가 호읍(號泣)한다"라는 당시의 김사량의 적나라한 심경고백이라고 할 수 있다. 사람들 앞에서는 쾌활한 척 행동하고, 어른스러운 모습을 보이면서도, 실은 가슴속에 누구에게도 털어놓을 수 없는 "鬱屈의 凍原"이 있었던 것이다. 이러한 의미에서 「고민」과 「동원」 2편은 상보적인 관계라고 말할 수 있겠다. 다

75) 「동원(凍原)」은 나중에 『제방』 4호 (1937. 3.)에 아포리즘풍의 시 「빼앗긴 시(奪われの詩)」의 일부분으로 채용되고 있다. 그때, 약간 어구의 첨삭을 하고 있다. 관계부분만을 참고로 제시한다.
가래(鍬)와 호미(鋤)는 喪章을 붙이고 있다. 벼(籾)의 露積풍경은 이미 없어지고— —/ 참혹한 기록을 새긴 一等路에, 十二月의 폭풍이 咆哮한다. / 밭이랑에 방울을 울리던 農牛여, / 이미 어딘가에서 넘어져 죽었으리라.
鬱屈의 凍原—겨울 마른 숲에 까마귀가 울고, 葬送의 挽歌는 전율한다. 함석지붕 위에 세운 기치가, ×××의 시체를 교활하게 비웃는다.
落魄의 무리가 어딘가로 끌려가는 날, / 검은 移民列車는 얼마나 慟哭을 실어 날랐을 것인가(『전집』Ⅳ, 74쪽).
(※당조부터 '×××'라는 복자(伏字) 3자(字)가 보이는 점도 주목된다.)

76) 김사량은 토요일이 되면 곧잘 외출하였고, 그것에 대해서 "…울다 왔어"라고 대답했다고 한다(사이고 노부쓰나(西鄉信綱)의 증언), 상게 『김사량평전』 60쪽 참조.

만, 「동원」에서는 김사량 개인의 고민이 아니라, 나라를 잃은 조선민족이 유랑하는 모습을, "喪章", "겨울 마른 숲", "葬送의 挽歌" 등, 어두운 이미지를 연이어서 강렬하게 호소하고 있다. 마지막행의 "검은 移民列車"가 실어 나르는 "慟哭"은 이 시 한편을 상징하고 있다. 한편, '鍬(호미)', '露積(다물)77)'과 같은 조선어음으로 달아 놓은 토는, 일본어로는 전부 표현되지 못하는 조선의 풍물 묘사에, 꼭 필요한 것이라는 김사량의 판단을 보여주고 있는 것이라고 할 수 있다. 그런 의미에서 「동원」은, 「고민」과 동시에 읽음으로써만이, 김사량 자신의 심정과 깊은 연관을 갖고 있는 시로서 이해할 수 있는 것이다. 여기서는 이미 도일직전의 시, 「오-, 오늘도消息을기다리는나의마음을」이나, 「市井初秋」에서 발견되는 강건너 불구경하는 듯한 개탄이나, 센치멘탈리즘은 그림자를 드리우고, 독자를 지나치게 의식한 듯한 허세도 없음을 알 수 있다. 그런 의미에서 일보 전진했다고 할 수 있겠다. 그러나 한편으로, 거의 같은 시기의 「산곡의 수첩」에서는 아직 관념성과 노골적인 낭만주의적인 경향이 농후한 점을 생각해보면, 사가고교 2, 3학년이라는 시기는 김사량에게 있어서 자기의 사고와 심정을 냉정하게 분석하고, 문학적으로도 그것을 효과적으로 표현할 수 있게 되기 위한, 문학적 모색기였다고 말할 수 있겠다.

그런데, 일본어시 2편의 서명은 구민작(具岷筰)으로 되어 있는데, 이에 대해서는 쓰루마루의 회상이 참고가 된다.

> (전략) 작자명은 물론 김사량은 아니었지만, 구민(具珉)도 아니었던 것 같다. 그러나 구(具)라는 자(字)에 대해서는, 그가 절찬하는 것을 이상하다고 생각하며 들었던 기억이 난다. 구(具)－분명히 세 자였던 것으로 생각된다.78)

77) '담불'의 함경북도방언(담불은 높이 쌓은 곡식 무더기).
78) 주 71과 동일.

이것은 「토성랑」 초고 서명을 말하고 있는 부분으로, '구민작(具珉作)'은 『제방』지에서 사용한 서명이다. 서명이 '세 자'였다라고 한다면, 이 시의 서명 '구민작'을 「토성랑」에도 사용했을 가능성이 높다. 한편, '岷'과 '珉'의 발음은 일본어로 '민' 혹은 '빈'으로, 조선어음으로는 '민'이므로 '구민'이라고 읽으면, 일본어 음으로는 우민(愚民), 조선어 음으로는 구민(救民), 구민(丘民, 시골의 평민)으로 연결된다. 그러한 의미를 담아서 '구민작'으로 하여, '작(作)'이라는 자를 '작(筰)'으로 꼬아놓은 것이 아니겠는가.

마지막으로 수필 「짐(荷)」에 대해서 알아보겠다. 이 문장은, 사가고교 문을의 『졸업기념지』(1936. 2.)에 전원이 단문을 기고한 것 중의 한편으로서, 가와데서방 신사판(河出書房新社版) 『김사량전집』에도 수록되어 있다. 「짐」은 그 후 『제국대학신문』의 '신인꽁트'란에 「윤참봉(尹參奉)」이라는 장편(掌篇)으로 개작된 후, 다시 「윤주사(尹主事)」로 개제되어 작품집 『고향(故鄕)』(1942)에 수록되기에 이르지만, 『졸업기념지』 단계에서는 어디까지나 수필이었다고 말 할 수 있다.

「짐」의 내용은, 사가고교의 기숙사 뒤편에 언제나 나타나는 기인(奇人) '개식야(미나구이지이=皆喰爺)'[79]를 보고, 생각해낸 고향 평양의 지게꾼 '윤서방'의 이야기로, 윤은 당돌하게 "면장과 주재소장(駐在所長) 어느 쪽이 높은가"라고 김사량에게 물어서는, 쓴웃음을 짓게 한 남자이지만, 그 후 자살했다는 소문을 듣고 쇼크를 받았다고 한다. 그것과 비기면 사가의 '개식야'는 만사태평으로, 자살 등은 할 수 없는 사람이라고 덧붙이고 있다.

일견, 아무것도 아닌 수필로 보일지도 모르지만, 다른 급우들의 문장과 비교해 봤을 때 이 한 편만이 확실하게 이질적임을 알 수 있다. 일본인 급우들은, 만문(漫文)을 재기발발하게, 혹은 독일어나 한문시를 섞어서 고등학생치고는 받돋음한 듯한 수준 높은 글을 쓰고 있는 등, 엘리트 청년 특유의 낙천적인 글을 싣고 있는 것이다. 그 가운데서, 김사량의 「짐」만

79) 나카오 다케지[中尾竹治]에 의하면, 이 사람은 급우 모두가 「가큥쨩」이라고 불렀던 정신이상이 있어 보이는 남자일 것이라고 한다.

이 담담한 필치로 조선을 그리고 있어서 일종의 이상한 느낌을 안겨준다. 대개 『졸업기념지』에는 어울리지 않는 문장처럼 보인다. 이러한 문장을 기고하는 것 자체로 인해 김사량은, 급우들에게 조선인 김시창이 있었다라는 것을 주장하고 있는 것이리라. 덧붙여 표지의 여럿이 한 장에 쓴 종이에도 "나는 김(我は金さん)"이라고 쓴 것이 눈에 들어온다.(사진 F 참조)

이상으로 검토한, 사가고교 시절의 일본어작품은 4편으로, 많지는 않지만 각각이 중요한 의미를 갖고 있다고 말할 수 있다. 즉, 소설의 초고 「토성랑」은 조선의 식민지 현상(現狀)의 고발이라는 테마라는 점에서, 또한 시 2편은 사가고교 시절의 우울한 심정토로와 비판의식이 들어있다는 점에서, 그리고 수필 「짐」은 조선인 김사량의 존재증명이라는 점에서, 각각 주목해야 할 것이다. 김사량은 다양한 장르의 문장을 통해서 그의 다채로운 측면을 보여주고 있는 것이다. 다만, 「토성랑」은 "문장에도 자신이 없어서 책상 서랍에 넣어두었다"[80]고 본인이 술회하고 있는 것처럼, 당시는 발표할 곳도 없는 초고상태의 작품이었다. 또한, 다른 일본어 작품 3편도 사가고교 내부의 독자 외에는 볼 수 없는 것이었다는 특징은 유의해야 할 것이다.

이에 대해 조선어작품은, 전부 신문에 투고된 것인 만큼, 불특정 다수의 독자들 눈을 의식하고 쓰고 있다. 확실히 『동아일보』에 연이은 투고에 의해 '김시창'이라는 이름은 독자들의 뇌리에 어느 정도 기억됐다고 보이나, 동요 등에 의한 자신의 심정토로라는 욕구가 반감하자, 문단진출에 대한 열망만이 겉돌게 되면서, 자연히 투고도 중단된다. 동요, 동화 등의 투고를 그만둔 김사량은, 그 대신에 2학년 때부터 기행문적인 수필을 발표했는데, 이러한 문장은 조선어로 자유롭게 김사량의 감회를 표현하는 동시에, 조선내의 독자층을 고려하여 유머를 첨가하거나, 현실에 대한 비판의식을 담아, 그것을 모국어 미문(美文)에 실어 쓰고 있다.

80) 전게, 김사량, 『빛 속으로』('주 69') 346쪽, 「후기(あとがき)」.

그러나 김사량은 결국, 이러한 계통의 소질을 발전시켜 조선어를 통해 명문장가가 되는 길을 택하지 않고, 일본어를 통해 고발성이 강한 문학으로 향해갔던 것이다.

4. 나가며

이상으로 소개, 검토한 것들을 정리해보겠다.

우선, 김사량이 1933년 4월부터 1936년 3월까지 3년간 수학한 사가고등학교는, 전국에서 15번째로 설립된 지방의 거점교(據點校)로 상당한 엘리트 학교였다. 이 학교에는 원래, 구식민지(舊植民地) 각국으로부터 온 '유학생'이 많았고, 특히 김사량의 출신교였던 평양고등보통학교에서는 김사량의 형 김시명을 비롯해서 거의 매년 입학자가 있었다. 김사량은 제1외국어가 독일어인 문과 을류에 속해 있었으며, 이 학급에서도 독일어의 성적은 뛰어났다. 또한 3년간, 학급의 이동이 없었던 이 학급은 다른 학급과 비교했을 때 스포츠 활동이 활발하며 결속이 좋았던 학급이었다. 그 가운에서 김사량은, 급우들보다 한 두 살 연장자였던 점도 있어서, 어른스럽고 온후한 생도로 동급생들로부터 한 수 위로 여겨지고 있었다. 또한 스스로, 이과 갑류의 최성세 등과 함께 축구부에서 활약했으나, 평소에는 과묵한 청년이었다. 이는, 일본인 학우들이 이해할 수 없는 조선인 생도로서 자신을 자각하고 있었음을 잘 나타내주고 있다고 보인다. 김사량은 밝은 척 행동하고 있었지만, 결코 일본에서의 생활을 구가(謳歌)하고 있었던 것은 아니며, 학기가 끝나면 부리나케 조선으로 돌아갔다. 또한, 급우들에게 누설한 것처럼 귀성하면 유쾌하지 않은 조사를 받아야 했던 모양이다. 더욱이, 평양고보에서 퇴학처분 받았던 것은 급우 누구에게도 말하지 않았다.

이러한 김사량의 어두운 내면이나 당시의 심정을 엿보기 위해서는, 일본어시 「고민」, 「동원」을 주목해서 볼 필요가 있다. 이 2편의 시는 제목 그대로, 김사량 개인의 「고민」의 토로와 식민지 현실에 대한 비판의식을 읽어낼 수 있다. 이 시가 게재된 교우회지 『창작』은 실질적으로 문예부에서 편집, 발행한 것으로, 김사량은 문과 을류의 급우로 동경제대 입학후 『제방』지에서도 함께 동인이 되는 문학 청년 쓰루마루 타쓰오의 권유로, 3학년 때 문예부원이 되었다. 쓰루마루 등과 신협극단의 사가공연실현에 진력했던 것도 특필(特筆)해야 할 것이다. 한편, 2학년때 초고를 잡은 「토성랑」은 1940년 발표될 때 개고되었던 작품과는 달리, 홍수에 의한 토성랑 주민의 비극이라는 설정이 아니라, 일본의 식민지 정책을 직접 비판하는 내용이었다. 이 초고를 급우 쓰루마루 앞에서 열변을 늘어놓은 모습에서 김사량의 또 다른 측면을 엿볼 수 있다. 청운의 꿈에 들떠있는 급우들에게 김사량은 수필 「짐」을 남긴채 조용히 사가고교를 떠났다. 「짐」에서는 담담히 그가 조선인임을 문장전체에서 은근히 호소하고 있다.

그러면, 마지막으로, 도일 직전부터 1936년 3월까지의 4년간의 작품 전체에 대해 정리해 보겠다.

우선, 1932년, 1년에 걸쳐 그동안 거의 주목받지 못했던 조선어작품 21편(실질상 18편)이 발표되고 있음은 주목해도 좋을 것이다. 이 대부분은 정형적인 동요로, 이러한 작품에는 「그림자」, 「자장가」 등이 있다. 이들 작품에서 보이는 '어른취향 동요'적인 경향은, 퇴학당한 후 김사량의 채워지지 않는 마음 속 풍경을 투영하고 있는 것으로 보이며, 또 한편으로는 당시의 신문지상에 동요 투고가 활발한 환경 속에서, 특히 동년배였던 윤석중, 황순원 등의 동요에 자극을 받아, 문학적 야심을 갖게 되었다고도 보인다. 한편, 「시정초추」로 대표되는 시에서는 김사량의 정의감이 나타나 있으나, 일면 젊은 문학청년 특유의 센티멘탈리즘도 숨겨져 있으며, 또한 문명비판적인 시점이 독자들에게 미칠 효과도 계산되어 있다고 말할 수 있다.

다음으로 사가고등학교 입학 후로부터 3년간을 보게 되면, 조선어가 9편, 일본어가 4편인 것을 확인할 수 있다. 이 가운데 조선어 작품에는 두 가지의 경향이 있음을 알 수 있다. 하나는, 동요 5편과 새롭게 시도된 동요 2편, 도합 7편으로, 모두 『동아일보』지에 게재되어 있다. 이 작품군은 도일직전의 작품경향의 연장선상에 있는 것으로 보이며, 김사량이 도일 전의 심경을 1학년 때까지는 아직 지니고 있었음을 보여주는 동시에, 조선어로 문단에 진출하려고 했음을 알 수 있다. 다른 하나는, 「산사음」, 「산곡의 수첩」이라는 2편의 기행문적 수필로서, 각각 2학년 때와 3학년 때 발표되었다. 전자는 유머와 낭만을 기조로 하여, 후에 수필과 단편소설 「산의 신들」로 이어지는 특성을 지닌 문장이다. 후자는, 관념성과 노골적인 낭만주의로부터 벗어나지는 못했으나, 후에 단편 「풀이 깊다」의 원형적인 요소가 이미 엿보이는 점에서 주목된다. 이러한 수필에서 보이는 표일(飄逸), 영탄(詠嘆), 현실비판 등의 여러 경향은, 역시 다분히 조선내의 독자를 의식했다고 말할 수 있겠다.

그에 비해서, 일본어 작품은 그 수가 많지 않으나, 각각 사가고교 시절의 김사량의 다양한 측면을 보여주고 있다. 더욱이 그 작품은 불특정 다수의 독자를 예상하지 않은 작품이다. 조선문단을 의식했던 조선어 작품과는 달리, 일본어 작품은 말하자면 자신을 위해서 썼던 경향이 강하다. 그러므로, "책상 서랍에 넣어두었다"는 「토성랑」은 별도로 하고, 다른 3편도 교내지 발표에 그치고 있다. 또한, 발표했다 손치더라도 작품내용으로 봐서 쓰루마루 등 몇몇을 제외하고는, 일본인 급우들에게 좀처럼 이해되기 어려운 작품이었다.

결국, 김사량이 열망했음에 틀림없는 조선어 창작을 통해 조선문단에 등단하는 것은 단념되고 말았다. 다만 그는 이 시기에 조선어로 소설을 쓰지는 않았다(조선어 소설은 1940년 발표되는 장편 『낙조』를 기다리지 않으면 안되었다). 그리하여 김사량이 후일, 일본어 작가로 등장한 것은, 실은 사가고교 시절에 "책상 서랍에 넣어두었다"는 소설 「토성랑」 계통의 작품을 통해서였다. 조선어 작품으로부터 일본어 작품으로 비중으로 옮긴 것은, 사가고교시절의 조선어 수필 「산곡의 수첩」이 후일, 그 내용을 기조는 그대로 일본어 소설 「풀이 깊다」로 발표되는 것에 상징적으로 나타나 있다고 말할 수 있다. 어찌되었든, 사가고교 시절의 김사량은 조선어와 일본어 양 쪽을 통해, 동요, 시, 소설, 수필 등, 다양한 작품을 썼던 것이다. 바로 그런 의미에서 사가고교시절은, 김사량문학 전체에 있어서 산실(産室) 혹은 첫 번째의 준비기간이었다고 할 수 있다. 그 가운데서 1939년, 일본어소설 「빛 속으로」에 의해 본격적인 데뷔를 하기까지, 또 다시 동경제대시절이라는 두 번째의 준비기간이 필요했던 것이다. 이 기간에 김사량은 동인지 기간을 거치면서 일본어를 갈고 닦는 한 편, 자신을 위해 쓴다는 차원으로부터 한 발 나아가서, 불특정 다수의 일본인 독자들에게 공감을 불러일으킬 수 있는 소설을 쓰기 위해, 일본어 작품으로서 수준을 높이는 노력을 해야 했다. 또한, 조선어문학에 대해서도 새로운 개안(開眼)을 해나가게 되는 것이었다.

—번역 곽형덕

[부기]

김사량의 사가고등학교 동창 분들을 비롯해, 협력 및 조언을 해주신 구제사가고등학교 자료보존위원회 위원이신 미야하라 겐고[宮原賢吾] 선생, 규슈대학문학부의 가와모토 요시아키[川本芳昭] 선생님, 故 쓰루마루 타쓰오씨 부인 야가라[矢柄] 씨, 기쿠요[菊葉]동창회사무국의 도쿠시마[德島] 씨 외 기타 제씨와, 폐를 끼친 사가대학 도서관에 대해, 다시 한번 감사의 마음을 전합니다.

김사량 약연보(金史良略年譜, 1931~1936년)

1931.11.	평양고등보통학교 5학년 재학중, 동맹휴교사건에 관여하여 퇴학처분.
12.	도일을 시도하나 실패.
1932. 6.	이후, 『매일신보』 등에 동요 등을 발표(이 해에 전21편).
여름	경성, 인천방면에 왕래.
가을	친형 김시명의 도움으로 도일했을 것으로 추정.
1933. 4.	사가고등학교 문과을류에 입학.
봄	문을 반의 간친회에 참석, '아리랑'을 부르다.
5.	『동아일보』에 동요 5편을 투고.
10.~11.	『동아일보』에 동화 2편을 발표.
1934. 여름.	평안남도 대보산(大寶山) 기슭 산사에 체재.
8.	상기의 체재기 「산사음」을 『조선일보』에 연재. 이 해에, 단편 「토성랑」의 초고 집필.
1935. 1.	김사량 등의 활약으로 클래스매치 축구 우승.
2.	강원도여행(화전민 조사 등).
4.	상기의 기행문 「산곡의 수첩」을 『동아일보』에 연재.
5.	기념제 후, 합급 전원이 운젠다케[雲仙岳] 등산. 신협극단의 사가공연에 참가, 다키자와 오사무[瀧澤修] 등과 심야의 좌담회를 추진.
10.	교우회지, 『창작』에 일어시 「고민」, 「동원」(舊稿) 2편을 실음.
1936. 1.	클래스매치 다시 축구 우승.
2.	문을졸업기념지에 수필 「짐」을 게재.
2.	쓰루마루 타쓰오 등 4명과 일주일간 규슈횡단여행. (벳푸[別府], 아소[阿蘇], 히타[日田] 방면)
3.	사가고등학교 문과을류 졸업.
4.	동경제국대학문학부 독문과에 입학. ※ 졸업시의 주소 : 朝鮮 平壤府 上需里三八 (『졸업기념지』에 의함) 본적 : 平壤府 陸路里 百二(졸업시의 『생도신상조사서』에 의함)

사진 A
입학직후의 간친회(1933년 5월경). 모두 까까머리인데 김사량은 머리가 꽤 자라있다(중앙 왼쪽에서 교복을 입은 채 웃고 있음). [후나기 기미히로(舟木公弘) 씨 제공]

사진 B
사가고등학교의 테니스장에서, 2학년 때로 보임. 중앙이 김사량. [모리시마 세이키치(森島靖吉) 씨 제공]

사진 C
졸업직전의 규슈횡단여행에서(아소阿蘇)로 보임). 앞 줄 오른 쪽에서 두 번째가 김사량. 좌단이 문예부의 급우 쓰루마루 다쓰오(鶴丸辰雄). [모리시마 세이키치(森島靖吉) 씨 제공]

사진 D
마츠바라신사(시내)에서. 3학년때로 보임. 김사량은 마지막열 중앙에서 왼쪽. 전열 중앙에 지팡이를 짚고 있는 사람이 슈라이벨 선생(사진 아래의 사인도 슈라이벨 선생이 한 것임). [나카오 다케지(中尾竹治) 씨 제공]

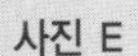

사진 E
사가고등학교 문과을 『졸업기념지』(36. 2.) 권두에 있는 사진. 사가고등학교의 운동장에서 인문자 LB(문을(文乙)이라는 뜻에서)를 만들었다고 한다. 김사량은 L자의 상부(뒤에서부터 5번째, 모자를 쓰고 있지 않음). [후나기 기미히로(舟木公弘) 씨 제공]

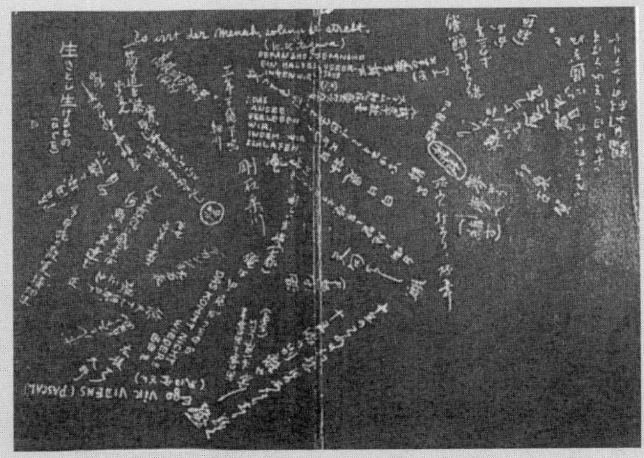

사진 F
사가고등학교 문을(文乙) 『졸업기념지』(36. 2. 표지. 왼쪽 밑에는 김사량이 돌림종이에 쓴 둔자가 보인다. 「Ego ViR VIDENS (PASCAL)(私は金さん)」(나는 金상)이라고 적혀 있다. [니시다 히로시(西田 博) 씨 제공]

김사량의 동경제국대학 시절*

‖ 곽형덕 ‖

> 커다란 기적이 일어났다 / 저 성령은 위대하게도 / 폭군의 성을 쳐부수고 / 노예의 멍에를 부수어 버렸다 / 그리하여 오랜 죽음의 상처를 치유하고 / 옛 권리를 되찾았다 / 인간은 평등하게 삶을 누리는 / 모두가 고귀한 일족이다
>
> (하인리히 하이네 「할츠의 여행」[1])

1. 시작하며

김사량(金史良)은 일제 강점기에 일본문단에 등장했던 '조선인' 작가 중 한일양국에서 지금까지도 왕성하게 논의되는 몇 안 되는 작가 중 한 사

---

* 본고는 『수(繡)』(와세다[早稲田]대학교 문학연구과 학술지 제19호)에 「조선인작가와 일본문단 ①－김사량의 동경제국대학 시대」라는 제목으로 발표한 논문을 대폭 개고한 것이다.

1) 이노우에 쇼조, 『하인리히 하이네－사랑과 혁명의 시인(ハインリヒハイネ一愛と革命の詩人)』, 이와나미서점, 1952년 9월 20일, 12쪽.
김사량이 22살에 쓴 르포르타주 「[東亞文壇] 山谷의 手帖(3)－江原道에서」(東亞日報, 1935. 4. 24.)를 보면 "나는 家富의때가 방울방울 울리는 하이네의 할츠(Harz紀行)를 그리며새벽에는 어느날이나 진달레꽃을 愛撫하러 山에 나갓다"라는 부분이 있다. 하이네에 대한 관심이 이 시기에 이미 나타나 있음을 알 수 있다(밑줄 인용자).

람이다. 김사량 연구는 일본에서 1960년대 후반부터, 한국에서는 1980년대 후반부터 시작되어 지금에 이르고 있다. 전기적 연구에 국한해서 살펴보면 일본측 연구자들의 업적이 두드러짐을 알 수 있다.[2] 비록 일본측 연구자들에 의해 전기연구가 어느 정도 진전된 것이 사실이지만, 아직도 미흡한 부분으로 남아있는 부분도 상당수 있다. 그 중에서도 김사량의 동경제국대학(東京帝國大學, 이하 동경제대) 시절은 단편적인 사실나열만이 있을 뿐, 총체적인 접근이 이루어지지 않았다고 볼 수 있다. 물론, 안우식의 『평전 김사량(評伝 金史良)』(초풍관(草風館) 1983년 11월)에도 어느 정도 이 시기가 밝혀져 있으나, 동경제대 재학시절은 단편적 기술에 그치고 있다. 안우식은 『제방(堤防)』[3]을 중심으로 김사량이 모토후지[本富士]경찰서에 검거된 사정을 밝히는 것에 중점을 두고 있다. 이 시기는 김사량의 일본문단 데뷔작 「빛 속으로[光の中に]」(『문예수도(文藝首都)』 1939년 10월호)와도 깊은 관련을 맺고 있다는 점에서도 재조명해 볼 가치가 충분히 있다.

김사량은 동경제대 시절을 거쳐 「빛 속으로」를 통해 문명을 얻게 된다. 김사량 스스로도 첫 소설집 『빛 속으로』 발문에서, "나는 「빛 속으로」를 쓴 후 얼마 되지 않아 세간에 알려지게 되었다."(346쪽)라고 쓰고 있다. 김사량은 1936년 4월(23세)부터 1939년 3월(26세, 학부재학)까지 동

2) 일본에서 발간된 것으로는 안우식의 『평전 김사량』(초풍관(草風館) 1983년 11월), 시라카와 유타카(白川豊), 「사가고등학교시대의 김사량(佐賀高等學校時代の金史良)」(『조선학보(朝鮮學報)』 147, 1993년 4월), 호테이 토시히로[布袋敏博]의 「해방후의 김사량노트[解放後の金史良覺書]」 (『청구학술논집(青丘學術論集)』 19 2001년). 『평전 김사량』은 심원섭이 번역하여 『김사량평전』(문학과지성 2000년 5월)이 출간되었다. 『평전 김사량』은 안우식이 「김사량 저항의 생애[金史良・抵抗の生涯]」(『文學』, 1970년 1월~1971년 8월)를 연재한 것을, 『김사량 그 저항의 생애[金史良 —その抵抗の生涯]』(岩波新書 1972년 2월)로 단행본화 한 책의 개정판이다(본고의 번역은 역자가 표시되어 있지 않는 한, 모두 필자가 한 것이며, 인용문건의 표시는 편의상 한국어제목을 우선 표시하고 괄호안에 원어제목을 넣었다).

3) 이마이 교헤이(今井京平(鶴丸辰雄), 우메자와 지로(梅澤次(二) 郎), 신타니 도시로[新谷俊郎], 나카지마 요시토[中島義人] 등과 논의하여 문예동인지 격월로 발행한 문예동인지. 1936년 6월호(창간호)에는 김사량의 에세이 「잡음(雜音)」이 구민(具民)이라는 필명으로 실려 있다. 1937년 6월(제5호) 폐간되었다.

경제대 독문과에서 수학하였다.[4] 이 시기는 김사량이 1932년 가을 무렵 도일한 후[5], 5년이 경과되는 해이다. 김사량은 구제사가고등학교(舊制佐賀高等學校) 재학기간(1933년 4월~36년 3월)을 거쳐 동경제대에 입학하게 된 것이다. 김사량은 도일 후 8년째에 접어드는 1939년, 경성 조선일보 사학예부에서 쓰루마루 부부에게 "하루라도 빨리 동경에 가고 싶은 일념으로 가득하다(4월 30일)"라는 편지를 쓰고 있다.[6] 어째서 김사량은 동경으로 하루라도 빨리 가고 싶다고 했던 것일까? 이는 김사량의 복잡한 심경을 상징적으로 드러내고 있는 부분이다.

본고에서는 김사량이 동경제대시절부터 확실한 민족적인 자각을 갖고 민족작가로서의 글쓰기를 하였다는 시점이 아닌, <고뇌하는 지식인상>에 초점을 맞춰, 전기적 자료를 검토해 보도록 하겠다. 고뇌하는 지식인상이란 김사량이 지향해간 방향성을 규정할 수 없다는 회의주의적 시점이 아니라, 고뇌 속에서 방향을 모색해 가는 한 인간의 삶을 종합적으로 재구성하고자 하는 의도를 담고 있다고 하겠다.

이러한 고뇌하는 지식인상은 김사량의 첫 단행본 『빛 속으로』 발문에도 잘 드러나 있다.

> [···] 내 시선은 아직도 어두운 곳에만 쏟아져 있는 것 같다. 하지만 내 마음은 언제나 명암(明暗) 속을 유영하며, <u>긍정과 부정 사이를 누비면서</u>, 언제나 어슴푸레한 빛을 구하려고 발버둥치고 있다. 빛 속으로 어서 나아가고 싶다. 이는 내 희망이기도 하다. 하지만 빛을 간절히 바라기 때문에, 나는 어쩌면 여전히 어둠속에 웅크린 채 눈동자만을 빛내고 있지 않으면 안되는지도 모르겠다. (소산서점(小山書店) 1940년 11월 10일 347쪽)
>
> (밑줄 및 번역=곽형덕, 이하동)

---

4) 안우식은 김사량이 1940년부터 1941년까지 동경제대 대학원에 재적했다고 적고 있다. 본고에서는 대학원재적기간을 제외한 학부 재학기간(3년)을 중심으로 논의를 진행하기로 하겠다.

5) 전게서 2 「사가고등학교시대의 김사량(佐賀高等學校時代の金史良)」 참조.

6) 『김사량전집』(Ⅳ), 가와데서방신사(河出書房新社), 1973년 4월, 102쪽.

이는 김사량의 심경이 '명암(明暗)' 가운데서 끊임없이 고뇌하며 방향을 모색했음을 잘 보여주고 있다. 결과적으로 이러한 명암은 태평양전쟁이 발발하면서 더욱 깊은 그림자를 김사량의 일본어소설에 각인하는 결과를 낳는다.

김사량의 동경제대 시절과 「빛 속으로」와의 상호연관을 밝히는 작업은 1940년 이후 창작된 김사량의 일본어소설 연구를 위한 초석이 될 것이다. 또한, 1940년 이후 김사량의 일본문단 데뷔에서부터 <고메신테(米新亭) 시대>[7]에 이르는 김사량의 행적을 정리하기 위한 첫 작업이기도 하다.

이러한 문제의식을 바탕으로, 제2장에서는 김사량의 동경제국대학 입학에서부터 졸업까지의 행적을 정리하고, 3장에서는 김사량의 독일문학관을, 4장에서는 김사량의 졸업논문을, 5장에서는 「빛 속으로」 속에 나타나 있는 동경제대 체험을 정리해 보도록 하겠다.

2. 김사량의 노정—동경제국대학 입학에서부터 졸업까지

① 동경제국대학 입학까지의 족적

본 장에서는 김사량의 제대입학에서부터 졸업까지의 족적을 당시의

7) 고메신테[米新亭]는 가마쿠라에 위치한 여관이었으나, 당시 건물은 남아있지 않다. 고메신테는 김사량이 1941년 4월부터 1942년 1월 말까지 하숙한 여관이다. 물론 김사량은 이 사이에 2차례 숙소를 옮겼다가 다시 고메신테로 돌아온다. 한편, 고메신테와 관련해 김사량은 「빈대여 안녕(南京蟲(ビンデ)よ, さよなら)」(『요미우리신문[讀賣新聞]』 1941년 11월 3일)이라는 에세이를 남기고 있다. 이 시기를 <고메신테 시대>라고 평하는 것은 김사량의 일본에서 마지막으로 거주한 곳이 고메신테이기 때문이며, 김사량의 작품 세계가 고메신테 전후를 기해서 큰 차이를 보이고 있기 때문이다. <고메신테 시대>에 관해서는 졸고 「김사량의 일본문단 데뷔에서부터 '고메신테 시대'까지(1940~1942)」(『한국근대문학연구』 17, 2008 상반기)를 참고할 것.

기록과 대비해가면서 연대기식으로 살펴보겠다. 김사량이 동경제대에 들어간 것은 1936년(23세) 4월이었다. 그렇다면 김사량은 어떠한 과정을 거쳐서 동경제대에 들어간 것일까. 김사량이 동경제대에 들어갈 결심을 한 것은, 쓰루마루 다쓰오[鶴丸辰雄]의 「사가고등학교시대의 추억[佐高時代の思い出]」[8] 을 보면 사가고등학교 3학년 때라고 밝히고 있다. 시라카와 유타카는, "(김사량이, 인용자주) '졸업여행'[9]에서 돌아오고 2주도 되지 않아서 2·26사건[10]이 발생하여, 대학시험이 중지될 것이라는 소문이 돌았으나, 시험은 실시되었고 김사량은 4월부터 동경제대 독문과에 다니게 되었다"라고 김사량의 제대 입학 전후를 밝히고 있다. 김사량은 2월 초순에 '졸업여행'을 떠난 후, 10일경에 여행에서 돌아오고 나서 4월부터는 동경제대에 들어가게 된 것이다. 2·26사건 전후로부터 4월 김사량이 제대에 입학하기까지의 공백을 채워보면 다음과 같다.

『제국대학신문(帝國大學新聞)』(이하, 제대신문) 1936년 1월 20일(8면) 기사를 보면, '제국대학 관립대학 제1차 입학지원조사' 결과가 실려 있다. 이에 따르면 동경제대독문과에는 17명이 지원하고 있다.[11] 동신문 2월 17일(8면) '제국대학 관립대학 입학 지원자수'를 보면 독문과에는 최종적으로 24명이 지원하고 있으며, 김사량도 그 중 한 명이었다. 1차보다

8) 『김사량전집』II(월보1 7쪽)에는 "여름 방학이 끝나자, 고교3년에는 예전이나 지금이나 변함없이, 대학이 초미의 관심사로 떠오르기 마련인데, 그(김사량, 인용자주)와 나는 둘 다 아무런 머뭇거림도 없이 동대문학부(東大文學部)에 가기로 마음먹고 있었지만, 당시 문학부에서는 사회학과가 각광을 받았던 인기학과였기 때문에, 독문(獨文)으로 정할지 어떻게 할지에 대해 우리는 꽤나 고민하였다"라고 쓰고 있다.

9) 1936년 2월, 3학년 학기말 시험을 끝내고 바로 김사량은 문과 을류의 친한 동료들과 아소(阿蘇), 벳푸[別府]를 둘러보는 일주일간의 규슈[九州] 횡단여행을 떠났다.('전게서 5' 참조)

10) 1936년 2월 26일 미명에 황도파(皇道派) 청년장교 22명이 하사관, 병 1400여 명을 이끌고 일으킨 쿠테타. 이 사건으로 군의 정치적 발언권이 강화되었다.

11) 같은 기사 하단 비고에는 "본 조사는 고교에서 실시되었고 12월 25일에 문부성이 집계한 통계로 고교재학생만 산정하였으며, 이른바 재수생은 포함하지 않는다"라고 밝히고 있다.

지원자수가 증가한 것은 재수생이 추가로 지원했기 때문이다. 동신문 3월 9일 8면에는 '동대(東大) 각 학부 입학시험 일정'이 실려 있다. 문학부 일정은 3월 13일 '수험표 교부', 15일 '학과시험' 그리고 '국어 한문 철학개설 및 논리학' 시험, 16일 '학과시험과 외국어시험', 그리고 마지막으로 17일 '신체검사'가 예정되어 있었다.[12)]

사와히라키 스스무[澤開進]는, "당시 문학부는 거의 모든 과가 무시험이었다. 독문과도 물론이었다"[13)]라고 쓰고 있다. 제대신문 2월 24일(8면) 기사를 보면 당시의 상황을 보다 구체적으로 알 수 있다.

> "무시험학과 23과 동대(東大, 동경제대－인용자 주) 폭풍중의 무풍지대 [···] 문학부 2차 모집 않기로"
>
> 전학부를 통틀어서 1498명을 초과, 전국의 고교졸업생들의 피를 끓게 하고 있는 동대에도 폭풍중의 무풍지대－무시험입학을 허가하는 별천지가 적지 않다. 우선 문학부의 정원미달은 차치하고서도 17학과 가운데 15학과가 무시험이라는 것은 근년에 없는 기현상으로서, 시험을 치룰 것이라 예상되었던 서양사, 영문, 지나(支那)철학(중국철학, 인용자 주), 미학과도 프리패스이므로 감사해야 할 현상이다. <u>그 가운데서 시험을 치루는 학과는 국문과 국사 두 학과 만으로 결정되었다.</u> 다만 정원미달인 학과도 2차모집은 하지 않기로…….

---

12) 자세한 일정을 인용해 보면 다음과 같다.
(3월,인용자주) 13일(금) 사무실에서 사험표를 교부할 것.
▽수험표는 시험중 항상 지참 할 것.
15일(일) 오전 8시 30분까지 문학부에 집결할 것.
오전 9시부터 11시까지 학과시험 1, 국어한문.
오후 1시부터 3시 학과시험 1, 철학개설 및 논리학.
16일(월) 오전 8시 30분까지 집결 할 것.
오전 9시부터 11시 학과시험 1, 외국어.
17일(화) 오전9시부터 신체검사.
(신체검사) 3월17일(화) 오전9시부터 지원래자 전부 실시, 교부한 신체검사증 항시 휴대 할 것, 선착순에 의해 실시함.
(주의)▽선발시험 수험자수칙은 각인(各人) 앞으로 통지함.

13) 「김사량의 학생시대(金史良の學生時代)」, 도서(圖書), 1972년 4월호, 53쪽.

위 인용을 보면 김사량이 동경제대에 입학할 당시 시험을 치루지 않은 학과가 다수였음을 알 수 있다. 한편, 김사량이 동경제대에 입학한 때는 외지인학생에 대한 관리가 강화되었던 시기이기도 했다. 1935년이 되자 외지인 학생의 유학재적이 항구적(恒久的)으로 되는 사태에 대응하기 위해서, 동년 10월 8일 평의회에서 학부통칙을 개정하고, 외지인 학생에 대한 항목을 마련하였다.[14] 이것은 외지인 학생에 대한 관리를 강화하기 위한 것으로써 당시의 시국적인 상황과도 관계가 있다.

합격통계 중에서 문학부만을 보면,[15] 1936년에는 366명이 지원해서 360명이 합격(98.4%) 했음을 알 수 있다.[16] 독문과에 한정해서 졸업자를 보면, 1930년 8명, 1931년 7명, 1934년 4명이었던 것이, 1936년에는 27명, 1937년에는 31명, 1939년 17명임을 알 수 있다. 통계만 봐도 대정기(大正期, 1912~1925년) 경쟁이 극심했던 동경제대입시가,[17] 소화기(昭和期, 1926~1988년)에는 경쟁률이 떨어지고 있음을 알 수 있다.[18]

제대신문 1936년 3월 21일(1면)에는 경제, 농학, 이학부의 합격자 리스트가 실려 있으며, 문학부는 3월 27일(1면)에 합격자 이름이 나와 있다. 문학부 합격자는 지원자 367명 중에서 363명으로, 문학부 독문과는 24명이 지원하여 전원 합격했다.[19] 합격자 리스트에는 '김시창(金時昌)[20] 사가(佐賀)', '쓰루마루 다쓰오[鶴丸辰雄] 사가'의 이름이 실려 있다. 같은

14) 『동경대학백년사자료(東京大學百年史資料)(3)』, 동경대학백년사편찬위원회, 1986년, 761쪽(762쪽에는 통칙이 나와 있다).

15) 1930년에는 448명이 지원해서 404명이 합격(90.2%), 1931년에는 558명 지원에 400명 합격(71.7%), 1935년에는 481명 지원에 403명 합격(83.8%), 1938년에는 303명 지원에 280명이 합격(92.4%)하였다.

16) 1944년과 1945년에는 각각 224명과 241명이 지원하여 전원 합격하였다. 단, 이러한 통계는 태평양전쟁으로 인한 학도병 출진을 고려해야할 것으로 보인다.

17) 문학부만을 볼 때, 1929년과 1930년의 입학률은 각각 53.3%와 54.5%였다(전게서 14, 477쪽).

18) 소화기(昭和期)의 입학률은 거의 90%에 가깝다(전게서 14, 477쪽).

19) 동신문의 2월 17일 기사.

20) 김사량의 본명.

독문과에는 같은 해 창간되는 문예동인지 『제방』의 동인인, '사와히라키 스스무[澤開進]', '신타니 도시로[新谷俊郎]'의 이름도 보인다. 『제방』의 동인은 아니었지만 김사량과는 막역한 사이였던 '우메자키 하루오[梅崎春生]'[21]는 「국문학과(일문학과)」합격자란에 이름이 올라있다. 김사량이 졸업한 사가고교에서는 문과계열에서 25명이 합격(38명 지원)하였고, 이과계열에서는 14명 합격(21명 지원)이 합격하였다. 총 59명이 지원해서 39명이 합격한 것이다.[22]

김사량은 시험최종 일정인 '신체검사(3월 17일)'는 받았을 것이므로 그 전에는 상경하였을 것으로 보인다. 그러한 과정을 거쳐서, 신체검사를 무사히 마친 김사량은 마침내 제대독문과의 24명 중의 1명, 문학부 363명 중의 유일한 '외지인'으로서 제대 독문과에서의 첫 발을 내딛게 되었던 것이다.

② 동경제국대학의 강좌 및 학과과정

김사량이 동경제국대학에서 보낸 생활상을 알기 위해서는, 1930년대 동경제대의 학내 상황을 살펴봐야 한다. 1919년에는 '동경제국대학 각 학부 강좌에 관한 건'(칙령 제14호)이 제정되었고, 그 결과 문학부는 29강좌가 설치되었다.[23] 1893년 강좌가 설치됐을 때 보다 1.6배 증가한 것

21) 우메자키는 '전후파(戰後派)' 작가의 대표적인 존재이며, 김사량전집(월보2)에 「김사량에 대해(金史良のこと)」라는 에세이를 쓰고 있다.

22) 무시험에 관해서는 동신문의 좌단에, '완전한 무풍지대 근년의 기현상'이라는 부제목에 "정원 400명에 지원자 367명이라는 근년에 없었던 지원자의 격감을 보인 문학부에서는 입학시험을 실시한 곳이 국문, 국사 두 학과뿐인 신기한 이색풍경"이었다며 당시의 입시분위기를 전하고 있다.

23) 국어학 · 국문학(2), 국사학(3), 조선사(1), 지나(支那)철학 · 지나문학(2), 사학 · 지리학 (1), 동양사학(2), 서양사학(2), 철학 · 철학사(2), 인도철학(1), 심리학(1), 윤리학(1), 종교학 · 종교사(1), 사회학(1), 교육학(1), 미학 · 미술사(2), 언어학(1), 범(梵)어 · 범문학(1), 영어학 · 영문학(2), 독어 · 독문학(1), 불어 · 불문학(1)(『동경대학백년사자료1』 269쪽).

을 알 수 있다.[24] 문학부 강좌는 1919년 이후부터 1945년까지 14강좌가 증가하였다. 그 중에서 2강좌가 증설된 것은 김사량이 재학했던 시기와 맞물린다. 1934년부터 1938년 사이에 2강좌가 증설되었다.[25] 강좌 내용은 국어・국문학이 2에서 3, 지나철학・지나문학이 2에서 3, 인도철학이 1에서 3, 윤리학이 1에서 2, 사회학이 1에서 2, 교육학이 1에서 5, 독어・독문학이 1에서2로 각각 증강되었다. 신설된 것은 '신도(神道), 일본사상사, 고고학' 3강좌이다.[26] 강좌가 신설된 것은 전쟁에 대비해 대학을 국체론적(國體論的)인 사상의 전진기지로 만들어, '사상상(思想上)의 총동원체제(總動員體制)'하에 두려고 했었기 때문이다.[27]

『김사량전집Ⅳ』의 연보를 보면, 김사량은 3년 만에 제대독문과를 졸업했음을 알 수 있다.

동경제대 자료에는 다음과 같은 학칙이 실려있다.

> 「시험및 성적」 갑, 을, 병 정 (정=불합격)
> 「학사요건」 3년 재학시, 각 학과 소정의 과목단위수를 합친 수업과목이 18단위 이상 내지 외국어 수료 및 졸업시험에 합격 (『동경대학백년사자료1』 276쪽)

위 인용을 보면 김사량이 3년만에 동경제대를 졸업한 것이 당시 학칙에 의한 것임을 알 수 있다. 다만, 김사량이 43단위 중에서 어떤 과목을 수강했는지에 대해서는 동경대학의 학적부 열람이 불가능하기 때문에 추측할 수밖에 없다.

동경제대에서 김사량이 보낸 시기는 23세에서 25세까지로, 청년기에

24) 『동경대학백년사자료1』, 동경대학백년사편찬위원회, 1984년 3월 30일, 469쪽.
25) 앞의 책, 270쪽.(표 2)
26) 앞의 책, 272쪽.
27) 『동경대학 백년사 부국사(東京大學百年史部局史)1』, 동경대학백년사편찬위원회, 1986년 3월, 434쪽(구체적으로는 1, 고고학강좌의 신설 2, 신도강좌 충실 3, 국체학(國體學) 강좌신설의 예산안이 제출되었다고 한다[433쪽]).

해당하는 중요한 시기였다. 그러한 시기에 동경제대의 학생이 되어, 독문과에서 3년간 공부한 것은 김사량의 문학을 논할 때 무시할 수 없는 부분이다. 또한, 그러한 흔적은 김사량이 쓴 평론에도 잘 나타나있다.[28]

③ 동경제대 독문과에 대해

동경대학문학부[29]는 1877년 동경대학 설립 당초부터 존재했으며, 1886년 3월에 '제국대학령(帝國大學令)'이 포고되어 종래의 동경대학은 제국대학이 되었고, 문학부는 문과대학의 하나인 문과대학으로 편입되었다. 그 후 1919년 4월 문과대학은 문학부로 다시 개칭되어, 철학·사학·문학 3학과제가 폐지되어 그 아래 19학과는 독립되었다. 19학과 안에는 독문과도 속해 있다. 또한, 문학부시대는 전기(1919~1934년), 후기 '전전기(戰前期, 1935~1940년)', '전중기(戰中期, 1941~1945년)'로 나뉜다.[30] 김사량은 후기 전전기에 제대에 입학했다. 김사량의 동급생이었던 사와히라키(澤開)는 "김사량은 수업에 별로 가지 않고 쉬곤 했다"라고 쓰고 있다.[31] 하지만, 김사량이 3년 만에 제대독문과를 졸업한 것으로 봤을 때 허용되는 범위 안에서 쉬었다고 보는 편이 좋을 것이다.

독문과에서 김사량이 영향을 받았다고 생각되는 인물을 열거할 때 빼놓을 수 없는 것이 기무라 긴지[木村謹治] 교수이다. 기무라 교수의 이름은 김사량의 서간에도 나온다.[32] 김사량은 1937년 11월 25일에 쓰루마

28) 이에 대한 평론으로는 「獨逸의 愛國文學」(『조광』 1939년 9월호) 「獨逸과 大戰文學」(『조광』 1939년 10월호)이 있다. 이하, 위 두 편의 제목은 한글로 표시한다.

29) 전게서 27에는 1945년까지의 문학부를 세 시기로 나누고 있다. ① 동경대학문학부시대(1877~1886년). ② 제국대학(1896년 이후는 동경제국대학). 문과대학시대(1886~1913년까지). ③ 동경제국대학(1947이후는 동경대학) 문학부시대(1913년 이후).

30) 전게서 27, 423~450쪽.

31) 전게서 13, 53쪽.

32) 이에 대해 구체적으로 논하고 있는 선행논문은 없으며, 기무라 교수에 대해 언

루(鶴丸)에게 보낸 서간에서, "기무라 선생의 수업 할당 말이네만 자네는 정하였는가. 하는 김에 내 것도 정해주시게. 여기서 2월 정도에 읽고 리포트라도 써 두려하네" 라고 쓰고 있다.[33] 김사량이 수강한 수업은 '독어 · 독문학'일 가능성이 높다.

김사량은 1939년 5월 17일 쓰루마루[鶴丸]에게 보낸 서간에서 다음과 같이 쓰고 있다.

> 얼마 전 그러한 결심을 하고 학교에 대학원 진학에 대해 타진하자, 기무라 교수가 면회를 하고 싶으니 한 번 와서 수속하자고 하네. 그래서 기무라 선생에게 곧바로 항공우편을 보내자, 면접하자고 한 것은 연구과목에 대한 것이니, 시간이 맞을 때 한 번 오는 편이 좋을 것이라는 답장이 왔다네.[34]

서간을 통해 알 수 있는 것은, 1939년 동경제대 독문과를 졸업한 김사량이 동대학원에 진학하기 위해 기무라 교수와 상담을 했다는 것이다. 이는 김사량이 대학원에 진학해서 독일문학 연구를 지속하려고 했음을 의미한다.

당시 제대독문과 교수진을 보자면, 기무라 교수[35]는 조교수(1924년 10

급한 선행논문에도 부정적인 관계에 대해 짧게 언급하고 있을 뿐이다.

33) 전게서 6, 103쪽. 이 시기에 김사량은 "朝鮮平壤府上需里三八의一"에서 본명, 김시창(金時昌)으로 서간을 보내고 있다.

34) 앞의 책, 103쪽.

35) 기무라 교수는 1889년 1월 2일 아키타현[秋田縣] 출생으로, 1913년에 동경제대독문과를 졸업하고 바로 제4고교에 임명되었으나 9월에 교직을 그만두고 문부성 재외연구원으로 독일에 유학하였다. 1924년에 귀국하여 동경제대 조교수로 임명되었다. 기무라 교수는 대학에서는 괴테의 '파우스트' 연구, '파우스트 제2부'의 강독을 했으며, 그 후 독일 18세기 문학사의 강의를 거쳐서 괴테연구에 전념하였고, 정교수가 된 후로는 '독일어 · 독문학 제1강좌'를 담임하였고, 1933년에 아오키[靑木] 교수가 퇴임 한 후에는 주임교수가 되었다. 같은 해 사가라 모리오가 조교수가 되어 '독어 · 독문학 제2강좌'를 담당하게 된다. 이것으로 확실시 되는 것은 김사량이 들었던 수업이 기무라 교수의 '독어 · 독문학 제1강좌'라는 것이다.

월~1933년 3월)를 거쳐, 정교수(1933년 3월~1948년 1월)로 동경제대에서 재직하였다. 김사량이 제대독문과에 입학한 때는 기무라 교수가 독문과를 이끌고 있던 때임을 알 수 있다.36)

3. 김사량의 독일문학관

김사량의 독일문학관을 살펴보기 위해서는 우선 기무라 교수의 독일문학관을 정리해 볼 필요가 있다. 하지만 기무라 교수에게 김사량이 어떠한 영향을 받았는지를 밝히는 것은, 주변 자료들을 통해 개괄적으로 접근해보는 수밖에 없을 것이다. 우선 기무라 교수와의 관계를 살펴보도록 하겠다.

기무라 교수는 당시 '독일문학회(獨逸文學會)'의 회장이었으며, 『독일문학(獨逸文學)』을 간행하고 있었다.37) 당시, 김사량도 '독일문학회'의 회원이었다.38) 1939년 11월 11일 발행된 『독일문학(獨逸文學)』 '(회원)주소변경'(33쪽)란에는 김사량의 새주소가 올라와 있다.

---

36) 이외에, 사가라 모리오[相良守峯]가 조교수(1933년 3월~1947년 2월)로 있었기 때문에 기무라 교수와 함께 김사량을 지도했을 가능성이 높다. 그 외에도 독일인 강사도 제대에서 수업을 하고 있었다. 엘빈얀(Erwin Jahn, 1930년 4월~1937년 3월), 한스뮐러(Hans Muller, 1938년 3월~1942년 11월), 월터도넛(Walter Donat, 1938년 3월~1939년 3월) 등 김사량이 재적중에 강의를 했던 독일인 강사도 눈에 띈다(『동경대학백년사자료(3)』 167~168쪽).

37) 『독일문학(獨逸文學)』은 『에룬테』라는 학술지를 개명 한 것으로 창간호는 1937년 6월 2일부로 발행되었다. 이 시기는 김사량이 동경제대 독문과 2년생이 되는 해였다. '독일문학회'는 제대 소속 학생들 뿐만이 아니라 일반인들을 유료 회원으로 받아들이는 방식을 취한 전국 단위의 독일문학 연구 조직이었다.

38) 필자는 『독일문학』을 1937~1945년까지 조사했으나, 일부 파손된 자료 등이 있어서 단편적인 사실밖에는 알 수 없었다. 김사량이 언제 '독일문학회'에 가입했는지에 대해서도 확인할 수 없었다.

金 時昌 澁谷區代々木西原 緣翡莊 (김시창 시부야구 요요기 니시하라 연비장)

이 주소를 통해 당시 김사량이 시부야구에 살고 있었음을 알 수 있다. 1943년 10월 10일에 발행된 『독일문학』(제7년 제2집) '회원명부개정'에 김사량의 이름은 올라있지 않다.

이토이 아즈사[糸井梓]는 "김사량은 졸업논문으로 하이네를 연구테마로 선택했다. 나치문학을 장려하는 기무라 교수와는 맞지 않았을 것이다."라는 의견을 밝히고 있다.[39] 하지만, 기무라 교수가 파시즘을 학생에게 장려하였다는 기록은 찾아볼 수 없었다. 『동경대학 백년사 부국사(1)』를 보면, 그것과는 반대되는 평가가 있다. 또한, 학자의 연구자세가 바뀐 것과 수업 지도를 완전히 동일시할 수만은 없을 것이다.

당시 기무라 교수는 말하자면 일본에서 독일문화 및 문학의 연구자의 대표적인 존재였으며, 학생사이에서도 그 이름이 높았으며, 강의는 속속 홍문당(弘文堂)에서 간행되었다.[40] 기무라 교수는 히로타 요시오[廣田義夫]가 편집한 『하이네전집(ハイネ全集)』(학예사 1934년 2월)의 번역에도 참가하였다. 기무라 교수의 이러한 활동을 보면, 김사량의 졸업논문 테마가 하이네라고 해서 두 사람 사이에 '마찰'이 있었다고 단정짓기는 힘들 것이다.

기무라 교수의 문학관을 살펴보면, 1930년대 후반 독일 및 일본에서 파시즘이 대두함과 함께 그의 문학관도 변질되기 시작한다. 기무라 교수가 나치즘을 독일전통의 발전으로 파악하기 시작한 것도 그와 때를 같이 한다. 그것이 기무라 교수의 역사인식의 빈약함이라고 지적하는 논의도 있다.[41]

39) 이토이 아즈사[糸井梓], 『김사량론』, 아오야마대학대학원 석사논문, 2006년.

40) 『청년 괴테연구[若きゲーテ研究]』(1934년), 『괴테[ゲーテ]』(1938년), 『일본정신과 독일문화[日本精神と獨逸文化]』(1940년) 등이 그것이며, 기무라 교수의 저작을 읽어보면 그러한 사상의 변동을 알 수 있을 것이다. 그것은 또한 김사량이 직접 들었던 수업일 가능성이 높다.

1934년 출판된 기무라 교수의 출세작 『청년 괴테 연구(若きゲーテ研究)』[42] 를 보면 어디까지나 전통적인 문학연구 방법론을 취하고 있음을 알 수 있다. 그러나 1940년 제4고등학교 등에서 행한 강의를 정리한 『일본정신과 독일문화(日本精神と獨逸文化)』[43]를 보면 단순한 문학연구서가 아닌, 나치 편향의 정치적 언설(言說)이 두드러짐을 알 수 있다.

기무라 교수는 이 책에서,

> 독일은－적어도 현재의 독일은－상술한 것처럼, 데카당적인 과정을 훌륭하게 극복하는 것으로, 그 부여된 임무를 수행해 나가고 있는 건강한 생명으로 충만한 국민임을 증명하였다. 현재의 일본은, 이와 똑같은 과제를 부여받고 있는 것이 아니겠는가.

라고 쓰고 있다. 이것을 보게 되면 기무라 교수의 연구방법이 변질한 것을 알 수 있다.

한편, 김사량은 제대독문과를 졸업하던 해에 독일문학과 관련된 평론을 여러편 쓰고 있음을 확인할 수 있다.

「조선문학풍월록(朝鮮文學風月錄)」[44]에서 김사량은,

> 문학사적으로 말하자면, 조선문학의 초창기에서 새로운 조선 정음문학(正音文學)을 수립했던 이광수, 廉尙燮 (想涉)씨 등은, 실로 조선의 크롭프슈톡이며 레씽이다. 그러나 지금은 괴테가 나오지 않으면 안 된다.

라고 쓰고 있다. 위와 같이 1936년 이전의 김사량의 문장에서 볼 수 없었던 '괴테'에 대한 언급이 제대독문과를 졸업한 시점에 나오는 것은 주

41) 전게서 27, 772～773쪽.
42) 기무라 긴지, 『청년 괴테 연구』, 弘文堂, 11938년 11월(이 연구서는 1934년 초판이 출판된 이후, 네 차례에 걸쳐 개정판이 출간되었다).
43) 기무라 긴지, 弘文堂, 1940년 12월, 45～46쪽.
44) 전게서 6, 15쪽(초출 『문예수도』 1939년 6월호).

목해 볼만한 부분이다.[45] 김사량은 1939년에 독일문학과 관련해서 3편의 평론을 쓰고 있다.[46] 「"겔마니"의 世紀的勝利」는 독일의 문화사적 성취를 비교한 단문이므로 제외하고, 나머지 두 편을 분석해 보도록 하겠다.

김사량은 「독일의 애국문학」에서, 어떠한 나라의 문학자라도 '민족적'인 것은 자명한 이치라는 것을 전제로, 나폴레옹 군대가 독일 영내에 침입해 오고 있다는 소문을 들은 괴테가 프랑스의 민주주의가 독일에 들어오게 됐다며 기뻐했다고 쓰고 있다. 즉, 괴테가 기뻐한 이유는 독일의 오랜 봉건주의가 나폴레옹이 이끄는 프랑스 군대에 의해 타파될 것이라는 기대 때문이었다는 것이다. 이어서, 독일은 국난에 조우했을 때 낭만주의적 경향이 대두했지만, 그것은 끊임없이 세계주의, 문화주의로 극복되었다고 독일문학의 경향을 분석하고 있다.[47]

김사량은 현재의 '애족문학(愛族文學)'은 가까운 장래에 '모순'에 직면하여 새로운 단계로 지양(止揚)될 것이라는 결론을 내고 있다.

김사량은 「독일과 대전문학」에서 현재 독일의 대지가 전쟁터로 변한 가운데 장래에 어떠한 문학이 탄생한 것인지를 스스로 묻고 있다.[48]

> 表現主義時代의 「푸릿츠픈운투ㅡ는 結局의 目的은 非政治的人間에 있다. 人類의相互愛와 人間의 精神的更生의必要는 어느時代 어느環境에서나 神의 眞實한攝理이다國家는 最近其利己的本性만을 나타내였다, 그리고 藝術의 根本概念은 사랑의 體驗과 矛盾되여있다. 將來의 獨逸文學의 方向에 對하야

45) 하지만 김사량의 독일문학에 대한 소양은 사가고등학교 때 이미 어느 정도 형성되었을 것으로 보인다. 이에 대해서는 사라카와 유타카가 이미 밝히고 있다(전게서 11 참조).

46) 「"겔마니"의 世紀的勝利」(조선일보 1939년 4월 26일), 「獨逸의 愛國文學」(『조광』, 1939년 9월), 「獨逸과 大戰文學」(『조광』, 1939년 10월).

47) 『김사량전집』(IV)에서는 어째서인지 '변질(變質)'이라고 번역되어 있다. 하지만, 초출에서 김사량은 극복(克服)이라고 쓰고 있기 때문에 저자의 원문에 따른다.

48) 두 평론은 초출과 『김사량전집』을 대조해가면서 간략하게 정리한 것으로 원문 그대로가 아님을 밝힌다.

도 示唆깊은말인줄안다.

『조광』 1939년 10월호 129쪽

위 인용을 잘 살펴보면, 김사량이 단순히 나폴레옹을 찬미하고 있는 것만은 아니라는 것을 알 수 있다. 김사량은 우선 '민족'의 당위성을 전제하고(자신이 조선민족의 한 명이라는 속 뜻), 현재는 나치의 '애족문학(愛族文學)'이 횡행하고 있지만, 가까운 장래에 그것은 '세계주의적, 문화주의적으로 극복'될 것이라고 말하고 있다. 그러한 함의(含意)를 식민지 조선의 상황에 적용했을 때, 두 평론의 참 뜻을 알 수 있다. 즉, 표면적인 구조상으로는 「독일의 애국문학」에서 괴테와 하이네가 나폴레옹의 독일 침략을 환영한 것이, 단순한 역사적 맥락에서 볼 때 일본과 조선의 관계로 대치될 수 있는 것으로 보이지만, 그 속뜻을 들여다보면 그것과는 반대되는 내용임을 알 수 있다. 왜냐하면, 하이네가 프랑스가 독일을 침공해 오는 것을 환영한 것을 그대로 김사량의 경우에 적용할 수 없기 때문이다. 시대상황은 물론이고 인식의 차이로 인해 이러한 적용은 불가능에 가깝다고 할 수 있다. 또한, 김사량이 조선을 '민주주의'로 인도해 줄 나라로 일본을 상정했다고 볼 수 없기 때문이다. 오히려, 이 시기는 창씨개명(創氏改名)을 시작으로 한 내선일체(內鮮一體)의 광풍(狂風)이 휘몰아치기 시작하는 시기였으며, 그러한 때에 일본이 조선을 봉건주의로부터 구출해줄 것이라고 생각했다고는 볼 수 없기 때문이다.

이처럼 김사량은 동경제대 독문과에서 수학하며 독일문학에 눈을 뜨는 동시에, 그것을 조선문학에 적용하려고 했음을 알 수 있다. 이는 김사량이 독일문학을 당시 시대상황을 고려해 가며 비판적으로 수용했음을 보여준다. 이러한 김사량의 독일문학과 하이네에 대한 관심은 동경제대 독문과 졸업논문으로 이어지고 있다.

4. 졸업논문 「낭만주의자로서의 하인리히 하이네 (Heinrich Heine als Romantiker)」

이번 장에서는 김사량의 제대졸업 전후의 행방과 독문과에 제출한 학부 졸업논문에 대해서 살펴보도록 하겠다. 우선, 김사량은 1939년 4월 12일 쓰루마루(鶴丸)에게 보낸 서간에서, “내게도 졸업증서가 나왔습니까?”[49]라고 쓰고 있다. 동년동월 30일 쓰루마루[鶴丸]부부에게 보낸 서간에서는, “졸업증서에 관한 일로 여러모로 걱정을 끼쳐서 미안하네.”[50] 라고 쓰고 있다. 두 통의 서간으로부터 알 수 있는 것은 어떠한 연유에서인지 졸업증명서가 4월말까지 나오지 않았다는 것이다. 전집 연보를 보면, 김사량은 그 해 1월 6일에 최창옥(崔昌玉)과 결혼하였고, 2월말에는 장혁주가 써준 소개장을 가지고, 야스다카 도쿠조(保高德藏)[51]를 방문하여, 『문예수도(文藝首都)』의 동인이 되었다. 그 후, 졸업식에도 가지 않고 일주일 예정으로 북경에 갔으며, 4월 5일 조선일보사로부터 전보를 받고 경성으로 가서 학예부기자로 일하게 된다. 김사량은 조선일보 기자로 일하는 동안 하숙에서 「빛 속으로」를 집필하였다.

동경제대 졸업식은 1939년 3월 31일이었다.[52] 졸업식에서 히라가 유

49) 전게서 6, 100쪽(이 시기의 김사량은 조선일보사에서 학예부기자로 일하고 있었다. 편지는 “京城府太平通 朝鮮日報學藝部”에서 보냈다).

50) 전게서 6, 100쪽(주소는 조선일보사 학예부로 되어있다).

51) 야스다카 도쿠조(保高德藏, 1889년~1971년)는 오사카에서 태어났다. 1907년 경성에서 석탄수입상을 하던 아버지 도쿠마쓰[德松]의 부름으로 조선으로 건너가게 된다. 조선에서 아버지의 조선인 멸시에 반감을 갖게 된다. 1910년 징병검사로 인해 오사카로 돌아온다. ‘제1회 개조사 현상소설’에 당선되어 문단에 등장한 후, 1933년 『문예수도』(1933년 1월~1970년 1월)를 주간하며, 김사량 장혁주등 조선인 출신 작가들과 친교를 맺는다. 야스다카는 곧잘 “조선은 내 마음의 고향”이라고 말했다고 한다. 야스다카의 지원으로 김사량과 장혁주가 일본문단에서 보다 쉽게 정착한 것만은 사실이다.

52) 『동경대학 역대총장 식사고사집(東京大學歷代總長式辭告辭集)』, 동경대학 1997년 2월 15일, 174쪽.

즈루[平賀讓] 총장은 2,038명의 졸업생에게 전국(戰局)의 변화와 황국신민(皇國臣民)으로서의 마음가짐 및 졸업생의 진로에 관한 연설을 하였다. 물론, 김사량은 북경에 있었으므로 졸업식에는 가지 못했다. 같은 날 『제국대학신문』(2면)을 보면 졸업생 리스트를 확인할 수 있다. 김사량은 본명 '김시창(金時昌)'으로 실려 있으며, 쓰루마루(鶴丸)의 이름도 보인다. 그러나 입학시 24명이었던 동기생은 졸업시에는 17명으로 줄어있음도 확인 할 수 있다. 동신문의 6월 9일(2면) 기사를 보면, '신학사 취직상황'을 알 수 있다. 그 가운데는 독문과는 17명의 졸업생이 배출되었고, 그 중 15명이 취직했음을 알 수 있다. 취직내용을 보면 김사량은 나머지 2명 중 1명임을 알 수 있다.[53)]

한편, 지금까지 김사량의 동경제대 졸업논문은「Heinrich Heine, der letze Romantiker(하인리히 하이네 마지막 낭만주의자)」[54)]로 알려져 있었다. 하지만 확인해본 결과 김사량이 제출한 졸업논문 타이틀이 기존과 다름이 확인되었다. 제대신문 1939년 1월 23일(2면)을 보면, 김사량이 제출한 졸업논문의 제목은「낭만주의자로서의 하인리히 하이네 金時昌(사진 1)」임을 알 수 있다.[55)] 한편, 현재 그 누구도 실물을 갖고 있지 않는 것으로 보인다.[56)]

---

53) 기사를 보면 대부분이 국가기관에 취직해 있음을 알 수 있다. 이는 독일어가 당시 일본과 독일간의 동맹관계로 인해 국가기관에서 그 수요가 많았음을 알 수 있는 대목이다.

54) 전게서 6, 386쪽.

55) 김사량은 어째서 수많은 독문학자 중에서 하이네를 선택했던 것일까. 흥미로운 사실은 김사량과 하이네의 인생은 커다란 흐름에서 닮은 부분이 많다는 점이다. 물론, 시대적 배경과 하이네가 유태인이라는 자각을 갖고 차별과 맞선 부분이, 김사량이 조선인이라는 자각을 가지고 일본에서 일본어로 소설을 쓴 것이 동일한 것은 아니다. 하지만, 적어도 김사량은 하이네의 작품에서 자신이 나아갈 방향을 발견했을지도 모를 일이다. 하이네가 서정시에서 정치시로 작품관이 변모한 부분과 조국 독일과 프랑스 사이에서 방황했던 것으로 상징되는 것처럼, 하이네를 김사량이 졸업논문 주제로 고른 것에는 필연성이 있음에 틀림없다.

56) 동경대학 문학부에 문의해 본 결과 김사량의 졸업논문은 동경대학에서도 소장하고 있지 않고 있다는 회답을 동경대학문학부 독일문학연구실의 히라노 요시히코

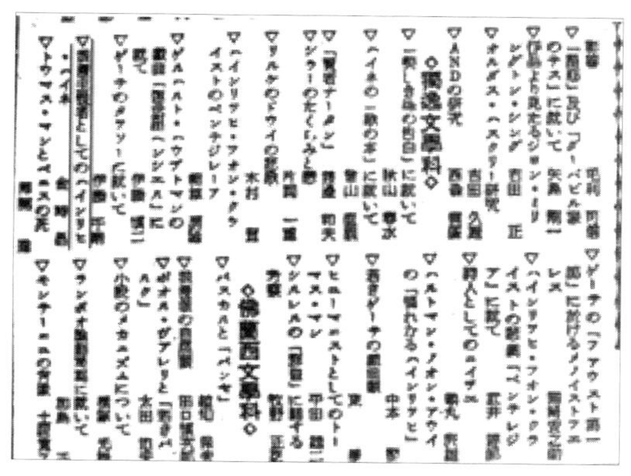

〈사진 1〉 김사량의 졸업논문 제목 (방선부, 곽형덕)

제대신문에 졸업논문에 관한 기사가 실려 있는 1월 23일을 기점으로 해서 그 전후의 행적을 살펴보도록 하겠다. 김사량은 1939년 1월 13일 쓰루마루(鶴丸)에게 보낸 서간에서, "소생의 논문은 나카지마[中島義人] 군이 제출해주었네만, 자네 것도 잘 마무리 되었을 것으로 생각하네"(『김사량전집 Ⅳ』 97쪽)라고 적고 있다. 그러므로 1월 13일 전에 김사량의 논문은 제대독문과 사무실에 제출되었음이 확실하다. 다만, 김사량이 졸업증명서 문제로 두 차례나 쓰루마루[鶴丸]에게 편지를 보낸 것을 봤을 때, 그 당시 어떠한 이유로 김사량은 졸업증서를 받지 못해 곤란한 상황이었음을 알 수 있다.

안우식은 김사량이 제대독문과 대학원에 재적한 시기를 '1940년 4월 27일부터 1941년 4월 26일까지'[57]라고 적고 있으며, "김사량의 대학원 진학은 어디까지나 동경으로 가기 위한 방편이었으며, 그 주요한 목적은 창작활동에 있었을 것이다. […] 일본에서 김사량이 가장 눈부신 활약을 한 시기와, 대학원에 재학했던 시기가 거의 일치하는 것으로 봤을 때, 이 추측은 움직이기 힘들다"라고 쓰고 있다.[58] 하지만, 김사량의 대학원 입

[平野嘉彦] 씨에게서 받았다(2007년 1월).

57) 『김사량-그 저항의 생애』(단행본), 62쪽.

58) 앞의 책, 62쪽.

학을 단지 창작활동을 위해서라고 보기는 힘든 점이 있다. 왜냐하면, 오직 창작활동을 하기 위한 것이었다면, 1940년 4월 대학원에 진학하지 않고서도 김사량에게는 일본에 갈 수 있는 다른 길이 열리고 있었기 때문이다. 「빛 속으로」가 1940년 상반기 아쿠타가와상(芥川賞) 후보작으로 선정되었음은 이를 잘 말해주고 있다. 『문예춘추(文藝春秋)』 '제10회 아쿠타가와상 평의회경위(第十回芥川賞評議會經緯)'(1940년 3월호 346~356쪽) 기록을 보면, "2월 7일까지 수상자의 수락을 얻어, 그것을 각 신문에 발표한다"고 밝히고 있다. 그러므로 김사량은 늦어도 1월 말에는 자신이 아쿠타가와상 후보가 된 것을 알고 있었다는 계산이 나온다. 이외에도 1939년경의 김사량은 독문학 연구에 흥미를 갖고, 연구와 창작을 병행하려고 했을 가능성이 높다. 이는 1939년에 발표된 「게르만의 세기적승리」, 「독일의 애국문학」 「독일과 대전문학」과 같은 평론을 보더라도 알 수 있는 부분이다. 1939년에 발표된, 「조선문학풍월록」(6월), 「독일의 애국문학」(9월), 「독일과 대전문학」(10월), 「조선문학측면관」(조선일보 1939. 10. 4~6.), 「조선의 작가를 말한다」[59](11월)와 같은 평론을 발표한 시점에는 연구와 창작을 병행하려 했던 것이, 「빛 속으로」가 아쿠타가와상[芥川賞] 후보작으로 선정된 후, 김사량은 창작 쪽에 전념하게 되었다고 할 수 있겠다. 동경제대 재학 중에 「토성랑(土城廊)」 외에는 본격적인 소설이 없었던 반면, 「빛 속으로」 이후 김사량은 「천마(天馬)」(문예춘추 1940년 6월), 「기자림(箕子林)」(문예수도 1940년 6월), 「풀이 깊다[草深し]」(문예 1940년 7월), 「무궁일가(無窮一家)」(개조 1940년 9월)와 같은 소설을 봇물이 터지듯 쓰고 있다는 점에도 이는 잘 나타나 있다.[60] 「빛 속으로」의 성공 이후, 독문학에 관한 평론이 보이지 않게 된 것은, 그러한 김사량의 변모를 잘 말해주고 있다.

---

59) 『모던일본(モダン日本)』(조선판) 1939년 11월호에 발표. 모던일본 조선판에 대해서는, 졸고 「마해송의 체일시절 : 문예춘추, 모던일본에서의 행적을 중심으로」(『현대문학의연구』 33, 2007년 11월)에서 자세하게 다루었다.

60) 동경제대 재학중에 「윤참봉(尹參奉)」(동경제국대학신문 1937년 3월 20일)도 발표되었지만, 이는 엽편 분량의 소설로 본격적인 창작이라고 보기는 힘들다.

5. 「빛 속으로」 속의 동경제대 체험

「빛 속으로」[61]는 1940년에 발표된 작품 가운데 유일하게 일인칭 시점의 작품이다. 김사량 작품 대부분이 3인칭 시점인 것과 비교해 보면, 이 작품은 초기작답게 작가의 체험과 심경이 직접적으로 투영되어 있다. 「빛 속으로」의 배경 또한 김사량이 통학하던 동경제대주변임을 알 수 있다.

> 대학, S 협회, 오시아게역(押上驛), 고오토오(江東)[62]근처의 공장, 우에노(上野)역, 유치장, 마츠자카야(松坂屋)[63], 우에노(上野)공원, 동물원, 시노바즈이케(不忍池).[64]

이는 김사량이 제대 독문과를 다니며 체험한 '제대문화권(帝大文化圈)'이 작품속에 투영되었음을 의미한다. 그러므로 동경제대를 졸업한 구메마사오[久米正雄][65]가 공감을 느끼고, 사토하루오[佐藤春夫][66]가 '사소설'이라고 「빛 속으로」를 평했음은 필연적인 것이다.[67]

---

61) 김사량이 작가로서 살아가기 위한 자신감과 조건이 「빛 속으로」 단 한 작품으로 인해 결정되었다고 하여도 과언은 아닐 것이다. 「빛 속으로」는 그러한 의미에서 (작품 외적인 부분에서도) 김사량에게는 결정적인 작품이라 할 만하다.

62) 동경도 스미다강(隅田川) 동안(東岸)에 인접한 지역 일대의 명칭. 동경 23구의 하나.

63) 1611년 나고야에 창업. 1910년 근대적 백화점으로 개업, 1924년 일본 최초로 토족(土足)입장이 가능한 긴자점을 개점. 1925년 현재의 사명(社名)이 되었다.

64) 우에노공원 남서 방향에 위치한 연못.

65) 소설가, 극작가. 동경대학 영문과 졸업 아쿠타가와류노스케[芥川龍之介]와는 절친한 친구사이였으며 나쓰메소세키[夏目漱石]의 제자였다. 신문 연재 소설등으로 1920년대 인기작가의 반열에 올랐다. 김사량이 가마쿠라경찰서에 구금되었을 때(1941년 12월), 석방(釋放)에 힘쓴 문인중의 한 명이다(1891~1952년).

66) 시인, 소설가. 고전적이면서도 격조있는 시를 쓰던 시인에서 소설가로 변신, 환상적이고 탐미적인 소설의 작풍을 열었다는 평가를 받았던 작가이다(1892~1964년).

67) 『문예춘추(文藝春秋)』 1940년 3월호의, '제10회 아쿠타가와상 평의회경위(第十回

사토하루오[佐藤春夫]는,

> 김사량의 「빛 속으로」에서 민족의 비통한 운명을 충분히 쥐어 짜내어 사소설(私小說)을 일종의 사회소설(社會小說)로 써낸 역량과 아졸(雅拙)하지만 묘미가 있는 필치도 좀처럼 떨쳐버리기 힘든 것을 느꼈다.
>
> 『문예춘추(文藝春秋)』, 1940년 3월호

라고 쓰고 있다. 이는 매우 중요한 지적이라 할 수 있다. 즉, 「빛 속으로」가 김사량의 체험에 의해 창작된 작품이라는 것을 잘 표현한 선고평이다. 김사량의 작품은 「빛 속으로」 이후에도 많은 작품이 체험(현지답사를 포함해)을 작품화 하고 있다.[68]

우선, 작중(作中)의 남선생(南先生)을 살펴보면, 그는 김사량과 거의 흡사한 경력을 갖고 있음을 알 수 있다. 남선생이 다니고 있는 학교는 김사량과 동일하게 동경제대이다. 남선생은 S협회에서 영어를 가르치고 있는 것으로 설정되어 있는데, S협회는 실재했던 「동경제국대학세틀먼트(settlement)」[69](이하, 제대세틀먼트)임을 알 수 있다.

사와히라키[澤開]는,

> 잡지 『제방』이 와해된 것은 김군(김사량, 역자주)과 신타니(新谷)군 등이 검거되었기 때문이다. […] 신타니군은, 대학에 들어오자 혼죠(本所)에

芥川賞評議會經緯)'(346~356쪽).

68) 「풀이 깊다[草深し]」(『문예』(조선문학특집호) 1940년 7월)의 경우 「山谷의 手帖」(동아일보 1935년 4월 21일~28일)과 같은 기행문을 소설화한 것이다. 또한 「산의 신들[山の神々]」의 경우도 이러한 과정을 거쳐서 작품화 된 것은 이미, 안우식이나 임전혜에 의해 소개된 바 있다. 「향수(鄕愁)」(문예춘추 1941년7월)의 경우도 「북경왕래(北京往來)」(박문 1939년 8월)와 「에나멜구두의 포로[エナメル靴の捕虜]」(문예수도(文藝首都) 1939년 9월)가 작품화된 것임을 알 수 있다.

69) 『김사량전집Ⅰ』의 작품해설에서 임전혜(任展慧)에 의해 세틀먼트와 작품의 관련에 대해서 설명된 부분이 있는 바, 본고에서는 『김사량전집』에서 다루지 않고 있는 부분만을 논하도록 하겠다.

> 있던 동대세틀먼트에서 일을 했다. 신타니군을 찾아 김군도 종종 세틀먼트에 출입했다.[70]

라고, 김사량이 제대세틀먼트에 관여하고 있었던 당시를 회상하고 있다. 1937년 2월 제대세틀먼트회가 발간(비매품)한 『동경제국대학세틀먼트 12년사(東京帝國大學セツルメント十二年史)』의 편집 후기를 보면, 신타니 도시로(新谷俊郎)가 아동부위원(兒童部委員)이었음을 알 수 있다. 신타니는 김사량의 동경제대독문과 동기생인 동시에 『제방』 동인으로, 김사량과는 밀접한 관계를 맺고 있던 인물이었다. 여기서 주목해야 할 점은 신타니가 '아동부'에서 활동하고 있었다는 점이다. 사와히라키의 회상과 위 책을 겹쳐서 보면 김사량이 제대세틀먼트 조직 중에서도 '아동부'에 출입했음을 알 수 있다. 이는 「빛 속으로」에서 남선생이 제대세틀먼트 내에서 아이들과 관계되어 있는 부분과도 연결된다.

동서(同書)의 '소년교육부사(少年教育部史)'를 보면 실제로 '영어'가 제대세틀먼트에 개설되어 있던 과목임을 알 수 있으며, 이는 남선생이 작중에서 영어를 가르치고 있는 것과 관련지을 수 있다.[71]

「빛 속으로」에서 제대세틀먼트는 다음과 같이 기술되어 있다.

> 본래 S협회는 제대학생들이 중심이 돼서 하던 일종의 인보사업(隣保事業) 단체로, 그곳에서는 탁아부(託兒部)나 아동부를 시작으로 시민교육부, 구매조합, 무료의료부 등도 있어서, 이 빈민지대에서는 친근감이 있는 조직이었다.
>
> 『김사량전집』(Ⅰ)에서 번역 15쪽

위 인용은 『동경제국대학세틀먼트 12년사』와도 상당부분 겹친다. 그런 것을 고려해 보면, 김사량이 위 책을 읽었을 가능성은 매우 높다고 할 수

70) 전게서 13, 55쪽.
71) 『동경제국대학세틀먼트 12년사(東京帝國大學セツルメント十二年史)』, 155~203쪽.

있다. 김사량이 제대세틀먼트에 출입하던 시기와 위 책의 출간 시기가 겹치는 것을 볼 때 김사량도 위 책을 소장하고 있었을 가능성은 매우 높다.

그 외에도 「빛 속으로」에 나오는 '어머니 모임[母の會]' 또한 실재했음을 확인 할 수 있다.72) 작중의 혼혈아 야마다 하루오[山田春雄]의 어머니, 정순이 남편인 한베에[半兵衛]에게 폭행을 당해서 S협회에 실려오는 부분도 제대 세틀먼트내에 '의료부'가 있었다는 점을 고려해 보면, 김사량이 이러한 실제 배경을 의식하면서 작품을 썼다는 것을 알 수 있다.

한편, '상담자의 유형'에는 '조선인의 차가문제(借家問題)'(148쪽)가 심각한 사회문제로 언급되고 있다.73) 이러한 정황으로 봤을 때, 제대 세틀먼트 내에서 김사량은 동족(同族)의 비참한 현실을 접했을 가능성이 높다고 할 수 있다.

그 밖에, 김사량이 '모토후지경찰서[元富士警察署拘留]'에 구류되었던 체험도 작품 곳곳에 반영되어 있다. 전집의 연보를 보게 되면 김사량은 모토후지경찰서에 1936년 10월 28일에 검거되어, 12월 중순에 미결인 채로 석방되었다.74) 작중에서 남선생은 야마다 하루오[山田春雄]가 한베에[半兵衛]의 아이라는 것을 직감하는 장면이 있다. 이 배경은 김사량이 1936년 10월 검거되었던 체험을 바탕으로 창작된 부분이다.

이 부분을 인용해 보면 다음과 같다.

> 실제로 나는 저 한베에[半兵衛]와 두 달도 넘게 같은 유치장(留置場)에서 함께 생활했다. […] 생각해보면 작년 11월이었다. 내가 M서(署)의 유치장에서 한베에와 만났던 것은. 그때 그는 이죽거리면서 내 옆으로 바짝 다가왔다.
>
> 『김사량전집Ⅳ』, 24쪽

이 부분은 김사량의 체험과 거의 일치하는 것을 알 수 있다. 'M서(署)'

72) 앞의 책, 51쪽.
73) 앞의 책, 144~148쪽.
74) 전게서 6, 585쪽.

라는 것은 모토후지의 알파벳 첫 자를 딴 것이다.

다른 작품을 보면, 「留置場에서 만난 사나이」[75], 「도둑놈[泥棒]」[76]은 「빛 속으로」으로 보다 김사량의 유치장 체험이 직접적으로 반영되어 있는 작품이다.

간략하게 살펴본 바대로 김사량이 동경제국 대학에서 보냈던 1936년부터 1938년까지의 체험은 「빛 속으로」 곳곳에 남겨져 있음을 알 수 있다.

6. 끝내며

한 인간의 삶에서 20대 초중반은 세계관의 확립과 확충이라는 면에서 매우 중요한 시기이다. 20대 초반에 명작을 발표하는 작가가 있는가 하면 20대 초반의 작품을 통해 그 후 작품세계를 심화 발전시켜 나가는 작가도 있다. 김사량은 동경제대 시절을 통해 습작기를 벗어나 「빛 속으로」를 창작할 수 있었다. 완성도의 문제는 별도로 하고 「빛 속으로」는 당시 정치적 현실과 견주어 보았을 때 매우 문제적 작품이다. 「빛 속으로」에는 김사량의 정체성 혼란은 물론이고 내선일체(內鮮一體)를 바라보는 '(민족문제를 둘러싼) 자아의 고뇌'가 매우 잘 드러나 있다.[77]

75) 『문장』, 1941년 2월호. 일본어로는 김사량의 일본어 제2소설집, 『고향』(甲鳥書林, 1942년)에 수록.

76) 『문예』, 1941년 1월호.

77) 「빛 속으로」가 '민족적' 혹은 '반민족적'으로도 읽히는 것은 텍스트의 양가적(ambivalence)인 현실표상과 깊은 관련을 맺고 있다. 즉, '혼혈(hybrid)'의 문제가 주인공 '나'의 정체성혼란과, '야마다 하루오[山田春雄] 소년'이 갖고 있는 혼혈성이라는 문제 설정을 통해 '내선일체'와 관련된 '긍정'과 '부정' 사이를 매우 위태롭게 가로지르고 있기 때문이다. 이는 '나'와 '하루오' 이 일본사회에서 적응하여 살아가고자 하는 욕구와, 그와 반대로 조선적 정체성을 확인하고자 하는 욕구가 충돌하고 있는 지점에서 확인된다. 하지만 하루오 소년은 혼혈아이므로 '자민족중심주의(ethnocentrism)' 속에 속할 수 없음 또한 매우 중요한 부분이다.

본고에서는 김사량의 동경제대에서의 궤적을 더듬어 정리하고, 동경제대 독문과를 졸업하고 나서 창작된 「빛 속으로」가 김사량의 체험을 형상화한 소설이라는 것을 밝혔다. 김사량은 「빛 속으로」를 통해 아쿠타가와상 후보 작가가 된 후 약 2년간에 걸쳐 일본에 체재하며, 단편소설 및 소품 21편[78] 과 창작집 2권,[79] 그리고 평론 2편,[80] 서간과 에세이 및 르포르타주 도합 8편[81]을 발표한 시기는 김사량이 본격적으로 일본에서 작품 활동을 하며 활약한 시기에 해당된다.[82]

여기서 주의해야 할 점은 '민족'이라는 것이 이 작품이 창작된 1940년대에는 '황국신민(皇國臣民)'을 뜻 하는 용어였다는 점이다. 물론, '황국신민(皇國臣民)'의 하부에 '조선민족'이 존재했지만 당시 '조선민족'이라는 말은 공적으로는 거의 통용되지 않았고, 대신 '조선인'이나 '반도인'이라는 용어가 사용됐다. 당시 '조선인'이 '조선'을 부를 때도 '고향'이나 '반도'라는 말로 돌려서 표현했을 정도로 언론탄압이 가해지던 시기였다. 이는 당시의 '민족'은 '황국신민(皇國臣民)'안에 포함되어야 한다는 사명이데올로기와 관련이 깊다. 본고에서 정의하는 민족은 그러므로 일본의 패전이후 형성된 '민족' 개념이다.

78) 『김사량전집Ⅳ』에 연보에 실려있는, 「천마(天馬)」에서부터 「물오리섬(ムルオリ島)」까지. 소품 2편과 단편소설 19편. 단, 「산의 신들(山の神々)」 관련 작품과 「지기미」 관련 작품은 겹쳐지는 부분이 있으나 개별 단위로 전부 세었다. 소품은 「뱀」(『조선화보』 1940년 8월)과 「산의 신들(山の神々)」(『문예수도』 1941년 7월)이다. 단편 소설에 대한 개별 작품 서지(書誌)는 생략한다).

79) 『빛 속으로』(소산서점(小山書店), 1940년 12월), 『고향(故鄕)』(갑조서림(甲鳥書林) 1942년 4월).

80) 「조선문화통신(朝鮮文化通信)」(『현지보고(現地報告)』, 1940. 8.)과 「조선문학과 언어문제」(『삼천리』, 1941. 6. [일본어]).

81) 「어머니께 드리는 편지[母への手紙]」(『문예춘추』 1940년 4월), 「현해탄밀항(玄海灘密航)」(『문예수도』 1940년 8월), 「山家三時間－深山紀行의 一節－」(『삼천리』 1940년 10월), 「평양으로부터[平壤より]」(『문예수도』 1940년 11월), 「양덕통신(陽德通信)」(『신시대』 1941. 1), 「화전지대를 가다[火田地帶を行く]」(『문예수도』 1941년 3월~5월)『김사량전집Ⅳ』 386~389쪽 참조)
여기에 최근 발견한 「내지어의 문학[內地語の文學]」(『요미우리신문[讀賣新聞]』 1941년 2월 14일) 과 「빈대여 안녕[南京虫よ、さよなら]」 (『요미우리신문[讀賣新聞]』 1941년 11월 3일)을 합치면 도합 7편이 된다.

82) 「빛 속으로」가 『문예춘추』에 실린 1940년 3월 이후부터 1942년 「물오리섬[ムルオリ島]」(『국민문학』 1월호)까지로 기간을 설정한다. 김사량은 1942년 1월 29일 가마쿠라경찰서에서 석방되서 2월 평양으로 돌아간다(『김사량전집Ⅳ』, 389쪽). 그 후 김사량은 일본에 정주(定住)하는 일은 없었다.

김사량이 가마쿠라 경찰서에 구금되는 해인, 1941년(2월 14일) 요미우리신문[讀賣新聞] 석간에는, 김사량의 「내지어의 문학[內地語の文學]」이라는 에세이가 실려 있다. 이 기사에는 김사량의 복잡한 심경과 자신이 가야할 길에 대한 암시가 들어있다.

> 나는 좋든 싫든, 일본문학의 전통과 아무런 혈통적인 연관도 없이, 내지어(內地語) 문학을 시작했다고 생각한다. […] 아마도 나는 그러한 이유로 문학이외에서, 일본적인 것, 진정으로 일본문학 특유의 것을, 자신의 피와 살로 섭취하는 것은 불가능 했던 것이다. […] 나는 어디까지나 인간이라는 존재를 믿고 싶다. 광대한 세계를 동경하여, […] 결코 실망하지 않으리라 생각하고 있다. […] 내지어이지만, 그것을 자신의 체내에 살아 숨쉬는 조선문학의 전통적인 것을 통해서, 올바르게 발현해 나가는 것이다.[83]

이와 같이 김사량의 고뇌는 민족차원에서 오는 '위화감(이질감)'에 있었다고 생각된다. 김사량은 탄압이 시시각각 닥쳐오는 일본에서 체포될 때까지 창작을 계속하였다. 김사량이 지향했던 문학은 「독일의 애국문학」과 「독일과 대전문학」에도 잘 나타나 있듯이, <세계(보편)주의적인 문학>, <휴머니즘적인 문학>이었다.[84] 일제말 파시즘이 횡행하는 일본에서 김사량이 창작한 소설이 보편주의로서의 <휴머니즘>을 지향했던 점은 시사하는 바가 크다 하겠다.

---

83) 私などはよかれあしかれ、日本文學の傳統といふものとは何の血のつながりもなしに、內地語の文學を始めたものと思はれる。[…] 恐らく自分はそこから文學そのもの以外に、日本的なもの、眞に日本文學に特有なものを、自分の血となし肉となし得るやう攝取することはできなかつたのであらう。[…] 私は飽くまでも人間といふものを信じたい。大いなる世界に憧れ、[…] 決して失望しまいと思つてゐる。[…] 內地語ではあるが、それを自分の體內にかよつてゐる朝鮮文學の傳統的なものを通じて、正しく發現して行くことである。

84) 이러한 작품관은 「무궁일가(無窮一家)」(개조(改造), 1940년 9월)와 「향수(鄕愁)」(문예춘추 1941년 7월)에도 잘 드러나 있다.

연구 제2부

해석과 지평

일제말 김사량 문학의 저항과 양극성

—「천마」,「무궁일가」,「향수」를 중심으로—

‖ 김재용 ‖

1. 일제말의 양극화와 김사량 문학의 특성

1938년 10월 '동방의 마드리드'라고 불리던 무한 삼진이 일본 제국의 수중으로 떨어지는 사건은 일본 제국의 식민지였던 조선에 큰 충격을 안겨주었다. 이 역사적 사태를 계기로 일본 식민지 당국은 과거와는 다른 차원의 통치를 시행하게 되었고 이에 따라 조선의 문학계와 지식인계 역시 기존과는 다른 방식으로 대응해야만 하였다. 일본어 사용이 적극 권장되고 하면 작가들의 국책 동원이 번번이 벌어지는 정황 속에서 일제에 협력하는 문학이 속출하는가 하면 일제에 우회적으로 저항하는 문학도 나오기 시작하였다. 이 시기의 문학을 '일제말 문학'이라고 부를 수 있다. 일제말이란 용어는 자주 사용되고 있지만 논자에 따라 그 시기 구분이 달라 일정한 합의가 없는 상태이다. 이 글에서 일제말이라고 했을 때에는 바로 무한삼진 함락 이후를 가리킨다.

일제말 시기의 가장 큰 특징은 일제 지배 당국의 문학에 대한 간섭과 억압이 그 이전에 비해 비교가 되지 않을 정도로 강하다는 것이고 또한 그 억압의 방식이 소극적인 방식이 아니라 적극적이라는 점이다. 일제가 조선을 강제적으로 점령한 이후 '일시동인'과 내선융화'를 내세우면서 문학계를 비롯한 지식인들에게 강한 억압을 가하였다. 그것의 구체적 방법은 일제의 정책을 비판하는 작품을 쓰지 않도록 하는 것이고 작가들이 이를 위반하였을 때에는 처벌하는 방식이었다. 작가들에게 일본의 국책을 수용하여 이를 반영하는 작품을 창작하라고 하는 방식은 아니었다. 그렇기 때문에 일본 제국의 통치를 건드리지 않는 작품을 쓰는 작가들은 식민지 지배 당국과 무관하게 작품을 쓸 수 있는 제한된 자유를 확보할 수 있었다. 하지만 일제말에 이르면 일제 식민지 당국은 이전과는 다른 방식을 선택하였다. 일본 제국의 지배 정책에 어긋나는 작품을 쓰지 않는 것을 넘어서서 일제 당국의 정책을 널리 알리는 작품을 쓰도록 강요하였다. 일본주의를 비롯한 제반 총독부의 정책을 홍보하는 작품을 쓰면 '국민'이고 그렇지 않은 경우 '비국민'으로 몰고 나갔다. 그렇기 때문에 일제말에는 침묵이 하나의 저항이 되는 역설이 벌어졌다.

일제말에 이르러 식민지 지배 당국의 문학 정책이 소극적 것에서 적극적인 것으로 바뀌면서 조선 총독부의 개입이 공개적으로 드러나기 시작하였다. 무한 삼진 함락 직후인 1938년 말에 일본의 펜부대가 중국전선을 방문하면서 경성을 들렀다가 조선총독부의 주선으로 조선의 작가들과 대담하는 풍경도 전에 없던 일이다. 조선총독부 경무국 도서과의 관리가 당당하게 참석한 이 자리에서 일본인 작가들은 조선인 작가들에게 일본어로 글을 쓸 것을 꺼리김 없이 종용한다. 그 다음해 5월이면 조선 총독부의 입김 하에서 조선의 문학인들이 모여 중국 전선에서 싸우고 있는 군인들을 위문하기 위한 펜부대를 보내기 위한 논의를 하였다. 이 논의에서 대표로 뽑힌 김동인 박영희 임학수가 중국전선을 방문하고 후 귀국하여 작품을 여러 군데 발표한 것도 이 무렵이다. 사태는 여기에서 그치지 않았으며, 1939년 중반 이후에는 1938년에 시행된 조선인 지원병제에 의하여 군인이 되기 위해 훈련을 받고 있는 조선인 지원병 훈

련소를 작가들이 방문하고 이와 관련된 글을 발표하도록 총독부가 요구하였다. 이처럼 일제말에 이르러 그 이전시기와는 다르게 총독부의 문학 정책이 '이런 것을 다루지 말라'는 소극적인 차원에서 '이런 것을 써라'고 하는 적극적인 차원으로 바뀌면서 총독부의 개입이 표면화되었고 이는 조선의 문학인으로 하여금 협력과 저항의 양극화를 초래하였다.

일제에 협력하기 시작한 지식인들은 '내선일체'를 통하여 조선인들이 그 동안 받아온 차별을 극복해야 한다고 생각하였다. 마지막 보루였던 중국의 무한이 일본의 수중에 떨어지는 것을 보면서 이제 조선의 독립은 끝났다고 보았다. 조선의 독립과 실력양성을 함께 고려하지 못하고 실력양성을 앞세웠던 국민주의자 이광수마저도 그동안 조선의 독립에 대해서 회의하지 않았었다. 실력양성을 주장한 것은 언젠가 오게 될 독립을 준비하는 차원에서 논의된 것이기 때문이다. 그러던 이광수가 무한 삼진이 일본으로 넘어가는 것을 보면서 조선의 독립에 대한 전망을 접게 되자 실력양성도 의미가 없어지게 된다. 이제 남은 것은 조선인들이 일본인처럼 되어 그동안 받아오던 차별을 더 이상 받지 않는 것이다. 그렇기 때문에 그는 조선인의 살과 뼈가 일본인의 그것처럼 되어야 한다고 역설할 수 있었던 것이다.

일제에 협력하기를 거부한 저항 문학인들은 무한 삼진의 함락으로 장개석 정부가 중경으로 들어가고 모택동 세력이 연안에서 활동하게 되는 것을 보면서 현 국면에서 가장 중요한 것은 식민주의에 대한 저항이라고 보았다. 1920년대 이후 일본 제국주의를 극복하는 운동에서 제기되었던 민족주의와 사회주의 사이의 다른 전망은 더 이상 큰 의미를 가지기 어렵게 되었다. 그것은 일본으로부터 조선이 해방된 이후의 문제였기 때문이다. 일제가 '내선일체' 등의 극단적인 동화정책을 시행하려고 하기 때문에 이것으로부터 조선인의 정체성을 지키는 것이 급선무라고 생각하였다. 특히 과거 사회주의의 입장에 서 있던 문학인들의 경우 이러한 결심은 결코 쉽지 않은 것이었다. 그동안 조선적인 것을 말하고 조선적인 것의 정체성을 논하는 것 자체를 민족주의적 태도라고 터부시하였던 터라 더욱 어려웠던 것이다. 사회주의적 입장에서 서서 작품활동을 하던 한설야가 1939년 이후 일제의 탄압에 겉으로는 따르는 척하지만 안으로는 불복하는 지식인의 심리를 묘사한 「이녕」이라든가, 혹은 일제의 탄압에 저항하는 차원에서 자살하는 민족주의자의 생을 표나게 다룬 「두견」 등을 창작한 것은 이러한 것의 가장 대표적인 것이라 할 수 있다.

김사량은 바로 이 일제말 시기에 작품활동을 시작한 그야말로 일제말 작가이다. 김사량의 첫 작품인 「빛 속으로」가 『문예수도』에 발표된 것은 1939년 10월이다. 앞서 말한 것처럼 일본 식민주의의 '내선일체'가 압도적으로 선전될 무렵이며 또한 조선총독부가 직접 공개적으로 조선의 문학계에 개입하면서 억압하기 시작할 때이다. 이러한 상황에서 작품활동을 시작한 김사량의 경우 일본 식민주의에 협력하든가 저항하든가 그 둘 중의 하나를 택하면서 문학활동을 할 수밖에 없었다. 그 둘 이외의 것을 용납하지 않는 조건에서 김사량은 저항이 해방의 길이라고 믿고 이를 선택하였으며 이 시기 이후의 그의 작품은 모두 이것에 바쳐졌다. 물론 일제 검열의 벽으로 하여 굴곡된 면이 없는 것은 아니지만 기본적으로 이러한 방향으로 나아갔다. 그런 점에서 김사량 문학은 일제말의 저항적인 문학의 대표적인 경우라 할 수 있다.

또한 일제말 김사량 문학에서 특이한 것은 이러한 저항성이 협력과 저항의 양극화에 기초하고 있다는 점이다. 김사량은 당시의 조선 사회와 문학이 일본의 신민으로 살아가기를 자청한 협력과 조선의 정체성을 지키는 저항이란 양극으로 나누어져 있음을 누구보다도 잘 깨닫고 있었다. 이것은 비단 문학계 내부의 문제만이 아니라 사회 전체에 걸쳐 이루어지는 것임을 분명하게 알고 있었다. 물론 이러한 양극화에 대한 인식은 당시 저항의 편에 섰던 문학인들 모두가 공통적으로 갖고 있던 인식이었기 때문에 유독 김사량만의 특징이라고 할 수는 없을 것이다. 하지만 작품에서 이러한 양극화를 그리고 있는 것은 김사량 문학이 갖고 있는 독특한 대목이라고 할 수 있을 것이다. 김사량은 일제말 조선인 사회의 양극화를 작품의 초점에 놓고 이를 통하여 일본의 식민주의와 이에 협력하는 조선인들에 대해서 신랄하게 비판하고 조선인의 정체성을 지키려고 하는 이들에 대해서는 강한 연대를 표시하였다. 그리고 작품 속에서 다루어지는 이러한 양극화는 비단 조선에 그치는 것이 아니고 일본과 중국의 조선인 사회에까지 미치고 있다. 「천마」, 「무궁일가」 그리고 「향수」에서 조선, 일본 그리고 중국에서 살고 있는 조선인들 내부에서 벌어지고 있는 이 협력과 저항의 양극화를 그렸다.

2. 「천마」의 경성

일제말 조선인 사회 내부의 양극화를 본격적으로 다룬 「천마」를 논하기 전에 우선 그의 첫 작품인 「빛 속으로」를 들여다 볼 필요가 있다. 흔히 이 작품은 일제말 조선 사회의 양극화와는 다른 양가성을 드러낸 작품으로 평가를 받기 때문이다. 이 작품에 등장하는 남선생과 야마다 소년은 조선인으로서의 정체성을 알게 모르게 부끄러워하는 인물들이었지만 결국은 조선인으로서의 정체성을 포기하지 않고 떳떳하게 지켜나가는 인물로 그려져 있다. 이 두 인물이 조선인의 정체성을 감추면서 살아갔던 배경은 약간 다르다. 남선생의 경우 일본인 학생들을 대하는 과정을 비롯하여 일상생활에서 조선인이라는 것이 알려지면 주변사람들이 조심스럽게 대하는 것이 부담스러워 그냥 자신을 일본인처럼 행세하게 되었다. 그는 조선인임을 의도적으로 감추려고 하지는 않았지만 편리하기 때문에 그냥 일본인으로 비쳐지는 것을 받아들이는 것이었다. 야마다 소년은 조선인으로 살고자 했을 때 받아야 하는 차별을 자기 집안을 비롯하여 일본 사회에서 숱하게 겪었기 때문에 자신의 몸에 조선인의 피가 섞여 있다는 것을 극구 숨기려고 하였고 오히려 조선인들을 멸시하고 차별하는 일에 앞장선다. 의도적이고 적극적으로 조선인의 정체성을 숨기려고 하는 것과 의도없이 자연스럽게 조선인의 정체성을 드러내지 않게 된 것과의 차이는 있지만 둘 다 일상생활에서 조선인의 정체성을 드러내는 것 자체를 부담스러워하는 인물들이다. 이러한 인물들이 결국은 자신이 조선인임을 드러내는 것을 흔쾌히 받아들이는 것으로 마무리됨으로써 이 작품은 일본인이 되라고 하는 것을 거부하면서 조선인의 정체성을 지키고자 하는 작가의 열망을 확연하게 보여주고 있다.

김사량은 「빛 속으로」에서 '내선일체'에 대한 우회적인 비판을 통하여 조선인으로서의 정체성을 지키는 사람들을 부각시켰지만 일본의 식민주의에 협력하는 인물들과의 대조까지는 나아가지 못하였다. 그렇기 때문에 흔히 이 작품을 양극화와는 다른 양가성의 정체성을 다룬 작품 정도로 읽곤 한다. 그럴 수밖에 없었던 것은 이 작품이 김사량이 일본 문단 내에서 본격적인 출발점에 서 있었기 때문에 조심스러울 수밖에 없었기 때문이다. 본격적인 창작활동을 하기 전에 동경대학 내에서 발간하던 학내 동인지에 「토성랑」, 「기자림」 등을 발표하기도 하였으나 본격적인 작품활동이라고 하기는 어려웠다. 장혁주의 소개로 야스타카 도쿠조[保高德藏]를 찾아가 『문예수도』에 작품발표를 한 것은 대학 학내 동인지에 발표한 것과는 분명 다르지만 그렇다고 본격적인 문단 진출이라고 하기도 어려웠던 것이다. 그가 실제로 작품 청탁을 받아 일본 문학계 내에서 인정을 받으면서 당당하게 활동한 것은 1940년 초 「빛 속으로」가 아쿠다카와상 후보로 선정되고 난 다음이라고 할 수 있을 것이다. 그런 점에서 「빛 속으로」는 다분히 일본인과 일본문학계를 일정하게 의식하면서 타진하는 작품이라 할 수 있고 그리하여 매우 조심스러울 수밖에 없었다. 그렇기 때문에 협력과 저항으로 양극화되고 있는 일본 내 조선인 사회를 대비시키고 이를 통하여 일본의 식민주의에 협력하는 사람들에 대한 강한 비판과 조선인의 정체성을 지키려고 하는 사람들에 대한 연대를 드러내놓고 말할 수 없었던 것이다.

「빛 속으로」가 아쿠다카와 후보작으로 선정되는 행운을 얻게 되어 일본 문학계로부터 확고한 주목을 받게 되자 김사량은 검열의 부담을 다소 덜면서 자신이 간직하고 있던 문제의식을 본격적으로 펼치기 시작하였다. '내선일체'를 통한 '신민화'의 강요 속에서 협력과 저항의 양극화로 치닫고 있는 조선인 사회와 조선인 문단의 모습을 적나라하게 드러내면서 식민주의와 이에 협력하는 조선인 군상을 다각적으로 비판하고자 하였던 그의 작가적 문제의식은 이제 그 빛을 발하기 시작한 것이다. 아쿠타가와 후보작 이후 청탁을 받고 쓰여진 첫 일본어 작품이 바로 조선 사회 특히 조선문학계의 양극화를 다룬 「천마」는 그런 점에서 결코 우연이 아닌 것이다.

「천마」(『문예춘추』, 1940년 6월)는 조선의 경성을 무대로 한 작품이다. 조선을 무대로 한 김사량의 작품 중에서 경성은 특별한 의미를 갖고 있다. 김사량은 자신의 고향인 평양과 그 주변을 즐겨 다루었다. 대학생 시절에 발표하였다가 등단 이후 다시 고쳐 발표한 「토성랑」, 「기자림」 역시 평양을 무대로 한 것이고, 사라져 가는 조선적인 것에 대한 향수를 주제로 한 대부분의 작품들 예컨대 「물오리섬」 등도 평양을 무대로 한 것이었다. 이처럼 평양을 주로 다루던 그가 경성을 주무대로 삼을 때에는 평양을 무대로 할 때와는 다른 태도를 보여주고 있다. 협력과 저항의 양극화가 가장 첨예하게 부딪치는 지역이 바로 경성이기 때문에 이 문제를 다루고자 할 때는 평양보다는 경성이 낫다고 판단했던 것으로 보인다. 물론 평양이라 해서 이러한 협력과 저항의 양극화가 드러나지 않는 것은 아니겠지만 경성에 비할 때 그곳은 훨씬 덜하다고 판단했던 것 같다. 평양은 일제의 식민주의가 일방적으로 침투하면서 조선적인 것이 침체되고 사라져 가는 그러한 곳이기 때문에 격렬한 협력과 저항이 부딪치는 그러한 곳은 아니었던 것이다. 반면에 경성은 일제의 식민주의가 침투하면서 조선적인 것이 사라지는 곳이기도 하지만 동시에 이를 둘러싼 협력과 저항의 몸부림이 격렬하게 일어나는 곳이라고 판단하였던 것으로 보인다. 그런 이유로 김사량은 경성을 무대로 하여 조선인 문학계 내부에서 벌어지는 협력과 저항의 양극화를 다루고 있다.

「천마」는 일제말 시기에 일본 제국의 식민주의 논리인 '내선일체'를 조선인들이 살아갈 대안이라고 생각하고 일제에 협력하는 문학인 현룡과, 이러한 문학인들을 비판하면서 조심스럽게 저항의 몸짓을 하고 있는 문학인 이명식의 대조 속에서 엮어져 있다. 앞서 보았던 「빛 속으로」와 달리 이 작품에서는 이러한 갈등이 해소되지 않고 끝까지 이어지고 있어 양극화에 대한 작가의 태도를 잘 읽어낼 수 있다.

현룡은 '내선일체'를 차별 극복의 방안으로 간주하는 이광수의 논법을 극단적으로 밀고 나가는 인물이다. 자신이 조선인이기 때문에 부당하게 차별을 받는다고 생각하면서 이를 극복하는 길은 완전한 일본인이 되는 것이라고 생각한다. 이광수가 살과 뼈가 모두 일본이이 되어야 한다고 했던 것을 그대로 답습하고 있는 인물이다. 동시대의 문학인 김문집을 모델로 하고 있는 현룡은 두 가지 점에서 '내선일체'를 위해 분투한다. 하나는 조선어를 사용하지 않고 일본어를 사용하는 것이다. 일제는 1938년 이후 제3차 조선교육령을 통하여 그동안 일본어와 마찬가지로 필수과목이었던 조선어를 선택과목으로 바꾸어 조선어 사용을 압살하려고 노력하였다. 이러한 '내선일체'의 정책을 차별 극복의 방안으로 간주한 사람들은 조선어 대신 일본어를 상용할 것을 강변하였다. 이 작품에서 현룡이 일본어로 문학작품을 쓸 것을 주장하는 것은 바로 이러한 맥락에서 나온 것이다. 다른 하나는 '창씨개명'이다. 조선인의 성과 이름은 일본인의 그것과 다르기 때문에 성명만 보아도 금방 조선인임을 알 수 있게 되어 차별을 낳을 수 있는 터전이 된다는 것이다. 따라서 이 작품의 주인공 현룡을 비롯한 조선의 협력 지식인들은 조선인의 성명을 일본인과 같게 함으로써 성명만 보아서는 일본인인지 조선인인지 분간

하지 못하게 해야 한다는 것이다. 그래야만 조선인에 대한 일본인의 차별이 사라진다고 보았던 것이다. 호적을 직접 보지 않는 한 누가 조선인인가를 알 수 없게 함으로써 결국은 차별을 극복할 수 있다고 보았던 것이다. 현룡은 이러한 이유로 하여 자신의 이름을 일본식 이름인 겐노가미 류우노스케로 바꾸는 것이다. 현룡은 조선어 대신에 일본어로 글을 쓰고, 조선식 성명 대신에 일본식 성명을 사용함으로써 비로소 당당한 일본인이 되는 것이고 이를 통하여 그동안 자신이 받아온 조선인으로서의 차별을 넘어설 수 있다고 믿는다. 작가 김사량은 바로 이러한 협력 문학인 현룡의 '노예의 자유'를 신랄하게 비판하고 있다.

현룡과 대척점에 서 있는 인물이 이명식이다. 평론가인 이명식은 일본어로 창작해야 한다고 떠들어 대는 현룡을 향하여 접시를 던져 모욕을 줄 정도로 일본어로 글을 쓰는 것에 대해 확고하게 반대하는 인물이다. 조선어를 모르는 외국인들에게 조선의 사정을 알리고자 할 때는 불가피하게 일본어를 사용할 수 있지만 그렇지 않을 경우에는 철저하게 조선어를 사용해야 한다고 생각한다. 이러한 태도는 조선어 사용을 금지하고 '내선일체'를 강요하는 일본의 식민주의 정책에 정면으로 맞선다.

김사량은 현룡과 이명식의 대조를 통하여 당대 조선의 문학계와 지식인 사회에서 일고 있는 협력과 저항의 양극화를 보여주고 있으며 동시에 협력에 대한 강한 비판과 저항에 대한 강한 연대의식을 드러내주고 있다.

3. 「무궁일가」의 동경

「무궁일가」(『개조』, 1940년 9월)는 「빛 속으로」 이후 일본에서 살고 있는 조선인의 삶을 다룬 첫 작품이다. 이 작품에서 김사량은 양극화되어 가고 있는 일본 내 조선인의 삶을 동경을 무대로 하여 여실하게 그려내고 있다. 특히 일본제국의 신민으로 되어가는 사람과 조선인의 정체성을 확고하게 지켜나가려고 하는 사람의 대비를 통하여 협력에 대한 강한 비판과 저항에 대한 강한 연대를 보여주고 있다.

이 작품에 등장하는 조선인은 크게 두 부류로 나누어진다. 하나는 일본 제국의 신민으로 되어가는 인물들인데 주로 출세하기 위하여 같은 조선 동포를 짓밟고 일본인에게 빌붙는다. 다른 하나는 조선인의 정체성을 지키면서 살아가는 것이 불이익과 손해를 입는 것임을 잘 알면서도 이를 기꺼이 감수하는 인물들인데 자신의 이익보다는 동포들 전체의 이익을 위해 살아야 한다고 믿는다. 김사량은 이러한 두 부류의 인물들의 대조시키면서 '내선일체'의 허구성을 비판한다.

조선인으로서의 자기 정체성을 저버리고 일본 제국의 일원이 되기 위하여 노력하는 인물 군상으로서는 윤천수와 강명선의 종형을 들 수 있다. 윤천수는 일본으로 건너와 최동성 일가의 도움을 받아가면서 근근히 생활의 기반을 마련하게 된다. 노동자 합숙소를 단지 자신의 이익만이 아니라 동포들을 돕기 위한 노력의 일환으로 꾸려나가는 최동성 일가와는 다르게 윤천수는 이들의 도움으로 기반을 잡아나가면서도 더욱 출세하기 위하여 조선인들보다는 일본인들과 친하게 지내고 나아가 그들과 운명을 같이할 태도를 갖게 된다. 관동대지진이 일어났을 때 조선에서 온 구호 물자를 횡령하여 자신의 배를 채울 정도로 동포들의 어려운 운명에 대해서는 외면하는 윤천수는 일본 제국에 대한 자신의 이러한 충성을 기반으로 일본인 상류 사회에 진입하게 되어 호화스러운 생활을 하게 된다. 자신을 찾아오는 조선인들을 가차없이 문전박대하면서 자신이 조선인이라는 것을 부끄러워한다. 일본 제국의 신민이 되려고 노력하는 이 인물은 「천마」에서의 현룡과 거의 같은 부류이다.

이 작품에는 윤천수와는 다른 방식으로 '내선일체'를 추구하는 인물이 등장한다. 강명선의 종형이다. 그는 윤천수와 같이 일제 강점 직후에 일본으로 들어온 것이 아니고 일정 시간이 흐른 다음에 들어왔기 때문에 상황이 다르다. 조선에서 결혼하여 일본으로 들어온 윤천수와는 달리 미혼으로 일본에 들어왔기 때문에 결혼을 해야 하는 입장이다. 조선인과 결혼하는 것은 자신의 차별받는 위치를 더욱 강화하는 것이라고 생각하기 때문에 일본인과 결혼한다. 이른바 '내선통혼'이다. 윤천수의 주선으로 일본인 고관의 딸과 결혼해야 하지만 수중에 돈이 없자 사촌동생을 강제로 퇴직시키고 그 퇴직금을 가져갈 정도로 자신의 영화와 출세를 위해 모든 것을 하는 인물이다. 하지만 자신이 일본인 고관의 데릴사위가 되면서부터는 사촌동생마저 돌아보지 않고 외면한다. 완전한 일본인이 되는 것에 조선인 동생은 방해물이 되기 때문이다.

조선인의 정체성을 저버리고 일본인이 되기 위하여 안간힘을 쓰는 인물과 달리 자신이 일본에 건너올 때 가졌던 학업의 꿈을 포기하면서까지도 조선인의 정체성을 지키려고 하는 인물들이 등장한다. 최동성일가와 강명선 일가이다. 최동성은 중학교를 다니다가 돈이 없어서 학교를 그만두고 동경으로 올라간다. 돈을 번 후 다시 공부를 할 것이라는 희망으로 온갖 일을 하였고 현재는 택시 기사로 일하고 있다. 거의 10년간을 이렇게 보내면서도 마음 속에는 시간이 나면 야간학교에라도 등록을 하여 공부를 할 것이라는 희망을 버리지 않고 사는 인물이다. 하지만 이러한 꿈을 이루기 위해서 같은 조선인 동포를 짓누르고 일본인처럼 행세하면서 살아갈 생각은 추호도 없다. 특히 과거 자기 집에 신세를 졌던 윤천수로부터 문전박대를 받은 이후에는 이러한 결심이 더욱 확고해진다. 그렇기 때문에 자기 집에 거의 빈털터리나 다름 없는 강명선 일가를 받아들였고 집세를 내지 못하는 그들을 내쫓기보다는 동정하게 되는 것이다. 또한 강명선의 동생이 자기가 번 돈으로 학교에 진학하기 위하여 불을 밝히고 공부를 하면서도 전기세를 내지 않는 것을 좋게 보아 넘길 수 있었다. 하지만 이러한 그도 선택의 기로에 서게 된다. 자신의 오랜 꿈인 학교 진학을 위해서는 주변에 어렵게 살아가는 동포들의 비참한 처지에 눈을 감고 악착같이 자신만을 위해 살아갈 것인가 아니면 조선인으로서의 정체성을 갖고 살아가기 위해서는 자신의 오랜 꿈인 학교 진학을 포기하고 주변의 딱한 조선인 동포들과 함께 살아갈 것인가 하는 것이다. 결국 최동성은 후자 즉 조선인으로서의 정체성을 지키고 살아가기 위해서 학교 진학의 꿈을 버리고 자동차 엔지니어 기술을 배워 조선으로 돌아가는 것을 선택하게 된다.

강명선 역시 조선인으로서의 정체성을 지키면서 살아가고자 하는 인물이다. 미술대학을 나온 후 영화인의 꿈을 안고 살아가는 그는 일본인과 결혼하여 부귀영화를 누리려고 하는 종형과는 다른 길을 걷게 된다. 자신의 퇴직금을 송두리째 종형의 결혼식에 바친 그가 막판에 그로부터 문전박대를 받자 자신의 모든 꿈을 접고 호카이도 광산의 노동자로 취직하게 된다. 현재 일하는 영화사에서 받는 돈으로는 태어날 자식과 아내를 위해 해줄 수 있는 것이 없다는 것을 깨달았기 때문이다. 이 두 인물 이외에도 이 작품에는 조선인의 정체성을 지키려고 하는 인물들이 여럿 등장한다. 조선인 동포들의 운명을 자신의 운명처럼 생각하면서 살아가지만 결국 알콜중독자가 되어버린 최동성의 아버지, 형이 호카이도 광산으로 떠난 후 홀로 아이를 낳고 있는 형수를 보기 위해 집담벼락에 기대어 분위기를 살피는 동생, 노동자로 일본 전국을 떠돌면서도 조선인 노동자의 긍지를 강하게 갖고 사는 미륵 등이 그러하다.

일본 제국의 신민으로 살아가는 인물과 조선의 정체성을 지키면서 살아가는 인물의 대비를 통하여 일본 식민주의의 '내선일체'를 정면에서 비판하고 있는 김사량의 이러한 자세는 1941년에 발표된 「광명(光冥)」에서 더욱 분명하게 드러난다. 이 작품의 제목이 암시하는 것처럼 조선의 정체성을 지키면서 살아가는 것이 고달프다 하더라도 분명 그것은 빛의 세계이며, 일본 제국의 신민이 되려고 노력하는 것은 편안하다 하더라도 분명 그것은 어둠의 세계인 것이다. 「빛 속으로」에서 남선생과 야마다가 조선인의 정체성을 확인하면서 빛 속으로 나아갈 수 있었던 것과 상통한다고 할 수 있다.

4. 「향수」의 북경

「향수」(『문예춘추』, 1941년 7월) 역시 앞의 작품들과 마찬가지로 협력과 저항의 양극화의 문제를 다루고 있어 이 시기 김사량 문학의 전체적인 주조와 상통한다. 하지만 경성과 동경을 무대로 한 앞의 작품들과는 달리 북경을 무대로 하고 있다는 점에서 매우 이채롭다. 조선과 일본을 무대로 한 작품은 여러 편 있지만 중국을 배경으로 한 작품은 망명 이전에는 거의 없기 때문이다. 중일전쟁 이후 특히 일본군이 북경을 점령한 직후인 1938년 5월을 시간적 배경으로 중국의 조선인 사회를 그리고 있는 이 작품은 1939년 봄에 북경을 다녀온 것에 기초하고 있다(김사량의 북경기행에 대해서는 문학동네 2006년 여름호에 발표된 김윤식 교수의 글 「베이징, 1938년 5월에서 1945년 5월까지」를 참고). 북경기행인 「북경왕래」가 극히 소략한 것에 반해 단편소설 「향수」는 당대 동북아의 정형을 꿰뚫고 있어 매우 흥미롭다. 이 작품 역시 앞의 작품들과 마찬가지로 일제말 조선인 사회의 양극화를 다루고 있다. 그리하여 일본 제국의 신민으로 되는 것을 기꺼이 받아들인 사람들과 이들과는 다른 길을 걷는 사람들의 대조를 통하여 작품이 구성되고 있다.

이 작품에서 단연 돋보이는 것은 일본 제국의 신민으로 되어가는 조선인들의 모습에 대한 작가의 풍부한 묘사이다. 가장 두드러진 인물은 옥상열이다. 주인공 이현의 매부 윤장산의 부하로서 조선의 독립을 위해 일하던 인물인데 이제는 일본의 특무가 되어 조선의 저항 운동가들을 감시하고 정탐하는 일을 한다. 북경이 일본 제국의 수중으로 떨어진 상황에 절망한 나머지 독립의 꿈을 접고 일본 제국의 앞잡이인 특무일을 하게 된다. 아편 밀매업을 하면서 살아가는 이현의 누나를 보살피는 척하면서 조선인들의 일거수일투족을 감시한다. 밀매업 자체가 불법이기 때문에 당국에 고발할 수 있지만 이것은 일본의 식민주의 자체를 파괴하고 저항하는 운동과는 전혀 관계가 없는 것이기 때문에 옛정을 생각하여 눈감아주는 척 하면서 사실은 과거 운동자들의 주변을 감시하는 일을 더욱 용의주도하게 하는 인물이다.

옥상열처럼 일본 제국의 앞잡이는 아니지만 과거 자신들이 해왔던 독립운동을 포기한다는 점에서 넓은 의미에서 일본 제국의 신민이 되어가는 인물로 윤장산 일가를 들 수 있다. 그는 3·1운동 이후 일경에 쫓기어 지내다가 검거 하루 전날 운좋게 조선을 탈출하여 중국으로 건너간다. 나중에 합류한 아내와 자식과 더불어 어려운 생활을 해나가면서도 조선의 독립을 위해 동가숙서가숙하면서 고난을 타개해나가는 인물이다. 하지만 윤장산이 일본의 북경 점령 이후 독립에의 희망을 잃어가면서 그 동안 자신이 해오던 일에 대해서 회의하게 되고 결국은 독립운동의 전선에서 이탈하여 한낱 생활인으로 살아가게 된다. 더구나 과거 자신과 더불어 독립운동을 하던 부하 운동가의 아내와 눈이 맞아 사랑의 도피행을 함으로써 과거의 자신과 철저하게 결별하게 되는 것이다. 15년 넘게 중국의 산하를 헤치고 다니면서 살아왔던 것이 하루아침에 허물어지고 말아버린 것이다. 윤장산의 전락은 비단 그에게서 그치지 않는다. 윤장산의 아들 윤초수는 독립운동을 하던 부모의 길과는 정반대의 길인 일본군의 길을 걷게 된다. 1938년에 일본 제국은 장기화되어가는 중국전선에 모자라는 병력을 충당하기 위하여 조선인들의 지원을 받기 시작하였다. 윤초수는 조선인 지원병으로 중국 전선에 나가 일본 제국을 위해 싸우는 것이다. 자신이 이런 길을 걷게 됨으로써 이 새로운 시대를 맞이하여 조선의 독립을 위해 일한 부모들의 죄과가 덜할 수 있다는 기대감도 일정하게 작용한 결과이다. 이 작품에서 가장 절망적인 상태로 살아가는 인물은 이현의 누나이다. 남편과 자식과 더불어 조선의 독립을 위해 온갖 고난을 극복하면서 살아오던 그에게 불어닥친 세상의 변화와 가족의 변모는 심히 충격적이다. 일본에 맞서 싸울 때 연대의 대상이었던 중국이 일본의 손아귀에 떨어지게 되자 그 자체로도 견디기 힘든 상황인데 자신과 더불어 같은 길을 걸었던 남편이 부하의 아내와 바람이 나서 사라지게 되고 아들마저 일본군에 지원하는 경우를 맞이하게 되자 도저히 버틸 수가 없게 된다. 결국 이러한 좌절감으로 하여 아편을 하게 되고 나중에는 아편 밀매를 하면서 생계를 이어나갈 정도로 타락해버렸다. 중국에서 독립운동을 하던 사람들이 지켜야 할 마지막 선이 바로 중국인들에게 마약을 팔아 돈을 만드는 것임을 고려할 때 이현의 누나가 마약 밀매업을 하면서 살아간다는 것은 독립운동의 포기는 물론이고 완전한 절망 상태에 빠져 있음을 알게 해준다.

일본 제국의 신민이 되어가는 인물에 대한 풍부한 묘사와는 달리 조선인으로서의 정체성을 갖고 살아가려고 하는 인물에 대한 것은 그렇게 풍성하지 않다. 특히 조선에서 건너간 주인공 이현과 그에게 매부 일가를 구하라고 하면서 주소를 가르쳐 준, 막 서대문 형무소에서 나온 인물을 빼고 나면 거의 없다고 할 수 있다. 이것은 일본에서 살고 있는 조선인들의 양극화를 여실하게 그리면서 특히 조선인으로서의 정체성을 지키면서 살아가고자 하는 인물들의 내면을 풍부하게 그리고 있는 「무궁일가」와 「광명」과는 퍽 다르다고 할 수 있다. 그럴 수밖에 없는 것은 김사량이 일본에서 꽤 오랫동안 살았기 때문에 일본의 조선인 사회에 대해서는 그 누구보다도 잘 알고 있는 것과는 달리 중국의 경우 한두 번의 여행에 그쳤기 때문에 그 내부를 파악한다는 것이 어려웠을 것이다. 또한 그가 방문했던 1939년 초의 시점은 신채호 등과 같은 인물이 조선의 독립을 위해 비교적 자유롭게 활동할 수 있었던 그러한 때가 아니라 일본 제국의 감시 속에서 모든 것이 이루어지는 일본 제국의 점령 시대였기 때문에 조선인으로서의 정체성을 간직하면서 살아가는 사람들을 접하고 그들의 생활과 내면을 이해한다는 것은 어려웠을 것이다. 1944년에 탈출하려고 마음먹고 상해를 방문했을 때 연안 쪽과 선이 닿는 사람을 만나지 못하여 그냥 돌아오고 만 것이나, 1945년 5월 무렵 그가 해방구 지역으로 탈출하려고 할 때 그를 안내해준 이영선을 북경호텔에서 만날 때에도 소개가 아니라 우연이었던 점을 고려하면 이 작품에서 일본 제국의 신민이 되기를 거부하면서 살아가는 인물을 그리지 못한 사정을 짐작할 수 있을 것이다. 하지만 이 시기 김사량 문학의 초점이 양극화였기 때문에 그냥 지나칠 수 없다. 이를 타개하기 위하여 작가는 자신의 분신이라고 할 수 있는 조선에서 건너온 이현이란 인물을 설정한다. 이현은 독립운동을 포기하고 일본 제국의 신민이 되어갈 위기에 놓인 이들을 구할 결심을 이번 여행을 통하여 하게 된다. 하지만 이현이 할 수 있는 것은 그리 많지 않다. 그렇기 때문에 는 평양의 어머니가 누나를 만나면 주라고 준 돈 300원으로 유리창 한 구석에서 숨어 있는 고려청자를 사가지고 돌아온다. 고려청자를 사는 것은 바로 조선인으로서의 정체성을 지키겠다는 의지의 표현이다. 고려청자를 통하여 조선인의 정체성을 우회적으로 확인하게 되는 것이고 이를 통해 일본 제국의 신민으로 되어가는 당시 북경의 조선인들과는 다른 길을 걷는 것이다. 1945년 5월 그가 일본 제국하에 신음하는 조국을 탈출하여 북경을 거쳐 중국 내륙의 태항산 해방구로 가는 것이 이런 점에서 결코 우연이 아니다. 일본 제국의 신민이 될 위기에 놓인 이들을 구하여야 하겠다는 이현의 그 약속이 실현되는 것이다.

5. 양가성과 다른 양극성의 국제주의

일제말에 이르러 창작활동을 본격적으로 시작한 김사량은 이전의 그 누구보다도 훨씬 엄혹하고 불리한 상황에서 문학활동을 하였다. 일제의 검열과 억압 속에서도 협력과 저항으로 양극화되고 있는 조선인들의 처지를 누구보다도 분명하게 깨닫고 이를 타개할 수 있는 방안을 추구하였다. 이 시기 그의 작품들이 일본 제국의 신민으로 되어가는 인물과 조선인의 정체성을 지키면서 살아가고자 하는 인물로 대조되어 구성된 것은 바로 이러한 당대의 역사적 정황에 연유하는 것이다. 협조와 거부 속에서 진행되는 협상이라는 양가성(인도네시아와 말레이 등 동남아의 지역에서 이러한 양가성을 확인할 수 있다)이 통할 수 없는 상황에서 그가 할 수 있는 것은 당대의 양극화를 정확하게 묘사하고 그 속에서 저항의 연대를 추구하는 것이었다. 보기에 따라서는 극히 도식화되어 있다고 할 수도 있는 이러한 구성이 지적 단순함의 산물이 아니라 시대 추이에 대한 고뇌에 찬 작가의식의 산물임은 바로 이러한 역사적 문화적 문맥을 이해할 때 정당하게 평가될 수 있을 것이다.

또한 김사량의 이러한 지향을 민족주의로 협소화해서도 안 될 것이다. 위에서 보았던 것처럼 김사량 문학의 무대가 결코 우리 반도에 국한되지 않았다. 일본과 중국을 포함한 동북아시아 전체를 공간적 배경으로 하여 그의 작품이 배치되고 있다는 것은 결코 무심히 지나칠 일이 아닌 것이다. 당시 조선 작가들의 협착한 시야에 비해 훨씬 넓다는 의미에서만이 아니라 국제주의적 시각 속에서 사물을 보고 역사를 파악하고 그 속에서 해방의 길을 찾고자 하는 의식 때문인 것이다. 그가 중국의 해방구로 건너가서 그곳에서 중국인, 일본 제국을 피해 도망해온 일본인과 같이 일본 제국주의에 맞서 싸웠다는 것은 그가 결코 민족주의가 아님을 여실히 말해준다. 그가 그리고 있는 공간적 대상은 동북아에 국한되지만 그의 시선은 결코 거기에 머물지 않는다. 파시즘의 진군을 용납하지 않으려고 하는 인류의 공통된 노력 속에서 동북아와 조선을 읽으려고 했다는 점에서 분명 세계적인 것이다. 비민족주의적 반식민주의라는 우리 문학의 지적 저항의 전통에 중요한 자산을 보탠 김사량의 문학은 그런 점에서 결코 과거의 것이 아니다.

어떤 부정하기 힘든 힘 – 김사량의 「향수(鄕愁)」*

‖ 오다 마코토(小田実) ‖

○

어느새 2년 전 가을의 일이다. 북한 평양에 한동안 머물고 있을 때, 줄곧 김사량을 생각하고 있었다. 현재 그는 어떠한 평가를 받고 있는 것일까? (작품집이 나왔다고 작가동맹의 간부로 보이는 사람이 말했다. 높은 평가를 받고 있다고도 했다.) 혹 지금 살아있다면, 현재 어떠한 작품을 쓰고 있을 것인가. 보다 단적으로 말하면, 어떤 사람이 돼 있을까? (그의 입장은 솔직히 말해서 곤란했음이 사실이다. 하지만, 그가 쓴 작품의 힘으로 조금은 상황을 바꿀 수 있지 않았을까 생각해 본다. 그가 쓴 6 · 25 관련 르포르타주 「바다가 보인다」는 그 나름의 실감에 기반해서 쓴 것으로, 내 눈에는 결코 체제에 영합한 것으로는 보이지 않는다.) 그러한 것 등을 무수히 생각했지만, 그것보다 평양은 그가 태어나 자란 토지라는 생각이 더욱 더 났다. 그러므로 이 여행은 내게 <김사량 문학산책>이었다. 그런 기분으로 나는 평양 여기저기를 돌아 다녔다.

---

* 이 평론은 오다 마코토가 1979년 1월 『문예(文藝)』에 연재한 <소설세계 속에서> 여덟 번째 연재물을 번역한 것이다.

예를 들면, 평양 서쪽 교외, 대동강 부근의 만경대는 지금은 김일성이 태어난 곳으로 유명한 지역이다. 그의 생가(적어도 그것의 복원인)라고 부를 만한 것과, 그 외에도 그가 산책을 했던 곳, 그가 씨름을 하며 놀았던 곳인 만큼 가이드는 자세하게 설명을 하고 있었다. 하지만 내게 그곳은 또한 김사량의 「물오리섬[ムルオリ島]」[1]에 몇 번이고 등장하던 지명이기도 했다. 평양에서 하루에 한 번 증기선이 대동강 하류를 따라 내려온다. 증기선에 타고 있는 것은 "의사에게 다른 곳에 가서 일할 것을 권유받고" "같은 일이라면 좋아하는 대동강 하류의 어딘가 아름다운 구릉이나 수려한 작은 섬에 가서 살고 싶다고 생각하"고 있는 랑(烺)이었다. "물살이 풍부하고, 연안의 경치가 맑고 아름다우며, 섬들의 아름다움은 역시 대동강에 맞설 곳이 없다"고 그가 "새삼스럽게 생각하는" 강가에서, 그곳을 증기선에 몸을 싣고 내려간다. 이 작품에는 비장한 사건도 들어 있으며, 한 편의 풍물시(風物詩)에 많은 것을 함축하고 있다. 확실한 것은 대동강의 풍물묘사에 김사량이 필사적이라는 것이며, 그 노력이 상당한 성공을 거두고 있다는 점이리라. 이는 어쩌면 풍경묘사의 원형인 대동강이 유유하고 아름답기 때문일 것이다.

"증기선은 다도하(多島河)라 부를 법한 부근으로 나아가기 시작했다. 점점이 떠 있는 섬들의 풍경도 각양각색으로, 혹은 곤유섬[鵾遊島], 혹은 복섬[福島], 별찬섬, 혹은 추자도(楸子島), 멀리 장광도(長光島), 두단섬[斗團島], 문발섬[文發島], 그리고 이름도 없고 사람도 살지 않는 물새같이 아름다운 섬들. 오른 쪽 섬은 예부터 곧잘 시가(詩歌)에서 절경을 읊던 만경대 절벽을 머리에 이고 길게 늘어져 있었다. 물줄기는 넓게 혹은 가늘게 몇 갈래로 나뉘어 검을 정도로 퍼렇게 가라앉고 있었다. 여러 척의 범선(帆船)이 유유히 오가고, 작은 화물선이나 고기잡이배는 증기선이 일으키는 물결을 받아 흔들거렸다. 옛날에 프랑스(프랑스가 아니라 미합중국

1) 『국민문학(國民文學)』, 1942년 1월.

이 맞다. 샤만호 사건을 말하고 있다. – 오다 註) 함대가 한국 군대의 공격을 받아 좌초한 것도 이 부근이다. 만경대가 똑바로 내려다보고 있는 곤유섬 물가에는 아마도 두로섬[豆老島]에서 헤엄쳐 왔지 싶은 아이들 너댓 명이 해오라기처럼 물끄러미 게 구멍을 들여다 보는가 했더니, 갑자기 손을 쑤셔 넣고 발로 버티고 서거나 물구나무를 서기도 하였다."

너무 길어지므로 이쯤해서 인용은 그만두지만, 김사량이 그 솜씨의 여하에도 불구하고, 애석함을 담아서 대동강 주변풍경을 표현하려고 하고 있음을 이 정도의 인용으로도 충분히 알 수 있을 것이다. 실제 만경대를 방문해 보고, 절벽 위 정자에서 대동강의 풍경을 내려다보면 김사량이 묘사한 것과 그다지 큰 차이가 없다. 나도 배운 대로 샤만호가 좌초한 부근의 강을 한동안 바라보았지만, 한 가지 드는 생각은 풍경이 같은 만큼 역시 시간이 흘렀다는 점이었다. 아니, 그것은 전자는 일본이 통치하던 시절의 대동강이며, 후자는 독립한 조선의 사회주의 국가 가운데 위치한 대동강이라는 명확한 단절을 갖고 있는 만큼 역사를 느끼지 않을 수 없었다. 당연히, 그러한 생각은 김사량이 「물오리섬」을 쓸 당시, 김일성이 나고 자란 북방 아득한 산속에서 일본군과 필사적으로 싸우고 있었다는 것에 미쳤다. 그때 두 김씨가 각각 마음속에 그린 독립한 조선의 모습이 어떻게 다른 것일지에 대해서도 생각해 보았다. 물론, 그것은 두 김씨 만의 문제는 아니다. 다른 무수히 많은 조선반도 안팎에 있던 다른 사람들의 문제이기도 했다.

○

평양에서 돌아오는 길에 나는 북경까지 철도로 이동했다. 일주일에 두 번, '국제열차'가 평양과 북경 양쪽에서 출발해서 도착하게 된다. 오후 2시경에 떠나서 24시간이 걸리니, 대체적으로 다음날 같은 시각에

도착하게 된다.

흥미로운 열차였다. 2개국에 걸쳐 달린다는 의미로 '국제열차'라고 하는 것이 아니라, 북한, 중국, 소비에트 3개국 차량을 연결하여 달리는 열차였다. 북한의 차량은 신의주까지 가서 그곳에서 돌아오고, 소비에트의 차량은 심양(예전의 봉천)에서부터 직진으로 북행하여 모스크바까지 가는 차량이지만, 중국차량은 심양에서 서쪽으로 달려 북경에까지 다다르게 된다. 3개국 차량 모두 차의 구성도 다르지만 승객도 다르며, 차장도 다르다. 아니, 다른 것은 좋으나, 차장(車掌)들 끼리도 다른 나라 말은 전혀 모르는 것 같았기 때문에 사고라도 터진다면 속수무책으로 보였다. 그 '국제열차' 안 식당차의 점심은 북한의 식당차가 제공했다. 저녁, 신의주에서 그 차량은 평양을 향해 돌아가며, 압록강을 넘어서 먹은 저녁은 중국 식당차가 제공했다. 어느 쪽도 여성이 서비스를 해줬지만, 양국 여성의 기질의 차이는 확연한 점이 있었다. 민족이나 문화의 차이점만이 아니라, 두 나라 사회주의의 뚜렷한 차이까지 두 식당차에서 본 여성들의 아무것도 아닌 거동에 나타나 있다는 생각마저 들었던 것이다. 한 쪽이 가려운 곳을 긁어줘서 그것에 매료되어 좀처럼 빠져나오기 힘든 느낌이라면, 다른 한 쪽은 맥주를 던지듯이 놓고 간다. 마음대로 하라는 식이다. 그러므로 승객도 멋대로 하면 된다.

이 열차에는 꼭 한 번 타보겠다는 생각을 해왔었다. 그래서 상당한 무리를 해서 타게 된 것인데, 또 다른 이유는 김사량씨의 작품 「향수(鄕愁)」[2] 속에 예전 이 곳을 달리던 열차가 등장하기 때문이기도 하다. 물론, 일본이 통치하던 시절의 이야기다. 열차도 다르며, 타고 있는 인간도, 운전하고 있는 인간도 완전히 다르다.(하는 김에 생각난 이야기를 써본다.

2) 『문예춘추(文藝春秋)』 1941년 7월(이 작품은 김사량이 일본에서 출판한 두 번째 작품집 『고향(故鄕)』 [甲鳥書林, 1942년 4월]에 수록될 때 큰 폭으로 개정되었다. 일본에서 출판된 『김사량전집 2(金史良全集Ⅱ)』 [河出書房新社, 1973년 1월]의 경우는 작품집을 저본으로 삼고 있다. 오다 마코토가 여기서 인용하고 있는 텍스트는 김사량전집이다).

일본의 지배로부터 조선이 독립했을 때, 북한에는 기차를 운전할 수 있는 기술을 갖은 기관사가 5명밖에 없었다고 한다. 조선인 철도원은 많았음이 분명하지만, 예컨대 그들은 일개 화부에 지나지 않았다.) 다만, 선로는 예전 그대로다. 6・25로 선로가 토막이 났지만(내가 지나갈 때도 한 편의 압록강 철교가 아직 끊어진 채로 있는 것이 보였다), 엄청난 노력으로 재건된 것이다. 다만, 열차가 움직이는 기본적은 노선에는 변화가 없다. 평양에서부터(예전에는 분명히 부산에서 출발해서, 서울 경유로 평양까지 왔다) 신의주, 단동(안동), 심양(봉천), 당산, 천진 그리고 북경. 나는 그곳을 여행했다. 「향수」의 주인공 이현(李紘)도 평양에서 북경까지 그곳을 여행했다. 물론, 그의 여행은 내가 하고 있는 여정과는 다르다. 어떠한 여행이었을까? 김사량은 자신의 생각을 담아내려 하고 있으며, 소설을 다음과 같이 쓰기 시작하고 있다.

"그 무렵 개통한지 얼마 되지 않은 북경행 직행열차는, 만주와 북지(北支)로 우르르 몰려가는 사람들을 가득 태우고, 평양을 한밤중에 통과했다. 이현은 홀로 그곳에서부터 열차에 올라 탔던 것이다. 손에 짐 하나 들지 않고, 돌연 결심해서 떠나게 된 여행이었다. 모두가 짐보따리 마냥 조용히 쓰러져 자고 있는 사이에서 현은 엄숙한 태도로 앉은 채로, 애써서 눈을 감으려고 했으나, 끊이지 않는 상념이 꼬리를 물고 떠올라서, 머릿속은 점점 예민해져 갔다. 무언가 검은 그림자가 자신의 뒤를 따라 올라탄 것 같은 기분이 들어서, 마음도 까닭없이 두근거리고 있었다."

그의 여행은 일찍이 '3・1 만세운동'에 참가한 후에 남편을 따라 조선을 탈출한 누나 가야(伽倻)를 만나기 위한 것이었다. 돌연, 어느 날 평양에 있는 그의 집에 누나의 남편인 윤장산의 옛 제자라고 하며 박준(朴峻)이 나타나서, 소식불명이었던 누나의 거처를 알려준다. 그녀가 무사한 것을 알고 현의 어머니는, "현아, 정말로 가야와 만나게 된다면 이 엄니에 대해서는 아무 걱정할 필요가 없다고 부디 전해주거라"라고, 병상에서 몸을 일으키고는 그의 손을 정열적으로 문지르면서 "이 손으로, 이 손으로 가야의 손을 세게 쥐어 주거라. 무엇이든 하느님의 은총에 기대라고 말이야. ……그리고 장산이나 가야야 어찌되었든 간에 무수[蕪水, 둘 사이의 아이]만이라도 데려와야 하느니라……"

그 여행의 결과부터 써 두겠다. 그 편이 소설세계의 기본을 보다 분명히 할 것이다. 이현이 북경에서 찾아낸 누나는 아편 밀매자로 가까스로 살아가고 있었다. 누나의 남편이며 과거 찬란한 운동의 지도자였던 윤장산(尹長山)은, 이현의 집에 그들의 안부를 전하러 왔던 제자인 박준이 감옥에 들어가 있을 때 그의 아내와 잘못을 범하고 만다. 이미 윤장산의 사상도 흔들거리기 시작했기 때문에 그러한 잘못도 그 중의 하나가 나타난 것에 지나지 않을 것이다. 그는 그 후 모습을 감추고, 여자와 함께 북경 시내 여기저기로 피해 다니고 있다. 버림받은 가야는 "정신고, 생활고에 못 이겨, 이러한 곳에서 사람들 눈을 피해가며 아편밀매를 하고 있다……" 물론, 그녀 자신도 이미 중독자다.

이러한 이야기를 자세히 말해준 것은 윤장산의 옛 제자로 "만주나 지나(支那)를 두루 돌아다니며 한 때는 조선인 사이에 용맹한 이름이 널리 알려진 직접행동대장" 옥상렬(玉相烈)이었다. "하지만 그것은 실로 과거의 옥상렬입니다. 과거의 옥상렬은 이미 죽었습니다." "예, 그 옥상렬 말입니다. 놀라지 마십시오. 정말로 특무기관에서 일하고 있지 뭡니까!" 어떻게 그가 그곳에까지 가게 된 것이지를 그는 이현에게 "독백을 하듯이 무거운 목소리"로 말해주고 있었다.

"처음에 저는 단지 우리들의 생활방식이 조선인을 위해 가장 좋은 길이라고 생각했던 것입니다. 그래서 저는 당신의 매형인 윤선생의 지도에 목숨을 내걸고 충성을 바치기만 하면 된다고 생각했습니다. 하지만, 우리들의 꿈은 너무나도 무참하게 줄곧 배반당했습니다. 만주사변(滿洲事變)이 터지고 우리들이 쫓겨나기 시작할 무렵부터, 제 생각은 조금씩 변하기 시작했습니다. 여기저기서 일본군의 위세 넘치는 행진나팔 소리가 울려 퍼져 왔습니다. 저는 눈을 감고 생각했습니다. 이렇게도 염려하는 내 동포 조선인을 위해서 과연 어떠한 길을 가야 마땅할 것인가 라고.

이보다 더한 비참한 현실을 거듭해 나가는 것을 결국 저는 참을 수 없었습니다."

이와 똑같이 윤장산과 가야의 아들 무수도 일본에 협력하기로 마음을 먹고 일본군 통역으로 일하고 있다.

"저 아이는 자신이 종군하게 되면, 만일에 나쁜 일이 벌어지더라도 자신의 공으로 우리 부부의 죄가 조금이라도 가볍게 될 것이라고 말하고 있습니다." "저는 무수에게 처음에 물어봤습니다. 정말로 너는 우리를 위해서 가려고 하는 것이냐. 아니면 혹은 이미 네 가운데 우리들의 생각과 다른 사상이 움튼 것이냐고. 아- 저희는 무엇을 위해 나라를 떠나, 무엇을 위해 저 아이를 안고 유랑을 계속했던 것입니까. 하지만 조선 사람의 행복을 위해서라는 생각에는 여러 가지 사고방식이 있는 것입니다."

○

김사량은 이 작품 속에 "여러 가지 사상"을 담아내려고 하고 있다. 아니, "여러 가지 사상"은 그가 소설 시작부분에서 말하고 있듯이 "꼬리에 꼬리를 물고 떠올라서, 머릿속은 점점 예민해져" 간 것의 실체가 여기에는 있다. 「물오리섬」은 확실히 거침없는 필치로 쓴 소설이지만, 일년 전(1941년)에 쓴 이 소설세계는 그의 필치가 움직이고, 정체하고, 막히고, 다시 움직이고 있다. 물론, 그때 그는 "노예의 언어"로 이 소설을 썼다. 이러한 사정은 붓의 움직임과 정체, 그리고 막힘과 미묘하게 연관되어 있다.

「물오리섬」을 보면 대동강을 묘사하고 있는 그의 필치는 보는 그대로 전아(典雅)한 문체를 구사했음을 써둘 필요가 있을 것이다. 그것이 나는 그가 윤택한 양반 출신이라는 점과 관계가 있다고 생각했지만, 그러한 문체는 비참한 하층민의 생활을 그린 「며느리(嫁)」라는 작품에도 나타나 있다. 또한 그것은 도리어 효과를 올리고 있다. 일종의 여유가 있는 대상과의 거리를 둔 필치가 주인공들의 생활상을 적확하게 드러내고 있는 것이다. 「항수」의 문체에는 그런 종류의 여유, 대상과의 거리는 없다. 그는 너무도 고통스럽게 쓰고 있고, 문체의 호흡은 매우 거칠다.

큰 틀에서 보자면, 두 가지가 그 것에는 얽혀 있다고 생각한다. 하나는 물론 어떻게 하면 안전하게 이 작품을 쓸 것인가 하는 의도다. "노예의 언어"로 어떻게 자신이 말하고 싶은 것을 표현할 것인가. 그의 창작법을 살펴보자. 하나의 예로, 우선 가야를 만나러 북경으로 가는 이현에게 어머니가 어떻게 말하고 있는지를 보아야 할 것이다. 그 말에 담아서 그는 자신이 하고 싶은 말을 정확하게 쓰고 있다. 다른 예를 들어보자. 북경까지 가는 동안 열차 안을 묘사하고 있는 부분이다. 이미 열차는 만주에 들어서고 있다. 그곳에서 김사량은 우선 이현이 본 풍 풍경을 묘사하고 있다.

"차창 밖에는, 변함없는 광야가 끝도 없이 펼쳐지고 있다. 전체가 거무스름한 색으로 칠해진 하늘도 어두침침한 회색으로 드리워져 있다. 군데군데 까마득히 멀리서 작은 덩어리의 토촌(土村)을 배경으로 버드나무로 보이는 숲이 가지만을 드러내고 어렴풋한 선을 그리면서 이어지고 있었다."

거기서부터 김사량의 필치는 이현의 심상풍경으로 바뀐다.

"그는 다시 조용히 눈을 감았다. 그렇게 잠시 있는 동안, 이번에는 돌진에 돌진을 거듭해 가는 기차의 굉장한 소리가, 그의 가슴속에 경쾌한 흥분을 불러 일으켰다. 갑주(甲冑)로 몸을 강화한 고구려 병사의 함성 소리가, 모래먼지를 일으키며 밀어 닥치는 말의 힘찬 울음소리와 함께 들려오는 것만 같았다. 자신이 지금 돌진해 가는 이 광야를 그 옛날 몇 십만의 고구려 병사가 질주했던 것이다. 그들은 강대한 힘을 갖고 만주를 평정했으며, 국경을 장성선(長城線)까지 연장하여 국위를 사해에 떨쳤다. 그때부터 어떠한 모양새로 조선의 역사가 진행됐단 말이냐. 명(明)과 연합하고, 청(淸)을 섬기고, 특히 한일합방 직후에는 친청, 친러, 친미, 친일을 전전하며, 고매한 정치적 이상을 갖은 적이 한 번이라도 있었단 말인가."

여기까지 그의 생각이 이르러 고양된다면, 그 귀결은 당연히 이번에야 말로 조선민족이여 '자주독립'을 위한 '정치 이상'을 갖으라고 주장하기 쉽다. 거기서 그는 다시 이야기를 바꿔서, "노예의 언어"에 몸을 맡긴다. 그대로 틈새 없이, 그것이 마치 이현이 실제로 마음속에서 생각한 것으로 해서(그러한 것을 생각지도 않았다고 하는 것은 상당히 노골적으로 나오고 있지만), 그는 계속 이어간다.

"지금 이 광야에는 철도가 개설되고, 만주국도 건전한 발전을 이루고, 나는 또한 한 명의 완전한 일본국민으로서 북경을 생각하며 만주국을 횡단하고 있는 것이다. 북지는 이미 황군의 위력으로 평정됐으며 북경성도 차지하게 되었다. 그곳에 멀리서 찾아온 자신의 용건을 생각해 보면, 생각지도 않게 눈시울이 붉어져서 눈물이 고이는 것을 느꼈다. 이것을 역사의 감상이라고 말해도 좋을 것인가. 그렇다 하여도 지금 단지 그는 이 만주국에 와 있는 수십만 동포와 또한 수를 알 수 없을 정도로 많은 지나에 살고 있는 동포가, 적어도 오늘과 같은 동아(東亞)에 여명이 밝아오는 건설적인 시기에 점차 인간적으로도 생활면에서도 좋아질 것을 생각하는 마음 한 가득이었다. 그에 더해서 생각이 다시 누나네 부부의 생활 쪽으로 바뀌었다."

이 부분에서 물론 분열하고 있다. 지리멸렬해지고 있다. "노예의 언어"를 장황하게 늘어놓고, 이현은 누나가 이전에 행복하게 살던 때의 묘사를 통해서, 누나의 다음과 같은 말에 귀결되는 이현의 기분을 쓰려고 하고 있다. "조선의 그 어떤 집이라도 이렇게 꽃이 한 가득 피려고 할 무렵에, 하느님은 분명히 은총을 내려 주시겠죠."라고 하는 분열, 지리멸렬함은 숨이 막힌다.

○

물론, 이것은 의도한 것이리라. “만주나 지나(支那)를 두루 돌아다니며 한 때는 조선인 사이에 용맹한 이름이 널리 알려진 직접행동대장”, 지금은 특무기관에서 일하고 있는 옥상렬의 말에도 그 의도가 보인다. 다만, 여기서 김사량의 “노예의 언어”는 그렇지 않은 말(일본어를 사용하고 있는지 그렇지 않은 지를 나는 여기서 말하려고 하는 것은 아니다)로부터 전술한 인용 부분만큼은 드러나지 않는다. 두 번째는 보다 틈새없이 이어지고 있어서, 아니, 틈새는 물론 어쩔 수 없이 벌어지고 있지만, 그 틈새를 메우려 하는 노력은 보다 정색을 하고 쓰고 있는 것으로, 전술한 부분만큼 건성으로 혹은 겉치레로 하고 있는 것이 아니다. 전술한 부분에서, 틈새를 메우는 재료로써 김사량이 쓰고 있는 것은 단순한 말이 아니며(예를 들면, “그렇다고 하여도”라는 편리한 접속사. 혹은 “현재”라고 하는 말이 전환을 나타내며, 혹은 속이는 말로써 자주 사용되고 있다), 겨우 눈물, 역사에 대한 감상일 것이다. 그에 비해 옥상렬이 보여주는 틈새의 경우, 혹은 누나나 매형의 틈새의 경우, 그들의 “정신고, 생활고”의 전체가 거기에는 있다. 그 전체상을 김사량은 끌어내서, 이래도 이래도 인가 라고 자신을 납득시키려는 태도로 쓰는 것으로, 틈새는 간신히 메워진다. 아니, 이것으로 메워졌다고 할 수 있을 것인가?

○

그들이 한 전향(轉向)의 경우, 일본인 대다수가 한 전향과 달리 그러한 “정신고, 생활고” 가운데 결정적으로 결여된 것이 두 가지있다. 첫째는 천황(제)로의 귀의이며, 또 다른 하는 가족의 견인력(牽引力)이다. 일반적으로 일본인이 전향한 계기가 된 그 두 가지 요인이 옥상렬을 위시해

작품에 등장하는 조선인의 경우에는 찾아볼 수 없다. 그렇다고 하기 보다는, 김사량이 이러한 두 가지 계기를 그들의 세계에 갖고 가는 것만은 필사적으로 거부하고 있으며, 그것은 더욱 커다란 틀 속에서 보자면 전향을 거부하고 있다고 볼 수도 있다. 병상에 있는 가야의 어머니가 하는 말은 전향을 하게 만든 가족의 견인력에 대한 가족 측이 하는 거부였다. 이는 가족제도라는 고삐가 일본이상으로 강한 조선인 사회 가운데서는 용인되기 힘든 행위임이 틀림없으나(가족제도의 특수논리에 대항해, 김사량은 여기서 기독교의 보편논리를 대치시키고 있다. 물론, 여기서 그가 그들을 그것에 의지하게 만들지 못한 점은 피억압민족이 저항할 수 있는 정당성이라고 하는 보편논리이다), 또 하나 주목하고 싶은 것은, "한 사람의 완전한 일본인"으로서의 입장을 용인하면서도(이것은 이현이 내면에 품고 있는 말이지만, 옥상렬도 "이리하여 저는 당신들의 생각을 겨우 따라갈 수 있다"라고 하는 말로 그러한 입장을 용인하고 있다.), 그리고 거기서 전향이라고 하는 미묘한 문제를 다루고 있으면서도, 이 작품 가운데는 천황(제)가 얼굴을 내밀지 않고 있다는 점이다. 이것이 가리키는 의미심장함은 예를 들면, 같은 시기에 이석훈의(李石薰, 일본명 牧洋으로 작품을 썼다) 「동쪽으로의 여행[東への旅]」이라고 하는 "노예의 언어" 그 대로인 작품과 비교해 보면 확실해 진다(나는 이 작품을 조선문인협회가 편집한 『조선국민문학집』[3]에서 읽었다. 이 문학집에는 이광수, 다나카 히데미쓰[田中英光][4] 등, 당시 반도에 체류하고 있던 문학자가 작품을 쓰고 있다). 「동쪽으로의 여행」은 북경행을 다룬 「향수」가 '서쪽으로의 여행'인 것에 비해서, '일본으로의 여행'이지만, 그 여행도 '성지 순례'를 하는 여행이다. 즉, 거기서 일본은 '성지' 그 자체이며, 이석훈은 주

3) 조선문인협회 편, 『朝鮮國民文學集』, 東都書籍, 1943. 4.

4) 1913~1949. 일본 무뢰파(無賴派) 작가이다. 다나카는 1935년 4월부터 1938년 6월, 1940년 1월부터 1942년 12월까지 조선에 머물렀다. 다나카는 이때의 경험을 바탕으로 많은 작품을 남기고 있다. 다나카는 다자이 오사무[太宰治]의 제자가 되었다. 다자이의 자살에 충격을 받고 수면제에 중독 되기도 한다. 1949년 11월 3일 미타카시에 있는 다자이 오사무 묘 앞에서 자살했다. 다나카는 김사량의 『천마(天馬)』(1940)를 의식해서 『만취한 배[酔いどれ船]』(1948)를 발표하기도 했다.

인공 철(哲)의 기분을 빌려서 다음과 같이 쓰고 있다.

"하지만(나는 김사량의 "그렇다고 하여도"라는 접속사가 어딘가 연결되고 있음을 느낀다－오다 註), 이세(伊勢) 천황신궁에 참배한 후, 후타미가우라[二見浦][5] 해변 객사에서 하룻밤 묵상하는 가운데, 철은 구름과도 같은 상념을 물리치고, 밝은 신념을 향해 한 걸음 더 비약하는 자신을 느꼈다. 이것은 요컨대 고분고분한 직감에서 오는 일본을 향한 신념으로, 설명하기 힘든 것이지만, 말하자면 내궁(內宮)의 저 비길 것이 없는 거룩함은 일본 국체의 존엄함을 입증하는 것으로, 어떤 신역(神域)에도 어떤 산하에도 그렇지만, 한 점 어둠이 없는 밝은 처녀의 피부와 같은 청아하고 아름다운 국토는, 유구한 역사를 갖은 삼천리에 단 한 번도 외적(外敵)에게 짓밟힌 적이 없는 존엄한 역사의 상징이라고 철은 생각했다"

철은, 여기서 죽고 싶다고 생각한다. 그 말을 이석훈이 철에게 "입안에서 중얼거리게."하고 있는 것이다.

○

'동쪽'이 그 "한 점 어둠이 없는 밝은 처녀의 피부와 같은 청아하고 아름다움"을 지니고 있는 장소라면, '서쪽'은 정반대 지점에 서있는 장소이다. 특무기관. 아편중독과 아편밀매. 그리고 나서 처를 버리고 새로운 여자와 방황하고 있는. 전향. '동쪽'으로의 여행을 한 조선인이 "죽고 싶구나"라고 중얼거리고 있을 때, '서쪽'의 조선인은 살려고 한다. 아니, 어찌되었든 죽지 않고 살아남으려 하고 있다.

"'나한테 굶어죽으라고 말하는 것이야?' 그녀는 한층 경련을 일으키듯 떨면서 외쳤다."

---

5) 후타미가우라는 미에현[三重縣] 이세시[伊勢市] 후타미정[二見町]에 위치한 해안이다.

'굶어죽는 것보다 훨씬 나쁜 것인지도 몰라요. 이것은. ……우선 하느님이 용서하시지 않을 겁니다.'

'무슨 말을 하는 거야'라고 귀청을 찢는 듯한 소리를 쥐어 짜내며, 가야가 벌떡 몸을 일으켜 뒤돌아 보았다. 그리고 깔깔거리며 히스테릭하게 웃기 시작했다. 제멋대로 흐트러진 머리칼 사이로 핏빛을 띠는 두 눈이 현을 움츠러 들게 했다. "가련한 여인들의 손이 자기 자식들을 삶았으니 내 백성의 딸이 멸망할 때에 그 자식들이 그들의 음식이 되었도다. 이 쓰레기 같은 자들을 어찌 하오리까……(구약성경 예레미야애가서 4장 10절 – 역자 주)"

확실히 "내 백성의 딸이 멸망할 때"인지도 모르겠다. 그때 한 쪽은 '동쪽'으로 여행하였고, 다른 한 쪽은 '서쪽'으로 여행을 했던 것이다.

○

여기서 문제는 이렇다. "내 백성의 딸이 멸망할 때"라고 인식했을 때, 그리고 모든 저항이 적어도 현재 상황에서는 절망적이라고 인식했을 때, 한 가지 길은 가야와 같이 "가련한 여인들의 손이 자기 자식들을 삶아서 먹"는 것일 것이다. 다 같이 지옥으로 향해가는 길이다. 물론, 여기서 또 다른 길을 생각해 볼 수 있다. 그것은 옥상렬이 생각해 내고, 가야의 아들 무수도 반 쯤 그곳에 자신을 밀어 넣은 길이다. "저는 눈을 감고 생각했습니다. 이렇게 염려하는 내 동포 조선인을 위해서 과연 어떠한 길을 가야 마땅할 것인가 라고. 이보다 더한 비참한 현실을 거듭해 나가는 것을 결국 저는 참을 수 없었습니다."

이 전제(前提)에는 세 가지 사실과 현상이 있다. 하나는 상황이 혹은 상황을 만들어 내는 압도적인 강대함이다("여기저기서 일본군의 위세 넘치는 행진나팔 소리가 울려퍼졌다"). 한 가지가 이처럼 외부와 관련된 것이라면,

다른 하나는 내부와 관련된 것으로 예를 들자면, 혁명세력의 타락이라는 것을 들 수 있다. (옥상렬은 말한다. "저는 그 혁명운동에 피로 된 침을 뱉고 싶어졌습니다. 피로 된 침을……"). 세 번째는, 두 번째와 비교해서 더욱 결정적인 압력을 가하게 되는 것인데, 그것은 바로 사람들의 비참함이다. 그 비참함은 그를 예전에는 혁명적인 행동으로 향하게 하였고, 지금은 "도대체 어느 길이 정당한 것인가"라는 회의를 안겨주고 있다. 그의 혁명적 행동이 "더욱 비참함을 거듭하"게 되는 결과를 그는 겁내고 있는 것이다. 물론, 여기서 이러한 인물은 속임수라고, '인민의 적'이라고 일도양단하는 것도 가능하다. 그러한 생각으로 이것을 정리해버리는 것도 가능하다. 하지만, 지금 만약 그렇게 하지 않고, 그의 인식, 견해, 이데올로기, 혹은 그의 주장에도 무엇인가 부정하기 힘든 진실, 적어도 어떤 부정하기 힘든 힘을 느낀다고 한다면, 옥상렬을 근본적으로 부정할 수 없음에 분명하다. 자신의 분신이기도 한 작중인물 이현을 김사량은 「향수」의 소설세계 가운데 그러한 위치에 서게 했다고 생각한다. 아니, 김사량 자신이 거기에는 서 있다고 볼 수 있다.

하지만, 일단 그곳에 서게 되면, 옥상렬의 다음과 같은 논리 전개를 근본적으로 부정하기 힘들게 된다. "이 전쟁도 언젠가 끝날 것임에 틀림없다. 우리들도 적극적으로 지나대륙의 명랑화를 위해 진력해야 하지 않겠습니까. 지나, 만주에 걸쳐 살고 있는 수백만 동포, 그러한 사람들을 생각해서라도 하루 빨리 밝은 시대가 도래해서, 그들이 행복하고 명랑하게 살 수 있도록 하지 않으면 안 됩니다. 그것은 또한 동향(同鄕)인 사람들을 위해서이기도 합니다."

물론, 이 논리는 완전히 거꾸로 가고 있다. 무리를 하고 있는 것이다. 다만, 옥상렬은 무리를 하지 않으면 안 된다. 그렇게 하지 않는 한, 물론, 그의 전향 그리고 특무기관에 참가한 것을 정당화 할 수 없게 된다. 대다수 일본인 전향자의 경우, 전향을 하게 된 계기가 된 것은 천황(제)로의 귀의와 가족의 견인력이지만, 옥상렬의 경우에는 학대받는 사람들의 존재를 그 계기로 삼고 있다. 물론, 여기서 그에게는 그러한 사정을 거대하게 보는 인식, 예를 들면 계급적인 인식이 없었기 때문이라고 논란을 삼는 것은 매우 쉬운 일이다. 다만, 그러한 논란을 불러일으킨 곳에서, 비어져 나와서 보일 정도로 그리고 그렇게 비어져 나온 것이 부정하기 힘든 힘을 갖고 압박해 올 정도로 옥상렬은 거대하며, 또한 생명력 넘치게 그려져 있다. 물론, 여기에 있는 것은 "노예의 언어"이다. 하지만, 그 "노예의 언어"는 차창에서 본 풍경 사이로 고구려군의 '장정(長征)'을 회상한 감회를 그린 후에 서둘러 장황하게 써 놓은 "노예의 언어"처럼 속이 빤히 보이게 나타나 있지는 않다. 김사량은 역시 여기서 어떤 진실을 말하고 있다. 적어도 부정하기 힘든 그 무언가를 말하고 있는 것이다.

○

하지만 반복해서 말하겠다. 옥상렬의 논리가 향해가는 곳은 특무기관에 참가하는 수밖에는 없다. 김사량은 이현에게 다른 길을 선택하도록 하려는 것으로 보인다. 그것은 아마 문제를 개인에게 환원하는 길이다. 그는 누나를 향해 말한다. "결코 절망 따위를 하셔서는 안됩니다. 지금부터도 늦지 않아요. 누님과 매형이 재생하는 길을 생각해 보아야 하지 않겠습니까. 내가 너의 곁에 있어, 너를 구해주리라. …… 그래도 너희만은 멸하지 않으리라. 나는 너희가 죄 없다고 하지 않으나, 그래서 법대로 벌하였다(구약성경 예레미야 30장 11절 – 역자 주)"라는 말씀도 있지 않습니까. 누님, 우선 하느님께 구원을 받을 수 있도록 몸과 마음을 새롭게 하여, 빛이 넘치는 새로운 생활을 하시지요. 결코 지금부터라도 늦지 않아요. 하지만, 그 "빛이 넘치는 새로운 생활"은 무엇이란 말인가. 결국, 그것 또한 옥상렬이 향해 간 길의 범위를 벗어나지 못하는 것은 아닌가. 그는 작품 끝에서 이렇게 말한다. "이렇게 나는 훌륭한 동아의 한 사람, 세계의 한 사람이 된다."라고. 물론, 문제는 이 때 어떠한 동아인가 라고 하는 것에 있다. 하지만, 내가 지금 여기서 숨을 가다듬는 것은, 그렇게 뻔한 결과를 보여주는 지혜(知慧)와도 같은 것 보다는, 「향수」의 결말과 같이 이현이 "마음속에 중얼거"린 말이 "같은 노예의 언어"라고 하여도, 옥상렬의 말과 같은 부정하기 힘든 힘을 갖고 있지 않다는 것이다. 아마도 그것은 무책임한 말이었다. 힘이 결여되어 있는 것이다. 물론, 옥상렬의 말이 갖는 어떤 부정하기 힘든 힘이 그를 특무기관에 참가하게끔 했다고 하여도 말이다.

작품의 맨 마지막 줄에 "1938년 5월 날이 저물 무렵의 일이었다."라고, 이현의 말에서 한 행을 비우고 김사량은 쓰고 있다. 이것이 이 소설의 끝이다. 나도 한 줄 띄고, 하지만 그가 만들어낸 소설세계는 아직 이 세계에 계속되고 있다고 쓴다. 그렇게 써두고 싶다.

편역자 **金在勇**

원광대학교 한국어문학부 교수
한국근대문학 전공

곽형덕

와세다대학교 대학원 박사과정
일본근대문학 전공

식민주의와 문화 총서 ⑦

김사량, 작품과 연구 1

초판1쇄 발행 2008년 10월 18일
초판2쇄 발행 2016년 3월 28일
편 역 자 김재용 · 곽형덕
펴 낸 이 이대현
편　　집 권분옥 · 이소정 · 오정대
펴 낸 곳 도서출판 역락
서울 서초구 반포4동 577-25 문창빌딩 2층
전화 02)3409-2060(편집부)
02)3409-2058(영업부)
FAX 02)3409-2059
이메일 youkrack@hanmail.net
등록 1999년 4월 19일 제303-2002-000014호
I S B N 978-89-5556-627-7 93800

정　가 22,000원

* 잘못된 책은 교환해 드립니다.